ALEXANDRA LAPIERRE

Alexandra Lapierre est l'auteur de *La lionne du boulevard*, *Un homme fatal*, *L'absent*, *Fanny Stevenson* (Grand Prix des Lectrices de *ELLE*, 1994), *Artemisia* (Prix du XVIIe siècle, 1998), *Le salon des petites vertus* et *Le voleur d'éternité*. Ses grandes biographies romancées ont connu un succès international.

Le Fils du rebelle a reçu le Prix des Romancières en 2009.

D0942931

LE FILS DU REBELLE

DU MÊME AUTEUR
CHEZ POCKET

ARTEMISIA
LE FILS DU REBELLE

ALEXANDRA LAPIERRE

LE FILS DU REBELLE

Dans la Russie des tsars, le destin du fils de l'imam de Tchétchénie

Postface inédite

PLON

Cet ouvrage a précédemment paru sous le titre :
TOUT L'HONNEUR DES HOMMES

Le papier de cet ouvrage est composé de fibres naturelles, renouvelables, recyclables et fabriquées à partir de bois provenant de forêts plantées et cultivées durablement pour la fabrication du papier.

Le Code de la propriété intellectuelle n'autorisant, aux termes de l'article L. 122-5, 2° et 3° a, d'une part, que les « copies ou reproductions strictement réservées à l'usage privé du copiste et non destinées à une utilisation collective » et, d'autre part, que les analyses et les courtes citations dans un but d'exemple et d'illustration, « toute représentation ou reproduction intégrale ou partielle faite sans le consentement de l'auteur ou de ses ayants droit ou ayants cause est illicite » (art. L. 122-4).
Cette représentation ou reproduction, par quelque procédé que ce soit, constituerait donc une contrefaçon, sanctionnée par les articles L. 335-2 et suivants du Code de la propriété intellectuelle.

© 2008, Plon.
ISBN : 978-2-266-19727-4

À la mémoire de Lesley Blanch,
qui m'a ouvert tant de chemins.

« Il avait le sentiment de porter en lui
tout ce qui restait de l'honneur des hommes. »

Joseph KESSEL, *La Règle de l'homme.*

LA RUSSIE ET LE CAUCASE DE DJEMMAL-EDDIN

LA TCHÉTCHÉNIE, LE DAGHESTAN ET LA GÉORGIE DE DJEMMAL-EDDIN

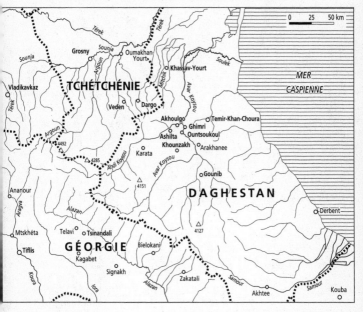

AU LECTEUR

Le sacrifice de Djemmal-Eddin, fils aîné du troisième imam du Daghestan et de Tchétchénie, est une histoire vraie.

Dans le souci de clarifier l'extrême complexité des guerres du Caucase, une tragédie qui dure depuis plus de deux siècles, j'ai choisi de resserrer les faits autour de son enlèvement et de l'échange d'otages qui eut lieu, en 1855, entre l'armée russe et les résistants tchétchènes.

Les dates correspondent, autant que possible, à celles du calendrier russe qui garde, au XIXe siècle, douze jours de retard sur le reste de l'Europe. Elles sont retranscrites au fil du texte telles qu'elles figurent dans les archives.

Quant aux noms caucasiens, dont les transcriptions n'ont pas cessé de varier au fil du temps, leur instabilité rend quelquefois arbitraire le choix d'une orthographe. J'ai tenté de les unifier selon la logique et les conventions. Pour ce qui concerne le nom du troisième imam du Daghestan – Chamyl, Schamil, Schamyl, Shamyl, Samuel, Shamil – l'usage veut qu'il s'écrive désormais en français *Chamil*. Toutefois, après bien des atermoiements et des hésitations, j'ai fini par opter ici pour *Shamil*, dont les sources internationales – qu'elles soient allemandes, américaines, anglaises, espagnoles, italiennes – usent le plus fréquemment : cette graphie permet de l'identifier dans la plupart des fonds d'archives.

Le lecteur trouvera à la fin de ce volume un petit glossaire des termes du Caucase, une liste des principaux personnages et des lieux, ainsi qu'une courte bibliographie.

A.L.

Prologue

« NI LES NÔTRES… NI LES LEURS ! »

UNE PLAINE
EN GRANDE TCHÉTCHÉNIE

JEUDI 10 MARS 1855

À l'heure où le cercueil du tsar Nicolas Ier s'enfonce dans le caveau des Romanov à Saint-Pétersbourg, deux groupes de cavaliers se massent sur les berges du Mitchik, en Tchétchénie.

D'un côté du fleuve : les combattants de l'imam Shamil, le Lion du Daghestan, qui résistent à l'envahisseur russe et déciment depuis trente ans l'immense armée des Chrétiens. Les arbres de la forêt qui tombe à pic vers la rivière dissimulent encore le gros de ses troupes. On entend seulement le piétinement des chevaux dans la pente du bois, et le cliquetis des armes. La garde rapprochée de l'Imam s'est alignée au bord de l'eau. Longues barbes et crânes rasés, bonnets d'agneau et manteaux noirs, sabres en bandoulière, étendards à bout de bras, les guerriers d'Allah encadrent quatre lourds chariots bâchés, dont pas un bruit, pas un souffle ne monte. Un splendide étalon blanc, tout harnaché d'argent, piaffe sur la grève : il reste sans cavalier. Derrière le pur-sang et les chariots, la masse des chaînes du Caucase ferme l'horizon, jusqu'au ciel.

De l'autre côté : les Russes. Trois régiments, qui terminent péniblement de hisser leurs canons sur le seul mamelon de la plaine.

Soldats, officiers, tous savent qu'ils avanceront à découvert tout à l'heure. La prairie, sans bosquet, sans ombre, descend en pente douce jusqu'à l'eau.

Le feu des Musulmans de Shamil pourra les balayer à tout instant. Ce sont eux, les cavaliers tchétchènes, qui ont choisi pour la rencontre ce lieu trop exposé. En cas d'incident, ils comptent franchir le Mitchik et massacrer la fine fleur de l'armée des Infidèles.

Trois généraux russes – trois princes d'origine géorgienne – s'immobilisent de face, sur la colline. Un quatrième personnage, un jeune lieutenant portant l'uniforme bleu des lanciers Vladimirski, chevauche à leurs côtés. Comme les trois princes, le jeune homme braque ses jumelles sur les guerriers de l'autre rive, de l'autre monde. Il cherche des yeux le maître de cette étrange cérémonie : l'imam Shamil. Ce dernier attend sur la hauteur, assis sous un vaste parasol noir, à l'écart de ses troupes... Le jeune lieutenant ne distingue qu'une ombre sous le parasol.

Aussi chaud qu'en plein été, le soleil éclabousse de lumière les branches moussues d'un sapin mort : un arbre isolé sur la berge russe, à mi-chemin entre le camp musulman et le camp chrétien. C'est là que doit avoir lieu l'échange.

Le silence est tombé sur les deux armées. Plus rien ne bouge. Les hommes sont tendus, prêts à l'attaque.

Mais le sang ne doit pas couler, pas ce matin.

Sur l'autre rive, trente-cinq Montagnards du Daghestan et de Tchétchénie se sont engagés dans le lit du fleuve. Ils encadrent les quatre chariots qui se sont mis en branle, avec leur mystérieux chargement. Les roues s'enfoncent dans les galets du gué. Le convoi semble prêt à verser.

Mais, d'îlots en bancs de sable, les voitures traversent.

La première vient d'atteindre l'arbre mort.

Un cavalier de l'Imam sort du rang. Il agite un fanion : le signal pour la rencontre.

Les princes et le jeune homme descendent la pente de la colline.

Ils marchent de front dans la plaine. Ils sont suivis par leurs aides de camp, par trente-cinq soldats… Et par un convoi de quatre autres charrettes, où sont répartis quarante mille roubles et seize prisonniers tchétchènes.

La rançon.

Les deux groupes ennemis se rapprochent. Chacun scrute l'autre avec méfiance.

Au moment où les princes atteignent l'arbre, ils pourraient apercevoir, serrées les unes contre les autres dans les quatre chariots ennemis, vingt-trois silhouettes de femmes et d'enfants.

Mais les Tchétchènes serrent les rangs.

Ils ne laissent pas les Russes s'approcher des otages : ce sont les épouses des princes, leurs sœurs, leurs filles, leurs nièces que Shamil a enlevées l'été dernier et qu'il retient captives depuis plus de huit mois.

La monnaie d'échange.

L'un des fils de l'Imam, redoutable guerrier de vingt ans, très pâle et très nerveux, salue les princes, la main sur le cœur. Il parle la langue avar, que ni les généraux ni le lieutenant ne comprennent. Son discours semble interminable. L'interprète n'en traduit que des bribes, ce qu'il juge essentiel :

— … Mon père vous fait dire que vos femmes vous sont rendues aussi pures que les lys, et protégées de tous les regards comme les gazelles du désert.

La joie, la colère et le désir de vengeance raidissent les princes. Ils hochent la tête sans mot dire.

Le lieutenant se détache lentement du groupe des Russes. Il s'incline à son tour devant le fils de l'Imam… Son frère.

Les deux fils de Shamil s'embrassent. Ils ne se sont pas vus depuis seize ans et ne se reconnaissent plus. Cette froide accolade les fait trembler l'un et l'autre.

Le cavalier tchétchène, qui a donné le signal de l'échange, présente au lieutenant une tcherkeska et le prie de s'en couvrir. Le jeune homme, qui a oublié sa langue natale, se tourne vers l'interprète, le regard interrogateur.

— L'Imam, explique l'interprète, ne veut revoir son fils aîné que dans le costume de son pays.

Seul signe qui trahisse son trouble : le jeune homme proteste.

— Comment pourrais-je me déshabiller ici, devant tout le monde ?

— Les désirs de l'Imam sont des lois… Vous apprendrez que personne ne désobéit à votre père, personne.

Il met pied à terre. Les Tchétchènes se pressent autour de lui, formant un cercle compact qui le cache aux regards.

Il ne peut, il ne doit rien garder de son passé russe, rien. Ni bottes, ni éperons, ni épaulettes. Fini le chatoiement des couleurs. Fini l'or et la pourpre ! Il défait un à un les boutons de son uniforme. Il détache la boucle de son ceinturon. Il dénoue ses aiguillettes dont les pointes cuivrées rutilent au soleil.

Le cercle s'ouvre… Il émerge… La métamorphose est totale : un guerrier tchétchène.

Avec ce manteau noir qui lui couvre les genoux, avec ces bottes souples, la taille mince étroitement prise dans une lanière de cuir, la poitrine barrée de cartouchières et le poignard à la ceinture, le jeune homme se dresse, identique aux cavaliers qui l'entourent. Tous le reconnaissent pour l'un des leurs. Il a leur corps solide et nerveux, leur noblesse, leur agilité, probablement aussi leur endurance.

Mais sous le lourd bonnet d'agneau, le visage de l'ancien lieutenant semble plus pâle et plus tendu que jamais.

Ses compagnons de régiment, ses amis d'enfance, les camarades avec lesquels il a grandi à la cour de Russie, l'entourent une dernière fois.

L'un d'entre eux, débouclant son baudrier, lui tend son propre sabre :

— Garde-le… En souvenir.

L'ami du lieutenant, que l'émotion étrangle, essaie encore de plaisanter :

— … Mais je t'en conjure : ne transperce aucun des nôtres avec ça !

— Ni les nôtres…, répond sérieusement le jeune homme.

Bouleversé par cet adieu qu'il sait définitif, il répète :

— Ni les nôtres… ni les leurs.

Il saute en selle. Le cheval blanc qu'on lui destinait, le pur-sang qui piaffait sur la rive, le conduira vers la tache d'ombre où Shamil l'attend.

Au loin, l'Imam, lui aussi, tremble. Il tremble d'amour, il tremble de peur et d'impatience. Son fils adoré lui a été arraché par ses ennemis depuis si longtemps ! Comment les Russes ont-ils dressé son héritier, ce fier petit garçon de huit ans que lui-même avait dû leur livrer en otage ? Le fils aîné de l'imam Shamil est-il devenu un *Giaour* ? Un chien d'Infidèle… Un renégat… Un traître ?

Avant d'aller se prosterner aux pieds de son père, comme l'exigent les usages musulmans, le jeune homme pose un instant le regard sur les chariots où se tiennent les princesses captives. Debout, muettes, elles semblent transformées en statues. Toutes sont pauvrement vêtues et voilées.

Au travers des longs foulards qui les recouvrent, elles dévorent des yeux leur libérateur. Elles le connaissent. Elles ont dansé la mazurka avec lui, lors des bals de la cour au palais d'Hiver. Sous les tissus, leurs larmes ruissellent. Bonheur, gratitude, admiration, pitié…

Elles savent comment il avait été arraché à son peuple et conduit de force à Saint-Pétersbourg. Elles savent qu'il s'est construit une vie en Russie, qu'il est devenu un officier lettré, amoureux de la musique de Glinka et de la poésie française. Elles savent que le Tsar le considère comme son fils d'élection : un membre de la famille impériale, un lieutenant de l'armée russe à laquelle il appartient complètement.

Elles savent que seul son renoncement à ce monde, dont il a épousé toutes les valeurs, leur sauve la vie.

Elles savent aussi que le tsar Nicolas lui a laissé le choix, que le jeune homme pouvait refuser l'échange. Et que, aujourd'hui, à cette heure, le fils de l'Imam leur sacrifie son existence.

L'une des trois princesses sait bien d'autres choses encore. Elle sait qu'il l'a aimée, jadis.

Elle le regarde s'approcher et se souvient des secrets qu'ils avaient échangés, au temps de leur idylle.

L'image de ce cavalier noir, courant vers un destin qu'il récuse, évoque à la princesse une autre image : celle du petit garçon que la fatalité avait jeté dans un univers qu'il n'aurait jamais dû connaître. C'était il y a seize ans… Un enfant tchétchène descendait à cheval le chemin taillé dans le rocher, entre le nid d'aigle de son père et le campement de l'armée russe. Derrière lui, son peuple martyrisé pourrissait sans sépulture sur les rochers couleur de cendre. Il ne pleurait pas. Il avait gardé son couteau et son sabre. Il les tuerait tous. Plein de fierté, plein de peur et de haine, le petit garçon rejoignait le camp de ses bourreaux.

Il doit parcourir le même chemin, aujourd'hui. En sens inverse. Il remonte vers l'enfance, avec le sentiment d'avancer à reculons. Ce qu'il a vécu durant ces seize ans, ce qu'il a découvert chez les envahisseurs, il va devoir l'oublier.

Tout désapprendre, à nouveau.

Il croise les captives. Un bref instant, leurs deux univers se confondent : rien ne les distingue entre elles, rien surtout ne les distingue de lui, le cavalier tchétchène qui cherche son premier amour parmi les femmes voilées, et qui la devine sous son châle.

Il passe à côté d'elle. Il retient son cheval.

Sans un mot, ils échangent un long salut : l'adieu de Varenka, otage de l'Imam et fille du prince de Géorgie, à Djemmal-Eddin, otage du Tsar et fils de l'Imam.

Livre premier

LES ANNÉES D'APPRENTISSAGE

Le Caucase
1834-1839

La ilaha illa Allah
Il n'y a pas d'autre dieu que Dieu

« Oh sauvages sont les tribus qui hantent ces défilés,
La Liberté est leur dieu et la Guerre leur seule loi !
Constants dans l'amitié, plus fidèles
encore dans la vengeance
[…] Chez eux, la Haine est sans limites
comme l'Amour. »

LERMONTOV, *Ismaïl Bey*.

CHAPITRE I

SANS LIMITES

(1)

GHIMRI, UN VILLAGE FORTIFIÉ DANS LE DAGHESTAN

25 SEPTEMBRE 1834

Pour qui ne connaissait pas la montagne, le sentier était impraticable. Les chiens, les moutons, les chèvres même, hésitaient à s'y engager. Cependant, la vieille Bahou-Messadou le parcourait dans les deux sens, entre le village et la source, plusieurs fois par jour. Elle avait pris l'habitude de descendre chercher l'eau la première, avant l'aube, avant le réveil des autres femmes, avant l'appel du muezzin, quand nul ne pouvait être témoin de l'embarras que lui causaient ses premiers gestes du matin.

Cruche sur la tête et voile entre les dents, elle s'enfonçait dans la nuit, travaillant à dominer l'incertitude de son pas, ce flageolement de tout l'être qui trahissait, depuis le nouveau départ de son fils, le désordre de ses émotions. L'usage lui avait appris que ses chevilles s'assoupliraient peut-être à mi-pente, mais que les articulations de ses genoux et de ses hanches ne se dénoueraient qu'au puits, quand elle s'arc-bouterait sur la margelle pour atteindre la corde, quand elle banderait ses muscles douloureux pour attraper le seau et qu'elle se suspendrait de tout son poids pour remonter l'eau. Alors, les pensées qui roulaient dans sa tête, les bribes de phrases, les accusations entendues ou rêvées, les souvenirs, les projets, même les prières, un instant, se tairaient.

Au retour, le dos écrasé par l'énorme cruche de cuivre, mais le regard haut et les membres enfin dénoués, elle se tiendrait droite dans la montée. Et nul ne pourrait soupçonner combien la mère de Shamil se sentait l'âme lourde et le cœur inquiet.

D'où lui venait, depuis quelques jours, depuis le meurtre du second Imam et la vengeance de Shamil sur ses assassins, ce fardeau que Bahou-Messadou ne savait nommer ? Elle aurait dû se sentir fière cependant, enivrée de joie ! Son fils unique, qu'elle avait mis au monde souffreteux et malingre, venait de s'imposer par la ferveur de sa foi et la supériorité de son savoir, par sa bravoure, par sa noblesse et sa beauté, comme le guide spirituel et le chef militaire de tous les Musulmans du Caucase. Allah lui conférait aujourd'hui le plus suprême des honneurs et le plus saint des pouvoirs. À cette heure, dans la mosquée d'Ashilta, le village de Bahou-Messadou où se dressait encore la maison de ses ancêtres, Shamil était consacré *Imam*. Troisième imam du Daghestan et de Tchétchénie. Le premier avait été tué ici, lors de l'assaut des Russes, deux ans plus tôt. Le second, hier, par des Musulmans félons. Ce matin, Shamil prenait leur relève et devenait l'ombre de Dieu sur la terre. Comment ne pas frémir d'orgueil et d'allégresse ? Ces sentiments restaient chez elle si mitigés que Bahou-Messadou s'accusait de sa modération. Allah permettait, Allah ordonnait qu'elle se réjouisse en ce jour ! D'où lui venait cette réserve contre nature ?

La méfiance naissait peut-être de ce qu'elle entendait ici, de ce qu'elle ressentait en l'absence de Shamil… De l'attitude des Anciens à son égard… Des propos autour du puits. Elle affronterait le jacassement des femmes plus tard.

Pour l'heure, elle avait encore besoin du silence de la nuit, et de sa solitude.

Bahou-Messadou savait qu'ici, à Ghimri, l'*aoul* où était né Shamil, où il avait grandi, où il s'était marié, se regroupaient ses adversaires les plus farouches. Elle savait que la communauté avait voté contre lui, quand toutes les autres le choisissaient comme Imam, et que ses pairs lui auraient barré la route s'il avait voulu que sa consécration eût lieu chez eux. Elle savait aussi que Shamil aurait brisé leur résistance par le fer et le feu. Était-ce pour cela, pour éviter un nouveau bain de sang à Ghimri, que son fils avait vidé son propre village de ses fidèles, qu'il avait entraîné ses troupes à quatre heures de route, et choisi Ashilta comme point de ralliement ? Était-ce pour cela ?

Ou bien parce qu'il attendait des hommes de Ghimri qu'ils le trahissent ouvertement ? Ainsi pourrait-il briser leur résistance, les mettre à genoux, et les rallier de façon définitive ? Une mise à l'épreuve, en somme ? Si tel était le cas, Bahou-Messadou redoutait les conséquences. Elle jeta un regard alentour.

Il faisait nuit noire, une nuit sans étoiles, bien qu'elle devinât la présence de la lune à sa lueur sur les

33

neiges éternelles, par-delà la chaîne de montagnes… Les montagnes. Leurs masses pesaient sur la petite silhouette de Bahou-Messadou, l'enfermant de partout. Sauf sur sa gauche.

Là, c'était le vide.

Elle entendait le grondement de l'Avar Koysou, le torrent qui bouillonnait au fond du gouffre. Et puis ce faible bruit d'éboulis, si familier : le murmure des pierres quand les cailloux roulaient sous ses fines semelles et chutaient à pic dans l'abîme. Shamil lui reprochait souvent de se rendre seule au puits, dans la plus complète obscurité. Il était un bon fils et prenait soin d'elle. Mais elle n'avait pas besoin de la lumière du jour pour connaître le nombre de pas qui la séparaient des corniches surplombant le sentier, si basses que, pour passer, les femmes devaient se courber sous la paroi rocheuse et ramper. Bahou sentait venir les avancées de la falaise à l'odeur d'humidité, au vent qui sifflait à ses pieds, au grondement amorti de la rivière. Elle faisait alors glisser la cruche de son épaule sur son ventre et s'accroupissait, tenant l'eau serrée contre elle.

Toutefois, si l'un de ses petits-enfants s'était aventuré à sa suite, s'il était venu courir ici avant le premier appel du muezzin, elle l'aurait fouetté.

Ses pensées filaient vers eux, vers le village. Elle avait beau dire, elle avait beau faire : Bahou-Messadou se méfiait de Ghimri. Elle y avait pourtant vécu quarante-cinq ans ! Elle leva le regard. L'aube pointait à travers les nuages qui pesaient sur l'aoul en terrasses…

Bien que construit au sud – plus au sud qu'Ashilta peut-être –, le hameau ne serait pas rejoint par le soleil, même en ce jour de septembre. Au fond, ce que Bahou-Messadou reprochait à Ghimri, c'était le froid… Et comment allaient-ils se chauffer cet hiver ?

Shamil avait interdit qu'on coupe un seul arbre de la forêt en contrebas. Pas une branche de hêtre ou de chêne, pas un tronc, pas même l'écorce d'un châtaignier ! Il jugeait la forêt vitale, le meilleur rempart contre les Russes. Empêtrés dans les branches, leurs soldats y devenaient des proies faciles. Tant que la forêt existerait, disait-il, les guerriers du Caucase seraient invincibles. Aussi avait-il donné l'ordre de la préserver partout. Quiconque y attenterait, fût-ce pour reconstruire sa maison ou faire du feu, serait puni. Un arbre abattu coûtait une vache. Deux arbres coûtaient la vie. Encore une source de mécontentement.

Elle peinait dans la pente et s'arrêta un instant pour reprendre souffle. Le village était construit si haut que l'air y manquait. Elle fit glisser la cruche et la passa sur l'autre épaule, un geste qu'elle n'aurait pas osé en public. Et pour cause : la torsion lui causa dans les reins une douleur fulgurante qui lui arracha une grimace. Elle reprit sa montée. À sa manière placide, Bahou-Messadou pestait… Contre elle-même qui ne savait plus maîtriser la souffrance. C'était cette crainte de se laisser surprendre qui lui faisait fuir les regards de Ghimri.

Aussi pourquoi Shamil n'avait-il pas emmené toute sa famille à Ashilta, pourquoi ne s'y installait-il pas définitivement ? Parce que Ashilta se situait trop bas dans la montagne ? Trop proche des lignes russes ? Trop facile d'accès ? Sans doute ! N'empêche que pour la cérémonie de son investiture, c'était la mosquée d'Ashilta qu'il avait choisie ! Elle-même avait grandi à l'ombre de ses murs et croyait ce qu'on en disait : la mosquée d'Ashilta était la plus grande, la plus belle… la seule qui soit encore debout. Certes, la mosquée de Ghimri avait été belle, elle aussi. Mais les

Russes l'avaient rasée jusqu'à ses fondations, après l'avoir souillée de leurs excréments.

Son regard anxieux fila vers le rocher en surplomb. Elle ne distinguait encore qu'une plaque accrochée à la montagne : une tache à peine plus foncée, au cœur de l'immensité couleur de cendre. Aujourd'hui, dans le noir de ce matin de septembre, Bahou-Messadou imaginait le village tel qu'il était deux ans plus tôt. Elle croyait voir les minuscules maisons cubiques, sans étage, les toits plats des premières servant de seuil aux secondes, empilées les unes sur les autres comme des boîtes, et disposées en amphithéâtre.

La première ligne de constructions, la plus ample, était suspendue face au gouffre. La dernière s'adossait au sommet de la montagne. Le reste semblait un chaos de balcons et de terrasses, avec un minaret et quelques tours de guet sans portes, sans fenêtres, sans aucune ouverture, un labyrinthe si serré qu'on craignait d'y pénétrer.

Tout semblait conçu pour repousser le visiteur – l'assaillant. Même les ruelles pentues, tortueuses, étroites, où deux cavaliers ne pouvaient se croiser. La seule façon de prendre le village, c'eût été précisément cela : l'assaut. Mais chaque maison se présentait comme un bloc, une forteresse, que défendait la forteresse juste au-dessus.

Shamil n'avait jadis rien laissé au hasard. Il avait fait consolider les remparts, construire des redoutes et des tours. Conscient de la formidable puissance de l'artillerie russe, il s'était constamment interrogé : les bouches à feu des Infidèles pourraient-elles venir à bout de son nid d'aigle ? Malgré tout ? Son chef Khazi Mollah, le premier Imam, l'avait rassuré. Comment les Russes réussiraient-ils à monter leurs lourds canons à de telles hauteurs ? Comment hisseraient-ils de tels poids sur ces sentiers si propices à la guérilla, et si vertigineux que les bêtes les évitaient ?

Ces questions, les Russes se les étaient posées, eux aussi. Et pour le malheur des hommes de Ghimri, ils avaient su y répondre !

Quand l'aube se lèverait, Bahou-Messadou découvrirait ce qu'elle ne connaissait que trop : un champ de ruines, des pierres calcinées et des moignons d'arbres. C'était il y a deux ans. C'était hier, et peut-être demain. Qu'adviendrait-il si, en l'absence de son fils, ces porcs s'abattaient une deuxième fois sur le village ?

Elle ne se faisait guère d'illusions : si les Russes empruntaient le second chemin, le chemin du haut, aussi dangereux que le sentier du torrent, ils ne trouveraient, pour leur couper la voie, ni tireurs d'élite, ni cavaliers en embuscade. Ils découvriraient sans obstacle le ruban argenté de l'Avar Koysou au fond de l'abîme, les falaises grises en surplomb, et les rapaces qui planaient sur d'invisibles troupeaux. Ils pourraient investir le puits, les tours et les minuscules champs qu'ils avaient déjà incendiés. Ils seraient chez eux. Les chefs de famille, qui n'avaient pas suivi Shamil à Ashilta, leur feraient allégeance. La Guerre Sainte n'aurait plus lieu à Ghimri.

Pourtant le temps n'était pas si loin où les hommes du Caucase aimaient tant leur liberté que pas une fille n'aurait accepté un mari qui ne lui ait d'abord offert la tête tranchée de dix Infidèles et qu'il n'ait cloué leurs mains droites sur la porte de la maison paternelle !

Bahou méprisait la lâcheté de ses voisins. Dans son clan, le parti de la paix portait un nom : les Hypocrites. Cependant, loin, très loin en son for intérieur, elle plaignait leur faiblesse.

Comment les survivants résisteraient-ils aux envahisseurs, alors que de vaillants guerriers comme Khazi Mollah – le premier Imam – et Shamil, son lieutenant, avaient échoué deux ans plus tôt ?

C'était avec des armes inconnues que les Russes les avaient décimés. Ils avaient fait sauter la montagne, creusant la falaise à coups d'explosifs, progressant à la verticale d'une corniche à l'autre, hissant leurs canons, avec des poulies et des treuils, par paliers successifs. Sous le feu des troupes de Shamil, ils avaient subi des pertes considérables. Leurs soldats étaient tombés comme des mouches. Mais que leur importait ? Ils les remplaçaient à mesure qu'on les tuait. L'armée russe ne disposait-elle pas d'une réserve sans limites d'officiers, de soldats, de serfs ? Shamil disait que chez eux, les esclaves se comptaient par dizaines de millions.

Cette guerre était donc perdue d'avance, argumentaient aujourd'hui les Hypocrites... Et perdue pour une raison terrible : elle était contraire au Coran qui interdit le combat contre un ennemi supérieur en nombre. Or, Shamil et ses hommes s'étaient battus à quatre cents contre trente mille. Trente mille Russes avaient fini par s'abattre sur ces rochers, semant la mort et la désolation. Depuis, dans les champs minuscules, l'orge et le maïs ne poussaient plus, et les enfants pleuraient de faim. La pierre partout gardait cette couleur de cendre qu'aucun vent, aucune pluie ne lavait. La suie resurgissait sans cesse et donnait ici cette teinte sale à la neige. Était-ce cela, la victoire que Dieu concédait à ses serviteurs ?

De jour en jour, la rumeur s'enflait : Shamil n'appartenait pas aux rangs des élus ! Il affaiblissait l'Islam ! Il déplaisait à Dieu !

Dans le silence de cette nuit, Bahou-Messadou ne pouvait plus ignorer les bruits qui couraient. Elle s'interrogeait. La résistance aux Russes, qui passait aux yeux de son fils par l'écrasement de tous ceux qui refusaient la Guerre Sainte, n'était-elle pas, en effet, contraire au Coran ?

Qu'Allah ait pitié de l'outrecuidance de Bahou-Messadou ! Comment osait-elle se poser de telles questions, elle, une vieille femme ignorante, quand Shamil ouvrait la voie vers le Salut ?

Pourtant le doute ne la quittait plus et la torturait. Elle en demandait pardon à son fils, elle en demandait pardon à Dieu, et faisait pénitence en se chargeant de fardeaux qui brisaient son corps et son esprit. Elle remontait l'eau, la terre, les pierres que réclamait la reconstruction de Ghimri. Elle traînait, roulait, poussait ces poids trop lourds, répétant les gestes pour lesquels Allah l'avait faite : les travaux des champs, les tâches domestiques, tous les labeurs physiques auxquels les hommes de son clan ne s'abaissaient pas. À eux, l'exercice des armes, l'honneur de se battre, de tuer et de mourir en brave. À elle, l'honneur d'alléger leur misère et de les seconder dans la traversée de la vie.

Bahou-Messadou dépassa les ruines de l'ancien puits que les Russes avaient empoisonné en y jetant des charognes et des cadavres, franchit les tours de guet, la première cour. Comme toujours quand elle arrivait à proximité du village, elle portait le regard haut. Mais elle voulut se redresser davantage, et Dieu l'en punit. Elle buta contre une pierre. La cruche glissa de son épaule. Son bras n'eut pas la force de la retenir. Le récipient roula entre les pierres, dans un bruit de ferraille. Elle se hâta de le redresser, écouta, craignant qu'un aboiement n'achève de réveiller les femmes.

Mais non, les chiens des bergers s'ébattaient dans la montagne. Et les autres, ceux qui chapardaient les maigres fruits et les poules, avaient été tués... C'était encore le silence. Elle palpa le sol pour mesurer l'étendue de sa faute.

L'eau dégoulinait, s'épandant en fines rigoles. Bahou se représentait son ruissellement dans la pente, le ruissellement infini d'une pureté perdue.

Cette image suscitait en elle une vision plus pénible encore : les milliers de petits filets pourpres qui avaient dégouliné vers elle, baignant ses pieds dans une flaque sanglante. Ce souvenir-là réveillait un dégoût proche de la nausée. Ce n'était pourtant pas du sang qui avait teinté son pantalon jusqu'à la cheville : le sang eût été plus pur, plus noble que ce poison infâme ! C'était du vin. Toute la réserve de vin que Shamil avait forcé ses concitoyens à répandre par vases entiers, les obligeant à se fustiger les uns les autres et à se repentir de la faute qu'ils avaient commise en fabriquant de l'alcool.

Combien d'années la séparaient de cette scène ?... Sept ans ? Huit ans ? Bien avant que les Russes s'abattent sur le village et brûlent les cultures, en tout cas ! À l'époque, Shamil ne devait pas avoir trente ans... Bahou-Messadou ne pouvait que l'approuver : son propre mari avait été un ivrogne. Et le père de son mari avant lui ! Mais la vigne, pourquoi Shamil avait-il détruit la vigne ? À Ghimri poussaient les plus belles treilles du Caucase ! Shamil en avait extirpé les racines, arrachant à ses frères jusqu'à la tentation d'offenser Dieu. Il n'avait laissé ni cep ni sarment.

Elle le revoyait qui se dressait au milieu des lopins en terrasses. Elle le revoyait, splendide et colossal, qui fouillait de son sabre une terre dont chaque parcelle avait été montée ici à dos de femmes – sa mère, sa grand-mère, ses aïeules – au prix de peines dont Bahou pouvait seule prendre la mesure. L'anéantissement de tant d'efforts, répétés par tant de générations, l'avait choquée.

Ce geste avait valeur de symbole, elle l'avait compris. Elle savait aussi ce qu'il signifiait : le remplacement de l'ordre ancien – la loi des hommes – par un ordre nouveau : la *Charia*, la loi de Dieu qui commandait la purification des âmes et la guerre à outrance contre les Infidèles.

Son esprit, revenant à la question qui la tourmentait, reprit sa ronde infernale : qu'adviendrait-il si les habitants de Ghimri choisissaient de se débarrasser d'un guide spirituel qu'ils n'avaient pas élu ?

Ils le tenaient pour responsable de tous leurs malheurs. C'était aux raids de Shamil – et de son compère le premier Imam, natif lui aussi de Ghimri – qu'ils devaient la colère des Russes. D'autres aouls, infiniment plus faciles à détruire, tels Ashilta ou Arakanee, n'avaient pas connu de semblables massacres. Et pour cause : Shamil n'y habitait pas !

... S'ils le vendaient aux Infidèles ? Pourquoi pas ? Sa tête avait été mise à prix.

Au soir de l'assaut de 1832 et de la mort du premier Imam, Shamil valait dix fois plus qu'au matin. Mais, aujourd'hui, en ce matin de sa propre consécration, sa valeur centuplait. Sur ce point, contrairement aux membres de son parti, Bahou-Messadou ne se vantait pas. Elle évitait d'imaginer combien, depuis deux ans, depuis que Shamil leur avait échappé et qu'il avait resurgi pour incendier tous les villages ralliés au Grand Tsar Blanc, sa capture plairait aux Russes.

Sa pensée vagabondait, passant en revue les écueils de l'avenir.

À défaut de Shamil, les Hypocrites de Ghimri pourraient leur donner sa famille : sa mère, sa sœur, sa femme, ses deux fils… Contre la paix.

Dès que le muezzin les appellerait à la prière, les Anciens iraient certainement discuter de cette possibilité. Bahou-Messadou n'ignorait rien du sort qui les attendrait, elle, Fatima, et surtout le petit Djemmal-Eddin, l'aîné des enfants de Shamil, son héritier, si leurs concitoyens décidaient de les livrer. Pis qu'une exécution capitale : l'exil. Et le servage, à jamais.

L'esclavage parmi les Giaours ? Elle s'insurgea contre l'éventualité d'une telle trahison. S'il y avait un état qu'aucun Musulman, homme, femme, enfant, ne pouvait tolérer, c'était celui-là : l'esclavage.

« Dieu n'écoute point les prières des esclaves, tonnait Shamil. Nul ne doit se laisser prendre vivant et tomber aux mains des Infidèles ! »

Bahou savait que cette harangue ne s'adressait pas à ses cavaliers. Pour eux, la chose allait sans dire. Aucun, jamais, ne se rendait. C'était à sa mère, à sa femme, à sa sœur que Shamil réitérait ses ordres. Quand la résistance ne leur serait plus possible, elles devaient, avant de se tuer elles-mêmes, tuer les enfants. La mort plutôt que la captivité : le plus grand de tous les déshonneurs !

Mais auparavant… Il comptait sur elles pour abattre un maximum de ces porcs et vendre chèrement leur peau.

De sa main libre, Bahou-Messadou pesa légèrement sur le manche du petit poignard qu'elle portait glissé sous sa tunique. Rien d'étonnant qu'elle fût armée : toutes les femmes du Daghestan vivaient le *kinjal* à la ceinture.

Elle n'avait pas peur. Son destin était écrit. Ce qui devait advenir adviendrait. Peur, non. Elle songeait seulement au moyen de préserver ses petits-fils, et tous les êtres auxquels Shamil tenait. La perte de l'eau était de mauvais augure.

Elle avait repris le chemin du puits et redescendait du même pas mesuré, rendant grâce à la miséricorde d'Allah qui avait permis que nul à Ghimri ne fût témoin de sa faiblesse et de sa faute. Elle ne doutait plus que cette journée serait rude. Mais ses allées et venues solitaires l'apaisaient. Elle se sentait chez elle sur le sentier du torrent…

Elle ne connaissait du monde que cette nuit, cette désolation rocheuse, ces pics sombres et menaçants, cette rivière enragée qui coulait au fond du ravin, ces abîmes si noirs que les chauves-souris y volaient en plein jour. Elle aimait ces massifs infranchissables qui façonnaient les hommes depuis tant de siècles, même si cette immensité rendait impossible l'union entre ces hommes. Combien de fois avait-elle entendu Shamil répéter qu'Allah voulait l'union des Croyants du Caucase, et que l'unité ne pouvait passer que par leur foi en Dieu et le respect de Sa Loi ? Il disait que la population des montagnes comptait plusieurs centaines de milliers de Musulmans, dont la plupart en Tchétchénie et ici, au Daghestan. Et que, parmi les trente tribus du Daghestan, cent vingt-cinq mille environ étaient Avars, comme eux. Mais qu'entre les Avars, les Darghis, les Laks, les Lesghiens, les Tchétchènes, les Ingouches, personne ne parlait la même langue. Comment s'entendre ? Ici même, au Daghestan, existaient quarante langues… Restait l'usage de l'arabe. Mais l'arabe n'était parlé que par les mollahs et les chefs religieux. Elle-même ne le comprenait pas. Elle savait écouter néanmoins et s'intéressait aux habitants des villages alentour. Shamil, qui n'omettait jamais de lui rendre visite au retour de ses batailles et de ses prêches, trouvait chez elle une oreille attentive… Comment s'unir, l'interrogeait-il, comment s'unir pour la gloire de Dieu et la liberté, sinon en marchant ensemble au service d'Allah ?

Sur ce point, il l'avait convaincue. Les Croyants ne pourraient renouer avec leur force, leur influence, leur prestige, ils ne pourraient renouer avec la grandeur de leur passé et résister aux Infidèles qu'en retournant rapidement à leur foi originelle et à ses principes, c'est-à-dire aux lois dictées par Dieu dans la Charia. Les Musulmans n'avaient plus le choix. L'urgence était de rétablir les Lois de Dieu partout où la catastrophe était imminente : dans les contrées que l'arrivée des Russes, la propagation de leurs mœurs corrompues menaçaient de souillure et d'extinction.

La confiance de Shamil en la sagesse de sa vieille mère flattait Bahou-Messadou. Mais quels conseils pouvait-elle lui donner ? Elle savait que la Guerre Sainte commençait en soi, chez soi, avec la reconquête de la pureté et le retour à Dieu. Il n'existait pas d'autres voies. Shamil devait convaincre les tièdes par l'exemple et le prêche. Et si l'éloquence ne suffisait pas, il devait les contraindre par la force.

C'était cette guerre-là que Bahou redoutait. La terreur que son fils semait dans ses propres rangs, la destruction et la mort qu'il portait parmi ses frères, contre tous ceux qui ne le suivaient pas. Cette guerre-là finirait-elle jamais ?

La liberté de Ghimri, d'Ashilta, de tous les villages du Caucase, était à ce prix.

Et maintenant ?

L'aube allait se lever et surprendre Bahou dans la montagne…

Et maintenant ?… Que se passait-il dans la mosquée d'Ashilta ? Shamil avait-il réussi à s'imposer comme chef suprême de toutes les communautés du Caucase ? Les tribus s'étaient-elles fédérées autour de lui, le Montagnard du Daghestan dont le fief avait été rasé par les Russes ? Triomphait-il en dépit de l'opposition du puissant Tchétchène Hadj-Tasho qui avait fait le pèlerinage à La Mecque et se croyait plus digne que lui du titre d'Imam ? Bahou-Messadou comptait sur l'appui de ses maîtres spirituels, sur la bravoure de ses fidèles, sur son habileté…

Mais pourrait-il revenir à Ghimri sauver sa famille ?

Elle déposa sa cruche avec précaution et, la maintenant en équilibre à l'aide d'une poignée de cailloux, elle en versa quelques gouttes sur la paume de sa main droite, teinte au henné. Elle passa l'eau sur son front, son visage…

Puis, regroupée sur elle-même, le flanc droit, l'épaule et le genou débordant légèrement sur le vide, elle s'agenouilla dans la pente, vers le sud-ouest.

Le front contre la pierre, les yeux clos, la vieille femme entendait, portée par l'écho, cette prière qui était toute sa vie.

Elle murmura avec ferveur :

*Je porte témoignage qu'il n'y a qu'un seul
   Dieu
Je porte témoignage que Mahomet est
   le messager de Dieu.
Dieu est Grand, Dieu est Grand
Il n'y a pas d'autre dieu que Dieu.*

Au-dessus d'elle, le cri du muezzin avait réveillé les Croyants.

— … Ni le canon russe, ni le sabre de l'Imam ! À mort l'hérétique ! À mort, le faux prophète !

En parvenant à sa maison, le spectacle qui s'offrit aux yeux de Bahou confirma ses craintes. Dans la cour, les gamins tournaient autour de sa belle-fille, scandant ces mots qu'ils avaient probablement entendus à la *madrasa*. Fatima, médusée, restait encore sans réaction. Drapée dans un voile brun, elle portait, elle, sa cruche accrochée dans le dos et s'apprêtait à descendre au puits.

Ses deux petits garçons, vêtus d'une vieille chemise rousse qui leur tombait à la cheville, cheveux ras, pieds nus, en haillons comme les autres, la suivaient. Elle pouvait compter sur la pugnacité de l'aîné, Djemmal-Eddin, qui hurlait plus fort que tous et distribuait des coups au hasard.

Il paraissait avoir six ans, quand il était en réalité bien plus jeune… Brun, long et fin comme sa mère, celui-là ne se laisserait pas malmener. L'autre marchait à peine, copiant son frère et répétant ses cris.

Le cœur de Bahou se figea. Ses pressentiments se vérifiaient. Le danger était imminent.

Bahou hésitait. Elle tentait de mesurer la gravité de la situation. En vain. Les bouleversements des derniers jours lui semblaient trop rapides, trop complexes.

Hormis quelques bousculades, ses petits-fils ne risquaient probablement rien ce matin. Mais demain ? Ou dans quelques heures…

Elle n'irait pas à la rescousse de sa belle-fille : Fatima se débrouillerait seule. Elle était douce, frêle, effacée, mais gare à qui critiquait son mari ou touchait à ses enfants. En s'éprenant d'elle, Shamil avait fait un choix judicieux. Bahou aurait préféré pour lui une fille d'Ashilta. Mais il avait élu l'aînée du chirurgien d'Ountsoukoul, le village voisin. Il ne s'était pas trompé. Fatima se révélait une bonne épouse. Il n'en voulait pas d'autres. Elle lui donnait des garçons, l'approuvait en tout et le vénérait. Quant à lui, s'il faisait l'effort de venir saluer sa mère avant de courir chez sa femme, Bahou savait combien il aimait Fatima. Elle incarnait le bonheur de sa vie, toute sa joie et sa paix. Bahou savait aussi ce que signifiaient ces insultes autour d'elle et de Djemmal-Eddin.

Depuis deux ans que les mères et les grands-mères étaient revenues s'installer à Ghimri, la jalousie enflammait les sérails. Pourquoi leurs fils à elles, leurs frères à elles, leurs maris à elles étaient-ils morts ? Pourquoi l'imam Khazi Mollah était-il mort ? Pourquoi étaient-ils tous morts, lors de l'assaut ? Sauf Shamil !

Il aurait dû périr avec eux. Et sa famille aussi !

Certes, les commères n'osaient pas contester sa bravoure. Le courage et la force du fils de Bahou-Messadou étaient désormais légendaires. Il avait résisté jusqu'au bout, tuant à lui seul plus d'Infidèles que les plus valeureux défenseurs de Ghimri. Transpercé de cent coups, il avait combattu le dernier. Et alors ? Que leur importait ? Il n'était pas mort en martyr, comme leurs proches, contrevenant en cela aux préceptes d'Allah qui promettait le Paradis à ses vrais serviteurs. Les braves, c'étaient eux. Pas lui ! Ses partisans pouvaient bien chanter ses prouesses, faire entrer dans la légende le bond qui lui avait permis d'échapper aux Russes en sautant, à l'ultime seconde, au-dessus des têtes de soldats… Ce que ses suiveurs appelaient avec emphase le « Saut de la Mort » ne constituait pas le signe de la volonté divine. Au contraire ! La survie de Shamil – quand ses trois cent quatre-vingt-dix-neuf guerriers avaient été tués, la préservation de sa maison, quand toutes les *saklias* de Ghimri avaient été brûlées –, ces miracles que, partout ailleurs au Daghestan, les Fidèles ressentaient comme la preuve de la protection d'Allah, étaient compris dans son village comme un pacte avec Satan.

Les vieilles rappelaient que, lorsqu'il était petit garçon, Shamil disparaissait déjà dans les montagnes, pour y méditer la perte des Croyants, au fond des cavernes avec les Géants. Seul un suppôt du diable aurait osé, comme il l'avait fait dès l'enfance, s'aventurer du côté des champs de sulfure d'Arakanee, s'avancer parmi les langues de feu qui sourdaient entre les pierres, s'enfoncer dans les volutes de fumée et l'odeur de soufre qui montaient des Enfers.

Elles racontaient encore que le fils de Bahou-Messadou était né gaucher, rachitique et malade ; qu'il ne s'appelait pas Shamil mais Ali ; et qu'Ali le Gaucher – Ali l'Impur – leur faisait peine à voir. Toujours la proie des esprits et des fièvres, il ne pouvait monter à cheval, apprendre le maniement des armes et participer aux jeux de ses camarades. Pauvre Bahou, psalmodiaient ces hypocrites, pauvre Bahou : entre son fils débile et son mari ivrogne, elle était bien mal lotie ! Et puis, un jour, quand Ali avait eu sept ans, elle l'avait enveloppé nu dans la peau d'un mouton qu'elle avait écorché elle-même. Elle l'avait laissé couché dans cette peau sanglante, durant sept jours et sept nuits. Ensuite elle avait choisi pour lui, parmi les cent un noms d'Allah, une nouvelle appellation : Ali était alors devenu *Shamil, celui qui embrasse tout*… S'il resta gaucher, en changeant de nom, Ali changea de nature : dès lors, il poussa comme du chardon et s'entraîna en secret à devenir un athlète. Mais ce n'était pas Dieu qui veillait sur ses métamorphoses :

c'étaient les Géants qui le façonnaient à leur image et le transformaient en colosse !

Bahou se moquait des envieuses. Leurs histoires, où se mêlaient le vrai et le faux, pesaient peu. Toutefois, elle se méfiait de ces racontars qui reprenaient en écho les discussions des hommes au Conseil des Anciens. Il fallait vraiment que Shamil fût absent pour qu'ils osent !

D'autres enfants dévalaient la pente, vers la maison de Shamil. Elle se dressait au milieu du village, basse et modeste, mais intacte en effet, avec son écurie au rez-de-chaussée, ses murs de terre qui s'écaillaient par plaques, son échelle, son balcon de bois que soutenaient deux poutres noircies par les flammes. L'incendie était passé au-dessus du toit, épargnant les biens de la famille, les gros coussins sur les banquettes, les quelques tapis qui ornaient les cloisons, tous les livres en arabe et les précieux manuscrits des maîtres soufis auxquels Shamil tenait tant, épargnant même Muessa, son chat bien-aimé, auquel il avait donné le nom du chat de Mahomet, et dont pas un poil n'avait roussi. C'était bien la preuve qu'Allah veillait…

Bahou hésita. Parmi les poules, les fagots, les noisettes et les petites bottes d'herbe qui séchaient sur les terrasses, la foule des matrones en colère grossissait. Ghimri évoquait un immense escalier qu'elle allait devoir gravir à contre-courant. Elle avait deux mots à dire aux Anciens, et ces deux mots-là ne souffraient plus l'attente.

Quand Bahou-Messadou força la porte du Conseil, ce fut la stupeur parmi les sages. Jamais aucune femme n'avait osé pénétrer ici.

Une douzaine d'hommes, à la barbe mi-longue et bien taillée, étaient assis en tailleur sur l'étroite plate-forme qui courait le long des trois murs, face à la montagne. La salle ne comptait pas de quatrième mur, et s'ouvrait de plain-pied sur un balcon de bois, sorte de loggia à claire-voie que soutenaient de fins pilotis plantés dans la roche, au-dessus du vide. Bahou les connaissait depuis près d'un demi-siècle, mais son incursion chez eux défiait tous les usages. L'inconvenance de sa conduite était injustifiable. Aussi découpa-t-elle claire-ment les mots qui, au Caucase comme en Orient, avaient valeur de sésame et de talisman. *Azh dje ouazhek* : « Je suis votre hôte. »

Cette phrase, que tout voyageur se devait de pro-noncer quand il demandait l'hospitalité, la mettait sous leur protection. Tant que Bahou se trouverait chez eux, chaque membre du Conseil était tenu d'assurer sa sécurité. À la seconde où, reprenant le chemin de sa maison, elle franchirait le seuil de leur domaine : à la grâce de Dieu. Ils pourraient l'égorger ou lui tirer dans le dos. Mais elle aurait dit ce qu'elle avait à dire.

Le noble Urus-Datu, le nez en bec d'aigle, la barbe grise, la lèvre inférieure fendue par une ancienne bles-sure qui filait sous le poil jusqu'au cou – un patriarche de haute taille trônant au centre –, entendit la demande d'hospitalité, telle qu'elle devait être comprise. Tou-chant son front, sa bouche et son cœur, il salua poliment Bahou-Messadou en arabe : *Salam Alaïkoum*, « la paix soit avec toi ».

Elle répondit de même et s'avança au centre du cercle.

Il y eut un murmure de mécontentement.

La lumière du jour, que Bahou reçut dans les yeux, l'aveugla. Elle eut besoin de quelques secondes pour identifier les vieillards qui siégeaient. Elle distingua Saïd Mohammad, le *cadi*, qui avait perdu tous ses fils dans le massacre de Ghimri. Elle retrouvait Koural

Mohamed Ali, le muezzin, son propre neveu, qui peut-être la soutiendrait.

Comme s'il n'y avait aucune urgence et qu'aucun danger ne menaçait, Bahou-Messadou ne se pressait plus. Le temps semblait suspendu. En silence, elle observait ces cavaliers austères, leurs yeux étincelants, leurs visages effilés : ses parents. Elle les savait braves. Les nez cassés à la racine, les balafres qui zébraient les arcades sourcilières, les cicatrices qui fendaient la saillie des pommettes et le fond des joues creuses témoignaient, pour chacun d'entre eux, de la violence des combats passés. Pourquoi ces hommes s'apprêtaient-ils à pactiser avec l'ennemi ? Le joug de Shamil leur pesait-il tant ?

Eux aussi l'observaient. Et leurs expressions n'avaient rien d'amène. Elle sentait, concentré sur elle, le ressentiment de ces hommes avec lesquels, pour certains, elle avait joué enfant. À l'époque, garçons et filles ne vivaient pas aussi strictement séparés : l'interdiction de se fréquenter datait de moins de dix ans, du temps de Khazi Mollah, le premier Imam. C'était lui, l'ami, le mentor de son fils qui avait supprimé les danses, la musique, tous les rassemblements profanes où se rencontraient les hommes et les femmes, lui qui avait exigé l'enfermement du sexe faible dans les sérails et le port du voile, dehors... Dix ans, à peine. Bahou-Messadou respectait l'enseignement de Khazi Mollah jusque dans ses moindres détails.

À dire vrai, l'ajout du nouveau voile imposé par l'Imam n'avait pas changé grand-chose à son costume : il s'agissait d'un foulard, une sorte de mouchoir noué derrière le cou qui lui couvrait la bouche jusqu'au nez. Elle le mettait, l'ôtait d'un simple coup de menton... Pour le reste, elle avait gardé la longue chemise droite de sa mère, qui laissait voir le bas de son pantalon. Il était bleu, désormais : la couleur des vieilles. Avant son veuvage, il avait été rouge : la couleur des femmes mariées. Blanc, lors de sa jeunesse. Pas de poches : de tout temps, les poches étaient défendues.

Outre le mouchoir de Khazi Mollah, un autre foulard lui enserrait le front jusqu'aux sourcils. Enfin, posé sur sa tête, un grand châle blanc la drapait tout entière, la recouvrant jusqu'aux chevilles.

Pourtant, dès son entrée, nul n'avait eu de doute sur son identité. Même entièrement voilée, la silhouette de Bahou-Messadou demeurait reconnaissable. De stature moyenne, elle conservait son maintien d'antan, sa dignité et sa noblesse.

Certes, le temps l'avait arrondie et courbée, mais elle n'avait pas pris l'embonpoint des matrones de sa génération. Et si elle en imposait, ce n'était ni par sa taille, ni par son poids, contrairement à sa fille. Il y avait autre chose… Les yeux. On ne voyait qu'eux.

D'instinct, elle tentait de dissimuler leur éclat, clignant des paupières comme un chat et voilant leur flamme sous un vernis de larmes. Mais les yeux de Bahou-Messadou flamboyaient. La joie pouvait les faire pétiller ; la colère ou l'attention, les obscurcir jusqu'à les rendre noirs. Le Conseil connaissait ce regard de prédateur, ce regard fixe, très clair, d'une couleur indéfinissable, entre le gris et le vert. Le regard de Shamil.

D'un coup de menton, elle fit sauter le mouchoir qui lui couvrait la bouche. Seul privilège de l'âge, Bahou-Messadou se souciait peu de dissimuler sa beauté et ne craignait plus de tenter le diable : elle se montrait dévoilée aux Hypocrites. Mais elle ne pouvait, la première, prendre la parole.

Elle resta debout, muette, attendant qu'on l'interrogeât. Le silence, fait de surprise et d'hostilité, durait.

Elle nota qu'ils roulaient entre leurs doigts les grains d'ambre de leur chapelet, comme tous les bons Musulmans ; qu'ils avaient le crâne rasé et la tête couverte, comme le voulait le Prophète en signe de respect envers Dieu. Qu'ils portaient la *papakha* – le haut bonnet de mouton noir... Mais pas le turban des fidèles de Shamil !

Le fait même qu'aucun d'entre eux n'ait drapé une écharpe blanche autour de sa papakha disait l'essentiel : leur opposition à la consécration de Shamil comme chef suprême. Et surtout le souci de n'être pas confondus avec ses suiveurs par les espions russes qui reconnaissaient, au port du turban, les disciples de l'Imam : ses *Murides*.

Ce mot, qui chez les Soufis de l'ordre Naqshbandi, désignait le disciple d'un guide spirituel, les Russes l'utilisaient au hasard. Dans leur vocabulaire, *Muride* signifiait rebelle, guerrier, fanatique. Depuis l'avènement du premier Imam, les *Guerres murides* étaient, pour eux, synonymes de Gazavath, la Guerre Sainte.

Chaque chef de famille ici présent avait donc à cœur d'éviter cette confusion, très dangereuse pour leur personne, entre « Muride » et « Montagnard ». Les Russes pouvaient les confondre en effet ! Rien – sinon le port du turban – ne distinguait entre eux les hommes du Caucase des guerriers de Shamil.

Ils étaient tous revêtus de la même toque de mouton noir et du même long manteau, croisé en V au ras du cou : la *tcherkeska* étroitement serrée à la taille, qui s'évasait en plis amples et puissants sur leurs bottes. Leurs poitrines étaient barrées à l'horizontale de la même rangée de cartouchières, le *ghizir* qui leur permettait de conserver la poudre et de recharger les pistolets qu'ils portaient à la ceinture. Ils étaient tous armés du kinjal.

De ce poignard-là, qu'ils vénéraient entre toutes les armes, ils se servaient comme d'un sabre. C'était un couteau droit, d'une soixantaine de centimètres, à double tranchant, strié de rainures qui permettaient l'écoulement du sang le long de la lame. Bahou-Messadou l'utilisait pour couper la gorge des chiens errants, tranchant leur cou avec élégance sans les transpercer, au contraire des Giaours qui crevaient les ventres de leurs victimes à la baïonnette !

Les Montagnards portaient encore la *chachka* : un cimeterre à peine incurvé. Enfin, dans le dos, un mousquet qui les obligeait à se tenir droits.

Aucun d'entre eux n'aurait eu l'idée de se départir d'un seul élément de ce pesant arsenal, ne fût-ce qu'une heure, pour siéger au Conseil, entre soi. Un homme désarmé n'était pas un homme mort, c'était un homme sans honneur.

Assis sur leurs jambes repliées, les poignets ceints de leurs chapelets, ils restaient prêts à l'attaque. Aussi fut-elle soulagée quand Urus-Datu, le chef du Conseil, montrant du doigt son visage découvert, l'accusa :

— C'est ainsi, femme impudique, que tu obéis aux commandements de ton fils ?

— Mon fils ne commande que ce que le Coran ordonne : que les Croyants respectent les Anciens et que tu écoutes ce qu'ils ont à dire…

Elle fut interrompue par Oullou Bek dont elle redoutait l'intervention depuis la première seconde :

— Shamil ne respecte pas les Anciens : Shamil ne respecte rien !

Celui-là, Bahou ne l'aimait pas. Elle sentait que le prestige, dont elle conservait quelques bribes ici, n'avait aucune valeur pour lui : il n'appartenait pas au village. Plus riche, plus jeune, et plus oriental. Les yeux légèrement bridés et la bouche pulpeuse sous la moustache... Un coup d'œil sur le ciselé des cartouches d'argent qui ornaient sa tcherkeska suffisait pour déceler sa différence. Et la belle papakha blanche.

Il partageait pourtant le visage émacié, le nez en bec d'aigle, les pommettes saillantes, la haute taille des Montagnards, et leur sveltesse. Un voisin de l'Est qui siégeait en invité. Il n'avait pas le pouvoir de la jeter dehors, il ignorait donc sa présence : cette femme ne comptait pas. Il reprenait le discours que son arrivée avait interrompu.

— ... Shamil se moque de nos lois, Shamil bafoue nos traditions. De quel droit méprise-t-il les *adats* qui réglementent nos conflits depuis l'origine du monde ? De quel droit nous empêche-t-il de respecter la loi du *kanly* qui commande que nous lavions nos offenses et vengions nos morts, seuls à seuls, sans l'intervention du cadi ? Il prétend que nos dettes de sang déciment nos familles, nos communautés, nos tribus, et qu'elles s'opposent à l'unité entre tous les Musulmans ? Mensonges ! L'honneur exige que nous prenions une vie pour une vie... or Shamil les veut toutes ! Il les veut pour lui seul, non pour la gloire de Dieu, mais pour le service de Shamil !

Oullou Bek se montrait habile à toucher son auditoire. *Vos vies, Shamil les veut toutes, il les veut pour lui seul* : à Ghimri, le point était sensible. Ici, les habitants naissaient égaux et libres, sans autre autorité que cette assemblée qu'ils élisaient chaque année pour les gouverner. Même les Infidèles appelaient « démocraties » ou « républiques » certaines communautés des montagnes. Oullou Bek, en revanche, était *khan* et gouvernait sa province en souverain. Son titre et ses prérogatives lui valaient le soutien des Russes qui affectaient de ne vouloir traiter qu'avec un noble tel que lui. Ils lui avaient d'emblée conféré le grade de « major » dans leur armée et l'appelaient « prince ». Un vendu.

Bahou ne s'était pas trompée. La présence d'Oullou Bek montrait l'importance et l'enjeu de cette réunion.

Se souvenant soudain de son existence, il la prit à partie :

— … Ton fils ne commande pas ce qu'ordonne le Prophète : il se prend pour le Prophète !

Cette phrase provoqua un tel tollé que Bahou sut que la partie était perdue. Contre une accusation si terrible, une accusation de sacrilège et d'impiété, elle n'était pas de taille.

Ollou Bek attendit que le tumulte se calme pour conclure :

— … Shamil nomme son chat comme celui de Mahomet. Shamil divulgue ses proclamations sur de petits bouts de papier, comme Mahomet : Shamil se veut la réincarnation de Mahomet sur la terre !

Elle n'avait rien à répondre. Tous les hommes criaient à la fois.

— Oullou Bek a raison !

— L'élection de Shamil à Ashilta est illégale !

L'émotion la submergea. Elle ne parvenait plus à suivre et ne saisissait plus le sens des interventions.

— … Plusieurs Imams vivant en même temps ne peuvent coexister en Islam : le seul chef spirituel de l'Islam est le sultan ottoman !

Oullou Bek, elle devait écouter Oullou Bek. N'écouter que lui : ses arguments, ses déductions, ses conclusions. De là venait le danger.

— Le sultan ottoman, le seul Imam que nous reconnaissions, a signé la paix avec les Russes. Poursuivre la guerre contre les Russes, c'est donc bafouer l'autorité de notre Imam légitime, le Sultan !

— Mon fils respecte l'autorité du sultan ottoman, s'emporta Bahou. Il la vénère !

Sa voix tremblait d'indignation. Une voix tranchante, claire, métallique, si différente des autres, qu'un instant, son cri domina le vacarme.

Le chef du Conseil, la montrant une seconde fois du doigt, ordonna :

— Parle.

Bahou, retrouvant sa mesure coutumière, saisit l'avantage. Avec une apparence de calme, elle répéta :

— Mon fils vénère l'autorité du Sultan. Mais le cheik Jamaluddin, son guide révéré, dit que l'autorité du Sultan ne peut plus s'étendre dans nos contrées. Il dit que l'autorité du Sultan ne peut plus se manifester dans nos montagnes... Car les Infidèles les ont coupées du reste de l'Islam.

Elle cherchait ses phrases, pesait ses mots, et déplaçait subtilement l'attention sur un personnage que tous ici respectaient : le grand absent de cette assemblée...

Le cheik Jamaluddin al-Ghumuqi al-Husayni, le maître de Shamil dans l'apprentissage de la Connaissance, passait pour un descendant direct du Prophète. Il parlait quinze langues, dont l'arabe. Et quarante dialectes de la montagne. Il pouvait réciter le Coran en entier, ainsi que les quatre cents adats qui constituaient le code social des communautés, auquel Oullou Bek avait fait allusion tout à l'heure. Il incarnait la plus haute autorité religieuse du Daghestan, le premier guide, le premier *Murchide*, de l'ordre Naqshbandi. Shamil le révérait : Bahou n'avait pas menti. Il révérait sa sagesse et son savoir, prenait ses conseils et l'écoutait en tout.

Les Anciens pouvaient bien tempêter. La caution qu'à cette heure, dans la mosquée d'Ashilta, le cheik Jamaluddin apportait à l'élection de son élève légitimait entièrement le choix des troupes.

Bahou-Messadou acheva :

— ... Vous devez élire un troisième Imam, afin de n'être pas livrés à vous-mêmes, sans guide spirituel : voilà ce que dit cheik Jamaluddin.

— Il fut un temps où cheik Jamaluddin tenait un autre discours ! s'exclama Oullou Bek.

Le chef du Conseil intervint :

— Que sais-tu de cheik Jamaluddin, femme, sinon que l'aîné de ta descendance porte son illustre nom ? Je l'ai entendu, moi, interdire à ton fils de prendre les armes ! Il affirmait alors que, même si nous étions prêts à combattre les Infidèles, un chef religieux qui prêchait la *tariqua* dans une mosquée ne le devait pas.

Bahou s'obstina :

— Cheik Jamaluddin a changé d'avis.

— Sais-tu pourquoi ?

— Oui, je le sais.

— Nous t'écoutons.

— Car les Croyants ne doivent allégeance à personne.

Regardant Oullou Bek bien en face, une inconvenance que, dans ce climat, nul ne releva, elle scanda :

— À personne !... Sinon aux religieux qui ont la faveur d'Allah.

— C'est-à-dire, ironisa le khan, à ton fils.

Elle rectifia :

— Au mollah capable de réunir en sa personne la science religieuse de la tariqua et les talents militaires d'un chef de guerre.

— Shamil n'est pas cette personne ! Shamil n'a pas la faveur d'Allah ! Il veut les pleins pouvoirs pour s'emparer de nos biens. Regardez ce qu'il a fait du trésor des khans d'Avarie !

Enfin !

Bahou-Messadou respira : enfin, ils abordaient le sujet qui leur tenait à cœur… *Le trésor des khans d'Avarie.* L'objet de tous leurs soucis. Maintenant ils allaient évoquer la vraie raison de cette discussion, la raison qui leur faisait craindre les représailles des Russes, et suscitait le besoin imminent de prendre une décision. Les événements du dernier mois justifiaient les questions. Les bouleversements des deux derniers jours exigeaient qu'on trouvât une réponse.

Aujourd'hui, 25 septembre, le muezzin allait appeler les fidèles à la deuxième prière du matin.

Quatre semaines plus tôt, le 24 août, Shamil avait quitté Ghimri avec tous ses hommes pour rejoindre Hamza Beg – son chef, le second Imam qui avait remplacé Khazi Mollah après sa mort lors de l'assaut. Ils étaient partis conquérir Khounzakh, la capitale de l'Avarie, à six heures de cheval d'ici : une communauté soumise aux Russes.

Hamzat et Shamil s'étaient emparés de la ville, ainsi que des biens de la famille régnante. Ils avaient décapité la khanum, la veuve du khan qui s'était allié aux Infidèles. Ils avaient exécuté tous ses partisans et massacré ses trois fils.

Hamzat Bek s'était alors installé dans leur palais, avec leur trésor. Shamil était rentré à Ghimri. C'était il y a cinq jours, le 20 septembre.

Le soir même, un messager le rejoignait ici : Hamzat Bek venait de tomber sous les coups du frère de lait d'un des héritiers des khans. Un certain Hadji Mourat l'avait poignardé en plein jour, dans la mosquée de Khounzakh, avant de prendre la fuite.

Shamil, convoquant dans l'heure l'assemblée des guerriers d'Hamzat Bek, les avait sommés d'élire un nouvel Imam : « ... Mais, Shamil, ce chef nous l'avons : c'est toi ! » Par deux fois, il avait refusé leur offre. Par deux fois, ils l'avaient choisi. Le temps pressait : la vengeance ne pouvait attendre.

Shamil s'était donc rendu à leurs raisons, non sans avoir reçu, de chacun, le serment solennel de lui obéir en tout, la promesse d'une foi aveugle et d'une soumission absolue. Il avait alors rassemblé ses Murides et galopé jusqu'à Khounzakh.

Là-bas, il avait sacrifié tous les prisonniers, confisqué le trésor, enlevé le dernier rejeton des khans, un garçon de huit ans. La maison régnante d'Avarie, jadis soumise aux Russes, semblait définitivement anéantie.

Il avait fait charger le butin et l'enfant sur des mules. Direction : Ghimri. L'enfant avait été publiquement étranglé sur le pont et jeté dans l'Avar Koysou. Les coffres avaient été portés chez Bahou-Messadou. C'était avant-hier.

Puis il était reparti obtenir son investiture, sa consécration officielle par les chefs de tribus de tout le Caucase, dans la mosquée d'Ashilta. C'était hier.

Et demain, les Russes surgiraient pour se venger et récupérer le trésor.

Comment parer la menace ? En prenant aujourd'hui les proches de l'Imam en otage ?

On pourrait s'en servir comme monnaie d'échange.

Dans les négociations avec les Russes ? Ou bien, ultérieurement, dans les négociations avec Shamil ?

Peu importait, pourvu que Ghimri conserve les richesses de l'ancienne capitale de l'Avarie !

C'était de cela que Bahou-Messadou était venue leur parler. Le *trésor* que les soldats polonais de Shamil, déserteurs de l'armée du Tsar et convertis à l'Islam, gardaient dans les dépendances de son appartement. Elle n'en eut pas le temps.

Du village montait une clameur, un cri qu'un messager à bout de souffle, surgissant dans le Conseil, jeta dans la salle :

— Les Russes arrivent !

CHAPITRE II

LES SABRES ENGLOUTIS

(2)

GHIMRI, 25 SEPTEMBRE 1834 À MIDI

Les Russes. La nouvelle tomba dans le silence, laissant de glace les membres du Conseil.

Chez ces vieillards farouches et nerveux, enclins à l'ironie comme à l'éloquence, chez ces guerriers si vifs, si prompts à la riposte : pas un geste, pas une question. Discipline de l'esprit, maîtrise du corps : ils exerçaient la dissimulation à laquelle ils s'entraînaient depuis toujours.

Ils gardèrent le dos à peine décollé du mur. Les paumes sur les genoux. La tête droite. Aucun muscle de leur visage ne bougea.

L'alignement noir de leurs toques semblait tiré au cordeau sur le fond rouge des tapis. Quant à leurs regards, ils n'exprimaient rien. Ni le besoin d'agir, ni la réflexion devant le danger, ni l'excitation des combats à venir. Même les yeux de Bahou-Messadou, devenus vagues et vitreux sous ses paupières mi-closes, se taisaient.

La paix semblait si pure que le jeune messager, saisi de honte devant sa propre précipitation, reprit souffle. Mettant son honneur à terminer par le plus urgent, il distilla posément :

— Ils ont traversé l'Avar Koysou au pont du Diable. Ils passent par le sentier du bas… Une centaine. Ils brûlent tous les aouls sur leur passage… Ils se trouvent à quatre heures d'ici.

Urus-Datu remercia d'un hochement de tête.

Puis il se tourna vers le muezzin et, seule concession à l'urgence, le pria de lancer le deuxième appel de la journée. Un procédé hérité de Shamil qui n'hésitait pas, lors de négociations difficiles, à avancer de plusieurs dizaines de minutes l'heure rituelle des prières, pour gagner du temps. Résistance ou soumission, le choix des Anciens ne pourrait être fait qu'après s'être tournés vers Allah.

Le pâle soleil de septembre était loin de son zénith quand le muezzin sortit sur le balcon. Mais l'invocation du nom du Seigneur n'apporta, cette fois, ni sérénité ni répit à Ghimri. À l'exception du Conseil, nul ne l'écouta.

Les femmes couraient en tous sens, rassemblant leurs biens, poursuivant leurs poules, rattrapant leurs enfants, et criant. Elles savaient d'expérience que, devant les Russes, elles devaient fuir… S'échapper par les pics et les pentes avec le peu qu'elles possédaient, redescendre vers le torrent, se cacher au plus profond de la forêt, écouter, attendre. Les Giaours, qui craignaient les embuscades dans les bois, se garderaient, peut-être, de leur donner la chasse. Peut-être trouveraient-ils vain, cette fois, de mourir sous les coups d'invisibles tireurs. Pour rien : quelques volailles, et des femelles tellement usées par les grossesses et les travaux des champs, tellement cassées par le poids des fardeaux quotidiens, qu'à vingt-cinq ans, elles en paraissaient le double.

Dans le sérail de Shamil régnait le même tumulte. La grosse Patimat, la fille de Bahou-Messadou, s'affairait, enfilant ses bracelets à la hâte, ceignant ses colliers, cachant le reste des bijoux et le plat d'argent sous les lames disjointes du sol, au fond du trou qui les avait déjà protégés quand elle avait pris la fuite dans la forêt, il y a deux ans.

Pour le reste, lors du premier assaut, elle avait tout perdu : son mari et son fils.

Les cinq déserteurs polonais, en charge du trésor chez Bahou, arrimaient les coffres des khans sur les mules de l'écurie. Ceux-là, comme les femmes, savaient d'expérience ce que signifiait l'arrivée des envahisseurs. Ils savaient ce qu'engendrait la soumission au Tsar et l'annexion d'un pays à l'Empire... Ils savaient la façon dont Nicolas Ier matait les révoltes et traitait les vaincus. Ils savaient comment, moins de quatre ans plus tôt, l'armée russe avait ramené le calme à Varsovie.

Eux-mêmes anciens officiers, ils avaient été humiliés, dégradés, déportés au Caucase, exilés parmi des soldats-paysans qui leur infligeaient toutes les corvées, les affamaient et les traitaient plus mal que des serfs. Ainsi expiaient-ils, au service des vainqueurs, leur goût de la liberté. Ils mouraient en braves pour la cause qu'ils récusaient : le triomphe de l'Empire russe... Jusqu'à ce que, n'ayant plus rien à perdre, ils choisissent de passer à l'ennemi.

Les Imams du Daghestan pouvaient être certains de leur haine. Ces hommes se feraient un honneur et une joie de massacrer leurs bourreaux. Ils n'ignoraient rien du sort qui les attendait s'ils étaient repris, et ne se laisseraient pas capturer vivants.

Shamil n'avait pas laissé ses Polonais au hasard chez sa mère.

— ... Où est Bahou-Messadou ?

Fatima, prête à fuir, remontait en courant les gradins de Ghimri vers la salle de l'assemblée, le plus jeune de ses deux garçons ficelé dans le dos.

— Bahou, vous l'avez vue ? demandait-elle, affolée, aux femmes qui s'agitaient. Djemmal-Eddin est avec elle ?

Quand le muezzin eut lancé son appel, les membres du Conseil se levèrent pour faire leurs ablutions et aller prier. Dieu leur dicterait leur conduite envers les envahisseurs. Ils sortirent ensemble afin de se rendre à la mosquée.

C'est alors que Bahou-Messadou commit sa seconde faute de la journée : elle sortit avec eux.

À peine eut-elle franchi le seuil que le khan Oullou Bek, se tournant vers le chef Urus-Datu, suggéra :

— Le moment est venu : prenez-la.

Elle en demeura saisie :

— Aucun serviteur de Mahomet ne saurait manquer à ce point de respect envers un vieillard ou un pauvre !

— Tu n'es ni aussi pauvre ni aussi vieille que tu le prétends, Bahou-Messadou.

— Et toi, Oullou Bek, tu n'es pas un vrai Musulman : les Infidèles te paient et tu les sers, en chien que tu es.

66

— Oui, ils me paient. Comme ils vous paieront tous, si vous allez vers eux. Les premiers qui se soumettent reçoivent les meilleurs traitements et les plus beaux cadeaux. Les derniers recevront moins… Allez les accueillir aux portes du village, allez avec vos femmes et vos enfants, allez vers eux librement. Ils ne vous demanderont rien, sinon de vivre en paix avec le Grand Tsar Blanc. Qu'avez-vous à y perdre ?

Bahou, se redressant de toute sa taille, menaça les hommes de Ghimri. Elle savait ce qui les retenait :

— La vengeance de Shamil ! Souvenez-vous de ce qu'il a fait aux khans d'Avarie, aux gens d'Ount-soukoul, à tous ceux qui se sont soumis aux Russes…

— Les Russes vous défendront : si les canons russes vous protègent, Shamil ne peut rien contre vous.

Bahou ironisa :

— Comme ils ont défendu Khounzakh et protégé les khans ?

— Comme ils vengent à cette heure les khans d'Avarie et reprennent les terres qui leur appartiennent. Comme ils brûlent les villages d'Arakhanee, d'Irganai, d'Akhoulgo en représailles de ce que Shamil a fait à Khounzakh ! Comme ils brûleront Ghimri et vous tueront tous…

— N'écoutez pas Oullou Bek : les Russes l'envoient pour vous bercer de paroles et vous endormir : ils vous tueront de toute façon ! Puisque vous n'êtes pas assez nombreux pour défendre le village, vous devez le brûler vous-mêmes, fuir avec les récoltes et rejoindre Shamil… Que les Giaours ne trouvent ici rien à voler, rien à boire, rien à manger !

Le vieil Urus-Datu restait méfiant :

— Et le trésor ?

— Les Polonais l'emporteront dans la forêt avec nous.

Oullou Bek hocha la tête et siffla, méprisant :

— Dans la forêt ! Les Russes vous y poursuivront et, croyez-moi, ils vous y trouveront. Mais si vous leur offrez… (Il désigna Bahou :) une monnaie d'échange qui les intéresse, ils vous proposeront une contrepartie. Sinon…

Il montra les ruines de la mosquée et les tours calcinées. Elle cracha à ses pieds :

— Si tu as peur, Oullou Bek, donne ton sabre aux femmes et cache-toi sous nos voiles.

D'un geste rapide, le chef du Conseil arrêta le kinjal du khan qui allait lui faire sauter la tête :

— Emmenez-la, ordonna-t-il, et jetez-la dans la fosse avec les autres otages.

La fosse, que les Giaours appelaient « le puits de Shamil », se présentait sous la forme d'une trappe et d'un trou creusé à la verticale dans le rocher, à l'extérieur du village. Un travail de titan, l'œuvre des prisonniers russes que Shamil considérait comme ses esclaves et qu'il utilisait pour les labeurs les plus durs. Avec, à terme, l'idée d'échanger les riches – les officiers – contre de grosses rançons.

L'enlèvement des hommes et leur rachat, les raids sur les forts russes, les razzias sur les villages soumis aux Infidèles – prises d'otages, vols de chevaux, d'armes et de bétail –, l'ensemble de ces rapines lui permettait de constituer un trésor de guerre.

Pour le reste, Shamil méprisait le luxe et l'ostentation. Sa vie reposait sur la piété, sur la discipline, sur l'austérité. La richesse ne l'intéressait pas. Et s'il pouvait se montrer âpre au gain, l'intérêt n'entrait en rien dans son avidité. Il n'avait jamais eu l'intention, à l'inverse de ses concitoyens, de s'approprier à des fins personnelles le trésor de Khounzakh. Le butin restait un outil, rien d'autre. Le moyen de sa résistance. Il comptait l'utiliser pour acheter la complicité des chefs de tribus. Payer ses espions, les marchands arméniens et les soldats polonais, qu'il recrutait dans les forts. Acquérir les fusils que des aventuriers anglais, soucieux de freiner la marche du Tsar vers les Indes, étaient venus proposer aux Tchétchènes et aux Tcherkesses. Négocier à Kabarda, la ville des chevaux, les étalons les plus résistants et les plus rapides du Caucase afin de créer un réseau de messagers entre les tribus. Frapper une médaille d'argent qui chanterait l'héroïsme de ses Murides et récompenserait leurs hauts faits. Distribuer des vivres qui permettraient aux familles des blessés et des morts de subsister. Tant d'autres nécessités, tant d'autres projets ! Le rêve de la création d'un État musulman libre et fort inspirait le moindre de ses choix et justifiait toutes ses cruautés.

Outre ses captifs russes, il entassait sur la paille de son puits les huit otages d'Ountsoukoul, la communauté voisine qu'il avait châtiée pour trahison. À ces prisonniers-là, dont il avait décapité les pères, son bourreau avait crevé les yeux, comme l'usage l'exigeait envers les parents et les amis des traîtres. Quant aux Infidèles, aveuglés par des années de réclusion dans un tombeau qu'ils creusaient chaque jour plus profond, ils titubaient de faim, de soif et d'épuisement. Ce fut ce petit groupe que Bahou-Messadou alla rejoindre dans l'obscurité nauséabonde de la fosse. Elle était bien placée pour connaître le sort réservé aux familles ennemies.

Elle eut, en outre, la douleur d'entendre que sa belle-fille qui l'avait cherchée jusqu'à la mosquée, avait été prise, elle aussi.

Fatima, son enfant toujours ficelé dans le dos, la suivit sur la longue échelle. Le petit garçon gigotait, furieux de se sentir entravé.

Face à face dans le noir, les deux femmes se scrutèrent, fouillant l'obscurité du même regard et poussant le même cri :

— Djemmal-Eddin n'est pas avec toi ?

— Calme-toi, murmura Bahou. Il a sûrement fui avec Patimat.

Les prisonniers russes, tout à l'excitation d'une délivrance prochaine, ne s'occupaient pas d'elles. Mais les aveugles d'Ountsoukoul, le village dont Fatima était originaire, avaient reconnu sa voix. Ils s'étaient rapprochés, prêts à donner la chasse aux deux femmes, prêts à se venger sur elles des supplices de Shamil.

Bondissant au hasard, ils s'accrochèrent au bras de celle qui tenait le bébé. Elle se débattit, recula. Ils lui arrachèrent son voile. Au moment où ils allaient s'emparer de l'enfant, deux d'entre eux sentirent dans leurs paumes comme une chaleur humide : leur propre sang qui giclait. Ils avaient fermé la main sur deux lames.

Elles avaient dégainé leurs kinjals que nul n'avait songé à leur ôter. À la différence des autres, elles étaient armées.

Soudain, il y eut comme une vibration au-dessus d'elles, le bruit d'une cavalcade, des coups de feu. Tous écoutèrent. Et... Rien. Plus un bruit. Ils furent à nouveau coupés du monde.

Puis, à nouveau, des cris, des ordres. La trappe s'ouvrit. On jeta l'échelle :

— Descends.

La lumière empêchait de distinguer les personnages qui s'agitaient à l'orée du puits. Une silhouette voilée se débattait : la grosse Patimat, la sœur de Shamil. Elle résistait, insultant les Hypocrites, les traîtres, jurant qu'Allah ne laisserait pas leurs crimes impunis.

Bahou crut que les Anciens allaient précipiter sa fille dans la fosse. Elle hurla :

— Descends !

À peine Patimat eut-elle pris pied dans la paille, que Fatima se précipita :

— Djemmal-Eddin ?

— Il était avec les Polonais.

— Ils l'ont emmené avec eux ?

— Les Polonais ne connaissent pas la montagne... Comme s'ils pouvaient passer l'Avar Koysou avec des mules ! Les lèvres de Patimat se pincèrent de mépris. Elle n'avait jamais compris que son frère gardât des renégats chrétiens sous son toit et qu'il laissât ses fils jouer avec eux... Oullou Bek les a repris.

— Tous les cinq ?

Patimat hocha la tête :

— Avec le trésor... Tous.

Chacune ici savait ce que cela signifiait : leurs têtes se balançaient à l'arçon du bey.

Patimat se hâta de poursuivre :

— Personne n'a pu quitter Ghimri. Le Conseil en a décidé ainsi... Urus-Datu s'apprête à rencontrer les Russes. Il ira négocier avec eux, par l'intermédiaire d'Oullou Bek... Les femmes et les enfants resteront derrière, ils les accueilleront au village.

Elle répéta avec autant d'angoisse que de fureur :

— ... Mais pour Djemmal-Eddin, je ne sais pas !

Elle avait la voix rauque, les inflexions gutturales des femmes de Ghimri. À leur différence toutefois,

Patimat était grande, comme son frère. Elle partageait son ardeur, sa piété, son autorité. C'était elle qui, depuis la mort de son mari, régnait sur le sérail de Shamil. Sa passion pour lui ne connaissait aucune borne. Elle ne lui résistait – dans le secret de ses quartiers – que sur un point : son désir d'austérité. Elle voulait, elle, asseoir la puissance de la maison de Shamil par la possession de belles armes et de beaux habits. Aussi déployait-elle son immense énergie pour amasser sous son lit les kinjals aux manches ciselés, les tissus, toutes les dépouilles dont elle pouvait s'emparer. Quant à ses sentiments envers les ennemis de son frère… Sa haine à leur endroit garantissait, pour l'heure, la sécurité de sa famille dans la fosse. Le châtiment des traîtres d'Ountsoukoul lui semblait trop tendre. Pour avoir pactisé avec les Infidèles, ils méritaient bien pire ! Elle avait, elle aussi, gardé son poignard et comptait en user.

Les trois femmes s'étaient assises. Plus que la puanteur, la proximité des Russes les souillait.

Bahou avait pris son petit-fils contre elle et le berçait doucement. Elle balançait le buste d'arrière en avant, psalmodiant de cette voix métallique qui n'appartenait qu'à elle, une variante de la « Ballade de Shamil », le chant de guerre qu'avaient composé ses cavaliers partant au combat.

> *Réveillez-vous, peuple des montagnes,*
> *Dites adieu au sommeil,*
> *Dénudez vos sabres et sortez vos*
> *   kinjals*
> *Je vous appelle au nom de Dieu.*

Elle inventait de nouveaux couplets sur d'anciennes litanies, brodant sur les rythmes et psalmodiant.

Patimat, les yeux clos, se balançait à ses côtés. À mesure que se déroulait la lente mélopée de sa mère, elle revivait ces jours terribles d'octobre 1832 quand, au terme de la canonnade qui avait détruit Ghimri, elle avait entendu monter de l'aoul les chants de mort des ultimes survivants. Cachée dans le bois, près du torrent, elle avait alors imaginé ce qui se passait là-haut.

Dans leur maison éventrée, son mari et son très jeune fils avaient attendu ensemble que l'ennemi arrive à portée de leurs sabres. Ils s'étaient liés par leurs ceintures jambe contre jambe, formant avec les autres Murides un bastion vivant. C'était la tradition. Ils se battraient, ils mourraient comme un seul homme. Priant à haute voix, demandant à Dieu de leur pardonner leurs péchés, ils psalmodiaient la *shahada* que Bahou chantait à cette heure : *Il n'y a pas d'autre dieu que Dieu.*

> *La ilaha illa Allah.*
> *La terre sera consumée sous le feu du*
>   *soleil*
> *Les montagnes auront fondu*
> *Avant qu'au combat, nous ayons perdu*
>   *l'honneur.*
> *Il n'y a pas d'autre dieu que Dieu.*

Quand les Infidèles les auraient cernés, ils bondiraient dans un hurlement et les tailleraient en pièces.

Patimat, Bahou-Messadou, Fatima, toutes les femmes de Ghimri avaient vu, le long des remparts éventrés, leur corps-à-corps avec les Russes. Elles avaient vu leurs hommes repousser les soldats jusqu'à la corniche. Elles les avaient vus s'accrocher à leurs adversaires et s'élancer dans le vide, les entraînant tous avec eux. Elles les avaient vus qui continuaient à combattre dans la chute, tournoyant avec l'Infidèle, embrassés deux à deux. Avant de s'écraser à leurs pieds, dans un bruit mat, sur les rochers du torrent.

Nous sommes nés la nuit quand hurle la louve, continuait doucement Bahou-Messadou,

> *Nous avons grandi dans le nid de*
>   *l'aigle,*
> *À notre peuple et à nos montagnes,*
>   *nous devons notre dignité*
> *Il n'y a pas d'autre dieu que Dieu.*

Patimat s'en souvenait : au soir, le village était pris. Seules deux redoutes résistaient encore.

Elle reconnaissait, dans le chant de sa mère, l'appel qui était monté de Ghimri, un cri rauque que les femmes avaient entendu de la forêt. C'était Khazi Mohamed Mollah, le premier Imam, ralliant ses Murides.

Shamil avait tant respecté cet homme, son ami, son mentor, que l'enfant qui somnolait à cette heure dans les bras de Bahou, son second fils, il l'avait prénommé *Mohamed Ghazi* en mémoire de lui.

… Sur ses quatre cents guerriers, ils n'avaient été qu'une dizaine à lui répondre. Mais la bataille avait continué. De l'une des deux redoutes, quelqu'un tirait toujours. Les Russes, qui tentaient de prendre cette maison, tombaient les uns après les autres. Leurs officiers avaient donné l'ordre de la nettoyer au canon.

L'explosion avait fait vibrer toute la forêt. Cette fois, le calme allait régner sur Ghimri.

D'en bas, du torrent, on avait senti l'odeur du feu, écouté le crépitement des flammes et, déjà, le cri des

vautours qui planaient au-dessus des cadavres déchi-
quetés.

C'est alors…

Patimat, assise dans la paille près de sa mère, ne se
lassait pas d'écouter Bahou-Messadou. Sa litanie, dont
les Russes eux-mêmes colportaient le récit dans leurs
forts, ces images, cette légende étaient devenues si
familières aux Montagnards que tous croyaient avoir
vécu la scène.

… C'est alors que le dernier des combattants, un
homme colossal, apparut au cœur du brasier. Il avait le
regard clair et la barbe rousse, teinte au henné. Il resta
un moment immobile sur le seuil, comme pour laisser
aux Infidèles le temps de le viser, puis brusquement,
avec un bond de bête sauvage, il sauta par-dessus les
têtes des soldats prêts à l'abattre, fit tournoyer son
sabre de la main gauche, décapita trois hommes, et fut
transpercé d'un coup de baïonnette par le quatrième.
La lame pénétra dans sa poitrine jusqu'à la garde. Il la
saisit, l'arracha, abattit le soldat et, d'un autre bond,
franchit le mur. Il disparut dans les ténèbres.

Ce guerrier, le seul à survivre, c'était Shamil.

Quand Bahou psalmodiait ainsi, à mi-voix, la ballade de son fils, la grosse Patimat retrouvait son
courage, sa haine et sa foi.

Fatima, elle, ne voyait rien, n'entendait rien. Le
monde qui l'entourait ne l'atteignait plus. L'angoisse
lui étreignait le cœur et la glaçait.

Elle ne songeait qu'à son enfant perdu, elle ne voulait contre elle que la chaleur de Djemmal-Eddin.

Le petit garçon, tapi dans un trou du rocher, observait la longue file de silhouettes blanches qui montaient vers son promontoire : elles progressaient à pied, péniblement, tenant leurs montures derrière elles. Il regardait, avec grand intérêt, les selles chargées d'équipement qui se râpaient aux rochers des corniches. Et les animaux qui refusaient d'avancer. Il voyait même des chevaux basculer dans le vide, avec tout leur matériel. Comme son père, Djemmal-Eddin aimait les chevaux, et comme lui, il aimait les armes. Il détaillait les fusils, les sabres, les baïonnettes… Les grenades à la ceinture et les bottes qui passaient au ras de son trou.

Il regardait aussi Urus-Datu et le khan qui s'avançaient en délégation à l'orée du village, avec le muezzin et un drapeau blanc.

Sans comprendre, il écouta leur long discours, la traduction de l'interprète, les réponses dans une langue étrangère, les discussions, les palabres. Il ne perdit rien du spectacle : les allées et venues du vieil Urus-Datu entre l'armée et le village, les soldats qui dressaient des tentes et allumaient des feux. Outre leurs armes, un objet d'or posé sur les flammes l'intriguait. Il était rond, rutilant, et paraissait lourd : le samovar. Quand il respira l'odeur du thé qui coulait dans les gobelets, Djemmal-Eddin sentit qu'il avait soif.

L'instinct lui commanda de se tenir tranquille. Il n'avait pas peur. Il était habitué à se contenter de peu et à dormir seul. Depuis près d'un an, depuis qu'il montait à cheval, il ne vivait plus chez sa mère. L'usage voulait qu'un garçon ne fût pas amolli par les femmes. Il habitait la maison voisine, chez le compagnon d'armes de son père : Yunus, qui l'éduquait… Yunus se trouvait à Ashilta.

Djemmal-Eddin n'avait pas peur, non. Mais Yunus l'avait prévenu : si les Russes le prenaient, ils le scalperaient. Une pratique courante chez eux. Ils scalpaient les crânes rasés des morts et des blessés. Djemmal-Eddin avait vu les cadavres que son père avait rachetés aux Infidèles pour les enterrer ici, dans leur cimetière. Les fronts de tous les Murides avaient été incisés, puis écorchés au couteau.

Leurs peaux se balançaient en trophée dans le camp, là, au bout d'un fanion, et servaient d'étendard aux Chrétiens... Comme les têtes tranchées des Polonais que le khan avait brandies sous ses yeux, avant que Djemmal-Eddin ne réussisse à lui échapper tout à l'heure.

L'enfant s'assoupit.

En cette soirée du 25 septembre 1834, il fut le seul à dormir. Sous la tente des officiers, comme dans la salle du Conseil, les discussions faisaient rage et se poursuivirent jusqu'à l'aube.

Au matin, les Anciens tombèrent d'accord sur leurs devoirs et leurs exigences. À dix heures, les Russes ratifièrent les engagements des deux parties. À midi, leurs interprètes rédigèrent le traité en ces termes :

1. Chacun de vous pourra pratiquer sa religion et personne ne s'opposera à vos rites.

2. Personne ne vous recrutera de force dans l'armée et personne ne vous livrera à la justice.

3. Toutes les terres d'Avarie, situées sur le plateau où vous viviez avant la rébellion de 1832, vous seront restituées.

4. Vous administrerez vous-mêmes Ghimri, selon vos adats et selon la Charia.

En échange :

1. Vous jurez sur Allah de ne jamais briser la paix que vous signez aujourd'hui.
2. Vous nous donnez trois de vos fils en otage et vous nous rendez tous les Russes que vous gardez prisonniers.
3. Vous nous restituez le trésor des khans d'Avarie.
4. Vous nous livrez l'imam Shamil et tous les siens.

Ces deux derniers points préoccupaient les Anciens qui, dans le secret du Conseil, continuaient de discuter le contrat : certains rappelaient, non sans inquiétude, qu'ils ne détenaient pas Shamil, seulement ses femmes. Quant au butin : le rendre à ces chiens restait hors de question !

Urus-Datu fit valoir que les Infidèles ignoraient la composition du trésor des khans d'Avarie : il serait donc aisé de leur en soustraire une partie. L'important était de sauver la récolte et d'assurer la survie immédiate de l'aoul. Pour le reste, patience et habileté.

Un serment à ces porcs pesait peu.

Aux yeux des Russes, les huit clauses paraissaient satisfaisantes, d'autant plus satisfaisantes que nul, parmi les officiers, n'était habilité à signer un tel accord.

Le général Klüge von Klugenau, l'un des deux généraux qui avaient naguère rasé Ghimri, guerroyait autour de Khounzakh et ne comptait pas monter ici. Il n'avait détaché ce contingent que pour faciliter le passage de son supérieur, le général-major Lanskoï qui devait arriver du fort de Temir-Khan-Choura, la base russe située à quarante kilomètres. Lanskoï était attendu par le sentier des crêtes, avec ses canons.

Si l'habileté des éclaireurs pouvait aboutir à la pacification de ces *sauvages* – comme l'état-major, avec autant d'arrogance que de mépris, appelait les Montagnards –, si les promesses du petit lieutenant Rostkov pouvaient mener, sans coup férir, à leur soumission, à la capture de l'Imam, à la reprise du butin : parfait. Les généraux seraient contents.

Sinon, peu importait. Ce bout de papier ne valait rien.

Restait, néanmoins, un dernier détail à régler... Un détail sur lequel le lieutenant Rostkov ne transigerait pas. Les indigènes devaient venir se livrer sur son terrain, à l'extérieur du village. Ils remettraient leurs armes, sans exception, *toutes* leurs armes, aux officiers. On procéderait ensuite à la signature.

Ce ne fut pas la lumière du jour qui éveilla Djemmal-Eddin, mais les cris, les ordres, les insultes qu'aboyaient les Infidèles à l'intention des Anciens. Les Montagnards marchaient droit sur leur camp : une masse formidable, sombre et compacte. En armes.

Ils avaient revêtu leurs tcherkeskas les plus longues, leurs bottes les plus souples, et portaient avec superbe leurs lourds bonnets de mouton noir enfoncés sur le front. Leurs poitrines rutilaient sous la rangée de cartouchières d'argent qu'ils avaient remplies de poudre. Outre leurs kinjals, certains d'entre eux arboraient plusieurs pistolets à la ceinture, le sabre en bandoulière, le mousquet dans le dos. Ils se présentaient, non en vaincus mais en guerriers. D'égal à égal.

Les Russes criaient toujours. Ceux-là, l'enfant ne les regardait plus, ils semblaient irréels, des fantoches, des pantins. Mais il ne comprenait pas ce qu'ils disaient, il ne comprenait pas ce qui se passait. Il reconnaissait la barbe grise d'Urus-Datu, la silhouette émaciée du muezzin, la vingtaine d'hommes qui n'avaient pas suivi son père. Que faisaient-ils ? Venaient-ils se rendre ? Ou bien défendre le village et combattre, comme Shamil le leur avait ordonné ?

Son regard fila vers les portes du village où se tenaient, silencieux, immobiles, les femmes et les enfants – ses camarades de jeu, ses ennemis, leurs sœurs, la masse des filles voilées et des bébés –, toute la population qui regardait la scène de loin, comme lui. Il se sentit déçu ne pas reconnaître sa mère et son petit frère dans cette foule, et surtout Bahou-Messadou dont il recherchait toujours la présence.

Il fut saisi d'une telle angoisse qu'il en perdit le souffle. Pour la première fois, depuis que le khan avait tué les Polonais et qu'il avait couru se cacher, il aurait voulu que Shamil vienne à leur secours. Il l'appelait intérieurement. Il sentait d'instinct qu'il n'en avait pas le droit, qu'un Montagnard se débrouillait seul. Mieux que tout autre, Djemmal-Eddin savait ce que le fils d'un cavalier du Daghestan, le fils de Shamil, se devait à lui-même.

Les Montagnards s'étaient arrêtés à quelques pas des soldats. L'enfant voyait bien que les Russes travaillaient à les encercler. Leur danse ne l'amusait pas. Son regard passait d'un groupe à l'autre, puis retournait au village, espérant que sa mère et sa grand-mère apparaîtraient entre les deux tours de guet.

Impuissant, la gorge sèche, le cœur serré par un pressentiment qu'il ne maîtrisait pas, il observait le khan – Oullou Bek – qui traduisait la harangue du lieutenant à casquette plate. Quand il eut terminé, le vieil Urus-Datu, s'adressant directement au lieutenant, répondit avec fierté :

— Un homme sans arme n'est pas un homme. Nous sommes venus faire la paix, mais nous resterons armés.

Aucun besoin d'intermédiaire pour comprendre le sens de la pantomime qui suivit : le lieutenant ordonna à tous les Montagnards de jeter, ici, à ses pieds leurs kinjals, leurs sabres et leurs pistolets :

— … Allons, plaidait-il, soyez raisonnables, donnez-nous vos armes, nul ne sera inquiété.

Les Montagnards hésitaient. Le muezzin s'avança le premier. Sans un mot, il tendit son kinjal à l'officier le plus proche. Le muezzin fut suivi par deux, trois, quatre autres qui répétèrent son geste, avec autant de rage que de haine. L'un des officiers, se penchant à l'oreille de son camarade, gouailla :

— Quand nous les aurons tous désarmés… nous n'aurons plus qu'à ôter leurs pantalons aux femmes.

L'autre répliqua sur le même ton :

— Quand on les aura déculottées, tout ira bien !

Urus-Datu, chef du Conseil et sage parmi les sages, comprit-il, à l'expression de ces hommes, l'insulte qui le souillait, lui, et l'ensemble des Musulmans ? Il avait été l'un des plus fervents partisans de la soumission. Mais quand vint son tour, il refusa net de remettre ses pistolets.

— Se laisser désarmer, répéta-t-il fermement, c'est se laisser déshonorer.

Le lieutenant, exaspéré, se lança dans un nouveau discours, expliquant que la Russie était une puissance à laquelle il serait vain pour lui, pour eux, pour quiconque de résister.

— Nous savons que la Russie est forte, reconnut le patriarche. Nous savons qu'il est impossible de s'opposer à la Russie, nous savons que la Russie nous exterminera sans difficulté, en cas de révolte… Nous savons même que vous abattrez Shamil, un jour ou l'autre. Nous savons tout cela… Mais nous ne pouvons pas vous donner nos armes.

Il martela avec force :

— Nous ne le *pouvons* pas !

Djemmal-Eddin vit les Russes mettre le vieillard en joue. Urus-Datu se tourna à demi, observa leurs fusils, et conclut :

— … Ou alors, si, nous le pouvons. (Il leva son pistolet, visa au front l'officier qui avait plaisanté…) Comme cela !

Il tira à bout portant, puis jeta négligemment son arme fumante aux pieds du lieutenant.

Ce qui se passa ensuite obligea Djemmal-Eddin à se terrer.

Les balles ricochèrent en rafales jusque dans son trou.

Quand la fusillade se tut, il risqua un regard : les Anciens gisaient éparpillés sur les rochers. Même le khan Oullou Bek baignait dans son sang. Ne restait pas un seul Montagnard debout.

Les femmes poussèrent un hurlement. Une seconde salve couvrit leur cri. Elles tombèrent sur place, entre les deux tours. Celles qui tentèrent de fuir dans la montagne furent abattues d'une balle dans le dos. Les autres furent pourchassées dans le village. Elles se défendirent à coups de cailloux. Elles retrouvaient la haine, la peur, l'horreur des Giaours. Elles ne se laisseraient pas prendre.

Quand elles n'eurent plus de pierres, elles empoignèrent les lames des baïonnettes qui les cernaient. Elles les arrachèrent, en égorgèrent leurs petits. Puis, se servant de leurs enfants morts comme derniers projectiles, elles en frappèrent leurs assaillants, et se poignardèrent à leur tour.

Djemmal-Eddin écoutait les plaintes des agoni-
santes, les pleurs des bébés et des vieilles au fond des
ruelles, qui se confondaient avec les déflagrations des
soldats tirant à l'aveuglette sur ce qui bougeait encore.

« Qui tirait ? » au fond du puits, on avait entendu les
coups de feu… « … Qui tirait ? » Le claquement de la
fusillade semait la panique et l'espérance parmi les
prisonniers.

Les captifs russes, le visage tendu vers la trappe,
hurlaient, tentant d'attirer sur eux l'attention de leurs
compatriotes dont ils percevaient les voix.

Fatima, Bahou, Patimat, les mains pressées sur le
cœur pour en comprimer les battements, ne criaient pas.
Mais elles gardaient, elles aussi, le regard levé vers les
rais de lumière entre les planches. Qui tirait ? Shamil ?

Sur le sentier des crêtes, les soldats du général
Lanskoï, qui arrivaient à marche forcée du fort de
Temir-Khan-Choura, écoutaient eux aussi. Ils s'étaient
arrêtés et se posaient les mêmes questions. Qui tirait à
Ghimri ? Le détachement d'éclaireurs, que le général
Klugenau avait envoyé à leur rencontre, était-il
attaqué ? Shamil, dont tous leurs espions avaient affirmé
qu'il ne se trouvait pas chez lui, était-il de retour ?

Les hommes se hâtaient, gardant l'espoir d'arriver à
temps et de soulager leurs camarades. Ils avançaient à
pied, mais retenaient avec grande difficulté leurs chevaux et leurs canons dans les pentes.

D'en haut, ils virent l'aoul en flammes.

La troupe finit au pas de charge sa vertigineuse
descente.

Devant l'amoncellement des corps indigènes, le général Lanskoï fut très soulagé d'apprendre que ce carnage n'avait coûté qu'un seul officier.

Vétéran de l'armée de Russie en Pologne, il n'avait guère l'expérience de cette guerre. Mais il avait lu les rapports de ses prédécesseurs. Il en concluait, comme eux, que les Montagnards du Daghestan et de Tchétchénie étaient incapables d'entendre raison. Le seul moyen de leur apporter la civilisation, le seul, c'était la terreur. Ces gens ne comprenaient que cela, ils ne respectaient que cela : la loi du plus fort. Il fallait donc agir selon leur mentalité, en appliquant les préceptes du vieux général Yermolov, le vainqueur de Napoléon et le premier vice-roi du Caucase : *Détruire les récoltes. Abattre le bétail. Brûler les maisons. Tuer les femmes et les enfants. Pendre les otages*. Depuis vingt ans, sa tactique avait fait ses preuves.

Le lieutenant Rostkov ne trouva aucune difficulté à justifier la fusillade et l'incendie qui suivit. Les Anciens avaient largement mérité leur sort : en fait du trésor d'Avarie, ils n'apportaient tout à l'heure que des babioles ! Quant à leur Imam, qu'ils prétendaient tenir et livrer, ils avaient menti : Shamil restait introuvable… Ces Montagnards étaient incorrigibles : ils cherchaient toujours à ruser, à tromper, à voler le conquérant !

Le général ordonna de récupérer le butin dans les coffres, d'achever au mortier la destruction du village, et de poursuivre vers Khounzakh qu'il comptait reprendre aux fanatiques.

Entre le massacre et la levée de camp, à peine trois heures s'étaient écoulées.

L'armée s'ébranla, le général en tête, le lieutenant en queue. Satisfaits tous deux des opérations. Le gel qui s'annonçait rendait improbable leur retour avant le printemps. Peu importait. À cette altitude, les corps mettraient longtemps à se décomposer : c'était l'idéal. Même si les Murides de Shamil ne revenaient que dans plusieurs semaines, ils pourraient encore reconnaître les visages de ceux qu'ils avaient perdus. Devant l'évidence, ils devraient bien finir par admettre que, hormis les lois de la civilisation qu'on leur apportait, aucune voie n'existait pour eux.

Alors qu'ils franchissaient les anciennes tours de guet, les soldats de l'arrière-garde entendirent les cris des prisonniers dans le puits, à l'extérieur des murs. En hâte, ils extirpèrent les captifs russes, laissèrent les autres. Mais la milice indigène qui avait guidé les troupes du général Lanskoï jusqu'ici – « les Pacifiés » comme on les appelait dans les forts – insista pour que l'arrière-garde prenne aussi le temps de libérer leurs propres parents, suppliciés par Shamil.

Ce furent eux, les aveuglés d'Ountsoukoul, qui attirèrent l'attention sur les trois femmes restées au fond de la fosse.

Dans l'instant, Djemmal-Eddin reconnut la silhouette qu'on extrayait et traînait. Sa grand-mère. Il voulut se précipiter. Son geste attira l'attention de Bahou-Messadou qui, titubant, cherchait d'un œil avide la crevasse préférée de son petit-fils, une cachette qu'elle connaissait pour l'en avoir mille fois délogé. L'enfant était bien là, vivant, prêt à bondir ! Le regard qu'elle lui lança l'arrêta net. L'ordre était clair, l'expression terrible. *Plutôt te tuer que te laisser capturer !* Il comprit et se tint coi. Il vit sa tante qu'on hissait. Selon son ordinaire, Patimat criait, empêchant les Giaours de l'approcher, de la toucher, lançant une bordée d'injures à la milice indigène, crachant au visage des Pacifiés. Il vit sa mère courbée sur Mohamed Ghazi, qu'elle portait dans ses bras et tentait de protéger. On les jeta aux pieds du lieutenant Rostkov et de ses soldats qui fermaient la marche.

Ils n'eurent pas le temps d'apprécier l'intérêt des captives qu'on leur amenait.

Une nouvelle salve de feu faucha d'un coup tous les hommes sur le plateau. Cette fois, ce furent les Russes qui ne se relevèrent pas.

Des centaines de cavaliers avaient surgi des rochers, hurlant dans une clameur immense le nom d'Allah. Ils dévalaient des crêtes, remontaient du ravin, arrivaient de partout et tiraient dans le tas. Bahou-Messadou, fascinée, ne prêtait aucune attention aux pantins qui s'écroulaient autour d'elle. Du regard, elle cherchait Shamil.

Sa fille la saisit brutalement par le coude, l'entraîna à l'abri des ruines, vers les tours. Fatima les suivit en courant. Djemmal-Eddin vit leurs voiles disparaître parmi les pierres. Mais déjà il ne s'y intéressait plus.

Les cavaliers filaient droit à travers les déserts de pierre, ils dédaignaient les sentiers, sautaient les crevasses et les précipices. Les chevaux : l'enfant regardait leurs chevaux…

Il les voyait arriver, avec leurs poitrails gigantesques, leurs sabots broyant les cailloux, leurs fers lançant des étincelles. Ils étaient tous d'une force et d'une beauté éclatantes, la crinière longue et la queue soyeuse, la robe luisante et les naseaux en feu.

Il sentait au-dessus de lui la chaleur et l'humidité de leurs souffles, il respirait la sueur qui collait leurs poils, l'odeur de poussière et de cuir. Ils dépassèrent son trou. Leurs croupes rondes étaient couvertes d'écume.

Sabres au clair ou pistolets à bout de bras, les cavaliers balayaient tout sur leur passage, fracassant les fusils que les soldats peinaient à armer, tranchant, d'un coup vertical, les officiers jusqu'à la selle. Ils avaient atteint les tours d'un seul élan et revenaient à la charge, prenant les Russes à revers. Debout sur leurs étriers ou couchés à plat sur l'encolure, ils combattaient avec autant de haine que d'ivresse et de joie.

À l'amour de leurs armes, ils alliaient la passion de ces jeux équestres, et rivalisaient d'astuce, de vitesse, d'ardeur.

Aux yeux de Djemmal-Eddin rien ne distinguait cette cavalcade de toutes les fantasias dont il avait été le témoin. Hommes et bêtes s'entraînaient sur cette corniche depuis des générations. Ils en connaissaient les pièges, chaque trou, chaque pierre… Se jeter d'un bond sur la selle, démarrer au grand galop, franchir d'un trait les murs d'enceinte, les tours de guet, s'accrocher tête en bas sous le ventre de sa monture, sauter le précipice, se remettre en selle de l'autre côté et sauter à nouveau au-dessus du torrent… Djemmal-Eddin grandissait avec ce rêve-là : devenir un jour ce cavalier époustouflant, capable de l'impossible, dans des climats terribles, sur des distances sans limites. Devenir un *djighit*.

Que pouvait la lourde armée des envahisseurs, coincée entre les défilés de l'Avar Koysou et les pics d'Eperlee, que pouvait-elle contre ces hordes de centaures ?

Ardents, souples, mobiles, ils pouvaient supporter la rigueur des longues marches, comme la fulgurance des assauts. À l'inverse des colonnes russes que gênaient leurs convois, ils voyageaient légers, sans ravitaillement, sans tentes, sans samovars et sans canons. Même pour de longs trajets, même sur d'immenses distances, ils n'emportaient rien avec eux. Ni provisions ni fourrage. Ils se nourrissaient du minimum, avec une frugalité extrême : une gorgée d'eau, quelques feuilles, un peu de fromage. Raid après raid, ils visaient toujours les mêmes objectifs : tuer un maximum d'ennemis, voler un maximum de bétail, enlever un maximum d'otages. Peu importait le terrain, l'heure, la saison. Une règle, une seule, présidait à tous leurs choix : surprendre l'adversaire.

Ils ne se trouvaient jamais où l'ennemi les attendait. Les Russes les croyaient à Ashilta : ils étaient à Khounzakh. Les Russes les croyaient à Khounzakh : ils étaient à Ghimri. Leur art, c'était cela : l'endurance, la rapidité, la ruse. Imprévisibles, leurs attaques duraient peu : deux, trois heures. Une charge foudroyante. Un repli soudain. Ils disparaissaient d'un bond, laissant les témoins aussi affolés que pantelants.

Tel était, à cette heure, l'état des troupes du général Lanskoï. Sur les sept cents hommes arrivés avec lui du fort de Temir-Khan-Choura, les deux tiers gisaient sans tête et la main droite déjà coupée. Les quelques survivants, commandés par un chef blessé, sans expérience, étranger à la technique des razzias, se débandaient en tous sens. Les cavaliers s'amusaient à les courser, jouaient un instant avec leurs émotions, et les décapitaient au vol, d'un seul coup de kinjal.

Cette fois, la boucherie promettait de durer. Les assaillants ne se retireraient pas : ils étaient chez eux. Ne restait aux Russes qu'à tenter de leur échapper en leur abandonnant le trésor, les vivres, les canons, en escaladant la montagne, en détalant par le chemin du haut. Fuir… C'était compter sans l'acharnement du plus enragé des Montagnards. Celui-là frappait de sa main gauche et ne les lâcherait pas.

Il avait écouté tout à l'heure l'écho de la fusillade. Et lui aussi s'était posé la question : « Qui tirait à Ghimri ? » Le cœur serré, il avait reconnu le bruit des armes : des fusils russes. Maintenant qu'il les tenait, il décimerait ces porcs jusqu'au dernier.

Avec ses yeux gris pâle, son teint diaphane, sa barbe cuivrée, ce cavalier-là évoquait un homme du Nord. Ce n'était plus un jeune djighit s'entraînant à la course, mais un fauve de trente-cinq ans, en pleine possession de ses moyens. Plus grand que ses guerriers, plus souple et plus puissant, il portait le même long manteau noir, cintré à la taille, les mêmes bottes pourpres qui épousaient finement ses mollets et ses chevilles ; et, sur la tête, le même lourd bonnet d'agneau, drapé d'un turban aux mille plis. Un turban immaculé dont le pan lui tombait dans le dos et se tordait au vent.

Par l'élégance, par la noblesse et la férocité, il les surpassait tous… De loin, Djemmal-Eddin l'avait repéré : le cavalier semblait d'autant plus colossal qu'il montait un cheval de petite taille, un animal nerveux, rapide, gris comme son regard, une jument que l'enfant ne connaissait pas.

Cette fois, ni Bahou ni Fatima ne couperait son élan. Surgissant de son trou, courant à toutes jambes, le petit garçon traversait le champ de bataille. Les pieds nus sous sa longue chemise rousse, il zigzaguait comme un renard entre les cadavres et les chevaux, filait vers celui que, dans le silence de son cœur, il appelait du même nom légendaire que les autres : *Shamil*.

Le cavalier l'avait aperçu. Laissant sa victime à la vengeance d'un autre, il tourna bride et galopa à la rencontre de l'enfant. Sans ralentir sa course, il se pencha, l'attrapa, le serra fort, et l'assit contre lui, sur l'encolure.

Nul autre que lui n'aurait osé un tel geste. Nul autre !

Dans un monde où les démonstrations d'affection étaient ressenties comme une faiblesse, où la sollicitude d'un homme envers sa progéniture apparaissait comme une indignité, où le seul fait de prendre un bébé dans ses bras, de jouer avec lui, constituait la preuve d'une absence de virilité, un déshonneur dont seules les femmes pouvaient se rendre coupables, la patience de Shamil envers les tout-petits, son amour pour les enfants et les chats restaient aux yeux de ses fidèles l'un de ses plus grands mystères.

Renversé, abandonné contre le torse paternel, Djemmal-Eddin répondait avec naturel et délectation aux questions que le cavalier lui murmurait à l'oreille.

Père et fils, intimement enlacés, se hâtaient vers les tours, poursuivant aveuglément leur chemin et semant l'étonnement sur le champ de bataille.

Personne cependant n'aurait songé à critiquer la conduite du mollah. Il était le guide, le chef militaire, le chef religieux, le troisième imam du Daghestan et de la Tchétchénie… Il était celui qui les conduirait à la victoire. Il était surtout, en cet instant, le seul qui retrouvait ses proches vivants ! Allah avait épargné sa famille. Pour la seconde fois. C'était bien la preuve que Shamil avait la faveur de Dieu. À l'élu du Très-Haut, tout devenait possible.

Même la tendresse.

(3)

GHIMRI, 27 SEPTEMBRE 1834,
AU LEVER DU SOLEIL

L'odeur de charogne l'avait saisie à la gorge : Bahou-Messadou reprenait le chemin de l'eau, ce chemin que, pour la première fois de sa vie, elle n'avait pas emprunté la veille.

La corniche ruisselait sous un liquide noirâtre qui poissait la falaise et fragilisait son pas. Les mouches se posaient sur son front. Elles bourdonnaient autour de sa cruche, se collaient à son voile, à ses mains, au bas de son pantalon. Leur agitation la déconcentrait, l'obligeant à surveiller ses pieds. Si les rigoles de vin lui avaient jadis semblé écœurantes, ce n'était rien comparé à ce qui coulait entre les pierres... La nausée ne la quittait plus. Le sang des Infidèles décapités, le sang des Hypocrites, le sang des Anciens, le sang des femmes, des enfants, de tous les innocents de Ghimri dégoulinait le long des stries du rocher, descendait jusqu'aux rives et stagnait en grandes flaques. Même le torrent devenait pourpre. Même la source semblait trouble, impure, impropre aux ablutions.

Au soir des massacres – hier seulement ! –, le premier geste de son fils avait été la prière. Le deuxième, l'hommage aux morts. Le troisième, le châtiment. Les gorges de l'Avar Koysou résonnaient encore du cri des Hypocrites et des Pacifiés qui avaient guidé les Russes, jusqu'ici. Leurs cadavres, affreusement mutilés, pourrissaient entre les deux tours, sans sépulture : avis à ceux que l'alliance avec les Infidèles aurait tentés.

Le général Lanskoï, l'un des seuls rescapés de son armée, avait regagné le fort de Temir-Khan-Choura, plus mort que vif. Les espions affirmaient que la peur l'avait tué : il avait succombé non à ses blessures mais à une jaunisse. Les autres gisaient au fond de l'abîme, parmi les chauves-souris qui volaient dans l'obscurité du gouffre, là, sous Ghimri. Shamil y avait fait précipiter près de deux cents de ces chiens, les livrant aux aigles et aux vautours.

Les martyrs, eux, reposaient dans le cimetière. Leurs stèles, des centaines de rochers dressés comme une forêt de pierre, hérissaient tout le versant oriental du village.

Les hommes des communautés voisines, les femmes, les enfants d'Arakhanee, d'Irganai, de tous les aouls qu'avait rasés le contingent d'éclaireurs sur le chemin de Ghimri, étaient montés en masse aider aux sépultures et se joindre aux Murides. Toute la nuit, ils avaient participé, par leurs chants et leurs danses, aux cérémonies funèbres qui s'étaient tenues sur le toit de la maison de Shamil. Nouveau miracle : elle était debout, intacte. Les canons et les flammes ne l'avaient pas touchée.

Les clameurs des Croyants, mêlées aux lamentations des pleureuses, avaient fait frémir les quelques survivants qu'on gardait dans la fosse. Ceux-là, les prisonniers du Caucase, les nouveaux captifs russes, étaient peut-être seuls à pouvoir mesurer combien l'arrogance des Chrétiens avait peu convaincu les populations. Au soir des massacres, Shamil pouvait remercier les envahisseurs : leur brutalité servait la Guerre Sainte et poussait dans ses bras les derniers indécis.

Sommés de choisir entre deux partis qui les décimaient également, les Montagnards préféraient encore les hommes de leur sang et de leur religion. L'amitié des Infidèles ne leur était guère profitable. Les Russes tentaient d'acheter leur soumission, mais ne tenaient aucune de leurs promesses et ne les payaient pas. En vingt ans, ils avaient fait la preuve de leur duplicité : ils récompensaient de la même monnaie « rebelles » et « pacifiés ». Ils abattaient jusqu'à leurs propres partisans. Ils avaient même fusillé le khan Oullou Bek.

Terreur pour terreur, aux yeux du peuple, le joug de Shamil restait le plus digne. Le service de Dieu et la lutte pour la liberté incarnaient tout ce qui restait de l'honneur des Musulmans. L'Imam avait raison.

Bahou le revoyait comme elle l'avait vu la veille, dressé du haut de son mètre quatre-vingt-dix sur leur toit, conduisant le deuil face à la montagne et s'adressant aux foules : « Je suis venu vers vous avec le Coran et l'épée, et je vous conduirai… Consolez-vous : le jour de la délivrance est proche. Ce monde est une carcasse et celui qui veut le gagner est un chien, mais nous chasserons les Infidèles pour toujours : c'est écrit ! »

Après les horreurs de la veille, elle se laissait aller à sa fierté de mère. Elle, qui n'avait jamais été ni coquette ni vaine, aimait à le trouver beau. Elle aimait quand Shamil conjuguait sa noblesse naturelle à l'élégance de ses vêtements, comme hier soir lors des cérémonies funèbres. Elle aimait quand il portait le manteau le plus fin, d'un noir profond. Elle aimait que son turban brille dans la nuit, et que ses armes luisent à sa ceinture. Les armes de son fils restaient l'objet d'un culte si passionné que même Fatima n'avait pas le droit d'y toucher. Il se réservait le plaisir de les nettoyer lui-même. Mais les rares soirs où Shamil se trouvait chez lui, c'était à Bahou qu'il laissait ce privilège.

Un vague sourire aux lèvres, elle revivait l'instant où ses Murides l'avait acclamé. Le temps des mauvais augures, quand elle avait renversé l'eau et craint que Shamil ne puisse revenir sauver les siens, ce matin-là lui semblait loin ! Aujourd'hui, elle avait confiance. Allah veillait. Elle ne doutait plus que son fils jouisse de la protection divine. Elle en voulait pour preuve la résistance *in extremis* d'Urus-Datu qui les avait sauvés du pire. Si les Russes n'avaient pas abattu les Anciens, Shamil aurait été obligé de tirer vengeance de leur trahison envers ses enfants, sa femme, sa sœur et sa mère. Il aurait dû les frapper dans leur chair, eux et toute leur descendance, leurs fils et leurs petits-fils, même ceux qui s'étaient opposés à l'hypocrisie de leurs pères, les braves parmi les braves qui l'avaient suivi à Ashilta ! Les familles des Anciens se seraient vengées à leur tour, reprenant une vie pour une vie, poursuivant le sang de Shamil sur plusieurs générations, poussant les représailles bien au-delà de Ghimri. C'était la loi du *kanly*. Le déchirement entre frères musulmans incarnait ce mal que Shamil redoutait et combattait partout.

Bahou savait que la bataille de son fils, la vraie lutte, n'était pas celle qu'il livrait contre l'avancée des Russes, mais contre la désunion des Croyants. Ces derniers l'avaient élu. Qu'avait-il à redouter de l'avenir désormais ? Elle gardait dans les oreilles leur clameur scandant d'une seule voix dans la nuit : « Shamil, Imam ! » Et sa réponse qui couvrait tous les cris, si puissante que Bahou ne pouvait que s'incliner :

« … Soyez forts, tonnait-il. Soyez vigilants ! Préparez vos armes, fortifiez vos villages, mortifiez votre chair, vous ne tarderez pas à mortifier celle de vos ennemis. Nous clouerons leurs mains sur nos portes, leurs têtes rouleront sur les pentes de nos montagnes, et leur sang teintera nos rivières. »

Fatima qui suivait sa belle-mère sur le chemin de l'eau songeait, elle aussi, au spectacle dont elle avait été le témoin la veille.

Pas plus que Bahou-Messadou ou qu'aucune femme de Ghimri, elle n'assistait d'ordinaire aux réunions publiques. Pas même aux *djighitovkas*, les fameux jeux équestres qui se disputaient hors les murs, entre cavaliers. Si elle avait vu la prodigieuse souplesse de son mari à cheval quand il passait au galop sous les poternes, elle ne l'avait jamais entendu haranguer les foules, et ne connaissait la force de son éloquence que de réputation.

Hier, avait été la première fois. Elle en demeurait frappée comme d'une révélation. Certes, elle n'ignorait pas que les étudiants des écoles coraniques venaient de partout écouter ses prêches à la mosquée. Comme eux, sans doute, elle subissait son ardeur, le feu de ses convictions, son autorité. À la maison, cependant, Shamil avait le goût du silence et n'élevait jamais le ton. Peu loquace de nature, il pouvait se montrer avare de ses mots. Mais quand il lui parlait à elle, la nuit au retour des combats, elle ne se lassait pas d'entendre sa voix chuchotant le récit de ses aventures à son oreille. Dans l'intimité de leur chambre, il devenait intarissable... La parole le libérait de toutes les tensions, Fatima le savait. Il lui racontait son admiration pour l'imam Khazi Mollah, son ami défunt, l'histoire de leurs premières victoires et de leurs défaites, ses hésitations sur l'avenir et ses doutes quant aux décisions à prendre... Il terminait toujours par la même question : « Toi, qu'en penses-tu ? » Elle était trop humble et trop maligne pour ne pas sentir où le portaient ses désirs. « Fatima, qu'en penses-tu ? » Elle tentait de le suivre sur les chemins qu'il traçait et le confortait dans les décisions qu'il avait déjà prises. Les rares fois où elle hésitait, exprimant une méfiance ou un désaccord, il l'invitait à lui expliquer ses raisons. Elle osait et discutait. Il la taquinait sur ses craintes. Toutefois, il l'écoutait.

Mais hier, quand elle l'avait vu sur leur toit, noir, gigantesque, planant telle une ombre au-dessus de ses Murides, elle en était restée saisie. *L'ombre de Dieu sur la terre.* Ce matin, elle continuait de subir cette impression étrange dont Bahou jouissait avec la même surprise, et le même orgueil.

Quand les deux femmes pénétrèrent dans la cour, elles devinèrent de loin, à la façon dont Patimat plumait les poules rattrapées sous les décombres, qu'elle fulminait.

L'embonpoint, signe de son opulence, lui interdisait le chemin de l'eau et la rendait inapte aux travaux des champs. Aussi s'occupait-elle des tâches domestiques. Une répartition des rôles que nul ne songeait à lui contester. Le retour de Shamil impliquait la remise en ordre de la maison, l'ouverture de la salle des invités, la préparation de grands repas pour les visiteurs des villages et les naïbs de son armée. Or, les Russes avaient égorgé les moutons et brûlé les réserves d'orge.

Mais ce n'était pas contre les difficultés de l'intendance que Patimat pestait ce matin. Son frère venait de lui ordonner l'empaquetage de tous leurs biens pour un déménagement définitif de Ghimri : il quitterait le village demain, avec la famille. Pour aller où ? Mystère ! Elle savait de qui Shamil tenait ce nouveau caprice… Il se laissait vraiment trop influencer par sa femme, un homme comme lui ! Patimat l'engageait pourtant, depuis des années, à prendre une seconde épouse ! Un conseil qui n'arrangeait pas ses rapports avec sa belle-sœur.

Absorbée dans ses pensées, elle n'échangeait pas un mot avec les paysannes originaires des aouls détruits, silhouettes anonymes, tassées sous leurs voiles, qui vidaient les volailles à ses pieds.

... Quitter Ghimri, le cimetière de leurs ancêtres, le cimetière où reposait son propre mari ? L'hiver approchait, les Russes ne reviendraient pas de sitôt. Pourquoi l'exil, alors que rien ne menaçait ? Bahou allait soutenir ce projet – elle avait toujours détesté Ghimri –, et la perspective de la trahison maternelle achevait de l'irriter. Certes, certes, la vieille dame parlait de la remarier à un garçon d'Ashilta. Et les démarches auprès de la parentèle du fiancé, les visites qui incombaient à Bahou, toute l'organisation de ce mariage ne pouvaient se négocier d'ici. Peu importait, Patimat acceptait d'attendre, elle n'était pas pressée. Son frère avait encore besoin d'elle... Plus que jamais, aujourd'hui ! Fatima laissait ses enfants traîner partout. Elle se révélerait incapable de veiller sur l'organisation du sérail et les appartements du nouvel Imam. Qu'arriverait-il aux précieux manuscrits de Shamil, à ses proclamations, à ses armes, à tous ses biens, sans Patimat ? Qu'arriverait-il au Livre, au Coran hérité de Khazi Mollah, dont elle astiquait les ferrures et qu'elle enveloppait chaque nuit dans les plus belles étoffes ?

Les jambes écartées, la tête dans un nuage de plumes, Patimat revivait le spectacle dont elle avait été le témoin hier. Elle aussi revoyait Shamil sur le toit, elle aussi se remémorait ses paroles, elle aussi se laissait griser par sa sagesse, sa puissance et sa beauté :

« ... Nous sommes l'asile et les protecteurs des vrais Croyants, la terreur des Infidèles et des esprits chancelants. Obéissez à notre loi et toutes les bénédictions du ciel vous échoueront en partage : vos biens sur la terre seront respectés et votre sécurité assurée ! Aux Hypocrites qui persisteraient dans leur obstination, je fais savoir que j'obtiendrai de vive force ce qu'ils auront refusé de ma bienveillance ! Mes guerriers s'abattront comme des nuages noirs sur leurs aouls. Le sang marchera dans nos traces, la peur et la désolation nous suivront... Que mes paroles pèsent peu dans leurs âmes, et mes actes les convaincront ! »

Au souvenir de ce discours, Patimat souriait en son for intérieur : si les Murides qui avaient acclamé son frère connaissaient ses faiblesses et ses défaillances, comme elle-même les connaissait, ils auraient été trop surpris pour y croire.

Elle savait, elle, ce que la légende ne disait pas, ce que les versets de l'« Hymne à Shamil » ne chantaient pas. Elle aurait pu, elle, raconter la suite du « Saut de la Mort », dire les mystères de la fuite du héros dans la montagne, au lendemain du premier assaut de Ghimri.

Oublieux du malheur des Croyants et du service de Dieu, le troisième imam du Daghestan s'était laissé endormir dans la douceur du lien conjugal, bercer par l'amour d'une femme ! Voilà le secret d'une disparition qu'il n'avait jamais voulu expliquer. Son épouse l'avait retenu prisonnier au fond d'une cabane de bergers, durant six mois.

Cette hypocrite de Fatima pouvait bien raconter que des pâtres étaient venus la chercher chez son père, le chirurgien d'Ountsoukoul, et qu'ils l'avaient ramenée auprès de Shamil blessé, dans leur masure. Elle pouvait bien prétendre qu'elle l'avait trouvé crachant le sang, le poumon perforé par les baïonnettes, le corps couvert de plaies. Elle pouvait bien dire que le chirurgien, son père, l'avait soigné et que le blessé avait repris des forces… Fatima était une fille d'Ountsoukoul. Et les gens d'Ountsoukoul restaient des traîtres et des vendus ! Par leurs charmes et leurs drogues, ils avaient cherché à ensorceler celui qu'on appelait partout le *Lion du Daghestan*. Patimat préférait sourire et pardonner aujourd'hui, mais l'idée que le grand Shamil avait manqué se couvrir d'infamie en abandonnant le combat, cette idée l'agitait de la même passion qu'autrefois… Il avait fallu que ce soit elle, la pauvre Patimat, une faible veuve, qui trouve la force de le rappeler à son devoir.

« … Tout de même, conclut-elle, si je n'avais pas été là ! »

Par ce soupir, elle accueillit sa mère et sa belle-sœur qui venaient de déposer leurs cruches contre les deux minces poteaux soutenant le toit. Elle jeta la dernière volaille plumée dans le bassin de cuivre, se leva, épousseta sa tunique puis, au cas où elle n'aurait pas été entendue, lança :

— … Eh oui, si je ne m'en étais pas mêlée, moi !

Le regard qu'elle échangea avec Fatima dit clairement qu'elles s'étaient comprises. Ce regard, Fatima et Patimat l'avaient déjà échangé la veille sur la terrasse, lors du triomphe de Shamil. Et ce matin, comme hier, leurs yeux exprimaient la même fierté, la même ivresse d'appartenir à cet homme, et le même défi. Chacune estimait avoir sauvé Shamil de l'autre.

Les constants sous-entendus de Patimat les renvoyaient toutes deux à ce fameux épisode de la cabane. Les allusions réveillaient en Fatima la colère et la peur. « Si cette furie ne s'en était pas mêlée, en effet, l'âme de Shamil aurait peut-être retrouvé le calme ! »

En découvrant chez les bergers le corps martyrisé de son époux, Fatima avait dû le disputer pied à pied aux esprits qui voulaient le lui arracher.

Nuit et jour, elle avait bataillé contre les forces du mal, et tenté de le ramener à elle. Allah avait permis que le miracle eût lieu. La fièvre avait cédé. Shamil vivrait ! Au cauchemar de le perdre avaient succédé trois semaines d'une convalescence bénie, une période suspendue dans l'espace et le temps. Elle n'avait certes jamais senti que Shamil, en la chérissant, craignait d'offenser Dieu. Mais la proximité de la mort l'avait apaisé, adouci, jusqu'à le rendre insouciant de l'avenir et libre de l'aimer.

C'est alors que, dans le cliquetis de ses pendants d'oreilles et de ses bracelets d'argent, Patimat avait surgi. Se lamentant à grands cris, se frappant la poitrine, déchirant ses voiles, elle avait fait à son frère une scène que Fatima ne lui pardonnait pas.

Par la faute de Shamil, avait osé dire Patimat, leur peuple avait tout perdu ! *Elle* avait tout perdu ! Son mari, son fils, sa maison, tout ! Et lui, que faisait-il ? Il se prélassait en jouant les malades ! Les ruines de Ghimri fumaient jusque sur l'autre rive de l'Avar Koysou, Khazi Mollah était mort, leur mère se terrait au fond d'une grotte, les Russes perquisitionnaient partout en hurlant : « Où est Shamil ? » Et lui que faisait-il ? Rien ! Le grand Shamil ne faisait rien !

Redressé sur un coude, blême, le regard fou, il l'avait laissée dire. Patimat connaissait la violence de ses colères : gare aux contradicteurs, il ne supportait pas la critique. Elle continuait de lui cracher ses reproches au visage : Shamil n'avait jamais été digne de porter les armes, puisque c'était à sa sœur qu'incombait de lui apprendre ce qu'exigeaient le service de Dieu et l'honneur des hommes. Comme fasciné il l'avait écoutée jusqu'au bout, sans l'interrompre. Quand Fatima avait finalement réussi à la chasser, le mal était fait.

En proie aux fièvres et aux hallucinations, il était retombé dans le délire, un long cortège d'angoisses qui l'avait reconduit aux portes du tombeau. Cette fois, Shamil n'était pas revenu indemne de six mois d'agonie : en remontant des enfers, il n'avait plus connu ni sérénité ni joie.

Fatima savait les questions du blessé au Seigneur, sa peur de ne pouvoir faire ses ablutions, sa terreur de ne pouvoir dire ses prières, l'atroce sentiment de culpabilité d'avoir trahi et perdu la confiance d'Allah. Il pouvait bien affirmer aujourd'hui que le Très-Haut n'avait rouvert ses blessures que pour protester contre l'étalage des richesses de sa sœur, contre les bracelets d'argent, les colliers de pierres, toute cette vaine impudeur de Patimat qui déplaisait tant à Dieu, il pouvait bien le croire... Mais la vérité était autre.

Et sur cette vérité-là, Fatima et Patimat s'accordaient.

En découvrant le bonheur dans la cabane de bergers, Shamil avait découvert en lui la faiblesse qu'il châtiait chez autrui. Il avait ressenti ce désir si dangereux pour la survie des Musulmans, si dangereux qu'il tentait de l'éradiquer partout où il le rencontrait.

Hier, en s'adressant aux Fidèles, il n'avait encore fait que cela : fustiger ses propres goûts et ses propres exigences. Combattre les deux penchants auxquels il avait failli succomber quelques années plus tôt. La tentation de la paix et la tentation de l'oubli.

« ... Je sais que les Russes vous flattent et vous invitent à pactiser. Ne les croyez pas ! Ne vous rendez pas ! Tenez bon et patientez ! Souvenez-vous de ce qui s'est passé quand les Infidèles ont cherché à vous confisquer vos armes en 1804 : c'était il y a trente ans, c'était il y a dix ans… C'était hier ! Et si Dieu n'avait pas éclairé à temps nos Anciens, ils seraient aujourd'hui des soldats du Tsar, marchant loin de nos montagnes, armés de leurs baïonnettes et non plus de nos poignards. Si Dieu n'avait pas armé le bras d'Urus-Datu, les Russes auraient dévoilé nos femmes, ils les auraient outragées, et vous-mêmes seriez à jamais déshonorés. Que le passé vous serve de leçon pour l'avenir. Plutôt mourir en combattant les Infidèles que vivre avec eux ! Méditez ceci : je vous interdis formellement non seulement de vous soumettre, mais d'en concevoir même l'idée ! »

Ces paroles incantatoires s'étaient imprimées dans le cœur de tous. Même dans celui du petit Djemmal-Eddin.

En les écoutant, l'enfant avait imaginé que l'imam Shamil ne le quittait pas des yeux : il avait voulu soutenir ce regard sans ciller.

Tout le temps de la cérémonie, il l'avait fixé, jusqu'aux larmes, scandant le rythme de la voix par des hochements de tête, signes de son soutien et de son approbation.

« … Vous pouvez bien vous prendre pour de bons Musulmans : toutes vos aumônes, toutes vos prières, toutes vos ablutions, tous vos pèlerinages à La Mecque ne sont rien, si l'œil d'un Infidèle en est le témoin. Tant qu'il restera un Russe dans votre pays, vos mosquées seront souillées… Tant qu'il restera un Russe sur cette terre, vos mariages seront nuls, vos épouses illégitimes et vos fils des bâtards ! »

Assis en tailleur aux pieds de son père, son petit visage levé vers lui, Djemmal-Eddin ne garderait de sa fascination qu'une certitude : c'était à lui et à lui seul que ce discours s'adressait.

Et s'il ne comprenait pas le sens du message, il en répétait la musique ce matin. *Tant qu'il restera un Russe, vos fils seront des bâtards !*

Cette dernière phrase, il prendrait bien garde de ne pas l'oublier.

— Viens ! Ils se disputent chez toi !… Vite !

Coupant court à l'orage qui menaçait entre sa mère et sa tante, le petit garçon avait déboulé parmi les trois femmes.

Il attrapa Bahou par le pantalon et voulut l'entraîner. Elle résista :

— Chez moi ? Qui ?

— Tous !

— Ton père ?

— Mirza Kaziaho, Yunus, Surkhaï, d'autres. Ils se querellent à propos du trésor des khans.

Rabattant d'un geste rapide son voile jusqu'aux sourcils, remontant sur son nez le foulard qu'elle portait autour du cou, la vieille dame se hâta vers ses quartiers.

L'appartement se résumait à une salle, divisée par un poteau central qui supportait la charpente. Aux murs, aucun ornement. Quelques tapis recouvraient les lattes du sol, un maigre amoncellement de coussins dans les angles, huit à dix matelas roulés le long des cloisons. Hormis la porte, pas d'ouvertures. La pièce semblait d'autant plus misérable qu'une couche de suie obscurcissait le plafond, conséquence des feux dans la cheminée qui tirait mal. Bahou y cuisinait depuis des années pour ses voisines, pour ses parentes, pour les épouses des naïbs venues de lointains villages. Leurs visites duraient quelquefois plusieurs mois, ses hôtes dormaient alors chez elle, à quinze ou vingt. L'endroit présentait l'avantage d'ouvrir de plain-pied sur la cour arrière, exclusivement réservée à l'élément féminin de la maison. Quand Bahou-Messadou n'y recevait pas, cette vaste chambre pouvait servir de débarras. S'entassaient alors chez elle les objets les plus hétéroclites – la hache du bourreau, un vieux berceau, des brides, des selles, des pots. Et les deux coffres de Khounzakh.

Convoités par les Anciens, enlevés par les Russes, récupérés par son fils, les coffres se trouvaient à nouveau ici, dans l'obscurité de ce lieu clos, un sanctuaire où aucun homme, à l'exception de Shamil, aucun mâle, pas même Djemmal-Eddin, n'avait le droit de pénétrer. Le harem de l'Imam.

Ils étaient toute une bande, une dizaine de pillards parmi ses compagnons les plus proches, debout, assis, à genoux, s'arrachant les objets qu'ils avaient éparpillés sur le sol.

Bahou, dressée sous le chambranle, bloquant de son corps noueux la lumière du jour, aboya :

— … De quel droit ?

Son intervention ne les arrêta qu'une seconde. La surprise passée, ils retournèrent à leurs tractations. L'œil noir, la langue acérée, tous les chefs de tribus de Tchétchénie et du Daghestan se divisaient le trésor d'Avarie, s'attribuant, par la négociation ou la menace, fourreaux d'or et poignards d'argent, épées, bracelets, plats, hanaps… Richesses, splendeurs d'un autre monde que Djemmal-Eddin découvrait pour la première fois et qui l'émerveillaient. Aux coupes d'ambre des khans, à leurs bijoux constellés de pierreries, se mêlaient les rutilantes dépouilles des soldats russes. Leurs médailles, leurs épaulettes, leurs ceinturons, leurs casquettes, leurs bottes. Et surtout, leurs armes… À portée de main.

Les yeux écarquillés, le petit garçon frémissait de convoitise. Bahou répéta, ulcérée :

— Qui vous a permis ?

— Moi.

La voix de Shamil.

Ni Djemmal-Eddin, caché sous les voiles de sa grand-mère, ni Patimat qui les avait talonnés jusqu'à l'orée de la pièce ne l'avaient aperçu. Il s'appuyait au mur du fond, les bras croisés dans la pénombre, la tête basse. Il assistait à la distribution. Les deux femmes en restèrent pétrifiées : Shamil autorisait la présence de ses généraux dans le harem ? Shamil cautionnait le pillage de son trésor de guerre ?

— L'Imam en prendra son lot, gronda le mollah tchétchène Hadj Tasho qui, lors de l'investiture d'Ashilta, lui avait disputé le titre suprême.

Celui-là, la barbe longue et fournie, le turban drapé en hauteur sur une papakha gigantesque, arborait la longue robe verte, couleur de l'Islam. Du menton, il désignait le second coffre, clos, intact :

— … La meilleure part.

La meilleure part, vraiment ? Patimat se méfiait et demandait à voir ! Elle manqua s'enquérir du contenu. L'expression de son frère l'arrêta net.

Entre les sourcils qu'il fronçait naturellement, s'étaient creusés deux plis plus sévères et plus menaçants : les deux rides qu'elle avait appris à redouter. Tout le visage en paraissait altéré. Les pommettes semblaient plus saillantes, les joues plus creuses, les lèvres plus pincées. Les yeux d'un gris acier, fendus en amande, s'étiraient jusqu'aux tempes, affilés comme deux lames. Sous les paupières mi-closes, ne filtrait qu'un rai de lumière. Le regard ne livrait rien. Quand le regard de Shamil se réduisait à ce seul éclat, mieux valait se taire et disparaître… Ce que les deux femmes firent promptement, entraînant l'enfant à leur suite.

L'exode du lendemain n'eut que deux points communs avec les manœuvres habituelles de Shamil : le secret de sa destination et le silence de ses troupes. Pour le reste, la procession évoquait les interminables colonnes russes, qu'on apercevait d'ordinaire dans les lointains du ciel, minuscules silhouettes se découpant en ombres chinoises sur les lignes de crêtes.

Écrasées par d'immenses fagots qui les courbaient jusqu'à terre, Fatima, Bahou, Patimat et toutes les épouses descendaient à pied le chemin de l'eau. Sur leur tête, sur leur dos, reposait l'ensemble de la vie quotidienne et du déménagement. Telles des fourmis, elles ne laissaient derrière elles que de petits monticules couleur de cendres, qui se confondaient avec les rochers. Même les ruines n'évoquaient plus des maisons. Seulement des pierres, semblables aux milliers de cailloux qui constellaient la montagne… Difficile d'imaginer que, hier encore, les restes d'un village existaient sur cette corniche !

Patimat pouvait bien désapprouver l'exil, elle savait, mieux que quiconque, la nécessité d'abandonner Ghimri avant la neige.

En brûlant les récoltes, en abattant les troupeaux, les Russes avaient fait leur travail : les survivants allaient mourir de faim durant l'hiver. Mais ici – ou ailleurs –, le problème resterait le même : comment faire du feu, se chauffer, cuisiner sans abattre un seul arbre ? Toute la nuit, elle avait employé Djemmal-Eddin et les quelques enfants des aouls voisins à sauver le bois, si rare et si précieux. Ils avaient dépecé les maisons, débité les poutres et les charpentes, ramassé les bûches et les brindilles, récupéré les clous, se disputant les outils, les ustensiles, tout ce qui pouvait être réutilisé. Sur les gradins et les terrasses de Ghimri, à tous les niveaux du vaste amphithéâtre, les bagarres n'avaient pas cessé d'éclater. Même chez Shamil où les discussions faisaient rage.

Le mince visage de Djemmal-Eddin s'était encadré mille fois dans l'embrasure de la fenêtre paternelle. Il tournait comme une mouche autour de la salle des hôtes, écoutant de loin, avec excitation, la voix des naïbs chargée d'orage. Il avait entendu leurs cris résonner jusqu'au moment du départ. À l'inverse de sa mère et de sa grand-mère, il aimait cette atmosphère de tempête qui promettait de l'action. L'aube ne fut pas à la hauteur de ses espérances…

Après la frénésie des dernières heures, la colonne se forma dans le calme. Plus un mot, plus une insulte, plus un pleur de bébé, pas même un hennissement. On n'entendait que le vacarme du torrent, un grondement formidable qui grossissait à mesure que la troupe se rapprochait de la rive.

Avec leurs fagots, si longs que les branches traînaient derrière elles, Fatima et les femmes portaient leurs petits ficelés entre les reins. Elles avançaient prudemment, l'une après l'autre, à la suite des trois canons qu'avaient abandonnés les Russes.

Devant ces canons, chevauchaient les Murides, leurs fouets au poignet, leurs étendards à bout de bras : une longue file noire qui zigzaguait sur l'étroit sentier. Djemmal-Eddin, que la tutelle de Yunus avait à jamais coupé de l'univers féminin, se tenait à califourchon devant le plus jeune des cavaliers. Comme les autres, il était entièrement vêtu de noir et portait avec fierté son unique tcherkeska, son lourd bonnet de mouton, ses bottes. Et puis, en guise d'arme, son bâton à la ceinture. Le cheval qui dérapait dans la pente baissait la tête. L'enfant s'agrippait à la crinière et prenait bien garde de ne pas glisser sur l'encolure.

Devant eux, le défilé des naïbs, la garde rapprochée de l'Imam : Yunus et les dix chefs de tribus dont les fontes renfermaient les reliefs du trésor. Ceux-là, le visage lugubre, s'estimaient lésés par le partage et nourrissaient envers leurs compagnons une rancœur qu'exacerbaient les affrontements de la nuit et le spectacle du coffre de Shamil, si lourd qu'ils avaient dû le charger à part, sur un mulet.

Indifférent à l'hostilité, Shamil tirait son mulet et caracolait sur sa jument grise. En tête.

Il s'était réservé la meilleure part, en effet !

Quand il arriva au pont qui enjambait l'Avar Koysou, ce pont d'où il avait naguère fait étrangler et jeter le dernier rejeton des khans, un garçon à peine plus âgé que son fils, il fit signe aux hommes de s'arrêter. Lui-même mit pied à terre.

Suspendue dans la pente, la colonne s'immobilisa à la verticale derrière lui. Hommes et femmes pouvaient suivre des yeux ce qui se passait sur la berge.

Djemmal-Eddin vit son père se diriger vers le mulet, puis se raviser et l'abandonner. Il alla s'agenouiller parmi les cailloux, au bord de l'eau, plongea ses mains dans le torrent, les passa sur son visage... Les naïbs, qui avaient atteint les galets, mirent eux aussi pied à terre et vinrent s'agenouiller à ses côtés. Ils tournèrent pieusement leur âme vers le Seigneur et Lui rendirent grâce ensemble. Les Murides et les femmes qui s'accrochaient à la paroi rocheuse partagèrent leur prière, se confiant à la protection d'Allah dans le secret de leur cœur.

Djemmal-Eddin vit son père se relever : il retournait au mulet. Se saisissant du coffre, il le déchargea d'une secousse et le transporta jusqu'au milieu du pont. D'un coup de kinjal, il en brisa la serrure. Apparut alors, aux yeux de la foule étonnée, l'amoncellement de métal et de pierres, cause de la trahison des Anciens et source des dernières disputes. Toutes ces merveilles, qui avaient transité par les caravanes de Perse et de Turquie, les présents du Shah à la khanum d'Avarie, les cadeaux du Sultan aux *becks* de Khounzakh, appartenaient désormais à leur Imam. Djemmal-Eddin reconnut avec plaisir les poignards qui l'avaient ébloui la veille, et les armes des Russes. « … La meilleure part. »

Shamil laissa ses Murides apprécier l'importance de la prise. Son trésor enrichirait son armée et financerait la Guerre Sainte pendant longtemps.

Il sortit le premier des objets, un superbe miroir d'or, enchâssé de turquoises. Il le brandit au-dessus de sa tête, l'offrit un instant à l'admiration de tous, et le balança à toute volée dans les rapides. L'objet vogua un instant, avant de tourbillonner, et de disparaître. Les femmes, les Murides, les naïbs en restèrent le souffle coupé. Ils ne comprenaient pas. Djemmal-Eddin non plus ne comprenait pas.

Par brassées, son père jetait les plats, les bracelets, les fourreaux, les épées, même les kinjals. Non, le petit garçon ne comprenait pas ! Le coffre partit s'écraser contre les rochers, à la suite du reste.

Ainsi débarrassé, Shamil se dirigea vers les montures de ses généraux.

D'une phrase, que nul n'entendit, il les força à détacher les fontes qui pendaient à leurs selles, et les obligea à revenir avec lui sur le pont. Chacun des dix naïbs dut ouvrir son sac, le vider au-dessus de la rambarde, le secouer dans le torrent.

Quelques fragments d'une coupe d'albâtre planèrent un instant, aussi blancs, aussi purs que l'écume : ils furent happés par le bouillonnement, et disparurent à leur tour.

Lorsque Yunus, tête basse, regagna son cheval, il trouva, en lieu et place de sa part de butin, le petit garçon qu'il était chargé d'éduquer.

Djemmal-Eddin avait réussi à grimper sur l'un de ses étriers et s'accrochait à son pommeau. Le visage de l'enfant arborait une expression perplexe. Dans ses yeux flottait une question : pourquoi les sabres, dont on lui avait appris à vénérer la beauté, avaient-ils été jetés ?

En réponse, Yunus entonna la *shahada*, l'hymne des Murides, et le laissa grimper en croupe : *La ilaha illa Allah.* « Il n'y a pas d'autre dieu que Dieu ! »

Ce chant, repris d'une seule voix à pleins poumons par les cavaliers, couvrit le grondement du torrent et fit trembler la montagne. L'écho en courut dans l'étroit défilé. Il se répéta de vallée en vallée, traversant l'immensité des chaînes du Caucase. Sans limites. Avec lui se propageait la leçon de l'imam Shamil, un message qui s'ancrait jusque dans les aouls les plus solitaires : l'unité autour de Dieu était la richesse la plus précieuse des Musulmans. L'unité incarnait le bien absolu qui justifiait tous les sacrifices. Aucune épée, aucune coupe, aucun trésor au monde ne valait qu'on risque la désunion entre les serviteurs d'Allah.

Mais l'image des sabres engloutis continuait à hanter le regard inquisiteur de Djemmal-Eddin.

CHAPITRE III

L'OMBRE DE DIEU SUR LA TERRE

(4)

LE DAGHESTAN
TROIS ANS PLUS TARD
DANS LA MONTAGNE,
AUTOUR DE L'AOUL DE CHIRQUATA

SEPTEMBRE 1837

— Yunus, pria Shamil après les compliments d'usage… Parle-moi de mon fils.

— Mahomet est le premier prophète d'Allah, Shamil est le second, éluda le naïb.

Salut, prière ou cri de ralliement, en paix comme en guerre, les hommes du Daghestan usaient de cette formule partout. Prononcée la main sur le cœur, elle reconnaissait la mission divine de l'Imam et proclamait l'union des peuples autour de son autorité. Dans la bouche de Yunus, elle résumait sa gloire et ses succès : l'ombre de Dieu s'étendait sur la terre.

Le grand spectacle que Shamil s'était offert sur le pont de Ghimri les avait cependant ruinés.

Si le geste avait servi sa réputation de saint homme, il retardait d'autant la libération du Caucase. Comment financer la Guerre Sainte, sans or ? Comment acheter des chevaux, des fusils, des canons ?

Shamil ne possédait rien.

Évitant pour l'heure l'affrontement direct avec les Russes, il se concentrait sur les affaires de la communauté.

Armé de la hache du justicier, flanqué des sabres de ses bourreaux et des mousquets d'une troupe bien organisée, il allait de village en village, prêchant la Charia et tenant ses promesses aux Hypocrites : à ses injonctions de se repentir, succédaient les châtiments. Ceux qui désobéissaient à ses lois, Loi de Dieu ou lois des hommes, il les exécutait. Les autres, les moins coupables, il les taxait d'amendes si lourdes qu'il renflouait ses caisses. En trois ans, par la rigueur et la terreur, il avait instauré un système d'impôts auquel nul ne pouvait se soustraire, imposé un code moral, religieux et politique qui excluait la corruption, et jeté les bases de l'organisation d'un État.

Restait le but : repousser les Infidèles et faire triompher la liberté.

En cette fin de septembre 1837, Shamil et Yunus chevauchaient de conserve. Ils marchaient rênes longues, évitant les chemins, tournant lentement autour du village de Chirquata. Ils apercevaient dans un creux de la montagne l'aoul fortifié, avec ses masures grises et ses toits en terrasses qui s'épandaient à flanc de colline. Les nuages, lourds d'orage, pesaient sur la maison où leurs familles les attendaient. Shamil n'avait guère eu le loisir de voir grandir ses enfants, ces trois dernières années. Il n'avait vécu qu'à cheval, en nomade, confiant sa femme et ses fils pour une semaine, un mois, un an à la protection des chefs de communautés. Ces longues haltes loin de lui avaient permis à Bahou-Messadou de remarier Patimat au mollah Akhbirdil Muhamed al-Khounzakhi, l'un des seuls natifs de Khounzakh qui eût rallié la cause des Murides. La sœur de Shamil avait déjà donné deux fils à son nouvel époux. L'aîné s'appelait Hamzat, du nom de l'Imam assassiné par Hadji Mourat.

La dernière séparation, la plus longue, datait de huit mois. Yunus, qui avait galopé du village à la rencontre de l'Imam, le savait : en cet instant, Shamil travaillait à dompter son impatience. Il n'en laissait rien paraître.

Leurs montures, têtes basses, les flancs trempés de sueur, cherchaient l'herbe rare et soufflaient entre les pierres. Les cavaliers les laissaient sécher avant de les conduire à la fontaine. Ils avaient beaucoup à se dire et ménageaient leurs paroles. La lumière du soir, cette douce intimité les gênaient. Ils se connaissaient, pourtant. Ils avaient tout partagé, les nuits de bivouac au bord des torrents furieux, les chevauchées solitaires dans la neige, les affûts avant l'assaut, le guet sous les soleils de plomb au pied des forts russes… La communion des hommes face à la mort.

Mais, en quarante ans d'amitié, ils n'avaient jamais vécu cette sorte de promenade entre chien et loup, dans la tranquillité du crépuscule.

Tous deux atteignaient la maturité au même rythme, et restaient habités du même amour de la liberté, de la même soif de Dieu. Ils éprouvaient envers leurs proches le même attachement – Zeinab, la jeune épouse de Yunus, lui était aussi précieuse que Fatima à

Shamil – le même bonheur de les retrouver, la même capacité de les sacrifier. Pour le reste, ils ne se ressemblaient pas. Yunus avait le regard noir et le teint bistre, un long visage en lame de couteau que sa courte barbe, taillée en pointe, amaigrissait encore. De stature moyenne, son corps sec, qu'il avait entraîné à supporter l'insoutenable, n'évoquait pas la force, mais l'endurance et l'agilité. Il paraissait aussi mobile, nerveux, et teigneux, que Shamil pouvait sembler léonin, placide et sage. Un partage des rôles qui accroissait leur ascendant sur les étrangers. Shamil ne l'avait pas choisi au hasard comme *atalik* de son fils aîné. Un homme d'honneur, un compagnon sûr.

Yunus, aujourd'hui naïb et administrateur de Chirquata, devait l'entretenir d'une affaire d'importance. Leurs espions dans le fort voisin de Temir-Khan-Choura venaient de lui rapporter que le padisha Nicolaï, le Grand Tsar Blanc des Infidèles, était attendu dans ces montagnes à la fin du mois de septembre. Il se déplacerait de sa très lointaine Saint-Pétersbourg jusqu'à Tiflis, capitale de la Géorgie et siège de la vice-royauté russe au Caucase. En tournée d'inspection, il pourrait bien séjourner dans l'un des forts de la ligne. Si tel devait être le cas, fallait-il reprendre les hostilités ? Harceler ces chiens partout ? Frapper un grand coup ? Ou bien profiter de cette visite extraordinaire pour tenter une négociation ?

Tel était le sujet de leur entretien : quel jeu l'humble Shamil de Ghimri devait-il jouer contre l'empereur de toutes les Russies, pour le vaincre ?

— Avant de le rencontrer, parle-moi de lui, murmura l'Imam, brisant enfin le silence.

— Leur Padisha…

— Djemmal-Eddin. Comment le trouves-tu ?

— Presque comme toi au même âge, répondit Yunus avec réticence.

Il ne comprenait pas que Shamil, dont il vénérait le savoir et le jugement, continuât de s'enquérir de son fils. Un homme ne devait nommer devant un tiers ni sa femme ni ses enfants. Pas même évoquer leur existence.

Shamil, non sans malice, insista :

— *Presque* comme moi ?

Yunus manquait d'humour. Il expliqua sérieusement :

— Ton fils s'entraîne à courir de grandes distances avec, dans la bouche, un caillou qui régularise son souffle.

— Le caillou, c'est toi qui le lui as donné ?

— Inutile. Ton fils sait. Il t'imite en tout, sans relâche. Il marche pieds nus, la poitrine découverte et le ventre vide… Comme toi… Il s'exerce à la lutte, au sabre, à la nage, au saut en hauteur… Comme toi. Mais il est encore…

Yunus hésita, cherchant ses mots. Shamil sourit et répéta :

— … Encore ?

Yunus se gratta la nuque. Il allait dire « encore tendre ». Il se retint, craignant que le père ne prît le mot pour un reproche ou une insulte.

— Jeune.

— Jeune ? Bien sûr, il est jeune ! Que veux-tu dire par là ? Serait-il faible ou sans courage ?

— Ton fils n'est pas faible. Cheik Jamaluddin al-Ghumuqi qui l'instruit dans le Coran, ton maître… te parlera de ses progrès mieux que moi.

Shamil ne lâchait pas prise :

— Toi qui l'éduques, je t'écoute.

Yunus sentit que son embarras créait l'inquiétude et générait un malentendu. Il se décida à parler franc :

— L'imam Shamil devrait avoir cinquante fils à l'image de Djemmal-Eddin !

Shamil, soulagé, hocha la tête :

— Et Mohamed Ghazi ?

— Le cadet aura les qualités de l'aîné.

Shamil savoura l'information. Le sujet était clos. Yunus savait qu'il ne se présenterait plus. Il osa :

— Pour assurer ta descendance, deux fils ne suffisent pas... S'il devait leur arriver malheur, qu'Allah les protège, qu'adviendrait-il de l'Imamat ?

Shamil se renfrogna, mais garda le silence. Il craignait trop la désunion pour ne pas caresser l'idée de rendre sa charge héréditaire. Il se souvenait des luttes de pouvoir au lendemain de la mort des deux premiers Imams...

Il se contenta de flatter l'encolure de son cheval, s'assurant du plat de la main que le poil était sec. Les petites claques résonnèrent dans la montagne.

Yunus avait hâte d'en finir. Il se sentait aussi grossier qu'impudique et ne s'avançait sur ce terrain qu'avec la plus extrême répugnance.

Il développa rapidement :

— Prends une deuxième épouse parmi les filles des chefs tchétchènes, une troisième, une quatrième puisque Mahomet le permet... Tu dois trouver des alliances partout, chez tous les peuples du Caucase, dans toutes les tribus. Je te parle en mon nom et en celui de tes naïbs.

— Tu parles comme une femelle : assez !

Shamil simulait la colère, mais partageait la même opinion : seuls les liens du sang pouvaient garantir l'unité du Caucase, l'unité autour de lui. Il devait en effet se marier au sein des familles les plus puissantes, et laisser de nombreux successeurs au service de Dieu.

Une multitude de fils lui était nécessaire pour créer une dynastie qui continuerait son œuvre. Encore un avis judicieux de Yunus ! Sous la barbe rousse qui dissimulait son expression, flottait un sourire : tant de circonvolutions pour lui expliquer qu'il devait procréer ! Pauvre Yunus, il n'imaginait pas combien son conseil avait été devancé : Shamil ramenait dans ses bagages une jeune fille de seize ans qu'il avait épousée le mois passé. Elle s'appelait Djawarat. Bien que née à Ghimri, elle était la fille du khan d'Irkhanee, et la nièce de feu Oullou Bek qui avait corrompu les Anciens. En son sein, elle portait un troisième héritier et serait à Chirquata demain, pour prendre sa place auprès de Bahou-Messadou.

Des témoins de son mariage, Shamil avait exigé le silence : il voulait que sa mère et la mère de ses fils l'apprennent de sa bouche. Les propos de Yunus le rassurèrent : le secret avait été gardé, la nouvelle n'était pas arrivée jusqu'à elles. Ses nuits auprès de la très jeune Djawarat ne changeaient rien à son attachement pour Fatima. Elle restait la bien-aimée. La peur de la blesser entrait pour quelque chose dans le choix de rencontrer son premier lieutenant hors du village. Les décisions d'État devaient être prises avant de la voir et de lui parler. Sa sœur, au moins, serait satisfaite : depuis tant d'années, elle le pressait de prendre une seconde épouse ! Mais non, Patimat ne serait pas satisfaite… Il avait commis envers elle un acte qu'elle ne lui pardonnait pas.

Quatre mois plus tôt, à l'heure où les Giaours incendiaient la mosquée d'Ashilta, symbole de son pouvoir, et reprenaient Khounzakh, le chef du parti des Hypocrites, Muhammed Mirza Khan – le pantin que les Russes avaient remis sur le trône d'Avarie, un khan de leur choix, à leur botte –, encerclait les Murides dans l'aoul de Tiliq. Le siège durait depuis plusieurs semaines. Le khan ne parvenait pas à prendre le village, Shamil ne parvenait pas à se dégager : ils avaient négocié. Mais avant d'entamer les pourparlers, le khan avait réclamé des otages. Une exigence habituelle, à laquelle Shamil n'aurait eu garde de se soustraire.

La coutume voulait que le parti qui acceptait la paix envoie chez l'ennemi ses enfants, des garçons de deux à dix-huit ans, issus des lignées les plus influentes, comme gage de sa bonne foi durant les négociations.

Cette sorte de « garant » portait un nom au Caucase, le même partout : *amanat*.

Si les négociations n'aboutissaient pas, les amanats pouvaient être exécutés ou devenir des captifs à part entière. Mais seule la parole violée, ou un acte de haute trahison, justifiait un tel traitement. Il était rare. Une fois les accords scellés, une fois la paix conclue, les amanats rentraient chez eux, c'était l'usage.

Devant Tiliq, le régent de Khounzakh avait mis la barre très haut : il voulait pour amanats les deux fils de Shamil. Une demande excessive à laquelle le khan lui-même n'avait pas cru. Les Murides restaient assez maîtres du village pour pouvoir lui faire une contre-proposition. L'Imam offrait au khan non pas deux, mais trois otages, parmi les plus importants : les deux fils de ses deux alliés enfermés avec lui dans l'aoul, et son propre neveu, Hamzat, le premier-né de son unique sœur. Le khan était pressé : il avait accepté. Le 18 juillet dernier, Shamil avait donc fait quérir le petit Hamzat et, l'arrachant aux bras de Patimat, il l'avait donné. La liberté était à ce prix.

Ce que Shamil n'avait jamais imaginé, c'est que Muhammed Mirza garderait l'enfant. La paix conclue, il avait rendu les deux autres. Mais pas Hamzat. Le khan avait livré le neveu de l'Imam aux Infidèles. Même les espions polonais ne savaient pas ce que le petit garçon était devenu. Les Russes l'avaient-ils tué ?

Cette trahison hantait Shamil, comme elle hantait Yunus. *Deux fils ne suffisent pas pour assurer ta descendance ! S'il devait leur arriver malheur...*

De seconde en seconde, le vent se faisait plus cinglant. La nuit allait tomber. Le moment était venu de laisser boire leurs chevaux et d'aborder la question que Yunus ne pouvait résoudre sans l'accord de son chef : quelle réponse devait-il donner au messager qui, en cet instant, attendait leur réaction au village ? L'urgence d'une discussion sur le parti à prendre justifiait le rappel de Shamil à Chirquata.

— Leur homme, l'émissaire des Russes, attaqua-t-il sombrement, m'apporte-t-il des nouvelles de mon neveu ?

Yunus secoua négativement la tête.

Shamil retint un geste de colère et se dirigea vers la fontaine. Elle s'adossait à la falaise, sur une étroite bande de terre, face au vide.

Yunus crut bon de développer :

— Pas un mot sur Hamzat dans leur lettre.

Contenant sa déception, Shamil laissa son cheval plonger les naseaux dans le ruisseau qui s'échappait de la fontaine. Les deux montures burent à longs traits. Le bruit de l'eau sifflait entre leurs dents.

— La missive, résuma Yunus, émane du commandant en chef du fort de Temir-Khan-Choura. Il souhaite te rencontrer, toi, personnellement.

Ni surprise, ni rejet, ni triomphe. Shamil attendit la suite.

119

— … Il te propose une conversation seul à seul, et t'invite à choisir un lieu à ta convenance. Ton jour, ton heure seront les siens… Le plus tôt, le mieux.

— Le général Klüge von Klugenau m'invite ? ironisa-t-il.

La requête était une première, en effet. Elle reconnaissait officiellement l'imam Shamil comme l'autorité religieuse et le chef militaire de toutes les tribus du Daghestan, le seul interlocuteur possible dans un échange de bons procédés. Elle valait qu'on la prenne en considération.

— Il cherche à t'acheter, je suppose, gronda Yunus.

— De tout autre que le général Klüge von Klugenau, la proposition de rencontre serait inadmissible.

— Elle le reste… Même avec lui !

Shamil se mit à l'écoute de son instinct et de ses souvenirs. Parmi les Infidèles, cette vermine pullulante qu'il fallait écraser partout, Klugenau était le seul qui ne fût pas absolument méprisable.

Au lendemain de la première destruction de Ghimri, alors que lui-même délirait chez les bergers et que la population mourait de faim dans les grottes, ce Klugenau avait pris sur lui de faire porter aux survivants trois mulets chargés de trois sacs de farine. Ce geste, sans précédent au Caucase, lui avait valu l'étonnement, la gratitude et même une forme de respect parmi les Montagnards. L'initiative lui avait surtout valu l'hostilité de son supérieur, le général en chef Karl Karlovitch Fézé. Celui-là, le bourreau de Ghimri et d'Ashilta, surnommé par les populations Fazi le Cloporte du fait de sa petite taille et de ses bassesses, était haï. Depuis l'affaire des trois sacs de farine, Fézé et Klugenau s'opposaient sur tout, notamment sur la stratégie générale de « pacification ». Fézé soutenait que les indigènes ne comprenaient que la violence, et prétendait se montrer « plus féroce qu'eux ». Klugenau, qui avait la réputation d'être aussi irritable et grossier qu'honnête et généreux, croyait en d'autres moyens.

D'origine étrangère – Fézé était suisse, Klugenau, autrichien –, tous deux cherchaient à plaire au Tsar qui les employait. Chacun accusait l'autre d'incompétence. Les espions de Shamil à Temir-Khan-Choura lui rapportaient leurs petites mesquineries et leurs grands affrontements.

Ils lui rapportaient aussi que, depuis que les Russes avaient détruit Ghimri et repris Khounzakh, les Giaours prétendaient la Guerre Sainte terminée. Ces ignobles menteurs allaient jusqu'à féliciter leur Grand Tsar Blanc de son éclatante victoire. Leurs rapports à Saint-Pétersbourg, interceptés, recopiés et traduits par le réseau d'informateurs polonais, présentaient l'Imam comme un rebelle vaincu, couvert de chaînes, implorant à genoux la clémence de son maître… Un portrait dont Shamil s'était délecté : ces chiens se trompaient entre eux maintenant, ils se bernaient les uns les autres ! En fait de chaînes et de cage, il courait toujours.

— Te souviens-tu, Yunus, qui parmi ces porcs s'était vanté de m'avoir capturé ?

— Le Cloporte.

Shamil émit un petit rire :

— L'arrivée de son padisha l'empêche de dormir, il cherche à négocier un arrangement… Il est inquiet. Pressé… Au point de laisser son rival entamer des pourparlers avec moi.

— Ils ont tressé les cordes pour les pendre : qu'ils se les passent autour du cou !

— Voyons tout de même ce que Klugenau propose…

Les deux amis se laissèrent un instant absorber par leurs pensées. Yunus, pour sa part, ne nourrissait plus de doutes : l'Imam devait refuser.

— ... Des mensonges, rien que des mensonges ! conclut-il. Ils cherchent encore à nous tromper. Comme des poux qui grouillent et s'immiscent partout, les Russes s'infiltrent parmi nous, ils se multiplient, aussi vénéneux que les serpents qui rampent dans les déserts de Muhan ! Nous devons les détruire partout où nous les trouverons...

Le rappel de cette citation, que Yunus tirait directement des prêches de Shamil, réveillait ses sentiments belliqueux et le persuadait de l'inutilité du moindre contact. Il poursuivit avec passion, répétant presque mot pour mot les discours de l'Imam à la mosquée :

— ... Nous devons les détruire dans leurs maisons ou dans leurs champs, par la force ou par la ruse, de façon qu'ils cessent de proliférer et disparaissent de la terre.

— Tu sais écouter, approuva Shamil.

— Et j'ai bonne mémoire : je n'oublie pas la manière dont ces traîtres se sont emparés de ton neveu.

— La paix avec Klugenau vaut d'être tentée.

Yunus en demeura saisi. Il ne comprenait pas. Faisant face à son ami, il le regarda droit dans les yeux et demanda :

— Tu *veux* la paix ?

Le regard gris de Shamil devint aussi vitreux qu'impénétrable. Il cligna deux fois des paupières, comme il le faisait toujours quand il se retirait en lui-même pour écouter la voix d'Allah... Mais il garda le silence.

Cette fois, Yunus avait besoin d'une réponse. Il répéta, incrédule :

— Tu veux la paix ?… Toi ?

— Je veux que la parole de Dieu règne partout dans ces montagnes.

— Mais tu disais qu'il n'y a pas de paix possible avec Satan ! Tu disais que le Diable parle par la voix de tous ceux qui propagent le compromis sacrilège et l'arrangement avec le Mal. Tu disais qu'il faut décapiter l'hydre de la soumission.

— Je disais que je veux les Infidèles hors de chez nous, à jamais ! Aujourd'hui nous pourrions les écraser, oui, leur donner une leçon, ici ou là, oui… Mais les exterminer ?

Shamil jeta un coup d'œil désolé sur l'amoncellement de masures qui s'accrochaient à l'un des versants de la cuvette.

— S'ils ont pu raser Ghimri et Ashilta avec trois canons, alors, soupira-t-il… Chirquata !… Nous ne sommes pas prêts, Yunus. Pas encore. Il nous faut construire une ville au cœur de ces montagnes, une forteresse imprenable que nos Murides pourront rallier de partout. Une capitale…

— Traiter avec les chacals ne t'apportera rien !

— Si… Du temps.

L'appel du muezzin qui montait de la petite mosquée en contrebas interrompit la discussion. Confus de s'être laissé emporter si vite et si loin de la voix du Seigneur, ils mirent pied à terre.

— … Allah en décidera.

Ils prirent le tapis de prière, roulé à l'arrière de leur selle, nouèrent les brides au pommeau, et lâchèrent leurs chevaux. L'étroitesse du promontoire empêchait que leurs montures s'éloignent : elles restèrent à boire tranquillement derrière eux.

Alors que le soleil sombrait dans l'abîme crénelé des chaînes du Caucase, ils firent leurs ablutions à la fontaine, s'agenouillèrent et posèrent leurs fronts contre la terre. Au-dessus d'eux, l'ombre de la falaise grandissait, achevant de les écraser de son poids gigantesque. On n'entendait que le murmure du ruisseau, le cliquetis des brides et les hurlements du vent dans le défilé de Ghimri, un souffle humide qui les frappait de plein fouet et les faisait vaciller. Regroupés sur eux-mêmes, minuscules au cœur de l'immensité, ils prièrent avec ferveur.

Quand Yunus se releva, il avait une certitude :

— Même Klugenau est un hypocrite !... Surtout Klugenau !

— En conséquence... Donne-lui rendez-vous sur cette corniche. Dans deux jours ici, à la fontaine de Chirquata.

Surpris par une telle conclusion, Yunus ne put que s'écrier :

— C'est un piège !

— *Inch Allah !*

— La connaissance du « Tout » est ce qui te permettra de faire la différence entre le passager et l'Éternel... Tu m'écoutes, Djemmal-Eddin ?

Non, l'enfant n'écoutait rien ! Depuis deux jours, depuis le retour de son père, il ne tenait pas en place. Il s'était mis en tête d'accompagner Shamil à la fontaine. Ce désir tournait à l'obsession. Il voulait voir les Russes.

Sur la terrasse de l'humble mosquée, un cube en terre battue pareil aux autres, où cheik Jamaluddin al-

Ghumuqi instruisait l'héritier de l'Imam, le maître ne savait que penser. *Voir les Russes ?* Fallait-il céder au désir de Djemmal-Eddin ? Le cheik, qui n'avait pas toujours cru les Infidèles aussi nuisibles qu'il les connaissait aujourd'hui, comprenait le besoin du garçon. La répulsion de ses proches envers ces bêtes qui grouillaient dans l'ombre, l'horreur inscrite dans le regard de sa mère à la seule évocation de leur existence, avait aiguisé sa curiosité jusqu'à la fascination. Et pour cause ! Même la voix de Shamil, quand il parlait des Giaours, même la voix de Shamil vibrait de dégoût.

Voir les Russes ?... Pourquoi pas ? Mais en prenant certaines précautions : la présence du fils de Shamil ne devait pas exciter leur convoitise. Le risque, demain, ne serait pas bien grand. L'armée entière se rendait au rendez-vous : l'enfant se perdrait dans la masse des cavaliers. En fait de tête-à-tête : les grandes manœuvres !

Parmi les conseillers de Shamil, le cheik était le seul qui n'ait pas totalement désapprouvé la rencontre avec Klugenau. Certes, il partageait l'avis des naïbs en considérant la Guerre Sainte comme inéluctable, une nécessité à laquelle lui-même devait consacrer son savoir et son intelligence. Mais il ne l'aimait pas... Si les Infidèles, enfin éclairés, pouvaient accepter de laisser les Montagnards libres d'adorer Dieu et libres de se gouverner eux-mêmes – alors, Jamaluddin al-Ghumuqi serait favorable aux pourparlers. La paix restait son vœu pour les Musulmans du Caucase. Et son espoir.

Les autres, à l'instar de Yunus, craignaient une embuscade. Ébranlé par leur certitude, Shamil s'y préparait. Les Russes ne pourraient parvenir à la fontaine que par l'étroit défilé de Ghimri, ce qui permettait, en cas de problème, de couper leur retraite. Les naïbs se retireraient alors vers Akhoulgo qui jouissait d'une défense naturelle au sommet d'un pic. Le plan était de s'y établir pour l'hiver. Quoi qu'il advienne, la population suivrait l'armée, évacuant Chirquata trop accessible aux représailles… *Voir les Russes ?* Djemmal-Eddin les verrait bien assez tôt !

Avec ses yeux sombres frangés de longs cils, son expression espiègle et son corps d'enfant qu'il travaillait à dompter, le petit émouvait le maître. Sa tcherkeska râpée dont les manches lui arrivaient aux coudes, ses bras, ses jambes couverts de bleus et de plaies suffisaient à le convaincre que son élève grandissait trop vite et cherchait à égaler son père avec trop d'intensité.

Djemmal-Eddin était sans doute d'une nature moins susceptible, moins sombre, moins tourmentée que Shamil, mais il partageait la même soif d'absolu, la même force de volonté. Quand il se fixait un objectif, il y revenait indéfiniment, jusqu'à ce qu'il ait vaincu ses peurs. Ou obtenu gain de cause… À sept ans, il pouvait se montrer aussi tenace que fatigant !

Le vieux maître, accroupi à la mode orientale sur la terrasse, tenta de reprendre le fil de son enseignement :

— Assieds-toi en face de moi… Ici ! Et réponds… De quoi l'Islam est-il formé ?

L'enfant tenta d'échapper à l'interrogatoire en lui posant une autre question. Mais le mollah ne le lâcha pas :

— Quels sont les trois éléments distincts, reliés l'un à l'autre dans la chaîne de l'Ordre Naqshbandi ? Je t'écoute !

Le ton était sans appel. Djemmal-Eddin croisa les jambes en tailleur et s'installa commodément. Il avait tout intérêt à se montrer patient. Outre le fait qu'il aimait bien la compagnie du vieillard, il devait s'en faire un allié. Pas facile... Il trouvait rarement l'occasion de rester seul avec lui. D'ordinaire, ils étudiaient dans la madrasa, avec son petit frère et les garçons du village. Shamil, ayant manifesté l'intention d'interroger son aîné sur al-Fatiha, la première sourate du Coran, le cheik lui faisait repasser sa leçon.

Djemmal-Eddin savait qu'en dépit de sa longue barbe blanche, le cheik n'avait pas dix ans de plus que son père, et qu'il possédait, lui aussi, plusieurs femmes qu'on disait très jolies. Mais Shamil vénérait sa sagesse et la voix du cheik parlait d'or à son oreille. La voix pouvait paraître patiente et douce... Elle savait toutefois trancher dans le vif, comme celle de Bahou-Messadou. En songeant à sa grand-mère, Djemmal-Eddin s'agita : elle lui avait interdit d'aller à la fontaine voir les Russes. D'ordinaire, Bahou était bonne et gentille avec lui. Il obtenait d'elle ce qu'il voulait. Mais c'était une femme, elle avait peur.

Si le cheik approuvait, alors Shamil l'emmènerait.

Il récita, docile :

— Les trois éléments sont : *la Charia* : la Loi, *la Tariqua* : la Voie, *la Hakika* : la Vérité.

— Et qu'est-ce-que la Tariqua ?

— La filiation directe entre la source du fleuve et ses cours d'eau.

— C'est-à-dire ?

— La filiation entre l'enseignement du Prophète et l'enseignement de ses suiveurs, les maîtres soufis qui enrichissent le fleuve.

— Et la Hakika ?

Cet élément-là, l'enfant le maîtrisait moins bien. Il recommença à s'agiter...

— Tiens-toi tranquille ! Qu'est-ce que la Hakika ?

— La Vérité… L'union avec l'Esprit Divin.

— Mais encore ?

Il hésita :

— La capacité de connaître l'Infini…

— Comment s'appelle cet état de méditation qui libère l'esprit ?

Cette fois, Djemmal-Eddin n'y tint plus. Changeant brutalement de sujet, il revint au problème qui l'intéressait :

— Pourquoi Hamzat a-t-il disparu chez les Russes ?

De son unique rencontre avec eux, Djemmal-Eddin ne gardait qu'une impression floue, un souvenir de casquettes blanches, d'objets dorés, et de rochers gluants de sang. Mais aujourd'hui il était grand. Il ne chevauchait plus en croupe, comme Mohamed Ghazi. Il montait son propre poney. Il portait le kinjal… Que devait-il penser de la captivité de son cousin chez les Infidèles ?

— … Ma tante Patimat dit que, même s'ils lui rendaient Hamzat, elle n'en voudrait pas !

— Ta tante ne pense pas ce qu'elle dit.

— Si, elle le pense ! Elle dit que depuis que les Russes l'ont touché, Hamzat est impur. Il pue…

— Allah est bien plus miséricordieux que ta tante Patimat !

— Elle dit que c'est comme pour les oiseaux : quand un aiglon tombe du nid, il ne faut pas le toucher, sinon sa mère ne reconnaît plus son odeur… Elle dit qu'Hamzat s'est souillé à leur contact. Qu'il ne doit rien accepter de leurs mains… Ni raisin, ni galette, ni pilaf, aucune nourriture ! Elle dit qu'il doit se laisser mourir de faim.

Le cheik fronça le sourcil :

— Il existe, pour Hamzat, bien d'autres voies que la mort.

— Elle dit que non… qu'il n'y a plus d'autres voies.

— Ni Patimat ni personne en ce monde ne peut présumer des chemins de Dieu… Quant au déshonneur de la captivité d'Hamzat, l'Infidèle que ton père va rencontrer demain s'est toujours montré loyal et brave au combat. Si sa droiture mérite la confiance de Shamil, son contact ne peut déshonorer ton cousin.

Djemmal-Eddin esquissa une moue dubitative. Il sembla réfléchir. Puis, l'œil malicieux, il insista en découpant ses mots :

— Je demande à voir…

En tête, marchaient l'Imam et ses naïbs. De dix, ils étaient passés à trente. Ensuite, cent *murchides,* une unité de moines-soldats vêtus de noir, qui avaient embrassé une vie d'abstinence et renoncé au lien conjugal. Puis, le gros de l'armée habillé de brun, les *murides* qui portaient les fanions, une forêt de drapeaux et de lances couronnés par le même ornement de métal : le croissant de l'Islam. Le reste des troupes se composait des *murtaghazet,* les combattants que fournissaient les villages : une famille sur dix donnait un guerrier, un cheval, des armes. De cette obligation, Shamil leur avait fait une gloire. Tous avaient juré sur le Coran de mourir pour leur Imam. Et tous portaient le turban… Un drapé blanc pour Shamil. Vert pour ceux qui avaient fait le pèlerinage à La Mecque. Brun pour les autres. Seuls les jeunes qui, comme Djemmal-Eddin, n'étaient pas assez instruits dans la science religieuse n'entortillaient pas d'étoffe sur leurs bonnets de mouton.

Au total, plusieurs centaines de cavaliers, sabre en bandoulière et poignards à la taille, les épaules élargies par la bourka, leur cape noire, en poil de chèvre – imperméable à la pluie, à la neige, au vent –, si ample et si raide qu'elle se cassait en plis durs sur la croupe des chevaux.

Djemmal-Eddin caracolait au centre. Debout sur ses étriers, tous les sens en éveil, il découvrait la joie d'appartenir à l'armée la plus glorieuse du monde, celle qui combattait pour le triomphe de Dieu. Il s'enivrait de ce sentiment d'appartenance. Par sa bravoure et sa dévotion, en compagnie de tous ses frères, il allait combler le vide entre l'homme et Dieu. Tout l'enseignement de cheik Jamaluddin visait à le rendre capable de cela : surmonter le gouffre entre l'existence humaine et l'existence divine. Réaliser l'Union avec Dieu. Il se savait un maillon de la longue chaîne qui courait sans interruption entre Allah et ses Fidèles… De Mahomet à Shamil.

Il s'arrêta avec les autres à l'entrée de l'étroite saignée de terre qui s'encastrait entre les falaises. Sur le couloir rocheux : personne. Les Russes n'étaient pas au rendez-vous. Le vent ne cessait de hurler, apportant avec lui le faible sifflement des sentinelles que Shamil avait postées au-dessus du défilé : le signal que l'ennemi approchait. Les appels, le vent, l'attente, tout lui faisait battre le cœur.

Il ne perdrait pas une miette de l'aventure. Et cette fois, il allait la comprendre…

Djemmal-Eddin vit le premier Russe s'avancer. Un murmure courut parmi les cavaliers : Klugenau. Il montait un cheval bai, plus grand que les chevaux ordinaires. Il marchait seul, colossal sur la corniche, presque aussi imposant que Shamil. On ne voyait pas ses armes, cachées sous la bourka qui le recouvrait tout entier telle une carapace : plus noire que leurs propres bourkas, avec des poils plus longs, plus luisants, et comme bouclés par l'humidité… Il portait une casquette bleue, des gants, des bottes. Il n'avait pas de barbe, mais de sous son épaisse moustache grise sortait une vapeur dont l'odeur parvenait jusqu'ici. Une odeur infecte… Il fumait ! Le tabac était un péché passible du fouet, un crime comme le vin, comme l'alcool. La Charia défendait qu'on fume. Celui-là mâchonnait un cigare : c'était bien un Russe. Une béquille se balançait en équilibre au travers de sa selle… Derrière lui se profilait un second officier. Celui-là ne portait pas de bourka, mais un manteau du même bleu que sa casquette. Il était mince, jeune, la joue tailladée d'une balafre fraîche.

Suivait une quinzaine de Cosaques vêtus de tcherkeskas comme les Montagnards, et coiffés des mêmes papakhas. En fait de Russes, ceux-là étaient difficiles à différencier des hommes de la tribu des Kiranis, une tribu neutre qui servait ici d'interprète et d'intermédiaire.

Djemmal-Eddin attendit la suite. Mais non. Plus rien. Seulement une trentaine de cavaliers. Shamil les regardait venir, lui aussi. Il ne bougeait pas. Il attendait.

Il se tourna vers ses naïbs et leur donna une suite d'ordres brefs, que Djemmal-Eddin n'entendit pas. Le mot courut dans les rangs. Ne pas bouger. Interdiction de le suivre. Se tenir prêts, mais rester à distance. Shamil irait seul.

Le Russe dut donner les mêmes instructions, car sa troupe se massa à l'entrée du couloir.

Le Russe et Shamil poussèrent alors leurs montures l'une vers l'autre. Chacun n'avait gardé que deux hommes avec lui – l'aide de camp balafré et un interprète karani pour le Russe ; Yunus et le naïb Akhbirdil-Muhamed – l'époux de Patimat – pour Shamil. Les six cavaliers se rejoignirent devant la fontaine. Ils mirent pied à terre. Le Russe, qui fumait toujours, se reçut sur une seule jambe. Il sautilla sur place. Il clopinait tellement que Djemmal-Eddin se demanda si l'une de ses bottes n'était pas vide… Une vieille blessure en tout cas, car il maniait sa béquille avec agilité.

Les naïbs et l'aide de camp étalèrent leurs bourkas au pied du bassin. Shamil et le Russe s'assirent en tailleur, avec l'interprète. Yunus et Akhbirdil-Muhamed s'installèrent derrière Shamil. Le jeune homme balafré s'écarta un peu et resta debout.

Djemmal-Eddin profita de ce moment pour mettre, lui aussi, pied à terre. Il jeta les rênes de son poney à son voisin. Et rapidement, sans écouter les ordres et les poings qui le retenaient, il se faufila au premier rang.

Même de si près, avec le vent, il n'entendait que des bribes de l'échange.

L'interprète s'adressait à Shamil, lui traduisant le long préambule du Russe :

— Je suis venu en paix. Je n'ai jamais trahi ma parole et vous pouvez compter sur elle pour votre sécurité personnelle… Regardez autour de nous. Je n'amène avec moi que trente soldats, quand vous arrivez, vous, avec trois cents cavaliers… Qui de nous deux est le plus déloyal ? Lequel faillit à l'honneur, de vous ou de moi ? Mais je vous sais droit, j'ai confiance en votre noblesse, comme vous devez avoir confiance en la mienne. Souvenez-vous des trois sacs de farine que je vous ai envoyés quand votre peuple en avait tellement besoin… Je vous ai toujours soutenu et donné de bons conseils, vous le savez. Je voudrais maintenant vous aider à obtenir la prospérité. Comment parvenir à cette prospérité, c'est ce dont je souhaite vous entretenir…

Shamil, flegmatique, écoutait.

Les cigares du Russe empestaient l'atmosphère. Il fumait sans discontinuer et parlait, parlait, parlait…

L'interprète ne ménageait pas son éloquence et tentait de persuader Shamil de venir à Tiflis, en Géorgie, auprès du Grand Tsar Blanc. Une rencontre entre chefs, sinon d'égal à égal, du moins une rencontre amicale, entre deux souverains. Klugenau garantissait la clémence de son padisha… Le pardon, la liberté et la paix. Sans compter la richesse pour l'Imam et ses fils, les cadeaux pour son peuple, les nombreux avantages d'une reddition honorable et pacifique.

Shamil le laissait dire, poliment.

Djemmal-Eddin ne quittait pas son père des yeux. Il s'intéressait à lui autant qu'au Russe, dont l'odeur désormais l'écœurait. Shamil, impénétrable sous sa barbe, n'exprimait rien. Les yeux mi-clos, le regard en dedans, il avait sa mine des nuits de prière et de jeûne.

L'irritation semblait gagner Klugenau : il discourait avec passion, toujours plus vite, toujours plus fort. Son nouveau cigare s'éteignait sans cesse. Dans le vent, il ne parvenait à le rallumer qu'avec difficulté.

Djemmal-Eddin entendait les naïbs qui grondaient dans son dos… Assez de simagrées ! Ces palabres ne servaient à rien.

Les chevaux piétinaient. L'armée s'agitait. Tous sentaient que la négociation n'avançait pas.

Klugenau redoubla de verve et d'énergie. À chacune de ses exhortations, Shamil hochait la tête en signe d'assentiment et répondait avec la plus extrême courtoisie : il ne pouvait s'engager auprès de lui, il n'avait pas ce pouvoir, il devait d'abord consulter le Conseil de ses naïbs... Il ne manquerait pas de le faire.

À l'ultime bouffée de son dernier cigare, Klugenau se releva. Shamil l'imita. Klugenau mit sa béquille sous son aisselle gauche. Puis cordialement, en signe de conclusion et d'adieu, il lui tendit la main. Shamil tendit la sienne. À cet instant, Djemmal-Eddin vit son oncle Akhbirdil bondir. Se jeter entre eux. Interrompre le geste. Il hurlait, plein de haine, au visage de Klugenau, que l'Imam ne pouvait toucher la main d'un chien d'Infidèle :

— Giaour ! lança-t-il.

Ivre de rage, le Russe brandit sa béquille et, balayant l'espace, tenta de faire sauter le turban du crâne d'Akhbirdil. Dans la seconde, Djemmal-Eddin mesura l'importance de l'affront qu'il cherchait à lui faire : l'offense la plus outrageante ! Se dénuder la tête devant Allah, c'était insulter Dieu. Un Musulman devait rester couvert. Shamil attrapa la béquille au vol. Il l'arrêta d'une main. De l'autre, il retint les kinjals d'Akhbirdil et de Yunus. Il hurla à ses hommes de rentrer leurs sabres et de reculer. Poussé par la masse menaçante des Murides, Djemmal-Eddin se retrouva projeté en avant. Il alla trébucher entre les jambes de son père. D'un revers, Shamil le repoussa dans son dos. Il hurlait toujours et sa voix finit par dominer le tumulte.

Mais les Cosaques marchaient à la rescousse du Russe et se rapprochaient. Les Murides continuaient d'avancer. C'était leur tour : à trois cents contre trente, ils tenaient l'occasion de se venger des massacres de Ghimri, d'Ashilta...

Shamil, d'une voix blanche, pressa Klugenau de se retirer. Le bain de sang menaçait. Akhbirdil et Yunus, leurs poignards dégainés, s'apprêtaient à lui sauter à la gorge et à laver leur honneur. Lui-même ne pourrait retenir ses cavaliers longtemps.

Klugenau, hors de lui, ne bougeait pas. Il lançait des bordées d'injures à l'adresse d'Akhbirdil, toutes les ordures de son vocabulaire, enrichies par cinquante ans de vie militaire. Le jeune aide de camp cherchait à l'emmener. Il tentait de le faire taire. En vain.

Éructant toujours, Klugenau finit par se laisser entraîner vers son cheval.

Shamil, immobile, le regarda jeter sa béquille sur le pommeau, enfiler son pied valide dans l'étrier, monter. Le général tourna bride. Ses Cosaques le suivirent.

Campé au milieu du couloir, protégeant leur retraite, Shamil suivit du regard la silhouette qui gesticulait en direction du fort de Temir-Khan-Choura. Il ne bougea pas, jusqu'à ce que Klugenau et le dernier de ses hommes eussent quitté la corniche.

Djemmal-Eddin jugea bon de déguerpir. Il disparut dans la masse, rejoignit son poney, sauta en selle. Il espérait que Shamil oublierait son apparition.

Rien dans le comportement de son père ne lui laissa augurer la violence de sa colère, ni les extrémités où elle allait le porter. Le Russe disparu, Shamil prit le chemin d'Akhoulgo, comme prévu. Sans un mot pour son fils, sans un regard vers ses hommes.

Tous, néanmoins, ressentirent son mécontentement et tous redoutaient la sévérité du châtiment qui les attendait. L'indiscipline d'Akhbirdil, celle de Yunus et des naïbs qui n'avaient pas rengainé leurs kinjals lorsqu'il le leur avait ordonné allaient leur coûter cher. Quant à la présence de Djemmal-Eddin dans ses jambes… Lui-même ne doutait plus de la correction qui l'attendait. Le

voyage lui parut aussi rapide que lourd de menaces…
Le bâton ou le fouet ? Combien de coups ?

Arrivé au plateau d'Akhoulgo, surprise, Shamil
n'adressa aucun reproche ni à Akhbirdil ni à Yunus, ni
aux naïbs. Enfin, comble d'étonnement, il ne fit pas
fouetter Djemmal-Eddin. Il ne commenta pas non plus
sa rencontre avec Klugenau. Que voulait le général ? Il
ne livra rien sur le contenu de l'entretien.

Fatima la Bien-Aimée fut probablement la seule à
connaître dans la nuit l'ampleur de sa fureur. L'affront
qu'il venait de subir dépassait la mesure. Les Russes
l'avaient convoqué pour cela ? Ils avaient osé ? Un
arrangement que même le plus lâche d'entre les
hommes, le plus bas n'aurait pu accepter… Contre des
promesses de cadeaux – des épluchures aux porcs
qu'on attire dans l'enclos de l'abattoir –, ils exigeaient
la capitulation pure et simple.

Les Russes se moquaient de lui et de tous les
Musulmans du Caucase. Ils n'avaient pas compris à
qui ils avaient affaire.

Au matin, Shamil réunit sur la place du village ses
prisonniers, ses otages, ses amanats, ceux dont les
pères, les oncles, la famille, le village s'étaient rendus
aux Russes, ou s'apprêtaient à le faire… Tous les
hommes qui, quelque part dans ces montagnes, avaient
un jour osé lui parler de paix. Tous les hommes qui
avaient, une fois, prononcé le mot « soumission ». À
chacun d'entre eux, il fit crever les yeux et arracher la
langue. Puis il les libéra, leur ordonnant de rentrer
chez eux et d'y apporter son message. Le lendemain,
un cavalier partait avec sa propre réponse pour Klugenau : « *Quand bien même je devrais être coupé en
morceaux pour ce refus, je ne viendrai pas à Tiflis*

rencontrer votre padisha, car j'ai fait trop de fois l'expérience de votre traîtrise… »

L'insulte atteignit le Tsar de plein fouet. Sa réaction fut immédiate. Il remplaça Fazi le Cloporte par un général qu'on disait plus brutal encore, multiplia par dix les contingents de son armée, ordonna la guerre à outrance. Il voulait Shamil mort ou vif. La conquête de la Tchétchénie et du Daghestan était devenue l'une de ses priorités. Il en faisait désormais une affaire personnelle.

Ce fut dans le même état d'esprit que Shamil s'attela à la fortification d'Akhoulgo.

Djemmal-Eddin, pour sa part, tenait ses réponses.

Tout d'abord, il se jugeait, lui, plutôt brave : durant l'incident de la béquille, il n'avait pas eu peur, presque pas… Ensuite, les Russes étaient des êtres grossiers, bruyants, et tellement impurs qu'on ne pouvait même pas leur toucher la main. Ils manquaient de manières. De plus, ils sentaient mauvais. Patimat avait raison. La captivité d'Hamzat chez les Infidèles l'avait bel et bien souillé et déshonoré. La question était réglée. Restait toutefois un dernier problème : pourquoi Shamil les avait-il défendus quand il les tenait à sa merci ?

Pourquoi Shamil les avait-il épargnés ?

Ni Yunus, ni le cheik, ni même Bahou-Messadou, aucune des personnes interrogées ne voulut – ou ne sut – résoudre l'énigme de façon satisfaisante. La solution relevait d'un principe si fondamental, que le formuler n'était même pas convenable.

Djemmal-Eddin s'adressa donc au principal intéressé.

Il aborda l'Imam le vendredi à la sortie de la mosquée alors que, les bras chargés du Coran, en robe verte de cérémonie, il traversait la cour vers ses appartements… Sans préambule, l'enfant attaqua :

— Pourquoi as-tu protégé Klugenau contre les kinjals de Yunus et d'Akhbirdil ?

Shamil s'immobilisa. Mais au lieu de lui répondre, il réagit par une autre interrogation :

— À ton avis : pourquoi ?

Cherchant au fond de lui, Djemmal-Eddin médita un instant. Quand il crut avoir trouvé, il releva la tête.

— Pour…

Il hésita, marqua une pause, fixa ses grands yeux sombres sur le visage de son père. Il répéta prudemment :

— Pour…

Le regard de Shamil resta impénétrable.

Alors, avec précaution, un respect, une fierté infinis, Djemmal-Eddin prononça la parole glorieuse, le Verbe aussi sacré que le nom du Seigneur :

— L'honneur !

Akhoulgo
Un an plus tard

Septembre 1838

— Je comprends, soupira Bahou-Messadou… Mais ce sera difficile. Très difficile.

Djemmal-Eddin gisait sur les coussins de la petite chambre qui lui était réservée. Bahou avait ficelé son bras contre son ventre, et son corps au matelas. Il ne pouvait bouger. L'inaction le rendait fou. Quatre mois déjà !

Au printemps dernier, alors qu'il jouait les acrobates sur la roue à eau, il avait glissé entre les planches. La roue, continuant de tourner, l'avait broyé dans le torrent et fracassé contre les rochers. Résultat : un séjour de trois mois aux portes de la mort… Et le retour dans le giron des femmes.

De ses multiples plaies, une seule, une fracture ouverte qui le déchirait de l'épaule au coude ne cicatrisait pas. Il s'en tirait bien et venait d'obtenir de Shamil l'autorisation de sortir du harem, où la tyrannie de Patimat l'avait étouffé tout l'été.

Bahou l'avait donc transporté dans la seule pièce qui s'ouvrait sur la galerie de l'étage, entre le gynécée et les appartements de l'Imam. La situation de cette chambre permettait à Shamil de s'arrêter auprès de son fils, chaque fois que les affaires lui laissaient un instant. Elle permettait aussi d'y recevoir Mohamed Ghazi, leurs camarades, leur maître Jamaluddin, l'attalik Yunus, les visiteurs des deux sexes. Fatima pourrait continuer d'introduire à son chevet les guérisseuses qui le saupoudraient de rognures d'ongles, brûlaient des herbes sur sa poitrine, le badigeonnaient d'onguents et chassaient les mauvais esprits… Tandis que le chirurgien Abdul-Aziz, son grand-père d'Ountsoukoul, lancerait sur sa blessure les fourmis qui grouillaient dans ses pots : « Fourmis remarquables, disait-il, par leur taille et leur férocité. Quand elles auront bien mordu tes chairs, je les couperai en deux. Les pinces de leurs mandibules continueront à serrer et sutureront ta plaie. »

Si Djemmal-Eddin ne supportait qu'avec impatience certaines visites et certains traitements, il aimait à la folie le brouhaha de cet immense cercle de famille. Frères par le sang, frères par la parole, frères par le service de Dieu, il aimait leur présence, leur bruit, leur chaleur. Il aimait la solidité de cette maison qui rassemblait autour de lui tous ses parents, ses proches et les proches de ses proches. Il aimait cette suite de cours intérieures dont les murailles et les tours abritaient les trente naïbs, leurs épouses et leurs chevaux, cette citadelle de pierre aux toits crénelés, où nul ne pouvait pénétrer, sinon par la montagne. Une forteresse à l'image du pic et du village d'Akhoulgo : imprenable. Même durant les mauvais jours, quand les esprits revenaient l'habiter, il ne craignait pas que les démons l'emportent : aucune force du mal ne pourrait l'arracher d'ici. Bahou-Messadou lui avait inculqué

cette certitude. Son adoration pour elle faisait le reste :
elle veillait et pouvait tout.

Accroupie dans son dos, elle servait le thé à trois
inconnus.

Ce matin-là, alors qu'elle traversait la première
cour, son petit-fils Mohamed Ghazi lui avait apporté
un message. Trois Tchétchènes, trois vieillards l'avaient
abordé sur la place du village : ils sollicitaient une
audience de la khanum Bahou-Messadou. Le cœur de
la vieille dame s'était mis à battre. Elle espérait toujours des nouvelles d'Hamzat et les avait conviés dans
la chambre de Djemmal-Eddin.

Il respirait l'odeur âcre du suint qui imprégnait les
poils de leurs bonnets. L'odeur du cuir, de la sueur et de
la fumée qui montait de leurs bottes et de leurs bourkas
restées sur le seuil. Ces hommes arrivaient de loin.

Assis en demi-cercle devant le brasero que Bahou-
Messadou avait déplacé pour eux au fond de la pièce,
ils aspiraient en silence, à longs traits, le liquide noir et
bouillant. Quand chacun eut reposé son bol, ils prirent
la parole à tour de rôle.

Djemmal-Eddin écoutait leur conciliabule, sans parvenir à s'y intéresser. Il rêvait du jour, de l'heure où il
pourrait sortir. Il tourna son petit visage vers la porte…
La vie dehors.

Akhoulgo… Une ruche. Une tour de Babel. Toutes
les langues. Toutes les castes. Tous les peuples. Officiers polonais, serfs russes, paysans géorgiens, cavaliers
daghestanais, guerriers tchétchènes, Lesghiens, Ingouches, Ossètes, Circassiens. Libres ou captifs. Musulmans
ou Chrétiens. Déserteurs ou renégats. Shamil écoutait
toutes les voix qui lui enseignaient ce qu'il voulait
apprendre : le grand art des fortifications militaires.

Arsenal, casernes, abris, tranchées. On taillait dans le roc, on perçait des galeries, on forait des puits, on traçait des canaux… On évidait la montagne, creusant au plus profond un réseau de défenses souterraines qui permettrait de triompher des assauts les plus longs, des charges les plus rudes. Djemmal-Eddin entendait les coups de pioche sur la pierre, les marteaux sur le bois, la rumeur de tout un peuple qui se préparait au combat. Sans lui.

Exaspéré par sa faiblesse, il reporta son attention vers sa grand-mère qui avait élu domicile à son chevet. Les épreuves des dernières années, l'inquiétude des derniers mois avaient amaigri et cassé Bahou-Messadou. Même Djemmal-Eddin s'en rendait compte. Une très vieille femme. Seules la dignité, la volonté de vivre, et la conscience de ce qu'elle se devait à elle-même la gardaient debout. De cela aussi, il se rendait compte. Elle portait haut la tête, haut le regard. Mais elle se surveillait. L'effort n'ôtait rien à la vivacité des yeux, rien à l'indulgence du sourire. Avec son énergie coutumière, Bahou-Messadou continuait de vaquer à ses affaires, elle allait, venait, de la chambre du blessé aux cuisines, de la source aux champs, recevant désormais chez son petit-fils les visites auxquelles son âge et son rang l'exposaient dans leur nouvelle capitale.

Il n'apercevait d'elle que son regard posé sur ses hôtes, son regard gris, attentif et luisant. Rien d'autre. Elle était voilée jusqu'aux yeux. Les trois Tchétchènes, assis en tailleur devant elle, lui exposaient leur requête. Djemmal-Eddin voyait bien qu'elle ne souriait pas, qu'elle devenait d'instant en instant plus sérieuse et plus sombre. Quelle information, quelle douleur lui apportaient-ils ?

Ils étaient sales et pauvres. Leurs cartouchières, les fourreaux de leurs sabres et les pommeaux de leurs kinjals n'étaient incrustés d'aucune décoration d'argent. Que lui voulaient-ils ? Djemmal-Eddin n'entendait qu'un murmure haletant.

Seuls les compliments d'usage, les compliments qui vantaient la réputation de sagesse de la khanum Bahou-Messadou avaient été prononcés à haute et intelligible voix, en arabe. La bonté de la mère de Shamil, disaient-ils, le respect dont elle jouissait auprès de son fils étaient parvenus jusqu'à leur village et leur avaient laissé espérer qu'elle comprendrait l'horreur de leur situation.

Ils maîtrisaient mal le koumik et s'exprimaient en tchétchène. Djemmal-Eddin ne comprenait qu'un mot sur deux. Chacun des trois hommes répétait à peu près le même discours. Le sens lui en devenait peu à peu intelligible. Chez eux, disaient-ils, les misères de la guerre avaient atteint les limites du supportable… Chez eux, depuis la tournée du grand padisha, les Infidèles se déchaînaient. Ils avaient incendié par trois fois leur village, violant les femmes, emmenant les enfants en esclavage. Mais nul ne s'était rendu, ainsi que l'Imam l'avait ordonné. Les hommes avaient réussi à fuir dans la forêt. Par trois fois, ils avaient relevé leurs ruines. Par trois fois, les Russes avaient pollué leur puits, brûlé leurs récoltes, souillé leur mosquée. Tout tué. Leurs moutons, leurs chèvres, tout… Par trois fois, le village avait résisté. Nul ne s'était rendu. Conformément à la loi de Shamil… Mais la famine de l'hiver avait eu raison des plus braves. La dysenterie avait fait le reste, cet été. Et les Russes allaient revenir. Ne restaient pour les combattre que des malades, des blessés, quelques vieillards et des femmes. Le village avait besoin d'un répit… Le village devait faire la paix. La paix avec les Infidèles. Une paix de quelques mois, de quelques semaines… Mais, la paix, comment ? Les Murides rôdaient partout, châtiant la moindre velléité de soumission… Entre leur cruauté et celle du Tsar, entre la mutilation et la faim, il n'existait aucun choix, aucun espoir de survie… La khanum pourrait-elle exposer à l'Imam, lui exposer, à lui personnellement, la situation ? Lui demander son consentement pour une capitulation temporaire… Obtenir de déposer les armes quelques jours. Le temps de reprendre souffle…

— Ce sera difficile… Très difficile.

L'enfant n'écoutait plus. Il retourna son visage vers la porte, rêvant de l'instant où il sauterait sur Koura, le Fier, franchirait au galop les trois portes de l'enceinte et filerait dans la montagne.

Après qu'elle l'eut nourri et pansé pour la nuit, Bahou envoya un serviteur chez Shamil : elle le priait de bien vouloir lui rendre visite. Elle l'attendrait non pas dans la chambre de Djemmal-Eddin, mais chez elle, dans son appartement du harem. L'invitation tombait mal : Shamil se trouvait en plein conseil avec Yunus et ses naïbs. Penché sur la carte de Tchétchénie, il dressait la liste des communautés qui s'apprêtaient à le trahir. Sa mère n'avait pas coutume de le déranger à pareille heure. Surpris, presque inquiet, il interrompit la séance et se rendit chez elle sans attendre.

Les témoins raconteraient plus tard que l'Imam y resta longtemps. Il ne quitterait les appartements de Bahou-Messadou que vers minuit.

Il sortit du harem d'un pas lourd, longea la galerie et passa devant la chambre de son fils, sans un regard. Il pénétra dans la salle où l'attendaient toujours ses conseillers. Il brisa leurs rangs, traversa la cour, entra dans la mosquée et s'y enferma.

Seul.

Quand Djemmal-Eddin se réveilla, il faisait grand jour. La porte de sa chambre était restée ouverte. Une lumière d'orage, grise, basse, pesait sur la galerie, la cour, les remparts. Pas un bruit, nulle part. Aucune des rumeurs ordinaires. Ni les coups dans la fabrique de poudre. Ni le beuglement des buffles qu'on sortait dès l'aube. Ni les clameurs des nouveaux arrivants que l'exiguïté des ruelles d'Akhoulgo forçait à mettre pied à terre devant les murailles. Même le muezzin n'appelait pas à la prière. Même Fatima, même Djawarat, même Patimat restaient invisibles. Dans les cours du sérail, Mohamed Ghazi et Saïd, le fils de Djawarat, ne jouaient pas. Les trois enfants de Yunus, ceux du cheik Jamaluddin, ne pleuraient pas. Aucun bruit. Aucun mouvement. Pas un souffle d'air. Plus un signe de vie. Une chape de silence s'était abattue sur la maison, sur la ville. Seul Muessa, le chat de Shamil, enfermé chez son maître, miaulait à fendre l'âme. Ses cris montaient dans le vide. Aucun serviteur ne venait le nourrir ou le libérer…

Djemmal-Eddin s'agita, tenta de se redresser, tenta de comprendre. Son bras le faisait souffrir. Mais il sentait monter en lui un mal d'une autre nature… Où était Bahou ? Qu'avait-elle dit hier à ces hommes : « J'essaierai… » C'était tout. Elle n'avait rien répondu d'autre : « J'essaierai. Ce sera difficile… Très difficile ! Mais j'essaierai. » Il se souvenait vaguement que les Tchétchènes s'étaient confondus en remerciements et qu'elle les avait fait taire : « Je ne vous promets rien… Revenez ici demain, après la seconde prière. »

C'était tout, vraiment tout ? Djemmal-Eddin cherchait. « … J'essaierai. »

Depuis, elle avait disparu.

Il resta ligoté, seul, toute la matinée.

Vers midi, les trois Tchétchènes se faufilèrent dans sa chambre. Bahou arriva au même moment. Elle ramenait nerveusement son voile sur son front. Ses yeux avaient perdu leur sérénité.

— L'Imam ne peut pas vous donner son autorisation, marmonna-t-elle. L'Imam ne peut pas décider. C'est Allah qui commande… Mon fils est à la mosquée. Il y prie, il y jeûne, il y écoute la voix de Dieu.

Fuyant la lumière, marmonnant d'inintelligibles commentaires, elle retourna s'accroupir dans le recoin où les Tchétchènes l'avaient laissée la veille.

Elle acheva dans un souffle :

— … Shamil ordonne que le peuple d'Akhoulgo le rejoigne… Attendez sur la place, attendez avec lui, attendez la volonté d'Allah… Priez et repentez-vous !

Suivirent une suite de mots confus. Puis, le silence.

Les trois Tchétchènes se retirèrent en hâte. Djemmal-Eddin entendit Yunus les arrêter dans leur fuite, au bout de la galerie. Que faisaient ces hommes chez Shamil ? Qui les avait invités ?

Bahou-Messadou ne répondit à aucune question. Elle priait.

Dehors, le silence du matin s'était mué en un grondement sourd, une rumeur d'orage qui montait.

Aveugle et sourde au monde, elle se balançait d'arrière en avant, récitant à mi-voix ses litanies. Mais le chant de Bahou ne tendait pas vers le ciel, il ne s'élevait pas vers Dieu et ne lui apportait pas la paix… Quelles prémonitions, quels signes, quels présages l'agitaient ? Qu'avait-elle demandé hier à Shamil ? De quoi s'était-elle mêlée ? Qu'avait-elle dit ? Qu'avait-elle fait ?

Le cœur serré, Djemmal-Eddin la voyait se ratatiner d'heure en heure. Elle devenait une petite vieille qui gémissait et psalmodiait à la façon des autres vieilles. L'enfant ressentait son angoisse.

De tout le jour, elle ne bougea pas de la pénombre où elle se terrait. Nul ne se souvint de leur existence à tous deux. « ... Viens près de moi, suppliait-il. Tu m'entends, Bahou-Messadou ? Viens. Libère-moi... »

Au crépuscule, blême, les dents serrées, il ne la suppliait plus et lui parlait avec un rictus de loup :

— Approche.

Elle hésita, puis, humble et chancelante, se leva.

Il se fit plus impératif :

— Plus près !

Il ordonna :

— Prends ton kinjal et coupe ces liens.

La brutalité du ton la ramenait à la conscience.

— Coupe !

Elle obéit...

Que restait-il de la dignité de sa grand-mère ? Elle s'affairait sur ses bandages, sans doigté et sans ordre, à la façon des servantes.

Quand elle lui eut ôté ses bandelettes, Djemmal-Eddin ressentit dans le bras un élancement si douloureux qu'il pensa défaillir. Mais qu'était cette souffrance au regard de l'effroi de Bahou-Messadou ?

Il serra les dents plus fort, se redressa et, la prenant par le coude, l'entraîna.

La maison était vide.

Le flot qui convergeait des ruelles les poussa naturellement vers la mosquée.

Une foule immense se massait devant l'édifice au toit plat, où l'Imam demeurait enfermé. Les hommes avaient déployé leurs tapis de prière sur la place. Les femmes debout, les mains tournées vers le ciel, priaient et gémissaient à mi-voix.

L'apparition de la khanum, courbée et cassée dans ses voiles, imposa le silence. Les rangs s'ouvrirent devant eux.

La mosquée, très basse, ne comptait ni minaret ni coupole. Les cérémonies funèbres se célébraient sur le toit en terrasse. Une avancée de bois, solidement étayée par des piliers, permettait au muezzin d'appeler les Croyants.

Djemmal-Eddin tenta de conduire Bahou sous ce petit balcon, qui servait d'auvent à l'entrée du bâtiment. Le moindre effleurement réveillait le mal qui brûlait son bras, et lui portait au cœur. Pâles comme deux coupables, ils traversèrent la multitude jusqu'à la porte close.

Fatima, Djawarat, Patimat, les épouses des naïbs, et les pleureuses de profession se tenaient accroupies dans la poussière, en première ligne. Toutes quémandaient le pardon, se lamentaient de leurs fautes et sanglotaient.

Bahou s'accroupit au ras des deux battants, entre sa fille et ses belles-filles. Les plaintes, qui s'étaient tues sur son passage, reprirent avec vigueur. Mohamed Ghazi, les enfants, les bébés mêlaient leurs larmes à celles de leurs mères. Djemmal-Eddin resta à leurs côtés.

Durant deux jours et deux nuits, le grondement de l'imploration s'éleva sans discontinuer. Le peuple campait sur la place, priant et jeûnant parmi les chevaux, les chèvres et les vaches. Personne n'osait rentrer chez soi. Tous attendaient. La prière emplissait le ciel blanc d'Akhoulgo d'une rumeur menaçante.

Au troisième matin, brusquement, les gonds de la porte crissèrent et les deux battants s'ouvrirent. Le silence s'abattit d'un coup. Shamil, les bras en croix, apparut sur le seuil.

Aveuglé par la lumière du jour, le visage livide, cerné par les ronces rousses de sa barbe, il se tint longuement immobile devant la foule prosternée.

Bahou-Messadou, que soutenaient Yunus et Akhbirdil, se traîna jusqu'à lui. Elle baisa le sol et, front contre terre, resta agenouillée à ses pieds. L'Imam, les yeux tuméfiés comme s'il avait longuement pleuré, la contempla sans un mot. Puis il grimpa les quelques échelons de l'échelle qui conduisait à la terrasse, à peine plus haute que lui.

Campé sur le toit, il leva la main gauche, tourna le regard vers le sud et tonna :

— Ô Mahomet… Que ta volonté soit faite, que ton jugement s'accomplisse, que ta juste sentence serve d'exemple à tous les vrais Croyants… Car immuables et sacrés sont tes commandements !

Il fit face à la foule :

— Murides d'Akhoulgo, entendez le Message du Prophète…

Djemmal-Eddin ne reconnaissait ni ce regard ni cette voix. Il n'aimait rien tant, d'ordinaire, que l'éloquence de Shamil. Il subissait avec délices la passion, la ferveur de son père, ces harangues terribles qui l'enflammaient de l'amour de Dieu et de l'ardeur de Le servir.

Il n'avait jamais entendu les inflexions de ce matin :

— … Le peuple tchétchène, oublieux de son serment, s'apprête à subir la loi des Giaours et à se soumettre. Ses ambassadeurs, trop lâches pour venir m'avouer leur projet sans honneur, sont allés trouver ma mère. Ils ont obtenu de sa grande bonté et de sa faiblesse de femme, qu'elle m'approche à leur place. Son insistance à plaider leur cause et ses larmes en leur faveur, l'infini respect que je lui porte et mon amour pour elle m'ont donné la force et la témérité de m'enquérir de la volonté d'Allah auprès de Mahomet. Soutenu par votre dévotion, aidé de vos prières, j'ai donc demandé en grâce au Prophète qu'Il daigne entendre mon interrogation présomptueuse. Ce matin, au terme de trois jours de prières et de jeûne, Mahomet m'a répondu. Et Sa voix comme le tonnerre m'a terrassé...

La foule retint son souffle. Shamil se redressa de toute sa taille :

— ... Allah ordonne que la première personne qui m'a parlé de soumission soit punie de cent coups de fouet... Et cette première personne... Cette première personne, c'est ma mère !

Bahou-Messadou poussa un cri. Du peuple monta un gémissement. Djemmal-Eddin se mit à trembler. Il cherchait à saisir le regard de son père. Mais les yeux de Shamil restaient fixes et voilés. Yunus et Akhbirgil, qui soutenaient la vieille dame, se courbèrent devant lui en une supplication muette. Ils savaient qu'aucun Musulman ne doit frapper ses parents. Ils savaient que Shamil vénérait sa mère. Ils savaient que cent coups, c'était la mort. Ils ne doutaient pas que l'Imam allait commuer la sentence.

— Attachez-la, et montez-la ici.

À ces mots, les pleureuses modulèrent une clameur aiguë : le ululement des cérémonies funèbres. Elles suivirent le bourreau qui traînait Bahou-Messadou le long de l'échelle.

Djemmal-Eddin voulut devancer sa mère, Patimat, les naïbs, les devancer tous. Il tremblait maintenant, il tremblait de tous ses membres.

Il parvint le dernier sur le toit. Le bourreau avait déjà lié les bras de Bahou-Messadou derrière son dos. Elle pleurait.

Djemmal-Eddin vit alors le bourreau hésiter. Il n'osait pas déchirer la tunique et dénuder la mère de l'Imam. La foule fut secouée par le soulagement et l'espoir.

Shamil déjà arrachait le fouet du bourreau. Shamil allait commuer la sentence.

Djemmal-Eddin reprit courage. Shamil faisait grâce.

Il vit alors son père déchirer la tunique de Bahou, lever le bras sur elle et la frapper lui-même, de toutes ses forces. Elle poussa un hurlement. Épouvanté, l'enfant regardait le fouet cingler ses reins, lacérer ses épaules et ses flancs. Il regardait les lanières s'imprimer dans le dos décharné. Deux coups. Trois. Les cris de Bahou se faisaient plus faibles.

Au cinquième coup, Bahou-Messadou se tut : elle avait perdu connaissance.

Djemmal-Eddin vit alors son père se jeter sur elle et la délier. Qu'allait-il lui infliger, quelles tortures, quels supplices ? Il le vit tomber à genoux, s'abattre sur son corps inanimé, et pleurer.

Les larmes de Shamil, les larmes de son père, achevaient de l'épouvanter. Djemmal-Eddin n'avait jamais vu un homme pleurer. Il mesurait soudain l'insondable désespoir de Shamil.

Et le désespoir de Shamil était celui de Dieu.

Mais l'Imam déjà se relevait. Il posa sur son fils un regard enflammé, sur son épouse, sur ses naïbs, sur eux tous.

— Il n'y a pas d'autre dieu que Dieu et Mahomet est Son prophète !

Colossal au-dessus du peuple d'Akhoulgo, il leva à nouveau le visage vers le ciel :

— Ô vous, les habitants du Paradis, vous les Bienheureux et les Élus qui jouissez de la béatitude éternelle dans les jardins d'Allah, vous avez entendu ma prière !… Vous me permettez de prendre sur moi le reste du châtiment auquel ma pauvre mère a été condamnée. Ces coups, je les accepte avec joie, ils sont le don de votre amour et de votre miséricorde infinis !

Il déboutonna sa tcherkeska, ôta sa chemise, et s'agenouilla de nouveau auprès de sa mère évanouie.

— Bourreau, ordonna-t-il, donne-moi les quatre-vingt-quinze coups restants.

Le bourreau hésitait encore : il n'osait pas fouetter l'Imam.

— Je te tue de mes mains si tu désobéis à la volonté de Mahomet ! Frappe.

Le fouet s'abattit.

Djemmal-Eddin ne maîtrisait plus son visage, son corps, son âme. Tout en lui vacillait. Il tenta de se rattraper, de compter les coups avec le bourreau. Mais il entendait le fouet venir de loin, arriver et cingler. Son sifflement lui coupait le souffle. Il en ressentait la brûlure jusque dans la moelle.

Les lanières fouillaient et lacéraient les épaules de son père. La chair labourée se décollait, se scarifiait par couches, se soulevait comme les feuilles d'un livre consumé par les flammes.

Au quatre-vingt-quinzième coup, le dos de Shamil n'était qu'une charpie noire, un magma de muscles, de chair et de sang. Il se releva avec lenteur, prit sa tunique, en recouvrit ses plaies.

Puis il se retourna vers son peuple agenouillé :

— Où sont les lâches ?

D'un bond, il descendit du toit.

Son regard fouillait l'assistance que la terreur figeait :

— … Où sont les traîtres ?

Marchant dans les rangs, s'arrêtant sur chaque tête inclinée, il répétait :

— Où sont les Hypocrites qui ont attiré ce châtiment sur ma mère ?

Yunus et Abkhirdil, traînant les trois Tchétchènes, les jetèrent à ses pieds. Ils s'écrasèrent dans la poussière, visage contre terre. Aucun ne songeait à s'expliquer, à se plaindre ou à demander grâce. Le meilleur qui pouvait leur arriver était d'en finir vite. Ils murmuraient leurs prières.

Tous attendaient le verdict. Shamil se pencha vers les trois hommes qui se préparaient à là mort. Le bourreau tira son sabre et se tint prêt.

Djemmal-Eddin, pétrifié sur le toit au-dessus de leur tête, ferma les yeux…

Ne plus rien voir. Ne plus rien entendre. Disparaître avec eux.

— Reprenez courage. Reprenez confiance…

Shamil les relevait :

— … Retournez dans votre village. Dites à votre peuple ce que vous avez entendu à Akhoulgo. Répandez chez vous, dans vos aouls et vos forêts, la Parole et les Volontés de Dieu… Racontez partout ce que vous avez vu ici. Qu'Allah soit toujours avec vous. Partez en paix.

Ce pardon spectaculaire, cette clémence qui dérogeait à tous les codes, à toutes les lois de Shamil, eut sur l'enfant l'effet d'un dernier séisme.

Il chancela et vomit.

Quand les coupables, bénissant la sagesse et la miséricorde de l'Imam, eurent repris le chemin de la montagne, Shamil retourna auprès de sa mère. Il s'inclina, la prit avec d'infinies précautions dans ses bras, et la porta chez elle, sans connaissance.

Sa démonstration à son peuple lui coûtait cher.

Djemmal-Eddin, comme tous les témoins du drame, avait compris la leçon… Qu'Allah ait ordonné à son serviteur de lever la main sur sa propre mère – quand l'autorité des anciens était inviolable et sacrée – témoignait de la colère infinie de Dieu devant les propositions des Tchétchènes.

Aussi clair qu'efficace, le message se propagerait dans le Caucase. De tous les péchés, la paix avec les Infidèles était le forfait qu'Allah ne pouvait pardonner, le crime qu'Il châtiait avec le plus de rigueur.

Plus personne, jamais, ne devait prononcer la parole maudite. Plus personne jamais ne devait évoquer la soumission aux Russes.

L'évidence s'inscrivait au plus profond de Djemmal-Eddin… Shamil vivait en union avec Dieu. Sa destinée à lui était de vivre, et de mourir, pour Shamil.

Il découvrait cependant que, au rebours de toutes ses expériences, à l'inverse de ses certitudes et contre les apparences, son père n'était pas un être tout-puissant. Un Pouvoir, infiniment supérieur à la volonté de Shamil, lui dictait sa conduite, le contraignait et le tourmentait, comme Il tourmentait tous les hommes.

Djemmal-Eddin concevait envers cette force mystérieuse, qui surpassait la force de son père, une méfiance
sans fond.

Il ne craignait pas les Russes. Il ne les avait jamais
craints. Mais la colère de Dieu qui avait condamné son
père à fustiger Bahou-Messadou suscitait chez lui
l'épouvante. Elle s'implantait dans le cœur de l'enfant,
comme elle s'était implantée naguère dans l'âme de la
vieille dame.

Ramenée chez elle, sa grand-mère ne reprit conscience
qu'au soir. Il ne la quitta plus.

Elle mourut dans ses bras, aphasique et paralysée,
quelques jours plus tard.

La douceur s'était retirée du monde.

Rien de certain, rien de solide n'existait plus autour
de lui. Pas même l'amour et la protection de Shamil.

En s'éteignant, Bahou-Messadou emportait avec elle
l'innocence de Djemmal-Eddin.

CHAPITRE IV

« TOI L'IMAM, TOI MON PÈRE… »

(6)

AKHOULGO
NEUF MOIS PLUS TARD
LE SIÈGE : QUATRE-VINGTS JOURS

JUIN-AOÛT 1839

En ce soir du 24 juin 1839, l'assaut devenait imminent.
— Ils sont en bas ! criait le petit garçon, l'œil collé
à la meurtrière… Ils sont en bas… Là !
Dans le lointain, trois bataillons russes émergeaient
de la profondeur de la pierre et s'étalaient sur la rive
droite du fleuve. Ce n'était, certes, que les secours des
régiments qui bivouaquaient déjà au pied du promontoire. Mais les deux corps d'armée, en se rejoignant,
avaient investi toute la vallée. Des centaines de tentes
moutonnaient à perte de vue, blanches comme l'écume
de la rivière qui se brisait sur les rochers couleur de
lave. Une marée d'hommes, de chevaux, de mules, de
canons débordait sur les berges.

Cette fois, la guerre était aux portes d'Akhoulgo.

Shamil et ses hommes se tenaient prêts. Parmi les forteresses naturelles du Daghestan, ils n'avaient pas choisi ce site au hasard. Tel un îlot rocheux surgissant de la mer, l'aiguille d'Akhoulgo se dressait au cœur d'un désert de galets : un immense piton, fendu par le milieu en deux plateaux de hauteur inégale, qu'encerclait sur trois côtés la boucle d'un fleuve bouillonnant. Au sommet, s'accrochaient deux aouls jumeaux séparés par la fente d'un canyon, une fissure étroite et très profonde, où se déchaînait un torrent. Un pont suspendu enjambait la gorge et reliait les deux villages.

Sur la partie la plus basse s'accrochait le « vieil Akhoulgo », naguère bombardé par Fazi le Cloporte, mais fortifié et reconstruit selon les directives des déserteurs polonais. L'étroitesse des rues, l'enchevêtrement des maisons, les toits plats qui se grimpaient les uns sur les autres comme des miradors, transformaient l'ensemble en un bastion compact. Le « nouvel Akhoulgo » se perchait plus haut encore, et s'adossait directement à la montagne, sans rien au-dessus que la tour de Surkhaï : un donjon terrible qui protégeait l'arrière du village et dominait toute la vallée. À l'avant, en première ligne, la propre maison de Shamil surplombait l'abîme et bloquait l'assaut. C'était de là, de l'unique meurtrière de la redoute familiale, que Djemmal-Eddin, exalté par ce qu'il sentait monter avec la force des éléments, surveillait, derrière son père et Yunus, les opérations dans le camp des Giaours.

Depuis trois mois, Shamil tentait d'éviter le siège. Il razziait les assaillants à revers et pratiquait la tactique de la terre brûlée. Il incendiait ses propres champs, défonçait ses propres chemins et ne laissait derrière lui que des maisons vides et des ruines. Les Infidèles pouvaient bien fondre sur les villages alentour… Ils les trouvaient en cendres. Plus d'habitants, plus de bétail, plus de volailles. Rien à piller, rien à manger. Le général Pavel Karlovitch Grabbe, qui remplaçait Fazi le Cloporte à la tête de l'armée, n'avait guère le choix : s'il voulait sauver ses soldats de la famine, il devait reculer et regagner les forts de l'arrière… Impossible. Les ordres étaient sans équivoque : avancer, avancer, avancer. Malgré le manque de vivres, malgré les pertes, avancer. Le camouflet du voyage impérial à Tiflis avait humilié le Tsar : Nicolas Ier n'était pas homme à oublier l'offense. Il exigeait une victoire définitive. Quel qu'en soit le prix. Prendre d'assaut ce nid de fanatiques, s'emparer de Shamil mort ou vif, balayer les Murides, écraser toute velléité de résistance dans le Caucase. À jamais…

De la meurtrière, le regard de Djemmal-Eddin fila vers la colonne de réfugiés dans la montagne, le ruisseau d'hommes et de bêtes qui fuyaient devant les Infidèles et tentaient l'improbable ascension vers la forteresse. Yunus considérait ces populations comme des bouches inutiles, qu'on devait refouler. Shamil exigeait qu'on les accueille et les protège. Le flot, agité de courants contraires, semblait ressentir le débat entre l'Imam et son naïb : tantôt il accélérait le pas et sautait d'un bond les trous et les failles que Shamil avait fait creuser. Tantôt il reculait face à l'obstacle. Entre la file des ânes, des moutons et des chèvres, Djemmal-Eddin apercevait la silhouette d'un cheval, le bonnet d'un cavalier… Surtout des vieillards à pied ; des enfants dont les têtes dépassaient à peine parmi les animaux ; et des femmes courbées sous le poids des sacs de vivres. Leur avancée provoquait partout de petits éboulis. Les cailloux roulaient dans la pente, les pierres se détachaient dans la rivière, les pans de rochers basculaient, emportant avec eux bétail, montures et voyageurs. La caravane s'immobilisait et les regardait tomber sans un cri. D'étranges formes flottaient au fil de l'eau. Des boules noires, les sabots en l'air, le ventre ballonné, descendaient rapidement le courant, entre les rangées de tentes immaculées. Parfois, de longs tissus s'accrochaient aux pattes des vaches filant sur le dos, aux cornes des buffles sur le flanc : les voiles des noyées, voiles de jeunes filles, bruns, blancs ou bleus, qui se gonflaient une dernière fois, avant de disparaître au fond d'un tourbillon… La caravane reprenait son difficile cheminement.

À ce niveau de malheur, les hommes du Caucase n'avaient rien à perdre, hormis leur dignité, et l'espoir de trouver protection, l'un à la suite de l'autre, derrière les remparts d'Akhoulgo. Tous savaient le pic imprenable. Comment les Russes pourraient-ils parvenir jusqu'ici ? Même eux, même les Russes, le savaient… Imprenable !

De l'aube jusqu'à la nuit, les Giaours observaient les mouvements du terrain, les saillies, les à-pics, les corniches. Ils vivaient le visage levé, les jumelles braquées sur le promontoire. Djemmal-Eddin se laissait fasciner par leurs longues-vues, ces paillettes d'argent qui miroitaient dans le lointain, entre les écueils noirs de la berge. Mais ce soir, la lumière du couchant ne jouait pas sur les lentilles de leurs lunettes : elles dansaient sur les baïonnettes des troupes fraîches qui paradaient le long du fleuve. Les lames brasillaient, renvoyaient mille éclairs, enfermaient le soleil au cœur d'une forêt d'acier.

Le passage du ravitaillement, qui venait de forcer le blocus de Shamil, l'obligeait à changer de stratégie…

Ces chiens de Russes avaient le ventre plein à cette heure : impossible de les attaquer, sans perdre beaucoup de cavaliers. Les raids et les sorties sur leur camp, la destruction de leurs travaux d'approche, l'incendie de leurs passerelles n'étaient plus de saison.

Il y avait plus grave. L'écrasement des tribus du Nord-Est, sur lesquelles Shamil comptait pour prendre les assaillants en tenaille, privait Akhoulgo de soutien. Pis : la défaite des alliés tchétchènes libérait l'armée du Tsar et lui permettait de converger vers le Daghestan avec son artillerie.

Les cris des soldats soulagés, déjà ivres, s'élevaient vers le bastion austère, rencontrant dans le cœur de Djemmal-Eddin la même excitation, la même impatience de se battre, la même hâte d'en découdre. Il écoutait monter les hourras qui saluaient l'arrivée des pièces de gros calibre, l'arrivée de trois canons de campagne et de plusieurs caisses de munitions. S'il n'en mesurait pas les conséquences, il percevait la gravité du moment : tous les détails de cette veille de combat se fichaient au plus profond de sa mémoire. Il aurait su dénombrer les taches blanches en contrebas, reconnaître la race des chevaux et l'importance des officiers au chatoiement de leurs galons, décrire les couleurs des régiments et les grondements de leurs tambours qui scandaient les heures. Décrire aussi l'odeur de fumée de Yunus à ses côtés, l'odeur du cuir, de la sueur : Yunus arrivait d'une tournée d'inspection aux défenses du Vieil Akhoulgo… Évoquer la robe verte de Shamil qui remontait d'une ultime harangue à la mosquée. Djemmal-Eddin vibrait aux moindres variations dans leurs voix. Aux moindres nuances dans leur ton, à l'émotion qu'il discernait dans leur calme.

Pour la première fois, il reconnaissait chez son père, chez son tuteur, chez tous les hommes cette tension qui ne le quittait plus depuis la mort de Bahou-Messadou, ce mélange d'ivresse et d'anxiété devant l'exigence de Dieu. Cette exaltation à la perspective de Le servir…

— … Veille, Yunus, à faire remonter des outres du torrent, disait l'Imam. Remplis des jarres et des jarres, autant que tu pourras en rapporter. Entrepose-les à l'arrière, dans les grottes… Pense au fourrage et au bois. Pense au bétail. Nous avons trois mois de vivres, mais pas assez d'eau dans les puits pour tenir tout l'été ! Il nous reste peu de temps pour achever les préparatifs. Moins de trois jours. Après…

— Après…, répéta Yunus en jetant un coup d'œil réprobateur à la file de réfugiés. Après, nous serons quatre mille à Akhoulgo… Sur ces quatre mille, combien de guerriers en âge de combattre ?

— Un quart.

Yunus pointa le menton en direction des Russes :

— Et eux ?

— Onze mille, environ… Sans compter les milices de traîtres qui se sont ralliés : à peu près quatre mille Hypocrites.

— Total ?

— Quinze mille pour eux… Mille pour nous.

— Mille contre quinze mille ? s'enquit l'enfant, émerveillé… Et nous allons les battre ?

À la seconde où il posait ces questions, il les regretta. Les plus jeunes ne pouvaient en aucun cas, quel que soit leur âge, se mêler aux conversations. Ils restaient debout, en retrait, et gardaient le silence devant leurs aînés. S'attendant à être châtié et chassé, le petit garçon vacilla sous le regard de Shamil :

— Ne crois pas que Dieu soit avec le plus grand nombre, Djemmal-Eddin, lui répondit-il… Dieu est avec ce qui est bon et ce qui est bon est toujours moins nombreux que ce qui est mauvais.

— Tout de même ! En bas, ils grouillent par milliers. Quand nous…

— Observe autour de toi : n'y a-t-il pas moins de bons chevaux que de mauvais chevaux ? Moins de roses que de mauvaises herbes ?… Si les mauvaises herbes sont plus nombreuses que les roses, est-ce que cela doit signifier qu'au lieu de les arracher, nous les laissions proliférer jusqu'à ce qu'elles aient étouffé les fleurs ? Et si les ennemis sont plus nombreux que nous, est-ce que cela doit signifier qu'au lieu de les combattre, nous les laissions proliférer jusqu'à ce qu'ils nous aient étranglés ? Ne me demande pas pourquoi les Incroyants se multiplient, pourquoi ils envoient des troupes fraîches, pourquoi ils remplacent leurs hommes à mesure que nous les leur tuons : pour des millions de champignons vénéneux, combien d'arbres croissent dans la forêt ? Combien, Djemmal-Eddin ? Un seul ! Un seul bel arbre qui grandit et se déploie… Je suis les racines de l'arbre de la Liberté, nos naïbs en sont le tronc, nos Murides les branches… Va fermer les portes de la ville avec Yunus. Le siège d'Akhoulgo peut commencer. Même à dix, même à deux contre quinze mille, si Dieu le veut, nous vaincrons !

1er juillet-4 août

Un déluge de feu. Les Russes bombardaient sans discontinuer. Ils déversaient l'enfer sur la poignée de défenseurs qui s'accrochaient au sommet. Aucun doute quant à leur stratégie : ils cherchaient à encercler le piton et couvraient leurs avancées à coups de canons.

Au terme d'un mois de pilonnage, ils avaient atteint la faille entre les deux villages, envahi le torrent, et coupé les Montagnards de leur accès à l'eau. Ils tentaient maintenant l'escalade par le canyon.

Leurs longues-vues balayaient inlassablement le pic… S'ils ne parvenaient pas à repérer les abris, les grottes, les caves, tout ce réseau souterrain qui protégeait la population, ils distinguaient sans difficulté les paliers qu'eux-mêmes taillaient à l'obus dans la montagne. Ils cherchaient le moyen d'y monter. Quarante mètres séparaient chacune des trois brèches dont les Montagnards s'étaient immédiatement emparés. Les batteries russes, disposées dans la vallée, ne pouvaient les atteindre qu'à la verticale : l'angle et la distance diminuaient d'autant la précision des tirs. Mais cette fois, miracle ! Les rochers, détachés au-dessus des Montagnards, les avaient écrasés d'un coup…

Plus aucun bruit, là-haut. Plus un mouvement. Plus un souffle de vie.

Les sapeurs, suspendus par des cordes le long de la paroi, pourraient reprendre leur ascension. Ils touchaient au but. De là, ils se hisseraient sur le prochain éperon… De palier en palier, jusqu'à la tour de Surkhaï.

Erreur. Les assiégés savaient mourir, mais ils renaissaient de leurs cendres.

Dressée d'un seul mouvement au-dessus des grimpeurs, une bande d'enfants avait jailli des pierres. Leur clameur suraiguë enveloppait la falaise. Armés de pieux en guise de leviers, ils faisaient basculer sur les assaillants les blocs effondrés. Les plus jeunes, Djemmal-Eddin, Mohamed Ghazi, les lapidaient à la main : ils puisaient sans effort, sans réserve, dans l'amoncellement que les boulets avaient, pour eux, haché menu. Malgré la sueur qui leur tombait dans les yeux, malgré l'essaim de mouches, de moustiques, de moucherons qui tourbillonnaient autour d'eux, ils frappaient à coups sûrs. La haine aiguisait leur regard. Derrière eux, en vagues successives, des hordes de femmes, habillées en guerriers pour tromper l'ennemi, se ruaient à la rescousse. Brandissant leurs kinjals, elles tranchaient les cordes et massacraient, avec un acharnement sans indulgence, les hommes qui s'accrochaient. Elles tailladaient leurs mains. Elles balafraient leurs visages. Elles les renvoyaient au fond du canyon, d'un dernier coup à la gorge. Jeunes et vieilles, toutes évoquaient des fauves, et toutes jouissaient de la fièvre du combat avec la même passion que leurs fils ou leurs petits frères… Une nouvelle salve couvrait leurs hurlements. Le feu balayait la corniche, fauchant au hasard sapeurs chrétiens et guerriers musulmans. Les enfants réagissaient comme ils le faisaient d'ordinaire : ils disparaissaient. Tapis dans leurs trous, ils y attendraient le prochain assaut.

Quarante jours et quarante nuits de bombardement avaient fini par donner à ces boucheries l'apparence de la vie ordinaire. Même la fumée des canons qui montait par bouffées et remplaçait les nuages dans le ciel, même le bruit des explosions qui évoquait le tonnerre et l'orage appartenaient désormais au paysage d'Akhoulgo.

En bas, dans la lumière âpre, parmi les méandres et les flaques de la rivière, les cadavres disloqués pourrissaient par tas. Les Russes dénombraient déjà, de leur côté, plus de mille tués. Le général Grabbe arpentait sa tente et s'obstinait : s'emparer coûte que coûte des paliers et, de là, du donjon qui protégeait les deux villages. Il savait, comme le savaient Shamil et les cent combattants enfermés dans l'épaisseur de ses murs, que s'il réussissait à prendre la tour de Surkhaï, il priverait la ville haute de ses défenses arrière et pourrait pilonner Akhoulgo par les sommets, de tous les côtés…

Mais les compagnies du général se succédaient, et mouraient en vain. Ces belles journées – ces journées torrides de l'été 1839 – coûtaient cher aux Russes.

Elles coûtaient plus cher encore à Shamil.

La double rangée de remparts était désormais crevée. Les puits ne livraient plus que quelques gouttes fétides. Les morts, les morts sacrés, ne reposaient que sous les décombres ou sous de petits tas de cailloux : même la terre, même le sable avaient disparu d'Akhoulgo ! Ensevelir les cadavres devenait impossible. Quant à s'en débarrasser en les jetant dans le ravin, l'idée n'en venait à personne. Hommes, femmes, enfants, nul ne craignait de tomber sur le champ de bataille. Mais chacun récusait le déshonneur d'être abandonné sans sépulture, livré aux bêtes par son propre père, par ses frères, par ses fils… Aujourd'hui, seules les épouses défendaient les défunts des vautours.

Le soleil rouge, sec, qui brûlait la pierre grenue jusqu'à l'incandescence, rendait insoutenable la puanteur des corps en décomposition. Les nuits n'apportaient ni fraîcheur ni repos. Les naïbs s'épuisaient à descendre jusqu'au torrent, en rappel, essayant de remonter l'eau sous le feu des sentinelles, tandis que les femmes s'usaient à réparer les fortifications détruites pendant le jour.

À ces tâches qui les exposaient aux balles, les assiégés se faisaient faucher par dizaines. Ceux-là, au moins, avaient cessé de souffrir… Plus d'eau. Plus de vivres.

Plus même de bois pour faire cuire la semelle des bottes. La dysenterie et le typhus avaient fait leur apparition, achevant les blessés, terrassant les survivants de coliques et de fièvres… Mais de tous les maux, l'odeur pestilentielle de la charogne restait le plus terrible.

L'odeur, la vermine et la soif.

5 août

Quarante degrés à l'ombre.

Sur le piton brûlant, les brèches, les paliers, les corniches ne chatoyaient plus de couleurs changeantes : c'était l'aiguille tout entière qui ruisselait de lueurs pourpres et noires. De mouches et de sang.

Trois bataillons s'acharnaient à prendre la tour.

Le général Grabbe, impeccable dans son uniforme blanc, la casquette vissée sur son crâne chauve, l'œil collé à la lunette, suivait, du camp, les opérations. De grosses gouttes de sueur perlaient sur les touffes de poils gris qui lui barraient les joues jusqu'aux commissures des lèvres. Cette maudite tour, qu'il pilonnait depuis des semaines, aurait dû s'effondrer ! Ensevelir ses occupants sous ses ruines ! Pourtant, jour après jour, les mêmes clameurs montaient des décombres. Et la même résistance, les mêmes jets de pierres, les mêmes fusillades recevaient ses bataillons. Ses soldats, que bloquaient les cadavres de leurs camarades tombés devant et derrière eux, ne pouvaient ni avancer ni reculer sur l'étroit sentier en à-pic, ni même se mettre à couvert. Ils se faisaient décimer.

Le général écoutait, avec intérêt, les clameurs répétées qui montaient du donjon. Grand amateur d'opéra, il s'occupait à dénombrer les voix. De cent combattants, ils n'étaient plus qu'une dizaine, là-dedans ! Les hurlements devenaient, à chacune de ses tentatives, plus ténus et plus grêles. Patience…

Épongeant ses favoris, il se bornait à ordonner la reprise des tirs de gros calibre ; et la relève de ses troupes massacrées par des troupes fraîches.

Il avait tout son temps.

9 août

En cette nuit de pleine lune, Djemmal-Eddin tentait en vain de trouver le sommeil. Les privations le maintenaient dans un état de transe qu'il ne maîtrisait plus. Le ululement d'Ali Bek, le dernier survivant, l'ultime défenseur de la tour, sifflait encore à ses oreilles : une plainte aigre, stridente qui ne se taisait plus. Le naïb, en se jetant des sommets, avait entraîné l'ennemi et pris dix vies avec lui ; il défiait à l'infini, de son appel enragé, les faux dieux, l'idole des Infidèles, tous les démons du Caucase… Son cri de mort, son cri de triomphe, s'était engouffré dans la tête de l'enfant, le rendant sourd aux autres cris d'agonie, sourd aux pleurs des bébés, sourd aux déflagrations des canons qui défonçaient la montagne.

Depuis la chute de la tour, les boulets pleuvaient avec une telle violence et en si grande quantité que ses proches avaient dû abandonner le bastion de Shamil et se replier au fond des grottes, avec les autres. Lui-même avait élu domicile sur une saillie de la caverne familiale, un entablement de pierre suspendu à deux mètres au-dessus du sol. Le ventre creux, les yeux brûlés, les membres rompus par les efforts du jour, il y reposait quelques heures. Mais le sommeil ne venait pas. Le sommeil ne venait jamais. À moins que ce ne fût l'inverse : peut-être dormait-il ? Peut-être ne se réveillait-il plus ? Les frontières entre le songe et la veille, entre son corps et le monde, entre le visible et l'invisible avaient disparu. Il avait cessé d'avoir faim. Il n'avait plus soif. Il n'avait même plus peur. Il se sentait comme vidé de tout. Absent à lui-même, il se parlait comme à un étranger. Un nouveau venu sans expérience à Akhoulgo. L'autre fils aîné de l'Imam, l'autre Djemmal-Eddin. Celui-là, il devait le prendre par la main, le conduire et le conseiller... Tu grimpes avec moi, à l'écart des gens qui geignent. Tu te colles le plus près possible de la paroi. Tu te roules sur le côté et replies les jambes, voilà, comme cela. Tu tournes le visage contre la pierre... Ici, tu vas trouver un peu de fraîcheur. Bientôt tu n'entendras plus les gémissements des malades autour de toi. Tu ne respireras plus l'odeur immonde des morts... Tu ne vois rien, tu ne sens rien. Tu dors. Tu ne perçois même pas le rocher qui te meurtrit le flanc... Lui, le vrai Djemmal-Eddin, cependant le sentait, telle une baïonnette entre ses reins. Il revoyait jusqu'à l'hallucination les yeux bleus, exorbités, des soldats aux cheveux de lin qu'il avait contribué à lapider avec Patimat. Il entendait résonner leurs crânes, chaque fois qu'une pierre les atteignait et les forçait à lâcher prise... Il éprouvait sa propre ivresse quand, par miracle, une caillasse en fauchait plusieurs à la fois.

Mais il n'aimait pas le son mat de leurs dos se brisant sur la roche, le bruit des os explosant contre les galets...

Les mille stalactites de la voûte le piquaient, comme autrefois les fourmis dans la plaie de son bras : elles irritaient la cicatrice et réveillaient en lui l'ancienne douleur. Bahou-Messadou… Si Bahou avait été là… « Bahou, viens ! » sanglotait-il en rêve.

Le mieux serait peut-être de descendre de cette corniche et de s'allonger par terre. Les aspérités y seraient moins pointues… Il ne bougeait pas. Il avait vu dans l'ombre un bol où le mouton et le riz nageaient dans la graisse. Il se jetait dessus… Il se cognait la tête contre le roc. Le bol avait disparu. Assommé, il ne songeait plus ni à manger ni à se couler aux côtés de sa mère.

Fatima enceinte de huit mois, Djawarat, Patimat, Mohamed Ghazi, Saïd se disputaient l'air rare, que la poussière du sol cendreux, fendillé par la canicule, raréfiait encore… Au début du siège, ils retournaient tous camper au crépuscule dans les ruines de la maison de Shamil. Les filles des naïbs soignaient encore les bêtes et s'acharnaient à nettoyer l'acier fidèle des kinjals, que souillait le sang des Giaours. Les vieilles s'affairaient autour des braseros, pétrissaient quelques galettes, et redonnaient un semblant de douceur à la vie du soir dans les cours. Cette époque semblait loin ! Aujourd'hui les soldats du général Grabbe pilonnaient l'aoul dans le dos : l'arrière du fortin n'était plus protégé, impossible de s'y retrancher.

… Fatima dormait-elle ? La chaleur l'épuisait. Dans son état, elle ne pouvait participer aux combats. Mais demain, dès que surviendrait une accalmie, elle sortirait de ce trou et se coulerait jusqu'aux chevaux morts. Elle les équarrirait, avant que les oiseaux n'aient nettoyé leur carcasse. À ce travail, elle excellait. Mais le meilleur était Mohamed Ghazi, plus petit, et plus agile. Les tireurs ne le voyaient pas.

Les nuits ordinaires, quand la lune n'était pas pleine comme ce soir, Djemmal-Eddin s'attaquait, lui, aux tas de cadavres sous la tour. Des monceaux et des monceaux de Russes, fauchés par les mousquets d'Akhbirdil. Il les dépouillait de leurs armes et de leurs bottes. Les autres, ses camarades plus âgés, égorgeaient les blessés qui auraient pu donner l'alarme.

Tandis que les petits s'affairaient sur les morts, les hommes effectuaient d'improbables sorties et rampaient jusqu'aux paliers que les Infidèles avaient conquis. Ces chiens y montaient désormais leurs canons par des treuils. Ils hissaient toute leur artillerie dans des nacelles d'osier ; leurs sapeurs, dans des nefs de bois blindées. Chaque nuit, Shamil, Yunus, quelques autres se glissaient jusqu'aux poulies, coupaient les filins, sciaient les câbles, et tentaient de culbuter les vaisseaux pleins d'hommes qui s'écraseraient dans les profondeurs du canyon, sans que leurs cris troublent d'aucune façon le grondement du torrent.

Djemmal-Eddin savait qu'à cette heure, son père se battait quelque part, au corps à corps, à la lueur de la lune... L'enfant sentait son propre cœur battre furieusement dans son cou. Mille brûlures le démangeaient partout : les poux. Ces saletés se reproduisaient comme les Russes. Il se grattait au sang, avec haine... Les poux, Djemmal-Eddin connaissait le moyen de s'en débarrasser. Il devait enterrer ses vêtements, chaque pièce séparément, et n'en laisser dehors qu'un tout petit bout. Les poux se rassembleraient sur ces coins d'habits : il n'aurait plus qu'à les brûler, et tous les poux, tous les Giaours avec ! Mais où se trouvait le coin d'Akhoulgo qu'il devait brûler ? Les nuits comme celles-là semblaient ne jamais devoir finir. En vérité, il ne cherchait pas le sommeil : il craignait d'y céder. Et de recommencer ce rêve, toujours le même, plus terrifiant que tous les combats du jour ! Au début du cauchemar, son cœur se remplissait d'allégresse : il croyait voir Shamil à l'entrée de la grotte, Shamil qui s'avançait vers lui dans sa longue robe verte des vendredis de prêche… L'Imam portait à bout de bras, enveloppé dans un tissu d'or, le Livre. Il ne touchait pas le sol et rayonnait comme une flamme au-dessus des femmes endormies. Il s'approchait de la table de pierre où Djemmal-Eddin l'attendait. Il n'avait plus ce masque d'argile des dernières semaines, cette barbe couverte de poussière, ce voile opaque qui semblait troubler ses yeux d'acier… Il souriait et disait : « Nous avons annoncé au Prophète une bonne nouvelle : la naissance d'un garçon, doux de caractère… » Par la voix de l'Imam, c'était Dieu qui parlait : « … Lorsque le garçon fut en âge d'accompagner son père, ce dernier lui dit : "Ô mon fils, je me suis vu moi-même en songe, et je t'immolais…" » Shamil se penchait sur lui et demandait : « … Qu'en penses-tu ? » Sous ce regard inquisiteur, ce regard infiniment tendre, amical et bienveillant, le cœur de Djemmal-Eddin s'arrêtait.

Glacé par l'effroi, il se réveillait en sursaut.

La peur de l'avenir, alors, le saisissait. Il ne craignait pas de mourir ici avec tous les siens. Il tremblait d'être abandonné, seul dans l'aoul désert, quand les Giaours arriveraient.

Nul n'entendait, nul ne voyait ses larmes couler, mais l'enfant pleurait. Shamil, Yunus, Abkhirdil, tous le savaient, lui aussi le savait : Akhoulgo allait tomber. Ils étaient vaincus… Presque vaincus.

10 août

L'assaut du jour avait abouti au résultat habituel, le même depuis deux mois. Pour l'ennemi : un bilan consternant. Après leurs neuf cents tués de la veille, cinq cents autres venaient de tomber. Ne restait plus un officier parmi les éclaireurs russes.

Pour Shamil, plus un naïb – à l'exception d'Akbhirdil et de Yunus. Les autres, Surkhaï, Ali Beck, les quatre-vingt-dix compagnons de la première heure, étaient morts. Les survivants pourraient encore tuer quelques centaines de Giaours, oui. Et périr en martyrs sur ce roc, jusqu'au dernier… Mais leur sacrifice servait-il vraiment la Guerre Sainte ?

Dans la grotte où se tenait le Conseil, la discussion faisait rage. Ils n'étaient plus que huit membres, huit fidèles d'entre les fidèles, que soixante-dix jours de combats avaient réduits à l'état de squelettes. Assis en tailleur, ils gardaient le chef couvert, le dos droit, la main élégamment posée sur le pommeau de l'un des deux kinjals qu'ils portaient croisés à la ceinture. Leurs yeux, ravagés de fièvre, brûlaient entre les poils noirs de leurs barbes. Chacun avait conservé à ses côtés un jeune garçon, un fils ou un neveu, dont il usait comme aide de camp. De ces enfants guerriers n'en restaient, ce soir, que trois en état de les servir. Djemmal-Eddin était du nombre. Il attendait les ordres debout, quelques pas derrière son père. Shamil présidait le cercle. Yunus, à sa droite. Akhbirdil, à sa gauche. Ces deux-là se taisaient. Les autres trouvaient encore la force d'argumenter. L'éclat de leurs voix résonnait, guttural, sous la voûte.

Shamil, impassible, leur laissait dire ce qu'il entendait chuchoter depuis plusieurs jours : « À quoi bon disparaître *tous* ? »... Vider le Caucase de *tous* les Musulmans : n'était-ce pas précisément ce que recherchaient les Giaours ? Les rayer du monde, les exterminer ? Qu'il n'en reste plus un seul ? L'Imam ne devait pas leur donner cette joie ! Il devait négocier. Non pour se soumettre mais pour survivre, continuer, se perpétuer. Et pouvoir un jour, disaient-ils, reprendre la Guerre Sainte et vaincre les Infidèles.

Shamil travaillait à dissimuler son indignation. Comment les hommes de son propre clan pouvaient-ils parler de la sorte ? Même le vieux Barti Khan, le frère jumeau de Bahou-Messadou, évoquait l'idée d'ouvrir des pourparlers ! Même le cousin Hadj Ibrahim, muezzin d'Akhoulgo, le pressait de traiter avec l'ennemi !

Aux frémissements de ses épaules, Djemmal-Eddin sentait que son père ne se maîtrisait qu'à grand-peine. Son épuisement risquait de faire éclater la colère trop tôt. Il devait choisir son heure...

— Avec la tour, ils tiennent la rive gauche de la rivière : nous sommes complètement encerclés, commentait le cousin Ibrahim.

En dépit de l'étroitesse de ses épaules et de ses jambes grêles qui en faisaient un combattant de peu de valeur, Hadj Ibrahim pouvait parler le premier. Sa coiffure – le turban vert, auquel son pèlerinage à La Mecque lui donnait droit – l'élevait au-dessus des autres.

— Dans les puits, nous n'avons plus une seule goutte d'eau, même pour les ablutions, insistait l'oncle Barti.

— Je suis descendu au torrent cette nuit, interrompit Shamil, lèvres serrées comme pour économiser son souffle. Je vous ai remonté deux outres.

— La soif de cinq cents personnes ne peut être étanchée avec deux outres.

— Il faudra qu'elles s'en contentent.

— Cinq cents, précisa l'oncle sombrement, sur les quatre mille de juin… Les Infidèles sont trop nombreux, trop équipés, trop armés. L'issue ne fait plus de doute.

Prononcées par tout autre que lui, ces phrases eussent coûté la vie à l'insolent.

— Tais-toi ou je te coupe la langue, comme à tous ceux qui parlent ici de capituler…

Autrefois Shamil avait respecté le courage de Barti Khan. Les misères du siège transformaient le vieillard en un personnage qu'il ne reconnaissait pas. Sa maigre barbe blanche, qui poussait en désordre sur la pointe de son menton, donnait à tout le visage une expression vindicative. Entre les paupières que l'infection collait, les yeux chassieux, clairs comme ceux de Bahou-Messadou, luisaient avec une aigreur pleine de fiel. Si le regard restait direct, il n'avait plus ni sagesse ni aménité.

Le désaccord ultime avec le dernier représentant de ses ancêtres troublait Shamil. Il se modéra et dit :

— Rien n'est écrit dans le livre des destins qu'Allah n'ait décidé… Nous devons gagner du temps. Permettre aux renforts tchétchènes d'arriver.

— Mais les Tchétchènes sont bloqués dans la plaine par ce chien de Klugenau que tu avais épargné !

Le souvenir de cette occasion manquée – ils auraient dû l'égorger, malgré la volonté de Shamil, ils auraient dû égorger ce porc, c'eût été si facile à Chirquata ! – provoqua un tollé. Les remarques étaient amères.

— Autrefois tu aimais les pourparlers avec les Russes, Imam : laisse-nous entamer une négociation…

— Inutile… Ils ne nous donneront pas la paix avec la liberté.

— Si nous ne négocions pas avec eux, maintenant, quand ils le désirent aussi, ils tueront tous nos hommes, ils souilleront nos épouses, ils asserviront nos enfants !

— Si nous négocions maintenant avec eux, ils mettront tous les Musulmans du Caucase à genoux, tu as bien dit, Barti Khan. Ils feront de chacun de nous, de toi, de lui, de moi, leurs serfs… Ils jetteront les Serviteurs de Dieu dans la poussière et les maintiendront courbés sous leur joug ! Plutôt tuer mes trois fils, les égorger de ma main jusqu'au dernier, que de les laisser vivre en pareil esclavage… Purifiez vos âmes de l'esprit de servitude qui vous retient dans ses chaînes.

Il sauta sur ses jambes et, les regardant de haut, leur dit avec sévérité :

— Qui sert Allah ne peut, en même temps, servir les Russes. Comptez-vous renoncer pour ces chiens aux promesses du ciel ? Ici, nos heures sont comptées à l'aune de la journée. Mais là-haut, notre vie sera éternelle ! C'est au Paradis que se trouve notre patrie : chacun d'entre nous y a sa demeure préparée… Mais en écoutant vos paroles, lança-t-il, je sais, moi, qu'elles resteront toutes inhabitées !

Il leur tourna le dos et sortit brutalement.

La lune descendante avait balayé le nuage de chaleur. Shamil se sentait si fatigué ce soir, si fatigué et si seul, qu'il désespérait des difficultés de ce monde… Se trompait-il ? Dieu ordonnait-il de faire la paix ? Devait-il dépêcher un intermédiaire dans le camp ? Devait-il envoyer Yunus négocier en son nom ?

Il songeait, avec autant de douleur que d'envie, à ses amis morts qui avaient déjà pénétré dans les Jardins d'Allah. Une eau limpide comme le diamant jaillissait des fontaines où ils avaient tout loisir de se rafraîchir. Les cyprès répandaient un ombrage sous lequel ils pouvaient goûter le repos. Les houris aux yeux brillants, aux bras arrondis comme des cous de cygne les attendaient dans leurs maisons… Il apercevait, lui, les rapaces qui sautillaient entre les pierres et dépeçaient les cadavres de son peuple… Était-ce bien lui, Shamil, l'ombre de Dieu sur la terre ? Ou bien ces oiseaux noirs, planant tel un nuage sur Akhoulgo, que Djemmal-Eddin chassait à coups de cailloux ?

Depuis près d'une semaine, l'enfant ne le quittait pas. Il le suivait partout, marchant toujours quelques pas derrière lui, aux aguets du moindre de ses besoins, à l'écoute de ses doutes et de son désarroi. Il le déchargeait de ses armes, portait ses messages aux survivants dans les grottes, prenait soin de son cheval au retour des combats. Shamil le laissait faire, sans un mot, sans un regard. Il acceptait sa présence comme un don de Dieu… Ce soir, pour la première fois, il remarquait les haillons qui pendaient sur son corps décharné. L'ovale du petit visage, tellement effilé qu'il semblait avoir changé de forme, ces pommettes saillantes et ces yeux, naguère en amande, aujourd'hui fendus comme deux traits entre les paupières boursouflées. Et puis ce regard fixe, dont les longs cils ne cachaient plus l'éclat maladif… Son fils, son disciple, son réconfort.

La nuit, étouffante, pesait sur ses épaules.

… Poursuivre la guerre et périr demain ? Capituler demain et sauver les enfants d'Akhoulgo ? Il ne trouvait en lui aucune réponse. Allah l'aurait-il abandonné ? Il n'entendait plus la voix de Dieu ! Que lui ordonnait-Il ?

Shamil descendait par les toits, vers l'entrée du village. Il passait à pas lents de terrasse en terrasse, enjambant les interstices des ruelles étroites, évitant les trous dans les charpentes. Il traversa ainsi, d'un bout à l'autre, les ruines désertes du Nouvel Akhoulgo, et parvint à la terrasse de son ancien fortin. Il en arpenta longuement les créneaux détruits, et finit par s'asseoir sur le parapet, au-dessus du gouffre. Djemmal-Eddin prit place devant lui, à califourchon, une jambe dans le vide. Tous deux restèrent immobiles, bien exposés, aussi repérables que possible par l'ennemi... D'en bas, les Russes ne devaient voir qu'eux : l'Imam, avec son turban blanc qui scintillait sous la lune ; l'enfant, tête nue à ses côtés... Qu'attendaient-ils pour tirer ? Ils pouvaient aussi les atteindre dans le dos, de la lointaine tour qui les surplombait.

Inconscient du danger, ou bien indifférent à ce qui adviendrait, Djemmal-Eddin se renversa légèrement et s'appuya contre son père. Shamil répondit à la douceur de son geste en l'entourant de ses bras. Il le tint contre lui, comme il le tenait jadis quand il l'avait enlevé du champ de bataille et posé sur l'encolure de son cheval. Djemmal-Eddin, adossé à la poitrine paternelle, se laissa envelopper par sa chaleur et sa force. Les yeux mi-clos, il regardait la rivière, les tentes blanches qui moussaient comme l'écume, et les chaînes de montagnes qui se découpaient en plans successifs derrière le camp russe. Les montagnes bleues du Caucase. Leurs montagnes. Il ferma les yeux et garda sous les paupières l'image des montagnes, distinctes et lumineuses... Il sentait que son père priait, qu'il s'élevait vers Dieu. Il s'abandonna à lui, complètement.

« Ô Seigneur, murmurait Shamil, cet enfant est l'âme la plus chère qui me soit au monde. Si Tu me prends par une balle en plein front, fais de même pour mon enfant. »

Djemmal-Eddin ne bougea pas. Il avait compris qu'en cet instant, son père testait les volontés du Tout-Puissant.

Allah désirait-il leur mort à tous deux ?

11 août

— Allah soit avec vous !

— Que le Seigneur soit avec toi !

— Le général Grabbe a répondu à nos ouvertures, rapporta Yunus en se courbant pour se faufiler dans la grotte où se tenait le Conseil.

Il tenait un bout de papier à la main.

— Quelle sorte de Russe est-il, gronda Shamil avec dédain, ce Pavel Khristoforovitch Grabbe ?

— Que te dire d'un chef qui ne combat pas ? Un lâche.

— Mais encore ?

— Il ment comme les autres… Un ennemi sans honneur.

Shamil aspira lentement l'air chaud, gluant, comme pour s'en imprégner. Ses lieutenants l'avaient forcé à ce compromis : feindre un désir de paix. Gagner du temps. Retarder l'assaut final. Et donc… simuler l'ouverture de pourparlers. Affecter de débattre. Et faire traîner les négociations.

Jusqu'à l'arrivée des Tchétchènes.

— Quatre propositions…

— Je t'écoute.

— … Inacceptables, commenta tranquillement Yunus.

— Lis à voix haute. Que chacun ici t'entende.

— « Premièrement : l'Imam donnera son fils en otage, comme *amanat*. »

Djemmal-Eddin ne put réprimer un sursaut. Shamil resta impassible :

— Continue.

— « Deuxièmement : l'Imam et tous les habitants d'Akhoulgo remettront leurs armes aux officiers, avant de sortir du village et de venir se rendre. Ils auront la vie sauve, eux et leurs familles, et seront assignés à résidence dans des lieux dont le général Grabbe se réserve le choix. Le reste… »

Shamil lui fit signe de se taire :

— Le reste, nous le connaissons : le massacre des Anciens, désarmés par eux à Ghimri… La disparition de mon neveu, réclamé par eux à Tiliq…

— « Le reste, reprit Yunus en poursuivant sa lecture, sera laissé à la magnanimité du Tsar. »

— Renvoie-leur un émissaire avec d'autres propositions, suggéra Barti Khan.

Cette fois, Yunus ne fut pas reçu. Le général Grabbe attendait l'arrivée de nouveaux canons : lui aussi savait ruser, faire durer, « négocier à l'orientale », disait-il.

Il n'avait besoin ni des rapports de ses espions ni des efforts de son imagination pour connaître l'horreur de la situation sur le piton : la puanteur suffisait. Même ici, au camp, l'infection était telle que les sentinelles, un mouchoir sur le nez, suffoquaient jusqu'à l'évanouissement dans les miasmes de la rivière. Il devait les faire remplacer toutes les demi-heures. Ses soldats, paysans conscrits ou serfs de l'empire, en avaient pourtant connu d'autres en Russie ! Rien qui puisse se comparer à l'odeur d'Akhoulgo.

Le général allégua qu'il n'accepterait d'ouvrir des pourparlers que lorsque l'Imam lui aurait envoyé son fils.

— Jamais je ne donnerai Djemmal-Eddin aux Russes !

— Tu vas laisser massacrer tout ton peuple, seulement pour épargner ton fils ? s'étonnait Akhbirdil.

N'avait-il pas, lui, sacrifié sans balancer son premier-né Hamzat ? Et les autres, les huit naïbs présents, n'avaient-ils pas sacrifié leurs propres enfants ?

— Tu penses mal, Imam, et ton jugement est faussé ! Comment pourrait-il en être autrement ? insinuait Barti Khan... Tu es juge et partie dans cette affaire.

À la seconde où la rumeur de paix avait couru, Fatima avait flairé le danger. Les Infidèles exigeaient des dons d'otages lors de tous leurs échanges avec les Montagnards. On racontait qu'ils laissaient leurs amanats mourir de faim dans les forts, qu'ils les empoisonnaient...

Enceinte, elle ne pouvait partager la couche de l'Imam, ni même le toucher, l'approcher, lui parler, l'entendre. Mais elle ne le lâchait pas du regard. Quand Shamil sortait de l'antre du Conseil, quand il se retirait pour prier ou se préparer au combat, il la trouvait dans ses voiles, accroupie sur son chemin... Les yeux levés, elle criait en silence. De toute son âme, la Bien-Aimée lui demandait grâce pour leur fils.

Shamil la fuyait.

13 août

Djemmal-Eddin, assis sur un rocher à l'entrée de la grotte familiale, ne retint des regards posés sur lui qu'une impression pénible à laquelle il ne prit pas garde. Patimat, en l'épouillant, le dévisageait comme si elle le voyait pour la dernière fois. Elle ne lui parlait pas. Elle ne le grondait pas. Sa lourde silhouette se contentait de lui tourner autour : elle profitait de l'accalmie pour chasser la vermine et lui tondre la tête avec application. Elle y mettait un zèle qui ne lui ressemblait pas.

Peu importaient les humeurs lunatiques de Patimat : qu'elle se hâte et le laisse filer !

Ce fut son petit frère Mohamed Ghazi qui lui fournit l'explication de ce mélange de pitié, d'accusation, d'impatience et de nostalgie qu'il lisait désormais sur les visages féminins. Déboulant jusqu'à la pierre où leur tante affilait son kinjal, il apportait à Djemmal-Eddin une grande nouvelle : les naïbs avaient résolu de l'envoyer dans le camp russe ! Les souffrances d'Akhoulgo allaient finir, grâce à lui !

Djemmal-Eddin haussa les épaules. Il n'y crut pas une seconde. Aucun naïb de son père ne s'était jamais laissé prendre vivant. Depuis sa naissance, il grandissait dans leur exemple : « Plutôt la mort que le déshonneur d'une captivité chez les Giaours. » Tout l'enseignement de son père reposait sur ce précepte : « Plutôt la mort que la paix avec les Infidèles. » Bahou-Messadou n'avait-elle pas payé de cent coups de fouets la faute d'avoir osé parler de soumission ? La colère d'Allah se déchaînait contre les Hypocrites et les traîtres qui commettaient le forfait de traiter avec les Russes.

Mais quand Djemmal-Eddin chercha les yeux de Shamil, il n'y trouva rien. Ni accord, ni soutien, ni certitude. Le regard de son père, si sûr, si dur, se dérobait.

L'enfant fut terrorisé par l'anxiété qu'il y lut.

Nouvel ultimatum du général Grabbe : si le fils de l'Imam n'était pas descendu dans le camp avant le coucher du soleil, il rasait Akhoulgo. Demain, il ne ferait pas de quartier. Aux Murides de décider du sort de leurs familles. Il leur donnait vingt-quatre heures.

Tenu à l'écart, Djemmal-Eddin n'assistait plus aux discussions. Il attendait dehors. Cet isolement, qui l'excluait comme s'il était déjà souillé, achevait de l'angoisser. Il supportait sa peur, sans une question, sans une plainte. À se taire, il mettait son orgueil… S'il donnait des preuves de sa valeur, pensait-il, s'il se montrait utile, docile et brave, plus brave que tous les braves, Shamil ne pourrait se passer de lui, et le sauverait.

Avec espoir, avec reconnaissance, il l'entendait, qui bataillait pied à pied, là-bas dans la grotte.

— … Ces chiens ne nous donneront pas la paix, même s'ils tiennent mon fils. Je vous le dis : envoyer mon fils en otage ne nous sera d'aucun bénéfice !

— Les Russes ne lui feront pas de mal. Quand ils seront arrivés à un accord avec nous, ils se retireront sans bataille d'Akhoulgo et te le rendront… Ils en ont fait le serment.

— Mais si tu ne leur donnes pas Djemmal-Eddin, il mourra avec toi dans l'assaut, Imam ! Et si tu laisses tes autres fils sans protection, ils deviendront leurs esclaves : c'est toi-même qui l'as dit ! Les Giaours en feront des serfs et des soldats qu'ils enverront loin de nos montagnes se faire tuer à leur service… Nous n'osons même pas te parler de tes épouses, qu'ils donneront en pâture à leurs bataillons… Allah ne t'ordonne pas d'abandonner la lutte. Allah t'ordonne de la continuer. Écoute ce qu'il te dit comme tu l'as toujours écouté… Vis, Shamil, et sauve ton peuple !

Tourmenté, Shamil tombait à genoux parmi les pierres. L'absence de son guide, de son maître cheik Jamaluddin al-Ghumuqi, qu'il avait envoyé attiser de son éloquence la loyauté des renforts tchétchènes, l'isolait dans ses doutes.

Visage dans la poussière, il priait avec ferveur : « Dieu Tout-Puissant, tu as demandé à Abraham son premier-né, et quand il te l'a sacrifié, tu l'as épargné… »

Mais déjà il cédait du terrain. Il n'invoquait plus Abraham, il invoquait un prophète grandi loin de Dieu, un enfant captif des païens : « Dieu Tout-Puissant, tu as élevé jusqu'à toi Moïse alors qu'il était dans les mains de Pharaon et de ses chiens… Si je donne Djemmal-Eddin aux Infidèles, prends-le sous Ta protection. Tu es le meilleur des gardiens. »

Djemmal-Eddin observait son père de loin, sans bouger. Il n'osait pas l'approcher. Il n'osait pas l'interroger. Il n'osait plus même le servir.

Par sa faute, le guide de tous les Croyants du Caucase souffrait. Il en concevait un effroi plus terrible que lorsque dans ses cauchemars, l'Imam se penchait sur lui, et l'interrogeait de son regard amical. Djemmal-Eddin cherchait la réponse en lui-même, la réponse qui pourrait adoucir le chagrin paternel.

Il aurait voulu lui crier ce que le fils d'Abraham avait répondu : « Fais ce qui t'est ordonné. » Mais il n'y parvenait pas.

Il se sentait coupable.

15 août au soir

— Yunus, tu ne dis rien, que penses-tu des conseils qu'on me donne : dois-je livrer mon fils ?

Posée publiquement, devant tous les membres, la question avait valeur de verdict… Yunus. Le plus pieux d'entre les naïbs, le plus loyal.

La parole de Yunus était respectée par ses pairs.

Jusqu'alors, Shamil s'était bien gardé de prendre son avis. Il le connaissait dépourvu d'éloquence, et craignait d'affaiblir le poids de son jugement dans d'interminables et vaines discussions. Il l'avait gardé pour la fin.

Livrer aux Giaours le fils du prophète d'Allah ? Yunus ne pouvait que s'insurger contre une telle infamie !

Il venait, en outre, de rencontrer Grabbe et l'avait jugé. Il savait, lui, que les Russes se moquaient de conclure la paix avec les habitants d'Akhoulgo… Une paix qui leur coûtait trois mille soldats ? Allons donc ! Une paix trop amère ! Ils n'avaient aucune intention de se retirer. Non, ce que voulait le général, ce qu'il voulait depuis le début, c'était la tête de l'Imam, la tête de ses naïbs, la tête de tous ses proches… En finir, une bonne fois, avec les Murides !

Offrir Djemmal-Eddin au général Grabbe serait donc aussi stupide que dangereux.

Shamil répéta :

— Qu'en penses-tu ?

À cette interrogation, le tuteur de son fils lui répondit par une autre question :

— Qui va le conduire dans le camp ?

185

La demande frappa Shamil en plein cœur : elle donnait le sacrifice pour certain. Il se leva sans un mot.

Yunus acheva sombrement :

— … Si tu veux que je l'accompagne chez les Infidèles, j'irai. Et je resterai avec lui, pour le guider là-bas.

— Je ne veux rien que Dieu ne me dicte.

Avec la même fureur, Barti Khan répliqua :

— Il serait préférable que nous accomplissions ensemble la Volonté du Seigneur… Plutôt que tu l'accomplisses seul, comme tu t'apprêtes à le faire !

— Alors… Préparez-vous à mourir avec moi demain. Nous soutiendrons l'assaut et lutterons jusqu'à ce qu'Allah décide de l'issue du combat.

16 août

Adossé à la falaise, Akhbirdil attrapa son agresseur aux cheveux et le décapita d'un coup. Le tronc du Russe ne vacilla qu'à peine, il resta un instant debout, avant de s'effondrer sur le tas de cadavres aux cous sectionnés. Dans le lac de sang où baignait l'amas d'uniformes, les boutons et les galons luisaient comme des taches de soleil, rehaussant d'or l'éclat blanchâtre des cartilages et des vertèbres.

Abkhirdil envoya la tête rouler entre les jambes des soldats qui le chargeaient. Ils trébuchèrent dans la pente, patinant sur les pierres détrempées.

Le vieux Barti Khan pouvait bien, quant à lui, désapprouver ce nouveau carnage, il s'y adonnait avec méthode. Le mousquet calé entre les fourches d'un bâton, il tenait seul le pont suspendu : il laissait les chasseurs s'y engager, franchir le gouffre l'un après l'autre, arriver jusqu'à lui. Il économisait sa poudre, et visait entre le nombril et le sexe… De toutes les blessures, la plus humiliante, la plus douloureuse ! Atteints au bas-ventre, les Russes reculaient.

Plus d'un millier de cadavres frais jonchait les deux promontoires.

Yunus, dressé sur les remparts, repoussait l'adversaire à la lance. Il semblait frapper au hasard, mais mutilait l'Infidèle à coups sûrs, envoyant sa pique au plus profond des oreilles, la retirant comme un siphon, perforant les rates et crevant les vessies. La palpitation des entrailles d'une jeune recrue faisait encore vibrer la hampe de son arme. Il l'arracha d'un geste sec.

Partout les clairons sonnaient, les officiers donnaient l'ordre de charger. Les soldats, exsangues, tétanisés, refusaient de bouger. Au cours de ces mois de siège et tous ces assauts inutiles, ils avaient vu trop de leurs camarades tomber sur ce sentier. Trop de morts, trop d'efforts pour prendre ce tas de cailloux. Ils avaient perdu la foi.

… Quand ils aperçurent, sur la hauteur au-dessus d'eux, une nouvelle horde d'enfants qui secondait un colosse – Shamil en personne ! –, qui l'aidait à retourner trois pièces de gros calibre dans leur direction, trois grosses bouches à feu, prises à leurs artilleurs égorgés ; quand ils les virent charger les boulets, allumer la mèche, quand ils comprirent… les survivants de l'armée du général Grabbe se débandèrent sans état d'âme.

Le soir n'était plus loin. Akhoulgo avait tenu. Akhoulgo tiendrait.

Jusqu'au prochain assaut.

Jusqu'à demain.

Grabbe attaquerait aux premières lueurs de l'aube.

Shamil redescendait à grands pas vers le village. « Allah n'a pas voulu que nous soyons défaits aujourd'hui. Allah est avec nous… » Un immense soulagement soulevait son cœur. « Les Murides n'ont pas failli, pensait-il avec fierté. Les naïbs se sont battus vaillamment. »

Sa joie fut de courte durée.

En s'emparant des canons tout à l'heure, une pensée lui était venue, une évidence à laquelle le silence lui permettait de retourner : l'artillerie russe n'avait pu monter jusqu'à cet endroit sans la complicité – sans la trahison ! – des tribus du Caucase.

Il ne mettait pas en doute la loyauté de ses conseillers, de Barti Khan, de Hadj Ibrahim, d'aucun de ses compagnons. Il les savait incorruptibles, en dépit de leurs différends… Il croyait aussi à la fidélité des déserteurs chrétiens : les Polonais préféraient se laisser hacher menu plutôt que d'être repris par les Russes. Non, l'honneur des habitants d'Akhoulgo n'était pas en cause…

Mais les Montagnards des aouls voisins, les Croyants d'Irghin, d'Ountsoukoul, d'Ashilta, d'Ansal sur lesquels Shamil comptait pour barrer la route aux canons, ceux-là n'avaient pas bougé. Pis : c'était les Montagnards de Ghimri qui avaient conduit les mortiers de Grabbe sur les sentiers. Ghimri lui facilitait le passage des cols et des rivières, Ghimri lui indiquait les raccourcis secrets.

La lâcheté de son propre village, après l'opposition de son propre clan et le désaccord de sa propre famille, ouvrait dans l'âme de Shamil une brèche où le désespoir s'engouffrait. Même son formidable orgueil ne parvenait plus à combler le vide… Oui, Akhoulgo avait tenu. Mais la Guerre Sainte était perdue !

L'échec. Il ne devait pas l'échec au nombre et à la puissance des Russes. Ni même à l'obstination de Grabbe, à son indifférence envers ses soldats, à son incurie – une ignorance fondamentale du Daghestan qui avait rendu Grabbe aveugle et sourd à toutes les difficultés. Non, ce n'était pas aux Infidèles que Shamil devait sa défaite. Ce n'était pas non plus aux esprits, au mauvais œil, à cette canicule sans précédent qui avait transformé Akhoulgo en fournaise… L'échec de la Guerre Sainte n'était dû qu'au manque de foi de ses frères musulmans.

Une grande amertume à leur endroit montait dans son âme… Indigne était leur naissance. Honteuse, leur conduite. Vil, le destin qui les attendait. Qu'ils se perdent, qu'ils se damnent tous, en capitulant ! Il ne pouvait les sauver d'eux-mêmes, il ne pouvait les préserver de l'esclavage sur cette terre, de la damnation éternelle dans l'autre. Il en demandait pardon au Tout-Puissant : l'ombre de Dieu n'était pas de taille, elle n'avait pas su faire l'union… Qu'ils aillent manger dans la main des Russes, qu'ils aillent leur mendier un cessez-le-feu, qu'ils acceptent toutes leurs conditions !

Aussi bien, les munitions manquaient. Les galeries et les caves s'effondraient. Les rescapés se réduisaient à un misérable groupe de femmes et d'enfants. Et les Tchétchènes n'arriveraient pas.

Continuer ce carnage n'avait aucun sens.

La lutte pour le triomphe d'Allah n'était pas terminée, en revanche ! À l'Imam incombait la tâche de maintenir la flamme de Dieu vivante. Sauver les guerriers fidèles, sauver les innocents.

« Afin d'épargner ton fils, tu vas donc sacrifier *tout* ton peuple ? »

Shamil tenait sa réponse. Il avait perdu cette bataille. Le Tout-Puissant lui commandait d'accepter l'épreuve. Il devait suivre les conseils des naïbs plus sages, plus pieux que lui. Gagner du temps. Hisser le drapeau blanc…

Demain à l'aube, il enverrait Djemmal-Eddin chez les Russes.

La nuit surprit l'enfant dans l'écurie. Parmi les quelques montures faméliques qui avaient survécu au siège, restaient la petite jument grise que son père montait en campagne ; Tsoal – Solitude –, le splendide étalon blanc que Shamil se réservait pour la charge et les jeux équestres ; et Koura – le Fier –, le poney adoré de Djemmal-Eddin. C'était un animal robuste et gai, offert par Shamil lors de la fête du Sacrifice, quand Djemmal-Eddin avait, de sa main, immolé l'agneau pour la première fois. Ainsi était-il devenu un homme dès l'âge de sept ans, un cavalier, serviteur d'Allah.

Le poney le salua par un hennissement joyeux. L'enfant appuya sa joue contre la joue de Koura, lui passa le bras sous l'encolure, emmêla ses doigts à sa rude crinière, et le tint enlacé. « Te souviens-tu, mon fier, de nos galops dans les pentes, quand nous déboulions comme deux diables vers le torrent ? C'était avant que les Russes ne s'installent au pied d'Akhoulgo… Avant que je me casse le bras, avant… » Il manqua dire « … avant la mort de Bahou », mais préféra retourner au souvenir de leurs courses. « Et quand j'attrapais les galets au fond des flaques… Et que toi, tu feignais d'y plonger la tête avant moi ! » En avaient-ils tenté de ces acrobaties merveilleuses, dont ils espéraient, un jour, donner le spectacle aux djighits de Shamil.

Il respirait l'odeur du cheval, retrouvant dans ses poils l'odeur de leurs cavalcades. Il sentait battre à l'intérieur de son bras les artères jugulaires que la chaleur avait gonflées, la carotide qui palpitait à fleur de peau.

Le cheval et l'enfant, collés l'un contre l'autre, ne bougeaient plus. Même les taons, même les mouches, qui les torturaient, ne leur tiraient pas un mouvement. On n'entendait que le sabot des autres qui martelaient par à-coups la pierre nue, et leurs queues qui cinglaient l'air immobile. Attrapant l'oreille de Koura, Djemmal-Eddin lui murmura : « Devrais-je te tuer aussi, afin d'empêcher que l'ennemi te capture ? Mon frère cheval, je te dis adieu. Je meurs ce soir… »

Il sortit son kinjal, hésita. Il savait comment égorger un mouton. Il trouverait en lui le courage de se trancher la gorge. Mais Koura…

— Rengaine cette arme !

Shamil se tenait très droit sous l'appentis : sa silhouette colossale absorbait toute la lumière.

— … Ta vie ne t'appartient pas ! Ta vie appartient à Dieu.

Même si sa robe était sale et son visage noirci par la poudre, même si sa barbe semblait grise et les plis de son turban défaits, il s'adressait à l'enfant avec une autorité sans clémence.

Un regard suffit à Djemmal-Eddin pour comprendre que ce n'était pas son père qui parlait. C'était l'Imam. L'homme des prêches à la mosquée, celui qui arrachait la langue des Hypocrites et levait le bras sur sa propre mère.

— … Remercie le Tout-Puissant pour tout ce que tu ne sais pas. Pour tout ce que tu ne peux connaître. Pour tout ce que Sa Miséricorde te permettra peut-être d'apprendre… Remercie-Le pour ta destinée. Et demande-Lui pardon, ici, maintenant, de ne pas voir – et de ne pas comprendre ! – ce qu'Il a décidé pour toi. Répète avec moi : « Seigneur, je T'en prie, donne-moi la force de faire ce que Tu désires que je fasse… »

— … La force de faire ce que Tu désires que je fasse, murmura l'enfant.

Il releva la tête. Cette fois, la première, la seule, Shamil lut clairement du défi dans son regard.

— Comment saurais-je ce qu'Il désire que je fasse ? lança Djemmal-Eddin avec amertume… Dieu n'écoute pas les prières des esclaves !

— Il ne les écoute pas, à moins que les esclaves n'invoquent la délivrance, et que la vigueur de leur bras pallie leurs faiblesses.

Cette réponse sembla rendre à l'enfant un peu de calme.

— En bas… je pourrai garder mes armes ?

La faim lui donnait des hallucinations : il imaginait le campement comme un puits sans lumière où grouillaient des serpents, des vers, mille bêtes qu'il ne savait nommer. La perspective d'être englouti par les reptiles le soulevait d'un dégoût proche de l'épouvante.

Il insista :

— Je pourrai porter mon kinjal ? M'en servir contre eux ?

Une lueur de compassion traversa le regard dur de Shamil :

— Si Dieu le veut, tu ne resteras pas longtemps dans le camp. Pas assez pour faire usage de ton poignard.

— Mais avec eux, comment devrai-je me conduire ?

Il se souvenait des propos de Patimat. Même si les Infidèles lui avaient rendu Hamzat, il aurait changé d'odeur, elle ne l'aurait pas reconnu... Lui aussi allait changer d'odeur... Ne jamais se laisser toucher. Ne jamais accepter la moindre nourriture.

— Avec les Infidèles, répondit Shamil, comme partout en ce monde, tu devras vivre en gardant la mémoire de la présence de Dieu... Vis, mon fils, et montre-leur que tu conserves ton bien suprême, la fortune que nul ne peut t'ôter : la foi de tes ancêtres.

Djemmal-Eddin resta silencieux et médita ces paroles. Puis levant à nouveau les yeux, il les ficha directement dans ceux de son père. L'incompréhension, la colère, la peur l'étouffaient. Il dit avec difficulté :

— Cependant, demain, sur ton commandement, je vais trahir la foi de mes ancêtres.

L'émotion, l'effort pour se dominer lui coupèrent le souffle :

— ... Je vais trahir Dieu.

Sa voix se brisa. Il recommença plus haut, plus vite :

— Demain, sur ton commandement, je vais commettre ce qu'interdit le Tout-Puissant... Pourquoi ?

— Ramasse ici neuf cailloux, et suis-moi dehors.

Djemmal-Eddin n'obéit pas. La révolte l'embrasait et le faisait trembler.

— Pourquoi me rends-tu indigne de toi... de Lui ?

Élevant le ton, il répéta :

— Pourquoi me souilles-tu plutôt que de me laisser mourir ?

Il s'étrangla, reprit souffle :

— Pourquoi toi, mon père, toi l'Imam... Toi !

Il ne questionnait plus. Il accusait. Il acheva dans un cri :

— Pourquoi m'ôtes-tu l'honneur ?

Shamil l'attrapa par le col, ramassa lui-même une poignée de cailloux et, sans le lâcher, l'entraîna vers les ruines de la mosquée.

Il le plaça de force à califourchon sur ce qui restait d'un muret et s'assit avec lui, comme ils l'avaient fait naguère sur la terrasse de l'ancienne maison. Mais cette fois, le père et le fils se faisaient face.

— Ton maître cheik Jamaluddin al-Ghumuqi t'a initié au Zikr, n'est-ce pas ? *Le Souvenir de Dieu* qui s'effectue par la quête de la solitude dans la foule, la respiration intérieure et la concentration… Je vais t'enseigner une autre technique qui t'aidera à tenir fermement la corde d'Allah, dit-il en disposant entre eux, sur une ligne horizontale, les neuf cailloux. Regarde. Écoute. Et répète… *Il n'y a pas d'autre dieu que Dieu… La ilaha illa Allah.*

Les yeux mi-clos, Shamil avait pris les cailloux et les déplaçait l'un au-dessus de l'autre, en gestes courts et rapides. Prononçant le nom d'Allah sur un mode extatique où son souffle devenait communication avec le souffle divin, il inspirait profondément, expirait, inspirait au rythme de puissantes bouffées d'air qui syncopaient la mélopée.

Djemmal-Eddin en connaissait la cadence lancinante : cette litanie accompagnait les départs aux combats, les actions de grâce, toute la vie de son peuple depuis la nuit des temps.

D'instinct, il se mit à suivre le rythme familier. Il se balançait d'arrière en avant, alignant son souffle sur celui de son père, se concentrant sur le mouvement des neuf cailloux… Pris, posés, repris, posés. *La ila-ha illa-Allah.* Dans un état proche de l'hypnose, il murmurait les paroles incantatoires. Petit à petit, il se joignit à la récitation et répéta sans discontinuer, à pleins poumons, la phrase rituelle.

Scandées par les mêmes respirations, par le même halètement infini, les voix de l'homme et du petit garçon s'élevaient au-dessus d'Akhoulgo. Toujours plus rauques, toujours plus amples et plus puissantes, elles s'enflaient de l'écho qui les répétait dans les montagnes. Le chant envahissait la nuit, embrasait l'univers entier. Il montait, il montait toujours, il montait vers Dieu, jusqu'à s'unir à Lui.

Quand l'extase mystique les eut comblés, le silence retomba : une grande béatitude les habitait tous deux. Ils restèrent longtemps immobiles.

Aux premières lueurs de l'aube, Shamil murmura à l'oreille de l'enfant :

— Où que tu te trouves, tu pourras, par le Zikr, revenir dans ces montagnes : le Souvenir de Dieu t'y ramènera. Pratique-le mentalement, en silence, sans aucun mouvement, au fond de ton âme… Et n'oublie jamais, Djemmal-Eddin, que dans le Souvenir de Dieu se trouve ta liberté… Maintenant, acheva-t-il avec douceur, va saluer ta mère. Il est temps.

17 août

De la vallée montait une rumeur de foule. Les Russes traversaient le camp au pas de course, s'armaient dans leur élan, se hâtaient vers la rivière. On aurait pu croire à un vent de panique. Il ne s'agissait que d'impatience et de curiosité. Les officiers s'alignaient sur les berges de l'Andi Koysou, en rangs serrés. Les sentinelles qui bivouaquaient au pied du promontoire s'y pressaient comme devant une scène de théâtre. Le visage levé vers la forteresse, tous suivaient un spectacle matinal, auquel les quatre-vingts derniers jours ne les avaient pas habitués. Ce n'était pas leurs sapeurs qui zigzaguaient de palier en palier, mais deux chevaux ennemis qui descendaient vers leurs tranchées. En tête venait un poney bai, l'un de ces petits étalons de Kabarda dont ils connaissaient désormais la vigueur et le prix. L'étalon était monté par un enfant d'une dizaine d'années, qui épousait avec grâce son pas dans la pente. Un manteau de lin blanc, très cintré à la taille, s'épandait en longs plis sur ses bottes. Une superbe papakha d'agneau blanc le coiffait, si haute, si large, qu'elle semblait le couronner. Les soldats du général Grabbe, habitués aux cris des guerriers qui s'abattaient en hordes, comme un vol de corbeaux sur les corniches, s'étonnaient du silence, de la solitude, de tout ce qui émanait de cette apparition... Noirs étaient d'ordinaire les étendards des Murides, noires leurs barbes et leurs tcherkeskas... Comment ces barbares, là-haut, avaient-ils pu conserver dans leur poussière, leur saleté et leur pestilence, ce costume immaculé ? Un kinjal au pommeau d'argent pendait à la ceinture de l'enfant, ainsi qu'un long sabre qui flamboyait contre son flanc... Non pas un otage, mais un prince : le discours était clair. L'Imam ne donnait pas son fils en vaincu, mais en chef de guerre qui traitait d'égal à égal avec Grabbe. Par son élégance et sa dignité, le jeune cavalier incarnait le message jusqu'à la perfection. Il ne regardait pas les sabots de sa monture, il ne regardait pas les pierres, les trous, les failles, tous les obstacles du sentier vertigineux. Il ne regardait pas les lacets de la rivière en contrebas, la masse des étrangers qui fumaient, plaisantaient, commentaient bruyamment sa venue... Au-delà des tranchées, au-delà des tentes, au-delà des chaînes de montagnes, il fixait l'ultime ligne de crête.

Le naïb Yunus, dont les interprètes et les officiers avaient fait la connaissance durant les pourparlers, escortait le garçon. Son visage en lame de couteau, aussi fier, aussi lointain, aussi fermé que celui de son protégé, exprimait nettement la défiance et l'anxiété. La raideur de son maintien, sa façon d'agripper son drapeau blanc, de le garder contre lui – et non de le porter à bout de bras, selon l'usage – trahissaient chez lui une tension extrême.

À peine l'étalon du petit eût-il touché les galets de la rive que Yunus poussa sa propre monture, le dépassa, et le couvrit de toute sa personne.

Ils franchirent ainsi, l'un derrière l'autre, les tranchées qui délimitaient le camp. Leur arrivée dans les lignes russes suscita, parmi les officiers, un moment d'embarras : devaient-ils les désarmer ?

On pensa limiter les dégâts en s'attaquant d'abord au sabre du petit. Le sursaut de l'enfant quand un soldat amorça le geste de le lui prendre, la violence de son recul et de sa résistance donnèrent aux officiers la mesure de ce qu'ils risquaient en insistant. Mieux valait abandonner.

Quant à l'autre… Le rictus de Yunus découragea toute velléité.

On les dirigea, encadrés par les soldats, suivis des interprètes, vers la tente du général Grabbe.

Djemmal-Eddin, l'œil fixe, les dents serrées, ne voyait rien, ne sentait rien. Il avançait.

Le général Grabbe se tenait assis sous son dais. Le samovar de son thé ronronnait sur son réchaud doré. En ce premier jour de trêve, il savourait son petit déjeuner.

197

L'arrivée chez lui de l'amanat qu'il réclamait depuis des semaines, de cet otage si précieux dont il avait fait la condition *sine qua non* des pourparlers de paix, ne lui arracha qu'une curiosité distraite, à peine un éclair de satisfaction.

Yunus mit pied à terre. Grabbe ne le salua pas. Il se contenta d'un commentaire qu'il adressa au naïb, sans un regard :

— Toi, tu vas remonter là-haut dire à ton Imam que maintenant, s'il veut revoir sa progéniture, il devra venir ici. Qu'il se présente en personne. Va !... Après, nous parlerons de faire la paix.

Yunus tremblait d'humiliation et de rage. Les Russes l'avaient joué, les Russes l'avaient trompé : ils se moquaient de lui, de l'Imam, de son fils... Surtout, ils se moquaient de *faire la paix* ! Shamil avait vu juste. Ils le voulaient, lui. Mort. Les Murides, morts. Fatima, Djawarat, tous les enfants, morts. Le sacrifice de Djemmal-Eddin était vain. Quoi qu'il arrive, les Infidèles attaqueraient...

Avec cette même indifférence, cette même paresseuse négligence, le général ordonna que l'on conduise l'amanat chez son chef d'état-major. Il ajouta, grand seigneur, que si le gamin avait faim on pouvait le nourrir.

Yunus avait porté la main à son poignard... Sauter au cou de Grabbe, l'égorger. Mais le petit se tenait à ses côtés. Il savait ce qui arriverait à Djemmal-Eddin – ce qui lui arriverait dans la seconde – s'il assassinait Grabbe.

La haine qui déformait son visage fit redouter le pire à l'un des interprètes, un vétéran arménien de l'armée du Caucase auquel Yunus avait eu affaire durant les négociations. L'Arménien lui tapota amicalement le dos et baragouina en langue avar :

— T'inquiète pas, mon vieux, t'inquiète pas, tu es un bon croyant… Allah, c'est ton compère, il veille sur toi. Il vous protégera tous : toi, ton Shamil, et son gosse !

La familiarité du ton, sa vulgarité arrachèrent à Djemmal-Eddin un mouvement de recul. Cette réaction, la seule depuis qu'on avait tenté de lui ôter son sabre, le ramena à l'horreur de la réalité.

Il ne put se défendre du geste qu'il s'était juré de ne pas commettre : il se retourna et regarda le village.

Il aperçut alors, penchée sur les remparts, à l'écart des autres femmes, la forme brune de sa mère. C'était elle qui tout à l'heure l'avait revêtu de cet habit de lumière. Elle voulait qu'il soit beau, qu'il lui fasse honneur… Elle avait juré que leur séparation durerait peu, qu'ils se retrouveraient dans quelques jours… Il avait retenu ses larmes. Il l'avait approuvée. Il devinait les efforts, le courage qu'elle déployait pour le persuader de ses paroles, pour s'en convaincre elle-même.

Avec passion, avec douleur, elle l'avait étreint. Et puis, à voix plus basse, elle l'avait béni. Autour du cou, il portait ce que les Infidèles ne pouvaient voir, ses biens les plus précieux : un petit tube d'argent contenant un verset du Coran et une amulette contre le mauvais œil, qu'elle avait noués avec un lacet de cuir.

Il crut l'entendre qui sanglotait, là-haut, toute seule. Se dissimulant dans ses voiles, le buste projeté au-dessus du vide, Fatima l'appelait. Elle ne maîtrisait plus ses larmes, il le savait. Il ne put supporter son chagrin et détourna le regard. Il cherchait Shamil.

L'Imam l'avait accompagné jusqu'à l'extrême limite de leurs lignes. Monté sur son destrier blanc, sur Tsoal, le meilleur de ses étalons, il fermait le ciel de sa silhouette colossale. Barti Khan, Akhbirdil, trois autres de ses compagnons se tenaient à cheval derrière lui : la garde du prophète, la garde aujourd'hui si pauvre. La hampe de leur fanion pointée vers le sol, le drapeau à terre en signe d'adieu, les naïbs rendaient les honneurs au fils de l'Imam.

Depuis l'instant où ils s'étaient quittés, Shamil n'avait pas bougé. Il ne bougerait pas.

Djemmal-Eddin voyait clairement son turban, sa longue barbe rousse, l'éclat de ses armes. Mais il ne distinguait plus ses traits.

Jusqu'à la dernière seconde, il avait cru que son père changerait d'avis, qu'il le retiendrait, qu'il le sauverait. Mais en cheminant avec lui entre les haies de cadavres qui pourrissaient sans sépulture, entre ses camarades grouillant de vers et de mouches, qu'aucune mère, aucune sœur ne pouvait plus défendre des vautours, Djemmal-Eddin avait compris : quel choix leur restait-il, sinon de croire tous deux à l'honneur des Infidèles ?

En échange, les Russes laisseraient les survivants libres de rentrer chez eux. En échange, les femmes, les enfants, les Anciens pourraient quitter Akhoulgo, retourner dans leurs villages. Le général Grabbe avait donné sa parole.

Au bord de l'abîme qui séparait les défenses murides de l'armée du Tsar, Shamil s'était immobilisé. Djemmal-Eddin, s'alignant sur son père, avait arrêté Koura à ses côtés.

Le moment tant redouté, l'instant de la séparation, avait sonné.

Le cœur serré, au bord des larmes, Djemmal-Eddin avait amorcé un geste, un élan d'amour. Shamil l'avait arrêté, prononçant ces paroles stupéfiantes, ces paroles qu'aucun père, jamais, n'avait prononcées au Caucase :

— Ne m'embrasse pas, je n'en suis pas digne… j'implore ton pardon, mon fils.

Djemmal-Eddin aurait voulu se jeter à ses pieds.

Shamil, aussi ému que lui, avait poursuivi :

— Avec l'aide de Dieu, je te sortirai du camp. Tu ne resteras pas longtemps chez les Infidèles.

Solennellement, il avait ajouté :

— Je t'en fais le serment : jamais je ne t'abandonnerai !

Au petit garçon tourné vers lui, Shamil n'adressait plus un signe. Mais il le suivait des yeux et l'accompagnait de toute son âme.

Regrettait-il déjà d'avoir écouté le conseil de ses hommes ?

Sous son regard inflexible, ce regard aussi plein de dureté que de tendresse, Djemmal-Eddin se redressa.

Ravalant sa douleur, il se rassit dans sa selle, donna des jambes, poussa Koura droit devant lui, lentement, au pas, entre les tentes.

Il s'enfonça parmi les chevaux, les canons, les soldats… Il sembla flotter un instant au-dessus des Giaours qui grouillaient.

Puis, soudain, comme dévoré par la multitude, il disparut.

Livre deuxième

DE L'AUTRE CÔTÉ DU MIROIR

La Russie
1839-1855

« Pour Dieu et pour le Tsar ! »

« Dieu est avec Nous !
Comprenez ceci, ô nations, et soumettez-vous,
car Dieu est avec Nous ! »

NICOLAS Ier.

CHAPITRE V

LA DÉCOUVERTE DE L'INSOUPÇONNABLE
1839-1840

(7)

SAINT-PÉTERSBOURG, QUATRE MOIS PLUS TARD

DÉCEMBRE 1839

— Joli nom, ton *Akhoulgo*. Une victoire qui sonne
bien… Akhoulgo, comme Borodino et Waterloo !

La *kibitka* volait sur la neige. Seul le murmure des
deux officiers troublait le silence, le tintement joyeux des
grelots, le chant des patins sur les espaces gelés, et puis
le souffle des trois chevaux, galopant au même rythme
dans la vaste saignée qui reliait « le village du Tsar »
– Tsarskoïe Selo – à Saint-Pétersbourg… Trente verstes
en ligne droite que le traîneau, à cette allure folle, par-
courrait en quelques heures… Trente verstes, au terme
de trois mille autres, pour l'un des deux passagers.

Celui-là arrivait du Caucase : quatre mois d'un
voyage à travers tout l'Empire, quatre mois d'une
course effrénée entre le fameux Akhoulgo qu'évoquait

son compagnon, et l'« orphelinat Alexandrovski », en lisière du domaine impérial.

Les circonstances de la guerre avaient fait de ce lieutenant de vingt-trois ans le ravisseur et le geôlier d'un enfant qu'il avait dû arracher à ses montagnes, pour le conduire ici, dans une institution réservée aux pupilles de l'État…

Mission accomplie.

L'enfant était désormais seul, sans aucun repère, à l'autre bout de la terre. Loin, si loin de son propre univers.

Lui-même venait de l'abandonner aux médecins et aux institutrices qui, à cette heure, cherchaient à le faire se déshabiller afin de pouvoir l'examiner, vérifier sa constitution et l'état de ses réflexes… Un garçon musulman mis à nu devant des femmes ? Un garçon musulman palpé par les mains des Giaours ? Comment allait-il survivre à de telles humiliations ? Comment subsisterait-il dans ce monde tellement étranger ?

Le lieutenant devinait trop le désarroi de sa victime pour en supporter même l'évocation. Il ne voulait plus penser à la série d'actes infamants que ses supérieurs lui avaient fait commettre.

Djemmal-Eddin avait été ravi à son peuple et soustrait à son père par la trahison… Sur l'ordre du général Grabbe, commandant en chef des armées du Caucase.

Sur l'ordre du Tsar.

Enlevé au mépris de tous les usages, au mépris de la parole donnée, au mépris du code de l'honneur !

Au mépris de la grandeur et de la gloire de la Sainte Russie.

Sanglés dans leurs uniformes de parade, les deux officiers se tenaient assis derrière le cocher, côte à côte, très droits, très raides. Leur conversation se réduisait à de rares paroles, quelques mots hachés par le froid. Tous deux portaient leur bicorne enfoncé sur la tête et tous deux serraient, sous la même couverture de zibeline, leur sabre entre leurs genoux. Le plumet blanc de leurs chapeaux, le poil luisant de leurs fourrures, les galons dorés de leurs cols et de leurs manches, tout en eux frémissait au vent et scintillait dans la lumière blafarde de l'hiver.

Le plus âgé, le comte Pavel Dimitrievitch Kiseliev, pouvait avoir cinquante ans. Ses cheveux commençaient à grisonner, son front se dégarnissait. Mais la coiffure mise à la mode par le Tsar – les boucles courtes, ramenées en avant sur les tempes, l'ample moustache cirée, les favoris bien taillés – soulignait l'ovale de son visage et lui seyait. De haute stature, les épaules larges, la taille bien prise, le comte Kiseliev passait encore pour l'un des plus beaux hommes de Russie. Héros des guerres napoléoniennes, vétéran du congrès de Vienne, ancien gouverneur des provinces du Danube, de la Valachie et de la Moldavie, aujourd'hui membre du Conseil d'État, et favori de Nicolas Ier, il incarnait ce que la cour comptait de plus intelligent, de plus intègre. Et de plus puissant… Une exception. Un miracle. Car, bien au-delà de sa superbe, ce qui frappait en lui, c'était la chaleur de son regard, et sa vivacité.

L'autre portait un peu moins haut l'honneur de sa caste. Il ne manquait toutefois ni de distinction ni d'allure. Mais l'extrême fatigue qui chiffonnait ses traits accusait sa jeunesse. Pâle, émacié par son long voyage, il retrouvait en cet après-midi de janvier sa figure d'adolescent poussé trop vite. Rien en lui qui fût gauche ou négligé. On sentait seulement qu'il s'était changé à la hâte, rasé, coiffé en courant… Sa chevelure, qu'il avait cru aplatir et dompter par une raie de côté, ondulait en vagues d'un blond cendré dans sa nuque ; quant à ses favoris, ils poussaient en broussaille, de part et d'autre d'un visage froissé… L'épuisement qui lui paralysait les membres, lui vidait la tête, et fermait son cœur à toute émotion, le désolait et l'humiliait. De nature énergique, il travaillait à vaincre son malaise. Il s'appelait Dimitri Alexeïevitch Milioutine. Il était le neveu du comte.

L'un et l'autre avaient embrassé la carrière des armes. Officiers, non par vocation, mais par hasard. Ou plutôt, par nécessité… L'armée était la grande passion du Tsar : d'instinct, Nicolas se méfiait des civils, ceux-là ne connaissaient pas la signification du mot « obéissance ». Sa cité de Pétersbourg se présentait donc comme une immense caserne, une ville de garnison, uniquement peuplée d'uniformes. La carrière militaire restait la seule carrière possible, le seul avenir respectable pour un Russe de bonne famille… De là à demander sa mutation dans les troupes du Daghestan et de Tchétchénie, comme Dimitri Alexeïevitch l'avait fait au printemps dernier ! Un coup de tête qui ne lui ressemblait pas…

Réaction au décès de sa mère, qui lui avait causé un tel chagrin en février dernier ? À l'ennui de ses études à l'Académie militaire ? Goût du risque ? Désir de gloire ? Quoi qu'il en soit, un geste absurde pour un jeune homme qui n'avait aucune faute à expier. Le Caucase passait pour une terre d'exil, un châtiment : « Notre Sibérie douce », comme l'appelait l'Empereur. Il y envoyait les indésirables, les agitateurs, Pouchkine, Lermontov, les poètes en disgrâce.

Aux lieutenants dégradés, aux généraux cassés, les « guerres de pacification » donnaient l'occasion de se racheter : ils pouvaient y regagner leurs galons et rentrer en héros. Ceux qui avaient la chance d'en revenir conservaient toutefois au fond des yeux quelque chose de fou, un air sombre et exalté qui les différenciait des autres officiers. Ils gardaient « l'empreinte des montagnes », la nostalgie de cette nature grandiose, de leurs aventures parmi les rebelles, de leur liberté aux confins de l'Empire. Ils arboraient des manières hautaines et belliqueuses, affectant de ne porter dans le civil que la tcherkeska, la papakha, et le sacro-saint kinjal…

Ces vétérans-là, on les appelait les « Caucasiens ».

Si son neveu ne semblait pas enclin à cette sorte d'humeur, le comte Kiseliev devait bien constater qu'il restait distant, et que leurs retrouvailles n'étaient pas à la hauteur de ses espérances. L'oncle avait pourtant fait l'effort de descendre en personne le chercher au sud de Pétersbourg, sur les lieux mêmes où l'appelait sa mission – cette fameuse mission qui justifiait le retour du lieutenant Dimitri Alexeïevitch Milioutine en Russie.

Les premières effusions passées, Dimitri n'exprimait guère sa gratitude. Il semblait ailleurs, ne se livrait pas, ne posait aucune question. Pas même sur l'honneur qu'il allait connaître. Un honneur sans mesure : en cet après-midi de décembre 1839, le comte le conduisait au palais d'Hiver. Il avait réussi cet exploit : faire inviter son neveu au dîner de la famille impériale dans les appartements privés. Le fameux dîner de quatre heures où seul était admis le cercle très restreint des « intimes ». Certes, Dimitri avait déjà été présenté au Tsar, oui, en compagnie de centaines d'autres officiers, lors des cérémonies officielles à la cour… Jamais en petit comité. Le comte attendait beaucoup de cette rencontre.

La malchance voulait que l'invitation fût tombée le soir même de l'arrivée du garçon… Au terme d'une campagne qui l'avait éprouvé, et d'un périple de plusieurs milliers de verstes à travers le pays... Et alors ? Le privilège était si rare, la faveur si précieuse, que l'idée de remettre d'un jour ne serait venue à personne !

L'oncle jetait à son protégé des regards perplexes. Sa propre déception le gênait, il ne parvenait pas à briser le silence.

Lui-même était resté sans descendance. Sa sœur, mésalliée à un hobereau des environs de Moscou, n'avait pu offrir une éducation convenable à leurs enfants : il avait donc veillé sur l'avancement des garçons – le troisième n'avait pas dix ans –, les faisant admettre dans les meilleurs lycées, les introduisant dans les plus hautes sphères... Sa sympathie pour Dimitri Alexeïevitch, l'aîné, allait aujourd'hui bien au-delà de ses devoirs de famille envers un parent pauvre. Malgré le caractère entier du garçon, il avait retrouvé en lui sa propre patience, son sens de la mesure. Une forme de pondération et d'habileté qui, chez tous deux, n'excluaient ni la ténacité ni la passion. Il savait en outre que Dimitri l'admirait et lui rendait son affection.

... Se pouvait-il que, deux fois blessé devant Akhoulgo, le jeune homme souffrît de séquelles plus profondes qu'il ne l'avait avoué ?

Diplomate dans l'âme et courtisan de métier, le comte tenta de dissiper leur malaise en recourant à la flatterie et aux bons vieux artifices :

— Akhoulgo, répéta-t-il avec emphase : pour un baptême du feu, c'est un baptême du feu ! Tu ne fais jamais les choses à demi. Je te reconnais bien là... Extraordinaire fait d'armes, mon garçon. Je suis fier de toi... Le général Grabbe m'a écrit tout le bien qu'il pense de ta conduite.

… Ne flotta sur les lèvres du lieutenant qu'une ombre de sourire.

— Le général Grabbe me fait trop d'honneur, répondit-il, sans que son interlocuteur puisse démêler si le ton était à la modestie ou à la rancœur.

Il réagissait néanmoins : c'était un progrès. Le comte insista :

— En commençant ta carrière sous les ordres d'un si grand général, tu as vécu un moment historique !

— Le siège nous a tout de même coûté trois mille hommes.

L'oncle ressentit, sinon la critique, du moins la restriction. Habilement, il abonda dans son sens :

— Trois mille ? Tant que cela !

— Trois mille Russes en deux mois… Morts ou mutilés.

— Quelle hécatombe pour ce tas de cailloux !

— Et le carnage, là-bas, n'est pas fini.

Kiseliev, sous la moustache, amorça un sourire. Bien. La conversation s'engageait. Ne restait qu'à la laisser rouler…

— Comment : *pas fini* ? s'exclama-t-il. La pacification du Caucase est achevée. Un succès complet.

Dimitri réprima un geste d'impatience :

— Qui dit cela ?

— Grabbe lui-même, dans son rapport à l'Empereur… Il a rayé de la carte, *vous* avez rayé de la carte tous les rebelles !

— Sauf le respect que je dois au général Grabbe, je crois qu'il se trompe… Et si Sa Majesté ne prend pas – très rapidement – les mesures qui s'imposent…

Cette fois ce fut au tour du comte de froncer les sourcils :

— Le Tsar connaît la situation au Caucase jusque dans ses moindres détails... Il est mieux informé que toi, mieux informé que quiconque, de tout ce qui s'y passe. Il sait tout... *Les mesures qui s'imposent*, quelle sorte de phrase est-ce là ?

— Il faudrait au général Grabbe plus de moyens. Et à ses officiers, plus d'intelligence...

Kiseliev constata que son neveu avait retrouvé son dynamisme... Mais pas pour le meilleur !

— Je te conseille de ne pas parler en ces termes tout à l'heure.

— Si vous saviez, mon oncle, les manquements dont j'ai été le témoin ! L'ignorance et la stupidité de certains de nos capitaines...

— Il ne t'appartient pas de juger tes supérieurs.

— Nos troupes sont mal formées, mal organisées, mal nourries, mal équipées !

— Que me chantes-tu là ? L'armée russe est la plus puissante du monde. L'Empereur consacre tous ses soins à ses soldats : il leur donne son temps, son énergie, son amour ! Il vous aime – vous, les jeunes – parce que vous êtes fidèles, disciplinés, beaux...

— Beaux, coupa Dimitri, oui, à l'exercice, sans doute. Mais ce n'est pas une parade, ni une guerre ordinaire que la Guerre Sainte.

Le comte se radoucit. Il avait l'expérience de la sorte de crise que traversait Dimitri... Ce décalage entre l'horreur de la bataille et les bonheurs du foyer... Il n'aurait jamais dû amener ce garçon chez le Tsar si tôt après l'action. Autant pour lui : erreur de jugement.

— Sa Majesté est parfaitement consciente des difficultés que vous avez connues, reprit-il, conciliant. Elle mesure toutes les complications... C'est d'ailleurs à ce titre, au titre de vainqueur d'Akhoulgo, que j'ai pu te faire inviter ce soir.

Dimitri n'écoutait plus :

— … Et puis, il y a autre chose. La certitude de notre supériorité nous empêche de prendre les Montagnards au sérieux. Nous n'avons aucune curiosité pour leur façon de vivre, pour leur organisation tribale, pour leur politique, pour leur religion. Nous n'imaginons même pas que nous pourrions apprendre d'eux quelque chose. Ne serait-ce que leurs façons de se battre… Les connaître nous aiderait pourtant à les vaincre !

— Ils sont vaincus, gronda le comte. La guerre est terminée. Ils se soumettent… Ils nous offrent jusqu'à leurs enfants pour que nous en fassions de bons Russes… Cette mission dont tu viens de t'acquitter à Tsarskoïe Selo – ce garçon, ce fils du rebelle que tu y as conduit – en est la preuve éclatante : ils ont enfin compris leur intérêt !

Milioutine choisit d'éluder. Il venait en effet de déposer au Corps des Cadets Alexandrovski de Tsarskoïe Selo le petit prisonnier dont il avait la charge… Et alors ?

C'était justement de cela, de ce dernier voyage-là, dont il ne se remettait pas.

Il avait vu, quatre mois plus tôt, durant les pourparlers de paix avec les Montagnards, il avait vu comment Grabbe avait traité son otage. Comment il l'avait fait emprisonner dans le camp. Comment il l'avait fait emporter jusqu'au fort de Temir-Khan-Choura. Et de là, comment, par la violence…

Il tenta d'écarter ces images, et revint à des considérations d'ordre stratégique :

— Depuis cinquante ans, mon oncle, depuis le règne de la Grande Catherine, tous nos généraux, tous, les uns après les autres, le général Fézé, le général von Klugenau, maintenant le général Grabbe, crient victoire... Leur arrogance et leur aveuglement coûteront cher à l'Empire.

— Les guerres de pacification ont suffisamment grevé le Trésor, en effet, elles ont trop pesé sur la Couronne et sur le Tsar... Cette fois, le comte perdit patience. Il aboya :... Pour que tu viennes nous expliquer ce soir qu'elles ont été mal conduites et qu'elles vont continuer ! D'ailleurs pourquoi continueraient-elles ? Tu m'as dit qu'il n'y a pas d'or au Caucase, pas d'argent, pas de fer – rien ! Si les Montagnards sont aussi pauvres que tu les décris, pourquoi ne les laissons-nous pas se dévorer entre eux ? Pourquoi nous escrimons-nous ?

— Pourquoi ?

Dimitri jeta un coup d'œil au comte. Se pouvait-il qu'un lettré tel que lui posât une question si candide ?

— ... Parce que nous n'avons pas le choix, mon oncle ! La chaîne du Caucase est une forteresse qui coupe l'Empire en deux : elle court en largeur d'un bout à l'autre du pays, de la mer Noire à la mer Caspienne, nous barrant le chemin sur mille verstes. Nous ne pouvons tolérer qu'une enclave, peuplée de Musulmans hostiles, nous sépare des nôtres, les Chrétiens orthodoxes du Sud. Comment accepter que nos routes vers nos propres territoires – la route de la Géorgie, la route de l'Arménie – nous soient fermées par des raids de fanatiques qui n'aspirent qu'à étendre la puissance de l'Islam ? Comment abandonner nos ports de l'Ouest sur Constantinople et sur l'Europe, ceux de l'Est – vers l'Asie –, sans sacrifier l'ensemble de notre flotte et de notre commerce ? Quant à la sécurité de nos frontières... Si la Russie veut se protéger contre les invasions turques, contre les incursions perses, et contre les prétentions de l'Angleterre en Afghanistan et aux Indes, nous devons tenir le Caucase ! Nous n'avons pas d'autre choix : coloniser les terres et soumettre les tribus. *Pacifier*. Mais comment ?

— À t'entendre, cela reste en effet la principale question.

— En tout cas, pas de la façon dont nous nous y prenons : en massacrant les populations ! Voulez-vous la vérité ? Notre brutalité ne sert que l'imam Shamil !

— L'imam Shamil est mort.

— Le seul que nous aurions dû tuer, grommela le jeune homme, le seul que, par bêtise, nous avons laissé filer… Il n'est pas mort !

— Mort, ou en fuite, c'est du pareil au même ! Sa tête ne vaut rien. Grabbe le décrit comme un pauvre hère qui se traîne de grotte en grotte, sans secours, sans ressource, abandonné de son peuple dans la montagne. Nous le prendrons tôt ou tard…

— Il est vivant. Il est libre.

— Il est défait, Dimitri !

— Il a gardé l'essentiel : son honneur, ses armes… Et bien plus que cela ! Après le miracle, il y a huit ans, de son évasion de Ghimri, le miracle de sa fuite d'Akhoulgo le rend indestructible : il entre dans la légende, à ses yeux, comme aux yeux des Daghestanais et des Tchétchènes, il est sans nul doute possible l'Élu de Dieu… La mort de tous ses compagnons, la mort de sa sœur, la mort de sa seconde femme, la mort de son dernier fils dans des conditions… Ses pertes ne changent rien à l'affaire. Quant à l'enlèvement de son héritier… Sa vengeance – désormais personnelle – rend obligatoire sa survie… Le vrai calvaire des Russes commence.

— Tu exagères, Dimitri Alexeïevitch.

Le jeune homme ne se contint qu'à grand-peine :

— Je n'exagère rien. Le rapport de Grabbe est un tissu d'inexactitudes. Elles lui valent certes la croix de l'Ordre de Saint-Alexandre Nevski. Et à moi, cette belle médaille d'argent avec son inscription à laquelle je tiens plus qu'à toute autre décoration : « Pour l'assaut d'Akhoulgo, le 22 août 1839 ». Je la porte avec fierté, comme tous mes camarades qui ont participé au siège. Toutefois, *pour Akhoulgo le 22 août*, vous devez savoir que les choses ne se sont pas passées…

— Je croyais t'avoir dit de te taire.

— Je me tairai devant le Tsar tout à l'heure, n'ayez crainte.

— J'espère qu'en présence de l'Impératrice et des enfants…

— Je me tairai, je vous en donne ma parole. Je ne raconterai pas à table ce que j'ai vu faire là-bas… Comment le siège s'est vraiment achevé. Mais vous, mon oncle, vous qui avez l'oreille et le cœur de Sa Majesté, vous, mon bienfaiteur, que j'aime et respecte, vous devez entendre ce que nous avons commis lors du dernier assaut…

— Je suppose que dans l'agitation où tu te trouves, aucun argument ne t'arrêtera. Je t'écoute. Dépêche-toi. Tu as trois minutes. Qu'as-tu vu à Akhoulgo qui vaille que j'en fasse part au Tsar ?

Quand la kibitka remonta les quatre verstes de la perspective Nevski – le début et la fin de tous les voyages pour les serviteurs de l'Empire –, quand elle passa sous l'arche triomphale, contourna la colonne Alexandrine, traversa la place, longea la masse rouge du palais d'Hiver et s'immobilisa devant l'entrée latérale, le comte Pavel Dimitrievitch Kiseliev méditait encore le récit qu'il venait d'entendre…

Un massacre d'une telle ampleur pouvait-il avoir des conséquences sur l'avenir ?

… Et lui-même, devait-il, à l'inverse de ce qu'il avait pensé durant le trajet, devait-il laisser Dimitri raconter ? L'occasion ne se représenterait pas. Mais valait-elle d'être saisie ? Il connaissait assez son neveu pour savoir qu'il n'outrepasserait pas les bornes de la bienséance. Néanmoins, à parler librement, le jeune homme risquait gros. Fallait-il le retenir, ou le pousser ? Lui-même s'était posé ces questions toute sa vie. Intervenir dans les affaires de l'État, ou laisser faire ? *Comment agir – et quand agir – pour l'honneur de la Russie ?* Sur ce point, il s'était longuement interrogé en 1837, lorsqu'il avait soumis au tsar Nicolas son projet de réforme en vue de l'émancipation des serfs… Le seul projet à ce jour. Certes, ce rapport sur la situation des paysans lui avait été commandé par Sa Majesté. Mais le tollé qu'avaient soulevé ses propositions dans l'aristocratie lui avait fait craindre la chute de tous les Kiseliev… L'Empereur, trop content de la réaction de la noblesse, avait enterré son mémoire. Et pour cause ! L'Empereur haïssait le changement. Il haïssait le désordre. Il haïssait les réformes. Il haïssait les constitutions. Et, depuis la révolte des Décembristes qui avait manqué lui coûter son trône, il haïssait surtout les libéraux ! Comment, au fil des ans, le comte réussissait-il à garder sa faveur ? Mystère. Le tsar Nicolas, loin de le chasser à la suite du scandale, l'avait nommé ministre de ses Domaines, lui, Pavel Dimitrievitch Kiseliev, qui avait octroyé deux constitutions aux deux provinces qu'il avait administrées, et qui passait à la cour pour un vil démocrate.

« … Étranges faiblesses des tyrans qui nous gouvernent ! » soupirait le comte à part lui. N'entrait dans cette réflexion aucun reproche envers son maître, aucune critique… Sinon une forme d'autodérision. Sa fidélité au Tsar était totale, son admiration sincère. Il l'aimait. Quant à Sa Majesté, Elle le prenait pour un charmant visionnaire, un vieux courtisan qui savait enrober son message et choisir son moment…

… Mais *Akhoulgo* : dire ou ne pas dire ?

Le comte tapota la main gantée de son protégé, lui soufflant à l'oreille, non sans ironie : *Inch Allah !*

À la seconde où il posa sa botte vernie sur la dernière marche du palier, Kiseliev comprit combien ses doutes étaient hors de saison.

— … Ah, Milioutine, te voilà !

Cigare à la bouche, immense lévrier sur les talons, la lourde silhouette du grand-duc Mikhaïl Pavlovitch, le plus jeune frère du Tsar, avait déjà disparu dans l'escalier :

— … Je monte un instant chez ma nièce, cria-t-il, et je te reçois ! Attends-moi dans le petit bureau…

C'était un joli trait du caractère de Son Altesse Impériale le grand-duc Mikhaïl Pavlovitch que son accueil chaleureux des soldats ! À quarante et un ans, il adoptait avec les officiers, et particulièrement envers les jeunes qui s'étaient distingués au combat, une familiarité de généralissime qui convenait à sa voix de stentor et à son goût pour les amitiés de régiment… De là à saluer sur ce ton cavalier un officier de petite noblesse, « Ah, Milioutine, te voilà ! », fût-il le parent d'un favori de son frère ?… Sans donner au subalterne son patronyme complet ? Ni même son grade ? Cette familiarité impliquait que Son Altesse le connaissait bien et qu'elle l'appréciait.

Le comte Kiseliev s'était donc fourvoyé en imaginant qu'il avait obtenu, de haute lutte, la réception de son neveu au palais d'Hiver : Dimitri Alexeïevitch y était attendu. Naturellement ! Cette évidence expliquait que le jeune homme n'ait fait aucun commentaire sur la faveur insigne… Il appartenait à l'état-major du général Grabbe. Il arrivait du Caucase. Il rentrait de mission. Plus qu'un privilège, un devoir : il venait se présenter au rapport.

Nouvelle erreur de jugement : le comte prenait la mesure du malentendu. Régnait en outre dans la salle blanche une agitation, un brouhaha, une atmosphère qu'il reconnut dans la seconde pour étrange. Il jeta un regard sur les courtisans de service… Certes, pas un habit noir, pas un frac en vue : les hommes portaient l'uniforme, conformément aux décrets du Tsar ; les dames, le *kokochnik* – la coiffure de l'ancienne Russie en forme de diadème – et le costume national. Tradition, autocratie, orthodoxie.

Mais les groupes d'ordinaire immobiles et disséminés dans le palais, le groupe des Chevaliers-Gardes, casque argenté sur la tête, poing fermé sur le pommeau du sabre ; le groupe des demoiselles d'honneur, leur longue traîne bleu azur ramenée au creux du bras ; le groupe des gentilshommes de la chambre, leurs poitrines chamarrées de vert et d'or ; le groupe des pages en pourpre, des négrillons en jaune, tous ces mondes se mêlaient, allaient, venaient, tournaient, viraient. Un kaléidoscope de formes et de couleurs, un pandémonium contraire aux règles les plus élémentaires de l'étiquette. Le protocole commandait que « les corps » restent en faction et ne se mélangent pas ! Leurs reflets, cet après-midi, se réfléchissaient partout, dansaient au fond des immenses miroirs qui montaient jusqu'aux balcons des galeries, sur les poêles de céramique blanche qui fermaient les angles, dans les vitres des centaines de fenêtres qui scandaient l'enfilade de pièces. Un ballet très éloigné des lentes processions habituelles…

L'arrivée du maître des cérémonies et de deux chambellans, traversant au pas de charge le parquet ciré, mit le comble au désordre. Tous les courtisans se précipitèrent à leur suite, tentant d'attraper les « nouvelles » que ces messieurs distillaient à mi-voix.

La troupe fonçait droit sur Kiseliev :

— Ah, comte, vous voilà… Nous vous avons fait chercher partout pour vous avertir. Chez vous, au cercle, à votre datcha… Vous étiez introuvable !… Sa Majesté l'Impératrice ne peut vous recevoir : le dîner de quatre heures est annulé. Leurs Majestés se trouvent au chevet de leur fille, la grande-duchesse Marie…

— Mon Dieu ! Rien de grave, j'espère ?

— La grande-duchesse a eu un malaise à la chapelle : une indisposition qui nous fait augurer un heureux événement… Le Tsar se joint à l'Impératrice pour vous prier de bien vouloir accepter leurs excuses : ils espèrent que ce contretemps ne vous aura pas causé trop de désagrément.

Le comte s'inclina :

— Je retrouve bien là l'exquise courtoisie de Leurs Majestés… Cette merveilleuse générosité qui les caractérise. Elles ne songent qu'au bien-être de leurs sujets, quand Elles-mêmes sont sans doute bien inquiètes…

Il esquissa le geste de reculer et de se retirer, un congé accepté par le maître de cérémonie qui le raccompagna poliment jusqu'au palier :

222

— Bonsoir, comte, prenez soin de vous, nous aurons le plaisir de vous revoir demain… Couvrez-vous bien !

Puis, s'adressant au lieutenant figé, bicorne à la main, sur le seuil :

— … Lieutenant Milioutine, si vous voulez bien me suivre dans le petit bureau.

Le « petit bureau » qu'occupait le grand-duc Mikhaïl Pavlovitch en annexe de sa propre résidence n'avait de petit que l'adjectif. À l'inverse des deux bureaux du Tsar que l'on disait d'une simplicité spartiate, la pièce rivalisait, par son ampleur et son opulence, avec les salons de l'enfilade… Un univers d'hommes, néanmoins, sans plantes exotiques, sans fleurs, sans miroirs. Vert bouteille, les velours des tentures, le cuir des fauteuils, le marbre du dallage et le jaspe des colonnes. Les insignes de cuivre doré – les aigles impériales, les faisceaux, les lances, les haches et les étendards – rutilaient sur la faïence verte des poêles, sur les candélabres, les appliques, les accoudoirs et les pieds des sièges. L'épais tapis, en cachemire vert et doré, reprenait le motif des aigles bicéphales et des faisceaux d'armes. Trois grands lustres, chargés de plusieurs centaines de chandelles, pendaient bas, éclairant les tables, les cartes, les plumes et les papiers… Le grand-duc aimait ses aises.

Les deux portraits en pied de ses deux frères – feu le tsar Alexandre, vainqueur de Napoléon, et le tsar Nicolas –, qui ornaient les murs de son quartier général, ne laissaient aucun doute sur leur parenté. La ressemblance était frappante… Même stature de géant, même tête ronde, mêmes cheveux courts, même moustache, mêmes favoris et même allure martiale. Mikhaïl

Pavlovitch semblait seulement plus rouge, plus gras, plus massif, absolument dépourvu de la tenue qui caractérisait ses aînés. Une caricature.

Les bottes sur la table, le cigare à la bouche, il indiqua un fauteuil au lieutenant qu'il avait laissé au garde-à-vous.

— Repos. Assieds-toi… Tu as fait ton devoir et tu m'as bien servi.

Devoir, Service : au palais d'Hiver, ces paroles étaient sacrées… *Devoir, Service* : les piliers du trône. Dans la bouche de Nicolas Ier, les deux mots avaient valeur d'adoubement. Dans la bouche de Mikhaïl Pavlovitch, ils sonnaient un peu comme une parodie.

À l'instar de l'Empereur, le grand-duc n'avait qu'une passion : l'armée… Et comme l'Empereur, il pouvait se montrer cruel envers ses soldats, impitoyable et vicieux dans le châtiment du moindre manquement à la discipline. Il passait toutefois pour un bon camarade, plus fier de son grade que de son rang. Et même s'il buvait, fumait, collectionnait les maîtresses et ne goûtait que les plaisanteries salaces, il était adoré de sa puritaine famille… Excepté de son épouse, qu'il n'avait pas daigné, lors de leur nuit de noces, gratifier de sa présence, lui préférant la fréquentation des filles et des chefs d'escadrons.

Sa grossièreté pouvait bien choquer la pudeur de Nicolas Ier, il appréciait néanmoins la gaieté, l'énergie, le dévouement de « Micky ». Il l'avait même nommé, dès son arrivée au pouvoir quatorze ans plus tôt, à plusieurs postes importants. Notamment à la tête du Conseil pour l'éducation dans les écoles militaires, un organisme qui leur tenait, à tous deux, très à cœur.

Intelligent, malgré ses manières de butor, capable d'étranges subtilités dans l'accomplissement de sa tâche, Mikhaïl Pavlovitch s'acquittait avec zèle de ses fonctions. Il étudiait, lui aussi, ses dossiers et se prétendait omniscient.

Il veillait en personne sur le recrutement des élèves, présidait les commissions qui admettaient les enfants, décidait lui-même de leurs transferts dans telle ou telle institution selon la naissance, la fortune, et les protections dont jouissaient ses futurs officiers. C'était d'ailleurs à ce titre, au titre d'administrateur du Corps des Pages et d'inspecteur général de tous les Corps de Cadets, que Mikhaïl Pavlovitch interrogeait le lieutenant Dimitri Alexeïevitch :

— Alors, Milioutine, quelles nouvelles ?... Ah, oui, avant que j'oublie : l'Empereur te remercie. Les effets personnels de ton Montagnard lui sont bien parvenus... De toute beauté, le kinjal ! Comment ces sauvages réussissent-ils à se procurer de telles armes ?

— Leur confiscation a beaucoup humilié l'enfant, Votre Altesse Impériale.

— Qu'espérait-il ? Que tu les lui laisses ? Pour qu'il t'assassine ? Ils sont invraisemblables : ils nous prennent toujours pour des imbéciles !... Se plaît-il chez les cadets, au moins ?

— Nous ne sommes arrivés au Corps Alexandrovski que cet après-midi, Votre Altesse.

— Et lui, le gosse, comment le trouves-tu ?

— Mieux, Votre Altesse.

Le grand-duc souleva un sourcil interrogateur.

— Mieux ?

— Il a été blessé... Grièvement.

Le grand-duc se flattait de tout savoir. Il ignorait ce détail.

— ... Une échauffourée à la sortie d'Akhoulgo, expliqua Milioutine. Alors que nous le conduisions au fort de Temir-Khan-Choura, nous avons été attaqués : son père et quelques hommes. Ils tentaient de le reprendre. L'enfant a été touché pendant l'attaque... Un coup de lance lui a transpercé le bras de part en part. Un très mauvais coup. Le voyage n'a rien arrangé. Le retour ici a été long, difficile...

— Tout de même – Kharkov, Rostov –, ça a dû le changer, le gamin ! Sans parler de Moscou...

— Il a déliré pendant plusieurs semaines. La fièvre le coupait de tout... Au fond, son mal l'a peut-être sauvé.

— Et maintenant, il est content ?

— Je pense qu'il est désorienté, Votre Altesse... (Dimitri réfléchit avant d'insister :) ... Complètement submergé !

— Mais nous pourrons en faire quelque chose, selon toi ? L'effort en vaut la peine ?

— Il est intelligent. Il est brave. Il est fier. Pour le reste, je ne saurais me prononcer.

— As-tu pu l'interroger ? Obtenir les renseignements qui nous intéressent ?

— Il se tait. Il se tait obstinément... Je crois qu'il commence à comprendre un peu notre langue... Toutefois, il ne cherche pas à communiquer. Il n'exprime rien. Il n'accepte rien... De moi, en tout cas... Pas même sa nourriture... Mon interprète, l'un des Musulmans de la milice, est encore le seul à pouvoir lui faire avaler quelque chose.

— Tous pareils ! Ils pensent qu'ils se salissent à notre contact... Il est pieux ?

— Même quand il se sentait au plus mal, il trouvait le moyen de dire ses cinq prières chaque jour.

— Veux-tu que je te dise, Milioutine ?

Le grand-duc médita un instant, tira deux fois sur son cigare, regarda les anneaux monter, ôta ses bottes du bureau, étendit les jambes sous la table :

— … Ces fanatiques, si nous voulons les utiliser, nous ne devons pas essayer de les convertir. Il faut au contraire les élever dans leur foi et les empêcher d'oublier leur langue maternelle… J'avais écrit en ce sens à Tchernychev. Tu as lu ma lettre ?

Le grand-duc faisait allusion à la note qu'il avait lui-même adressée le 16 de ce mois au comte Tcherny-chev, ministre de la Guerre.

— J'ai eu l'honneur d'en prendre connaissance, Votre Altesse.

— Je lui signalais que l'école des Cadets de Moscou – où il voulait placer ton Montagnard – ne convenait absolument pas ! Il n'y a aucun mollah qui puisse l'instruire dans le Coran à Moscou, lui faire étudier les dogmes, suivre les rites qui sont exigés par sa religion… Tandis qu'ici…

Dimitri était bien placé pour savoir que son interlocuteur avait en effet exigé le transfert du « fils du rebelle » dans l'internat de Tsarskoïe Selo réservé aux pupilles de la nation : un orphelinat où se trouvaient déjà d'autres « Tcherkesses ». Le ministre s'était contenté d'approuver, ordonnant à l'officier qui convoyait l'enfant de continuer le voyage.

— Je crois sage la décision de Votre Altesse… Elle va l'aider.

— L'aider à quoi ? À nous servir ? Je l'espère bien !… Il pose des questions sur l'avenir que nous lui réservons ?

— Aucune.

— Pense-t-il que nous allons le tuer ?… A-t-il peur ?

— Il a connu le pire… Il n'a pas peur.

— Sait-il ce qui s'est passé dans son village, après que Grabbe l'a sorti du camp ?

— Il ne sait pas. Les ordres de Votre Altesse ont été exécutés : il ignore tout. Il ignore même si ses parents sont vivants…

— Parfait.

Milioutine se garda de souligner que, de tous les actes dont il avait été l'instrument, ce silence qu'on lui avait imposé, cette absence d'explication, ce mutisme devant l'angoisse du petit chaque fois qu'il entendait citer le nom de son père – la seule émotion que l'enfant ne maîtrisait pas –, restait le plus pénible. Il récusait sa propre cruauté en le laissant dans la peur et le doute durant quatre mois. Mais les consignes étaient sans équivoque. Interdiction de l'informer.

Le grand-duc écrasa à petits coups son cigare dans le cendrier :

— … Il saura bien assez tôt ce qu'il désire savoir. Qu'il vienne lundi à la fête du Nouvel An… Le Tsar se réserve le plaisir de lui donner, en personne, des nouvelles… Auparavant, Sa Majesté désire qu'*il voie*… Qu'il voie tout ici… Et qu'il le voie bien. Nous allons lui montrer, à ce sauvage, à quoi ressemble la Civilisation… Comment les vrais Fidèles célèbrent le nom de Dieu !

Mikhaïl Pavlovitch se leva. Dimitri se mit au garde-à-vous. L'entretien était terminé.

(8)
LE PALAIS D'HIVER
1ᴱᴿ JANVIER 1840

Pétersbourg s'était réveillé avant l'aube. Dans les boudoirs du quai des Anglais, les casernes de la rue Chpalernaïa, les mansardes des bâtiments impériaux, chacun revêtait son costume d'apparat et se préparait à la lueur des chandelles. Le premier rendez-vous du matin était fixé à dix heures. Nul n'aurait trop de temps… D'autant que le jour de l'an – comme le 6 décembre, fête du Tsar, comme le 1ᵉʳ juillet, anniversaire de l'Impératrice –, le palais d'Hiver était ouvert à tous… Ouvert, sinon au peuple, du moins aux notables. L'aristocratie, même la plus petite, même la plus éloignée du pouvoir, serait reçue. On attendait près de dix mille visiteurs !

La coutume de célébrer ainsi l'année nouvelle datait de Pierre le Grand, qui l'avait imposée par oukase. Catherine II, influencée par les traditions allemandes, avait entériné l'usage par un second décret, précisant que l'emblème en serait un arbre surchargé de milliers de noix, de pommes rouges et de bonbons dans des papiers colorés… Un sapin orné de centaines de bougies qu'on allumerait la veille, à minuit. Désormais chacun des grands-ducs – frères, sœurs, fils, filles ou petits-enfants du Tsar – disposait de son sapin personnel, que l'on dressait dans ses appartements ou, selon son âge, dans la nursery.

Mais à l'aube de cette année 1840, ce n'était pas dans les salons de la Tsarine, mais au cœur de la maison impériale, dans la salle du trône, que s'élevait l'arbre de toute la famille Romanov, un arbre plus ample, plus haut, plus beau que les autres, un arbre tel qu'il n'en existait dans aucune montagne d'Europe, un arbre à la mesure de l'expansion de l'Empire : un arbre des forêts du Caucase. La récente victoire d'Akhoulgo avait transformé ses branches noires, aujourd'hui ruisselantes de lumière et d'or, en un symbole intelligible à tous. Le dernier dithyrambe du chef de la police résumait l'allégorie : « Le passé de la Russie est admirable. Son présent… au-delà de toute magnificence. Quant à son avenir… il dépasse les limites de l'imagination la plus débridée. » La Cour et la Ville se préparaient à jouir de cette vérité et à se laisser éblouir par leur propre puissance.

Il gelait à pierre fendre. Le jour n'était pas encore levé. Les traîneaux déversaient leurs passagers au pied de l'escalier d'honneur, avant de se ranger en cercle autour de la colonne Alexandrine. Un grand feu y rougeoyait dans la neige, réchauffant chevaux et cochers. Aucun désordre parmi les attelages, aucune bousculade : dehors – comme à l'étage – chacun connaissait sa place et s'y tenait.

La salle blanche, la seule qui, pour l'heure, fût ouverte, semblait déjà comble. Une foule compacte s'y pressait. Le flot ondulait avec placidité, déambulait en lent cortège, zigzaguait entre les meubles rehaussés d'or, entre les tables de malachite, les vases de lapis-lazuli et les torchères en porphyre. Telle une nuée de papillons attirés par la lumière, les visiteurs s'agglutinaient sous les immenses boules rondes, incandescentes, des lustres chargés de cristaux. Certains s'immobilisaient sous les galeries, entre les piliers de la longue colonnade où s'enroulaient des guirlandes de bougies. Les milliers de petites flammes distillaient une lueur rousse et dansaient sur les épaulettes, les aiguillettes, les sabres, les casques des gardes. Elles dansaient encore sur les croix qui chamarraient les poitrines. Elles scintillaient à l'infini sur les gouttes des boucles d'oreilles, se reflétaient dans l'orient des perles qui roulaient le long des poignets gantés, et faisaient saigner les rubis qui ruisselaient entre les seins poudrés.

Plus de mille dames d'honneur peuplaient les balcons. Leurs costumes – somptueux et traditionnels, selon les vœux de Nicolas Ier – permettaient de les identifier. Ils disaient leur charge, leur âge, leur fortune et leur rang.

Les plus titrées, les dames de l'Impératrice, se distinguaient par le monogramme impérial qu'elles portaient épinglé à l'épaule. Les dames d'atour, dites *les dames à portraits*, les plus âgées, arboraient la miniature de la Tsarine agrafée à leur corsage, du côté gauche, un médaillon serti de diamants qui scintillait de tous ses feux. Les demoiselles d'honneur au service des cinq grandes-duchesses, les plus jeunes et les plus nombreuses, exhibaient une tiare en satin azur, ourlée de duvet de cygne. Les trois couleurs de leurs traînes qu'elles portaient ramassées au creux du bras – velours pourpre brodé d'or pour les premières, vert brodé d'or pour les secondes, bleu sans dorure pour les plus jeunes – restaient interdites, sous peine de disgrâce et d'exclusion, à toutes les autres femmes. Celles-là prenaient leur revanche en harmonisant leurs toilettes avec la nuance de leurs saphirs ou l'eau de leurs émeraudes. Toutes se rafraîchissaient à l'aide de grands éventails de plumes dont le souffle, soulevant à chaque coup les voiles des kokochniks, exhalait par bouffées les parfums entêtants et sucrés de leurs chevelures.

Dans l'air surchauffé, flottaient et se répondaient d'autres fragrances : les unes montaient des jardinières de lys et de tubéreuses ; les autres, des cassolettes qui brûlaient près des poêles. Senteurs d'Orient, lourds effluves de la Russie.

Les dignitaires étrangers, en grand uniforme eux aussi, tous surchargés d'or, de plumes, de métal et de pierres, humaient, écoutaient, tâtaient, observaient… Aucun n'osait croire à la réalité de ce spectacle, à cette débauche de couleurs, de matières, d'odeurs dont ils n'avaient jamais rêvé. Même les diplomates qui avaient hanté les cours de Paris et de Vienne, même les ambassadeurs qui avaient connu les pompes de Rome et les cérémonies vaticanes, même les princes des maisons régnantes restaient médusés, éblouis et pantelants… Peu de choses pouvaient se comparer à la magnificence et à la solennité de la cour de Russie… En effet, peu de choses.

Il était toutefois une dernière image qui, dans cette foule bigarrée, pouvait encore intriguer les étrangers : la seule tache noire de l'assistance. Si cette silhouette, au cœur d'un luxe inouï, irritait leur curiosité, c'est parce qu'elle détonnait en tout.

Il s'agissait d'un enfant de neuf ou dix ans, vêtu d'une tcherkeska trop longue – probablement la relique d'un autre –, le bras gauche en écharpe.

« D'où sort-il celui-là ? se demandaient les voyageurs… Qui est-ce ? »

Les questions restaient sans réponse.

L'enfant n'était certes pas le seul garçon de son âge qui assistait à la cérémonie : aux quatre portes de la salle blanche, les cadets du Premier Corps se tenaient au garde-à-vous, par carrés de vingt, dans leurs uniformes vert et rouge. Mais l'austérité de ce petit-là, l'extrême froideur de son expression, la solitude qui émanait de toute sa personne le distinguaient de la masse.

Il semblait néanmoins accompagné – ou plutôt surveillé – par un jeune lieutenant qui, de temps à autre, se penchait à son oreille et lui fournissait des explications. Or, chaque fois que l'officier tentait d'attirer son attention, l'enfant s'écartait. À cause du bruit peut-être, ou du fait que Milioutine parlait mal sa langue, il ne faisait même pas mine de l'écouter ou de suivre de l'œil ce qu'il lui désignait. Le regard altier, le visage fermé, impénétrable, il restait à distance comme s'il n'avait pas vu, pas entendu, pas compris. Sans doute le spectacle était-il trop nouveau pour qu'il puisse se laisser toucher ou même impressionner. À quelle expérience de son passé eût-il pu rattacher ce qu'il voyait ? Rien, absolument rien de commun, n'existait entre ce qu'il connaissait et ce qu'il découvrait, aucun pont qui lui aurait permis de comparer et de juger.

Il se sentait juste étourdi par la foule, par le bruit, par la lumière, aveuglé par la vivacité des couleurs, saoulé par la violence des parfums. L'ensemble ne lui procurait aucune espèce de plaisir. Au contraire ! Le désordre de ses sensations lui donnait le vertige. Il travaillait donc à ne pas se trahir et tentait de se conduire comme la politesse l'exigeait sous le toit d'autrui, sans manifester ni rejet ni surprise. Nulle curiosité, vraiment ?… En apparence.

Les dix coups de canons qui sonnèrent dix heures, le claquement de toutes les doubles portes qui s'ouvrirent ensemble, les courtisans qui, perdant leur calme, se portèrent en désordre vers l'enfilade, le cordon des majordomes qui les contint, ces rumeurs de guerre et ces mouvements de foule lui arrachèrent tout de même un geste. Il leva la tête, écouta… Du fond de l'enfilade, un grondement de bottes ébranlait les parquets.

Un frisson, une vague d'impatience, de désir, se propagea alentour. Il comprit. Le Grand Tsar Blanc approchait. Malgré lui son intérêt s'éveilla. Il n'y tint plus et fit comme les autres : il se pencha.

Sur toute la profondeur des salles, une haie de militaires au garde-à-vous l'empêchait de rien distinguer. Mais déjà une procession de fourriers, de pages, de gentilshommes débouchait dans la salle blanche. C'est alors qu'une voix imposa le silence :

— Messieurs, aboya-t-elle… Le Tsar !

Toutes les dames plongèrent dans une révérence. Tous les messieurs se courbèrent.

Surplombant l'ensemble des têtes que le respect inclinait, Djemmal-Eddin ne vit d'abord que cela : la haute papakha noire des hommes de son pays !

Il en reçut un choc, un véritable coup au cœur.

Le Grand Tsar Blanc ne portait pas l'uniforme des Russes, il n'arborait ni leurs aiguillettes, ni leurs épaulettes, ni leurs croix dorées, ni aucune de leurs décorations, mais sur sa poitrine scintillait le ghizir – la rangée de cartouchières festonnées d'argent ! Il portait, comme les Montagnards du Caucase, la tcherkeska noire, étroitement cintrée ; le pantalon rentré dans les bottes ; et surtout deux splendides kinjals, glissés à sa ceinture et croisés sur le ventre, selon l'usage. Le regard gris acier, sévère, impénétrable sous la lourdeur des paupières, le front haut, la noblesse, la beauté, l'autorité du visage, tout dans ce personnage incarnait l'idée du commandement, tel que le concevait Djemmal-Eddin… Sa taille de géant, beaucoup plus élevée que celle des hommes de sa cour, le rendait immédiatement repérable… Un colosse. Cette démarche… Ce port de tête. Cette attitude volontairement imposante, l'enfant reconnaissait tout…

Milioutine perçut son émotion et la comprit. L'illusion était presque totale… L'idée ne lui en était jamais venue à lui, la comparaison n'avait même jamais traversé son esprit… Mais aujourd'hui, au côté de cet enfant dont le costume semblait la réplique de celui de l'Empereur, la similitude sautait aux yeux… Par l'âge, par la taille, par le teint, par le regard, le Tsar pouvait en effet évoquer l'image de l'imam Shamil… Même austérité, même majesté, même sens du théâtre… Et, dernier détail : même escorte !

Débouchaient à sa suite, non pas les fourriers et les pages qui l'avaient précédé dans la salle blanche, mais des Lesghiens, des Avars, des Tchétchènes… Un détachement de vingt Montagnards – tous splendides –, en tcherkeskas rouges, coiffés de riches bonnets de mouton, bottés de cuir, armés de kinjals, de sabres et de fouets. Sa garde prétorienne.

— … Les guerriers les plus braves de l'Empire, souffla Milioutine à l'oreille de Djemmal-Eddin… Les plus farouches, les plus fidèles ! L'Empereur place toute sa fierté et toute sa confiance dans ces hommes-là. Il ne s'en remet qu'à eux pour le servir, le protéger et le défendre.

Milioutine se garda d'affadir son discours en soulignant que, si cette suite d'hommes, triés sur le volet pour leur beauté, accompagnait en effet le Tsar dans ses déplacements, Nicolas Ier n'avait pas revêtu le costume des Murides – comme Djemmal-Eddin aurait pu le penser –, mais l'uniforme des Cosaques du Terek : les « colons chrétiens » du Caucase. Il était habillé en *ataman* des Cosaques, en généralissime des troupes qui s'opposaient aux Montagnards.

Pourquoi le lui préciser ?

À force de vivre avec les Montagnards, à force de les combattre, à force de les haïr et de les craindre, les Cosaques avaient fini par s'approprier leurs mœurs, leur armement, leur costume, même leurs chevaux et leurs exercices équestres. Plus rien ne les différenciait, songeait Milioutine… Rien sauf peut-être l'essentiel : la religion. Quoi qu'il en soit, depuis Akhoulgo, les Montagnards appartenaient au même peuple que les Cosaques. Ils étaient tous russes.

Le jeune officier se contenta de conclure :

— … C'est cela, Djemmal-Eddin, *l'Empire* !

En admettant que le garçon eût compris ses paroles, le lieutenant dut bien reconnaître qu'elles ne rencontraient pas l'écho escompté… Il mesura même combien la vision de ces Musulmans, riches, puissants, soumis aux Infidèles et servant le Tsar, transformait ce visage d'enfant…

En quatre mois, Djemmal-Eddin ne lui avait pas fait l'aumône d'un sentiment personnel. Dans son dédain pour le Giaour, il avait tenu bon, le gratifiant jour après jour de la même réserve et de la même absence. Mais le mépris envers les hommes de son propre peuple, la colère, l'indignation semblèrent soudain le submerger : cette fois, il perdit le contrôle de lui-même.

Le regard flamboyant, rembruni jusqu'à la férocité, Djemmal-Eddin observait ces Croyants qui avaient abandonné les habitants d'Akhoulgo, abandonné son père : « Des lâches. Des *Pacifiés*. Des *Hypocrites*... » Les mots, tous les mots qu'il n'avait pas formulés depuis des mois, se bousculaient dans sa tête, soulevant en lui l'indignation et le désir de meurtre : « *Aux Hypocrites, je fais savoir que j'obtiendrai de vive force ce qu'ils auront refusé de ma bienveillance ! Mes guerriers s'abattront comme des nuages noirs sur leurs aouls...* » Il exsudait une telle haine que son gardien prit peur. « ... Traîtres à l'imam Shamil, traîtres au Tout-Puissant... » L'officier ne douta pas que l'enfant allait cracher sa colère et son dégoût à la face du monde. Milioutine avait vu au Caucase comment les vaincus stigmatisaient les félons, comment à défaut de pouvoir les marquer dans leur chair, ils les mutilaient dans leur honneur par de spectaculaires jets de salive au visage. Il n'en laissa pas le temps à son prisonnier et, l'attrapant par le coude – leur premier contact physique depuis l'enlèvement et la blessure de l'enfant –, l'entraîna à la suite du cortège.

La procession des courtisans avait emboîté le pas à l'Empereur. Elle sortait déjà de la salle Blanche, traversait la salle des Maréchaux – la célèbre salle des portraits représentant les trois cents généraux vainqueurs de Napoléon –, atteignait la salle du Trône. Si Djemmal-Eddin n'avait accordé aucune attention aux dames qui l'entouraient, pas un regard à leurs plumes et à leurs pierreries, s'il n'avait même pas remarqué que le Tsar offrait le bras à quelqu'un tout à l'heure, il allait connaître un nouveau choc...

Il ne vit pas le trône. Il ne vit pas le sapin. Il ne vit qu'elle, l'Impératrice, qui recevait les souhaits de bonne année, debout au milieu de la pièce. Incandescente sous sa tiare et ses diamants, palpitante dans ses voiles, elle irradiait comme la femme-oiseau des légendes du Daghestan. Le visage enchâssé de pierreries, le col ceint de fruits d'or, une créature de feu qui s'élevait avec un battement d'ailes au milieu des flammes. Mais au contraire des monstres de la montagne, cette femme-oiseau ne semblait pas maléfique. Elle était posée au milieu d'un immense tapis, un tapis comme il n'en avait jamais vu même à la mosquée, couvert de fleurs, semblable au jardin du Paradis.

Mince dans sa robe lumineuse, la taille souple, les attaches fines ainsi que l'exigeaient au Caucase les canons de la beauté, elle accueillait ses sujets avec un sourire. De son visage très pâle, très doux, émanait une vague mélancolie que chaque compliment semblait dissiper. Derrière elle, se tenaient deux jeunes filles, sans autre ornement que des roses. Des roses partout, dans les cheveux, à la ceinture, sur leurs corsages. Les plus fraîches, les plus belles personnes que Djemmal-Eddin eût jamais vues. Même Milioutine frémit d'admiration. Derrière les princesses se tenaient encore d'autres jeunes filles, moins belles, mais qui n'en paraissaient pas moins modestes ni moins sages.

Les membres du Conseil qui s'étaient massés dans les antichambres entraient un à un, les membres du Sénat, les aides de camp, les généraux. Tous venaient baiser la main de l'Impératrice et saluer ses enfants. Au bout de cette longue chaîne, de ce défilé interminable, le tour du lieutenant Milioutine et de Djemmal-Eddin allait arriver. Ils devraient traverser la salle du Trône, s'avancer, s'incliner, baiser la main de... L'enfant jeta à son voisin un regard affolé, un regard où la panique le disputait à la menace. Pas eux, pas lui ! Il n'irait pas… Il esquissa le geste de se défendre. Seconde réaction passionnelle de la journée : Milioutine dissimula un sourire. « En admettant, songea-t-il, que le grand-duc Mikhaïl Pavlovitch ait exigé sa présence ici pour l'impressionner – mieux : pour l'émouvoir –, sa méthode fonctionne… Plus efficace en tout cas que mes piètres tentatives ! » Il se moqua de lui-même : pauvre lieutenant Milioutine qui s'était heurté au fatalisme et à la placidité orientale durant quatre mois. Décidément il ne savait pas y faire, le rôle qu'on lui imposait ne lui convenait pas… Et maintenant ? Allait-il traîner Djemmal-Eddin jusqu'au milieu de la salle, lui mettre la main sur la tête, l'incliner de force, l'obliger à baiser publiquement le gant de l'idole ? Il le connaissait assez pour savoir qu'il ne se laisserait pas contraindre et lutterait. Le scandale n'en valait pas la peine.

Aussi bien, la première partie des réjouissances s'achevait. Le cortège se reforma pour se rendre à la chapelle. Il se renfonça, avec son protégé, dans l'ombre de l'antichambre et laissa passer la procession.

Longue de près d'un kilomètre, elle traversait à nouveau l'enfilade. Les visiteurs ne se lassaient pas d'admirer les merveilles qui meublaient les salons : d'appartements en appartements, ils mirent plus de deux heures pour arriver.

De loin, un ciel de neige illuminait la coupole. Les rayons d'un jour dru tombaient des quatre fenestrons, que relayaient les chandelles du lustre. L'Empereur et l'Impératrice se tenaient debout dans une loge, sur le côté du chœur. Derrière eux, leurs sept enfants et les membres de leur famille. Plus bas, les fidèles qu'une balustrade séparait du sanctuaire : d'un côté, les femmes dont les joyaux ne semblaient plus que l'écho des dorures surchargeant les piliers, les corniches et les voûtes ; de l'autre, les hommes.

Aucune confusion n'avait désorganisé la foule. Mais les poêles des antichambres surchauffaient la chapelle à un tel degré, l'office durait depuis si longtemps, la Cour était si nombreuse, l'église, comparativement si petite, que certaines demoiselles d'honneur ne supportaient pas l'épreuve. À jeun et corsetées depuis l'aube, elles s'effondraient ici et là, droites, sans un cri, sans un souffle, et resteraient évanouies jusqu'à la fin. Certaines vomissaient dans leurs mouchoirs, immobiles pour ne pas déranger le service. La doyenne *des dames à portraits* remarquait alors à mi-voix, en français : « Pauvre petite chatte, elle dégoise. » Celles qui ne pouvaient vraiment endurer la chaleur de l'étuve reculaient dans la dernière des antichambres… Une infirmerie. Ces dames s'éventaient entre elles, se faisaient respirer les unes les autres leurs flacons de sels, s'aidaient à délacer leur corset… C'était de là, de cette salle pleine de femmes à moitié nues, que Djemmal-Eddin et Milioutine, arrivés parmi les derniers, suivaient la messe. Un spectacle très différent de la modestie du monde féminin, de la pudeur, de la dignité que l'enfant avait découvertes tout à l'heure autour de l'Impératrice.

Il arborait à nouveau ce visage clos, qu'aucune curiosité ne semblait animer.

« … Comment le sortir de là ? » s'inquiéta son mentor. Milioutine n'osait imaginer ce qu'un Musulman pensait de ces nudités qui s'étalaient… Tous ces décolletés, ces seins offerts, cette indécence à laquelle il n'avait jamais été exposé devaient lui faire honte, le choquer jusqu'à l'insupportable… À proximité d'un lieu de culte, en plus ! « … Comment le sortir de là ? » s'interrogeait l'officier, repoussant les demoiselles qui cherchaient à se frayer un chemin jusqu'aux fenêtres…

Milioutine s'agitait en vain.

Djemmal-Eddin ne regardait pas les décolletés, il ne humait pas ce parfum de femmes, de vinaigre et d'encens. Sous son masque grondait une autre sorte d'orage. Il vivait le troisième bouleversement de sa journée.

Il écoutait.

Il écoutait les chœurs des chantres qui faisaient vibrer les icônes… Les chœurs qui grondaient là-bas, sous la coupole. Cette musique… Elle lui était familière. Il reconnaissait les voix : des voix d'hommes. Elles chantaient comme chez lui, sans s'accompagner d'aucun instrument, selon les ordres de Shamil qui avait interdit les flûtes et les tambours… Mais chez lui, quand le muezzin appelait à la prière, il psalmodiait sur un seul ton. Et quand les naïbs se préparaient à la bataille, ils modulaient le même son… Chez lui, les hommes chantaient ensemble, ils chantaient au même rythme, ils chantaient la même chose. Ici, sous la basse continue, mille autres mélodies se combinaient, s'opposaient, se répondaient. L'écho venait de partout.

Il écoutait sans oser bouger, sans oser respirer. Ce n'était pas seulement la beauté, les harmonies profondes de la polyphonie qui le submergeaient. Il ressentait jusqu'au tréfonds, de façon sensuelle, informe, inarticulée, il ressentait ce que Milioutine avait voulu lui dire tout à l'heure : l'Empire, les centaines de milliers de voix de *l'Empire*. Il en avait la chair de poule, il se sentait au bord des larmes… Il ne comprenait pas. Mais il écoutait toujours, ne parvenant à comparer ce qu'il entendait qu'à une petite flamme réverbérée à l'infini par une suite de miroirs...

Les chœurs avaient entonné le *Te Deum*.

L'iconostase s'ouvrit. Les prêtres, coiffés de leurs tiares étincelantes, vêtus de leurs chasubles d'or sur lesquelles se détachaient leurs longues barbes, défilèrent un à un jusqu'au Tsar. Ce dernier descendit de son piédestal, s'avança jusqu'au plus vieux, jusqu'au plus cassé, jusqu'au plus faible d'entre les représentants de son Dieu. Il se courba respectueusement et baisa la main de l'Ancien.

Djemmal-Eddin entendait ce langage. Il en saisit même exactement le sens. Le Grand Tsar Blanc s'inclinait devant un principe plus puissant que lui. Il s'inclinait devant Dieu. Par ce geste, il donnait à ses sujets l'exemple de la soumission. Il s'inclinait comme tous les peuples de l'univers devaient s'incliner devant lui, l'ombre de Dieu sur la terre.

L'enfant reconnut le symbole et récusa le message : la puissance des Infidèles était une illusion ; leur dieu, un faux dieu ; et le Tsar, un immonde Giaour.

Le rite était achevé. Chacun allait maintenant reprendre son traîneau, rentrer chez soi, se reposer quelques heures... Avant de revenir pour le dîner, le bal, et le souper.

À l'exception du lieutenant Milioutine et du « fils du rebelle » qui, eux, devaient attendre ici.

(9)

LE CABINET DE TRAVAIL DE NICOLAS IER

1ER JANVIER 1840

— … Eh bien ? demanda le Tsar d'un ton contrarié.
Est-il mûr ?

Milioutine, palpitant d'émotion, se troubla. Il voyait
son maître de profil, à contre-jour, sans distinguer son
expression. Il reconnaissait juste la silhouette gigantesque qui consultait debout ses dossiers : une dizaine
de portefeuilles sur une table d'appoint, étiquetés et
rangés en éventail.

— Le fils du rebelle daghestanais attend dans l'antichambre les ordres de Votre Majesté Impériale.

Le Tsar se retourna, posant sur Milioutine un regard
gris, atone, qui ne semblait rien exprimer :

— J'ai beaucoup d'affection pour ton oncle Kiseliev. C'est un brave homme. J'ai aussi beaucoup
d'estime pour la médaille que tu portes : la pacification de tout un peuple fut une belle œuvre ! Il est
seulement regrettable – très regrettable en effet –
que Shamil nous ait échappé : je sais par ton oncle
tes inquiétudes à ce sujet… Nous verrons, nous
verrons…

Comment Milioutine avait-il osé comparer le Tsar à l'Imam, tout à l'heure ? Profil grec, front haut, nez droit et visage ovale qu'encadraient quelques boucles courtes, ramenées en avant sur les tempes, et deux longs favoris châtains : à quarante-trois ans, Nicolas semblait l'incarnation de la beauté classique et du pouvoir absolu... L'incarnation de l'*Empereur*.

La noblesse de ses traits, la froideur de ses yeux, quelque chose de raide et de martial dans son maintien, tout rendait sa perfection sans égale. Il s'assit avec solennité, comme il se fût installé sur son trône.

Il avait pris le temps de se changer et portait, pour le bal, l'uniforme du régiment des Gardes-à-Cheval, le plus somptueux de tous.

Mais plus que sa distinction naturelle et la richesse de son costume – tunique blanche et dorée, croix de l'Ordre de Saint-André, croix de l'Ordre de Saint-Alexandre Nevsky, croix de l'Ordre de Saint-Vladimir, de l'Ordre de l'Aigle, de l'Ordre de Saint-Georges –, ce qui impressionnait son interlocuteur, c'était le décor qui lui servait d'écrin... Un seul canapé, trois fauteuils, un bureau plat orné du portrait de l'Impératrice et des sept miniatures au pastel de ses sept enfants. Voilà... Aux murs, rien, sinon quelques gravures, et la grande icône qui avait accompagné Pierre le Grand à la bataille de Poltava... Que le personnage qui faisait trembler la terre, qui en ce monde pouvait tout, donner tout, prendre tout, la fortune, la liberté, l'honneur, la vie, n'ait choisi pour lui-même que ce lit de camp, cet étroit matelas rembourré de paille et ce vieux plaid, touchait bien davantage Milioutine que les richesses du palais d'Hiver. Une telle sobriété suscitait son admiration, son amour...

— J'ai sous les yeux le rapport de mon frère, Son Altesse le grand-duc Mikhaïl Pavlovitch, sur ta mission… J'aurai quelques remarques à te faire, assena-t-il avec sévérité. Je termine le rapport du directeur des cadets, et nous parlerons de tout cela calmement.

D'une énergie infatigable, d'un naturel aussi calculateur que méticuleux, dur avec les autres, exigeant envers lui-même, le Tsar avait la réputation de ne laisser aucun détail au hasard. Il poussait le goût des responsabilités et le sens du devoir jusqu'à contrôler les moindres éléments de son administration : « L'empereur de Russie est un chef militaire, aimait-il à répéter, et chaque jour de son existence est un jour de bataille… Même le premier de l'an ! » Il profitait donc de ce répit entre la messe et le bal pour régler les affaires courantes.

Le soir était tombé… Seul luxe de cette salle étroite où se décidait le sort de soixante millions de sujets ? La vaste fenêtre qui occupait tout un mur. On y distinguait la masse confuse du peuple qui s'était regroupé le long de la berge, sur le quai de la Neva : en cette nuit de fête, les badauds observaient le spectacle du Tsar penché sur ses dossiers… Le bureau du rez-de-chaussée, apparement si proche d'eux, resterait éclairé jusqu'à l'aube. Chacun savait que, pour le bien de tous, le « petit père » y travaillait tard. Et qu'il y reviendrait après le dernier cotillon.

Nicolas posa à nouveau sur Milioutine ce regard terne, lourd de préoccupations :

— Eh bien ? répéta-t-il… L'as-tu mené où tu le devais ?

Milioutine, incertain du sens de cette question, cilla :

— Je l'ignore, Votre Majesté. Je l'espère.

— Fais-le entrer. Tu parles sa langue, tu me serviras d'interprète.

— Votre Majesté, je n'ai passé que six mois au Caucase et...

— Et lui, quatre en Russie : va le chercher, nous devrions pouvoir nous entendre.

Il fallut moins d'une minute au lieutenant pour revenir avec Djemmal-Eddin.

L'entrevue, minutée comme toutes les audiences, ne dura pas un quart d'heure.

Mais vingt-cinq ans plus tard, Son Excellence Dimitri Alexeïevitch Milioutine – alors ministre de la Guerre – se souviendrait avec acuité de l'échange dont il avait été le complice et le témoin. Dans ses Mémoires, il qualifierait la première rencontre du Tsar et de l'enfant de... fulgurante.

— Comment te portes-tu, mon petit ?... Ton bras ? Comment va-t-il ? On me dit qu'il ne cicatrise pas. Il faut que tu acceptes de montrer ta blessure au médecin : tu ne voudrais pas que je te rende en miettes à ton père ?

L'enfant avait levé le regard. Nul n'osait fixer l'Empereur de cette façon. Était-ce sa voix qui lui faisait cet effet, cette voix habituée au commandement, cette voix profonde, sonore, dont les soldats subissaient le charme ? Ou bien les propos que Milioutine essayait de traduire ? *Que je te rende à ton père...*

— Assieds-toi, là...

Encore une exception. Seuls les membres de la famille impériale, les intimes, quelques ministres pouvaient écouter la volonté de l'Empereur dans un fauteuil.

L'enfant obéit et prit place devant le bureau.

— ... J'ai des nouvelles pour toi.

On pouvait entendre son cœur battre sous les cartouchières du ghizir.

— ... De très bonnes nouvelles.

Il écoutait. Il tâchait de comprendre. Ses yeux, brillants sous les longs cils qui les fonçaient encore, s'accrochaient pleins d'attente au regard impassible du Grand Tsar Blanc. Il l'interrogeait de toute son âme, avec une attention, une espérance infinie.

— ... Sache que ta maman se porte bien. Elle a donné naissance à un petit bébé. Un garçon. Il s'appelle Mohamed Sheffi... Je te confirmerai le prénom quand j'aurai reçu des informations plus précises. Ton frère cadet aussi se porte bien. Quant à ton père... Un fameux guerrier ton père, d'une habileté, d'un courage dont tu peux être fier.

Après avoir maintenu l'enfant dans l'ignorance, après lui avoir broyé le cœur, le Tsar opérait le miracle. Il le délestait d'un coup de toutes ses angoisses, le rassurait et le sauvait.

— ... Il a même réussi à s'évader d'Akhoulgo. Note que je n'en suis pas surpris : sa réputation de bravoure m'était déjà parvenue... Si nous avions pu nous rencontrer, ton père et moi, si nous avions pu nous parler, nous nous serions compris : il aurait su que je ne suis pas son ennemi. Mais il n'a pas eu confiance... Je ne le blâme pas. Tant d'actes iniques ont été commis en mon nom par de mauvais serviteurs, tant d'infâmes traîtrises... À sa place, j'aurais agi de même.

De tous les discours, Milioutine ne s'était pas attendu à celui-là. Il traduisait avec la plus grande difficulté, allant à l'essentiel :

— ... Maintenant, Djemmal-Eddin, il faut que tu saches une chose : j'ai horreur de la trahison et j'ai horreur de la paresse... Au Corps des Cadets Alexandrovski, tu vas étudier sous la direction d'un mollah très savant : je compte sur toi pour progresser dans la connaissance de Dieu. La foi de tes ancêtres est ton trésor : tu dois la conserver et t'en montrer digne. N'oublie jamais que c'est Dieu qui t'a placé ici. Tu dois obéir à ce qu'Il a choisi pour toi. Dieu est ton protecteur, comme Il est le mien, comme Il est celui de chacun d'entre nous. Rien ne s'accomplit ici-bas qu'Il n'ait décidé. Toi, tu es responsable de tes actes devant Lui. Comme moi, je suis responsable devant Lui de tout ce qui s'accomplit dans mon royaume. Tu te conduiras donc ici de la façon dont tu te serais conduit chez toi : en gardant la mémoire de Sa présence. Je te fais confiance sur ce point, et sur beaucoup d'autres. Je vais t'en donner la preuve…

L'Empereur ouvrit le tiroir de son bureau.

Dans la seconde, Milioutine reconnut ce qu'il en sortait :

— … Et te restituer ce qui t'appartient…

Djemmal-Eddin pâlit. Lui aussi voyait ce que le Tsar tenait entre ses mains.

— Je te rends tes armes…

Même si l'enfant avait su parler le russe, l'émotion lui aurait coupé le souffle.

— Je te demande seulement de ne pas t'en servir, ni contre toi ni contre tes camarades… Voici ton kinjal. Tu peux le reprendre.

Djemmal-Eddin, incrédule, se leva. Il tendit la main droite, recueillit le poignard, remercia de la tête, et n'osa plus se rasseoir.

Nicolas, touché par la lenteur et la dignité du geste, touché surtout par l'expression de reconnaissance éperdue qui bouleversait le visage du petit, le regarda avec bienveillance.

Le Tsar aimait les animaux. Il aimait les chiens, il aimait les chevaux… Il aimait aussi les enfants et s'occupait personnellement des siens, avec une rigueur qui n'était pas exempte de tendresse. Il leur demandait chaque jour le compte rendu exact de leurs activités, s'intéressait à leurs lectures, à leurs progrès, distribuait punitions et récompenses. Il venait de laisser l'aînée de ses trois filles se marier par amour, comme lui-même l'avait fait vingt-deux ans plus tôt avec l'Impératrice. Son épouse restait à ses yeux la plus merveilleuse des femmes. Quant à leurs quatre fils, s'il les élevait dans la discipline, s'il ne leur passait rien, il savait aussi reconnaître leurs mérites. L'âge de celui-ci le plaçait entre les deux derniers. Peut-être pourraient-ils grandir ensemble ? Ce garçon était noble. Il était beau. Il était seul. Il était vulnérable. On devait le protéger. On devait le guider.

— ... Tu ne chercheras pas à t'échapper, tu ne feras de mal à personne : m'en donnes-tu ta parole ?

Une lueur de reproche passa dans les yeux de Djemmal-Eddin.

Avait-on besoin de lui préciser que, dès lors qu'on lui restituait ses armes, il ne pouvait en user ni reprendre sa liberté ? La chose allait sans dire... On lui avait rendu l'honneur. Le reste en découlait.

Il acquiesça avec un regard altier.

Le Tsar perçut la remontrance et changea de ton :

— La prochaine fois, Djemmal-Eddin, le corrigea-t-il avec dureté, la prochaine fois, tu me répondras : « Oui, Votre Majesté Impériale. » Maintenant je vais te souhaiter le bonsoir et te prier de sortir. J'ai deux mots à dire au lieutenant Milioutine.

Djemmal-Eddin se leva, hésita sur la façon de prendre congé, la façon d'exprimer sa gratitude et de remercier.

Il s'inclina en gardant le kinjal du côté du cœur, serré tout contre son bras en écharpe, et retourna docilement dans le salon d'attente.

Il passa devant les valets en livrée et retourna se jucher sur la chaise qu'il avait occupée avant l'audience. Il resta là comme sous l'effet d'un charme, tout seul, immobile, indifférent aux aides de camp qui allaient, venaient, recevaient et plaçaient les visiteurs pour les audiences suivantes.

Ce qu'il éprouvait était si nouveau... Il voyait, flottant dans l'antichambre, le doux visage de sa mère qu'il avait crue morte... Comme il avait cru mort Mohamed Ghazi. Il avait mal compris, pendant le voyage, les propos des Giaours qui avaient évoqué le massacre de Djawarat et de Saïd. De tant d'autres...

Il plaignait les siens, mais ne pouvait plus se sentir aussi triste.

Fatima le regardait, pleine d'amour et de courage, ébauchant le même sourire que sur le rocher d'Akhoulgo, lorsqu'elle l'avait habillé de blanc et ceint du lien qui devait retenir son kinjal... Shamil l'avait sauvée. Son père, invulnérable, veillait sur elle, veillait sur lui, veillait sur eux tous. Il en éprouvait un bonheur infini et un grand apaisement. Avec l'honneur, le Grand Tsar Blanc lui avait rendu l'espérance.

Tel n'était pas le cas de Milioutine, de l'autre côté de la porte.

À peine s'était-elle refermée, qu'il avait reçu la semonce à laquelle il ne s'attendait plus.

— Qu'est-ce-que c'est que cette tenue ?

Le Tsar ne semblait plus contrarié. Il semblait furieux :

— ... D'où sort ce costume ?

Milioutine jeta un coup d'œil atterré sur son uniforme : un bouton manquant, des bottes mal cirées pouvaient l'envoyer en Sibérie.

— Je ne veux plus jamais voir ce garçon déguisé en Montagnard... Plus jamais revêtu d'une tcherkeska ! Plus jamais porteur d'un kinjal ! Est-ce clair ? Tu signifieras ma volonté au directeur de l'institution Alexandrovski : que le fils du rebelle revête dès ce soir la tunique des cadets de la section en bas âge ! Et que rien ne le distingue des autres ! Pour le reste... Qu'il grandisse dans toutes les superstitions de l'Islam. Soit. Je suis tolérant en matière de religion. Qu'il garde sa langue maternelle et demeure l'héritier spirituel de son père : voilà qui pourra, en effet, nous servir... Si de nouvelles difficultés devaient surgir au Caucase – à Dieu ne plaise ! – nous ferons de ce Musulman notre porte-parole. Le plus précieux parmi nos intermédiaires... Et puis, au bout du compte, qui sait : le successeur légitime de l'Imam ?... Quoi qu'il en soit, si plus tard, éventuellement, peut-être, un jour, nous choisissions de le renvoyer dans ses montagnes, il devra y revenir comme ses camarades du Corps, comme toi, comme moi, comme nous tous : en serviteur de la Russie ! Je désire donc qu'il devienne le meilleur Russe possible... Russe dans sa chair, insista le Tsar, Russe dans son âme : un Russe avant toute chose. Tiens-moi informé de la suite... Et que le cadet Shamil te restitue son poignard. C'est un tout petit garçon, malheureux et perdu : j'ai trouvé bon qu'il se tranquillise et retrouve un peu de paix. Il aura eu tout le temps de jouer dans l'antichambre, sous la surveillance des gardes, avec son couteau. Maintenant, cela suffit. En Russie, un enfant si jeune ne possède pas d'arme, surtout un enfant peu fiable comme celui-ci, qui a déjà tué ! Imagine un peu, s'il devait se bagarrer avec ses compagnons, le risque que nous prendrions pour les autres ! Tu m'as compris ? Récupère immédiatement ce kinjal. Tu peux disposer.

Milioutine entendrait longtemps résonner à ses oreilles les bruits qui ébranlèrent le Corps des Cadets de Tsarskoïe Selo quand il remit Djemmal-Eddin aux institutrices. La pension, qui n'accueillait que de jeunes enfants, était gérée par des femmes : nourrices, surveillantes, maîtresses d'école. Il leur avait transmis les instructions et s'était enfui.

Devant le perron, dans la neige, il écoutait les hurlements des *nianias* luttant avec le petit, et les cris de Djemmal-Eddin tentant d'expliquer en langue avar : « C'est le Tsar qui me l'a rendu ! Vous ne devez pas... Vous n'avez pas le droit. C'est le Tsar qui me l'a donné... C'est le Tsar qui l'a permis... C'est le Tsar... »

Le jeune officier se sentait coupable. Mais quelle autre voie eût-il dû suivre pour se conduire dignement ? À quelle autre règle eût-il dû se plier ? L'honneur exigeait qu'il obéisse aux ordres.

Obéir ? Il en avait trop vu à Akhoulgo... Quitter l'armée ? Voyager ?

Perplexe, Milioutine rassembla les rênes de son traîneau.

Il se tint assis, incapable de pousser ses chevaux, écoutant du dehors, de loin, la révolte du fils de Shamil... Que lui commandait l'honneur, à lui, Djemmal-Eddin ? Rendre son kinjal sans combattre, comme il l'avait promis ? Ou bien l'utiliser pour se défendre, comme il tentait de le faire ? Quelles lois devait-il respecter désormais ?

À nouveau dépouillé de ce qui lui était essentiel, abandonné dans un monde qu'il ne comprenait pas, l'enfant hoquetait ses premières paroles en russe, et se raccrochait à la seule figure qui avait parlé son langage. « C'est le Tsar... » Il répétait ces trois mots, preuve incontestable de ce qu'il tentait de démontrer, trois mots dont il n'aurait pu, ce matin, concevoir la puissance.

Il pleurait aussi. Comme, de sa vie, il n'avait pleuré.

CHAPITRE VI

DOUTES ET DÉCHIREMENTS
1841-1845

(10)

TSARSKOÏE SELO
LE CORPS DES CADETS ALEXANDROVSKI
LE CIMETIÈRE ET L'HOSPICE POUR CHEVAUX
DU PARC ALEXANDRE

UN AN ET DEMI PLUS TARD – JUIN 1841

C'était l'heure de la dernière prière, la prière de la nuit. L'enfant, posté à la fenêtre du dortoir, tendait le visage vers le ciel... Il cherchait les astres qui lui indiqueraient la direction de La Mecque. Mais il n'y avait pas d'étoiles ici, seulement la lune ! Comment glorifier Dieu dans les ténèbres, ainsi que le prescrit le Livre ? Ici, les ténèbres étaient blanches... Comment évoquer le nom du Tout-Puissant à l'aube ? Comment se prosterner devant Lui au crépuscule ? Ici, le soleil ne se couchait jamais... Et comment s'enfuir à la faveur de l'obscurité ? On y voyait comme en plein jour ! Cet inconvénient ne l'empêcherait pas de s'échapper, comme il le faisait chaque soir.

L'été avait tout de même un avantage : la chaleur contraignait les surveillantes à laisser grandes ouvertes toutes les croisées de la vaste maison de bois qui servait d'école. La plupart des *nianias* étaient vieilles, sourdes et ronflaient en dormant. Il se coulerait sans difficulté le long de la gouttière, se glisserait par le trou de la palissade et traverserait à toutes jambes la plaine argentée.

Dans son ample chemise d'uniforme, boutonnée sur le côté à la russe, il courait pieds nus au cœur des pâturages. La brume de la lointaine rivière dessinait des rubans blancs qui lui évoquaient les torrents de chez lui, les torrents qui s'échappaient des défilés tels des serpents de métal.

Des prairies montait une odeur qui l'enivrait. L'air était lourd du parfum de la terre et de la chaleur des bêtes. Les feuillages sentaient la forêt tchétchène. Il connaissait son chemin et gardait le cap sur la haute tour de briques qui dominait les bosquets. Il s'y rendait tout droit. Entre le vert des branches, la tour rouge luisait avec des lueurs d'incendie. Il savait qu'elle coiffait un autre bâtiment.

Il parvint sans encombre à l'angle du toit crénelé.

Comme chaque fois, ce découpage éclairé par la nacre du ciel, ces créneaux de terre qui couraient sur le pourtour de la maison lui évoquaient la terrasse de son père à Akhoulgo… Une pensée fugitive. Car tout de suite une autre évidence s'imposait. Ici, se trouvaient les écuries… Non pas les somptueuses écuries impériales du Palais Catherine, mais la maison de retraite pour vieux chevaux que le tsar Nicolas avait fait construire au nord du Palais Alexandre, sa résidence d'été. Les courtisans en villégiature à Tsarskoïe Selo avaient baptisé cet établissement d'un nouveau genre : « Les Invalides ». Les moins fortunés, ceux qui louaient des datchas dans les prés, entre le Corps des Cadets Alexandrovski et les Invalides du Parc Alexandre, commentaient non sans ironie : « ... Après l'orphelinat : l'hospice ! »

Qui, parmi ses condisciples, avait évoqué devant Djemmal-Eddin Shamil la présence de ces nobles coursiers à moins d'une verste du dortoir ? Comment avait-il compris qu'en ces nuits de juin, les Orlov du tsar Nicolas, ses étalons, ses juments et ses hongres prenaient le frais et terminaient leurs jours non loin de lui ? Tous les chevaux qui avaient porté un membre de la famille impériale erraient alentour, libres au cœur de vastes champs que Sa Majesté avait, pour eux, fait planter de trèfle et d'herbe grasse.

Il ne cherchait jamais à pénétrer dans le bâtiment... Inutile. Il avait vu par la fenêtre que les box étaient vides. Mais au-dessus des stalles, vivaient le gardien et les palefreniers. À l'inverse des institutrices, ceux-là étaient jeunes. Ils dormaient peu. Ils l'avaient déjà poursuivi et manqué de justesse.

Dans la lumière opalescente, les vingt animaux traversaient la prairie. Ils avançaient à pas lents, l'un derrière l'autre.

Djemmal-Eddin les voyait se découper, noirs, sans ombre sur la plaine, d'une puissance et d'une beauté éclatantes. Il n'en avait jamais vu de semblables... Avec des croupes rondes qui luisaient sous la lune. Leurs amples poitrails, leurs longues nuques, leurs crinières denses et fournies : tout en eux paraissait gigantesque.

Comme lui semblaient gigantesques les tapis ; gigantesques les coupoles, gigantesques les croix, les flèches, les hommes, les chiens, les bêtes… Gigantesques, les chevaux de Tsarskoïe Selo.

Le monde à ses yeux avait explosé et s'était démultiplié. Il ne jugeait pas ce qu'il découvrait « magnifique », au contraire de ce que les Giaours cherchaient toujours à lui faire dire. L'univers des Infidèles ne lui paraissait ni plus beau, ni plus prospère, ni même différent. Mais grand. D'une vastitude infinie. Il avait connu les chaînes du Caucase, les montagnes qui s'élançaient vers le ciel et barraient l'horizon, les montagnes immenses, avec leurs cimes roses crevant le soleil. Elles ne l'avaient jamais écrasé comme le broyait l'ampleur russe. Il avait connu le vent, la tempête. Mais le souffle d'ici lui coupait la respiration, lui donnait le sentiment d'être balayé, englouti et noyé.

Cette impression, qui ne le quittait pas, l'assommait. Elle le privait d'élan. Elle le privait de désir, elle lui ôtait même la volonté de fuir. Dans les champs ou ailleurs, Djemmal-Eddin eût été incapable de se laisser attirer nulle part. Si l'appel des chevaux ne s'était fait si impérieux.

Les chevaux d'ici… Quand il crachait dans ses mains et frottait leurs naseaux, quand il attrapait leur chanfrein et baissait leur tête au creux de son épaule, quand il murmurait ses interminables litanies à leur oreille, il parlait leur langue. Les chevaux obéissaient à sa voix… Comme là-bas.

Parmi ces animaux prodigieux, une jument alezane avait sa préférence : elle le voyait arriver de loin, couchait les oreilles et le chargeait à travers champs, tête basse comme un taureau. Il connaissait ce jeu. Elle voulait lui prouver qu'elle était belle et toujours redoutable. Il ne bougeait pas. Elle s'arrêtait au-dessus de lui, tournait autour en soufflant, cherchait à le mordre et le pincer. Mais elle ne déchirait que sa chemise, et finissait par lui tourner le dos. Elle s'éloignait indifférente, dédaigneuse, au petit trot. Quand elle jugeait la distance suffisante, elle se retournait d'un coup de reins et démarrait au galop, le chargeant à nouveau. Avec sa robe feu, ses yeux noirs, liquides, au bord des larmes, elle arrivait sur lui comme une traînée de flammes et se cabrait et piaffait et dansait… Pour l'honneur. Sa danse achevée, elle le laissait approcher. Il se gardait d'aucun geste, ne levait pas la main plus haut que les naseaux, ne la touchait pas ailleurs que sur la bouche. Dans sa paume ouverte se mélangeaient leur salive, et ses discours avaient la douceur d'un chant :

— Tu es fière ! D'où viens-tu ?… As-tu combattu au Caucase ? Connais-tu mes montagnes ?… Est-ce que tu as entendu parler de l'imam Shamil ? Chez moi, durant la bataille, nous ne montons pas de grands chevaux comme toi. Pour la guerre, chez moi, nous préférons de petites juments tartares. Nous pouvons sauter de l'une à l'autre, descendre, remonter au galop… Pour le reste, elles te ressemblent. Elles sont dignes, comme toi, fidèles comme toi… Quand leurs cavaliers sont blessés et qu'il n'y a plus rien à faire, elles acceptent de se coucher et de leur servir de remparts. Elles meurent les premières. Toi, t'es-tu déjà couchée pour protéger ton maître ?…Tu dois être très brave pour que le Tsar t'ait donné la paix en même temps que la liberté ! Il ne peut avoir l'âme tout à fait noire, puisqu'il veille sur toi alors que tu as cessé de le servir… Koura, mon cheval à moi, n'a jamais eu de trèfle à manger ! Même l'été, dans les clairières tchétchènes. Pourtant ses jambes étaient fines et ses yeux aussi beaux que les tiens. Il pouvait faire cinquante verstes d'une seule traite, je n'exagère pas !… Étaient-ils les amis du Tsar, ceux qui sont ensevelis parmi les arbres ? Quelles prouesses merveilleuses ont-ils accomplies ? Iras-tu, toi aussi, dormir avec eux dans ce jardin ?

Il désignait, à quelque distance, les grandes dalles blanches qui s'alignaient le long d'une allée. Comme les sages et les Anciens, comme les saints de son pays, les chevaux reposaient ici dans des tombes. Leur nom, uni pour l'éternité à celui de leur cavalier, leur date de naissance, le jour de leur mort, l'histoire de leurs exploits étaient gravés dans la pierre, afin que la postérité honore leur mémoire… Djemmal-Eddin pouvait comprendre. Chez lui aussi, les djighites chantaient les exploits de leurs fidèles coursiers. Chez lui aussi, les djighites pleuraient leurs compagnons morts et leur rendaient hommage… Il se gardait donc de forcer ou d'enjamber la petite grille qui délimitait le sanctuaire à l'ombre de l'écurie. Ce n'était pas l'envie qui lui manquait, ni la curiosité. Mais de ce fait même, son intrusion eût ressemblé à une profanation.

— … Quand tu auras cessé d'exister, je viendrai te voir dans ton cimetière : ce ne sera pas sacrilège, puisque nous nous serons connus et respectés… Mais… je te dis des bêtises. La parade de fin d'études a lieu dans quelques jours. Ensuite, ce sera fini… Comme toi, je suis vieux. J'ai dix ans, la limite d'âge pour l'orphelinat de Tsarskoïe Selo… Il paraît qu'ils vont m'envoyer loin d'ici, peut-être à Saint-Pétersbourg, peut-être ailleurs… Je ne veux pas te quitter, lui murmurait-il avec passion, t'abandonner comme j'ai abandonné Koura ! Quel âge as-tu ? Montre-moi tes dents… Tu es bien plus vieille encore que ce que je pensais ! Nous ne nous reverrons plus.

Il avait posé la main sur le garrot, glissé délicatement la paume le long de la ligne du dos jusqu'au creux des reins. Les yeux mi-clos, le nez dans les poils du cheval, il pouvait voir à travers les arbres la campagne incolore et plate. « … Je sais bien que tu n'as plus la force, que tu ne devrais pas… » Du bout des doigts, en connaisseur, il appuya sur les muscles à la naissance de la croupe. La jument pointa les oreilles, huma l'air à pleins poumons, se tourna vers lui et le regarda de son grand œil noir. « … Mais tu as envie ? Tu veux ? » Dévorée comme lui par l'instinct de fondre sur la plaine, elle tendit le col vers l'immensité. « … Une dernière fois ? » Il empoigna une touffe de crin, prit son élan et sauta sur son dos. Elle partit d'un trait. Ils traversèrent le champ sous la lune. Un galop silencieux, fulgurant comme un adieu.

Quand ils eurent atteint la palissade qui séparait le champ de la cour des cadets, il bascula sur la croupe comme s'il tirait sur d'invisibles rênes, se déporta d'un côté, donna des jambes de l'autre, et la fit pivoter. « Tu aurais voulu sauter… En mourir, peut-être. Je comprends. » Il la remit au pas malgré elle, et la ramena vers l'écurie, en l'apaisant : « N'aie pas peur de ce qui va arriver. Moi, depuis deux ans, j'ai décidé que j'étais mort… N'aie pas peur. Imagine, comme moi, que tu pars au combat et que tu es *déjà* morte. Si tu survis encore un jour, prends ce jour comme un don de Dieu. Et ne Lui demande pas une minute de plus… Oui, tu es vieille. Mais tu es sage aussi… Alors dis-moi une chose : selon toi, que faut-il penser du Grand Tsar Blanc ? »

LE PREMIER CORPS DES CADETS
DE SAINT-PÉTERSBOURG

AOÛT 1841-SEPTEMBRE 1845

**« Nous, les Cadets des années 1840 »,
par Alexandre Alexeïevitch Milioutine**

*Extraits d'un article paru dans une revue militaire
de Moscou en juin 1904*

« [...] On me prie de rassembler mes souvenirs et de raconter notre vie au Premier Corps des Cadets de Saint-Pétersbourg dans les années 1840, à l'époque où je partageais ma chambre avec Djemmal-Eddin Shamil, le fils du fameux Imam. Je n'en ressens pas spécialement le besoin. Toutefois, comme il semblerait que je sois, en effet, l'un des derniers survivants de cette promotion, je cède et commence.

« Je m'appelle Alexandre Alexeïevitch Milioutine. Je suis le benjamin des Milioutine qui donnèrent à la Russie les réformes que l'on sait. Mais, à l'inverse de mes aînés, je n'ai rien accompli qui vaille que je prenne la plume, ainsi qu'on me le demande. Je n'ai ni réorganisé l'armée à l'instar de mon frère Dimitri Alexeïevitch, ni œuvré à l'émancipation des serfs à l'instar de Nicolas Alexeïevitch. Ni même été l'ami d'enfance de Léon Tolstoï, comme mon frère Vladimir Alexeïevitch.

« Peu après la mort de notre mère, quand j'eus environ dix ans, notre oncle – le comte Pavel Dimitrie-vitch Kiseliev – réussit à obtenir pour moi ce qu'il n'avait pas obtenu pour les autres : que le grand-duc Mikhaïl Pavlovitch me reçoive parmi les cadets du Premier Corps, l'école militaire la plus prestigieuse de l'Empire, la plus difficile d'accès, après le Corps des Pages. N'entraient au Premier Corps des Cadets que les rejetons des familles les plus illustres, dont les ancêtres avaient été cadets eux-mêmes. On y restait huit ans. On en sortait officier dans l'un des régiments de la famille impériale. Le Tsar éprouvait envers cette institution une sympathie si particulière qu'il y faisait éduquer ses propres fils. Pour ma part j'appartenais à la petite noblesse et j'étais pauvre. Que la protection du comte Kiseliev se soit étendue jusqu'à mon humble personne tenait donc du miracle. J'étais ivre de joie.

« Les cadets, amis de mes grands frères qui fréquen-taient chez mon oncle, tentèrent bien de tempérer mon ardeur avec quelques avertissements. Peine perdue : l'honneur d'avoir été admis dans une telle compagnie me grisait. Ils insistaient par exemple sur le fait que je devais me préparer à être battu par les cadets plus âgés. Que même si leurs coups me rompaient les os, même si je saignais comme un bœuf, il faudrait que je me défende tout seul, sans jamais me plaindre. Ils disaient en outre que, si quiconque me demandait le nom de celui qui m'avait fait cela, je devrais répondre : "Je ne sais pas." Qu'au cas où le supérieur me punirait pour n'avoir pas répondu à sa question, au cas où lui aussi me battrait, me mettrait au cachot et m'affamerait, je devrais encore répondre : "Je ne sais pas." Bref, ils m'initiaient à ce qu'ils appelaient "les règles de la vie de Corps", car, promettaient-ils, au début, j'allais souffrir.

« L'école se trouvait, comme aujourd'hui, dans le palais Menchikov, à côté de l'Académie des beaux-arts, sur l'île Vassilievski. Un complexe de bâtiments solennels, avec plusieurs cours, une écurie, un manège, de vastes salles d'escrime et de gymnastique. Bien que l'ensemble me parût immense, je m'y trouvai très vite à l'étroit.

« On me plaça dans ce qu'on appelait la "compagnie sans spécialité", réservée à ceux dont on n'avait pas encore décidé s'ils serviraient dans l'infanterie, l'artillerie ou la cavalerie. Quand je me présentai à cette compagnie, il n'y avait plus un seul lit disponible, et tous les dortoirs des autres compagnies étaient pleins. Pour cette raison, on me logea dans une grande chambre à part, la chambre réservée aux élèves tcherkesses, une vingtaine environ. Le lit qui me fut attribué voisinait avec celui du fils de Shamil. Je connaissais son histoire par les récits de mon frère Dimitri qui m'avait raconté le siège d'Akhoulgo.

« Djemmal-Eddin Shamil arrivait alors tout droit du Corps des Cadets Alexandrovski où il était resté près de deux ans. Il avait été admis ici, aux frais du Tsar, sur sa cassette personnelle, avec deux orphelins – je me rappelle encore leurs noms : Pavel Kolosov et Alexei Kirdan –, soit pour l'excellence de ses résultats scolaires, soit pour sa supériorité dans tous les exercices physiques. Je penche pour la seconde hypothèse, car ses compagnons racontaient avec délectation qu'il s'était distingué dès son premier jour au Corps

Alexandrovski en ne se laissant déshabiller par aucune des institutrices, toucher, ni même approcher par le médecin. Et que, nonobstant ses continuels problèmes de discipline, il était devenu la gloire de leur école : imbattable au saut en longueur, à saute-mouton, aux courses en montagne, à la corde lisse. À les entendre, ses exploits surpassaient les records de tous les cadets de tous les âges, depuis la création de l'orphelinat. Quant à l'équitation… Lors de la revue de fin d'année au grand manège de Tsarskoïe Sielo, le tsar Nicolas qui se flattait d'être le meilleur cavalier de sa génération l'avait vu en selle. Un coup d'œil sur Djemmal-Eddin lui avait suffi pour comprendre que ce n'était pas un enfant de dix ans à cheval, mais un centaure magnifique, issu tout droit de la mythologie… Dans l'avenir, un officier de cavalerie hors pair.

« Les trois nouveaux du Corps Alexandrovski avaient donc débarqué à Saint-Pétersbourg quelques semaines avant moi. Si je parle d'eux, c'est que, me sentant moi-même par la naissance et la fortune très en dessous des autres, ils me furent les plus proches.

« Notre grande affaire à tous était la "question de l'uniforme". Tant que nous ne portions pas l'uniforme, nous n'étions pas des cadets. Mon oncle avait négligé ce détail. Quant à mes trois amis, leurs uniformes avaient été renvoyés à leur ancienne école, afin que le directeur puisse en revêtir d'autres orphelins. À Pavel Kolosov et Alexei Kirdan, l'administration donna de vieilles vestes, en attendant que le tailleur leur en confectionne de nouvelles. À Djemmal-Eddin Shamil, l'administration rendit son costume de Circassien. Elle l'habilla en Tcherkesse, le plaça dans le dortoir des Tcherkesses, et le traita en Tcherkesse. Le seul fait de pouvoir à nouveau porter la tcherkeska suscita chez

Djemmal-Eddin une reconnaissance passionnée et le rendit presque heureux.

« Il parlait désormais le russe sans accent, et avait eu tout loisir durant ses années à Tsarskoïe Selo de s'initier aux "règles de la vie de Corps" : mentir à ses supérieurs, défendre ses amis, ne jamais dénoncer un autre cadet. Il maîtrisait ces règles à merveille et me prit sous sa protection.

« Certains bizuths étaient déjà très mal en point. Les surveillants laissaient faire. À moins qu'un nouveau vienne explicitement se plaindre et donner les noms de ses agresseurs, ils fermaient les yeux. De toute façon, nous, les "première année", ne pouvions sortir avant six mois, date de notre premier examen : nous aurions, en six mois, le temps de nous remettre. Ceux qui ne se remettaient pas, ceux qui mouraient des mauvais traitements, ceux qui restaient estropiés à vie n'étaient pas faits pour l'armée russe.

« Djemmal-Eddin avait le même âge que moi. Mais il était plus mûr… Et plus grand, plus mince, et bien plus agile. À sa souplesse de chat, il alliait une rapidité que je n'ai connue à personne, même parmi ses compatriotes. Il ne laissait personne me faire du mal et envoyait au diable tous ceux qui auraient eu la velléité de me chercher noise. Il savait parfaitement se battre, à coups de poing ou à coups de pied, et quand ses adversaires prenaient le dessus – comparé aux cadets de vingt ans, il était tout de même jeune –, les autres Tcherkesses venaient à la rescousse.

« Les Tcherkesses de notre chambre s'entendaient bien entre eux et tous aimaient la lutte. Je participais souvent à leurs bagarres […].

« J'admirais tant Djemmal-Eddin, je lui étais si reconnaissant, que j'eus envie, un jour, de lui montrer que je saurais me défendre si on venait m'embêter pour de vrai. Je donnais donc exprès, au hasard, un coup de coude à un cadet qui passait dans le couloir. Le cadet se retourna et me traita de "Hollandais", insulte réservée aux nouveaux qui ne portaient pas encore l'uniforme. En réponse, je lui donnai carrément un coup de poing sur le nez. Il se mit à saigner et se précipita chez le surveillant pour rapporter. Quand le surveillant vint me trouver, je pris peur. Je ne savais plus quoi dire… C'est alors que Djemmal-Eddin intervint. Il dit que je n'y étais pour rien, que le grand m'avait pincé et frappé. Qu'alors je m'étais défendu et l'avais poussé. Le grand fut donc injustement condamné "aux verges". Djemmal-Eddin, l'ayant jugé coupable de s'être plaint à un supérieur, laissa le châtiment suivre son cours. Contre toute attente, le grand ne nous en voulut pas : grâce à nous, il fut promu "caporal". En effet, chez les cadets, celui qui n'avait jamais été fouetté n'était pas reconnu comme tel par ses pairs. Seules les premières verges conféraient le titre de cadet. Les deuxièmes permettaient de passer caporal. Les troisièmes, sous-officier. Et ainsi de suite…

« Six mois après son arrivée, Djemmal-Eddin était déjà feld-maréchal, ce qui signifiait qu'il avait été battu dix-huit fois. Je me souviens d'un certain comte Buxhöwden – feld-maréchal depuis belle lurette – qu'on continuait à battre toutes les semaines. Problème : aucun grade n'existait plus dans l'armée, qui fut assez haut pour l'y élever. Nous lui inventâmes donc des enfants, toute une lignée qui pourrait, à sa place, continuer de gravir les échelons de la hiérarchie. Chaque fois que Buxhöwden était battu, nous imaginions par exemple que c'était son fils qui était promu cadet, puis sous-officier, et ainsi de suite… Le fils de Buxhöwden étant passé feld-maréchal, son petit-fils prenait la relève.

Fouetté plus de cinquante-quatre fois, Buxhöwden donna bientôt naissance à un arrière-petit-fils qui commença chez nous une nouvelle carrière. Buxhöwden, plus âgé que nous de deux ou trois ans, était issu d'une illustre maison des pays baltes. Il devint l'ami de Djemmal-Eddin et le resta durant toutes nos études. Je ne sais ce qu'il est devenu, mais s'il vit encore, il aura sûrement des souvenirs à partager avec nos lecteurs sur la vie quotidienne au Corps des Cadets.

« Au bout de quelque temps – les lecteurs voudront bien pardonner à une vieille tête comme la mienne si elle confond un peu les années –, alors que j'avais enfin revêtu ma veste d'uniforme, on mit, à ma grande fureur, un nouveau lit entre le mien et celui de Djemmal-Eddin. Ce lit fut attribué à un certain Youssouf, fils d'un khan rallié, fort riche. Youssouf avait été conduit en grande pompe par son père à la cour de Russie, dans l'espoir que le Tsar le prendrait sous sa protection. Youssouf et Djemmal-Eddin se détestèrent immédiatement.

« Plusieurs mois après l'installation de Youssouf – donc probablement un an après notre arrivée, en 1842 ou 1843 –, le tsar Nicolas opéra l'une de ses descentes éclair à l'école. Ces visites inattendues terrifiaient le directeur qui envoyait toujours quelqu'un monter la garde sur le pont Isakievski, afin d'en être prévenu. Le problème pour nous tous était que l'Empereur se rendait en ville chaque jour, seul ou avec quelques aides de camp, pour "humer l'air de sa capitale". Il filait dans sa calèche l'été, dans son petit traîneau l'hiver, et se déplaçait vite. Quand notre sentinelle, à bout de souffle, arrivait avec la terrible nouvelle de la direction qu'il avait prise, ne nous restaient que quelques minutes pour nous préparer.

« L'apparition du Tsar semait l'épouvante. Même les cadets qui n'avaient rien à se reprocher se sentaient coupables. Une négligence était passible des sanctions les plus dures. Les fautes vénielles n'existaient pas. Il visitait chaque classe, interrompant les cours avec des questions hors de propos auxquelles nous répondions, affolés, n'importe quoi. "Ne changez rien à l'ordre du jour. Faites comme si je n'étais pas là." Je me souviens de la rage où le jeta la mauvaise conduite du cadet Buxhöwden – notre feld-maréchal à la longue lignée –, qui s'oublia en Son Auguste Présence, jusqu'à poser le coude sur son pupitre durant la leçon. Résultat : le Tsar exigea le renvoi immédiat du professeur. Quant au comte Buxhöwden, il y gagna un arrière-arrière-arrière-petit-fils.

« Cette fois-là, après avoir visité la maison, Sa Majesté se rendit dans notre chambre, le dortoir des Tcherkesses. Il s'approcha de Youssouf et, s'adressant aimablement à lui, s'enquit de son bien-être avec cette question : "Reçois-tu des lettres de chez toi, mon garçon ? — Non", répondit Youssouf. Alors, le Tsar se retourna furieux vers le directeur et aboya : "Apprends-lui à parler correctement." Ensuite, le Tsar posa la main sur l'épaule de Djemmal-Eddin et lui dit : "… Si tu souhaites écrire à ton père, tu peux le faire, mon garçon. Je t'en donne l'autorisation et veillerai moi-même à ce que tes lettres lui parviennent. — Je suis heureux de remercier Votre Majesté Impériale, lui répondit Djemmal-Eddin, avec politesse et spontanéité. — Tu as appris à t'exprimer comme il convient : bravo, mon garçon ! Et ton bras ? Il va mieux ? Montre-moi…" Djemmal-Eddin retroussa rapidement la manche de sa tcherkeska et montra sa blessure bien cicatrisée, entre le poignet et le coude du bras gauche. "C'est parfait… Continue dans cette voie. Je reviendrai très bientôt m'assurer de tes progrès et prendre tes lettres…" Là-dessus Sa Majesté se retira, nous laissant tous pantelants.

« Djemmal-Eddin ne tira aucune gloire de sa faveur auprès du Tsar, comme si la chose lui paraissait naturelle. Toutefois, retiré dans un coin, il refusa de partager nos jeux jusqu'à la prochaine visite impériale : il écrivait, écrivait, écrivait, entassant les feuillets avec frénésie… Sans doute craignait-il que le Tsar reparût avant que sa lettre à son père fût achevée.

« Djemmal-Eddin restait pour moi très mystérieux. Il ne se confiait pas. Je ne savais rien de lui, sinon ce que mon frère Dimitri m'en avait dit. Même avec Buxhöwden, son grand ami dont j'étais jaloux, je crois qu'il se taisait.

« D'une susceptibilité farouche, d'une dignité altière qui pouvaient le rendre agressif et dangereux envers ceux qui l'insultaient – ou dont il suspectait les intentions à cet égard –, il savait aussi rire et s'amuser. D'instinct, il se montrait curieux de ce qui l'entourait, toujours partant pour commettre des sottises, très taquin… Excellent camarade ! Je crois même qu'en d'autres circonstances, il eût été plein d'une véritable joie de vivre. Il aimait faire le pitre, surtout à cheval où il devenait carrément espiègle et drôle.

« Mais sa propre légèreté lui déplaisait et le choquait. Il cherchait à la brider. Quand il trouvait trop de plaisir à une activité quelconque – et cela lui arrivait souvent –, quand il apprenait le dessin par exemple, quand il apprenait la danse – il était le meilleur danseur, le plus souple, le plus agile d'entre nous –, il finissait par s'en vouloir et mettait sciemment une sourdine à son entrain. Il cassait ses élans, et tentait toujours, au bout du compte, de se briser lui-même.

« Pour ce qui concernait son bras – ses deux bras étaient couturés de partout, mais cette blessure-là, connue du Tsar, avait suscité notre curiosité –, il se montra discret selon son ordinaire. Nous dûmes lui tirer les vers du nez. Il nous raconta avec beaucoup de réserve et de difficulté qu'un Cosaque du Don l'avait blessé avec sa pique, au moment où sa famille s'échappait d'Akhoulgo. Ses parents avaient réussi à s'enfuir, quand lui, Djemmal-Eddin, était tombé de cheval : c'est alors qu'il avait été capturé et fait prisonnier...

« Je crois qu'il travestissait un peu la vérité et mélangeait plusieurs incidents, car il ne pouvait admettre que les siens l'eussent livré. L'idée lui restait insupportable.

« Mais cela, je ne le compris que plus tard, lorsque Youssouf, humilié par la réflexion de l'Empereur et probablement envieux, se mit à hurler dans notre chambre que, si Djemmal-Eddin se trouvait en Russie, ce n'était pas du tout parce qu'il avait été pris en s'enfuyant, mais parce qu'il avait été trahi et donné par son père.

« Le pugilat qui s'ensuivit leur coûta cher à tous les deux.

« La malchance voulut que, après le départ du Tsar, notre compagnie passât sous le commandement d'un nouveau capitaine – le capitaine Argamakov, dit *la Bête* – dont le plus grand plaisir était de voir gicler le sang. Aux cadets punis pour indiscipline, l'usage était de donner vingt-cinq coups de verges. Mais les vingt-cinq coups d'Argamakov valaient le knout dans les exécutions publiques des vrais délinquants... Quarante coups pour chacun des deux Musulmans.

« Le problème des fustigations d'Argamakov, ce n'était pas tant la douleur que les échardes : il nous en laissait partout ! Ses verges étaient en bois de bouleau, constellé de petites pousses sèches de trois à quatre centimètres. Quand il frappait, ces pousses s'enfonçaient très profondément dans la chair. Si nous ne les enlevions pas aussitôt, elles créaient des infections et ne sortaient que d'elles-mêmes, avec le pus. Elles pouvaient rendre très malade. Le docteur avait donc conseillé aux surveillants d'assouplir les verges du capitaine Argamakov avec de l'eau. Ils avaient obtempéré sans se casser la tête : en laissant tremper les verges par terre, dans les toilettes. Nouveau résultat : les verges souillées créaient des infections encore plus graves. Ne nous restait d'ordinaire qu'un seul moyen pour limiter les dégâts : acheter le gardien afin qu'il nous donne accès au réduit où la Bête rangeait ses fichues badines. Nous coupions alors toutes les pousses avec des ustensiles volés au réfectoire, obtenant ainsi ce que Djemmal-Eddin appelait des "verges en velours". D'une cuiller, il pouvait faire une hache et savait aiguiser les couteaux comme personne. Avant les examens, nous nous appliquions à l'affûtage, car nos mauvaises notes seraient immanquablement punies par des coups. Il appelait ces séances d'affûtage "préparer les concours". Malheureusement pour lui et pour Youssouf, nous n'eûmes pas le temps d'affûter ou de préparer quoi que ce soit : leur punition fut exécutée sur-le-champ.

« L'immédiateté du châtiment était contraire aux usages. Les fustigations avaient lieu chez les petits, le lundi. Et chez les grands, le samedi. L'administration n'avait pas choisi ces deux jours au hasard. Les châtiments du lundi permettaient aux blessés de cicatriser toute la semaine, avant de rentrer chez eux le dimanche. Les châtiments du samedi impliquaient que l'on serait consigné le dimanche, ce qui donnait un peu plus de temps pour se remettre jusqu'à la semaine suivante. Le but du directeur était évidemment de rendre les cadets dans un état acceptable à leurs illustres familles. Avec les Tcherkesses, la question ne se posait pas. Ils ne quittaient jamais le Corps, ou seulement pour se rendre chez les Montagnards de la Garde Personnelle de Sa Majesté, quand ces derniers les invitaient dans leurs casernes. Ces invitations étaient rares. En général, c'était plutôt les Montagnards qui venaient à l'école. Leurs visites étaient obligatoires. Le grand-duc Mikhaïl Pavlovitch avait imposé une visite par semaine aux officiers musulmans, afin que les enfants n'oublient pas leurs dialectes.

« Djemmal-Eddin ôta donc sa tcherkeska, se mit torse nu, et s'allongea le premier, à plat ventre, sur le banc. Argamakov avait choisi pour le battre trois élèves plus âgés dont il connaissait la vigueur... "Allez-y, mais pas seulement dans le dos et sur les fesses : frappez entre les cuisses. Le plus fort possible... Le bout des badines, entre les cuisses !" Les verges sifflèrent, fichant leurs échardes aux endroits les plus sensibles. Son pantalon fut bientôt imbibé de sang. Quand les grands ne frappaient pas avec assez d'énergie ou quand Djemmal-Eddin fermait trop étroitement les jambes pour que les baguettes n'atteignent que son postérieur, Argamakov hurlait : "Sur les parties... plus fort ! Allez ! Il y a encore quelqu'un qui proteste ? Silence, sinon vous y passerez tous. Allez-y, frappez les parties !" Djemmal-Eddin ne criait pas. Il ne faisait même aucun bruit et subissait les volées sans un sursaut. Je suppose qu'il en avait connu d'autres au Caucase. Les baguettes de la Bête lui paraissaient probablement peu de chose, comparées au fouet de l'Imam. Cette ultime bravade – son silence – lui coûta

273

encore deux points sur sa note de discipline. Il s'en moquait : elle était déjà au-delà de l'inadmissible.

Youssouf, lui, ne tint pas le choc. Comme tant d'autres avant lui, il poussa des hurlements et finit par s'évanouir. Les verges d'Argamakov le rendirent si malade qu'on dut l'envoyer à l'infirmerie. Il y prit froid. Le climat de Pétersbourg convenait mal aux Tcherkesses. Beaucoup y attrapaient des pneumonies, certains devenaient phtisiques. Ce fut sans doute le cas de Youssouf. On nous dit qu'on l'avait renvoyé chez lui, et qu'il y était mort peu après.

« Djemmal-Eddin devint plus sombre, plus triste que je ne l'avais connu. Je devinais qu'il se reprochait d'avoir porté malheur à un Musulman, un garçon de son peuple. Certes, Youssouf incarnait la trahison, car il appartenait au clan des Pacifiés qui s'opposait à l'imam Shamil.

« ... En parlant de *trahison*... Je peux me tromper, mais je crois que l'idée, la crainte, la peur de sa propre trahison l'obsédaient. La peur d'oublier l'enseignement de son père, la peur d'oublier le passé, la peur d'oublier les lois de sa religion. Le sentiment confus d'une faute, loin de s'amenuiser avec le temps, grandissait chez lui à mesure qu'il s'adaptait au monde qui l'entourait.

« Après le départ de Youssouf, un incident auquel il attacha une grande importance le mécontenta pour longtemps. On le pria de rendre sa tcherkeska – le costume qu'il portait depuis plus d'un an – et de revêtir à nouveau la veste des cadets. Il demanda des explications, résista autant qu'il le put... Le pire, pour lui, fut que l'uniforme lui seyait, qu'il avait vraiment l'air d'un Russe, et que nous le lui disions sans ironie ! Casquette et tunique vertes ; boutons d'agent ; col officier et pattes d'épaules rouges : il était superbe. Et moi, j'étais ravi ! Dans le dortoir, nous étions maintenant deux cadets parmi les Circassiens. Lui, ne comprenant pas le sens de ce changement, s'en irrita et devint ombrageux.

« Je n'ai trouvé le fin mot de l'affaire qu'en préparant cet article. Voici la note, conservée dans nos archives, qu'avait envoyée, en date du 22 août 1842, le directeur du Corps Alexandrovski à notre directeur. Il va sans dire que Djemmal-Eddin ne fut jamais informé de cette correspondance le concernant. Je la livre telle quelle à nos lecteurs : [...] *Lors de ma dernière visite chez Votre Excellence, le 17 août dernier, le jour de la distribution des cadeaux, j'ai remarqué, en passant dans les couloirs de votre institution, que l'ancien élève du Corps Alexandrovski, Djemmal-Eddin Shamil, porte l'habit des Montagnards tcherkesses. Je vous signale que je m'étais moi-même adressé à la hiérarchie pour m'enquérir de l'habit que devait porter chez moi le fils du rebelle du Daghestan et qu'à l'époque, on m'avait averti de l'existence d'un ordre exprès de Sa Majesté à ce sujet, ordre du 1er janvier 1840, d'après lequel le garçon devait porter l'uniforme des cadets. Cet ordre a été respecté chez moi, mais ne l'est pas chez vous. Je vous préviens donc de ce grave manquement afin que vous puissiez y remédier et vêtir le fils du rebelle selon les volontés de Sa Majesté.*

« Bien que Djemmal-Eddin eût été vêtu en Montagnard lors de la visite du Tsar et que ce dernier n'eût fait aucune réflexion à cet égard, notre directeur se hâta d'obéir à un monarque qui châtiait tous les hommes avec le même adage : "Je ne peux pas permettre qu'un individu, quel qu'il soit, ose s'opposer à mes désirs dès lors qu'il les connaît."

« Quant à nos études, qu'en dire ? Djemmal-Eddin se débrouilla toujours pour passer d'une classe à l'autre et ne rencontra, à ma connaissance, aucune difficulté scolaire. Il obtenait des notes moyennes – sauf en gymnastique et dans tous les arts martiaux où il excellait, évidemment –, très mauvaises en discipline, bonnes en mathématiques. Je me souviens que la physique – et particulièrement ce qui concernait les phénomènes électriques – l'intéressait au plus haut point. En plus de nos matières, on lui faisait étudier, à lui ainsi qu'aux autres Tcherkesses du dortoir, la religion musulmane et le dessin des cartes d'état-major. Je me demandais pourquoi, dans ma chambrée, les cartes et les plans revêtaient une telle importance. Je n'ai compris que plus tard que l'un des objectifs de l'éducation des Montagnards était d'en faire des indicateurs, capables de nous fournir des relevés précis de la disposition des lieux où sévissaient les rebelles.

« Côté professeurs, je n'en compterai pas dix d'utiles sur la soixantaine que nous avons partagés. Les plus nuls étaient les Français, surnommés les "Tambours", et les Allemands, surnommés les "Charcutiers". Même les cadets, qui parlaient l'une ou l'autre langue en arrivant, finissaient par l'oublier à leur contact. Nos maîtres avaient une façon étrangement nationaliste de nous enseigner l'art de la stratégie. Ils nous racontaient que notre armement était le plus perfectionné d'Europe et que nos uniformes convenaient aux conditions climatiques de l'équateur comme du pôle Nord. Que la longue capote de l'Empereur – cette fameuse vareuse grise que Sa Majesté revêtait par tous les temps – protégeait aussi bien du soleil que du froid. Bref, que les moindres détails avaient été si intelligemment pensés, si bien prévus dans notre armée qu'un soldat russe pourrait faire le tour du monde sans jamais souffrir de rien.

« Notre journée commençait à six heures avec la sonnerie du clairon, se terminait à dix heures avec la prière en commun. La cantine était immonde et le programme démesurément chargé. Les cours comprenaient l'histoire militaire, l'art de la fortification, la géographie, la topographie, l'hippologie, la mécanique, la chimie, et j'en passe… Je ne parle même pas de la peinture, de la musique et de la danse. Ni de l'escrime, de l'équitation et des exercices de manœuvres.

« En dépit de ce cursus ronflant, nous n'apprenions rien. Notre savoir consistait – exclusivement – dans la science intime des faiblesses de nos maîtres et dans notre habileté à les exploiter. Hormis la cruauté des bizutages de la première année, nous nous montrions très unis, très soudés, et faisions bloc contre l'adversité. Je ne sais si la fameuse devise des mousquetaires de M. Alexandre Dumas s'inspira de la nôtre, mais si je devais résumer ma jeunesse, elle tiendrait tout entière dans cette phrase que nous avions gravée sur chaque marche de notre escalier : *Tous pour un… Un pour tous !* Nous, les cadets du Premier Corps, nous pouvions être mauvais fils, parfois mauvais frère, plus tard mauvais père et mauvais mari, mais nous n'étions jamais mauvais camarade ! En ce sens, j'ose affirmer que Djemmal-Eddin Shamil fut un cadet exemplaire. Il plaçait l'honneur du Corps au-dessus des considérations personnelles, et porta au plus haut degré la faculté de se sacrifier par amitié.

« Côté vices, nous ne buvions pas et jouions peu, ce qui lui convenait. Mais nous rendions insulte pour insulte et coup pour coup, ce qui lui convenait également. Nous pouvions par exemple nous débarrasser d'un instructeur en faisant exprès de mal réaliser les exercices à la parade, pour qu'il soit cassé. Quand Argamakov eut injustement puni le cadet Buxhöwden une fois de trop, nous décidâmes de nous en venger. C'était le printemps, il y avait de hautes herbes dans les champs, et nous nous divisâmes en deux groupes. Les uns arrachèrent l'herbe par poignées, les autres utilisèrent les touffes pour écrire en lettres gigantesques sur le mur de l'école : *Argamakov, salaud.* Cette inscription verte, qui se voyait d'un bout à l'autre de notre long jardin, inquiéta beaucoup nos supérieurs. Le Tsar pouvait surgir à tout instant. Il aurait alors compris que ces lettres n'étaient pas l'œuvre d'un seul individu. Que nous avions dû grimper, nos touffes d'herbes à la main, par dizaines et dizaines sur les épaules les uns des autres pour arriver si haut et tracer ces mots… Bref, que ce *salaud,* immense, visible de partout, avait été écrit par le Corps tout entier. Cette histoire arriva jusqu'aux oreilles de notre inspecteur, le grand-duc Mikhaïl Pavlovitch, qui la transmit à son frère le Tsar. Quelque temps plus tard, Sa Majesté appela le Corps dans la cour, nous fit faire quelques exercices, cria : "Très mal, inacceptable, sortez-les d'ici." Bien que nous ayons accompli tous les exercices brillamment comme toujours, il partit furieux. En franchissant la porte, il hurla au directeur : "Cela ne va pas du tout ici, il y a du laisser-aller, remets-les en forme !" La mise en forme commença aussitôt. De durs, nos professeurs devinrent cruels. Nous ne connûmes plus de répit. Mais quand Argamakov eut le malheur de traiter l'un des cadets d'imbécile, l'insulte secoua la compagnie. De tous côtés, les cadets criaient : "Imbécile toi-même ! Dehors, la Bête !" On commença à taper le sol avec des tabourets et à secouer les tables. À son cri "garde-à-vous !", on répondit en sifflant. Bref, le mot honni du Tsar fut prononcé : c'était *la révolution* ! Le bruit s'en répandit dans Saint-Pétersbourg. On raconta que les cadets du Premier Corps avaient jeté des tabourets à la tête d'un officier, qu'ils lui avaient rompu les bras, cassé la tête, et toutes sortes de sornettes du même genre. Le Tsar nous dégrada tous, nous interdit de sortir le dimanche et de recevoir des visiteurs durant le reste de l'année. Le grand-duc Mikhaïl Pavlovitch se précipita chez nous. Le Corps fut rangé sur trois rangs dans la cour. Il cria : "Rebelles, vous avez oublié la discipline ! Voulez-vous devenir soldats ? À genoux !" Un murmure parcourut les rangs : "… Pas à genoux ! Pas à genoux !" Il faut préciser que pour les cadets du Premier Corps se mettre à genoux était le comble de la honte. Un brave cadet avait récemment préféré se laisser battre à mort plutôt que de s'agenouiller. Un autre avait accepté de faire son service en tant que soldat pendant vingt-cinq ans, plutôt que de s'agenouiller. Une règle d'honneur. Ceux, parmi nos supérieurs, qui avaient été cadets eux-mêmes, n'infligeaient jamais cette punition abjecte, une indignité à laquelle aucun cadet ne pouvait s'abaisser, sans en mourir. Le grand-duc Mikhaïl Pavlovitch ne connaissait-il pas cette loi ? Il criait toujours le seul ordre auquel nous ne pouvions obéir : "À terre devant moi, bande de traîtres ! À genoux tout le monde !" Grâce au ciel, il sauva la situation en donnant l'exemple : il s'agenouilla avec de grands signes de croix comme au pied des icônes. Devant Dieu, notre orgueil cédait avec joie. Devant Dieu, nous nous inclinions avec humilité. Le Corps entier – Tcherkesses compris – se soumit et s'agenouilla autour du grand-duc. "Il n'y a maintenant que Dieu qui puisse vous aider à obtenir le pardon de l'Empereur ! Priez le Seigneur pour que le Tsar vous pardonne !" Après la prière, il nous ordonna de nous relever, de resserrer le cercle et d'entamer avec lui "une discussion sincère". Nous savions que c'était un piège pour démasquer les meneurs, qu'avec lui, nous ne pouvions, nous ne devions, entamer aucune sorte de discussion. Mikhaïl Pavlovitch avait l'indiscipline et le désordre en horreur. Plus encore que le Tsar, il honnissait tout ce qui ressemblait à une critique ou à une résistance. Quiconque aurait tenté de justifier notre conduite auprès de lui eût été châtié pour l'exemple. Nous étions coupables à ses yeux du forfait absolu : le crime d'insubordination. Djemmal-Eddin s'avança. Avec son calme et sa politesse habituels, il assura Son Altesse Impériale que nous n'étions pas des rebelles… Il savait qu'il risquait gros, qu'il risquait ce que nous redoutions tous – le renvoi – et, dans son cas, bien d'autres représailles encore… Il expliqua qu'il n'y avait pas eu de "complot" de notre part, qu'il ne s'agissait pas d'une révolte, mais juste d'une protestation spontanée contre la grossièreté des officiers dont les cadets supportaient les brimades depuis de longues années. Il insista sur le fait que l'honneur du Corps des Cadets était bafoué en permanence par la mauvaise éducation de nos officiers… Lui, qui avait le verbe rare, se montra si éloquent pour plaider notre cause que le grand-duc l'écouta. Djemmal-Eddin conclut par un trait de génie en demandant au grand-duc de bien vouloir dire au Tsar que les cadets priaient le Tout-Puissant afin que Sa Majesté veuille bien leur pardonner. Un mois plus tard, le Tsar fit une nouvelle apparition. Il inspecta l'école et se montra satisfait de l'ordre qui semblait y régner. Rien ne changea pour nous de façon officielle. Mais, à la suite du discours de Djemmal-

Eddin, on ordonna aux officiers de calmer un peu leur zèle, et de se montrer plus polis. Quelques mois après la visite du Tsar, on nous rendit nos grades et nous fûmes pardonnés. L'histoire de l'herbe s'oubliait. Mais pour Djemmal-Eddin l'occasion de remettre sa fameuse lettre ne se présenta plus. Il continuait de l'écrire. Croyait-il vraiment que l'Empereur allait la faire porter à son père, alors que Shamil était réapparu en Tchétchénie et massacrait nos soldats avec une efficacité sans précédent ? Ordre avait été donné en haut lieu de garder le secret sur nos immenses pertes au Caucase. Nous les cadets, nous ne savions rien de ce qui se passait là-bas. Pas encore.

Je passai près de trois ans à ses côtés dans le dortoir des Tcherkesses : s'il parlait peu le jour, Djemmal-Eddin devenait, la nuit, intarissable ! Il rêvait à haute voix, et ses marmonnements, moitié en russe, moitié en langue avar, m'empêchaient souvent de dormir. Je n'aurais eu garde de le lui avouer ! Et je n'ai jamais osé, au grand jamais, lui demander ce que signifiait le mot qu'il répétait inlassablement dans son sommeil. Il ne m'aurait pas répondu et n'aurait plus fermé l'œil. Quand je tentai de le redire à mon frère Dimitri, il ne le comprit pas. Je dois avouer n'avoir pas cherché plus loin. Aujourd'hui soixante ans plus tard, je le livre à nos lecteurs tel que je crois l'avoir entendu. Je serais heureux si quelqu'un m'en donnait le sens. Le mot était *bachou* [...]. »

(12)

LE PREMIER CORPS DES CADETS
DE SAINT-PÉTERSBOURG

MARS 1845

« Bahou, Bahou-Messadou, est-ce toi l'eau du torrent dont je rêve toutes les nuits ?

« Il ne se passe pas de jour où mon cœur ne crie ton nom. Chaque fois que les verges sifflent dans l'école, chaque fois qu'elles s'abattent sur un camarade, c'est sur ton dos que les coups pleuvent, et c'est ta chair qu'elles labourent. Chaque fois que le sang gicle, je crois te voir agenouillée sous le pilori d'Akhoulgo, je t'entends qui pleures et mon âme éperdue sanglote avec toi...

« Mais la nuit, est-ce bien toi, Bahou ? M'envoies-tu ces visions, comme les Saints aux Croyants qui prient et s'endorment sur leurs tombes ? Où te trouves-tu à cette heure ? Descends-tu des jardins du Paradis pour venir me visiter en songe ?

« Dans mon rêve, tu n'as plus ton corps et tu n'as plus ta voix. Tu es la rivière qui coule sous le pont de Ghimri, tu es l'Andi Koysou qui roule et gronde et se brise contre nos rochers. Tu n'es pas déserte. Tu n'es pas vide. De tes profondeurs remontent des miroirs d'or, des plats, des bracelets, des fourreaux, des épées. Sur la crête de tes vagues planent des coupelles d'albâtre, aussi blanches, aussi pures que ton écume. Tu charries dans tes flots les plus beaux kinjals. Ils voguent et tourbillonnent entre les pierres. Mais au lieu de les laisser couler et disparaître au fond des trous, toi, la rivière de Ghimri, tu les rejettes à mes pieds sur le rivage. Puis tu te retires, tu me laisses seul avec le trésor qui scintille et m'aveugle, tu m'oublies. Que veux-tu me dire, Bahou-Messadou ? Tu m'as rendu les sabres engloutis des khans de Khounzakh mais toi, tu continues ton chemin, pure et limpide. Que veux-tu me dire ? J'ai cherché dans le Livre. Je n'ai pas trouvé la réponse. J'ai interrogé le mollah. En vain…

« Comparé au cheik Jamaluddin al-Ghumuqi, il ne sait rien, et je ne lui fais pas confiance ! Quand je lui demande pourquoi la musique est interdite aux vrais Croyants, pourquoi je ne dois pas écouter le chant du piano, pourquoi je ne dois pas l'apprendre, il me dit qu'au contraire, la musique est le grincement des charnières qui ouvrent les portes du Paradis. Si c'était vrai, mon père n'aurait pas crevé tous les tambours ! Il m'affirme alors qu'il y a différentes sortes de musique. Que certaines peuvent en effet exciter l'âme, l'entraîner où elle ne doit pas aller. Mais que ce qui est juste au Caucase, ce qui est bien chez nous, ne l'est pas à Pétersbourg ! Comment cela se pourrait-il ? Il n'y a qu'une Loi ! La Charia. Et la Charia interdit la musique et la danse !

« À l'entendre, la vie est si dure dans nos montagnes et le temps si précieux que les hommes ne peuvent se permettre de se laisser amollir par la musique et distraire de Dieu. Mais qu'ici, à Pétersbourg où le temps ne compte pas, où le jour dure toute la nuit, où la guerre est loin, la musique ouvre le cœur et l'élève vers le Très-Haut. Il dit qu'ici la musique est un hymne d'amour au Tout-Puissant, un remerciement pour la vie dont Allah nous a fait don. Il dit que toutes les merveilles qui nous entourent ici sont un don du Seigneur, et qu'en prénommant son fils *Djemmal* qui signifie *Beauté*, puis *Eddin* qui signifie *Religion*, mon père s'accorde avec lui.

« Je ne le crois pas ! Il ment. Il sert les Infidèles. C'est pour cela que les Infidèles nous l'ont donné pour guide. Afin qu'il nous trompe, qu'il nous égare et nous conduise sur la mauvaise voie…

« Quand il assure que les Russes d'ici ne ressemblent pas aux Russes de chez nous, sur ce point, il dit la vérité. Si mon père rencontrait le Tsar, je suis certain qu'il le respecterait et l'aimerait. Le Tsar est juste, il est noble, il est généreux. Vois comme il traite ses prisonniers. Regarde comme il me traite… Les Giaours ne sont pas aussi vils que nous le pensions, Bahou ! Oui, leurs femmes dansent, elles sont décolletées et parfumées. L'Impératrice se conduit pourtant avec modestie, avec dignité… Elle se conduit honorablement… Ses fils la respectent.

« Est-ce un leurre ? Un artifice du Diable ? Dois-je la mépriser, elle, et tous les autres Giaours ? L'amitié de Buxhöwden, l'amitié de Milioutine sont-elles des pièges ? Faut-il que je m'en méfie ? Bahou, réponds ! Comment dois-je me conduire ? Tout cet or à mes pieds, cet or que tes flots m'ont rendu, dois-je le rejeter dans l'Andi Koysou ou dois-je le ramasser ?… Qu'attends-tu de moi ? »

(13)

LE PALAIS DU COMTE KISELIEV
À SAINT-PÉTERSBOURG
FÊTE DE LA SAINT-DIMITRI

21 SEPTEMBRE 1845

— … Un vrai pensionnat, cette maison, commenta le comte Pavel Dimitrievitch Kiseliev, levant un regard préoccupé sur le plafonnier du fumoir dont les flammes vacillaient à chaque cavalcade à l'étage.

Quai de la Moïka, dans le somptueux palais Zurova-Kiseliev qui se reflétait, rose et blanc, sur les eaux du canal, la Saint-Dimitri revêtait cette année-là un lustre particulier… Et pour cause ! En ce jour du 21 septembre 1845, le comte Pavel Dimitrievitch avait plusieurs bonnes raisons de se réjouir. Outre la mémoire du saint patron de sa famille, il célébrait ce soir le retour de son neveu bien-aimé qui revenait de sa seconde campagne au Caucase. Dimitri Alexeïevitch Milioutine rentrait aussi perplexe que la première fois… Mais plein de projets, amoureux, et marié.

Deux ans plus tôt, il s'était épris de la fille du général Poncet, Natalia, qu'il avait épousée en toute hâte avant son rappel. Un bonheur de courte durée. Il avait dû laisser sa jeune femme à Pétersbourg, la quittant pour d'autres noces, plus solitaires et plus tragiques, avec les montagnes du Daghestan… Foin des mauvais jours ! Dimitri était vivant.

Bien que les épreuves l'aient mûri, il gardait à vingt-neuf ans le regard franc d'un très jeune homme. Quant à son épaisse chevelure d'un blond cendré, à peine plus sombre, elle ondoyait toujours en boucles rebelles, malgré la brillantine et la raie de côté… Trop longue, un peu trop longue dans la nuque au gré du comte ! Aucune importance. Dimitri se tenait là, assis dans le fumoir devant leur cheminée… Près de lui. Et ce soir, en son honneur, Kiseliev donnait un grand raout.

Il y aurait dîner, bal et souper, un ensemble de réjouissances auxquelles toutes les générations pourraient participer. À cette occasion, le plus petit des frères Milioutine, Alexandre Alexeïevitch – dit *Sacha*, un gamin de quatorze ans –, avait reçu la permission de ramener un ou deux de ses condisciples du Premier Corps des Cadets. Il avait bataillé pour étendre cette invitation à quatre amis de cœur, soulignant que la Saint-Dimitri était un dimanche et que, du fait de l'éloignement de leurs illustres familles, ces malheureux restaient consignés chaque fin de semaine au Corps, durant toute l'année. Ce ne serait donc que charité chrétienne, pure charité, de les en extraire pour la fête. Avec beaucoup d'habileté et de mauvaise foi, il avait cité les noms de deux d'entre eux… Les seuls qui ne fussent pas pensionnaires : le grand-duc Mikhaïl Nicolaïevitch, du même âge que lui, et le grand-duc Nicolas Nicolaïevitch, un an de moins. L'Impératrice, leur chère maman, soignait sa santé en Italie depuis le début de l'été. Leur père, le tsar Nicolas, ne pouvant se passer de sa présence, était allé la rejoindre. Le tsarévitch Alexandre, qui secondait l'Empereur durant ces quelques mois et tenait les rênes de l'État en son absence, n'avait guère le loisir de s'occuper de ses petits frères…

Les excellentes fréquentations de Sacha avaient séduit le comte : négligeant de s'informer du nom des deux autres, il avait signé les autorisations de sortie.

Une nouvelle cavalcade ébranla le plafond.

— … Mais qu'est-ce qu'ils fabriquent là-haut ? À quatorze ans, on sait se conduire, tout de même ! S'ils continuent, ils vont faire tomber les chandelles et mettre le feu…

Retournant au ton qui seyait à son humeur, Kiseliev reprit joyeusement :

— … Sacha est déchaîné ce soir ! Je suppose qu'il ne peut attendre de te présenter ses vœux. Un sourire effleura les lèvres du comte… À moins que ce ne soit l'impatience de côtoyer des demoiselles qui les mette dans cet état d'excitation, lui et ses camarades ! J'ai invité pour eux quelques petites personnes de leur âge qu'on m'a dites mignonnes à croquer…

Cette fois, ce fut au tour de Dimitri de sourire. *Les femmes* : la grande faiblesse de l'oncle. Il les avait tellement aimées, il en avait tellement rêvé, qu'il imaginait très clairement l'émoi des cinq adolescents, se coiffant, se pommadant là-haut devant le miroir. Le comte mettrait probablement la même fièvre à se préparer tout à l'heure…

— Tu monteras voir ton petit frère plus tard. Je lui ai interdit de descendre avec sa bande avant l'arrivée des jeunes filles… Nous avons encore quelques heures de tranquillité devant nous… Mon cher enfant, j'ai tant pensé à toi. Je voulais te garder quelques instants pour moi seul… Causons… Tu avais vu juste, n'est-ce pas ?… Les choses ne s'arrangent guère là-bas…

Depuis une semaine, depuis son retour, Dimitri tentait de ne pas ennuyer son entourage avec ses souvenirs de guerre. Il évitait le sujet. Mais si le comte, dans l'intimité d'une conversation entre militaires, le prenait par ses sentiments patriotiques, il n'était pas certain de résister longtemps au besoin de lui confier ce qu'il avait sur le cœur.

— Shamil s'est emparé de la plupart des cols qui relient le Daghestan à la Tchétchénie. Avec ses troupes, il circule librement entre les deux régions.

Le comte, assis sur le canapé derrière les petites tables qu'on avait déjà dressées pour le jeu, tirait sur son gros cigare. Les jambes confortablement croisées, il écoutait avec attention : il savait que Dimitri caressait le projet de quitter l'armée... Une erreur. Une folie ! D'autant que la carrière du jeune homme progressait. Il s'était si vaillamment conduit dans les forêts tchétchènes qu'il avait été proposé pour la croix de Saint-Georges et le grade de capitaine. Dimitri pouvait bien critiquer ses supérieurs, il en était apprécié. Seulement voilà... Il s'était mis en tête de donner sa démission et de terminer le travail auquel il s'était attelé sous la tente, durant ses nuits de veille. Un livre sur le Caucase... Pourquoi pas ? Avec le temps, Dimitri était devenu grand connaisseur de la région, de sa géographie, de ses mœurs. Au soir de chaque combat, au terme de chaque massacre, il avait consigné ce qu'il avait vu, poursuivant la réflexion commencée au siège d'Akhoulgo. Mais son expérience personnelle ne lui suffisait plus. Avec son enthousiasme habituel, il s'était embarqué dans une vaste enquête et cherchait à se documenter partout. Il rêvait de faire part de ses suggestions au Tsar. Il rêvait d'aider la Russie à mettre fin

à cette guerre. Il rêvait de conclure une paix durable…
Oui, pourquoi pas ?

Inutile, cependant, d'abandonner le service ! Dimitri pouvait très bien écrire son rapport, son ouvrage – appelons cela comme il voudra – sans quitter le régiment. Le comte était prêt à lui faciliter la tâche. Il avait choisi les hôtes du raout de ce soir en conséquence, parmi le clan des « Caucasiens de Saint-Pétersbourg ». Il avait invité les parents, les connaissances, tous les amis liés de près ou de loin à l'histoire du Caucase, qui pourraient lui fournir des informations. Les grands aristocrates de la dynastie des Bagration qui combattaient les Musulmans dans les rangs de l'armée russe depuis quarante-cinq ans, depuis l'annexion de la Géorgie par le tsar Alexandre. Les membres de l'état-major du nouveau vice-roi en poste à Tiflis, le comte Mikhaïl Vorontsov… Il attendait aussi les officiers des régiments de la Ligne, les gradés en permission… Beaucoup de jeunesse « caucasienne » en perspective ! Le comte avait poussé le zèle jusqu'à décliner le thème au féminin, conviant les princesses de la famille royale de Géorgie – les nombreuses petites-filles du dernier roi Georges XII – que chaperonnait leur mère, la princesse Anastasia… Une vieille amie. Née princesse Anastasia Grigorïevna Obolenskaïa, la princesse passait autrefois pour une beauté… Elle avait aujourd'hui quarante ans, et treize enfants : cinq fils et huit filles. Une mine pour les bals d'adolescents. Bien que son mari, le prince Ilya de Géorgie, ait rang d'Altesse Sérénissime et qu'il habitât Moscou, leurs trois aînées fréquentaient l'Institut Smolny, réservé – en principe – aux jeunes filles de l'aristocratie désargentée de Saint-Pétersbourg. On disait la première, Anna, qui venait d'être reçue à la cour parmi les demoiselles d'honneur de l'Impératrice, plus splendide encore que la mère… Elle avait dix-sept ans… Certes, certes, tout cela n'intéressait guère Dimitri : il avait déjà rencontré l'âme sœur, lui. Mais son second frère, le fringant Nicolas Alexeïevitch Milioutine, âgé de vingt-sept ans, s'était engagé dans une voie difficile en préférant la carrière civile à celle des armes… Quant au troisième, Volodia, qui prétendait étudier la philosophie à l'université… Qui sait si Nicolas et Volodia ne rencontreraient pas des partis avantageux ce soir, des partis très au-dessus de leurs espérances ? Qui sait ? Chacun pouvait rêver.

Les questions du comte avaient toutefois conduit les préoccupations du héros de la fête très loin des impératifs de la vie mondaine :

— Nous cédons du terrain et reculons partout, soupira Dimitri. En un an, les bandes de Shamil nous ont pris quinze places fortes, vingt-sept canons…

— Un désastre, je sais, je sais… Et la patience du Tsar est à bout. Le lundi, à chaque séance du Conseil, il explose. Il exige qu'on en finisse. Tu remarqueras qu'à cet effet, *les mesures qui s'imposent* – comme tu les appelais naguère –, les mesures que l'Empereur a jugées nécessaires ont été prises… Sa Majesté a révoqué Grabbe, Elle a remplacé tous les généraux, doublé vos effectifs… Tu n'oseras pas, cette fois, te plaindre que vous manquez de moyens !

— Non, je n'oserai pas… L'Empereur a par ailleurs envoyé de l'argent, beaucoup d'argent, pour que nous corrompions les proches de l'Imam. Nous avons essayé de le faire assassiner, nous avons même fourni le poison aux tueurs. Ils ont empoché nos fioles, ils ont touché notre prime… et sont allés déposer l'ensemble aux pieds de leur victime.

— Et tu as l'air de trouver cela naturel !

— Nous ne laissons aucun autre choix aux Montagnards, sinon celui de rester fidèles à l'imam Shamil.

— Fidèles ? Si proche de la trahison, cette sorte de
fidélité me paraît bien peu recommandable !

— Sur ce point – la fidélité des Russes, notre fidélité à nous, mon oncle – nous avons de bien curieuses
manières envers les indigènes qui nous secondent et
nous servent ! D'une part, nous ne reculons devant
aucune dépense pour attirer les transfuges dans nos
rangs. Mais une fois ces transfuges gagnés, nous ne
nous soucions plus de leur sort et les livrons avec
indifférence à la vengeance des leurs. Résultat : nous
les confortons dans la certitude que mieux vaut pour
eux qu'ils nous combattent, afin que nous tentions de
les acheter. Plutôt qu'ils pactisent avec nous, pour que
nous les abandonnions à une mort cruelle et certaine,
par le bras des Murides.

— L'arrivée du comte Vorontsov va changer tout
cela. Il a les pleins pouvoirs… Je le connais. C'est un
homme fin, très intelligent… Un stratège redoutable,
l'un des grands vainqueurs de Napoléon.

Dimitri rougit de colère et frappa son genou, scandant ses mots avec indignation :

— Mais quel rapport, quel rapport, entre les champs
de bataille de Napoléon et la guerre d'embuscade de
Shamil ? Sinon, peut-être que du temps de Napoléon,
c'étaient les Russes qui défendaient leur pays et leur
liberté contre l'envahisseur. Tandis que maintenant…
les rôles sont inversés.

Le comte décroisa les jambes, écrasa furieusement son
cigare, et balança dans l'âtre le contenu du cendrier :

— Ne t'avise pas d'écrire ce genre de choses dans ton
livre, mon cher. Tu risquerais fort de goûter à une
Sibérie beaucoup moins douce que ton fameux Caucase.

Désolé d'avoir provoqué l'irritation du comte auquel il devait tant, le jeune homme se radoucit. Il poursuivit avec calme :

— Cependant, le comte Vorontsov va trop vite, mon oncle… Le Tsar le presse. Il marche au pas de charge… Lorsqu'il ordonne à toute son armée de s'enfoncer dans la forêt tchétchène, sans prendre le temps d'y faire abattre un seul arbre, sans prendre la peine d'en nettoyer un seul fourré, il commet une erreur qu'aucun soldat, fût-il le plus humble vétéran des régiments de Tchétchénie, n'aurait commise… Celui-là aurait su que les Montagnards seraient postés derrière chaque tronc. Qu'ils auraient bloqué l'étroit sentier avec des barricades, isolé tout le milieu de la colonne entre plusieurs amas de branches, coincé nos soldats par petits groupes. Et décimé les hommes sans qu'ils puissent ni avancer, ni reculer, ni se défendre. Tout cela eût été une évidence… Quant à l'horreur du spectacle dont l'Imam nous régale, nous, les rares rescapés qui réussissons à forcer ses obstacles, elle fait désormais partie de toutes nos expéditions… Des barbaries à nous glacer le sang. Il nous donne une idée de ce qui nous attend… Les têtes de nos camarades plantées parmi les branches, leurs corps mutilés – plus de mains, plus de pieds, plus de sexe – dressés sur les barricades, leurs dépouilles sanglantes que nous devons déblayer pour progresser… Je ne veux pas vous attrister avec de telles visions, mon oncle. Qu'il me suffise de vous dire que le mois dernier, Shamil a massacré quatre mille Russes… En trois jours.

— Ce fanatique est un monstre !

— Il le devient en effet.

— Comment cela, « il le devient » ? Il n'a jamais cessé de l'être. Depuis vingt ans, il sème le carnage et la mort.

— Depuis vingt ans, il lutte pour la survie de son peuple. Et maintenant, il veut autre chose…

Le comte haussa les épaules :

— Évidemment ! De l'or.

— Son fils.

— Le gamin que tu as ramené ?

— L'enfant que j'ai enlevé… Shamil tentera l'impossible pour obtenir son retour. Il est prêt à tous les carnages, à tous les chantages, à tous les échanges d'otages…

— Vaste programme, ironisa le comte avec aigreur.

Un nouveau coup ébranla l'étage, éteignant brutalement les cinquante bougies du plafonnier :

— Ils dépassent les bornes, là-haut ! C'est la dernière fois que je laisse ces vandales s'introduire ici, ils se moquent du monde ! Va voir ce que fiche Sacha et dis-lui ce que je pense de son comportement… Quant au fils de l'Imam, tu n'as qu'à le lui rendre. Nous n'avons que faire, chez nous, des rejetons de monstres et de fous !

Quand Dimitri eut gravi l'escalier et que Sacha se fut jeté dans ses bras, un seul coup d'œil lui suffit pour reconnaître, parmi le groupe des « vandales » qui se tenaient sur le palier, la longue silhouette de Djemmal-Eddin Shamil.

Milioutine en fut tellement saisi qu'il ne songea pas à dissimuler sa surprise et son émotion.

Djemmal-Eddin le salua d'un signe de tête, que le capitaine lui rendit. Immobiles, ils échangèrent un long regard.

Chez l'un et l'autre l'angoisse le disputait à la curiosité… Les souvenirs leur étreignaient la gorge. Tout le passé remontait.

Des deux, le plus jeune semblait presque le moins troublé : il s'attendait, lui, à cette rencontre, il l'avait cherchée, voulue. Il savait que le frère de Sacha rentrait du Caucase… Il n'avait même accepté cette invitation, cédé aux boniments de ses amis sur la chance de sortir de l'école, de s'essayer à la danse avec de vraies partenaires, de fréquenter enfin, enfin, des jeunes filles, qu'avec cet espoir… Approcher le capitaine, l'interroger sur les événements du Daghestan et de Tchétchénie. Il ne connaissait des succès de son père que les bruits qui couraient dans le dortoir des Tcherkesses, rumeurs contradictoires, ambiguës, déformées par la méfiance de ces « Pacifiés » envers le pouvoir grandissant de l'Imam… Dimitri Alexeïevitch accepterait-il, cette fois, de lui donner des nouvelles ?

En dépit de son impatience, Djemmal-Eddin ne bougeait pas, ne posait aucune question… Milioutine le reconnaissait bien là !

Avec sa réserve coutumière, ce mélange de retenue et de fermeté qui le caractérisaient, il attendait poliment qu'on lui adressât la parole, manifestant à son ancien geôlier la même distance qu'autrefois, dépourvue néanmoins de l'agressivité et du mépris d'antan.

Le capitaine crut même lire de la douceur, quelque chose de gentil dans le sérieux de l'expression.

En cinq ans, « l'otage » avait changé. Il était devenu un adolescent racé, extrêmement élégant dans son uniforme de cadet vert et rouge, la casquette à la main, le sabre au côté. Un aristocrate russe du Premier Corps des Cadets de Pétersbourg. Il semblait juste à peine moins « fou » que les deux grands-ducs, moins fou que le comte Buxhöwden, et moins fou que le dernier des Milioutine, qui rivalisaient à la course dans les couloirs, faisaient les pieds au mur et s'entraînaient à mille autres acrobaties de gymnase…

Dimitri n'eut pas le loisir de pousser plus avant ses réflexions : un pas ébranlait derrière lui les cristaux des torchères.

Le comte avait surgi de l'aile droite qui lui servait d'appartement, et s'approchait du petit groupe. Il venait porter ses respects aux fils de son Empereur et les remercier d'honorer sa maison. Il allait, par la même occasion, se faire présenter les autres.

— Ce Musulman ne peut s'asseoir à cette table avec nos invités !

Kiseliev tournait entre les colonnes de l'une des deux rotondes qui flanquaient la salle blanche des banquets.

Les bougies des trois lustres qui couronnaient la table, dressée en fer à cheval pour deux cents couverts, n'étaient pas encore allumées. Mais sur les nappes immaculées, la longue file de candélabres en argent, la rangée d'assiettes en porcelaine, les carafes en cristal liserées d'or, les coupes, les flûtes, les verres rutilaient dans les miroirs et se répétaient à l'infini.

— … Tu m'entends, Dimitri ? tempêtait le comte. Il restera consigné à l'étage… Je ne veux pas qu'il descende ! Je lui interdis de paraître ! Sa présence ici serait une insulte aux hommes qui combattent au Caucase, une injure à la mémoire de tous ceux qui y sont morts !

Devant l'intéressé, Kiseliev avait su dissimuler ses sentiments mieux que son neveu. En vieux courtisan, il avait maîtrisé son étonnement, son embarras…

Sa fureur ne s'exprimait qu'avec plus d'éclat au rez-de-chaussée, semant le désordre dans les derniers préparatifs de la maîtresse de maison.

— … Pour plus de sûreté, fais-le reconduire tout de suite au Corps des Cadets. Quant à ton frère… Celui-là, il ne perd rien pour attendre, il n'a encore rien connu des verges, je vais le faire fouetter publiquement ce soir ! Comment a-t-il osé mélanger ce rebelle à mes hôtes ?

— Ce rebelle, mon oncle, est aujourd'hui le condisciple des grands-ducs, le pupille de l'Empereur…

— L'Empereur est magnanime ! Mais nous, Dimitri Alexeïevitch, nous, nous ne pouvons l'accueillir parmi nous… Je te l'ai dit, je te le répète : ce serait un camouflet, une humiliation inacceptable pour le vainqueur d'Akhoulgo !

Milioutine en resta pétrifié :

— Vous avez convié le général Grabbe ? Ce soir ?… Mais quelle idée !

L'oncle sentit le reproche. Il le balaya :

— Tu voulais du Caucase, je te donne du Caucase, mon cher !

Dimitri se garda de pousser la discussion sur ce terrain. La proximité de Grabbe le laissait toutefois perplexe. Il réfléchit quelques instants avant de revenir à ce qui les occupait : la conduite à tenir envers Djemmal-Eddin Shamil.

— L'offenser sans raison, l'enfermer, le chasser, le traiter en ennemi, c'est s'opposer à l'éducation que Sa Majesté a choisi de lui donner, et contrevenir à ses désirs. Ce garçon appartient désormais au meilleur monde : le Tsar l'a voulu ainsi.

L'argument porta.

— Alors, fais dresser une seconde table ! Dans la salle à manger de ta tante, dans le salon cramoisi, le salon bleu, le salon vert… Où tu voudras, mais au diable ! La maison est assez grande. Organise au fin fond du palais une fête réservée aux enfants.

— Et qui parmi les jeunes altesses impériales et les petites altesses sérénissimes, qui, mon oncle, exilerez-vous « au fin fond » du palais ? Vous ne pouvez placer qu'ici, à votre droite dans la salle des banquets, avec leur mère, les princesses de Géorgie. Quant à envoyer les grands-ducs « au diable », voilà qui ne se serait jamais vu !... En parlant d'humiliation et de camou-flets, vous battriez tous les records.

— Donc, à t'écouter, le problème est insoluble ? Vraiment, vraiment, vraiment, explosa le comte, ton Imam ne m'aura causé que des désagréments... Il me dérange jusque dans mon plan de table !

Dimitri dissimula un sourire.

— Pour le plan de table, je crains en effet qu'il ne nous faille suivre ses diktats et nous en remettre à la grâce de Dieu !

Milioutine affectait d'autant plus de légèreté qu'il mesurait très précisément la difficulté de la situation.

En introduisant chez les Kiseliev – et, par voie de conséquence, dans les plus hautes sphères de la cour – le fils du « monstre » qui coupait les mains, les pieds et les sexes des proches de tous les invités, Sacha avait réussi un coup de maître... La soirée promettait.

— À moins que... Tout à l'heure mon oncle, vous avez dit au jeune comte Buxhöwden que vous aviez connu son père à Bucarest, n'est-ce pas ?

— J'ai connu beaucoup de Buxhöwden dans ma vie : son père, ses frères, son grand-père... Tous de sacrés gaillards. Casse-cou, bretteurs, têtes brûlées, tous ! Mais des cœurs purs et des âmes chevaleresques... Pourquoi cette question ?

— Parce que leur fils, d'après ce que Sacha m'en a raconté, semble fabriqué du même bois, qu'il est le plus âgé, et probablement le seul de la petite bande à pouvoir mesurer les conséquences d'un scandale sur l'avenir de Djemmal-Eddin.

— L'avenir de ce garçon, mon cher, je m'en lave les mains !

— J'avertirais quand même Buxhöwden des réactions auxquelles son ami risque de se trouver exposé… Afin qu'il le tienne si possible éloigné des officiers, qu'il le garde sous le coude et veille au grain.

En parlant de « veiller au grain », Dimitri se gardait bien de formuler ce qu'il redoutait vraiment.

Il n'avouait pas que la susceptibilité des « Caucasiens de Pétersbourg » lui semblait bien moins menaçante que celle du seul véritable « Tcherkesse » de la soirée. Le danger, le vrai, c'était la violence des sentiments de Djemmal-Eddin… Qu'éprouverait-il en écoutant les propos des commensaux autour de la table ?

… La violence de ses sentiments, oui, et la promptitude de ses réflexes !

D'expérience, Milioutine connaissait son orgueil. Il le savait aussi fier, aussi ombrageux que rapide à défendre les siens.

Les discours qu'il risquait d'entendre sur son peuple ne manqueraient pas de le blesser dans ce qu'il avait de plus précieux. Il se sentirait attaqué dans sa religion, dans sa chair, dans son sang… Et dans son honneur.

Quant à la présence du général Grabbe sous ce toit… Comment Djemmal-Eddin pourrait-il se comporter avec dignité envers l'homme qui l'avait trahi et fait enlever ?

Insoluble ! Le comte avait dit vrai.

À la seconde où Dimitri entendit les voix perlées et les frous-frous des premières invitées dans le vestibule de parade, il comprit qu'il avait oublié l'essentiel : la présence de jeunes filles. Avec un peu de chance… rien ne se déroulerait comme lui-même l'avait imaginé. Avec un peu de chance, cette nuit serait frivole et gaie. Djemmal-Edddin ne pouvait porter sur ses épaules toute la misère du monde, résoudre à lui seul la tragédie de son peuple… L'heure avait sonné pour ce garçon de redevenir ce qu'il n'aurait jamais dû cesser d'être : un enfant de son âge, un gamin comme les autres ! Curieux du monde, curieux de la vie… Semblable à tous les adolescents de quatorze ans.

« … Bah, même le pire, se moqua Dimitri, raillant à part soi le pessimisme de ses prévisions… même le pire n'est jamais sûr ! »

Premier manquement aux usages : Sacha et sa bande ne vinrent saluer personne. Bien que le comte leur eût donné l'autorisation de descendre à l'étage noble, les cinq cadets restèrent tapis au milieu de leur escalier, jusqu'au dîner… Ils jugeaient probablement plus intéressant d'observer les demoiselles qui ôtaient leurs sorties de bal dans la vaste antichambre, arrangeaient leurs boucles devant les miroirs, défroissaient leurs jupes à coups d'éventail. Sans en être vus… Conduite inacceptable… Mais parfaite ! Ainsi ne présenterait-on pas Djemmal-Eddin aux familles… Dimitri se garda bien de réprimander son petit frère.

Là-haut, chuchotements, fous rires et commentaires allaient bon train. Buxhöwden et Nicolaï Nicolaïevitch – *Nicky* –, l'aîné des deux grands-ducs qui passait déjà, à quatorze ans, pour grand connaisseur de chiens, de chevaux, et de femmes, en tombèrent d'accord : petites mains, petits pieds… Ravissantes, en effet ! Sacha, en leur vantant les charmes des princesses de Géorgie, que lui-même n'avait jamais vues, Sacha, pour une fois, n'avait rien exagéré.

Sœurs et cousines arrivaient nombreuses, mais n'appartenaient pas aux mêmes générations. Georges XII, le dernier roi de Géorgie, avait eu près de vingt enfants : parmi ses descendantes, les plus âgées étaient des douairières. Celles-là portaient le somptueux costume national. Elles étaient coiffées d'un bandeau qu'elles ceignaient comme une couronne ; d'un long voile diaphane qui leur tombait dans le dos ; et d'une robe, chargée de broderies, qui leur découvrait la cheville. L'ensemble évoquait les châtelaines du Moyen Âge dans les illustrations des romans de Walter Scott… Trop anciennes, trop démodées pour le goût des jeunes gens. Ils ne les regardaient pas… Les autres, ah, les autres, c'était une autre affaire ! Elles portaient des crinolines de satin rose, bleu ou blanc, à la mode de Paris, et des fleurs fraîches à la ceinture… Elles étaient dotées de grands yeux sombres, et de longues anglaises, d'un noir luisant, qui encadraient leurs visages aux traits réguliers. Teint mat, perfection de l'ovale, démarche aérienne… Elles se ressemblaient. À entendre les péroraisons du grand-duc, ces dames se divisaient toutefois en deux catégories : deux types de femmes, bien différents… Les unes, pontifiait Son Altesse, avaient une sorte de langueur dans le regard, quelque chose de doux, de mélancolique et de lointain. Les autres, intenses, voluptueuses, semblaient l'incarnation d'une sensualité pleine de promesses…

Si Sacha n'entendait pas toutes ces subtilités, il avait repéré deux fillettes de son âge, que leur gouvernante débarrassait de leurs effets. À peine sorties de l'enfance, elles ne resteraient sans doute pas pour le bal et le souper de minuit. Mais dans leurs courtes robes juponnées et leurs pantalons de dentelle, elles lui parurent accessibles, gracieuses, et dignes de conquête. Sans en avertir personne, il débaula les marches, claqua des talons et se présenta comme le directeur des plaisirs de la petite classe…

Décidément, il se sentait en pleine forme ce soir ! Tout allait pour le mieux.

Ce fut exactement ce que pensa Dimitri, en s'asseyant dans la salle des banquets. Tout allait pour le mieux.

Seuls les adultes, les jeunes personnes entre seize et vingt ans, et les adolescents de la famille impériale étaient placés à table. Le reste des enfants se répartissait aux deux extrémités du fer à cheval, les garçons avec leurs précepteurs, les filles avec leurs institutrices.

Le hasard de la procession à travers les appartements de parade – … le hasard, ou bien l'habileté de Buxhöwden, mis dans le secret des difficultés de ce soir – voulut que Sacha et ses amis, ainsi que les fils de quelques convives, ne parviennent dans la salle qu'après tout le monde. Le comte Kiseliev présidait déjà la table du centre, avec les deux grands-ducs, les princes de la famille Bagration, et les généraux qui siégeaient à ses côtés. La comtesse Kiseliev, née princesse Potocka, présidait le milieu de l'aile de droite, avec la princesse de Géorgie, et toutes les dames en vis-à-vis. Dimitri, le milieu de l'aile de gauche, avec les dignitaires et les officiers… Ce côté-là, le côté des hommes, était presque complet. La dizaine de retardataires alla donc s'installer de l'autre côté, avec les lectrices, les chaperons et les gouvernantes.

Dimitri, satisfait, se carra dans sa chaise... Oui, le hasard faisait bien les choses, on ne pouvait mieux, même ! La bande de Sacha se trouvait dans sa ligne de mire : il surveillerait aisément Djemmal-Eddin. En outre, le groupe des duègnes séparait les garçons du reste des convives : impossible pour « le rebelle », comme l'appelait l'oncle, d'entendre d'autres conversations que celles de ses camarades... Aucun problème !

Pendant les vœux et la procession, nul ne l'avait remarqué : invisible parmi la masse des uniformes. Nul ne le repérerait maintenant, assis aux antipodes, à deux cents couverts du général Grabbe... Aucun problème, vraiment !

On pouvait même supposer que le garçon ferait son possible pour ne pas attirer l'attention. Cette réception n'était-elle pas sa première sortie dans le monde ? Son premier dîner, son premier bal ? Dimitri se souvenait de son propre état, dans les mêmes circonstances. Il se souvenait de sa crainte du ridicule à quatorze ans, de sa gaucherie, de son malaise... Qu'on ne le voie pas, surtout ! Qu'on ne le remarque pas !

En effet, Djemmal-Eddin ne disait pas un mot. En retrait selon son habitude, il semblait chercher à disparaître et se reculait discrètement dans sa chaise, afin de permettre à ses voisins de voir les pitreries de Sacha.

Lui, en revanche, lui, Sacha, il exagérait ! Il en faisait trop !

Dimitri savait que son petit frère tâchait de prendre de vitesse ses rivaux – tous les garçons de la fête –, car il se croyait laid... Moins beau en tout cas que Leurs Altesses Impériales, blonds aux yeux bleus, de type nordique, plus allemands que russes : l'incarnation de ce qu'il aurait voulu être ! Mais ceux-là siégeaient trop loin, trop haut, pour que Sacha puisse entrer en compétition avec eux… Buxhöwden ? À coup sûr, Sacha se jugeait moins masculin que Buxhöwden, blond, lui aussi, mais bâti en force, un grand gaillard, à la fois insaisissable et puissant… Djemmal-Eddin ? Sacha se savait certainement moins séduisant que Djemmal-Eddin, aux pommettes saillantes, aux grands yeux de chat qui s'étiraient en amande… Bah, au diable, le physique ! Lui avec ses taches de rousseur, son nez en trompette, et ses courts épis en bataille, il se trouvait, il se voulait, spirituel. Il exagérait donc son côté comique et surmontait sa timidité en parlant fort et en gesticulant.

Dimitri le voyait s'adresser directement aux deux fillettes qu'il avait saluées dans le vestibule. Il leur parlait au-dessus de la tête de leur gouvernante : elles riaient sans contrainte à toutes ses plaisanteries.

Elles étaient les sœurs cadettes de la somptueuse jeune fille qui siégeait aux côtés de sa mère, à la droite de la comtesse Kiseliev… Dimitri reconnaissait en son for intérieur que, s'il n'avait été si heureusement marié, la belle princesse Anna de Géorgie… Quoi qu'il en soit, les conquêtes de Sacha s'appelaient Varenka et Gayana. Varenka avait quatorze ans. Gayana, un an de moins. Varenka était de santé délicate, trop maigre et trop frêle, avec d'immenses yeux noirs et des sourcils bien arqués ; Gayana, très brune comme ses aînées, mais ronde et remuante… Aussi effrontée que Sacha.

Les fillettes, placées de l'autre côté des institutrices, négociaient ferme pour que deux des duègnes remontent d'un cran, et les laissent occuper les chaises près des garçons. Elles venaient d'obtenir gain de cause et s'installaient entre Djemmal-Eddin et un jeune homme qui portait le prestigieux uniforme bleu à boutons dorés du

Lycée Impérial, où Pouchkine avait étudié. Un sourire effleura les lèvres de Dimitri : on s'amusait davantage en bout de table qu'ici avec le ministre de la Guerre !

Rassuré, il se désintéressa de ce qui se passait chez son petit frère : la partie était gagnée.

Sur ce point, il se trompait. L'élève du Lycée Impérial, qui parlait maintenant plus haut et plus fort que Sacha, l'excitait dangereusement. Quant à Djemmal-Eddin, il vivait un moment dont Dimitri, en tentant de se mettre à sa place tout à l'heure, n'avait pas imaginé la violence.

Qu'est-ce qui l'oppressait ainsi ? La solennité du décor, le poids des vingt-quatre colonnes blanches, des chapiteaux corinthiens soutenant l'énorme voûte ? Qu'était-ce donc ? La chaleur ? La lumière ? Les vibrations des flammes qui se brisaient sur les cristaux des lustres et dansaient dans les miroirs comme des fragments d'arc-en-ciel ? Il se sentait pris au piège, saisi à la gorge, proche de la panique.

Il pouvait mesurer aujourd'hui l'ampleur de ce qui lui avait échappé cinq ans plus tôt, lors des cérémonies du jour de l'an au palais d'Hiver. Juger de la splendeur des objets, se laisser éblouir par le raffinement de chaque détail, impressionné, fasciné par tant de richesse et d'éclat.

Il en connaissait trop, désormais, ou pas assez sur le monde qui l'entourait.

S'il avait appris certains usages chez les cadets, il comprenait l'immense distance qui lui restait à parcourir. Certes, certes, il savait reconnaître au premier coup d'œil les grades des officiers, et les saluer selon le protocole. Il savait même se tenir très convenablement à table… Mais le reste ? Ses maîtres ne l'avaient pas entraîné à claquer des talons devant les demoiselles, ni à flirter avec elles… Quant à maîtriser l'emploi des ustensiles d'apparat, de tous ces couteaux, de tous ces verres… Oui, Dimitri avait vu juste en supposant que Djemmal-Eddin se sentait maladroit et honteux. Mais à ces émois d'adolescent, s'ajoutait chez lui une autre sorte de gêne, une gêne morale, qui venait multiplier et compliquer son malaise.

Le vin qui dansait devant lui, blanc, rouge, doré, le vin que son père répandait par tonneaux… Il n'y touchait pas. Mais l'odeur suffisait à l'enivrer, à le rendre coupable.

En approchant si près de ce qu'il n'aurait jamais dû approcher, en découvrant l'opulente beauté des femmes qu'il n'aurait jamais dû soupçonner, en frôlant des yeux leurs grands décolletés et leurs épaules dénudées, il jouait un jeu dangereux avec la tentation. Il le sentait.

Il s'en voulait d'avoir accepté cette fête. Il s'en voulait d'y participer. Il s'en voulait d'être là, à cette table, dans cette salle, ce palais, ce pays. Il s'en voulait de tout !

Il cherchait l'occasion de s'éclipser… Trop tard !

— Djemmal-Eddin, hurlait Sacha, toi qui connais la région : n'est-ce pas que le Caucase appartient à la Géorgie, n'est-ce pas, que Son Altesse la princesse Varenka Ilyinitchna et Son Altesse la princesse Gayana Ilyinitchna sont à la fois russes, géorgiennes et caucasiennes ?

Dans l'état où il se trouvait, il ne comprit pas la question.

— … Monsieur prétend le contraire, insistait Sacha en désignant le lycéen en face de lui, Monsieur prétend que la Géorgie orthodoxe et le Caucase musulman n'ont rien en commun !

— Je n'ai pas dit cela ! s'emporta son vis-à-vis.

Il avait la voix qui muait. Pointue, elle portait loin.

— Ah bon ? Et qu'avez-vous dit ?

— J'ai dit qu'une partie seulement des montagnes du Caucase se trouvait en Géorgie. Et qu'en ce sens, la population géorgienne était moins caucasienne que russe.

Sentencieux, le lycéen aimait donner des leçons.

— Totalement idiot ! s'écria Sacha, prêt à affirmer n'importe quoi pour avoir le dernier mot.

— Tout le Caucase est russe…, poursuivit l'autre, développant son raisonnement.

— Tout le Caucase n'est pas russe, corrigea Varenka.

Cette intervention jeta un froid. Il y eut un instant de silence. Buxhöwden s'agita sur sa chaise. Il pressentait le danger. Djemmal-Eddin, lui, ne bougeait pas. Il écoutait, intensément, ce que disait la jeune fille.

— La preuve, minauda Gayana, c'est que l'amoureux de Varenka est resté huit mois prisonnier de Shamil dans le Caucase…

— Il n'est pas mon amoureux !

— Peut-être… Mais il a été l'otage de Shamil pendant huit mois !

— Shamil ? Mon père l'a tenu sous sa botte, se vanta le rival de Sacha.

Djemmal-Eddin avait pâli jusqu'aux lèvres. Il était si visiblement bouleversé que Buxhöwden crut qu'il allait perdre le contrôle de ses nerfs.

— Notre parent, le fiancé de Varenka, insista Gayana, a vécu avec lui, dans son village, dans sa maison. Il a même connu ses enfants. Il dit que Shamil n'est pas tel que l'on imagine. Il dit que c'est un très grand guerrier et qu'il l'admire.

— Votre parent, pontifia le garçon, appartient probablement à cette branche de la maison royale de Géorgie qui sert le Shah de Perse plutôt que le Tsar de Russie.

Varenka devint presque aussi rouge que Djemmal-Eddin était blême. Le lycéen avait touché un point sensible.

Certains membres de l'aristocratie géorgienne complotaient contre l'occupation russe et, bien que Chrétiens, la combattaient en s'alliant avec les Musulmans. Au début du siècle, au moment de l'annexion définitive de la Géorgie par la Russie, la reine Mariam, alors veuve de Georges XII, avait même poignardé à coups de kinjal, de sa main, dans sa chambre, dans son lit, le général russe venu l'arrêter. Elle avait été secondée dans ce meurtre par son dernier fils, le jeune Ilya, alors âgé de neuf ans. Ilya était le propre père de Varenka.

La reine criminelle était restée enfermée sept ans au monastère de Voronets, avant de vivre en liberté surveillée, à Moscou. Elle demeurait, aux yeux de certains, une héroïne de la résistance. Pour d'autres, elle incarnait la barbarie, le scandale et la vulgarité.

Quoi qu'il en soit, aujourd'hui, plus de quarante ans plus tard, l'empereur Nicolas lui avait accordé son pardon : la grand-mère des jeunes filles fréquentait la cour. Et toute la famille avait recouvré ses prérogatives, ses titres et son rang. Les princes de Géorgie, intégrés dans l'aristocratie russe, comptaient désormais parmi les membres les plus influents de l'Empire.

Aussi le lycéen, suggérant que « le fiancé de Varenka » pouvait appartenir au camp ennemi, attaquait-il la jeune fille dans sa loyauté. Lui-même ne mesurait pas la portée de son commentaire.

Elle se contint. Mais elle tremblait d'indignation et semblait émue :

— … Notre père s'est battu contre Napoléon à Borodino, monsieur, dit-elle la voix vibrante. Nos oncles contre les Perses à Erevan. Le père du prince

Elico Orbeliani, notre parent que vous venez d'attaquer, a repris la ville de Poti aux Turcs. Son frère s'est distingué dans toutes les campagnes contre Shamil… C'est en combattant Shamil que notre parent a été fait prisonnier à Dargo !

— Bien sûr, bien sûr… Je m'étonnais juste qu'il ait pu sortir vivant des griffes de l'Imam. C'est tout… Chacun connaît sa cruauté.

Elle se calma.

— Le prince a passé, en effet, des moments très durs dans le puits où l'Imam garde ses captifs.

Buxhöwden envoyait des coups d'œil catastrophés à Sacha. Ce dernier avait compris qu'ils avançaient en terrain miné. Mais il ne savait pas non plus comment couper court.

— L'Imam voulait l'échanger contre son héritier, expliqua Gayana.

Comment entraîner Djemmal-Eddin loin d'ici ? Buxhöwden essayait d'accrocher son regard. Sacha tentait de le distraire par des signes et des coups sous la table. En vain.

Suspendu de toute son âme au récit des jeunes filles, il ne voyait rien, il ne sentait rien… Hormis la violence des images et des émotions que leurs paroles suscitaient.

— … L'Imam, continuait la petite, intarissable, n'a même pris notre parent vivant que dans ce but : le forcer à écrire au Tsar, l'obliger à supplier Sa Majesté de lui rendre son fils…

— Mais notre parent a résisté, coupa Varenka avec orgueil. Il a refusé d'écrire : il ne pouvait faire une telle demande à son Empereur.

— Alors Shamil l'a tiré du puits pour le décapiter.

— Et notre parent s'est préparé à mourir… Mais l'Imam a été si touché par sa dignité et par son courage qu'il lui a fait grâce et l'a épargné… Il lui a même offert la liberté dans son village, contre la promesse qu'il ne tenterait pas de s'échapper. Voilà comment notre parent a vécu plusieurs mois auprès de lui.

— Et voilà pourquoi il dit qu'il n'est pas cruel, zézaya Gayana.

— Tout cela me paraît trop beau pour être vrai.

— Vous avez tort, murmura Varenka, avec douceur.

— Permettez-moi quand même, Altesse, de m'étonner que l'Iman ait fait grâce à votre parent, sans contrepartie.

— Shamil a fini par l'échanger contre plusieurs de ses capitaines.

— Votre parent a dû rendre quelques services d'importance aux Montagnards pour qu'ils l'épargnent et le libèrent, insista le lycéen… Ce sont des gens cupides, aussi rapaces que corrompus : ils n'ont rien des grands seigneurs que vous nous décrivez !

Varenka fronça les sourcils. Exaspérée cette fois, elle s'emporta :

— C'est pourtant ainsi que les choses se passent entre hommes d'honneur ! Et c'est ainsi qu'elles se sont passées !

— Veuillez cesser, monsieur.

La voix de Djemmal-Eddin était tombée comme un couperet. Son autorité n'avait d'égale que sa froideur :

— … Vous insultez les princesses en doutant de leur parole.

— Je n'en doute pas… Mais pas une seconde ! Ce n'est pas ce que j'ai voulu dire !

— Je vous ai prié de vous taire.

Il n'esquissait pas un geste. Il ne haussait même pas le ton. C'était pis ! Toute sa personne exsudait de mépris.

— Sur mon honneur, je n'ai pas…

— N'employez pas des mots dont le sens vous échappe.

Il avait lancé cette phrase avec une telle colère à la face du lycéen que Buxhöwden crut qu'il lui sautait à la gorge. Glacial, il n'avait pourtant pas bougé. L'autre, préoccupé d'avoir déplu à Varenka Ilyinitchna, choisit d'ignorer son intervention :

— Je vous jure, Altesse, que…

— Taisez-vous, coupa-t-il. Le sujet est clos.

— Oui, taisons-nous, voulez-vous ? approuva Varenka, enveloppant le lycéen dans un regard conciliant. La guerre au Caucase est un sujet trop triste et trop brûlant… Taisons-nous tous, et parlons d'autre chose.

Elle décocha à son contradicteur un sourire si plein d'encouragements qu'il ne douta pas de l'avoir conquise, ce qui, à vrai dire, était le but de ses ergotages. Ravalant son humiliation, il se soumit. Il se contenta de demander la preuve de son pardon en sollicitant de Son Altesse *l'honneur* – il insista sur le mot –, l'honneur de lui accorder la première valse.

— Qui est ce crétin ? demanda Buxhöwden à l'oreille de Sacha, lorsqu'ils sortirent de la salle.

— Ne m'en parle pas ! explosa-t-il. Comment mon frère a-t-il pu laisser ce bouffon venir se coller à table avec nous ?… Ah ça, il a frappé dans le mille, Dimitri, en nous donnant le fils de l'imbécile que nous devions à tout prix éviter !

— Djemmal-Eddin l'a bien mouché.

— Rien… En comparaison de ce qu'il aurait fait s'il avait su qu'il tenait Nicolaï Pavlovitch Grabbe !

On attendait l'ouverture de la salle de bal. Les femmes déambulaient par petits groupes à travers l'enfilade d'apparat, les hommes disputaient une partie de whist dans le fumoir, les jeunes jouaient aux ambassadeurs et à d'autres petits jeux, sous la surveillance des gouvernantes. Derrière les portes closes, on entendait les violons qui s'accordaient.

Soudain, dans l'explosion des cuivres, les premières mesures de la polonaise retentirent : ce fut un coup de tonnerre qui vida d'un coup les salons. Djemmal-Eddin se retrouva seul dans la petite rotonde, dite la rotonde d'Hercule.

Cette rotonde, qui se situait tout au bout de la galerie de peintures, n'était pas populaire. Les dames jugeaient froide et sans confort cette pièce uniquement décorée de palmiers, de plantes vertes, et de quatre statues monumentales – quatre effigies du héros, en peau de lion, s'appuyant sur sa massue. Même les curieux qui visitaient l'hôtel, même les jeunes qui couraient dans la galerie, même la procession de la polonaise rebroussaient chemin, avant d'y arriver. C'était là qu'il avait cherché refuge au terme du dîner.

Il se tenait dans l'ombre de l'une des niches, caché parmi les palmes et les fougères. Varenka et Gayana avaient obtenu de leur mère la permission de rester jusqu'à dix heures, jusqu'à la mazurka… Mais il n'irait pas les regarder danser. Il ne voulait pas les revoir. Il attendait leur départ. Non qu'elles lui eussent déplu. Au contraire ! Il ne pensait qu'à elles, et souhaitait que cette nuit ne finisse jamais… Ou bien que la soirée se termine là, maintenant, tout de suite, sur cette sensation de sécurité et de paix.

Il se sentait heureux.

Il songeait à ce qu'il venait d'entendre, au message qu'elles lui avaient transmis.

Les jeunes filles lui avaient dit que Shamil était un grand guerrier, un homme généreux et noble, si noble que même ses ennemis l'admiraient. Elles lui avaient dit cela, et bien d'autres choses, plus douces encore…

Elles lui avaient dit que son père tenait la promesse qu'il lui avait faite au moment de le livrer à Akhoulgo : « Jamais je ne t'abandonnerai ! »

Elles lui avaient dit que son père se souvenait de lui… Et qu'il l'aimait.

Tout ce temps, ces cinq années sans nouvelles, Djemmal-Eddin avait craint, il avait pensé que Shamil l'avait oublié… Renié, rejeté comme jadis son cousin Hamzat, dont la propre mère affirmait qu'il puait, qu'il était souillé, et qu'elle ne voulait plus de lui.

Cette angoisse, constante et lancinante, avait soudain disparu.

Quelque chose, ce soir, s'était dénoué, le laissant satisfait et confiant… Fier du passé, fier du présent. Fier de Shamil, fier de ses origines. La foi en l'amour des siens le rendait léger, presque libre, comme dans l'enfance ! L'espoir avait vaincu la peur.

— … Vous étiez là ?

Avant même que sa robe juponnée et son pantalon de dentelle ne se soient dégagés du fouillis des plantes, il avait reconnu sa voix. Douce, un peu rauque, la voix de Varenka appartenait aux voix du passé, elle remontait des murmures du souvenir. Mais parmi toutes les voix qui chantaient au fond de sa mémoire, la voix de Varenka, semblable et sans pareille, triomphait déjà.

La jeune fille se tenait immobile devant lui, rose, entre les feuilles.

— Nous partons ! lança-t-elle avec maladresse.

Elle semblait un peu essoufflée, comme si elle avait traversé la galerie en courant… Prête à partir, en effet… Enveloppée à la russe dans un grand châle qui protégeait ses épaules et ses cheveux. Ainsi couverte, elle évoquait les silhouettes qui allaient chercher l'eau dans les montagnes, chez eux… La princesse de Géorgie était bien une fille du Caucase !

Sa présence lui parut amicale et familière. Au contraire de Sacha que cette arrivée eût enivré, l'apparition de Varenka ne le surprit pas. Certes, les sourcils arqués et les grands yeux noirs, levés vers lui, le troublaient. Mais il confondait le visage de la jeune fille, ce visage si sérieux quand elle parlait de l'honneur des hommes, avec son propre apaisement.

Elle ne partageait pas cette sérénité ! Il vit bien qu'elle était confuse, et ne parvenait pas à s'exprimer :

— Nous partons ! répéta-t-elle. Et nous voulions… Tout à l'heure… Je ne vous ai pas…

Elle se reprit. Et recommença avec lenteur et application :

— … Tout à l'heure… À la fin de la discussion… Nous avons craint, ma sœur et moi, d'envenimer les choses avec le… en vous témoignant notre gratitude… Mais, toutes les deux, avant de nous en aller, nous voulions vous remercier de nous avoir défendues.

Il reçut son discours en plein cœur. Il resta un instant silencieux. Cette fois, le souffle moite des plantes baignait ses joues en feu :

— Ne parlez pas de gratitude. Vous ne savez pas… C'est moi qui vous remercie !

— Qui est le cadet qui parle avec l'une des petites mignonnes de notre Anastasia Grigorievna, au pied de

l'Hercule Farnèse ? s'enquit Tatiana Borissovna Potemkina, braquant son face-à-main sur la statue et les
bosquets.

En compagnie de son mari et de trois de ses contem-
poraines, l'imposante princesse Potemkina se tenait
aux deux tiers de la galerie, à quelques mètres d'eux.

La Potemkina, comme on l'appelait à l'italienne –
un usage qui n'avait rien de familier ou de péjoratif,
dont la cour ne se servait que pour elle –, était l'épouse
du maréchal de la noblesse de Saint-Pétersbourg. Gar-
dienne du temple, elle veillait aux bonnes mœurs et au
respect des traditions. Garçons et filles devaient lui
être présentés, avant leur entrée dans le monde...
Avoir été conduit chez elle ainsi que chez une dizaine
d'autres puissantes vieilles dames, effectuer ce qu'on
appelait « la tournée des douairières », était une condition *sine qua non* pour apparaître à une fête. Aucun,
parmi les jeunes gens présents, n'avait manqué de lui
rendre visite et de lui porter ses hommages.

— J'ai posé la même question au comte Kiseliev,
lui répondit sa voisine... Il devient sourd, le pauvre : il
ne m'a pas entendue... Ce garçon est d'une beauté !

— Oui, ravissant... Mais à cet âge, les cadets du
Premier Corps ne s'entretiennent pas en privé avec les
jeunes filles : ils jouent à cache-tampon avec elles dans
la nursery. Ou alors, ils les font danser !... Sacha !
Viens un peu ici.

Le bras solide de la Potemkina l'avait arrêté dans sa
course. Elle le tenait fermement... Qui eût pu imaginer
que Tatiana Borissovna Potemkina avait été une syl-
phide autrefois ? Une liane, que la mode des robes à
taille haute amincissait encore, comme ses amies se
plaisaient à le raconter ?

De la nymphe au visage de madone ne restaient aujourd'hui que le long nez droit, la bouche pincée, et puis le regard lourd… Pour le reste, à quarante-huit ans, elle avait pris tant de poids et gagné tant d'assurance, qu'en dépit de ses jupons, de ses bonnets tuyautés, et de la masse de boucles qui lui encadraient la figure, elle ressemblait à un homme. Elle en avait l'énergie et la pugnacité :

— … Tu connais ce camarade, je suppose… Comment s'appelle-t-il ?

Sacha claqua des talons, s'inclina devant les quatre dames, les salua avec cérémonie, les gratifia l'une après l'autre d'un petit compliment, et tenta de gagner du temps… Peine perdue. Dimitri, en grande conversation à dix pas, n'arriverait pas à temps pour le sauver… Il devait répondre. Il ne pouvait même faire autrement que de dire la vérité.

… Seigneur ! La Potemkina – de toutes les puissances : la plus redoutable –, la Potemkina avait repéré Djemmal-Eddin : le pire était finalement arrivé !

— Il s'agit d'un ami de Leurs Altesses Impériales les grands-ducs, louvoya-t-il… Le protégé personnel de Sa Majesté. L'un de ses pupilles du Caucase… Son pupille favori !

— Le fils d'un khan, je m'en doutais. Je reconnaîtrais un Tcherkesse entre mille !

Tatiana Borissovna dirigeait depuis des années le Comité féminin pour le patronage des prisons, et visitait, à ce titre, les Montagnards incarcérés dans les geôles de l'Empire : elle en avait tant vu, qu'elle pouvait, en effet, se flatter de savoir les identifier de loin.

Très liée aux membres les plus influents du clergé orthodoxe et très impliquée dans la vie de son église, elle consacrait son immense fortune à la conversion des « païens ». Elle avait envoyé à ses frais plusieurs missions au Caucase et au Kamtchatka. Elle avait aussi créé une maison d'accueil pour les Juifs qu'elle préparait au baptême. Mais sa spécialité restait la conversion des Musulmans. Durant sa longue carrière de dame catéchiste, elle prétendait en avoir converti plus de mille. Elle organisait ses baptêmes en grande pompe, dans la chapelle de son palais de Saint-Pétersbourg, ou lors d'immenses fêtes à Gostilitsy, sa maison de campagne. En de telles occasions, elle conviait à la messe, et aux réjouissances qui suivaient, son amie l'impératrice Alexandra Feodorovna. Durant l'été, la Tsarine séjournait en son domaine de Peterhof-Alexandria, à quelques verstes de Gostilitsy.

Le zèle religieux de Tatiana Borissovna ainsi que sa générosité lui valaient le respect de son entourage. Ils lui valaient aussi les taquineries de son époux, un petit monsieur chauve qu'exaspéraient son prosélytisme et sa bigoterie :

— Va, cours, ma chère, invite le favori de l'Empereur à passer ses vacances chez nous : il t'appartient de droit, occupe-t'en vite, avant qu'une autre ne s'en empare et ne fasse le salut de son âme !

Elle haussa les épaules, et se dirigea rapidement vers la rotonde d'où Varenka s'était échappée par la porte du fond.

— ... Ah, railla-t-il, si en plus d'être le pupille du Tsar, ce « ravissant » jeune homme est mahométan, moi, je suis fichu ! Ma femme va l'installer à la maison, le nourrir, le blanchir. Et vouloir l'adopter... Lui non plus, le pauvre, il n'en a pas fini !

CHAPITRE VII

EN QUÊTE
DE RÉCONCILIATION INTÉRIEURE
RÊVES D'UNITÉ
1847

(14)

LA VIE DE CHÂTEAU ET SES TOURBILLONS :
LE COTTAGE DE PETERHOF-ALEXANDRIA
AUX ALENTOURS DE SAINT-PÉTERSBOURG
DEUX ANS PLUS TARD

ÉTÉ 1847

Cette nuit-là, comme certaines nuits après sa dernière prière, Djemmal-Eddin s'était retiré dans son refuge favori : un petit de salon de verdure, creusé dans l'une des buttes du parc de Peterhof… Parmi tous les kiosques et les fabriques, il avait élu cette enclave à ciel ouvert, loin du *Cottage* où reposait, à cette heure tardive, la famille impériale… Sa famille. Deux bancs de marbre en vis-à-vis, comme deux fauteuils au coin du feu. Entre les bancs, au fond, se dressait un buste de jeune fille. La coiffure – raie au milieu, bandeaux sur les oreilles, chignon tressé en rond qui dégageait largement la nuque –, l'ovale de son visage, tout dans cette délicate petite tête de marbre lui évoquait le souvenir de Varenka de Géorgie. Le parfum de roses et de lys, qui tombait des quatre vasques surmontant les bancs, accroissait l'impression de religiosité presque féminine qui émanait de ce lieu isolé, dont le silence et la paix lui appartenaient sans partage depuis le début des vacances. Dix jours… Entre la parade de fin d'année et les examens d'août, à peine dix jours d'un bonheur trop intense pour être honnête. L'excès de sa joie, en vivant ici, dans ce paradis, lui donnait à penser qu'il se conduisait mal, qu'il se fourvoyait, qu'il devait se calmer, se reprendre. Chaque matin et chaque soir il venait donc ici s'adresser à son père. Il se forçait à imaginer Shamil, assis sur la banquette de pierre en face de lui. Il se le représentait paisible et recueilli, qui l'écoutait dans sa longue robe d'Imam. Ces moments de recueillement étaient seuls capables de lui restituer sa présence, telle qu'il se la rappelait. Il avait beau faire, avec le temps, son visage s'était estompé. Ne restait qu'une silhouette.

Il lui en voulait de son silence… Pourquoi Shamil ne répondait-il pas à ses lettres, puisque le Tsar autorisait leur correspondance ? Sur ce point, comme sur beaucoup d'autres, il avait cessé de l'interroger. À ce guide lointain, ce maître très chéri qui refusait si obstinément de lui montrer la voie, il ne posait plus de question. Mais il lui racontait tout. Il lui décrivait ce qu'il voyait. Il raisonnait avec lui sur les événements des dernières années. Inlassablement il tentait de lui démontrer que le tsar Nicolas lui ressemblait… Que le tsar Nicolas faisait l'aumône aux malheureux, qu'il vénérait la mémoire de ses aïeux et qu'il veillait sur l'honneur de sa descendance. Comme l'imam Shamil. Qu'il priait, jeûnait, honorait son dieu…

Dans ses monologues infinis, Djemmal-Eddin donnait à son père d'autres exemples, d'autres détails. Il lui disait que le Tsar – tellement redouté de ceux qui ne le connaissaient pas – se montrait plein de tendresse envers les êtres sans défense. Qu'il pouvait jouer avec les enfants, se laisser martyriser par eux durant des heures… Comme lui. Qu'il ne fumait pas, qu'il détestait l'odeur du tabac au point de l'avoir interdit dans les rues de sa capitale. Que ses repas étaient frugaux. Qu'il ne buvait que de l'eau…

Djemmal-Eddin n'osait guère pousser la comparaison plus avant, et se gardait de conclure que, peut-être, le Tsar pratiquait, sans même les connaître, les préceptes du Coran ? Il écartait cette pensée, la jugeant aussi absurde que blasphématoire !

Il avait toutefois acquis d'autres certitudes : il savait aujourd'hui ce qu'il pensait du Grand Tsar Blanc… Nul ne se montrait plus secourable envers les pauvres, plus clément envers les vaincus.

Vivre à son contact ne pouvait souiller personne !

Comme les autres cadets, Djemmal-Eddin ne connaissait de la réalité russe que la vie des fils de la noblesse.

Dans les hautes sphères, les cercles de la cour et de l'armée – les seuls milieux qu'il fréquentait –, ses maîtres, ses officiers, ses camarades répétaient jour et nuit que le tsar Nicolas était un grand homme, un sage, presque un saint.

Témoin lui-même de la générosité impériale, il partageait désormais leur opinion, et ne pouvait plus concevoir que le même homme passât pour un monstre, ailleurs ! *Le Tsar de fer*. Un despote, aussi cruel que borné, qui faisait taire les voix de tous ceux qui avaient eu le courage – et le malheur – de juger du monde autrement que lui.

Djemmal-Eddin aurait tant voulu que sa reconnaissance envers l'être auquel il s'était attaché, qu'il acceptait désormais comme son bienfaiteur, fût comprise des siens.

Les siens ?

Il partageait l'opinion de Shamil sur les Musulmans qu'il côtoyait en Russie, son dégoût pour les renégats et les Hypocrites, qu'il confondait aujourd'hui avec le groupe des « convertis ». Sur ce point, le jugement de Djemmal-Eddin n'avait pas varié. Il disait à son père son mépris pour les Tcherkesses qui vivaient comme des parasites, passaient à la religion des Infidèles, et cédaient par intérêt aux instances de la princesse Potemkina…

La violence de ce rejet envers les membres de sa propre communauté expliquait son inquiétude devant l'imminence du débarquement de la princesse au Cottage de Peterhof-Alexandria… La Potemkina arrivait demain. Qu'allait-elle encore exiger de lui ? À quelles pressions allait-elle le soumettre ?

Depuis deux ans, il résistait à ses instances et refusait de se rendre aux messes de Gostilitsy. Mais il avait bien dû accepter les bals d'enfants, en son palais de la rue du Million. Elle le promenait dans ses salons, le présentait aux mères de « ses petits amis » comme « le meilleur écuyer de Pétersbourg… dans une capitale qui pourtant, disait-elle, passait pour la patrie des plus grands cavaliers du monde ! ». Elle se répandait, affirmant devant lui qu'il avait la prestance d'un « Chevalier-Garde » et la beauté d'un « Garde-à-Cheval », les régiments de cavalerie les plus prestigieux de l'Empire.

Les dithyrambes et les flatteries de la Potemkina sur un sujet qui lui tenait à cœur – les chevaux – lui étaient pénibles… Qu'y faire ? Elle assistait à tous les exercices au manège des cadets, aux reprises, aux parades, aux charges et aux carrousels, affectant de prendre sa virtuosité et ses succès devant l'Empereur comme des triomphes personnels. Les invitations chez elle pleuvaient sans discontinuer. Durant l'année scolaire, il s'abritait derrière ses études, derrière l'interdiction de sortir, derrière ses retenues pour indiscipline. Il s'était fait punir et consigner, volontairement, plusieurs dimanches de suite l'hiver dernier. Peine perdue. Pour son protégé, la princesse obtenait des dispenses… Résister à l'épouse du maréchal de la noblesse, bouder son amitié, devenait de plus en plus compliqué.

Au reste, à son égard à elle, il n'éprouvait aucune antipathie… De l'impatience certes, de l'agacement, de l'irritation. Elle l'entourait cependant de tant de sollicitude, se disant son initiatrice, son mentor, que cette infatigable vieille dame, avec sa chaleur et son énergie, finissait par le toucher.

Mais à l'égard des autres, des Musulmans qui commettaient l'acte de trahison suprême, qui osaient, chez elle, justifier leur félonie envers Dieu aux oreilles de Djemmal-Eddin, lui murmurer en confidence que leur reniement n'était que de façade, *qu'ils ne baisaient que la main qu'ils ne pouvaient couper*… À ceux-là allait son mépris. Les « convertis » de Gostilitsy, comme autrefois les « pacifiés » de Ghimri, ne valaient pas la corde pour les pendre… Des traîtres, qui méritaient la mort !

Il les condamnait sans appel.

Ensuite, il les comparait au Tsar.

Le Tsar, certes, se trompait, il priait des idoles et de fausses divinités. Mais ce maître absolu, que ses ennemis appelaient un tyran, laissait libres les Fidèles de prier le vrai Dieu. Libres de croire en la Vérité. Libres de savoir qu'il n'y a pas d'autre dieu qu'Allah, et que Mahomet est son prophète.

La liberté des Musulmans du Caucase. N'était-ce pas le sens ultime du combat de l'imam Shamil ? Rester libre d'obéir à la Charia.

Devant le jugement de son père, Djemmal-Eddin admettait, oui, que remplir ses devoirs religieux dans le cercle impérial lui était difficile. Plus difficile en tout cas qu'au Corps des Cadets, avec toute la chambrée de Tcherkesses… Ici, l'été, l'enseignement d'un mollah ne lui était pas dispensé. Mais nul ne l'empêchait de faire ses ablutions aux fontaines du jardin. Nul ne l'empêchait de se retirer quelques instants à l'aube, au coucher du soleil, au milieu de la soirée pour dire ses prières… Pourvu que ses disparitions ne perturbent pas l'ordre, pourvu qu'elles n'attirent pas l'attention, personne ne s'en souciait. Mieux, chacun affectait de ne pas s'en apercevoir. Quant à la nourriture, sa façon de ne pas toucher à certains plats ? Il avait su imposer ses pratiques. Quoi qu'il en soit, les cuisiniers du Tsar servaient rarement du porc à sa table, et seuls ses hôtes touchaient au vin…

Avec fougue, Djemmal-Eddin tentait de démontrer à son père qu'il devrait rencontrer cet Infidèle-là !

Ses amis, qui le savaient peu loquace, eussent été surpris de son éloquence sur ce point. Il ne reculait devant aucun argument pour le convaincre. Si Shamil parlait au Tsar, il le respecterait. Il le comprendrait... Leurs peuples pourraient alors vivre en paix, s'unir peut-être !

Cette certitude d'une union possible entre la Russie et le Caucase l'obsédait. Elle s'incarnait jusque dans ses amours.

Mais de ces rêves d'union-là, Djemmal-Eddin n'entretenait pas Shamil.

Ce matin-là, en partant à pied pour leur promenade dans le bois de Peterhof, les souverains constatèrent que le soleil pesait léger sur leur cottage... L'été finissait.

— J'ai l'intention de faire cueillir les prunes demain, murmura l'Impératrice, il est grand temps... J'irai voir les arbres tout à l'heure.

À près de cinquante ans, la tsarine Alexandra Feodorovna conservait les mêmes goûts que dans sa jeunesse. Elle continuait à préférer les robes blanches aux toilettes de couleur, les voiles, la mousseline, la soie, l'organdi, au poids des velours. Mince et longue, elle gardait la même élégance, la même coquetterie, la même passion pour la musique et pour la danse. On disait encore son pas si leste, qu'elle semblait glisser en marchant ; et sa voix si mélodieuse, qu'elle enchantait ses interlocuteurs.

Pour le reste, le tic nerveux qui la faisait dodeliner de la tête dans les moments d'émotion, ses cheveux grisonnants, sa maigreur, quelque chose d'incertain dans le regard, tout en elle trahissait l'épuisement.

Le Tsar se tenait à ses côtés, colossal, à l'orée du bosquet d'arbres. Il portait l'uniforme des Gardes-à-Cheval selon son ordinaire, se tenait raide, et présentait beau. Il commençait toutefois à ressentir l'usure des ans, lui aussi : il cachait sa calvitie sous un toupet et se sanglait la panse dans un corset.

À leurs pieds, les jardins descendaient en pente douce vers la mer. Dans les plates-bandes le long du rivage, les giroflées bleues, roses, blanches – les fameux *mixed borders* de l'Impératice – s'agitaient à la brise marine, exhalant un parfum sucré qui remontait jusqu'au Cottage... Avec ses pignons gris et ses amples baies vitrées, le bâtiment, de style mi-gothique, mi-victorien, évoquait une grosse maison de famille, piquée dans la campagne anglaise... S'aimer dans le confort. S'aimer dans la paix et dans l'harmonie : le Cottage n'avait été construit que dans ce seul but, par *Mouffy* et par *Nicks*, les petits noms que l'impératrice Alexandra et le tsar Nicolas se donnaient l'un à l'autre... Jouir des bonheurs de la vie conjugale, jouir de leurs enfants et de leurs petits-enfants. Comme un couple de bourgeois bien assorti.

Aux épouses des diplomates qui, à force d'intrigue, obtenaient le rare privilège de visiter cet écrin – une étrangeté aussi inouïe que le faste de la cour, aussi exotique qu'un bal au palais d'Hiver –, leur hôtesse tenait toujours le même langage : « ... Ce domaine porte mon nom, car ce fut mon cadeau de mariage : le don merveilleux de feu notre bien-aimé tsar Alexandre à sa petite belle-sœur ! J'arrivais tout droit de Prusse et j'étais un peu perdue... Mais moi, quand j'ai découvert cette mer étincelante, ces vieux arbres proches de l'eau, cette vue magnifique sur le golfe de Finlande, sur Pétersbourg et sur Kronstadt, j'ai poussé des cris de joie : tout ici était conçu pour le bonheur !... Aussi mon mari a-t-il chargé un architecte anglais de nous construire une chaumière minuscule, juste assez grande pour nous deux et nos futurs enfants... Et je n'ai jamais été plus heureuse que dans cette maison. Sa simplicité me repose des dorures... Vraiment, insistait-elle, je trouve le grand palais voisin, ce palais magnifique de Peterhof, avec ses milliers de statues, ses grandes eaux, et ses hectares de murs stuqués à la feuille d'or, fatigant pour les yeux ! Tandis qu'ici... Venez voir mes appartements : ma chambre donne de plain-pied sur la pelouse... » Les visiteuses, séduites par l'intimité de cet intérieur, par les souvenirs personnels qui ornaient les murs, les portraits de jeunes filles, les bustes d'enfants, les pastels, les aquarelles, se répandaient à Paris ou à Londres sur le goût exquis qui présidait à chaque détail. « ... Et savez-vous ce que tous mes fils me disent aujourd'hui, concluait la Tsarine, savez-vous ce que Constantin m'a avoué l'autre jour, alors qu'il s'apprêtait à quitter la Russie pour de longs mois ? *Si je trouve à l'étranger un seul endroit aussi beau que notre chaumière alors, maman chérie, alors je ne regretterai pas mon voyage !* »

... Elle n'exagérait qu'à peine en décrivant la maison comme une « chaumière minuscule ». Elle oubliait seulement que ses familiers habitaient les gloriettes disséminées dans les quinze hectares du parc alentour. Qu'une myriade de cuisiniers et de serviteurs occupaient les nombreux pavillons au fond du bois. Et que dans l'immense château de Peterhof, à moins d'une verste de son domaine, elle pouvait recevoir les hôtes de marque et les conseillers de l'Empereur. Elle oubliait aussi que sa chapelle de style gothique flamboyant se dressait, telle une tour de cathédrale, parmi les frondaisons du jardin. Qu'outre la *Cavalry House*, les écuries et les chenils de ses quatre garçons, une annexe avait été construite à quelques pas du Cottage pour ses trois filles, afin qu'elles y apprennent à faire la cuisine et à tenir leur intérieur, un édifice que le clan appelait modestement « la Ferme ». Après avoir servi de salle de jeux et de salle de classe, la Ferme était devenue la résidence privée du prince héritier, le tsarévitch Alexandre, aujourd'hui âgé de vingt-huit ans, mari et père de famille comblé, lui aussi… Le nid des Romanov ! Qui l'eût dit ? Ici, les grilles n'étaient pas couronnées de l'aigle bicéphale, l'emblème de l'Empire.

Pour le village familial de Nicolas et d'Alexandra, un poète avait dessiné un second blason : une épée qu'entourait une couronne de fleurs. L'allégorie de la Force qu'enveloppe la Douceur. Les armes de l'amour courtois. Suspendus en écusson au-dessus du porche, sculptés dans les bahuts et les meubles de style Moyen Âge, peints sur la vaisselle, sur les vases et les bibelots, le glaive et les roses figuraient partout. Ce symbole des tendres sentiments qui unissaient le couple impérial se déclinait jusque dans les transparences arachnéennes des hauts dossiers de chaises, jusque dans les filigranes des voilages qui cascadaient devant les bow-windows.

Satisfait du spectacle que lui offrait son foyer et de la représentation que cette simplicité donnait au monde, l'Empereur entraîna son épouse. Tous deux s'enfoncèrent sous les grands pins d'une allée.

— Il a un charme, ce jardin, s'exclama la princesse Tatiana Borissovna Potemkina en s'extrayant de sa berline. (Elle posa un pied prudent sur le gazon, jeta un regard alentour, et conclut :) ... À couper le souffle !

La Tsarine avait chargé son fils cadet, le grand-duc Nicolaï Nicolaïevitch – *Nicky* –, et sa demoiselle d'honneur favorite, Anna de Géorgie, de la recevoir en son absence et de lui faire les honneurs du Cottage, jusqu'à son retour.

À la seconde où il avait aperçu la voiture, Nicky s'était éclipsé à la recherche de Djemmal-Eddin. « ... Puisque mon père répète qu'il est ici chez lui, pestait-il en arpentant le parc, il pourrait se montrer... Prendre ma relève. Jouer les fils de la maison. S'occuper de la Potemkina... Recevoir à ma place cette sorcière et ses nains ! »

Djemmal-Eddin s'en gardait bien.

Anna, au contraire, avait dévalé la pelouse et couru à la rencontre de la douairière. Cette hâte pouvait s'expliquer de plusieurs manières. Première raison, et non des moindres : la Potemkina amenait avec elle la mère de la jeune fille – la princesse Anastasia de Géorgie –, et sept de ses frères et sœurs, qui séjournaient à quelques heures du domaine impérial, au château de Gostilitsy.

Les deux princesses, amies de longue date et familières des souverains, venaient en voisines. Elles resteraient déjeuner et passer l'après-midi. Le Tsar, qui les aimait bien, oserait à leur égard quelques plaisanteries. Il raillerait la fertilité de la princesse Anastasia en l'appelant *Ma féconde Cérès*, et la bigoterie de la Potemkina : *Ma brave religieuse*. Toutes deux prendraient ses taquineries pour une marque de faveur. Elles auraient raison. Il se montrait rarement aussi détendu qu'avec elles. La Potemkina, sa Bible à la main et ses mille projets en tête, l'amusait. Elle lui lirait les Évangiles avant le déjeuner, commenterait avec lui les versets du jour à l'heure de la sieste, et lui quémanderait au goûter des subsides pour soulager ses malheureux. Bon prince, l'Empereur céderait à toutes ses requêtes… Et l'Impératrice la retiendrait à dîner.

Le grand-duc Nicky, quant à lui, savait d'expérience que la Potemkina finirait par rester couchée. On disait son château plein comme un œuf, bourré de ses parasites et de ses convertis. Même ici, elle arrivait avec un train de trois véhicules, d'une ribambelle d'enfants et de nounous qui suivaient sa berline… Cette tribu, trop contente de prendre quelque distance avec le caravansérail de Gostilitsy, allait s'installer pour la partie de campagne de leur été !

— Il en a de la chance, notre beau Tcherkesse, de vivre dans un tel cadre ! commenta la douairière, en s'appuyant de tout son poids sur le bras d'Anna…

La mère de la jeune fille, que la naissance d'un dernier bébé avait rendue presque aussi volumineuse que leur amie, lui avait pris le bras de l'autre côté.

Enlacées toutes trois, elles remontaient la pelouse vers la maison. Leurs jupes se frôlaient dans un bruissement de soie.

Derrière elles, la horde des frères et sœurs – Varenka, Gayana, Grigori, Georgi, Lili, Piotr et Dimitri, qui avaient débarqué au pied de la butte – serpentait à pas lents, entre les plates-bandes.

— … Et comment s'en tire-t-il, dans cet Éden ? insista la Potemkina.

Elle fouillait du regard les taches d'ombre sous les arbres.

— Il est là ? coupa vivement Gayana, remontée à leur hauteur.

328

Un sourire passa sur les lèvres d'Anna. Le coup d'œil vers le bois ne lui avait pas échappé. Elle affecta de ne s'adresser qu'à sa petite sœur :

— Le cherches-tu, galopant tête en bas dans les fourrés ? railla-t-elle. Bien sûr, il est là, Gayana ! Il passe l'été avec nous, comme l'année dernière... Comme les fêtes de Noël et les fêtes de Pâques. Mais je doute que tu le rencontres avant le déjeuner... Ici, entre les bateaux et les chevaux, il a de quoi faire !

— Je reconnais bien nos anges à cette hospitalité magnanime, soupira la Potemkina. Sous prétexte qu'un orphelin n'a nulle part où aller pendant les vacances... ils l'accueillent au Paradis ! Tout de même, ce garçon serait plus à sa place à Gostilitsy, parmi les Musulmans qui suivent l'enseignement du pope Alexis... Il n'a vraiment pas trop de temps, pour apprendre tout ce qu'il ignore !

— Il sait déjà pas mal de choses, ironisa Anna. Il dessine, il étudie le piano avec l'Impératrice... Il est bien meilleur musicien que Son Altesse le grand-duc Nicolaï Nicolaïevitch. (Elle ricana.) Ce qui, du reste, n'est guère difficile !

Celui-là, Anna ne l'aimait pas. Pis : elle le craignait. Bien qu'il fût de trois ans son cadet, il la poursuivait de ses assiduités et ne tenait aucun compte de ses rebuffades...

Une vieille obsession chez Nicky : depuis son dixième anniversaire, il s'entichait de toutes les demoiselles d'honneur de sa mère. Il n'avait, en la matière, que l'embarras du choix. Elles étaient près de cent débutantes, l'hiver, au service de l'Impératrice, auxquelles s'ajoutaient, durant la saison des bals à Saint-Pétersbourg, les suivantes de ses sœurs, de ses tantes et de ses cousines... Au total, plus de trois cents

ingénues entre dix-sept et vingt ans, trois cents jou-
vencelles appartenant à l'aristocratie russe, polonaise,
géorgienne, lituanienne, aux noblesses de tous les
États conquis ou annexés, qui résideraient une année,
deux, quatre, dans l'intimité du cercle impérial et ne
quitteraient la cour que pour se marier... Une source
inépuisable d'intrigues et de passions ! Avant Nicky,
ses frères, le tsarévitch Alexandre et le grand-duc
Constantin, s'y étaient abreuvés sans retenue, suscitant
à plusieurs reprises l'ire de leurs parents. Car les garçons Romanov – du moins les aînés – prétendaient
chaque fois épouser leurs tocades. Ces scandales se
soldaient par des voyages. On renvoyait chez elle la
donzelle au cœur brisé. On expédiait le prince irres-
ponsable à l'étranger ; et l'on chargeait les oncles de
Prusse ou d'Autriche de lui trouver, parmi les têtes
couronnées d'Europe, une épouse plus digne de son
rang.

Mais à seize ans, l'âge de Nicky et de son camarade
Djemmal-Eddin, « un petit béguin » pour l'une ou
l'autre des compagnes avec lesquelles ils grandissaient
restait un sentiment innocent, proche de l'enfance...
Du moins, aux yeux de l'Impératrice.

En vérité, aux yeux des adolescents, tomber amoureux l'été, c'était vivre une expérience infiniment plus
excitante et plus dangereuse que les marivaudages
sous les ors des palais. Les rêves y devenaient si obsé-
dants et si concrets qu'ils coloraient toutes les autres
impressions. Ils englobaient la passion des jeunes gens
pour les chiens, les chevaux, et même pour la mer et
les voiliers alentour. Oui, l'amour appartenait au Cottage du domaine de Peterhof-Alexandria, comme les
courses de traîneaux sur les quais de la Neva apparte-

naient à Noël et les illuminations de la forêt à l'anniversaire de la Tsarine au mois de juillet…

Et l'amour, en ce mois d'août 1847, l'Amour s'incarnait dans la grâce d'Anna de Géorgie, lectrice favorite, secrétaire favorite, porteuse favorite de l'ombrelle et du sécateur. Elle avait été élue parmi les jeunes filles les plus décoratives. Et gardée, dans la réclusion de l'Olympe, pour sa vertu… La chevelure, noire et luisante comme le plumage d'un oiseau, l'ovale parfait du visage, les yeux sombres, la bouche d'un rouge vif… Tout en elle charmait la famille. Même le Tsar lui décochait de lourdes œillades et troussait à son intention des compliments étranges. Même l'ombrageux Djemmal-Edin ne recherchait la solitude… qu'en sa compagnie. On les voyait s'isoler à l'heure de la sieste, on les entendait se réciter *Le Prisonnier du Caucase* dans le kiosque à musique, déclamer ensemble tous les vers de Pouchkine à la gloire de leurs montagnes… Quant à l'Impératrice, elle jardinait avec sa demoiselle, se promenait avec elle, s'affairait, travaillait à ses œuvres de broderies ou à sa peinture sur porcelaine, avec elle. « Notre atelier, voilà notre petit monde, à Anna et à moi, assurait-elle en souriant. Quand nous besognons toutes les deux, nous nous sentons si heureuses que nous détestons nous arrêter, même pour quelques instants ! »

En cela, comme en toutes choses, Alexandra Feodorovna complaisait à son époux, le soutenant dans ses goûts et dans ses convictions. Nicolas avait en horreur la paresse qui conduisait à la rêverie, le laisser-aller qui menait à la faute. Il redoutait, comme un fléau, l'oisiveté chez ses proches. Lui-même passait pour physiquement infatigable et moralement irréprochable : il mettait les deux vertus sur le même plan. Il ne cessait donc d'encourager les entreprises estivales des uns et des autres. Certes, à Peterhof-Alexandria, les enfants étaient en vacances. Aucune étiquette, aucun protocole ne réglait la vie quotidienne. Les gardes ne présentaient pas les armes au passage des altesses impériales et ne notaient pas le nom de tous ceux qui allaient et venaient dans les pièces. Mais on se devait à soi-même de rester ponctuel. On se devait à soi-même de respecter l'emploi du temps, et l'ordre des tâches quotidiennes. On se devait à soi-même de ne pas perdre une minute de ces précieuses journées ensemble.

Les matinées commençaient au son du clairon, rythmées dès l'aube par les revues militaires dont les deux souverains raffolaient. Ces parades se déroulaient dans une clairière derrière la maison et devaient s'achever à dix heures. Leurs Majestés rentraient alors se changer, et repartaient en promenade… La fameuse promenade de onze heures. Chaque matin à onze heures sonnantes, qu'il pleuve, qu'il vente – ou qu'on attende des invités, comme aujourd'hui –, l'Empereur et l'Impératrice partaient sans escorte dans le parc, s'isoler et bavarder en amoureux. Ils s'aventuraient à cheval, en landau ou même à pied, se réservant encore, au terme de trente ans de mariage, ces instants d'intimité…

Et c'était précisément ces minutes où Anna se retrouvait seule, en tête à tête au Cottage avec le grand-duc Nicolaï Nicolaïevitch, qu'elle redoutait. Elle n'ignorait pas qu'elle était belle. La liberté de ses séjours en Géorgie, dans les grandes maisons de Tiflis, pleines d'oncles, de cousins, de parents et d'amis, lui avait donné la mesure de son pouvoir. Elle comprenait la signification des regards et du sourire des hommes… Mais le grand-duc ne se contentait pas de soupirer comme les autres, de rêver à ses charmes comme tous les princes bien élevés. Fort de plusieurs flirts avec d'autres demoiselles, fort surtout du silence que lui assurait la pudeur – à qui Anna aurait-elle pu se plaindre ? –, il la guettait dans le couloir, la saisissait au passage et tentait de l'embrasser. Il restait sourd aux protestations, indifférent aux gifles, et revenait obstinément à la charge. L'avidité de ses appétits, la brutalité de son caractère, tout le poussait à l'action.

Aussi, en l'absence du couple impérial, la jeune fille recherchait-elle avec anxiété la protection d'un tiers, quelqu'un qui ne fût pas un serviteur, et qui pût la défendre… Où diable était passé Djemmal-Eddin ? Chaque matin c'était la même histoire. Inconscient des assauts dont Nicky la menaçait, ébloui par le bonheur qui l'entourait, il vaquait à ses affaires. Mais où ? Dans le hangar à bateaux ? Le kiosque ? L'atelier ? Dressait-il sa petite jument kirghize, l'invraisemblable cadeau du Tsar pour son seizième anniversaire ? La montait-il à la carrière selon son ordinaire ? De la mer au jardin, en passant par la bibliothèque et la tour du télégraphe, il ne laissait aucun repos à l'été… Lui, il vivait au Cottage comme s'il allait mourir demain !

— … Lequel d'entre nous, poursuivait la Potemkina, lequel serait miséricordieux au point…

Elle s'interrompit, médita un instant son discours, et reprit avec emphase à l'intention de ses deux interlocutrices et de la troupe d'enfants :

— … Qui, parmi les hommes, serait capable ne pas châtier le fils de son ennemi, mais au contraire de le traiter comme son propre fils ? Un seul ! Notre père à tous, qui vit en Notre-Seigneur Jésus-Christ !

Quand elle évoquait son souverain, elle marquait toujours, avant de le nommer, un temps de silence. Elle prétendait même – à l'instar des soixante millions de sujets du Tsar – n'avoir ni tête à elle ni jugement personnel. Elle n'était que l'instrument de *Ses* volontés… C'est-à-dire de la Volonté du Tout-Puissant, dont l'Empereur était l'émanation.

Aujourd'hui, en évoquant le sort qui avait été fait à Djemmal-Eddin en Russie, elle marquait des pauses plus longues encore. Elle affectait de devoir s'arrêter et reprendre sa respiration, tant l'ampleur de la charité impériale lui coupait le souffle. En cela, l'épouse du maréchal de la noblesse se faisait l'écho des sentiments de toute l'aristocratie. Elle orchestrait l'image d'un guide plein de justice et de bonté.

Ce maître irréprochable, ce preux chevalier que Nicolas croyait sincèrement incarner, il prenait soin d'en propager lui-même la légende et d'en publier les hauts faits. Sa conduite envers son prisonnier était aujourd'hui connue jusque chez les marchands : elle le servait dans tous les cœurs.

Et les jeunes gens, qui se regroupaient derrière la Potemkina sur le gazon, comprenaient le sens de ses stations : elles signifiaient la révérence, l'infinie dévotion de la douairière, de leur mère, de leur sœur à la maison des Romanov.

— Ils vivent pour faire le bien, pour se montrer utiles et répandre le progrès sur une grande échelle, continua la douairière, reprenant sa lente ascension entre les bosquets d'hortensias et les parterres de roses… Ils habitent si près de Dieu qu'ils ne se rendent pas compte, nos anges, qu'un païen qui ne connaît pas la Vérité…

Elle avait dit l'essentiel. Elle pouvait retourner à sa marotte, au second chapitre de son discours qui soulevait son âme d'un enthousiasme presque aussi débordant :

— … Qu'un païen qui ne connaît pas la Parole, un païen qui ne connaît pas le Seigneur, s'installe ici dans de mauvaises habitudes… Il y perd le sens de la mesure… Il s'y corrompt et s'y gâte.

— Mais l'exemple de Leurs Majestés est le meilleur modèle possible ! s'insurgea Anna de Géorgie… Il reçoit une éducation sans égale !

Sentant que la jeune fille avait entendu ses propos comme une critique, la Potemkina y mit une sourdine :

— Il n'étudie pas ce qu'il devrait, ma colombe, c'est tout… Que lit-il ?

— Goethe, Schiller…

— Et les écrivains français, coupa-t-elle… Qui ne parlent que de liberté et de révolution !

— L'Impératrice n'aime pas les romans français… Nous lisons Walter Scott et Fenimore Cooper…

— *Le Dernier des Mohicans*, je parie, interrompit Gayana… Le livre préféré de Varenka : comme par hasard ! (Elle enveloppa ses deux aînées dans le même regard narquois…) Est-ce que Djemmal-Eddin est aussi amoureux de toi, Anna ? Est-ce que tu lui as tourné la tête, comme aux autres ? Est-ce qu'il te fait la cour ?

— Il ne manquerait que cela ! s'exclama leur mère, qui ne s'habituait pas à la présence du fils des bandits tchétchènes dans le cercle de Leurs Majestés.

Elle savait d'expérience, elle, la terreur que répandaient les hommes de Shamil quand ils descendaient sur les terres de son mari et s'attaquaient aux villages dans la plaine. Raids, rapts, rançons… Chez elle, là-bas, en Géorgie, la proximité des Musulmans signifiait le carnage et la mort. Et la vente des Chrétiennes enlevées par les Montagnards, sur les marchés aux esclaves de Perse ou de Turquie.

— L'avantage, avec les Tcherkesses, pontifia la Potemkina, c'est qu'ils ne boivent, ni ne jouent…

— Et qu'ils feraient des gendres parfaits ? plaisanta Anna, non sans impertinence… Alors pourquoi voulez-vous les convertir ?

— Demandez donc à Varenka ce qu'elle en pense, insista cruellement Gayana,… Hein ? Elle est si pieuse, notre petite Varenka !

Cette dernière rougit et garda le silence.

En fin de matinée, au retour de sa promenade, le couple impérial s'arrêta une seconde fois à proximité de leur chaumière. Il regardait de loin le groupe de jeunes gens, les filles en robes roses, les garçons en uniformes blancs, qui dévalaient les marches du perron. L'un et l'autre cherchaient Nicky et Djemmal-Eddin, les deux adolescents de la maison, mais ils ne les trouvaient pas. Ils se taisaient, contemplant avec une sourde mélancolie toute cette jeunesse, ces enfants qui n'étaient pas les leurs, sur la pelouse.

Ils avaient marié la grande-duchesse Olga – *Ollie* –, la cadette de leurs filles, au début de l'été dernier. Voilà un an qu'elle avait quitté la Russie pour s'établir chez son époux, au Wurtemberg. Son frère Constantin l'avait accompagnée jusque dans son nouveau royaume. Il poursuivait le voyage et manquait cruellement au Cottage. Même Mickaïl – *Micha* –, leur petit dernier de quinze ans, passait le mois d'août ailleurs… Eh oui, les enfants grandissaient ! Les enfants partaient. Sur les sept, n'en restait plus qu'un seul à la maison,

Nicky… Ils avaient évoqué tous ces départs durant leur promenade. Et la nécessité de remplir le domaine d'amis, afin que Nicky ne perde pas l'habitude de se mesurer avec d'autres jeunes gens.

Ils n'avaient toutefois pas parlé de l'essentiel, du vide qu'ils tentaient de combler, de la véritable douleur : la perte, trois étés plus tôt, de leur benjamine, la merveilleuse Alexandra… Un deuil que ni l'un ni l'autre ne parvenaient à surmonter. Elle était morte à dix-neuf ans, quelques mois après son mariage, accouchant avant terme d'un garçon qui, lui non plus, n'avait pas survécu. L'affection de l'Impératrice envers Anna de Géorgie s'expliquait, en partie, par la ressemblance de cette demoiselle d'honneur avec son enfant perdue. La famille maintenait les apparences en s'entourant de jeunes gens et en multipliant les fêtes, mais elle ne se remettait pas de ce chagrin.

— … Je suis contente que Djemmal-Eddin soit parmi nous, soupira Alexandra Feodorovna.

Elle s'appuya au bras de son mari. Ils s'engagèrent dans l'allée qui conduisait à l'arrière de la maison.

— … Sa présence a quelque chose de rassurant, précisa-t-elle.

— Rassurant ? Mouffy, tu as toujours de ces mots !

— Et pourtant, je les pèse, s'excusa-t-elle dans un sourire.

— En admettant que ce garçon fût *rassurant*, on se demande de qui il tiendrait !

— Mais de toi, Nicks ! C'est toi qui en fais le prince qu'il est en train de devenir. C'est toi qui lui as tout appris !

— Ses lettres à son père ressemblent, en effet, à celles que j'aimerais recevoir de Constantin… Et de tous nos fils, d'ailleurs.

— Que lui dit-il ?

— Qu'il remercie Dieu Tout-Puissant pour sa vie. Qu'il remercie Mahomet le Prophète. Et qu'il le remercie, lui...

— Il remercie l'imam Shamil ! De quoi, juste ciel ?

— De pouvoir apprendre tout ce qu'il apprend chez nous... Il raconte que les « Infidèles » se conduisent à son égard avec une générosité sans égale, que nul ne l'humilie en Russie... Qu'il est reconnaissant de son destin.

— Je n'en attendais pas moins d'une nature aussi noble ! Et que lui répond l'Imam ?

— Rien. Tu penses bien que je ne fais pas parvenir un mot là-bas ! Toutes ses lettres restent sur mon bureau et terminent, après que je les ai lues, chez le ministre de la Guerre. Ce bon Tchernychev, qui se plaint toujours de tout, grommelle qu'il y en a trop, qu'il ne sait plus où les archiver...

— Alors, s'étonna-t-elle, pourquoi invites-tu cet enfant à écrire ?... Pourquoi l'y pousses-tu ?

— Pour qu'il se souvienne.

— Oh ! Nicks, si tu savais combien il attend une réponse ! Combien il espère...

L'Empereur sentit l'ombre d'un reproche. Il fronça les sourcils.

— L'espoir n'a jamais tué personne, dit-il sèchement... Je désire qu'il n'oublie pas, ou du moins pas *complètement,* ses origines... À ce propos, je voudrais que tu touches un mot à la Potemkina, tout à l'heure... Qu'elle calme un peu son zèle, notre brave religieuse, qu'elle cesse de le poursuivre avec ses sermons et ses invitations aux messes de Gostilitsy. J'ai besoin que ce Musulman-là reste ce qu'il est. Tu m'as compris ? J'interdis qu'elle le convertisse.

— Mais il appartient à notre monde, il fait partie de nous, aujourd'hui.

— Tu as raison *et* tu as tort… Russe *et* Tcherkesse… Totalement Russe et un peu Tcherkesse : voilà ce que je travaille à faire de ce garçon.

— Je n'arrive pas à l'imaginer ailleurs, se justifiat-elle… Ni autrement… S'il tombait amoureux un jour ? S'il voulait se marier, fonder une famille ?

— Qu'est-ce que tu racontes, Mouffy ?… Il n'a que seize ans !

— Tu n'en avais pas vingt, toi, quand tu m'as épousée.

— Quel rapport ?

— Qu'arriverait-il, insista-t-elle, s'il s'éprenait d'une jeune fille de notre entourage ? De *son* entourage ? corrigea-t-elle… De l'une de mes demoiselles d'honneur, par exemple ? Comme Constantin, comme Nicky, comme Micha, comme leurs amis, comme chacun de vous ici…

Alexandra Feodorovna s'avançait sur un terrain dangereux. Elle faisait allusion à la conduite du Tsar… Trois ans plus tôt, au lendemain de la mort de leur fille, il avait pris une maîtresse… Une jeune personne, parmi les demoiselles d'honneur du palais, dont il était tombé amoureux, et qu'il avait poursuivie durant des mois… Elle avait fini par lui céder.

L'Impératrice acceptait cette liaison, comme elle acceptait tout de lui.

Les nombreuses grossesses, la vie épuisante que Nicolas lui faisait mener en dehors du Cottage avaient délabré sa santé : elle avait subi plusieurs alertes cardiaques. Les médecins, qui craignaient que la prochaine attaque ne lui fût fatale, leur interdisaient le devoir conjugal… Nicks, avec son énergie, son besoin débordant d'activités, ne pouvait, en effet, que tisser d'autres liens, ailleurs. Elle l'excusait. Elle lui pardonnait.

L'empereur de Russie était si bon, si juste et si parfait.

La jalousie n'en restait pas moins aiguë. La proximité de la jeune créature, que le Tsar logeait dans l'une des gloriettes du parc, et dont il lui imposait la présence chez eux, à tous les repas, rendait même sa souffrance insupportable.

C'était un peu pour reléguer cette demoiselle-là loin de son cœur, pour la garder à distance de son intimité, que l'Impératrice affectait envers d'autres jeunes filles, envers Anna, envers ses sœurs, envers toutes les adolescentes de la famille de Géorgie qui la serviraient un jour, une préférence si marquée.

— … Je me suis laissé dire, poursuivit-elle, que Djemmal-Eddin a un petit penchant pour l'une des princesses.

— Quel garçon normalement constitué n'aurait pas un faible pour Anna ? Je suis heureux qu'il sache apprécier toutes les beautés qui t'entourent, Mouffy… La Beauté que, toi, tu incarnes.

— Elles aussi, dit l'Impératrice, songeuse, désignant Varenka et Gayana qui se tenaient immobiles entre les boules d'hortensias… Elles aussi, Nicks, elles sont belles.

Alexandra Feodorovna se hâta de descendre la butte pour recevoir ses invitées.

Par les fenêtres ouvertes entraient les effluves du jardin. Les rideaux voletaient, blancs et diaphanes. La salle à manger ruisselait de lumière… Djemmal-Eddin n'aimait rien tant que ces repas qui réunissaient toute la famille autour de la longue table. Il aimait la voix sonore du Tsar commentant les revues militaires, et les inflexions pleines de douceur, aussi mélodieuses, aussi chantantes de l'Impératrice. Il aimait les frous-frous qui annonçaient l'arrivée d'Anna, il aimait son éclat, sa passion en évoquant la Géorgie de ses ancêtres. Il aimait jusqu'aux apartés de Nicky, lui décrivant à l'oreille les charmes de la jeune fille… Il aimait la finesse et la clarté du verre qui fermait les grandes baies du salon, les taches de soleil sur les murs peints en jaune, en vert ou en rose, le bois chaud des parquets et les cris des petits-enfants impériaux, les quatre fils de la grande-duchesse Marie, les deux du tsarévitch, qui jouaient à ses pieds. Tout lui paraissait désormais si familier.

Et maintenant, ce miracle : l'apparition de Varenka dont il avait tant rêvé. Son amitié avec sa sœur, leur complicité très particulière dans le cercle de la famille impériale avaient contribué à garder vivant le souvenir et à renforcer le lien.

Chaque soir depuis la rencontre de Varenka chez Sacha Milioutine, il s'était endormi en évoquant ce moment dans la rotonde d'Hercule, ce visage.

La présence de Varenka rendait parfaite cette nouvelle journée au Cottage. Un éblouissement…

Se calmer. Suspendre le tourbillon, un instant. Résister. Réfléchir… Varenka était là ! Et lui, il devenait fou.

Sur son banc, à l'ombre de son buste, il reprit souffle.

On improvisait un bal au Cottage, un bal champêtre sur la pelouse, en l'honneur des visiteuses… Et lui, il n'avait désormais qu'une idée, qu'un désir : retourner là-bas, participer à la fête, danser avec Elle peut-être !

Prendre sur soi.

Du château de Peterhof, à proximité, montait une rumeur inhabituelle. Il entendait le roulement des voitures qui venaient chercher les invités. Une file d'attelages s'acheminait déjà dans les allées, menant au domaine d'Alexandria. Et bien au-delà des arbres, il devinait les lumières… Il savait ce qu'on faisait derrière la maison. On tendait des lignes de lampions entre les arbres, on dressait un buffet dans la clairière, on y portait des chaises… Non, il ne manquerait pas aux devoirs de son rendez-vous avec Shamil. Il s'astreindrait à rester assis, en ce lieu écarté, ce soir plus que les autres soirs après la prière…

Excitées, infatigables, les chauves-souris décrivaient des cercles au-dessus du salon de verdure. Et lui, il ne trouvait rien à dire à son père. Il ne céderait pas à son impatience, il resterait en sa compagnie aussi longtemps que nécessaire pour se vaincre.

— À quoi rêvent les jeunes gens, par cette nuit sans lune ?

La voix de l'Empereur !

Il sauta sur ses pieds.

— … Reste tranquille. Je suis content que cet endroit continue à vivre… Que, parmi tous les bancs du jardin, tu aies élu celui-là.

Profonde et reconnaissable entre mille, la voix sonnait avec autorité. Elle n'avait cependant pas son aplomb habituel. Le Tsar hésita :

— Ce lieu où ma fille aimait tant à venir…

Confus de son ignorance – il comprenait soudain que le buste de jeune fille entre les bancs représentait la disparue –, confus de son manque de tact en occupant un lieu si sacré, Djemmal-Eddin ne savait comment demander son pardon. Il se tenait debout, immobile au-dessus de la masse puissante qui s'était assise à sa place. L'obscurité était si totale qu'il ne distinguait pas les traits du Tsar. Pas même la forme de son visage.

— Elle y lisait, elle…

La voix se cassa.

Le chagrin de cet homme qui pouvait tout, dont il n'avait jamais connu que les triomphes et la force, l'intimidait et le bouleversait.

Comme jadis lorsqu'il avait vu souffrir Shamil à Akhoulgo, hésiter et ployer sous la douleur au moment de donner son enfant, il aurait voulu le décharger de son fardeau, prendre sur lui sa souffrance.

Il aurait voulu témoigner au Tsar son amour.

Il n'osait pas et ne dit rien.

— … Tu ne l'as pas rencontrée ?

Il hocha négativement la tête. Ce n'était pas tout à fait vrai : il avait aperçu la grande-duchesse à plusieurs reprises durant son enfance. Il s'en souvenait comme d'une vision lointaine et merveilleuse. Mais il sentait que l'Empereur n'attendait pas de réponse, hormis ces quelques mots :

— Malheureusement pas, Votre Majesté Impériale.

— Alexandra. Ses frères l'appelaient Adini… Adini disait qu'ici… (Submergé par le flux des souvenirs, le Tsar s'interrompit :) elle disait que la vue d'ici…

Il ne parvint pas à finir et laissa la tristesse l'engloutir.

Djemmal-Eddin, impuissant, malheureux, le buste de la jeune fille frôlant son épaule, resta debout devant lui. Dans son émotion, il craignait de bouger. Il craignait de le déranger. Ils se turent longtemps.

Quand l'Empereur brisa à nouveau le silence, sa voix semblait chargée d'un regret plus douloureux encore :

— Une chanteuse incomparable... Elle était si musicienne... De toutes mes filles... Celle qui ressemblait le plus à sa mère. Elle aimait tant... (Il s'étrangla, se ressaisit, répéta :) tellement... la vie !

Cette fois, le Tsar s'affaissa sur lui-même.

C'est alors que Djemmal-Eddin commit ce geste insensé. Dans un élan, il mit un genou en terre, prit la main de son bienfaiteur, la serra dans la sienne, et l'embrassa.

Ils restèrent un instant enlacés.

Le plus âgé finit par se dégager. Il lui tapota l'épaule, soupira et conclut :

— Nous sommes tous dans la main de Dieu. Nous ne nous appartenons pas... (Le Tsar trouvait là sa seule consolation, il répéta :) Nous sommes des outils dont Il use selon Sa volonté. Je suis le moyen qu'Il a choisi, pour que Sa volonté s'accomplisse... Et toi ? demanda-t-il, brusquement. (Il avait changé de voix, de registre et de ton...) Toi, quelles nouvelles ? Où en es-tu ?... Je me suis laissé dire que la princesse Potemkina prépare une grande fête en ton honneur à Gostilitsy ?

La chaleur de la dernière question donnait à croire qu'il s'en réjouissait.

Décontenancé, Djemmal-Eddin ne sut que répondre, que sentir, que comprendre. Il se releva.

Le Tsar était célèbre pour ses mues imprévisibles, pour cette manière de passer dans la même conversation, sans transition, sans liens apparents, d'une émotion à l'autre. La suite d'états contradictoires dans lesquels il plongeait ses interlocuteurs les désarçonnait toujours. D'aucuns – les opposants qu'il envoyait en

Sibérie – affirmaient que Nicolas changeait de visage comme de masque : ses sautes d'humeur n'étaient que les grimaces et les poses d'un manipulateur qui ne sentait rien. Les autres – les loyaux sujets – affirmaient que le tsar Nicolas était si maître de lui-même qu'il dominait, par son intelligence et sa force morale, toutes les situations.

— … Elle aurait donc réussi ce nouveau miracle, notre brave religieuse ? s'enthousiasma-t-il. Il est vrai qu'elle sait ouvrir le chemin de l'Amour aux âmes les plus endurcies… Je suis heureux qu'elle ait réussi mieux que moi, mieux que nous tous, à toucher ton cœur !

Djemmal-Eddin s'écartait imperceptiblement. Il avait reculé jusqu'au banc. Il admit poliment :

— Je respecte la foi de la princesse Potemkina, Votre Majesté Impériale…

Il savait qu'il allait résister au Tsar, lui déplaire. Et cette perspective le terrifiait. Nul ne s'opposait jamais à Sa volonté.

Avec tout le calme dont il était capable, la voix altérée par ce qu'il sentait venir, il poursuivit :

— … J'admire la générosité de la princesse à mon égard, je lui suis reconnaissant, mais…

— Et tu as raison, mon petit : tu lui dois ton salut.

Le Tsar affectait de ne pas voir, de ne pas entendre qu'il protestait.

Les propos de l'Impératrice, en évoquant l'avenir et les béguins de Djemmal-Eddin tout à l'heure, la nécessité qu'il reçoive le baptême s'il voulait faire carrière en Russie, à terme s'y marier et s'y établir, de telles perspectives l'avaient ébranlé… Il admirait l'exceptionnelle faculté d'adaptation de son protégé. Il mesurait, mieux que quiconque, ses capacités intellectuelles. Il pensait même, il pensait sans amertume, que Djemmal-Eddin deviendrait un officier plus lettré, plus brillant peut-être que Nicky ou Micha... De là à ce que ce Tcherkesse dépasse tous les objectifs pour lesquels on l'élevait depuis huit ans, renie ses origines, abjure sa religion, qu'il devienne un soldat russe, identique à des milliers d'autres soldats russes ? Hors de question !

Il connaissait toutefois l'âme de sa « brave religieuse ». En plus d'être une mystique, la princesse était une sentimentale : la plus grande marieuse de Pétersbourg. Beaucoup d'alliances de l'aristocratie se nouaient chez elle. Pour le bien des familles, évidemment. L'amour divin, l'amour humain : l'Amour restait sa grande affaire. Elle était si généreuse et si riche qu'elle allait jusqu'à doter les jeunes filles qui se confiaient à elle, afin qu'elles puissent épouser l'amoureux de leur choix. Ou plutôt le prétendant qu'elle-même avait élu dans ses salons, selon les meilleurs critères. Une fois, une seule, elle avait osé braver la colère impériale en mariant, sans le consentement des parents, deux de ses protégés en son église de la Sainte-Trinité, à Gostilitsy. Le Tsar avait fait en sorte qu'elle ne recommence pas.

Mais quand elle travaillait à ajouter un païen à son tableau de chasse, il la savait infatigable. Qui sait si elle ne réussirait pas avec Djemmal-Eddin ?

En d'autres circonstances, il eût été heureux que cet enfant, auquel il était sincèrement attaché, s'ouvre à la Vérité. Malheureusement, la situation exigeait qu'on empêche ce cœur de cheminer vers la lumière. Nicolas prêchait donc le faux pour savoir le vrai, et le sondait.

— ... C'est seulement en répondant à l'appel de Dieu, à ce qu'Il attend de toi, que tu te conduis bien !

L'adolescent insista plus violemment :

— Pardonnez-moi, Votre Majesté Impériale, mais…

— Tout ton bonheur aujourd'hui, Djemmal-Eddin, tout ton avenir ici-bas et dans la vie éternelle se trouve dans ta réponse positive à l'appel de Notre-Seigneur Jésus-Christ.

Cette fois, le jeune homme ne put se contenir. Mi-douloureux mi-menaçant, il s'écria :

— Je donnerai ma vie pour vous, mais n'exigez pas cela !

— Je n'exige rien, mon garçon… Je remercie le Ciel de la Grâce qu'il t'accorde.

— Ne me contraignez pas !

— T'ai-je jamais contraint ?

Comme surpris, comme blessé par ce qu'il découvrait, le Tsar dévisagea son interlocuteur. Il répéta plus fort :

— T'ai-je jamais contraint, Djemmal-Eddin Shamil ? Réponds !

— Jamais, Votre Majesté.

— Nous avions cru comprendre, l'Impératrice et moi-même, que tu désirais le baptême, expliqua-t-il sèchement. J'en étais heureux pour toi. Je te donnais ma bénédiction… À la violence de ta réaction, à ton inqualifiable grossièreté, je vois que je me suis trompé. N'en parlons plus… Puisque que tu n'aimes pas assez Dieu, pas assez le Tsar et la Russie… N'en parlons plus !

— J'aime la Russie, Votre Majesté ! J'aime le Tsar ! Je leur dois tout.

L'amour et la révolte faisaient vibrer sa voix.

— … Mais je ne peux les servir en manquant à l'honneur ! Je ne peux les servir en trahissant mon Dieu et mon peuple !

En proférant ces paroles passionnées, Djemmal-Eddin tremblait de tous ses membres.

— Calme-toi !

Le Tsar souriait dans l'ombre. L'adolescent avait perdu son sang-froid. C'était la première fois. Quand il sortait de sa réserve, quand il se livrait, il donnait tout.

Le Tsar tenait sa réponse. Il ajouta plus doucement :

— Calme-toi, s'il te plaît… Et mets-toi là.

Il lui désignait le banc en face de lui. Djemmal-Eddin hésitait à s'asseoir.

Il resta debout. Le Tsar tonna :

— Tu m'as déjà déçu, vas-tu me tenir tête ? J'ai dit : assieds-toi !

Il obéit.

Le Tsar sembla réfléchir. Il pesait ses mots :

— … Tu peux, bien sûr, rester Montagnard et devenir Russe : qui te dit le contraire ? Bien sûr, tu le peux. L'Empire est vaste ! L'Empire est généreux !… Regarde nos amies, les petites princesses de Géorgie. Elles rentreront toutes s'établir chez elles. Elles partiront toutes se marier au Caucase… Les deux aînées sont déjà promises à des princes géorgiens… Mais leur mariage ne les empêchera pas de rester des princesses russes… Comme toi, quand tu rentreras chez ton père. Tu seras alors l'héritier de l'Imam. Si Dieu le veut, tu deviendras son successeur. Et tu épouseras une princesse musulmane, plusieurs même, puisque ta religion te le permet… Mais tu resteras toujours l'enfant du Tsar… Je t'aime, Djemmal-Eddin… Comme mon propre enfant… Tu sais cela ?

Éperdu, Djemmal-Eddin s'était à nouveau levé. À son expression, le Tsar comprit qu'il avait gagné la partie. Sans même s'en rendre compte, le garçon était passé de l'autre côté. De *son* côté… Nicolas en concevait pour lui une affection infinie. Cet enfant était vraiment son fils, un prince russe digne de lui, digne de l'Empire. Il ne s'était pas trompé sur Djemmal-Eddin… Noble. Fervent. Intègre… Encore si pur, encore si jeune !

Il reprit avec bienveillance :

— Je te pardonne ton éclat de tout à l'heure, cet entêtement qui est ton grand défaut… Mais en échange, tu vas me promettre une chose… Nous allons faire un pacte tous les deux. Quand tu seras de retour au Caucase, tu convaincras ton père de venir me trouver. Quoi qu'il arrive là-bas… Quoi qu'il arrive : toi et moi, nous obtiendrons la paix !

Cette requête entrait si parfaitement dans les dispositions intérieures de Djemmal-Eddin qu'il s'écria :

— Je m'y emploierai de toutes mes forces, Votre Majesté !

— Je sais que tu ne me décevras pas… Maintenant, écoute ce que j'ai décidé pour toi… Dans deux ans, tu seras cornette dans l'armée russe. Tu intégreras l'un de mes régiments, nous le choisirons ensemble… Tu feras tes premières armes en Pologne ou sur les frontières de l'Ouest. Quand tu auras avancé dans la carrière et seras devenu un bon officier, alors, Djemmal-Eddin, tu rendras au centuple à ta patrie ce qu'elle t'a donné ! Tu œuvreras auprès de ton père, pour que cesse entre nous, à jamais, cette guerre fratricide… En attendant, mon petit, profite de ce que ton pays peut t'offrir, profite de tout ce que la Russie peut t'apprendre. Continue à étudier, comme tu le fais… Pratique ton français, ton anglais, ton allemand. Et la langue avar, la langue tchétchène, les dialectes de tes montagnes. Même les mathématiques, même la physique, puisque tu les aimes. Accepte sans inquiétude tous les bienfaits de la

Providence… Je t'y autorise, je t'y engage… Va aux bals de la princesse Potemkina, quand elle t'y convie ! Tu rencontreras chez elle des esprits éclairés, le meilleur de l'aristocratie pétersbourgeoise… Je parlerai à la princesse, je lui dirai que je ne souhaite plus qu'elle t'importune avec ses sermons. Au reste, elle ne compte aucun converti parmi les officiers de ma garde personnelle qui fréquentent chez elle. C'est avec eux que tu dois tisser des liens d'amitié, avec les fils de khans et les princes tcherkesses que tu rencontreras dans ses salons. De ces Musulmans-là, je compte faire les auxiliaires sur lesquels tu pourras t'appuyer, le temps venu. Cette élite te sera précieuse… Mais d'ici là… D'ici là, mon enfant : vis… Vis, je t'en conjure, profite de ce qui t'est permis !… Maintenant, retourne sur la terrasse, dis à ces dames que j'arrive… Et laisse-moi seul un instant… S'il te plaît, retire-toi.

Djemmal-Eddin marchait à grands pas dans les herbes du bois… Il ne parvenait pas à y croire. Ce qu'il attendait depuis des années venait d'arriver : l'Empereur lui avait *dit* ce qu'il attendait de lui. Enfin ! Il lui avait dit, enfin, *pourquoi* il se trouvait en Russie, et *comment* rembourser sa dette. Certes, lors de leur première entrevue au palais d'Hiver, le Tsar lui avait laissé entendre les raisons de son enlèvement d'Akhoulgo et de son éducation à Pétersbourg. Mais il était alors trop petit pour en comprendre le sens, trop méfiant pour y croire. Aujourd'hui, huit ans plus tard, il souscrivait aux projets de son bienfaiteur, sans restriction.

L'angoisse qui, jusqu'à ce jour, l'avait empêché d'adhérer complètement au monde russe, de consentir à ses valeurs, de les approuver avait disparu. La culpabilité, la peur de trahir, la peur d'oublier, tout avait disparu. L'annonce, inouïe, qu'il rentrerait bientôt dans ses montagnes lui donnait ce qui lui avait toujours manqué pour s'adapter : la confiance.

L'acquiescement explicite de Sa Majesté à sa volonté, leur accord sur le libre choix de sa religion, leur pacte pour l'avenir détruisaient les derniers bastions de sa résistance et balayaient d'un coup les déchirements et les doutes.

Tout devenait possible ! Ou presque…

Envers les princesses de Géorgie, il savait dorénavant ses rêves d'amour aussi chimériques que désespérés. Mais ne l'avait-il pas toujours su ? Il n'attendait rien de son inclination. Il ne voulait rien… Il avait cru pouvoir, du fait de leur appartenance commune au Caucase, de leur nostalgie commune des montagnes, des images communes qu'ils gardaient au fond des yeux, il avait cru pouvoir concilier les deux univers à travers sa passion pour les jeunes filles. Il s'était trompé. L'union entre les deux mondes ne pouvait passer par Anna et Varenka. Sur ce point aussi, le Tsar avait clarifié les choses. Leur destin ne pouvait se confondre avec le sien… Mais le savoir, le comprendre, l'accepter même, était une chose… Le sentir, une autre ! Il pressa le pas.

À mesure qu'il s'éloignait du banc et se rapprochait du Cottage, le désir de rejoindre Varenka se faisait plus impérieux. Le coup au cœur en apprenant par la voix du Tsar qu'elle appartiendrait à un autre, que les dés en étaient jetés, le pincement qu'il avait cru maîtriser tournaient soudain à la tempête. Qu'attendait-on de lui ? Qu'il sacrifie ses sentiments, sous prétexte que la séparation était inévitable ? Absurde ! Sa complicité avec Varenka, dégagée du poids de l'avenir, libérée désormais de la moindre ambiguïté, n'en devenait que plus innocente, plus joyeuse, plus légère. Voilà ce qu'il répondait à la voix qui lui ordonnait de lâcher prise ! Contre cette voix-là, il s'insurgeait et bouillonnait.

... Comment voulait-on qu'il se conduise ? Devait-il disparaître entre les plantes vertes, se dissimuler dans l'ombre de la rotonde d'Hercule, comme la première fois ?... Devait-il cacher son attirance ? Feindre la froideur ? Jouer l'indifférence ?... Inviter les autres, toutes les autres jeunes filles à danser, sauf celle qu'il aimait ? Pourquoi ? Pourquoi se conduirait-il aussi bêtement ? Parce qu'elle était chrétienne, petite-fille de roi et promise à un prince géorgien ? Et alors ? Les autres aussi étaient chrétiennes, les autres aussi étaient promises ! Pourquoi sacrifier l'affection à la peur de souffrir ? L'amitié à la prudence ? La tendresse à la raison ? Tout en lui se révoltait contre un tel renoncement... Puisque la vie lui faisait ce cadeau... Puisque la vie le laissait encore libre de se promener avec Varenka, de converser, de rire, de l'aimer même... Rien d'autre n'importait... Elle se trouvait sous ces arbres, à quelques pas. Il se mit à courir... Elle était là, ce soir. Elle l'attendait, ce soir. Qui sait ce qui arriverait demain ? Demain, il la perdrait. Mais d'ici là... *D'ici là, mon enfant, vis... Vis, je t'en conjure, profite de ce qui t'est permis !*

Oui, tout le bonheur du monde restait possible... Ce soir.

Fou de joie, enflammé de reconnaissance envers le Tsar, il rejoignit le groupe sur la terrasse.

Les baies vitrées du salon étaient grandes ouvertes. Le prince héritier, son épouse, sa sœur, leurs demoiselles d'honneur, leurs enfants, le comte Kiseliev, et d'autres invités parmi les intimes qui logeaient au château venaient d'arriver pour la fête improvisée par l'Impératrice.

Les musiciens s'étaient déjà rassemblés en arc de cercle sur la pelouse. Sonnant et tonnant, ils ouvriraient le bal avec la polonaise de Glinka et quelques quadrilles. Mais ensuite, ce serait Alexandra Feodorovna qui jouerait les valses favorites et les mazurkas à la mode. Elle avait fait installer un parquet et descendre son piano au milieu de la piste.

Tout ce petit monde allait et venait entre le vestibule et le perron, attendant le Tsar qui accompagnerait sa femme au flageolet et au cornet à piston. Ce serait charmant.

Nicky, appuyé au chambranle de la porte, regardait Anna qui passait et repassait devant lui, apportant la musique, le tabouret, le lutrin, les bougies et le chandelier :

— Marchez, marchez, mademoiselle, disait-il en français, vous êtes très jolie ce soir.

Il prenait bien garde de ne pas frôler la seconde demoiselle d'honneur de sa mère, l'autre, celle qui habitait la gloriette du parc. D'instinct, il sentait celle-là inatteignable et chasse gardée.

Affectant, comme Nicky, d'ignorer la présence de « cette personne », Alexandra Feodorovna veillait aux derniers préparatifs. Djemmal-Eddin la regardait s'agiter. Il remarquait que l'Impératrice était belle ce soir, et remuante, et gaie comme il l'aimait. Il notait tout… Qu'elle avait revêtu une légère toilette de mousseline blanche, et glissé un bouquet de résédas rouges à sa ceinture… Qu'Anna portait, elle aussi, une robe blanche mais d'un blanc moins éclatant, atténué de rayures grèges… Que Varenka et Gayana arboraient les mêmes jupes bouffantes, toujours de couleur rose comme le voulait l'usage à quinze ans, mais longues, dissimulant leurs pantalons et leurs bottines. Que toutes les jeunes filles étaient corsetées et boutonnées, selon la décence qui seyait à leur état... L'échange avec le Tsar l'avait rendu disponible à d'autres impressions encore... Il appréciait la beauté de certaines femmes mariées, l'ampleur de leurs décolletés qui prouvaient à leurs admirateurs que le temps et les maternités n'avaient rien ôté à leurs charmes. Il admirait jusqu'aux plantureuses épaules de la princesse Anastasia de Géorgie... Quant à la Potemkina... Ah, la Potemkina ! Enfoncée dans ses volants prune, couverte de jais et de passementeries, ses boucles noires surgissant de la blancheur de sa coiffe, elle l'amusait. Toujours en mouvement, elle allait, venait, s'informait sur l'ordonnance de la fête, s'impatientait... Une telle énergie chez une personne d'âge mûr avait quelque chose d'attendrissant. Elle-même semblait d'humeur si primesautière que son agitation et sa gaieté devenaient communicatives.

— Il n'est pas difficile d'être heureux ce soir, n'est-ce pas ? remarqua Anna, le regard pétillant, quand Djemmal-Eddin vint la rejoindre sous les arbres.

On avait tendu des lignes de lampions entre les branches, comme il l'avait imaginé, tout à l'heure. Les adolescentes se tenaient regroupées dans le halo de lumière...

— Il souffle comme un air de fête, continua-t-elle... Rien qu'en respirant, je sens qu'il y a de la fête dans l'air !

— Anna ! Où as-tu posé mon éventail tout à l'heure ? cria la Potemkina, assise en bord de piste.

La jeune fille haussa les yeux au ciel :

— Elle perd toujours quelque chose, celle-là !

— ... Pendant que tu y es, va me chercher mon châle, veux-tu ?... Anna !

— J'arrive.

Varenka esquissa le geste de la suivre.

— Vous n'allez pas partir ? demanda-t-il, mi-railleur mi-sérieux. Pas tout de suite. Pas encore... Pas comme la dernière fois ?

Elle comprit l'allusion et lui sourit. Il reprit gaiement :

— Alors, tout va bien... Je vais pouvoir vous tenir le discours que je prépare depuis deux ans.

Il s'inclina :

— Me ferez-vous l'*honneur*, il insista ironiquement sur le mot comme l'avait fait jadis, à la table du comte Kiseliev, le lycéen obtus, l'*honneur* de m'accorder la première valse... La première... et toutes les suivantes ?

La princesse Potemkina et la princesse de Géorgie, renversées dans leurs fauteuils, s'éventaient en regardant évoluer la jeunesse.

Comme prévu, le bal avait commencé par les contredanses.

Djemmal-Eddin, infatigable, dirigeait les quadrilles. Il faisait monter et descendre les marches du perron aux danseurs, obligeait chaque couple à exécuter une révérence, les conduisait vers le jardin, et ramenait la farandole le long des sentes et des massifs, jusqu'aux souverains. Tous riaient aux figures qu'il imposait à ses pauvres « quadrilleurs ».

Quand on se fut lassé de se pavaner par bandes de huit, on fit silence. Le Tsar et la Tsarine, tout de blanc vêtus, se levèrent, traversèrent la piste, et saluèrent, main dans la main, comme deux baladins. La frénésie des applaudissements fit vaciller jusqu'aux lueurs rouges, jaunes, bleues des lampions au fond des feuillages.

Ils s'assirent côte à côte entre les grands arbres, et se concertèrent en souriant... Ils attaquèrent une valse. L'Empereur donnait le tempo, soufflant avec enthousiasme dans son cornet à piston.

Intimidés, les jeunes gens hésitaient à se lancer. Nul n'osait.

— Alors ? cria Nicolas, passant de la trompette à la flûte. Alors, répéta-t-il entre deux inspirations, dansez-vous ?

L'intimité de la fête permettait aux garçons d'inviter les demoiselles sans en demander l'autorisation à leurs mères. Nicky s'empara d'Anna... Djemmal-Eddin, de Varenka. Les autres suivirent.

— Il fait exceptionnellement chaud pour la saison, se plaignit en s'éventant avec plus de violence la princesse Anastasia de Géorgie.

— Leurs Majestés sont les meilleurs coryphées du monde ! s'extasia la Potemkina. Quant à nos jeunes gens... Avoue que le spectacle vaut le déplacement ! Notre Djemmal-Eddin...

— Le Daghestanais tournoie, en effet, avec une grande agilité, admit la princesse de Géorgie.

— Il valse comme un dieu, tu veux dire ! Je l'avais vu en selle, je le savais extraordinaire à cheval, mais je ne m'attendais pas à cela : le meilleur danseur de Pétersbourg ! Résultat... Regarde les autres jeunes filles. Vois comme leurs pieds battent la mesure quand il passe. Elles n'attendent qu'une chose... Notre beau, notre cher Nicky est certes un valseur magnifique. Mais ce danseur-là... ce danseur-là c'est autre chose ! Même dans les bras de Son Altesse Impériale, Anna tente d'accrocher son regard... Elle espère qu'à la prochaine… Mais, à cet âge, les garçons sont fidèles et celui-ci n'en aime qu'une !

— Celui-ci est assez égoïste, en effet, pour inviter toujours la même.

— L'exclusivité des amours enfantines, ma chère.

— Il va finir par la compromettre.

— Compromettre Varenka ? Aux yeux de qui, ma chère ? Ici, nous sommes entre nous !

— *Entre nous ?* Ce garçon n'a ni famille, ni nom, ni fortune : sans la magnanimité de Leurs Majestés, sans ta protection… !

— *Entre nous*, coupa la Potemkina, de tels appuis ne prouvent qu'une chose : son mérite. Crois-tu que Leurs Majestés, dans leur miséricorde infinie, lui accorderaient leur auguste protection si Elles ne l'en jugeaient pas digne ? Quand un jeune homme, avec la prestance de celui-ci, commande la mazurka, conduit le cotillon, danse les quadrilles français…

— Justement, un danseur de ce niveau a des devoirs. Il ne pose pas au cavalier attitré d'une seule jeune fille : il les fait danser toutes, les unes après les autres !

À chaque tour de piste, Djemmal-Eddin entendait les commentaires. Le succès le grisait.

C'était délicieux de sentir la musique parcourir son corps, le piano lui communiquer son rythme, la flûte battre dans ses veines. Il sentait la musique jusque dans la respiration accélérée de Varenka. Quelque chose de doré s'allumait et s'éteignait en elle, suivant la mesure de la valse. « … Vis, lui répétait joyeusement la flûte de l'Empereur, vis, Djemmal-Eddin ! »

CHAPITRE VIII

« QUE VIVE LE SOLEIL !
ET QUE MEURE LA NUIT ! »
LE GOÛT DU BONHEUR
1848-1853

(15)

LE TERRAIN DE MANŒUVRES
DU CAMP DE KRASNOÏE SELO
PRÈS DE SAINT-PÉTERSBOURG
LA PARADE DES ÉCOLES MILITAIRES
UN AN PLUS TARD

MAI 1848

Roulements de tambours, explosions de cymbales. Djemmal-Eddin piétinait avec ses camarades derrière les barrières, en lisière du terrain... Les onze fanfares des onze régiments de la Garde convergeaient devant eux, se saluant mutuellement aux entrées. Chaque compagnie jouait l'hymne d'une autre, onze marches militaires éclataient à la fois.

Ce vacarme, loin de les assommer, les transportait d'orgueil et de joie.

Huit années d'entraînement trouvaient aujourd'hui leur justification et leur apothéose.

On avait monté, à l'orée du champ d'exercices, une somptueuse loge verte destinée à l'Impératrice. Elle y trônait au premier rang, en toilette blanche, entourée de sa fille, de ses belles-filles, de ses dames d'honneur et de tous ses petits-enfants. De part et d'autre de la loge impériale, du même côté du champ, se dressaient les gradins où papillonnaient les femmes de la bonne société. Elles étaient accompagnées de nombreux officiers étrangers, des voyageurs et des visiteurs d'importance. Leurs maris, toutefois, ne siégeaient pas à leurs côtés. Les hommes de Saint-Pétersbourg, la Cour et la Ville, serviraient dans l'arène. Les plus hauts dignitaires, le tsarévitch Alexandre, les grands-ducs, le général-comte Kiseliev défileraient à la tête de leurs régiments. Même les élèves des Académies, qui d'ordinaire ne participaient pas aux revues de Krasnoïe Selo, paraderaient. Les circonstances de ce mois de mai 1848 justifiaient la présence de tous les corps de l'Empire sur le terrain.

La révolution à Paris, en février dernier, obligeait la Sainte Russie à se prémunir contre la contagion des idées libérales en préparant la guerre. Divertissement et symbole, la beauté du spectacle d'aujourd'hui visait à montrer à la France, à l'Europe des républiques et des constitutions, au monde entier, le parfait entraînement des jeunes recrues et l'écrasante puissance de l'armée du Tsar. Quand les ambassadeurs quitteraient les gradins, tout à l'heure, ils devraient rentrer chez eux convaincus que ces milliers d'hommes n'en formaient qu'un seul autour du représentant de Dieu sur terre. Et que ce bloc, d'une cohésion et d'une richesse inouïes, était le garant de l'ordre universel.

À cheval depuis l'aube, les cadets attendaient leur heure. Tous scrutaient les tribunes, cherchant les personnes de connaissance, leurs mères, leurs sœurs, la jeune fille chère à leur cœur… Djemmal-Eddin, comme les autres, examinait le public… Là-bas, il l'avait repérée, oui, là, gesticulant au second rang : la Potemkina, que les fanfares militaires et l'odeur de la poudre excitaient encore. Elle était entourée de toutes les dames patronnesses du Comité des prisons, ainsi que d'un aréopage de nièces et de protégées. Sa suite habituelle. Manquait néanmoins l'essentiel. Les princesses de Géorgie… Il avait beau observer… Aucun membre de la famille ne figurait ici. Il le savait… Bien sûr, il le savait ! En ce mois de mai 1848, la belle Anna épousait à Moscou un prince géorgien de l'illustre lignée des Tchavtchavadzé de Kakhétie. Et Varenka assistait à la noce… Il avait espéré sa présence jusqu'au bout. Il eût été si heureux de parader devant elle… Le destin en avait décidé autrement. Il l'acceptait. Si le regret était cuisant, la déception ne pouvait gâcher son plaisir.

Les couleurs de la guerre, les bruits de la guerre, le chant des clairons, les coups de canons, l'odeur du cuir et du crottin, le goût de la poudre et de la poussière l'enivraient.

Il ne lâchait plus du regard les Gardes de Sa Majesté qui traversaient le champ, défilant en colonnes comme au temps des guerres napoléoniennes. Il savait, comme ils le savaient tous, que chacun de ces cavaliers avait été choisi pour sa beauté. Pour la longueur de ses jambes, la hauteur de son buste, l'éclat de son teint, la couleur de ses yeux et le lustre de ses cheveux.

Les gardes Preobrajenski, magnifiques, étaient revêtus de leur célèbre uniforme vert. Tous grands, comme le Tsar – exceptionnellement grands, comme lui : 1,85 mètre au minimum –, les traits réguliers, la taille mince, les épaules larges, les attaches fines et le mollet musclé... Montés sur des coursiers identiques, ces guerriers de proportions parfaites se voulaient la réincarnation des héros de l'Antiquité.

L'océan vert des gardes Preobrajenski avait cédé la place aux lignes bleues du régiment Semenovski. Puis, à l'écume blanche des parements Izmaïlovski. Enfin, aux ors du régiment Pavlovski, coiffés de casques coniques, et sabres au clair comme le voulait une tradition âprement gagnée durant les batailles du siècle précédent. Suivait l'artillerie : les premières batteries de canons, tirées par des attelages de six chevaux du même bai brun. La deuxième vague par des coursiers alezan brûlé. La troisième par des barbes gris. La quatrième par des hongres noirs.

Marchait ensuite la ligne azur des atamans des Cosaques du Don, montés sur de petites juments kirghizes. Et, derrière les Cosaques, les lignes bleues liserées de rouge des Uhlans, avec leurs forêts de lances et leurs étendards pris aux Turcs.

Plusieurs milliers de cavaliers suivaient. Les élèves des Académies militaires fermaient le défilé.

Au pied de la tribune, dans l'arène, le Tsar caracolait sur un étalon blanc. Il n'était escorté que de son frère, le grand-duc Mikhaïl Pavlovitch, et d'un clairon dont les sonneries transmettaient ses ordres. Il dirigeait les exercices.

Un geste, que Djemmal-Eddin ne vit pas, imposa le silence. Les onze fanfares se turent ensemble. Les milliers de chevaux s'arrêtèrent. Les milliers d'hommes se tinrent cois.

Le grand-duc partit au galop en lisière du champ, avec le clairon. Le Tsar resta immobile, seul face à ses troupes.

Plus un bruit. Pas même un hennissement. Pas même le grincement d'un harnais, le cliquetis d'un mors ou d'une roulette d'éperons.

Le silence… Sur les gradins, partout : l'immobilité, le silence et la paix.

Alors, de la poitrine du Tsar, jaillit un cri. Un mot, un seul qui se répercuta, sonore, jusqu'aux Cadets du Premier Corps :

— Chargez !

D'un seul mouvement, Djemmal-Eddin et ses camarades, les hommes, les chevaux, les canons, tous bondirent à la fois…

Les vagues vertes, les vagues bleues, les vagues blanches déferlaient à travers le camp. Leur tonnerre couvrait les cris des femmes. Elles arrivaient à la vitesse de la lumière.

Le Tsar ne cédait pas d'un pouce devant la ruée. Sa propre monture piaffait, affolée par ce qu'elle voyait fondre. Les dix mille cavaliers montaient à l'assaut de la loge impériale. Ils fonçaient droit sur l'Empereur.

Lui-même restait impavide, se maintenant au pied de la tribune.

La distance se réduisait de seconde en seconde. Ils allaient tout balayer… Renverser l'étalon, les gradins, les femmes. À l'instant où ils atteignaient la loge… les dix mille cavaliers pilèrent net.

D'un seul mouvement, ensemble, comme ils avaient démarré, ils s'arrêtèrent.

Les poitrails de leurs chevaux ne formaient à nouveau qu'une seule rangée, les sabots alignés sur un trait si long qu'il courait sur plusieurs verstes… Et file après file, les rangées se répétaient dans l'ordre premier.

On n'entendait maintenant que le halètement des hommes. On ne sentait que le souffle chaud des bêtes. On ne voyait que les fines ailes noires de leurs naseaux, palpitant et saignant à moins d'un mètre du visage pâle, bouleversé de la tsarine Alexandra, à moins de cinquante centimètres de celui, satisfait, du tsar Nicolas…

Qui dira l'ivresse d'appartenir à un tel ballet ? L'excitation de parvenir à ce degré de perfection ? Qui dira la fierté de réussir ces exercices complexes et de les réussir coude à coude, botte à botte, ensemble, avec ses camarades ? Avec Sacha Milioutine, avec Buxhöwden, avec tous les complices du Corps ?

Djemmal-Eddin retrouvait l'émotion de jadis quand il chevauchait parmi les Murides, ses frères d'armes. Il avait alors le sentiment de faire partie de la plus grande armée du monde. L'armée de Shamil.

De tous les cavaliers galopant sur le terrain de manœuvres de Krasnoïe Selo, il était peut-être celui qui s'était laissé le plus totalement griser par cet ancien bonheur-là : *appartenir…*

— Mes enfants, je suis content de vous.

Sa Majesté avait prononcé la phrase rituelle qui saluait les travaux et couronnait les exploits.

Avec fougue, d'une même voix, en chœur, ils lui répondirent par d'autres paroles, aussi rituelles, aussi sacrées :

— À ton service, Petit Père !

L'ouverture du grand opéra venait de s'achever. Les régiments allèrent se ranger de part et d'autre du champ de manœuvres.

Suivaient maintenant les reprises du Corps des Cadets. Le grand-duc Mikhaïl Pavlovitch avait expliqué à leurs maîtres le programme qu'il voulait voir exécuter. Les cadets répétaient depuis des mois. Et ils répéteraient encore, aujourd'hui, maintenant, autant de fois que nécessaire… Leurs évolutions devant le Tsar pourraient aussi bien durer une heure que deux, que six, que huit. Elles pourraient conduire les chevaux jusqu'à l'épuisement, et les garçons jusqu'à la mort. Peu importait. Le Corps devait parvenir à l'unité, à la divine cohésion russe… Mais atteindre l'exactitude absolue sur ce terrain vallonné, plein de trous et de bosses, ce terrain qu'aucun d'entre eux ne connaissait, tenait de la gageure.

L'un des exercices consistait à décrire un immense 8, à la vitesse maximale. Au centre, à l'intersection des deux boucles du 8, se croisaient deux murets, que les cadets devaient franchir dans les deux sens… Toute la difficulté consistait à *synchroniser* leur saut avec celui du cavalier arrivant de l'autre côté, sans ralentir la charge d'une fraction de seconde. Le problème commençait avec la poussière. Le volume de sable soulevé par des centaines de cavaliers galopant en colonne sur un terrain sec et déjà martelé par des milliers de chevaux : nul ne l'avait pris en compte. Ni Djemmal-Eddin, ni Sacha, ni Buxhöwden ne voyaient même la croupe du cheval devant eux. Les obstacles surgissaient, gigantesques, au dernier instant. Pis : impossible, dans ce nuage opaque, de mesurer la distance qui les séparait du cadet déboulant sur leur droite, sur leur gauche, les croisant ventre à terre, sautant quelques secondes avant eux, ou après…

Les collisions de chevaux en plein vol, les heurts de plein fouet, les animaux rompus, les garçons piétinés : les pertes en hommes et en bêtes furent, ce jour-là, considérables. Les jeux du cirque.

La brutalité des chutes et la gravité des accidents n'empêcheraient pas le grand-duc Mikhaïl Pavlovitch d'arriver au galop vers le commandant et de lui aboyer au visage : « Dans votre escadron numéro quatre, peloton un, la gourmette du premier cadet de droite n'a pas été nettoyée. Sanctionnez le Corps ! » Le commandant se précipiterait sur le cadet en question. Et là, oh ! disgrâce : une tache de rouille maculait en effet le métal du mors de Buxhöwden…

Résultat : tous les cadets seraient privés de sortie pendant un mois. Et Buxhöwden resterait aux arrêts jusqu'à nouvel ordre… Mais quelle importance ? Quelle importance d'être punis, pourvu que le Corps le fût en bloc ? Ils étaient là pour vivre et pour mourir ensemble. Et le grand-duc, avec son œil de lynx et son exigence, suscitait moins leur peur que leur admiration. Rien d'autre que cela ne comptait : l'admiration envers les chefs, la solidarité entre camarades. Et l'Amour pour le Tsar.

Blanc de poussière, titubant de fatigue au terme de cette journée, Djemmal-Eddin regagnait le campement en longeant la rivière. Il était resté plus tard que les autres aux écuries. Le soir tombait.

Alors qu'il s'engageait entre les premières files de tentes blanches et qu'il s'enfonçait dans les allées du quartier où il campait avec ses compagnons, il eut soudain l'impression d'avoir déjà vu ce lieu quelque part.

Troublé, il s'arrêta et regarda autour de lui.

Aucun doute : il connaissait l'endroit… Ces allées tirées au cordeau, ces tentes moutonnant à perte de vue… Le camp d'Akhoulgo !

En lui l'image remontait de très loin, du temps où il contemplait du haut des remparts la marée d'hommes, de chevaux, de mules, de canons qui débordait sur les berges de l'Andi Koysou. La lumière du couchant dansait sur les baïonnettes des troupes qui bivouaquaient le long du fleuve, comme ce soir au bord de la rivière de Krasnoïe Selo. Les lames brasillaient, enfermant le soleil au cœur d'une forêt d'acier. Comme ce soir. Il écoutait monter les hourras saluant les derniers arrivants autour des feux. Comme ce soir.

Il mesurait soudain que cette scène, il l'avait en effet déjà vécue, mais qu'il se trouvait alors sur l'autre rive, de l'autre côté du fleuve.

À la lettre, il était passé à travers le miroir, il avait changé de camp.

L'émotion de cette découverte ne le chagrina pas. Au contraire ! Il savait désormais où, dans le jeu des reflets et des apparences, le Miséricordieux l'avait mis. Sa situation sur l'échiquier du destin lui apparaissait comme une évidence. Il connaissait sa place et ne doutait pas qu'elle fût naturelle et juste, puisque Dieu en avait décidé ainsi.

Il reprit sa marche, se récitant gaiement ce vers qui concluait le *Chant bachique* de Pouchkine : « … Que vive le soleil ! Et que meure la nuit ! »

(16)

ENTRE SAINT-PÉTERSBOURG ET VARSOVIE

1849-1852

L'ivresse de ses premiers tours de valse et des galopades sur les terrains de manœuvres devait se répéter à l'infini, avec une égale intensité, les années suivantes. Bals au palais d'Hiver, raouts chez la Potemkina, soupers dans les casernes, parades, chasses… Djemmal-Eddin était de toutes les fêtes. Et s'il ne buvait, ne fumait et ne jouait toujours pas, il passait parmi ses camarades pour un joyeux drille qui faisait le mur plus souvent qu'à son tour. Il termina donc ses études avec une note scandaleuse dans les deux matières qui importaient au Tsar : six de moyenne dans les exercices de routine, notamment dans le sacro-saint « pas de l'oie » ; et quatre en « discipline ».

Ce demi-échec ne l'empêcha pas d'être affecté au régiment de son tuteur légal, le plus dur parmi les généraux : Son Altesse Impériale le grand-duc Mikhaïl Pavlovitch, frère de l'Empereur. Il entra comme officier chez les *Uhlans* – les lanciers –, plus précisément dans la septième division des lanciers Vladimirski, et partit dans l'heure protéger les frontières russes en Pologne.

Le miracle de son intégration dans un régiment de prestige, en dépit de ses médiocres résultats, et la hâte de son départ pour Varsovie s'expliquaient par l'atmosphère belliqueuse de l'année 1849.

À la chute du roi Louis-Philippe en France s'était ajoutée, durant l'hiver, la révolution des Hongrois contre l'empereur François-Joseph. L'Autriche, débordée par l'ampleur du soulèvement, demandait aujourd'hui l'aide du Tsar. Il avait saisi l'occasion : il envahissait la Hongrie. Son armée écraserait les rebelles et rétablirait l'ordre partout. Il exigeait donc, parmi les élèves en âge de servir, plus de recrues qu'à l'ordinaire.

En ce qui concernait Djemmal-Eddin, la décision de l'Empereur convenait à ses aptitudes : il appartenait désormais à la cavalerie légère, dont l'une des caractéristiques était de se déplacer avec rapidité. Le choix correspondait en outre à son type physique : il était grand, comme tous les Uhlans, long, brun, racé comme eux…

Ses premiers pas dans la carrière militaire furent exceptionnellement brillants. Si la rapidité de la victoire russe en Hongrie ne donna guère aux Uhlans de Pologne l'occasion de se distinguer, les supérieurs de Djemmal-Eddin lui reconnurent très tôt les vertus d'un officier de première force : la bravoure, l'autorité, le sens de l'honneur… Alors que Buxhöwden restait junker et Milioutine cornette, Djemmal-Eddin passa lieutenant. Un exploit. Un record même, car les officiers d'origine montagnarde devaient faire preuve d'une application hors norme pour monter en grade. Sa popularité, autant que ses talents militaires, l'adoration de ses hommes, l'amitié de ses camarades justifièrent un tel avancement.

La chance voulut en outre que le terrible grand-duc Mikhaïl Pavlovitch mourût d'une crise cardiaque à Varsovie et qu'il fût remplacé à la tête des lanciers par son neveu, le grand-duc Mikhaïl Nicolaïevitch, l'ancien camarade de Djemmal-Eddin au Corps des Cadets. La petite troupe d'amis, qui fréquentait jadis chez le comte Kiseliev, se trouvait donc au complet… Ne manquait que Son Altesse « Nicky » qui courait d'autres lièvres, ou plutôt d'autres jupons à Pétersbourg, avec d'autres lanciers de la Garde dont il était le colonel. L'aînée des princesses de Géorgie mariée, il s'était épris de Varenka, l'année suivante. Elle avait pris la relève de sa sœur à la cour, devenant la lectrice de la Tsarine. Mais Varenka avait suivi le même chemin.

En mai 1851, elle épousait elle aussi un prince géorgien, le général Elico Orbeliani, l'homme qui avait été l'otage de l'imam Shamil, une dizaine d'années auparavant…

Nicky s'était donc rabattu sur la troisième : Gayana. Celle-là, plus légère, lui avait cédé. Elle passait officiellement pour sa maîtresse, au grand scandale des deux familles. On ne parlait désormais que de la liaison du grand-duc Nicolas Nicolaïevitch avec l'une des petites princesses de Géorgie.

Si la certitude d'avoir perdu Varenka avait serré le cœur de Djemmal-Eddin – « … ça y est, c'est fait », comme le formulait élégamment la Potemkina dans la lettre lui annonçant la noce de l'une, et la chute de l'autre –, il n'avait pas revu son amour d'enfance depuis son entrée dans l'armée. Il s'attendait de longue date à l'annonce de son mariage.

Lui-même avait noué d'autres liens et vécu d'autres aventures, en deux ans. Plusieurs dames mariées de Kovno – la ville où bivouaquaient les Uhlans – s'étaient mis en tête de le séduire et rivalisaient de charme pour se l'attacher. Qui réussirait à prendre le beau, le mystérieux, l'insaisissable lieutenant Djemmal-Eddin dans ses filets ? Elles l'y prirent toutes.

S'il tentait d'éviter les parties fines dont ses camarades raffolaient, s'il n'allait pas au bordel et chez les filles, il aimait plaire. Aucune femme ne le laissait indifférent. Il cédait sans tapage aux avances et ne laissait personne, ni ses amis ni ses maîtresses, faire le compte de ses bonnes fortunes. Certaines l'avaient ému, aucune ne l'avait fixé.

De ces années d'inaction à Kovno, les anciens cadets ne garderaient d'autre souvenir que celui de leur légèreté : concerts dans les châteaux de l'aristocratie, soupers offerts par le régiment, bals au palais du vice-roi… La belle vie des officiers du Tsar, en Pologne.

Aux yeux de tous, Djemmal-Eddin était désormais parfaitement intégré, plus russe qu'un Russe.

L'entrée officielle du soldat « Shamil » dans l'armée d'occupation n'avait toutefois pas été, naguère, sans poser quelques problèmes aux services administratifs de la septième division : que fallait-il inscrire sur son passeport ?

En 1849, à l'heure du départ pour Varsovie, l'Empereur avait reçu de son capitaine une note aussi urgente qu'inquiète sur l'état civil d'une telle recrue. Devait-on écrire ce qu'on avait toujours inscrit sur son livret scolaire : *Fils du rebelle* ?

Le Tsar avait répondu par un paragraphe au crayon, en marge même des papiers militaires : « Le garçon n'étant pas responsable des actes de son père et le mot de *rebelle* n'indiquant pas le pays d'origine, l'expression *fils du rebelle* ne convient pas. Elle risque en outre d'exercer une influence négative sur le caractère de l'intéressé. En conséquence, son prénom, son patronyme et la mention d'*origine montagnarde* suffisent. »

Le souci de son identité résolu, une seconde difficulté s'était posée au capitaine, une question déjà bien connue des autorités : quel costume « Shamil » devait-il revêtir ? La papakha, la tcherkeska, le ghizir et le kinjal : l'uniforme des régiments de Montagnards ?... Ou bien le shako orné de l'aigle impériale, la tunique bleu roi avec son plastron rouge fermé par un double boutonnage, l'ample ceinture tissée de fils d'argent et la lance des Uhlans ?

Échaudé par les erreurs de ses prédécesseurs, qui n'avaient cessé de se fourvoyer, le capitaine adressa au sujet de « l'uniforme de Shamil » une seconde note au Tsar.

Toujours en marge des papiers militaires, Sa Majesté griffonna : « La tenue qu'il préfère. »

Sous cette mention devait figurer la décision de Djemmal-Eddin.

Mais que choisirait-il ?

Cette question fit l'objet d'une petite devinette, que le tsar Nicolas soumit dès le lendemain à l'Impératrice, au comte Kiseliev et aux intimes du « dîner de quatre heures » : « À votre avis : la tcherkeska ou la tunique bleue ?... Mouffy, toi qui le connais bien... Qu'a-t-il choisi d'après toi ? Les Montagnards du Caucase ou les lanciers Vladimirski ? »

Le ton était au triomphe. Il ne lui laissa pas le temps de répondre.

« ... Eh bien, non, tu te trompes, vous vous trompez tous ! Djemmal-Eddin n'a pas choisi ce que vous croyez ! Il reste fidèle à son passé… Fidèle à son père et à ses origines. Il n'a pas hésité un instant. Un cri du cœur. Il a élu le symbole de son appartenance aux peuples du Caucase. »

Le Tsar jubilait.

Pourquoi donc se réjouissait-il que son protégé, son favori, son fils d'élection ait préféré la tcherkeska ? L'Impératrice, pas plus que ses hôtes, ne le comprirent. Le Tsar était seul, en effet, à pouvoir saisir le véritable sens de cet acte de fidélité ultime, un geste de constance et d'attachement qui lui donnait, à lui, raison sur toute la ligne… En choisissant la tcherkeska, Djemmal-Eddin respectait autant la mémoire de ses ancêtres que ses engagements envers lui. Il scellait le pacte qu'ils avaient passé tous les deux, sur le banc de Peterhof. Il restait ce qu'il était : Caucasien.

N'est-ce pas ce dont ils étaient convenus ?

Le garçon poursuivait son cheminement vers la double appartenance. Russe *et* Montagnard.

Mais croyait-il – comme Sa Majesté affectait de le croire –, croyait-il vraiment possible de concilier ses deux fidélités ? Sans renoncer à l'une ? Sans renoncer à l'autre ? Sans se renier lui-même ?

Loyal envers le Tsar, loyal envers l'Imam, Djemmal-Eddin tentait de tenir ce pari.

Cherchant à le soutenir, l'Empereur lui dépêcha, comme soldat d'ordonnance à Kovno, un truchement tchétchène. Il ne doutait pas que l'envoi d'un tel serviteur lui serait aussi utile qu'agréable. Ce domestique l'aiderait à se perfectionner dans la connaissance des langues, des peuples et des usages du Caucase… Djemmal-Eddin ne devait-il pas progresser dans cette voie, avant qu'on puisse le renvoyer dans ses montagnes ? Or, l'interprète tchétchène parlait plus de trente dialectes.

Ce personnage, du nom de Tchibtchiev, allait se révéler fatal aux desseins du Tsar.

« … Un Musulman, comme toi, Djemmal-Eddin, un Musulman qui dort les pieds vers La Mecque, un Musulman qui se rase la barbe, un Musulman qui se parfume, un Musulman qui baise la main des femmes, un Musulman qui ne se réveille pas pour la prière de la nuit… Un Musulman comme toi n'est plus un Musulman… C'est un chien ! »

Djemmal-Eddin ne se retenait qu'à grand-peine de le gifler. Tchibtchiev le poussait à bout, il le rendait fou.

Il ne payait pourtant pas de mine. Petit, voûté, le teint gris, la tcherkeska souillée, il n'avait ni l'élégance ni le courage physique des hommes de son pays. Détail très inhabituel chez un Montagnard : il ne portait pas d'arme à la ceinture. Pour le reste, il arborait une longue barbe, ce qui le différenciait encore des autres Tcherkesses de Saint-Pétersbourg. Comment Tchibtchiev en avait-il négocié l'autorisation ? Mystère. Le tsar Nicolas avait en horreur les hommes barbus. Il avait interdit le port de la barbe partout, à la cour, à l'armée, à la ville. Il ne la tolérait que chez les Juifs, les moujiks, et dans certains régiments indigènes, auxquels Tchibtchiev n'avait jamais appartenu. Il n'était d'ailleurs pas tchétchène, contrairement à ce que croyaient les Russes qui confondaient dans le même mépris et la même ignorance tous les peuples, mais ouzbek, de la tribu *Kiptchak*. Il avait toutefois grandi au Daghestan, avant d'être incorporé comme « enfant de langue » dans l'armée impériale. Le général Fézé, dont il avait été l'interprète, l'avait chaudement recommandé pour communiquer avec les fils de khans qui étudiaient dans les Académies militaires. Il était arrivé à Pétersbourg vers l'âge de trente-cinq ans, quelques années avant Djemmal-Eddin. Il se montrait à l'époque très amical envers les Infidèles, plus amical encore envers les jeunes Circassiens auxquels il rendait visite. Djemmal-Eddin le connaissait de longue date et se souvenait de lui… Quand il était petit, il avait remis à Tchibtchiev une lettre pour son père, espérant la faire passer par son intermédiaire, en cachette des autorités. La lettre, qui avait fini sur le bureau de l'Empereur comme les autres, avait valu à son auteur une belle semonce et l'interdiction d'écrire sans en référer au directeur. De cet incident, Djemmal-Eddin avait déduit que Tchibtchiev travaillait pour la police : un espion, un mouchard, chargé de le surveiller, lui et tous les Tcherkesses du Corps des Cadets. Il s'était débrouillé pour n'avoir plus de rapports avec lui.

Tchibtchiev avait néanmoins changé et parcouru un long chemin en douze ans… Un chemin à l'inverse de celui de Djemmal-Eddin.

Le mode de vie des Chrétiens ne l'avait, lui, ni séduit ni impressionné. Leur exemple avait même fait de Tchibtchiev, dans la capitale de l'Empire, ce qu'il n'avait jamais été dans son village du Daghestan : un bon Musulman. Il avait cessé de boire en Russie, de fumer, de jouer. Il avait appris à réciter le Coran, à connaître par cœur le *Livre des Hadits* de cheik al-Buhari. Ce retour tardif à la Charia le rendait d'autant plus rigoureux dans ses pratiques religieuses. Il obéissait désormais à tous les préceptes de l'imam Shamil et cherchait à mener avec lui, à distance et dans l'ombre, la Guerre Sainte.

Parmi les exilés du Caucase, Tchibtchiev était loin d'être le seul admirateur de Shamil. En ce début des années 1850, les victoires de l'Imam étaient devenues légendaires. Même ses anciens ennemis, même les Hypocrites et les fils de khans sentaient que Shamil avait rendu l'honneur aux Musulmans… Aujourd'hui, son réseau d'espions dépassait largement la ligne des forts russes du Caucase. Il recevait des informations de partout, jusqu'aux journaux de Saint-Pétersbourg, qu'il se faisait traduire par ses prisonniers dans son nid d'aigle de Dargo-Veden. Il était si bien au fait des affaires russes qu'il pouvait écrire à la reine Victoria et lui démontrer que ce combat, qu'il menait seul avec ses guerriers dans ses montagnes, empêchait les armées du Tsar de menacer les intérêts de l'Angleterre en avançant vers l'Afghanistan et les Indes… La Guerre Sainte servait donc la reine. Il lui réclamait des armes. À Londres, en grand secret, les ministres discutaient s'il convenait, ou non, d'envoyer des fusils à l'Imam… Et Tchibtchiev se savait un maillon de cette chaîne, un rouage et un relais dans l'organisation de ce formidable chef d'État.

Quand le Tsar l'avait choisi pour servir Djemmal-Eddin, le fils aîné de son maître, de son guide, Tchibtchiev ne s'était pas tenu de joie : il avait galopé vers Kovno.

Sa déconvenue fut à la hauteur de ses espérances.

Il comprit dans l'instant ce que les Russes avaient fait du garçon. Ils l'avaient perverti, monté contre son père, et complètement corrompu.

« Tu as le front lisse comme une femme ! » constatat-il avec mépris notant que la *zabtba*, le durillon bleu des Croyants, n'apparaissait pas au-dessus des sourcils de Djemmal-Eddin. L'absence de cette bosse prouvait en effet qu'il ne priait pas comme il aurait dû. Tchibtchiev ne se donna même pas la peine d'observer son pantalon. Il savait déjà qu'il n'était pas troué à la hauteur des genoux, comme chez les vrais Fidèles qui s'agenouillaient sept fois par jour. Le reste était à l'avenant... Ce Djemmal-Eddin, épris de luxe, soucieux de son apparence, amolli et plein de coquetterie, contrevenait en tout à la Loi de Dieu. Il dansait. Il jouait de la musique. Il touchait les femmes. Il caressait les chiens. Il usait à table de ses deux mains. Il mangeait les aliments défendus... Plus impur qu'un Giaour !

Profondément choqué, Tchibtchiev se répandit contre lui en menaces et en malédictions. Il ne le lâcha pas une seconde, le suivant comme son ombre, le critiquant et l'insultant. Djemmal-Eddin, qui avait le tapage en horreur, le jugea peu civilisé. Sa grossièreté le consternait. Les reproches de Tchibtchiev étaient en outre si violents et si constants qu'ils l'exaspéraient, avant même d'avoir atteint sa conscience... Trop excessifs pour soulever en lui un doute sur sa propre conduite, une inquiétude sur son comportement.

Ne pouvant le congédier sans l'autorisation du Tsar, il tâchait seulement de garder son sang-froid et de le supporter sans l'entendre. Tchibtchiev ne réussit à l'ébranler qu'une fois. Mais il le toucha si profondément qu'il souleva en Djemmal-Eddin une tempête.

Un soir où le jeune lieutenant regagnait ses quartiers, Tchibtchiev le cueillit avec des nouvelles du Caucase, des informations fraîches qui semblaient tombées du ciel... Il lui annonça que sa mère était morte, que ce décès datait de sept ans, qu'elle avait été remplacée dans les affections de l'Imam par la fille aînée de cheik Jamaluddin al-Ghumuqi, que son père avait encore d'autres épouses et d'autres enfants mâles... Mais que cela n'était rien, comparé à la seconde nouvelle : le triomphe et la vengeance du messager Tchibtchiev. Non, cela n'était rien...

L'an passé, Shamil avait désigné Mohamed Ghazi, le frère cadet de Djemmal-Eddin, comme son héritier spirituel et son successeur. La cérémonie, durant laquelle Mohamed Ghazi, âgé de dix-huit ans, avait pris légalement la place de son aîné, s'était déroulée en présence de tous les naïbs.

Djemmal-Eddin accueillit ce discours avec calme. Il se contenta d'une question qu'il posa en russe :

— D'où tiens-tu ces informations ?

— Je les sais, répondit l'autre en tchétchène.

— Comment ?

— Je les sais, répéta le domestique triomphant.

— Par qui ? explosa Djemmal-Eddin.

Il s'était retourné et l'avait saisi au collet. Tchibtchiev ne fit pas le geste de se défendre. Il était désarmé et ne se battrait pas à poings nus.

Djemmal-Eddin le lâcha.

— Disparais !

Tchibtchiev ne se le fit pas dire deux fois. Emportant le manteau, le sabre et les kinjals du lieutenant, il sortit.

... Stupéfait et outré, Djemmal-Eddin ne parvenait pas à y croire. Quoi ? Alors que lui-même n'avait reçu aucune nouvelle de son père pendant treize ans... Alors que, depuis treize ans, son père n'avait pas daigné répondre à une seule de ses lettres... Dans son émotion, il ne parvenait même pas à formuler la raison de sa colère... Shamil lui faisait dire aujourd'hui, par celui-là,

par ce sauvage, cette ombre maudite, ce Tchibtchiev…
Shamil lui faisait dire qu'il l'avait déchu de tous ses
droits de primogéniture ? Alors qu'il le savait en vie ?

Un tel reniement contrevenait au code du kanly
comme à la Charia. Aux lois du sang comme à celle de
l'Islam.

Un tel reniement ne pouvait s'accomplir que dans la
douleur et dans la honte.

Un tel reniement revenait à proclamer le déshonneur
du premier fils. Et sa mort au cœur de son père. C'était
du moins sous cet éclairage que Tchibtchiev venait de
transmettre l'information.

Il n'en transmettrait plus d'autres.

Sa diatribe sur les rapports de l'Imam avec ses héritiers l'avait rendu si odieux à Djemmal-Eddin qu'il
reçut l'ordre d'avaler sa langue. Silence, l'interprète !
Plus de discours, plus de sermons… Que Tchibtchiev
ouvre seulement la bouche, qu'il manifeste seulement
l'intention d'une critique : on lui promettait une correction d'importance… À la prochaine accusation, à la
prochaine insulte, gare !

Pour n'avoir pas compris ce qu'avait de définitif le
commandement d'un officier comme « le lieutenant
Shamil », ni mesuré ce que le sang du jeune homme
avait d'impétueux sous la placidité des apparences,
Tchibtchiev crut possible de réitérer ses injures. Mal
lui en prit. Il se fit rosser. Cette bastonnade le laissa
aussi pantelant… que terrifié par la violence de son
maître.

Tout autre que Tchibtchiev aurait tiré vengeance
d'une telle humiliation et poignardé dans la nuit l'auteur
de l'offense. C'était d'ailleurs sur cela, une tentative de
meurtre, que Djemmal-Eddin comptait pour le renvoyer

à Saint-Pétersbourg… Ou pour s'en débarrasser définitivement.

Mais Tchibtchiev ne bougea pas.

Il courba l'échine, baisa la main qu'il ne pouvait couper, et cessa de traiter de « femme » et de « chien » le fils de Shamil.

Ce dernier n'en demandait pas davantage.

Si le souhait du Tsar avait été de familiariser son protégé avec les mœurs du Caucase, la réussite était complète. Quand les Uhlans regagnèrent la Russie au mois de juin 1851, Djemmal-Eddin et Tchibtchiev n'échangeaient plus une parole.

Chacun attendait son heure pour aller jusqu'au bout du rejet et de la haine.

Chacun œuvrait, à sa façon, pour détruire le mal qu'incarnait l'autre…

(17)

LA RUSSIE
EN GARNISON À TORJOK
DANS LA PROVINCE DE TVER

SEPTEMBRE 1851

Le parfum du blé mûr et de la luzerne montait de la terre humide, par vagues. C'était délicieux de se glisser dans la campagne au lever du soleil, quand les insectes n'emplissaient pas encore de leur vrombissement les tilleuls de Torjok ! Sur les prairies s'étiraient des bandes de brume. Elles filaient vers les lacs, vers les étangs, vers les milliers de cours d'eau qui émaillaient la campagne de Tver, se transformant au-dessus des bois en nappes épaisses. « La forêt n'est plus loin », songea Djemmal-Eddin, impatient de prendre le galop… Le jeu consistait à retenir sa monture jusqu'au bois, puis de la lâcher d'un coup, sans réserve, dès la lisière. Il quitta la route et bifurqua sur un sentier. La masse des arbres s'étendait à perte de vue, bleue dans cette aube d'été, et son immobilité recelait des rêves qui mettaient son sang en ébullition. Il passa au trot. Les aiguilles des premiers pins, martelées par les sabots, dégageaient une merveilleuse odeur de résine. Il donna des jambes. Son cheval bondit. Les branches des conifères, couvertes de barbes grises, l'obligèrent à se coucher sur l'encolure. Il pénétra en trombe sous la futaie. Les grenouilles qui coassaient le long des ruisseaux se turent. Une bécasse s'envola. Les chevreuils disparurent. Mais il savait que les animaux étaient là et leur présence l'excitait. Il en oubliait Shamil, le Tsar. Il en oubliait Tchibtchiev… Il en oubliait sa colère, ce sentiment d'injustice qui ne le quittait plus… Aucun doute : les accusations de ce sauvage avaient fini par porter leurs fruits… S'il lui arrivait encore de s'adresser à son père en son for intérieur, c'était pour lui répondre qu'il n'avait pas failli, qu'il avait toujours rempli ses devoirs religieux, dit ses prières, respecté le ramadan, qu'il était resté un Montagnard. Et qu'il portait, parmi les Uhlans, le costume national tcherkesse. Il ne poussait pas la plaidoirie plus avant. Il ne disait pas les violences intérieures, la somme de contraintes et d'efforts que lui coûtait aujourd'hui sa fidélité au Caucase. Il ne disait pas qu'il se rappelait mal ses montagnes. Pis : que ses rares souvenirs lui étaient pénibles, que les images suscitées par Tchibtchiev l'inquiétaient… Comment eût-il pu formuler l'essentiel ? Avouer que, pour lui, la difficulté n'était pas de se sentir différent de ses camarades : il ne se reconnaissait au contraire ni différent ni exclu du monde qui l'entourait. La difficulté, c'était d'appartenir à un monde perdu qui ne correspondait plus à rien, sinon au devoir de loyauté que lui commandait son honneur. Et de cela même, il n'était plus certain… Au diable, ces méandres ! Galoper en droite ligne, galoper sans limites sur l'immensité plate de la forêt russe. L'appel de l'horizontal, l'appel de la plaine infinie contre l'appel du Caucase… Tout défilait en trombe, tout tombait dru, tout soufflait en rafales, tout, le passé, l'avenir, la vie, tout lui semblait simple.

Entre les grands troncs noirs, que les rayons du matin commençaient à strier, il traversait les futaies. La lumière, le soleil perçaient partout. Il volait, il était libre, il était vivant.

Durant ses cavalcades effrénées, il entendait quelquefois l'écho d'un second galop. Il apercevait alors, fuyant dans la lumière, filant entre les feuillages, le reflet d'un autre lui-même. Un cavalier dans le lointain… Une jeune fille blonde, sans chapeau, en amazone verte… Sa grâce l'enchantait… En voilà une qui savait monter ! Elle se tenait en selle avec une élégance si désinvolte que même sa jument semblait s'en rendre compte et galopait regroupée sur elle-même, tête basse. Une belle bête. Elle lui évoquait sa complice du Cimetière des Chevaux, la jument de son premier été en Russie, la jument couleur feu qui jouait à le charger dans les nuits blanches de Tsarskoïe Selo. En d'autres circonstances, il les eût pourchassées. Mais cette vision fugitive appartenait si complètement à son plaisir, aux parfums de la terre, aux images de clairières, aux coassements de grenouilles, à la lumière, au soleil, à la forêt, à la Russie entière, que les rattraper lui eût paru aussi vain que sacrilège.

Il ne se rendit compte qu'à l'automne, quand l'amazone verte ne se montra plus, qu'il guettait la sourde vibration de sa course dans le sable, comme il avait guetté toutes les rumeurs amoureuses de l'été. Le cri strident des coqs de bruyère s'accouplant au-dessus de lui dans les branches le faisait désormais frissonner d'impatience et d'angoisse… Il devinait qu'au sein de cette nature radieuse et triomphante, il attendait quelque chose.

Quelque chose qui n'arrivait pas.

Il se rappelait alors le visage de Varenka, les yeux de toutes les femmes qui l'avaient séduit à Kovno, toutes les femmes auxquelles il avait dû renoncer… En songeant à ses maîtresses polonaises – qu'il avait choisies plus âgées et mariées afin de couper court aux illusions d'avenir, à la moindre éventualité d'une destinée commune –, en songeant à ces êtres auxquels sa religion lui avait défendu de se lier, il éprouvait une inquiétude qui lui ôtait le sommeil…

Un pas de danse, une figure de valse, il ne partagerait donc que cela avec les femmes ? Un tour de piste. Autant dire *rien*… Même aujourd'hui, où il passait pour un séducteur, il n'avait d'autre choix que de tenir son cœur en respect, puisqu'il ne devait s'attacher à personne… Pouvait-il épouser l'une des demoiselles de Torjok ? Certainement pas !

Brider ses penchants. Contenir ses instincts. Garder ses distances.

En s'interdisant de poursuivre l'amazone dans la forêt, il avait encore sacrifié à cette obligation.

Mais il n'en pouvait plus des rêves inassouvis et des élans brisés ! Non, il n'en pouvait plus des amours impossibles ou des étreintes trop sages ! Il manquait d'air, il étouffait parmi les plantes vertes et les aventures tronquées… Dans six, huit, dix mois, il retournerait au Caucase. Il dirait alors un adieu définitif à la passion. Ce retour, cet adieu, il l'envisageait comme une évidence, sans révolte et sans plaisir, une nécessité à laquelle il ne songeait pas à se soustraire. Mais avant… Avant, il voulait vivre, vivre, vivre… Au diable, la réserve ! Au diable la prudence ! Il avait vingt ans… Risquer, oser, *aimer*, enfin !

Quand éclatait autour de lui la saison des amours, que le cri d'un oiseau lui faisait lever la tête et qu'une femelle, clamant son propre désir, répondait à ses oreilles, il songeait que ces deux-là volaient l'un vers l'autre et qu'ils célébraient leurs noces sans entrave.

Il en revenait indéfiniment à l'image de la cavalière. Il sentait que cette vision n'était pas un rêve, ni même une chimère dans la lumière de l'été. L'impression de force et de santé qui émanait de cette silhouette à cheval n'avait rien d'irréel ou d'évanescent. La cambrure de ses reins, sa jupe balayant les épines, ses cheveux d'or filant dans le soleil, tout l'obsédait. Tout l'attirait. Jusqu'à la détermination de la jeune fille à croiser sa route et à la lui couper : un jeu qui avait mis en péril ce qui lui restait, à lui, de volonté et de maîtrise de soi.

Pourtant il avait résisté à l'appel et laissé la vie s'échapper.

Ce rendez-vous manqué avec lui-même engendrait au plus profond de son âme la seule véritable peur de son existence : la terreur de mourir sans avoir aimé, la terreur de mourir sans avoir vécu.

(18)

À L'OMBRE DES CLOCHERS À BULBE
ET DES TILLEULS DE TORJOK
SIX MOIS PLUS TARD

MAI 1852

Penchée à la fenêtre de sa berline, la Potemkina avait, selon son habitude, repéré le cavalier de loin dans la forêt… Ah ! la tcherkeska… Non pas la tcherkeska longue et noire. Mais la tcherkeska bleu azur, avec un col officier de velours vert et des épaulettes d'argent, comme elle l'aimait… Avec aussi, de chaque côté de la poitrine, non pas un ghizir de sept cartouchières mais un ghizir de quatorze, à la Russe, quatorze cartouchières cerclées d'anneaux précieux qui rutilaient au soleil… Oui, exactement comme elle l'aimait. Superbe ! Les dames du Comité des prisons avaient beau dire : ce costume-là, quand il était bien porté, restait le plus seyant de tous les uniformes… À cette heure matinale, le cavalier trottait à sa rencontre, longeant les palissades des dernières maisons, à la lisière de Torjok… Les sabots de son cheval soulevaient de petits nuages de poussière et la lumière matinale l'aveuglait… Elle attendrait qu'il ait rejoint sa voiture pour le héler et lui demander ses services… Ce gaillard ne serait pas de trop pour l'aider à se dépêtrer du changement de chevaux au relais de Torjok. Elle avait manqué l'embranchement qui conduisait à « Machouk », le domaine de ses neveux Olénine. Maintenant il lui fallait continuer jusqu'à la ville, y laisser ses propres bêtes et retourner en arrière. Son médecin, son pope, sa lectrice, ses deux femmes de chambre, tous criaient forfait et voulaient s'arrêter pour la nuit. Tant pis pour eux. Elle n'était pas du genre, elle, à remettre les corvées à plus tard ! De ce voyage, elle n'attendait de toute façon que des désagréments. Fichue pour fichue, elle arriverait chez ses neveux aujourd'hui… Ils ne comptaient la recevoir qu'en fin de semaine ? Eh bien, cette fois : tant mieux pour eux ! Plus vite elle arriverait, plus vite elle les quitterait. La chance la favorisait… Un officier, lieutenant des lanciers de la Garde de Son Altesse Impériale – à la couleur du liséré sur les épaulettes, elle avait reconnu le grade, le régiment, le numéro de la division –, un lieutenant qui avait galopé dans le bois et rentrait avant la canicule… À moins que ce ne fût l'inverse et qu'il sortît de la ville : elle avait erré dans la forêt si longtemps, elle ne savait plus très bien, à force de se perdre, dans quel sens elle roulait… Quand même ! Arriver ici, dans ce patelin perdu, et tomber d'emblée sur un Tcherkesse – très probablement un Musulman – de ce rang et de cette distinction : le Seigneur lui indiquait la voie en la conduisant inlassablement vers ses brebis égarées !

— Dites-moi, lieutenant…

Il s'était poliment arrêté et penché à la portière…

— … Auriez vous l'am… Quoi ? C'est toi !… Tu n'es pas en Pologne ? Je te croyais à Kovno ! Que diable fais-tu dans ce trou, mon pauvre ami ?

En fait de « trou », le bourg s'étendait sur les deux rives d'une vaste rivière. Il comptait plus de trente chapelles, dix églises, une cathédrale, et un monastère d'une richesse inouïe. La virtuosité des fileuses de Torjok avait rendu ses fils d'or célèbres dans la Russie entière : la plupart des manteaux de cour brodés d'or, ainsi que les ornements d'église venaient de Torjok, les tiares sacerdotales, les chasubles... Un trou ? Une ruche, oui ! De toutes les maisons montaient le ronronnement des rouets, de tous les campaniles la sonnerie des cloches, et de toutes les cuisines « l'odeur des boulettes de Dame Daria », dont Pouchkine avait immortalisé la recette dans l'un de ses poèmes. Quant aux berges langoureuses du fleuve, qui se jetait dans la Volga à quelques verstes de Torjok, elles étaient hérissées de longues casernes, qu'on apercevait parmi les tilleuls. Depuis près d'un demi-siècle, la cavalerie légère y avait élu domicile. Et durant les trois dernières années – en l'absence des soldats qui bivouaquaient en Pologne et en Hongrie –, l'administration militaire avait construit de nouveaux baraquements : tout un camp hors les murs pour la garnison. Les gradés, eux, continuaient à louer des appartements en ville ; ou bien les dépendances des maisons seigneuriales, dans la campagne. Djemmal-Eddin, qui vivait de sa solde, n'avait les moyens ni de l'un ni de l'autre. Il logeait avec ses hommes. Mais pour ses camarades, les officiers de la noblesse en garnison à Torjok, le choix était vaste. La plupart des domaines alentour appartenaient à une branche de leur parentèle. Ils pouvaient habiter chez les princes Lvov du domaine de Mytino, chez les princes Poltoratski de Grousino, chez les Olénine de Boristovo et de Machouk... L'aristocratie, toutes les aristocraties, celle de Saint-Pétersbourg et celle de

Moscou possédaient au moins un manoir dans les environs. Et pour cause ! La région se situait sur la voie royale, la « Route du Souverain » qui reliait les deux capitales. À quatre cents verstes du palais d'Hiver, à trois cents du Kremlin, le relais de Torjok était incontournable. Tout l'Empire transitait dans sa cour. Une institution. Même le Tsar changeait de chevaux au relais de Torjok. Même le Tsar soupait, même le Tsar dormait à Torjok. Aussi, quand la Potemkina jugeait qu'elle s'aventurait dans un désert, faisait-elle preuve de sa mauvaise foi coutumière envers ce qui la contrariait. Elle n'avait en effet abandonné son cher Gostilitsy – l'imminence des festivités à Peterhof, la perspective des soirées intimes au Cottage d'Alexandria – qu'à son corps le plus défendant. Née Poltoraskaïa, elle possédait, elle aussi, parmi les nombreuses propriétés Poltoraski, plusieurs milliers d'âmes et une maison de famille dans la campagne de Torjok. Depuis plus de quinze ans, elle remettait la nécessité de venir réparer le toit, restaurer l'église, bref, de veiller en personne sur ses affaires. Elle s'y était décidée. Elle résiderait durant les travaux chez son voisin le plus proche, le fils de sa défunte sœur, le peintre Piotr Alexeïevitch Olénine.

— Tu viendras me tenir compagnie là-bas, Djemma ? minaudait-elle, usant d'un diminutif qu'elle n'avait jamais employé auparavant. Ils sont braves, mes neveux, mais tellement provinciaux… Tu les connais ? Bien sûr tu les connais…

Ce babillage mondain faisait plus que le surprendre… Il avait oublié ce ton… Étonnant tout de même, combien la seule voix de la Potemkina suffisait à apporter ici l'air de Pétersbourg… Des bouffées d'air de cour sous les sapins. Il eut besoin de quelques instants pour se mettre au diapason.

Avec sa coiffe de dentelle et ses rubans qui s'agitaient dans l'encadrement de la fenêtre, avec ses touffes de cheveux noirs, deux grappes d'anglaises que le voyage n'avait même pas défrisées, la Potemkina semblait surgie d'un autre monde.

— … Je ne te propose pas de monter avec moi, nous sommes au complet.

Il aperçut au fond de la voiture les cinq ou six visages hagards et chiffonnés de ses compagnons de voyage… Elle était en outre suivie d'une seconde berline qui bringuebalait avec difficulté dans son sillage. Qui d'autre que cette vieille dame eût osé faire la route d'une traite ? Elle avait beau affecter de ne pouvoir survivre que dans les plus hautes sphères, de ne savoir respirer qu'auprès des rois et des empereurs, quelle énergie, quelle impatience ! Elle ne changeait pas… Sa vitalité avait toujours amusé Djemmal-Eddin. Elle continuait de le séduire.

Il avait tourné bride et mis pied à terre. Il retraversait lentement le bourg en sa compagnie. Il l'eût volontiers accompagnée lui-même jusque chez les Olénine de Machouk. Il était malheureusement de service et ne pouvait se dispenser de paraître chez son capitaine aujourd'hui. Il la conduirait au relais et ferait en sorte qu'elle puisse repartir comme elle le désirait.

Infatigable, la Potemkina bavardait par la portière, n'écoutant rien, ne regardant rien, ne prêtant aucune attention ni à son interlocuteur ni aux monuments qu'elle croisait. Elle ne voyait pas les frontons néoclassiques, les colonnades, les portiques, les dômes qui surgissaient, blancs et monumentaux, entre les isbas et les églises de bois. Que lui importait, à elle, que « ce patelin » fût chargé d'histoire, qu'il ait été brûlé par les Mongols, pris par les Polonais, repris par les Slaves et finalement reconstruit par son parent, le richissime prince Lvov, architecte génial, épris d'Antiquité et bienfaiteur de la ville ?

— Certes, ça reçoit les gazettes à Machouk, pérorait-elle, obsédée par les perspectives de son séjour… ça traduit Byron, ça transcrit Scarlatti, ça compose, ça peint, ça chasse, ça danse, mais ça n'a aucune idée des usages ! Quand je pense au rang qu'occupent les Olénine dans la société, à leurs relations, à leur fortune… Tu te souviens d'Alexeï Nicolaïevitch Olénine, tu sais quel personnage c'était…

Non, il ne s'en souvenait pas. Il ne l'avait, à dire vrai, jamais su.

— … Le fondateur de la Bibliothèque nationale, le directeur de l'Académie des beaux-arts, l'ami de Pouch-kine, de Krylov, de Brioullov… Le salon d'Alexeï Olénine à Prioutino, c'était tout de même autre chose que le cercle de son fils Piotr à Machouk. Devine ce qu'il a osé me dire cet hiver – Piotr, ce niais ! –, devine… Alors que j'avais obtenu pour l'aînée de ses filles une place auprès de l'Impératrice ? « … Ma Lisa, à la cour ? Jamais. Elle est beaucoup trop bien pour cela ! » On croit rêver. Et la pauvre petite, là, dans la berline derrière, qui prétend n'être pas déçue de rentrer chez elle ! Préférer les charmes de son Machouk à tous les plaisirs ! Enfin, tu verras par toi-même. Ne t'attends pas à grand-chose… Mais oui, tu connais les filles Olénine ! Tu les as vues chez moi. J'avais donné un bal pour Lisa, lors de son entrée dans le monde, en même temps que pour les petites Lvov… Souviens-toi, il y a quatre ans. Une bande de sœurs, de cousines, de tantes, toutes plus ou moins du même âge. Le même genre de tribu que nos princesses de Géorgie, si tu veux… En moins illustre et moins exotique… Mais nombreuses, nombreuses, nombreuses… Cet hiver, elles sont venues à dix-huit passer la saison des bals à la maison : épuisant ! Maintenant, c'est fini, zou, à Machouk ! J'en ramène dix d'un coup.

Assise sur une botte de paille dans la cour du relais de poste, la Potemkina continuait à jacasser.

Il allait, venait autour d'elle, choisissant les chevaux, négociant les prix, trouvant deux hommes pour la conduire chez ses neveux, ramener les bêtes, reprendre celles qu'elle laissait.

Ce fut seulement à l'instant du départ qu'il l'aperçut : petite et menue entre les animaux, la silhouette d'une jeune fille… Il en resta saisi. Elle était descendue de la berline avec ses compagnes, et se tenait appuyée contre l'une des arches, parmi les chevaux qu'on avait attachés aux anneaux. De son chignon, dérangé par le voyage, s'échappaient des frisons blonds, quelques mèches qui lui cascadaient sur les tempes et le front. Il nota qu'elle ne portait pas de chapeau, ce qui était contraire aux usages, pas même un fichu. Mais qu'à ses oreilles vibraient deux larmes de diamant qui accrochaient le soleil… Elle l'observait depuis un moment. Elle ne cherchait pas à s'en cacher. Le ballet de Djemmal-Eddin auprès de la Potemkina, sa politesse, sa diligence, son souci de la satisfaire semblaient même beaucoup l'amuser… Joli spectacle, disaient ses yeux, mazette, quelle efficacité ! Il se sentit ridicule. Il fronça le sourcil… Une curiosité si directe chez une personne de son sexe et de son âge l'étonnait. D'ordinaire les demoiselles n'épiaient pas les messieurs, ou alors sous les plumes de leurs éventails. Elle le défiait. Il s'approcha. La Potemkina le prit de vitesse :

— Lisa, viens un peu ici…

Elle se baissa sous les encolures et s'avança parmi les animaux avec une détermination confiante.

— … Tu as rencontré le lieutenant Shamil ?

— Moi, oui, certainement, ma tante… Mais lui… Ne lui posez pas la question, il va vous dire que non !… Que « Elizaveta Petrovna Olenina », il n'a pas eu l'honneur… (Elle lui darda effrontément, en plein visage, son regard vif et noir.) Nous avons été présentés chez vous à Gostilitsy et chez vous à Pétersbourg… Et encore ici chez l'oncle Lvov à Torjok l'été dernier… Il ne me reconnaît jamais !

— Je vous demande bien pardon… Même à distance, dans une amazone verte… Vous êtes inoubliable.

Elle réagit par la surprise, une expression d'étonnement plus naturelle encore que son insolence… Il se troubla. Comment avait-il pu débiter ce compliment imbécile ?… Prononcer cette phrase idiote ! En outre, rien n'indiquait que cette jeune fille fût la cavalière de la forêt… Sinon qu'elle était blonde, oui. Qu'elle se tenait droite. Et qu'elle semblait apprécier les chevaux… Avait-il déjà été présenté à Lisa Petrovna ? Impossible. Elle se moquait de lui… À Gostilitsy ? Il n'en gardait aucun souvenir… À l'un des nombreux bals des Lvov de Torjok ? Désastre ! Aucun souvenir, non plus.

La Potemkina coupa court, renvoyant tous les voyageurs de sa suite dans leurs voitures.

— Viens me voir, Djemma : viens vite, supplia-t-elle, s'appuyant à son bras. Tu sais, pour moi, ça va être horrible là-bas.

Il promit, l'aida à se hisser en voiture, et ferma la portière. Lisa avait repris place au fond de la seconde berline.

— … Tu sais, insista la douairière à pleine voix, Machouk…

La jeune fille avait mis le nez à la fenêtre. On parlait de sa maison : elle écoutait.

— … C'est tout ce que je déteste !

Il jeta un coup d'œil à la jeune fille. Elle avait entendu.

— Les petites fleurs, le chant des rossignols, les vieilles voisines, les vieilles cousines, tout l'été, sans personne… mon Dieu, quel ennui !

Confus, il s'excusait du regard, demandant à la jeune fille de pardonner ce manque de tact, la suppliant de ne pas prendre au sérieux ces propos insultants : la princesse ne pensait pas ce qu'elle disait. Lisa comprit. Elle acquiesça. Il fut à nouveau frappé par cet étrange mélange de sagesse et d'éclat, de douceur et d'ironie. Elle l'avait observé avec cette expression tout à l'heure… Elle haussa les épaules : « Eh oui ! Je sais… », semblait-elle dire. Quelque chose de gai pétilla dans ses yeux couleur d'encre : « … La princesse est comme cela, elle exagère toujours ! Qu'y faire ? »

Il lui sourit : « L'égorger… Ou laisser courir. »

Les voitures s'ébranlèrent.

Au moment où la vieille dame passait le porche, elle se pencha à nouveau par la portière.

Alors, au cas où Djemmal-Eddin n'aurait pas compris, d'une voix tragique, elle hurla :

— Ne m'abandonne pas !

Cette fois, ils levèrent ensemble les yeux au ciel et rirent franchement.

Il n'attendit pas le délai qu'exigeaient les convenances. Il n'attendit pas une semaine. Il n'attendit pas un jour. Au terme d'une nuit sans sommeil, il prit le chemin de Machouk.

(19)

Sur les terres de Machouk

Mai 1852

En chevauchant le long des étangs, il savait déjà… Il n'éprouvait pas d'inquiétude, pas de doutes. Il tentait seulement de ne pas céder trop tôt. Mais il avait beau faire, il avait beau dire… Il avait beau constater qu'aucune forêt n'était plus propice à la chasse ; qu'aucun lac, parmi les quatre cents lacs du district, n'était plus propice à la pêche, il avait beau s'abrutir de constatations et d'évidences, la route qui le conduisait vers Machouk lui parlait de bien autre chose que de poisson et de gibier. Le mystère de ces paysages aquatiques où la lumière et la brume se réfléchissaient dans la terre, la langueur des grands arbres se balançant entre le ciel et l'eau, le bruissement des bêtes, le cri des oiseaux, tout le maintenait en suspens, à mi-chemin entre la veille et le rêve… Autour de lui, partout, se pressaient les forces de l'été qui l'avaient empêché de dormir toutes les nuits de septembre dernier, quand il attendait en vain, espérait en vain, cherchait en vain le retour de l'amazone dans le soleil. Il ne la laisserait pas s'échapper une seconde fois.

Il n'avait besoin d'aucune preuve pour sentir que la jeune fille du relais était la cavalière du bois. Il n'y songeait même pas. Pas plus qu'il ne songeait aux grands yeux noirs, aux frisons blonds dans la nuque, aux boucles sur les tempes, à son rire, à tous ces détails qui l'habitaient. Ce visage lui appartenait déjà trop intimement pour pouvoir en fragmenter les traits. Sa flamme et sa liberté faisaient partie de lui. Il portait la douceur de son regard au plus profond. La personne de Lisa le hantait… Tout entière.

Il ne s'attendait pas, néanmoins, à l'univers qu'il allait découvrir à Machouk.

Quand il s'engagea sous le berceau des arbres et qu'il aperçut au bout de l'allée le manoir de bois qui barrait la pelouse sur toute sa largeur – une maison blanche, basse, de plain-pied, avec une véranda tout autour –, son cœur se mit à battre, il hésita.

Tous les sens en éveil, il avançait avec une sorte de solennité, comme s'il pressentait l'importance du moment. Les moindres détails s'inscrivaient dans sa mémoire. Il nota par exemple que tout l'édifice baignait dans la lumière, que le soleil le traversait de part en part… Les rayons filaient par les nombreuses portes-fenêtres, grandes ouvertes sur les terrasses. Le flot doré, qu'aucune jalousie, aucun rideau ne venait retenir, inondait jusqu'à la pelouse de l'autre côté. On pouvait même apercevoir, en transparence, le jardin incendié de pivoines rouges derrière la maison, une longue table blanche, et plusieurs personnages qui jouaient au volant sous les marronniers. Une rivière scintillait loin, très loin en contrebas du parc, comme un serpent d'argent.

En s'approchant, il s'aperçut qu'il s'était trompé : une mousseline voilait l'une des croisées et frémissait sur la droite de la façade. De cette pièce-là s'échappait le son d'un piano… Une musique allègre, dans la touffeur du printemps, fluide et légère… Une variation de Glinka sur un thème italien. Ce morceau, que Djemmal-Edin connaissait bien et qu'il aimait, acheva de lui aiguiser les nerfs.

Il sauta de cheval, remit sa monture au palefrenier, et patienta au bas des marches. Un domestique disparut dans les profondeurs pour l'annoncer. Il tenta de surmonter sa timidité, en se laissant absorber par d'autres sensations… Par les souvenirs du Cottage de Peterhof-Alexandria que suscitait en lui le *divertimento* de Glinka. Par les couleurs, les bruits, les parfums… De la véranda, au-dessus de lui, tombait l'odeur des orangers qui s'alignaient le long de la rambarde, dans de grands pots. Même les meubles qui encombraient la galerie, même le satin des chaises bouton-d'or, même la nappe jaune du guéridon sentaient le soleil.

Les guêpes bourdonnaient dans le lilas…

Le piano s'était tu.

Il percevait maintenant le frou-frou d'une robe. Elle approchait avec rapidité. Il souhaita que la phrase de Glinka reprenne, que ce bruissement de jupe ne parvienne jamais jusqu'au perron.

S'il avait cru voir Lisa Petrovna surgir au-dessus de lui, il fut déçu.

La personne qui se tenait au sommet des marches avait les cheveux gris. Belle encore, le visage rond, les yeux noirs, elle l'observait de haut, bien en face, avec la même gaieté, la même confiance en soi, la même détermination tranquille qui avaient tant frappé Djemmal-Eddin chez la jeune fille du relais.

— Vous êtes le lieutenant Shamil, n'est-ce pas ? (Elle lui sourit gentiment :) Nous attendions votre visite…

Cette dame-là régnait sur le merveilleux domaine, il n'en douta pas. Il ignorait cependant que *Machouk* renvoyait à son prénom, *Macha*… La maison, construite sur d'autres terres par les princes Lvov, ses illustres aïeux, avait été son cadeau de noces avec le peintre Piotr Olénine. C'était elle, la princesse Maria Nicolaïevna Lvova, qui l'avait fait transporter ici et remonter planche à planche au-dessus des étangs, pour que son toit trône dans la lumière. Machouk avait abrité la naissance de ses cinq enfants… Ainsi qu'une félicité conjugale qui ne se démentait pas depuis vingt ans. La bonté du regard, qu'elle posait en cet instant sur Djemmal-Eddin, aurait suffi à quiconque pour comprendre que cette femme était douée pour le bonheur et qu'elle l'engendrait partout.

Dans la seconde, il se sentit à l'aise en sa présence. Le coup de cœur fut réciproque.

— Soyez le bienvenu. Notre tante ne nous parle que de la surprise de votre rencontre… Venez.

Il la suivit à grands pas à travers le salon.

Ce fut entre les branches des marronniers qui ployaient autour de sa chaise longue que Lisa Petrovna vit surgir sur la terrasse, avec sa mère, le jeune homme qu'elle attendait… Le lieutenant Shamil à Machouk ? Une bouffée de joie l'enveloppa tout entière… Enfin ! Elle ne bougea pas, savourant cette vision : Djemmal-Eddin qui s'avançait vers la table où se trouvaient tous les êtres qu'elle aimait. Il saluait son père, sa sœur, ses deux frères, sa nourrice, les cousines Lvov, même Coutin, la vieille gouvernante de ses grands-parents, et tant d'autres familiers chers à son cœur… Il embrassait même la tante Tatiana Borissovna qui s'était levée pour l'étreindre et l'appelait en français « mon chéri, mon cœur, mon favori », roulant les *r* de sa voix forte et chantante… Elle, Lisa, ne se lèverait pas et le laisserait venir jusqu'aux marronniers… Quatre ans de labeur pour en arriver là… Elle n'avait pas exagéré en lui disant hier qu'ils avaient été présentés l'un à l'autre à plusieurs reprises. Ce qu'elle n'avait pas raconté, c'était ses propres manœuvres pour obtenir cette suite de rencontres… La première fois ? Elle se souvenait de la robe en tulle blanc qu'elle portait ce soir-là, de la rose dans ses cheveux, des rubans, des chaussons. Elle ne s'était jamais sentie plus jolie, et s'étonnait encore d'être restée si transparente… Certes, elle n'avait pas quatorze ans à l'époque, lors de cette fête chez le comte Kiseliev : la fête en l'honneur du capitaine Dimitri Milioutine qui célébrait son second retour de Tchétchénie… La Potemkina l'avait fait inviter au bal pour les enfants qu'offrait le comte au plus jeune de ses neveux. Mais Lisa n'avait pu écouter que de loin les péroraisons de Sacha et de ses amis. Assise à table parmi les gouvernantes, elle avait envié les princesses de Géorgie qui, elles, semblaient bien s'amuser en compagnie des cadets… Elle avait même entendu leur dispute à propos du Caucase, de l'honneur des Montagnards, les phrases cinglantes qui avaient été échangées entre un élève du Lycée Impérial et le plus silencieux, le plus réservé, le plus digne de tous les jeunes gens. Le maintien de ce garçon-là lui avait plu. Elle s'était promis de le récompenser en le choisissant, lui, pour danser ce qui devait être sa première valse avec un vrai cavalier. Mais il avait disparu.

En repérant plus tard, bien plus tard, sa haute silhouette dans les salons, elle avait éprouvé le même tressaillement et connu la même déception. Elle avait pourtant tenté de faire sa connaissance, et s'était placée sur sa route. Craignant de lui déplaire si elle l'accostait directement, elle s'était toujours débrouillée pour le rencontrer en compagnie, avec ses cousines, ses tantes, une multitude de chaperons qui n'éveilleraient pas l'attention. Sur ce dernier point, elle avait réussi au-delà de ses espérances. Son nom, son visage, toute sa personne s'étaient perdus dans la masse, noyés parmi la foule des vagues relations. Il l'avait saluée comme il les saluait toutes, s'inclinant avec la même courtoisie, une politesse distante dont il gratifiait l'ensemble de ces dames. Non, il ne la voyait pas… Et pour cause ! Aveuglé par une autre, il n'avait d'yeux que pour son amour : la princesse Varenka de Géorgie.

L'an passé… L'an passé, Lisa avait appris que le régiment de Djemmal-Eddin séjournait en ville. À cette époque, elle savait son histoire. Elle savait d'où il venait. Qui il était… Elle connaissait son goût pour les chevaux. Elle-même était une cavalière sans égale, si spectaculaire que le Tsar l'avait autorisée l'hiver dernier, durant la saison des bals chez sa tante, à s'entraîner à la course d'obstacles dans le Manège Impérial. Elle restait à ce jour la seule jeune fille, n'appartenant pas à la cour, qui jouissait d'un tel privilège.

Ses galopades dans la forêt de Torjok ne devaient donc rien au hasard.

Elle avait tant imaginé ce moment, elle en avait tant rêvé, qu'elle ne réussissait même plus à s'extraire de sa chaise pour aller l'accueillir.

S'il franchissait la distance qui le séparait des marronniers, il allait remarquer, elle en était certaine, les battements de son cœur qui soulevaient son corsage.

Elle posa la main sur sa poitrine, appuya de toutes ses forces, et tenta d'en comprimer les coups. Peine perdue.

L'émotion, loin de s'atténuer, devenait d'instant en instant plus violente.

(20)

MACHOUK

MAI 1852-AVRIL 1853

En cet instant, Djemmal-Eddin succombait à une autre sorte de charme : il s'enflammait pour la famille entière et se laissait envahir par une sympathie immédiate et totale, un élan envers chaque membre de la tribu, qui ressemblait fort à un ultime coup de foudre.

Impossible de rencontrer plus chaleureux, plus accueillants, plus fantaisistes que les Olénine de Machouk… Rien de convenu. Rien d'étroit chez eux.

Il retrouvait ici l'enchantement des journées à Peterhof-Alexandria, le sortilège des étés dans la famille du Tsar, auprès des princesses de Géorgie. Oui, Machouk, c'était toute la magie du Cottage. Sans le goût des apparences et les obligations du pouvoir. Sans l'ostentatoire simplicité des mises en scène impériales.

Le chant, le dessin, le théâtre et la poésie appartenaient à la vie quotidienne de la maison. Pouchkine, que Djemmal-Eddin vénérait, Pouchkine restait l'objet d'une passion unanime, il était l'âme du cercle, le dieu tutélaire : tous connaissaient par cœur l'intégralité d'*Eugène Onéguine*. Mais chacun vaquait à ses occupations, selon ses goûts et ses talents. La princesse Macha travaillait le piano plusieurs heures par jour au salon. Le peintre Piotr gravait les portraits de ses amis et les frontispices de leurs livres dans son atelier au fond du jardin. Quant aux jeunes gens, ils déclamaient les tragédies de Corneille et jouaient Marivaux sous la tonnelle du kiosque, le soir à la lueur des lampions. Même la princesse Potemkina criait forfait : elle devait bien reconnaître qu'elle avait eu beau jeu, naguère, en admettant que « ses neveux recevaient les gazettes », et qu'ils traduisaient Byron… En vérité, ses neveux incarnaient ce que la Russie comptait de plus artiste et de plus lettré !

Djemmal-Eddin avait trouvé son milieu d'élection. Il y évoluait avec tant de grâce, y respirait avec tant d'aisance, qu'il conquit Machouk, aussi totalement qu'il en avait été séduit. Aliocha – l'aîné des garçons, cornette dans l'armée du Caucase – ne jurait que par lui. Tatiana seize ans, Maria douze ans, les cousines Lvov, et toute la bande qui peuplait les manoirs alentour en tomba d'accord : aucun spectacle n'était plus concevable, aucun bal, aucune chasse, sans la participation de Djemmal-Eddin.

En accord, sur ce point, tous…

À quelques exceptions près.

— … J'ignore qui a élevé le lieutenant Shamil, commenta en français la vieille Mlle Coutin. Elle tira d'un coup sec sur le fil de sa broderie. Nul ne connaît sa famille, on ne sait d'où il sort…

Alignées à l'ombre de la véranda, les quatre gouvernantes et les deux lectrices – les plus anciennes parmi les nombreuses générations de chaperons et de duègnes qui veillaient sur l'honneur des demoiselles de Machouk – s'affairaient à leurs travaux d'aiguille. Devant elles, au centre du guéridon, trônait un gigantesque samovar d'argent, « le samovar de Pouchkine », une institution. Son robinet en forme de bec d'aigle fuyait depuis trente ans, mais aucune des Parques n'aurait songé à le faire réparer. On disait que, devant ce samovar, Pouchkine avait demandé la main de la sœur du maître de maison, la fameuse Anna Olenina... Que, devant ce samovar encore, il s'était épris d'une autre de leurs parentes, la non moins belle Anna Kern.

— Qui a pu transformer ce garçon en une telle merveille, ironisa la Potemkina, haussant les épaules.

Penchée sur une réussite à quelques pas des brodeuses, la princesse s'impatientait devant ses mauvaises cartes.

Sans lever le nez, sans cesser de retourner son jeu, et de soupirer, elle grommela :

— Moi aussi, Coutin, je me le demande... Un officier du plus haut mérite... Un mathématicien, un pianiste, un poète, énuméra-t-elle avec son exagération coutumière, un homme du meilleur monde dont les multiples dons n'ont rien à envier aux talents de vos élèves...

Ayant senti poindre la critique, la Potemkina retenait à grand-peine d'autres hyperboles, toutes les bêtises qu'elle servait à sa femme de chambre sur les espérances de « son » Musulman... Que Djemmal-Eddin était de sang royal, qu'on lui destinait un empire, qu'il deviendrait gouverneur du Caucase... Mais elle marqua le point :

— ... De qui ce grand seigneur pourrait-il tenir sa parfaite éducation, Coutin ? Sinon de notre maître à tous...

— Le Tsar !

La Potemkina jugea inutile de commenter.

Elle estimait toutefois nécessaire de rappeler ici que le jeune homme naviguait dans les plus hautes sphères et qu'elle-même ne l'eût pas introduit, s'il n'avait été si proche de la cour, un favori du palais d'Hiver… Le fils d'élection de l'Empereur en personne.

… Autant de précisions superflues à Machouk, sinon auprès des gardiennes du temple, plus pointilleuses en effet sur le pedigree des visiteurs, plus conservatrices et plus méfiantes que ne l'étaient les propriétaires du domaine.

Promenades, pique-niques, goûters : la Potemkina succombait sous l'afflux des plaisirs, son agenda était plein ! Entre les parties de pêche et les parties de whist, elle ne savait plus où donner de la tête… Dire qu'elle avait redouté l'ennui !

Signe des temps, elle avait même décidé qu'au bout du compte, les deux filles de la maison, Lisa vingt ans et Tatiana, seize – Tatiana, ainsi prénommée en son honneur – lui ressemblaient. Aucun doute, elles avaient hérité de son énergie… Lisa chassait, tirait, dansait avec l'enthousiasme qui la caractérisait, elle, autrefois…

« … Beaucoup trop bien pour la cour, en effet ! » la taquinait Djemmal-Eddin.

La liberté de Lisa engendrait chez lui une violente agitation intérieure.

Quand la jeune fille galopait à ses côtés, il était en extase. Il aimait la fierté de ce port de tête, ce profil qui se découpait clair et net… Il aimait ses poignets souples, son dos droit, ses reins qui épousaient naturellement le rythme de l'animal. Et puis ses mains douces, si douces à la bouche du cheval. En extase, oui, devant les doigts effilés, maigres, forts, habiles, qui retenaient sans violence la jument excitée.

La maîtrise de soi, les manières dégagées de Lisa, tout enflammait ses sens, tout nourrissait son imagination. Il se surveillait néanmoins et prenait bien garde de ne pas lui manquer de respect, ou du moins de ne jamais la compromettre en trahissant son désir. Il ne supportait pas l'idée de l'offenser...

Il avait connu si peu de tendresse dans sa vie qu'il ne pouvait même imaginer qu'il en était aimé.

(21)

AU SOMMET D'UNE MEULE DE FOIN, SUR LES TERRES DE MACHOUK

AOÛT 1853

— Une déesse !… Avec cette sorte de femme, c'était inévitable : quelque chose devait arriver, conclut Sacha Milioutine. Quelque chose d'atroce, de terrible, d'irrémédiable comme le mariage, précisa-t-il sans atténuer son emphase par un peu d'humour.

Buxhöwden et Djemmal-Eddin, habitués aux élucubrations de Sacha sur le lien conjugal et l'éternel féminin, ne l'écoutaient plus depuis belle lurette.

Les mains croisées derrière la nuque, les yeux au ciel, chacun rêvait à ses propres amours. Tous trois attendaient dans le foin, l'heure propice pour se présenter à Machouk… Là-bas, sous les moustiquaires, Lisa, Tatiana, toutes les jeunes filles reposaient. Ils iraient les rejoindre après la sieste, pour les jeux du soir.

Ils n'étaient pas les seuls à veiller ainsi dans la campagne, en plein midi. Derrière une seconde meule, à quelques pas, Tchibtchiev les épiait. L'assiduité de Djemmal-Eddin auprès des Giaours de Machouk avait réveillé en lui une ancienne inquiétude. Quelque chose qui ressemblait à un pressentiment.

Si le souvenir des coups rendait Tchibtchiev encore prudent, il avait repris ses habitudes de limier.

Les trois amis, indifférents à l'hostilité de cette présence, demeuraient immobiles. Ils partageaient les mêmes rêves et les mêmes attentes, mais ne se ressemblaient pas. Sacha avait toujours l'air d'un gamin, en dépit de la grosse moustache rousse qui lui barrait le visage. Buxhöwden – « Bux » –, le cheveu ras, le menton glabre et la mâchoire carrée, restait ce géant blond, à l'âme plus subtile que ne le laissait supposer sa large carrure. Les compères avaient suivi Djemmal-Eddin sur la route des fêtes galantes et des départs pour Cythère… Et, comme lui, ils s'étaient laissé piéger.

Le charme avait si bien opéré que Bux se consumait aujourd'hui pour la cadette des cousines Lvov. « … Mais amoureux cuit ! » selon l'expression de Sacha, lequel se disait épris, « … Mais épris à en mourir ! », de la jeune Tatiana. Quant à Djemmal-Eddin, sa fascination pour l'aînée des filles Olénine n'était plus un mystère pour personne… Sauf, peut-être, pour l'intéressée.

En ce mois d'août 1853, ces demoiselles semblaient avoir ensorcelé les Uhlans de Torjok. Messieurs les officiers de la septième division se disputaient le cœur de Lisa, de Tatiana, de Marina et des autres. Les rumeurs de guerre, le conflit qui menaçait d'éclater depuis le début du mois d'avril avec la Turquie, leur faisaient croire en l'urgence de leurs sentiments. Et la brève séparation, que venait de leur imposer le rite des grandes manœuvres, n'avait fait qu'attiser le feu des passions… Non pas que le printemps au camp de Krasnoïe Selo eût été un échec. Un succès au contraire ! Cette année-là, plus encore qu'en 1848, l'Empereur visait à décourager toute velléité d'alliance contre lui : les parades avaient été particulièrement brillantes… Entre les simulations de bataille devant l'ambassadeur de Perse, les défilés devant le sénateur américain, les marches, les tirs et les charges devant tous les corps diplomatiques d'Europe, les lanciers n'avaient pas chômé. La dureté de la discipline, la tension, la fatigue, s'ajoutant à l'absence de leurs belles, avaient fait de leurs rêves d'amour et du retour à Machouk l'obsession de Djemmal-Eddin et de ses camarades. Chacun avait repris, dans la fièvre, le chemin du manoir. Quant à la Potemkina, au terme des spectacles et des bals, elle n'aurait manqué pour rien au monde l'arrière-saison chez ses neveux. La rapidité du voyage jusqu'à la nouvelle gare de Tver, sur la ligne de chemin de fer qui venait d'être inaugurée entre les deux capitales, l'avait définitivement convertie à la vitesse et à la modernité.

Mais l'été touchait à sa fin. Le temps pressait… Sacha voulait savoir :

— Oui ou non : Tatiana s'est-elle languie de moi durant notre absence ?

— Quelle importance ? gronda Buxhöwden, en homme de peu de mots. Pourvu qu'elle t'aime aujourd'hui.

— Mais dis-moi franchement : tu penses qu'elle est trop jeune pour moi ?

— Pour toi ? Non.

— … Pour que je l'épouse !

— Ce n'est pas toi qui devrais te marier… C'est lui.

Ces quelques mots – prononcés à la Buxhöwden : mine de rien – vibrèrent un instant dans l'air surchauffé. Sacha, toujours prêt à en découdre, aboya :

— Qui ça, « lui » ?

— Lui, répondit Buxhöwden en désignant du menton Djemmal-Eddin. Il répéta : C'est lui qui devrait se marier.

Djemmal-Eddin avait fermé les yeux. Il ne bougeait pas.

Sacha l'observa un instant, et jugea :

— Bux a raison… Marie-toi, mon vieux ! Fais ta demande… Maintenant, tout de suite !

Le brin de paille, que Djemmal-Eddin mâchonnait depuis un moment, s'immobilisa entre ses lèvres.

Il grommela sans se donner la peine de desserrer les dents :

— Impossible.

— Pourquoi impossible ?

— Parce que.

— Pourquoi *impossible* ? insista Sacha.

Djemmal-Eddin resta muet.

— Est-ce ce fanatique, marmonna Buxhöwden, en désignant l'ombre de Tchibtchiev derrière la meule, qui t'a empoisonné le sang et rendu fou au point de t'empêcher de vivre ?

Cette fois, Djemmal-Eddin réagit. Il ouvrit les yeux. Les critiques explicitement formulées n'étaient pas dans le genre de Bux. Ses jugements – Buxhöwden désapprouvait si souvent ses supérieurs que sa carrière tournait au désastre – s'exprimaient d'ordinaire par le sous-entendu, le mépris et la force d'inertie.

Djemmal-Eddin ne bougea pas et garda le regard rivé sur le soleil.

— Voulez-vous mon conseil ? coupa pompeusement Milioutine. Épouse, mon ami, épouse !… Aucun doute, aucune hésitation : tu ne trouveras jamais mieux qu'Elizaveta Petrovna !

— Il le sait, ricana Buxhöwden. Cette femme est la compagne que Dieu ou le Diable lui destine, il en est persuadé... Regarde-le : il brûle d'amour, il sèche sur pied, il se consume, Et elle, la pauvrette, elle meurt littéralement de faim et de soif à ses côtés... Si cet imbécile persiste, il va finir par la faire douter d'elle-même et par la perdre... Ce sera bien fait !

— Je suis d'accord avec Bux : hâte-toi... Elle t'aime, elle t'acceptera, c'est évident !

Djemmal-Eddin lança avec ferveur :

— Une femme comme Elizaveta Petrovna ne peut accepter un homme sans naissance... Sans nom. Sans titre... Sans fortune !

— Ça, c'est toi qui le dis, grommela Buxhöwden.

— Tu oublies ton mérite, opina Milioutine.

— Quel avenir pourrais-je lui offrir ? (Le visage de Djemmal-Eddin se durcit.) Quel destin ?... Taisez-vous ! (Il reprit plus doucement :) Tais-toi, Bux, tu ne sais pas ce que tu dis.

— Et toi, Djemmal-Eddin, toi qui nous parles de *destin*, tu restes un velléitaire : prisonnier de toi-même et tétanisé par la peur... Tant que tu ne seras pas capable de choisir ton camp, et de tout oser pour ce que tu sens, tu resteras cela : un homme sans liberté, un pion pris entre deux mondes et deux fidélités... L'otage de Shamil et l'otage du Tsar... Celui qui n'a pas tout osé est un homme de peu de poids.

Djemmal-Edin blêmit sous l'attaque.

Il riposta d'une voix véhémente :

— Crois-tu que son père la donnera à un Musulman ?

Il garda le silence avant de conclure :

— Le sujet est clos.

Sacha haussa les épaules :

— Je ne vois pas où est le problème : tu l'aimes, elle t'aime, les parents t'aiment, le Tsar t'aime... À toi de jouer, mon vieux, convertis-toi !

— Le sujet est clos ! répéta-t-il d'un ton sans appel.

Erreur. Le sujet n'était pas clos.

La conversation venait d'ouvrir une brèche qu'il ne parvenait plus à colmater.

Un flot s'engouffrait dans son cœur, dans sa tête, un torrent d'idées, de sentiments, d'espoirs.

« ... Impossible ? Mais pourquoi impossible ? » Les questions de Sacha, les phrases de Buxhöwden revenaient, indéfiniment.

Pris entre deux mondes et deux fidélités... L'une excluait l'autre. Le Caucase ou la Russie, ce choix qu'il avait toujours refusé de faire, s'imposait. Une évidence... Comment appartenir aux deux univers à la fois ? Choisir. S'il osait *tout*... S'il osait demander Lisa en mariage, s'il osait l'épouser... Il ne parvenait même pas à formuler l'acte qu'il devrait accomplir.

Choisir. Oser... Un homme est de peu de poids tant qu'il n'a pas tout tenté pour vivre en accord avec lui-même.

À ces belles paroles répondaient les sourates du Coran qui condamnaient à mort ceux qui reniaient l'Islam : Dieu ne tolérait pas qu'une autre divinité Lui soit associée.

Il reprenait son raisonnement et les termes du choix... S'il devait aller jusqu'au bout... Jusqu'au bout de lui-même, jusqu'au bout de ce qu'il était devenu : un Russe, appartenant à l'armée russe, épris d'une jeune fille russe – marié à une femme russe ? –, il ne pourrait accomplir la tâche pour laquelle Allah l'avait créé et l'Empereur éduqué. Il ne pourrait revenir au Caucase et servir son peuple…

Son peuple ? Qui ?… Tchibtchiev ?

Celui qui renie le Tout-Puissant après avoir cru en Lui, celui qui, délibérément, ouvre son cœur à l'incrédulité : la colère de Dieu est sur lui… Car à la vie future, il aura préféré la vie de ce monde.

Était-ce cela *tout* oser ? Commettre l'acte de trahison suprême ?

… Traître envers Dieu. Traître envers son père, traître envers le Tsar.

Il cessa d'aller à Machouk.

Et maintenant ?

« … Maintenant tout alla très vite ! racontera Elizaveta Petrovna, en écrivant ses Mémoires, plus d'un demi-siècle plus tard, à l'âge de quatre-vingt-sept ans. Je n'ai rien oublié des événements de cette fin du mois d'août 1853… À ce stade, nous connaissions bien Djemmal-Eddin, mes parents avaient beaucoup d'estime pour lui… Il nous avait rendu visite toute l'année, il était devenu notre chevalier servant, à Tatiana et à moi-même, et ne semblait faire aucune différence entre nous deux. Sa conduite restait irréprochable. Il nous traitait de la même façon exactement… En toute sincérité, je n'ai jamais soupçonné que Djemmal-Eddin venait pour moi. Personne ne pouvait s'en douter… Un matin cependant, alors que je me trouvais assise dans le salon à essayer de coudre à la lumière de la porte-fenêtre, il surgit sur la terrasse. Cette visite matinale ne lui ressemblait pas. Il n'avait pas paru à Machouk depuis plusieurs jours, et son absence m'avait beaucoup agitée… Je me levai… Ma corbeille tomba, les bobines s'éparpillèrent autour de moi… Il était pâle comme la mort. Il avait l'air fou. Je compris que quelque chose était arrivé, qu'il n'avait pas dormi, pas mangé durant tout ce temps… Le regard fiévreux, il traversa la galerie d'un trait, me saisit la main, dit sans préambule, sans développement, sans coupure : "Je t'aime, Lisa, je t'aime, je t'aime !" Il avait les larmes aux yeux, ses lèvres tremblaient. "… Si c'est oui, si tu m'aimes aussi, je vais tout de suite parler à ton père." Je balbutiais : "Oui, oui, oui… Je suis d'accord ! Pour tout… Oui, oui !" Il me prit dans ses bras… Ensemble, nous allâmes frapper à la porte de l'atelier au fond de jardin. »

— Seigneur, que se passe-t-il ? s'enquit la Potem-kina, déboulant à son tour sur la terrasse.

Son instinct l'avait avertie. Les gouvernantes, les enfants, les domestiques, tous se tenaient pétrifiés, dans le désordre des meubles de jardin. Les lectrices et les *nianias,* debout au pied de la tablette où brûlait la lampe rouge de la Vierge, pleuraient et priaient. La vieille Coutin, oubliant ses anciennes pratiques de catholique française, se signait sans discontinuer. Elle se balançait devant l'icône, la baisait, et psalmodiait.

La Potemkina blêmit sous ses fards.

— … Qu'est-il arrivé ?

Même les jeunes gens, même Aliocha, même les cousines Lvov semblaient dans un état d'expectative proche de la stupeur. Elle repéra l'absence de plusieurs personnes au sein du groupe familial :

— … Où est Lisa ?… Où est votre mère, où est Piotr ?

— Dans l'atelier, répondit Tatiana.

Bien qu'émue, la jeune fille s'exprimait normalement :

— Ils parlent… Ils ont des choses à se dire… *Il* l'a demandée en mariage !

Il… La Potemkina comprit dans la seconde.

— Seigneur, Seigneur, protégez-le !

— C'est déjà fait : Papa l'accepte… Papa dit que Lisa a de la chance d'épouser un homme de sa trempe… Il a appelé maman, elle les a rejoints au fond du jardin. Quand maman a su, elle a manqué se trouver mal. Une fois remise, elle a eu l'air, elle aussi, très heureuse pour eux… Papa met seulement deux conditions au mariage. Que Djemmal-Eddin reçoive le baptême. Que Sa Majesté y consente et qu'Elle bénisse leur union.

La Potemkina joignit les mains :

— Soyez loué, mon Dieu qui avez illuminé l'âme de votre enfant en lui accordant la Grâce… Il est sauvé !

La Potemkina allait un peu vite en besogne… Sauvé ? Elle oubliait ce que lui avaient coûté, à elle, ses propres velléités de conduire Djemmal-Eddin vers la lumière, sur le chemin de la « vraie foi » : la plus belle semonce de son existence. Une réprimande impériale, proche de la disgrâce.

… Sauvé ? Restait à obtenir que le Tsar sacrifie le projet politique qui avait présidé à l'enlèvement du garçon. Que le Tsar oublie tous les soins, tous les frais dévolus à son éducation, toutes les stratégies pour gagner sa confiance, pour le séduire et le façonner selon ses plans, durant quatorze ans… Contrarier la volonté du tsar Nicolas et le faire changer de cap ? Voilà qui promettait ! Comment Djemmal-Eddin arracherait-il l'approbation de l'Empereur ? Lui-même préférait ne pas se poser la question.

Fou de bonheur, il regardait Lisa traverser la lumière. Il se trouvait si profondément en accord avec lui-même, qu'il ne connaissait plus ni l'angoisse ni le doute. Au terme de tous ces déchirements, il avait découvert la paix.

Il demanda une permission de quelques jours et prit, dès le lendemain, le grand galop sur la « Route du Souverain », la route qui conduisait au palais d'Hiver.

CHAPITRE IX

LE CHOIX
1853-1855

(22)

LE PALAIS D'HIVER
SEPTEMBRE 1853

Devant la masse rouge du palais, il connut un moment d'hésitation qui ressembla fort à un vent de panique.

Entre Torjok et Pétersbourg, il avait eu le temps de prendre la mesure de ce qu'il venait solliciter. Il s'apprêtait à commettre l'irréparable, l'acte auquel il s'était toujours refusé... Sa démarche d'aujourd'hui contredisait l'ensemble de ses gestes depuis quatorze ans. Elle désavouait sa propre volonté et récusait tous ses choix. Elle reniait les exigences de l'enfant qu'il avait été. Elle démentait ses discours. Elle trahissait ses accords avec le Tsar...

Comment présenter à l'Empereur cette requête insensée ?

Il jouait son destin. Il le savait. Il pouvait tout gagner... Ou tout perdre... Quitte ou double. Perdre Lisa... Cette terreur lui fit oublier les autres.

Il se rua dans l'escalier de l'entrée Saltykov. Les sentinelles le connaissaient : nul ne tenta de lui barrer le passage. Il nota seulement qu'une étrange confusion régnait parmi les soldats, un désordre qui augmentait à chaque palier. Il n'y prit pas garde et monta au pas de charge. Il arriva presque essoufflé à la salle blanche. Il y fut accueilli par les gentilshommes de la chambre qui le laissèrent s'enfoncer dans l'enfilade des salons, sans s'informer du sujet de l'audience qu'il leur demandait... Ce laxisme inhabituel, cette absence de curiosité le surprirent. Il s'en félicita et redescendit en direction du bureau impérial. Il connaissait le chemin. Il avait été reçu dans ce cabinet à plusieurs reprises, durant sa jeunesse. C'était là, dans cette modeste pièce du rez-de-chaussée, que s'était déroulée sa première rencontre avec le « Grand Tsar Blanc »... Le lit de camp, le portrait de l'Impératrice sur la table, les pastels des sept enfants, tous les détails du décor étaient restés gravés dans sa mémoire, associés pour toujours à ce souvenir-là : l'instant où Sa Majesté lui avait rendu son kinjal... Chaque fois qu'il pénétrait en un lieu où le Tsar se tenait seul, il se rappelait ce geste-là, ce geste si plein de compassion. Il y songeait fugitivement. Mais il y songeait... Et chaque fois, il éprouvait envers l'Empereur le même élan, la même admiration, la même gratitude pour sa bonté.

Il y pensait aujourd'hui, en se hâtant vers son bureau : l'évocation de cet épisode lui redonnait confiance.

Il trouva porte close.

Aucun des chambellans n'avait pris la peine de l'avertir que l'Empereur ne recevait plus ici, ni même dans son vaste bureau du second, mais dans l'ancien quartier général de son frère, feu le grand-duc Mikhaïl, le salon vert et or, avec son tapis de cachemire et ses poêles de faïence ornés de haches et de faisceaux…

Il revint sur ses pas et gravit à nouveau l'esclalier. Cette fois, quelque chose d'étrange dans l'atmosphère de la cour le frappa.

Les attachés d'ambassade, les officiers d'ordonnance, le personnel administratif, tous les secrétaires semblaient en ébullition. Il les avait croisés tout à l'heure sans remarquer leur hâte et leur nombre.

Ils se déplaçaient maintenant dans la même direction que lui. Une foule… Impossible de la dépasser… Ne restait qu'à suivre le flot.

— L'issue ne fait aucun doute, disait l'un des courtisans, car Dieu est avec nous !

Il dressa l'oreille, attrapant au vol des bribes de phrases, toujours les mêmes, que les petits groupes de causeurs à ses côtés répétaient de salle en salle.

— La Russie ne combat pas en vue d'un gain matériel…

— Elle part pour la croisade.

Tous n'avaient que ce mot à la bouche, qui n'était pas celui qu'employait l'état-major des Uhlans pour évoquer depuis six mois le conflit avec la Turquie. Là-bas, à Torjok, on disait que le Tsar préparait la guerre, on ne disait pas qu'il partait *pour la croisade*.

— Nous menons une Guerre Sainte, renchérit une jeune fille.

Cette expression lui glaça le sang.

Il connaissait assez les mœurs du palais d'Hiver pour savoir qu'aucun de ces personnages ne formulait une idée que l'Empereur ne lui ait dictée… Que pensait le Tsar ? Mieux valait l'apprendre vite !

— Nous luttons pour que triomphe la Foi éternelle.

— C'est pourquoi nous sommes menacés de toutes parts, approuva l'une des demoiselles d'honneur. Des forces monumentales, des forces contradictoires vont entrer en collision : l'Est contre l'Ouest, le monde slave contre le monde latin…

Prendre du recul. Oublier un instant ses sentiments personnels, oublier sa passion, oublier Lisa. Se calmer… De quoi parlait-on ici ?

L'affaire – la *croisade* – avait commencé quelques années plus tôt à Jérusalem, en territoire turc, par une querelle de préséance entre Chrétiens : il le savait. Il se souvenait de la fureur du Tsar au Cottage, en découvrant que les Musulmans venaient de concéder la garde des Lieux saints aux Catholiques latins, alors que, de temps immémoriaux, l'honneur en incombait aux Orthodoxes, dont la Russie était la protectrice sur toutes les terres du Sultan. Un traité avait même été signé à ce sujet par Catherine II avec la Sublime Porte, un pacte officiel… Que le Sultan ait rompu sa parole, qu'il ait donné aux Catholiques de l'empereur Napoléon III tous les avantages dus aux Orthodoxes du tsar Nicolas, était une trahison. Ambassadeurs et diplomates s'étaient employés à faire reconnaître aux Turcs leur duplicité. Mais le Sultan, fort du soutien de la France et des manigances de l'Angleterre, n'avait pas reculé… Oui, Djemmal-Eddin savait tout cela. Il savait aussi que le Tsar avait suggéré que l'Europe et la Russie se partagent les lambeaux de l'Empire ottoman, qui semblait au bord de l'effondrement.

Le seul détail que Djemmal-Eddin n'avait pas saisi à Torjok, c'est que la proposition avait été acceptée, oui, pourvu que le partage se fasse *sans* le Tsar, *sans* les Russes, dont les puissances européennes redoutaient l'expansion en mer Noire et dans les Balkans. Le Tsar avait protesté contre un tel camouflet, alléguant qu'il n'avait jamais eu l'intention de s'emparer de Constantinople. Peine perdue. L'Europe craignait trop ses appétits de conquête pour le croire. Résultat ? La guerre, en effet !... La guerre avec la Turquie, bien sûr. Mais aussi la guerre avec la France, la guerre avec l'Angleterre, peut-être la guerre avec l'Autriche, et peut-être, peut-être même, la guerre avec l'allié de toujours, la Prusse... Cette fois, Djemmal-Eddin avait compris.

Il arrivait au pire moment ! Que pesait son destin, au regard de ce qui menaçait sa patrie ? Folie ! Folie, folie... Il voulut retourner sur ses pas, mais quelque chose le poussait inexorablement vers l'antichambre du salon vert, avec les autres solliciteurs.

La pièce grouillait de hauts dignitaires, de ministres et de membres du Conseil qui venaient régler les affaires courantes, en sus des affaires militaires. Tous avaient, comme lui, préparé mille discours, mille raisonnements à l'intention de Sa Majesté, mille arguments qu'ils avaient répétés dans leur tête tout le long du chemin. Mieux valait être prêt, en effet. Chaque audience ne durait pas dix minutes. Un véritable défilé.

L'emploi du temps impérial se compliquait encore d'un départ imminent pour rencontrer l'empereur François-Joseph à Olmütz... L'ultime espoir de sauver la paix.

Djemmal-Eddin recula. Que pouvait son énergie, son éloquence, son amour pour conquérir Lisa en pareilles circonstances ? Folie, folie, folie ! *En pareilles circonstances* : se taire, surtout ! Attendre. Choisir une occasion plus propice... Il opéra, à contre-courant, une retraite aussi rapide que désordonnée... Trop tard.

L'officier d'ordonnance, qui avait ouvert l'un des deux battants de la porte du bureau, s'adressait à lui :

— Si vous voulez bien me suivre, Sa Majesté Impériale va vous recevoir.

Du fond de la salle, la voix sonore de l'Empereur criait avec jovialité :

— Viens, mon garçon, viens ! C'est toujours une joie de te voir... Viens me soutenir parmi tous ces requins !

Ici aussi la pièce était bondée. Une armée d'officiers s'affairait autour de cartes étalées sur plusieurs tables. Le décor, l'atmosphère, tout avait changé. Seule constante : Djemmal-Eddin n'apercevait l'Empereur qu'à contre-jour, de profil, et de loin. Juste la silhouette, toujours droite et gigantesque dans son uniforme blanc, qui consultait ses dossiers, debout devant la fenêtre. Il resterait là jusqu'au dernier moment, Djemmal-Eddin connaissait ses habitudes... Une vieille tactique pour inquiéter ses visiteurs, avant de les impressionner en surgissant de l'ombre, dans toute sa splendeur... Ou dans toute sa colère. Une mise en scène, devenue avec le temps un rituel de l'audience impériale.

Si Djemmal-Eddin ne réussissait pas à distinguer ses traits, la tension du Tsar était sensible. Sa fatigue aussi. Lui, d'ordinaire si maître de lui-même, semblait devoir faire un effort pour se concentrer. Il manipulait ses dossiers, les ouvrait, les fermait sans même avoir l'air de les lire ou d'y chercher une information.

— Laisse-moi terminer ce que j'ai commencé, mon petit... Je suis content de te voir. Tu vas me raconter ta vie à Torjok... Au fond, j'aurais aimé être à ta place... Suivre, comme toi, un chemin tout tracé... Toi, au moins, tu sais où tu vas... Moi, jeta-t-il à la cantonade, moi, je ne peux que subir les trahisons des uns et des autres. Et tenter de rester fidèle à ce que j'estime être mon devoir... La Russie restera fidèle à son honneur, insista-t-il, fidèle à ce qu'elle se doit !

Le Tsar ne s'adressait pas à Djemmal-Eddin : il haranguait l'ensemble de ses officiers et pesait bien ses mots. Il voulait que chacun ici s'en souvienne, que chacun les colporte. Il parlait avec force, confondant cet auditoire d'adorateurs avec le jugement de la postérité.

— ... La Russie défendra la Chrétienté contre tous les pays qui se rendront coupables d'infamie en luttant du côté du Croissant ! Car, vois-tu, mon garçon...

Cette fois, il se tournait vers Djemmal-Eddin qui était resté debout, immobile, au garde-à-vous devant le bureau inoccupé :

— ... Parmi les traîtres et les hypocrites, les Turcs ne sont pas les pires ! Non, les pires, ce ne sont pas les conseillers du Sultan et ses hordes de fanatiques... Les pires, ce sont les fidèles qui trahissent Dieu.

Djemmal-Eddin vacilla sous le coup. Ces imprécations contre les hypocrites et les traîtres, ce discours si familier, le bouleversaient.

— ... Les pires, au fond, ce sont les Chrétiens !

Comment demander à se convertir maintenant ?

Le Tsar, très agité par l'évocation de cette alliance de l'Europe avec les Musulmans, ce choix monstrueux qu'il ne comprenait pas, ce choix contre lui, laissa tomber l'un de ses dossiers.

Djemmal-Eddin, pétrifié, ne bougea pas. Son cœur battait à se rompre. Il resta les talons joints, les bras le long du corps.

Tous les aides de camp se précipitèrent, rassemblant à genoux les feuilles éparpillées.

Le silence dura plusieurs secondes, avant que l'Empereur retourne à l'interrogation qui le hantait :

— Que la Russie n'ait trouvé aucun allié parmi ses frères chrétiens : est-ce seulement concevable ?… Que le roi de Prusse, que l'empereur d'Autriche fassent, de la cause de Mahomet, leur propre cause ?

Il se redressa pour tonner encore une fois :

— S'ils osent *cela*, qu'il en soit ainsi ! Tout mon espoir est en Dieu, et dans la justice de la cause que je défends ! La Russie lèvera seule la Sainte Croix et suivra seule ses commandements…

Se tournant à nouveau vers Djemmal-Eddin, il répéta en guise de conclusion :

— Je suis à toi dans un instant. Laisse-moi terminer ce que j'ai commencé…

Mais il s'interrompit à nouveau, quitta l'embrasure de la fenêtre et vint lourdement s'abattre sur le siège, derrière son bureau.

— Repos, mon garçon, assieds-toi, assieds-toi… Je suis content de te voir… Vous, mes chers enfants, vous restez ma consolation et ma joie… Qu'est-ce qui t'amène, mon petit, que puis-je pour toi ? Tu souhaiterais que je t'envoie combattre les Turcs dans l'armée du Caucase, c'est cela ? Tu voudrais saisir l'occasion de cette guerre pour revoir tes montagnes ? À moins… (Une lueur amère traversa le regard du Tsar.) À moins que tu ne viennes me demander de te rendre à ton père ? Histoire de prendre les armes contre moi et de faire comme les autres ! Vous êtes tous pareils : vous venez manger la laine sur le dos de la Russie, avant de la poignarder et de la dévorer sans remords !

Ces deux dernières phrases blessèrent Djemmal-Eddin si profondément qu'il répondit presque sur le même ton, avec colère, avec hauteur :

— Mon père n'a nul besoin de moi, pour vous combattre, Votre Majesté Impériale. Il a élu son fils cadet comme chef de ses naïbs, un successeur selon ses goûts, beaucoup plus à même que moi de le servir…

Le Tsar fronça le sourcil.

Dans la confusion des derniers mois, il n'avait parcouru qu'en diagonale les rapports de ses capitaines sur Shamil. Il se souvenait en effet d'avoir lu quelques phrases touchant à une passation de pouvoir au Daghestan. L'épisode lui revenait en mémoire. On disait l'« héritier », celui qui deviendrait le quatrième Imam, taillé à l'aune du père : un djighit d'une vaillance sans égale, magnifique cavalier, formidable guerrier, farouche partisan de la Guerre Sainte, aussi religieux, aussi violemment antirusse que Shamil. La désignation de ce chef de vingt ans, très admiré et très populaire parmi les Montagnards, compliquait en effet les projets du Tsar au Caucase. Elle rendait le plan d'imposer le « lieutenant Shamil » comme successeur légitime, sinon caduc, du moins plus difficile à réaliser.

Le Tsar choisit d'écarter cette nouvelle contrariété.

— De quoi me parles-tu ? demanda-t-il sèchement.

— De ma loyauté envers la Russie, Votre Majesté Impériale ! répondit avec passion Djemmal-Eddin. Plus rien ne s'oppose à mon amour pour Elle… Le choix de mon père m'a libéré de… (Il reprit son souffle, essayant de formuler ce qui avait été pour lui la délivrance fondamentale :) … de l'écartèlement et du désaccord avec moi-même.

Il pesa ses mots et répéta :

— Le choix de mon père m'affranchit du devoir, qui était le mien, de répondre à vos bienfaits par la haine.

Un déluge de paroles suivit.

Djemmal-Eddin avouait qu'il pouvait enfin aimer sa patrie sans réserve, que cette appartenance était désormais si réelle et si profonde qu'il demandait à l'homme auquel il devait tout, à son bienfaiteur, l'autorisation d'en épouser la foi, de se convertir et de se marier en Russie.

Dans la seconde, le Tsar sut décrypter le sens du discours : *conversion*, *mariage*, le jeune homme était amoureux... Les inquiétudes de l'Impératrice, lors des étés de Djemmal-Eddin au Cottage, se confirmaient : il avait fini par s'enticher d'une créature de son entourage... C'était prévisible, en effet... La chère Potemkina avait atteint son objectif... S'agissait-il encore d'une embrouille de cette marieuse ? Oui, très probablement ! Le baptême *et* la noce... Bravo !

L'œil atone, comme s'il n'avait pas entendu, pas compris, le Tsar resta sans réaction. Son silence plongeait Djemmal-Eddin dans les affres : il aurait dû s'exprimer plus clairement ! Mais comment reprendre ses explications, si Sa Majesté ne lui donnait plus la parole ?

Impavide toujours, le Tsar fit signe à son ordonnance de s'approcher. Il lui ordonna de se retirer avec les autres. La file des officiers quitta le salon.

Quand ils eurent refermé la porte derrière eux, le Tsar avança le buste sur son bureau et demanda avec sévérité :

— Est-ce à moi, Djemmal-Eddin Shamil, est-ce à moi de te rappeler ce que signifie l'apostasie chez les Musulmans ?

Sa colère explosa :

— ... Je croyais pourtant t'avoir fait donner un enseignement religieux par des mollahs !... En Islam, l'apostasie, c'est la mort. Si tu te convertis, le premier devoir du premier Montagnard venu sera de t'abattre.

— Comme d'abattre n'importe quel Russe, Votre Majesté Impériale.

— Non, Djemmal-Eddin... Pas n'importe quel Russe. Pas n'importe quel Giaour... Un renégat ! Te rends-tu compte de la gravité de l'acte que tu me demandes de ratifier ? Dans toutes les négociations de paix, tu deviens inutilisable... Le pire interlocuteur possible ! Tu parlais de me servir ? À quoi me sert un intermédiaire qui ne suscitera que la méfiance et la haine parmi les hommes de son peuple ? Je ne pourrais jamais te renvoyer au Caucase !

— Envoyez-moi au Caucase, Votre Majesté Impériale, et je vous servirai ! Envoyez-moi en Turquie, et je vous servirai !... Je ne crains pas la mort.

— Mais tu crains de vivre *sans amour*, c'est cela ?

— Oui, Votre Majesté Impériale... J'aime une jeune fille.

— Son nom ?

— Elle s'appelle Elizaveta Petrovna Olenina.

— La fille de Piotr Alexeïevitch ?

— Cela même, Votre Majesté Impériale. Quand j'ai rencontré Elizaveta Petrovna, quand je l'ai aimée, j'ai pensé à vous et à votre famille. (Il baissa la tête :) ... J'ai pensé à Sa Majesté l'Impératrice.

— Quel rapport, grands dieux, quel rapport ?

— Par votre exemple, Votre Majesté Impériale, vous m'avez appris le sens du bonheur.

Il parla de Lisa, de sa grâce, de ses vertus. Il parla de la bonté de ses parents, il parla de ses propres sentiments, il parla en confiance et se livra. Il dit tout. Il dit que Lisa était l'épouse que Dieu avait choisie pour lui et qu'avec le soutien d'une telle compagne, il pourrait venir à bout de son devoir et de toutes les épreuves.

Le Tsar n'avait rien répété d'autre, il n'avait rien ressenti d'autre envers Mouffy, durant toute son existence. Lui aussi avait su qu'elle était la femme de sa vie, il l'avait su dans une intuition fulgurante, dès le premier regard.

Et même aujourd'hui où de nouveaux liens l'attachaient à une personne plus jeune, même aujourd'hui, alors qu'il se sentait seul, abandonné de tous les rois de la Chrétienté, il trouvait encore le repos et la paix auprès d'elle. Oui, sans son épouse, où en serait-il aujourd'hui ? Elle lui avait donné tant de joie. Elle l'avait rendu si heureux. Avec elle, il se fût contenté d'être le Seigneur du Cottage. *Lord of the Cottage*, ce titre dont il s'était servi jadis pour voyager incognito en Angleterre, lui convenait bien davantage qu'empereur de Russie ! Si Dieu ne lui avait pas confié le trône, il aurait pu vivre en simple bourgeois, il en était convaincu, pourvu qu'il eût toujours Mouffy et les enfants à ses côtés... Les enfants. Leur soudaine évocation, au cœur du chaos qu'il sentait poindre, le rendait sentimental... Quelle sorte de monde laisserait-il en héritage au tsarevitch Alexandre, quelle sorte de monde où les Chrétiens s'alliaient avec les Musulmans contre les autres Chrétiens ? Sa fille Alexandra ne verrait pas cela, heureusement, sa fille chérie, sa fille perdue qui évoluait au Ciel, parmi les anges ! Le souvenir d'Alexandra, d'*Adini*, qui n'avait pas mené à bien sa vie terrestre l'attrista... L'émotion commençait à le gagner... De quel droit s'escrimait-il à priver Djemmal-Eddin de son bonheur ? De quel droit le privait-il de son Salut ? De quel droit l'empêchait-il de sauver son âme en recevant le baptême ?

Aussi bien, le retour de ce garçon au Caucase était devenu problématique. Et si, de surcroît, il en avait perdu le désir…

Le Tsar ne se montrerait pas assez fou pour le renvoyer chez son père, contre sa volonté… Plus qu'une erreur. Une faute… Sans l'amour de son peuple, sans l'amour du jeune homme *pour* son peuple, il ne serait, là-bas, d'aucun usage à la Russie ! Un désastre assuré… Qu'au bout du compte, il préférât la civilisation à la barbarie pouvait, en revanche, apparaître comme un succès.

Qu'il choisisse, aujourd'hui, la Russie, qu'il la choisisse en toute liberté… Une victoire, oui, bien plus éclatante que toutes les victoires militaires !

L'idée commençait à faire son chemin… Une évidence dont l'Empereur appréhendait les avantages.

Aucun doute sur ce point : le choix de Djemmal-Eddin incarnait le triomphe des Russes sur les Tchétchènes. Le triomphe du Tsar sur l'Imam. Le triomphe personnel de Nicolas sur Shamil.

La libre conversion du fils de l'Imam prouvait à ces sauvages, elle prouvait à la terre entière, que nul ne pouvait résister à la foi orthodoxe et à la Vérité qu'incarnait la Sainte Russie.

La libre conversion du fils de l'Imam consacrait le triomphe de la Lumière contre les forces du mal.

Elle clamait à la face du monde que le Christ était Roi !

… Dans une conscience intègre comme celle de Djemmal-Eddin, un cœur qui avait si longtemps résisté, un tel appel ne pouvait venir que de Dieu.

Le Tsar ne se souciait plus de ses plans antérieurs. Il y renonçait. Que son protégé ne devienne jamais un Imam à son service, il l'acceptait.

Cependant, il restait préoccupé, inquiet non plus dans la réalisation de ses projets, mais dans ses affections. Ce garçon, trop sincère, ne s'égarait-il pas ? Il savait Djemmal-Eddin de tempérament entier, de nature fervente... Le plus passionné des amoureux, probablement ! Son adoration pour cette jeune fille le submergeait, son adoration l'aveuglait...

Le Tsar le sonda une dernière fois :

— Tu comprends bien que si tu épouses une Chrétienne, tu ne pourras plus jamais rentrer chez ton père ?

— Mais mon père, c'est vous !

Un cri du cœur.

Le Tsar en fut si touché, que les larmes lui montèrent aux yeux.

Les rois l'abandonnaient, mais cet enfant lui restait loyal et l'aimait. Il réagit en prenant une décision totalement déconnectée du sujet qui les occupait :

— Tu vas rentrer comme officier parmi mes Chevaliers-Gardes !

— Je remercie Votre Majesté Impériale, balbutia Djemmal-Eddin que cet ordre renvoyait dans le monde des décisions pratiques. Toutefois, je ne puis accepter un tel honneur...

— Car tu sais que tu n'en as pas les moyens ? Ne t'inquiète de rien, mon petit : ma cassette est désormais la tienne... Dans le grand bouleversement qui se prépare pour toi, je serai toujours à tes côtés... Approche, fils, approche, prince Djemmal-Eddin... Viens que je t'embrasse...

Très ému, Djemmal-Eddin se leva. Le Tsar s'était levé, lui aussi.

— Viens ici que je te bénisse...

Djemmal-Eddin obéit et contourna le bureau.

Les deux hommes, bouleversés, se regardèrent longuement. Tous deux tremblaient d'émotion. Ils s'étreignirent.

Comme six ans plus tôt, sur le banc de sa fille Alexandra à Peterhof, le Tsar fut le premier à se dégager. Il pleurait.

— Je veux être ton parrain à ton baptême, dit-il avec une tendresse infinie... Et je serai ton témoin à ton mariage... Prends cette croix.

Le Tsar avait déboutonné son col pour ôter le crucifix qu'il portait sous l'uniforme. Il le lui passait au cou. La chaîne d'or battit sur la peau de Djemmal-Eddin, s'accrochant un instant au cordon de cuir que lui-même portait sous sa tcherkeska... Il entendit les pierreries de la croix cliqueter contre le petit tube d'argent qui ne l'avait jamais quitté depuis que, sur les murailles d'Akhoulgo, sa mère y avait roulé la sourate des *Hommes* contre le mal tentateur. La dernière sourate du Coran.

— ... Reçois ce crucifix en gage de mon amour, et de l'amour immense de Notre-Seigneur Jésus-Christ. Que Sa volonté soit faite... Va maintenant, mon enfant : je consens à tout pour ton bonheur.

(23)

MACHOUK

OCTOBRE 1853-AVRIL 1854

— Aucun destin n'avait commencé sous des auspices plus funestes, s'extasiait la Potemkina devant son public de gouvernantes et de brodeuses. Pour finir ainsi : en apothéose !

Elle-même vivait ce succès comme son propre couronnement.

— ... Un baptême et un mariage en présence de toute la cour !

Son pope, rompu à la conversion des Musulmans, dispensait déjà à Djemmal-Eddin un enseignement dont elle suivait les progrès avec sa passion habituelle. Au nom de ses neveux, trop retirés du monde pour l'organisation de cette sorte de cérémonie, elle se chargeait des deux messes dans son église de la Sainte-Trinité à Gostilitsy.

— ... Sa Majesté Impériale comme parrain ! Sa Majesté Impériale comme témoin !... Un tel honneur !

Elle ne reprenait sa respiration que pour égrener les innombrables privilèges qu'entraînait « un tel honneur »... Parrain, témoin : en se proposant pour ces rôles, le Tsar ne se contentait pas de prendre une part symbolique au destin du jeune couple : il assurait l'avenir social et financier du ménage.

— Les prérogatives des filleuls du Tsar peuvent s'étendre à toute leur descendance, expliquait l'épouse du maréchal de la noblesse à ces dames de Machouk, tellement ignorantes de la vie... Les frais de leur éducation incombent à la Couronne, une charge honorifique assure leur carrière, de multiples cadeaux et des émoluments conséquents asseyent leur fortune. Dans tous les défilés et toutes les cérémonies officielles, ils se placent parmi les premiers.

Quant à l'admission de Djemmal-Eddin parmi les Chevaliers-Gardes, la Potemkina rappelait qu'appartenir à ce régiment hissait le fiancé au rang de prince russe. Pour faire partie des Chevaliers-Gardes, un jeune homme devait compter de si nombreux quartiers de noblesse que rares étaient les cadets, même parmi ceux du Premier Corps, qui restaient éligibles. En plus d'un lignage de sang bleu, les statuts exigeaient parmi les ancêtres du postulant au moins un grand-père qui ait servi comme général dans les Gardes. Sans parler de la fortune colossale que requéraient le luxe de l'équipement, l'acquisition d'une multitude d'uniformes, l'entretien de plusieurs dizaines de chevaux et d'autant de domestiques : la générosité du Tsar pourvoyait donc à tout !

— Si ce mariage présente quelques avantages, c'est bien pour les Olénine, insistait-elle, faisant preuve de sa sempiternelle mauvaise foi. Ah, ça, elle peut se féliciter de la victoire de son Djemmal-Eddin, notre petite mignonne, un véritable triomphe sur la fatalité !

Aux yeux des amoureux, il n'y avait ni triomphe, ni destin, ni fatalité. Pour eux, l'univers venait de naître : chaque aube se levait sur le premier jour du monde, le soleil montait sur un présent radieux et sans mémoire.

Même Tchibtchiev semblait avoir disparu du paysage ! Il s'était, à la lettre, volatilisé.

Ses services n'avaient, certes, plus de raison d'être. Mais dans l'émotion de l'entrevue au palais d'Hiver, Djemmal-Eddin avait oublié de demander son rappel… Si Tchibtchiev avait pu nourrir quelques doutes sur le but de son voyage à Pétersbourg, la chaîne d'or qui brillait à son cou au retour, lui avait fourni toutes les réponses. Outre le fait qu'aucun Montagnard ne pouvait porter d'objet d'or à même la peau, Tchibtchiev avait deviné dans la seconde la nature du bijou qui se balançait, invisible, au bout du collier.

Le dîner de fiançailles, officialisant à Machouk l'approbation du Tsar, acheva de le renseigner sur ce qui se préparait. À cette infamie, Tchibtchiev ne pouvait réagir que d'une seule façon : le désir de tuer.

Il n'avait pas d'autres choix désormais que d'assassiner le fils de son Imam, plus d'autres devoirs.

Djemmal-Eddin se tint donc sur ses gardes et veilla très attentivement à la sécurité de Lisa durant les semaines qui suivirent l'annonce de leur mariage.

Mais, à nouveau, Tchibtchiev ne tenta rien.

Imprévisible jusqu'au bout, il garda même le silence… Ni menaces, ni discours, ni scènes… *Rien*.

Outré, probablement terrifié par l'acte que le rejeton de Shamil s'apprêtait à commettre, il fit mieux : il s'évanouit dans le paysage et prit la fuite.

« … Bon débarras ! » songeait Buxhöwden qui avait toujours vu la présence de Tchibtchiev au régiment des lanciers de Torjok d'un très mauvais œil.

Nul n'apercevrait plus son ombre traîner sur les traces de Djemmal-Eddin dans les bois de Machouk.

Une fois, cependant, alors que l'automne s'annonçait, que le soleil luisait plus bas entre les cimes, et que Djemmal-Eddin parcourait les chemins forestiers en compagnie de Lisa, il crut percevoir quelque chose d'hostile, comme une menace dans l'air.

Ils étaient descendus de cheval. Lisa se tenait appuyée à l'arbre où il venait d'attacher les brides. Il se pencha, s'empara de ses mains, et les baisa l'une après l'autre. Elle sourit, abaissant son regard étincelant sur cette nuque d'homme qui se courbait devant elle. Il la prit contre lui. Elle s'y laissa aller. Il sentit combien le corps de la jeune fille devenait lourd et sans volonté entre ses bras. Il embrassait lentement ses yeux, sa bouche. Les vagues du chignon blond ruisselaient sur ses épaules. Un court moment, il garda cette chevelure d'or, ce visage pâle renversé au creux de son bras. Elle se souleva pour appuyer ses lèvres sur les siennes. Djemmal-Eddin se laissa emporter, ensevelir sous ce sceau brûlant.

C'est alors qu'il tressaillit et rouvrit les yeux.

Elle releva la tête.

— Ne bouge pas, chuchota-t-il.

Il dégaina et bondit.

Il ne trouva aucune trace du Tchétchène dans les fourrés.

Il revint, se hâtant vers elle à longues enjambées. À l'éclat de son regard, au kinjal qu'il gardait à la main, elle comprit qu'il restait à l'affût, prêt à la défendre. L'intensité donnait à son visage quelque chose d'énigmatique qui bouleversa la jeune fille. Avec ses yeux effilés, ses cheveux noirs rejetés en arrière, sa sveltesse, il évoquait un fauve. Sa beauté, bien plus que l'éventualité d'un danger, le miracle de se sentir aimée de cet homme-là, l'éblouirent. Elle préféra rire et se moquer de sa propre émotion :

— Tu as vu Satan ? plaisanta-t-elle.

— Je n'ai rien vu.

— Et pour cause... Il n'est pas fou, ce diable-là, il sait qu'il a perdu tous ses pouvoirs, il aura quitté Torjok !

— Viens... (Il restait soucieux.) Rentrons.

L'alerte dans la forêt ne se renouvela plus.

Djemmal-Eddin vivait une période de bonheur trop parfait, un degré de félicité trop intense pour connaître à nouveau l'angoisse ou l'exaltation. Il avait surmonté les affres de l'indécision et n'éprouvait plus aucun sentiment contradictoire.

Il oublia Tchibtchiev.

Les deux cérémonies dépendaient de l'agenda du Tsar... Un agenda lourd et compliqué, où la fête n'était plus de saison. Djemmal-Eddin le sentait et ne savait comment hâter la conclusion de son mariage.

Lui, si calme loin de Lisa, si réservé dans ses manières, piaffait d'impatience. Quand il se penchait pour prendre dans ses bras ce corps menu de jeune fille, quand il la portait dans l'ombre d'un berceau de verdure, quand il l'étendait sur la mousse et qu'elle l'enlaçait, il ne parvenait plus à refréner sa passion, et leur délice se changeait en tourment. Tous deux avaient tant rêvé de ce moment où leur amour deviendrait possible que vaincre leur désir tournait à la torture...

— Nous n'en pouvons plus, murmurait-il, pâle en s'arrachant à ses étreintes.

Elle se taisait, mais comprenait ce dont il parlait. Si ses parents avaient fait confiance à Djemmal-Eddin au point de la lui donner en mariage, il ne pouvait la leur prendre avant. Il devait attendre… Il devait, comme eux, faire confiance à la vie… Avoir foi dans cette promesse de bonheur, foi dans le Tsar, foi en Dieu.

Elle sentait la violence qu'il s'infligeait à lui-même en respectant la parole qui le liait aux Olénine, sa souffrance en se refusant à lui-même ce que Lisa lui offrait. Elle aimait jusqu'à ses scrupules, jusqu'à sa force de volonté, jusqu'à ce sens de l'honneur qui le lui rendait si cher.

— Tiens-moi, murmurait-elle. Retiens-moi.

Ils se serraient l'un contre l'autre.

La double déclaration de guerre – la Turquie, en octobre ; la France et l'Angleterre, en mars – contraignit la Potemkina à remettre la date des festivités une première fois. La signature d'une alliance défensive entre la Prusse et l'Autriche, qui déclencha la conscription de l'armée de l'Ouest à laquelle appartenait Djemmal-Eddin, l'obligea à la remettre une seconde.

Le Tsar restait persuadé que l'attaque principale des alliés viendrait, non par la Crimée, mais par les Balkans et la Pologne. Il envoyait donc l'élite de ses troupes protéger les frontières de l'Ouest contre une invasion des Habsbourg. Le départ des Uhlans pour Varsovie et, de là, pour Lublin devenait imminent.

Dans le petit bois de Machouk, tous les couples interrompaient leur voyage à Cythère et regagnaient la terre ferme… Tous – Buxhöwden et Marina ; Milioutine et Tatiana – se chuchotaient mille serments, s'échangeaient mille baisers… Pas de larmes, toutefois, pas d'adieux ! Juste un très tendre et paisible *au revoir*… Oui, demain, les lanciers de Torjok levaient le camp et partaient à la guerre, oui. Mais après-demain, ils seraient de retour. La flotte ottomane était déjà coulée en mer Noire. L'armée du Caucase – les troupes qui d'ordinaire combattaient l'imam Shamil – écraserait bientôt les troupes de Mustafa Zarif Pacha. Sur tous les fronts, la victoire sur les Turcs semblait totale, au point que les Perses cherchaient à se prémunir contre les Russes, en signant avec eux un traité de neutralité. Quant aux Français et aux Anglais, s'ils tentaient de débarquer en Crimée, on saurait les recevoir. Restaient les Autrichiens, mais ceux-là, les Uhlans de Torjok s'en chargeaient…

Comme cinq ans plus tôt, lors du conflit avec les Hongrois, la guerre serait aussi courte que glorieuse !

Djemmal-Eddin et Lisa s'enfonçaient sous la futaie. Ils marchaient bras dessus bras dessous, si étroitement liés que chacun sentait dans sa chair battre le sang de l'autre.

— J'ai envie de t'emporter tout de suite, à l'instant…

Il s'arrêta et prit le visage de la jeune fille entre ses mains. Elle ne bougeait pas. Elle écoutait la passion qui vibrait dans sa voix.

— La prochaine fois…

Les petites gouttes de diamant qui pendaient aux oreilles de Lisa tremblèrent comme deux larmes entre ses doigts :

— … La prochaine fois que je te tiendrai ainsi, ce sera pour toute notre vie.

Ce nouveau départ vers les frontières de Pologne ne donna pas à Djemmal-Eddin le sentiment d'un retour en arrière, ni même une impression de déjà-vu. Au contraire ! Il ne reconnaissait plus sa propre vision du monde : tout était changé… Il partait en officier russe, fiancé à une jeune fille russe. Pour la première fois, il savait que l'avenir lui appartenait… Il se sentait en paix avec lui-même, comme il ne l'avait jamais été. Il avait vingt-trois ans, il était heureux, il aimait.

Afin de défendre sa patrie, le lieutenant Shamil avait troqué la tcherkeska des Montagnards contre l'uniforme bleu, rouge et doré des lanciers Vladimirski.

(24)

LE COTTAGE DE PETERHOF-ALEXANDRIA
SIX MOIS PLUS TARD

FIN SEPTEMBRE 1854

— Odessa bombardé… Bomarsund assiégé… Comment de tels désastres sont-ils possibles, général-major Milioutine ? tonnait le Tsar en arpentant son cabinet marin, une vaste pièce qui occupait tout le grenier du Cottage.

Dimitri, l'aîné des garçons Milioutine, l'ancien gardien de Djemmal-Eddin, se tenait debout au centre de la salle, et regardait tristement Sa Majesté aller, venir, tourner autour de lui.

Le Tsar ne portait aujourd'hui qu'une simple vareuse, avec pour seule tache de couleur ses épaulettes dorées. La lumière qui entrait à flots par le balcon projetait son ombre sur les fresques des murs et du plafond, un décor de draperies en trompe l'œil qui évoquait la tente d'un chef de guerre au camp du Drap d'or.

Les deux hommes se connaissaient bien, désormais. Le général-major Milioutine avait suivi le Tsar à Olmütz et à Potsdam, lors des dernières négociations avec l'Autriche et la Prusse.

À près de quarante ans, Dimitri semblait plus massif qu'autrefois. Ses boucles blondes, toujours trop longues, commençaient même à grisonner. Pour le reste, il avait gardé la même silhouette, à peine voûtée aux épaules, cette silhouette d'adolescent poussé trop vite. Sa puissance de travail, sa capacité d'enthousiasme, son franc-parler, son énergie, son intégrité, trop rares dans l'administration, lui avaient valu des ennemis puissants. L'opposition de certains aristocrates, et notamment des adversaires de son oncle Kiseliev, ne l'avait pas épargné. Elle ne l'avait pas, non plus, empêché de faire une belle carrière. Dimitri appartenait aujourd'hui à la suite rapprochée des conseillers militaires de l'Empereur. Le ministre de la Guerre, dont il était le premier secrétaire, l'employait aux stratégies de défense dans la mer Baltique. La spécialité du général-major Milioutine restait toutefois les guerres du Caucase… Si Sa Majesté n'avait pas encore daigné lire son mémoire, le fruit de dix ans de recherches sur les peuples musulmans des montagnes, si Sa Majesté n'avait pas encore daigné entendre ses conclusions quant à la façon d'obtenir une paix durable dans cette mystérieuse partie du monde, il ne désespérait pas de susciter son intérêt. Le Tsar l'avait choisi comme interlocuteur privilégié pour toutes les questions touchant à la Tchétchénie. Néanmoins, « ces questions-là » semblaient passées au second plan, très loin dans l'esprit du souverain.

— … La flotte anglaise ici, sous ce balcon, la flotte anglaise dans les eaux russes qui ose me narguer jusque chez moi, jusqu'au Cottage !

En juin, l'ombre de la guerre avec l'Europe avait en effet rejoint le Tsar et sa famille à Peterhof-Alexandria. L'ennemi avait croisé dans le golfe de Finlande à quelques encablures de Pétersbourg. Les voiles de l'amiral britannique étaient restées visibles des fenêtres du cabinet marin, durant plusieurs jours. Les courtisans du château de Peterhof avaient pu trouver divertissant ce spectacle nautique. Le Tsar ne s'en remettait pas. Milioutine le trouvait aujourd'hui si changé qu'il n'osait plus même évoquer le nouveau malheur dont il était venu l'entretenir… Une prise d'otages sur ses territoires de Géorgie.

— … Et maintenant la France, poursuivait le Tsar, l'Europe vendue et décadente, qui débarque sur nos rivages de Crimée ! Comment est-ce possible ? (Il frappa du plat de la main sur une étagère, et répéta :) Comment est-ce possible ! J'accepte sans murmurer notre défaite sur le fleuve de l'Alma, puisque telle était la volonté de Dieu… Mais quelle douleur, Milioutine, quelle humiliation de savoir que cette déroute n'est due qu'au manque de courage de mes troupes… Vous, Milioutine, qui savez vous battre… Tout de même, prendre le rocher d'Akhoulgo, c'était autrement plus difficile que de défendre le fleuve de l'Alma !… Je vous le demande : qu'est devenue notre glorieuse armée ? Qu'est-elle devenue, l'Armée qui a vaincu Napoléon, écrasé les Turcs, pris Varsovie, sauvé l'Empire des Habsbourg ?

— L'armée russe n'a pas changé depuis 1812, Votre Majesté Impériale, l'armée russe reste la plus brave et la plus fidèle de toutes les armées. Mais nos fusils, Votre Majesté Impériale, n'ont pas le quart de la portée des fusils français…

Le Tsar aboya :

— Qu'est-ce que vous me chantez ? Nos soldats sont si bien équipés qu'ils pourraient faire le tour du monde sans souffrir de quoi que ce soit !

Cette phrase, que Milioutine entendait depuis vingt ans dans les écoles et les ministères, l'exaspérait. Il jugea prudent de ne pas la relever et se contenta d'insister sur la situation qui le préoccupait :

— Je ne dis que la vérité, Votre Majesté Impériale. Même là-bas, même au Caucase, nous recevions certains fusils sans gâchette, sans balles et sans munitions… On nous les envoyait avec des cartouches trop petites. Ou trop grandes pour nos culasses… Ou avec de la poussière de millet en guise de poudre à canon ! Il se trouve que l'imam Shamil dispose de mousquets encore plus anciens et défectueux que les nôtres mais…

— Mais cela ne l'empêche pas de continuer à commettre des atrocités : parlons-en, Milioutine, parlons-en, puisque je vous ai fait venir pour cela… Les rapports de votre ministre restent confus sur cette affaire… Je suppose qu'en ces heures difficiles, il a d'autres… Que, tous, nous avons d'autres soucis en tête… Mais l'Impératrice n'en dort pas.

En effet, depuis des mois, la tsarine Alexandra Feodorovna ne trouvait plus le sommeil. Le conflit avec le roi de Prusse, son propre frère, l'avait rendue très malade. Comme son époux, elle ne comprenait pas l'attitude de l'Europe. Sa surprise devant la haine des puissances qu'elle avait toujours crues amies, son angoisse, sa révolte la minaient… Trop d'injustice, trop d'ingratitude ! Le dodelinement de sa tête s'était accentué jusqu'à devenir un tremblement continu. Elle avait cinquante-six ans, elle en paraissait vingt de plus. Ses deux fils cadets partaient demain pour le front : Nicky en Crimée, Micha en Pologne… Et maintenant, comme si le danger qui pesait sur ses enfants ne suffisait pas, sa vieille amie, la princesse Anastasia de Géorgie, se jetait tout en pleurs à ses pieds avec le récit de cette dernière abomination… Les filles d'Anastasia, ses propres demoiselles d'honneur, la belle Anna, la douce Varenka : enlevées par les hordes de l'imam Shamil ! Anna et Varenka, otages des Tchétchènes ! L'Impératrice n'avait pas grande imagination, ni grande expérience du monde, mais elle pouvait concevoir sans trop de peine ce qu'une telle captivité impliquait. La malheureuse mère lui avait raconté comment les jeunes femmes avaient été assaillies dans leur maison de campagne. Comment elles avaient été détroussées, déshabillées, arrachées de leur manoir à coups de fouet, emmenées à demi nues dans les montagnes, traînées à pied sans même de chaussures, avec leurs enfants et toutes leurs servantes, enlevées en croupe, chevauchant derrière des cavaliers murides. Comment elles avaient galopé durant un mois, accrochées à leurs ravisseurs, alors qu'Anna allaitait encore son nouveau-né. Elle lui avait raconté comment leurs petits, leurs enfants âgés de deux mois à six ans – toute la descendance de la princesse Anastasia –, avaient été séparés d'elles, comment Lydie, le nourrisson d'Anna, avait échappé aux bras de sa mère… Anna, épuisée, incapable de soutenir son enfant lors d'une poursuite, avait lâché son bébé : la petite Lydie avait été piétinée et poignardée par les Montagnards… Ces images terrifiantes agitaient la Tsarine. Elle *devait* parler à l'Empereur. Elle *devait* obtenir qu'il se mêle de cette affaire. Lui seul pouvait sauver Anna et Varenka. Le Tsar, seul… Mais Nicks avait tant d'autres soucis en tête, tant d'autres affaires bien plus importantes que l'enlèvement de vingt-trois personnes, juste des femmes et enfants… Tant d'autres morts en Crimée… Pauvre Nicks… Lui si bon, si généreux, il ne méritait vraiment pas cela !

— … L'Impératrice me supplie d'intervenir et de négocier avec l'Imam, reprit Nicolas en fronçant les sourcils. Le Tsar de Russie ne discute pas avec des bandits ! Traiter avec Shamil laisserait croire à tous les Musulmans fanatiques qu'il leur suffit de s'attaquer à des victimes sans défense pour me dicter leur loi… On ne cède pas, on ne cède jamais au chantage, c'est une question d'honneur… Mais que signifie l'*honneur* de nos jours, quand les Chrétiens se trahissent entre eux ? Toutefois, moi, je ne suis pas comme ces félons, comme l'empereur d'Autriche, comme le roi de Prusse, je ne ressemble pas à tous ces ingrats qui abandonnent leurs amis en difficulté… La famille de Géorgie m'a toujours bien servi, la mère des princesses nous est très chère… À cette heure, la malheureuse attend dans le petit salon. Elle est en larmes… Depuis combien de temps dure cette pénible histoire ? Presque trois mois ! Je lui dois une réponse…

Sa Majesté ne put contenir sa colère :

— J'espérais tout de même qu'en trois mois, vous auriez su vous dépêtrer de cette affaire, sans mon intervention ! explosa-t-il. Maintenant, quel est votre avis ? Oui ou non : pouvons-nous encore sauver ses filles ?

— Oui, Votre Majesté Impériale. Elles sont enfermées dans le sérail de l'Imam et, si elles manquent de tout, elles semblent bien traitées. Mais le temps presse.

— Vous avez cinq minutes, Milioutine. Soyez bref : que diable s'est-il passé au Caucase, pendant que nous faisions la guerre sur le front turc ?

— Une vieille histoire, Votre Majesté Impériale, une très vieille histoire… Votre Majesté n'est pas sans savoir que Shamil ne cesse de nous réclamer son fils depuis quinze ans ? Dans toutes les ouvertures de paix que nous avons tentées auprès de lui, le retour de Djemmal-Eddin a toujours été la condition *sine qua non*... Comment a-t-il appris que son fils s'apprêtait à épouser une Chrétienne ? Par quel biais la nouvelle lui est-elle parvenue si vite ? Je suppose que l'Imam redoutait depuis toujours la conversion de son fils, et qu'il avait posté des informateurs auprès de lui... Quoi qu'il en soit, le réseau d'espions de Shamil vaut bien le nôtre au Caucase, et surpasse les services de toutes les puissances européennes : il sait tout. D'après nos propres sources, le prochain mariage de son fils l'a bouleversé. Jugeant sans doute qu'il ne pouvait le laisser se perdre en ce monde et se damner dans l'autre, il a réagi avec la détermination qu'on lui connaît... Il a profité de l'amaigrissement de nos effectifs – nos soldats s'étaient, en effet, déplacés sur le front turc –, pour oser ce qu'il n'avait pas osé jusqu'à présent : une prise d'otages en plaine, loin, très loin de son nid d'aigle de Tchétchénie... Nous n'aurions jamais pu imaginer qu'il fût capable d'une telle audace !

— Vous auriez dû la prévoir. Les raids des Montagnards sur les villages de Géorgie terrorisent les populations depuis des lustres.

— Aucune bande muride, jamais, ne s'était aventurée jusque-là, Votre Majesté Impériale... L'expédition a été soigneusement préparée. Elle fut conduite par son fils cadet, un guerrier du nom de Mohamed Ghazi, le futur Imam. Ce Mohamed Ghazi est descendu de ses montagnes à la tête de trois mille cavaliers, pour prendre d'assaut le manoir de la princesse Anna...

— Tsinandali ? interrompit le Tsar.

— Cela même, Votre Majesté Impériale.

Le Tsar faisait allusion à la propriété des princes Tchavtchavadzé, un castel qui se découpait sur le fond des hautes montagnes enneigées du Caucase, parmi les vignes, à trois cents verstes de Tiflis. Un domaine béni des dieux où le charme et la sensualité le disputaient à la vie intellectuelle de ses hôtes. Le célèbre ambassadeur Griboiedov, qui avait épousé l'une des sœurs du maître de maison, avait vécu à Tsinandali. Lermontov y avait été reçu pour de longs séjours. Même l'Empereur, lors de son voyage au Caucase vingt ans plus tôt, avait jugé opportun de passer quelques heures dans ce paradis, parmi les membres les plus éminents de la noblesse géorgienne.

— … Je me souviens d'une grande terrasse, d'un jardin exotique, de fleurs partout… D'une chapelle, aussi, au bord d'une rivière…

— Ils ont grimpé par là, Votre Majesté, par la rivière… Et ils ont tout brûlé… La chapelle comme le reste. Il ne subsiste rien… Quant aux habitants…

— Je sais. L'Impératrice pleure toutes les larmes de son corps en évoquant ce qu'ils leur ont fait… Je sais… Je sais… Où en sont les négociations ?

— Au point mort, Votre Majesté Impériale.

— Qui discute avec les Tchétchènes à cette heure ?

— Les proches des otages, Votre Majesté. L'époux de la princesse Anna, le prince David Tchavtchavadzé, le maître de Tsinandali qui n'a pas été pris…

— Où diable était-il ?

— À son poste, Votre Majesté Impériale… Il tenait le fort qu'on lui avait confié de l'autre côté de la rivière : il combattait pour la Russie et non pour défendre son bien… Son parent, le prince Grigol Orbeliani, négocie pour le compte de la princesse Varvara Orbeliani, au nom de son propre frère, le mari décédé de la princesse.

— J'ignorais que la petite Varenka fût déjà veuve…

— Son époux, le prince Elico Orbeliani, a été tué par les Turcs en décembre.

— Il avait été, lui aussi, l'otage de Shamil, si je ne me trompe ?

— Votre Majesté a raison. Shamil avait fait prisonnier le prince Orbeliani, il y a environ douze ans… L'idée d'échanger son fils contre un captif d'importance l'habite depuis longtemps… Mais le sort s'acharne sur cette pauvre famille Orbeliani : la princesse Varenka a perdu son époux au siège d'Ogüzlu, à l'heure où l'un de ses fils décédait de maladie à Tiflis… Quant à son autre enfant, un petit garçon de huit mois, il est prisonnier dans le sérail de Shamil, avec elle, ainsi que les enfants survivants de sa sœur…

— Que demande Shamil pour les libérer ?

— Otages contre otages… Il veut son fils, évidemment ; ensuite son neveu Hamzat qu'il pense vivant ; troisièmement, le fils de son ancien compagnon Ali-Bek. Et cent quarante-huit autres prisonniers. Ainsi qu'une rançon d'un million de roubles…

— *Un million* de roubles : sait-il seulement ce que représente « un million de roubles », ce sauvage ? Mon budget au ministère de la Guerre !

— C'est ce que lui ont répondu le prince Tchavtchavadzé et le prince Orbeliani, Votre Majesté : que ses prétentions étaient tellement exorbitantes qu'elles les mettaient dans l'incapacité de poursuivre les négociations… Ils ont ajouté que cette affaire était une affaire privée entre leur famille et l'imam Shamil, que les tractations étaient menées d'individu à individu et non d'État à État.

— Très bien dit !… Et comment a réagi Shamil ?

— En menaçant de vendre leurs fils sur le marché aux esclaves de Constantinople… Et de distribuer leur épouse, leur sœur, leurs filles à ses naïbs avant la fin du mois.

— Le fera-t-il ?

— Shamil a fait bien pire, Votre Majesté : ce genre de promesses, il les tient ! Les princes lui ont immédiatement renvoyé un courrier, en tentant de lui expliquer que la Russie ne pouvait pas forcer son fils à rentrer au Caucase car son fils n'était ni un otage ni un prisonnier, mais un officier dans l'armée russe… Les princes ont aussi expliqué que nul n'oserait jamais demander à l'Empereur de le renvoyer à son père… Mais que, en revanche, si Djemmal-Eddin se sentait heureux de rentrer chez les siens, et s'il en demandait lui-même l'autorisation au Tsar, alors, peut-être, cette permission lui serait-elle accordée… Mais que cette demande ne pouvait émaner que de lui.

Le Tsar s'assit à son bureau, joignit les mains, baissa la tête et médita. S'il rendait Djemmal-Eddin à Shamil, l'Europe – vendue au Croissant – allait penser que l'Imam de Tchétchénie avait réussi à mettre l'empereur de Russie à genoux… Il imaginait les titres des journaux à Paris et à Londres : « La volonté de l'humble Shamil a prévalu sur celle du puissant Nicolas »… Une nouvelle humiliation ! En ces temps terribles, un camouflet de plus !

D'un autre côté…

S'était-il lui-même fourvoyé, en cédant aux désirs de Djemmal-Eddin et en l'autorisant à se marier ?

Dieu avait-il permis que Shamil s'empare des princesses, pour que le Tsar reconsidère la situation ? Le Seigneur désirait-Il que le Tsar revienne à son plan initial, à son projet d'origine, à l'idée qui avait présidé à l'éducation du garçon ? Ce dernier était encore musulman… Et fin prêt, aujourd'hui, pour la mission à laquelle on l'avait toujours destiné. Son retour au Caucase restait possible…

Était-ce cela, au bout du compte, la meilleure des solutions pour la Russie ? Renvoyer Djemmal-Eddin parmi les siens, afin qu'il travaille à la paix, comme prévu ?

L'Empereur réfléchit longuement.

— Malgré l'infamie de la méthode, conclut-il, je ne vois pas d'obstacle politique au retour du fils de Shamil chez lui…

Milioutine se hâta de lui communiquer le message dont il était porteur de la part du ministre de la Guerre :

— Au cas où Sa Majesté Impériale ne s'y opposerait pas – tel est le contenu de la dépêche de notre état-major à Tiflis – les princes supplient très humblement Sa Majesté Impériale de leur procurer une réponse aussi rapide que possible… Ne restent plus que trois semaines avant la distribution des princesses aux naïbs, dans les aouls. Même un refus définitif serait préférable au silence… Même un refus définitif pourrait donner le maigre espoir de recommencer une négociation sur de nouvelles bases… Mais en l'absence d'une réponse claire sur le retour – ou non – du fils de l'Imam, le prince Tchavtchavadzé ne pourra que faire ses adieux à son épouse et à ses enfants, pour toujours.

— Bien… Qu'on avertisse Djemmal-Eddin de l'enlèvement, et qu'on lui pose la question… Que préfère-t-il ? Rester en Russie ou rentrer chez son père ? Il peut élire, à sa convenance, l'un ou l'autre… Je ne dirais pas, comme Ponce Pilate, que je m'en lave les mains, mais je ne suis, quant à moi, ni pour ni contre son retour… Je ne prendrai donc aucune décision sur ce point. Qu'il dise ce qu'il souhaite, lui… Le choix est sien… Je l'en laisse libre.

(25)

Rapport du commandant en chef
des troupes de Pologne
Varsovie

8 novembre 1854

« Du comte Nicolaï Mikhaïlevitch Mouraviev, général des Armées de l'Ouest.

« Au général major Dimitri Alexeïevitch Milioutine, premier secrétaire du ministre de la Guerre.

« [...] Il y a de cela une semaine, soit le 30 octobre dernier, j'ai reçu une lettre de Son Altesse Impériale le tsarévitch Alexandre, me donnant l'ordre, au nom de l'Empereur, de convoquer de toute urgence le lieutenant Shamil à mon état-major.

« Les lanciers Vladimirski bivouaquent à deux cents verstes de Varsovie, non loin de Lublin. Le lieutenant Shamil a fait diligence et s'est présenté à mon bureau ce matin 8 novembre. Il avait chevauché toute la nuit, et je l'ai reçu dans l'heure. Comme il ignorait les raisons de sa hâte et de son rappel, il était inquiet pour ses proches. Il s'est enquis de la santé de Sa Majesté Impériale l'Impératrice qu'il sait très souffrante, et de la famille du peintre Piotr Alexeïevitch Olénine à Torjok. Je l'ai rassuré sur ces deux points avec une simple phrase, qui disait à peu près ceci : "Seriez-vous d'accord pour retourner chez vous, en échange des princesses de Géorgie, enlevées par votre père ?" Il a semblé stupéfait, j'oserais même dire abasourdi par ma question. Il est devenu très pâle. Quand sa surprise se fut un peu dissipée, il m'a interrogé sur l'enlèvement. Je lui ai donné tous les détails qu'il désirait. Je ne lui ai pas caché les menaces qui pesaient sur l'honneur et la vie des otages, mais j'ai bien insisté sur le fait que Sa Majesté le laissait entièrement libre de la décision. Il n'a pas su me dissimuler son embarras. Je lui ai dit qu'il avait tout le temps de réfléchir et de me donner sa réponse : le courrier pour Saint-Pétersbourg ne repartait qu'en fin de matinée, il n'aurait qu'à frapper à ma porte quand il serait prêt.

« Il est sorti dans l'antichambre. Je recevais, ce matin, beaucoup de visiteurs : il ne sembla pas s'en apercevoir. Chaque fois que je donnais audience, je l'apercevais, immobile contre le mur, dans l'ombre d'un recoin, indifférent aux gens qui allaient et venaient autour de lui.

« Bien qu'il se tînt très droit et qu'il fût resté debout, il paraissait anéanti, comme foudroyé […]. »

(26)

ANTICHAMBRE DU GÉNÉRAL MOURAVIEV
VARSOVIE

8 NOVEMBRE 1854

… Prisonnières dans un aoul… Son esprit tournait en rond et ne parvenait pas à se ressaisir. Voyons… Qu'avait dit exactement le général ? Qu'Anna, que Varenka, que leurs enfants et leurs servantes étaient captifs sur le rocher d'Akhoulgo… Faux ! Le général n'avait pas parlé d'Akhoulgo… Un abîme s'était ouvert à ses pieds. Il se sentait au bord du gouffre… Il avait le vertige… La nausée. Il retrouvait dans sa bouche le goût de la poussière et du sang. Il respirait l'odeur de la charogne… Le goût, la puanteur d'Akhoulgo… Quel autre nom avait prononcé le général ? Prisonnières à Veden. Le sérail de Dargo-Veden… Il se répétait les mots. Varenka otage de Shamil. Il essayait de se pénétrer de la réalité, d'en comprendre le sens, d'en mesurer les conséquences… Il sautait d'un détail à l'autre, retournait aux informations objectives, aux aspects d'ordre pratique. Mais dans son saisissement, il ne parvenait pas à identifier la nature du choc qui l'avait abattu. Il ne parvenait pas à formuler la véritable douleur… Il se raccrochait à une souffrance générale, à une vue d'ensemble. Ou bien à des bribes de discours… Les princesses allaient être *distribuées*. Les princesses allaient être *vendues*… Varenka deviendrait la servante d'un naïb… Varenka, l'esclave d'un Tchibtchiev ! Il ne pouvait pousser l'évocation plus loin, tant la réalité lui apparaissait dans toute son horreur… Varenka, la proie de cette vermine ! Tchibtchiev… Le coup venait de Tchibtchiev, évidemment ! L'enlèvement, le chantage… Ce mouchard n'avait pas perdu une minute pour avertir son maître. « J'aurais dû l'écraser comme un cafard, dès le premier jour en Pologne. J'aurais dû le poursuivre et l'égorger avec Lisa dans la forêt, la dernière fois ! »

Lisa, la dernière fois ? Il n'avait pas osé, jusqu'à cet instant… Quel rapport entre Varenka et Lisa ? Il le savait, il l'avait compris dès la première seconde, il avait, dans l'instant, fait le lien : rentrer chez son père, c'était perdre Lisa… *Retourner chez vous en échange de…* Rentrer, c'était renoncer à l'amour, renoncer au bonheur, renoncer à l'avenir, renoncer à tout ce qu'il avait cru possible.

Mais ne pas rentrer, c'était tuer les princesses…

Rentrer, rester : sans issue, des deux côtés !

Écartelé dans un impossible choix. Pris en étau.

« Si j'obéis à mon père, il libérera peut-être ses otages… Mais ensuite ? Je reprendrai ma place parmi les guerriers d'Allah, à ses côtés… Comme avant. »

Il n'osait pas imaginer ce que serait sa vie au Caucase. Il avait parcouru tant de chemin en Russie !

Comment accomplir, maintenant, le chemin en sens inverse ?

« … Comment désapprendre tout ce que j'ai appris ici ? Comment désapprendre les livres, la physique, les mathématiques, désapprendre la musique... Que le destin est étrange ! Au moment précis où je mesurais les avantages de l'étude et de la civilisation, au moment précis où j'étais prêt à m'y consacrer, la fatalité me rejette au cœur de l'ignorance... Je vais probablement devoir oublier tout ce que j'ai su, et marcher en arrière comme un crabe... Mais quelle importance ? Sans Lisa, quelle importance ? Sans Lisa, la suite ne compte pas !... Comment désapprendre à l'aimer ?... Le bonheur avec elle semblait si proche ! Ses parents avaient consenti... Le Tsar avait consenti... Rien ne s'opposait... Qui m'oblige à la sacrifier aujourd'hui ? Qui m'oblige à m'amputer d'elle ? Personne ! Puisque le Tsar me laisse maître de mon destin... Qui me contraint à renoncer à Lisa ? Qui me contraint à abandonner mon régiment, à quitter mes amis, à renier la Russie ? Personne !... Pourquoi sacrifierais-je Lisa aux princesses, si personne ne me le demande ? Pourquoi, au nom de la haine, briserais-je le cœur de la femme que j'aime ? Par devoir ? Allons donc ! Quel devoir ? Le devoir filial ? Je ne me reconnais aucun devoir envers un père qui a livré son fils à ses ennemis ! Car ce fils, que l'Imam prétend réclamer aujourd'hui, n'a pas été capturé par les Infidèles, à Akhoulgo : ce fils leur a été *donné*... Abandonné durant quinze ans sans nouvelles, alors que Shamil était assez puissant pour placer des informateurs auprès de lui et le faire espionner... De tous les traîtres et les hypocrites, mon père est le premier : il parle d'amour quand ses actes ne traduisent que la vengeance et la haine !... Mes seuls devoirs aujourd'hui sont ceux qui m'attachent au tsar Nicolas, mon bienfaiteur. Et à Lisa, mon épouse... Pourquoi la sacrifierais-je à la cruauté des hommes ? Pourquoi la sacrifierais-je aux drames du passé, aux incertitudes de l'avenir ? De quel droit ? Elle n'entre en rien dans le drame des princesses ! Si l'Imam ose exécuter ses menaces, qu'il en porte, seul, la responsabilité ! Je ne prends aucune part à sa sauvagerie… Je suis libre de mes choix, libre de mon destin, libre de moi-même. »

Une immense force le soulevait, l'emportait, un souffle de joie et d'espérance : il tenait sa réponse. Il pouvait rester en Russie, partager la vie de Lisa, être heureux avec elle… Oui, il tenait sa réponse ! « J'épouserai Lisa… Que Shamil vende les princesses, qu'il les tue, je désavoue tous ses crimes et le renie pour sa barbarie : il ne m'est rien ! »

La victoire de l'amour, le triomphe de l'espoir sur la fatalité, fut de courte durée.

« … Mais comment pourrons-nous trouver la paix, après cela ? Comment pourrons-nous construire notre bonheur, notre famille, la naissance de nos enfants sur la mort de vingt-trois personnes ?

« L'honneur me commande de renoncer à ce que je sens, de renoncer à ce que je veux, et de sauver les captives… Je n'ai pas d'alternative. Le Tsar le sait. Il sait que Lisa ne peut aimer un homme qui aurait construit son existence sur une lâcheté. Il sait que je la perds de toute façon… Que penserait ma femme, si je répondais par un refus à la permission de rentrer chez mon père et d'épargner ses victimes ? Que penserais-je de moi-même ?

« … Oui, je la perds. Depuis le début, les jeux sont faits… On ne me laisse aucun choix. On a prétendu me faire croire le contraire… Un leurre ! Que je reste ou que je rentre, notre vie est manquée et le bonheur est mort… Épargnons au moins les princesses. »

(27)

SUITE DU RAPPORT
DU GÉNÉRAL MOURAVIEV
AU GÉNÉRAL MILIOUTINE

8 NOVEMBRE 1854

« ... En fin de matinée, le lieutenant Shamil est
entré dans mon bureau. Il m'apportait sa réponse. Je
suppose que son âme venait de mener de rudes
combats.

« Au terme de sa réflexion, le sentiment de l'amour
filial a toutefois prévalu, et son immense respect pour
son père a fini par l'emporter. Il m'a annoncé d'un air
pensif qu'il était prêt à le rejoindre. Je lui ai donc
demandé de me confirmer sa décision par écrit, immédiatement, sur la feuille de papier que je lui tendais. Il
n'a daigné noter qu'une seule phrase : "J'accepte de
revenir chez mon père, selon son désir, et avec la permission de Sa Majesté."

« Il n'a pas voulu en dire davantage, alléguant qu'il
donnait son accord. Et que cela suffisait. J'espère
que ces quelques mots conviendront au Ministère. Je
l'ai, jusqu'à nouvel ordre, renvoyé chez les lanciers

Vladimirski. Je prie Votre Excellence de m'avertir des désirs de l'Empereur à son sujet.

« Dois-je vous l'expédier à Saint-Pétersbourg ?

« Je joins à cette lettre l'accord signé du lieutenant Shamil [...]. »

(28)

LE PALAIS D'HIVER, SAINT-PÉTERSBOURG

31 DÉCEMBRE 1854

Comme quinze ans plus tôt en cette période de Noël, Dimitri Milioutine escortait Djemmal-Eddin Shamil à travers les salons. Les deux hommes étaient aujourd'hui de la même taille. Ils portaient presque le même uniforme. Ils marchaient au même rythme.

Demain, Pétersbourg se réveillerait avant l'aube pour célébrer le premier jour de l'an par une visite au palais d'Hiver, selon la tradition. On aurait allumé à minuit les bougies des arbres dans les appartements des grands-ducs, ainsi que les guirlandes de l'immense sapin de la salle du Trône. Il se dressait déjà, rutilant sous ses pommes rouges et ses bonbons, pathétique et solitaire dans ce crépuscule de fin de règne. Les deux officiers le contournèrent sans lui accorder un regard et sans ralentir.

L'un et l'autre entendaient résonner leurs bottes dans l'enfilade, leurs éperons tinter sur les parquets, la pointe de leur sabre racler et cliqueter... Ces bruits, au cœur du silence, sonnaient comme le glas. Le temps où le chef de la police chantait lyriquement l'avenir de la Russie, comparant l'année nouvelle à un feu d'artifice dont la splendeur illuminerait le monde, semblait loin ! Les rideaux tirés en plein jour, les miroirs voilés, l'obscurité, le vide, tout ici parlait de désastre et de mort…

Les rares courtisans qui hantaient encore la salle blanche se permettaient à voix haute des réflexions qu'aucun chambellan ne songeait à faire taire. Ils disaient que le Tsar était à bout de nerfs. Fatigué. Usé… Qu'il gouvernait depuis trop longtemps, pensez donc, trente ans !… Qu'il avait perdu la juste appréciation des choses… Comment expliquer cette suite de défaites, sinon par ses erreurs et son indécision ? Comment expliquer les milliers de blessés devant Sébastopol, et le siège qui s'enlisait dans l'hiver ?

Djemmal-Eddin, absorbé dans ses pensées, ne les entendait pas. Il releva seulement le bout de son sabre, essayant d'atténuer dans l'escalier qui le ramenait vers le petit cabinet de travail le fracas de cette marche trop martiale.

Sa Majesté avait réintégré son bureau du rez-de-chaussée, avec ses objets familiers, son modeste lit de camp et son vieux plaid anglais… L'étroit cabinet de leur première entrevue.

Dehors la neige tombait à gros flocons, comme la première fois.

Et comme la première fois, Djemmal-Eddin se sentait glacé jusqu'aux os, submergé par la tristesse, par l'angoisse et par la peur de l'avenir.

Retour au point de départ.

Milioutine s'arrêta dans le salon d'attente : il laisserait le lieutenant Shamil entrer chez le Tsar, seul.

En apercevant la silhouette si familière, dressée devant la fenêtre selon son habitude, Djemmal-Eddin ne la reconnut pas. Nul n'avait pris la peine de l'avertir : un fantôme. Le Tsar – voûté, amaigri, le teint plombé –, le Tsar chancelait sur ses jambes ! Il n'attendit pas le délai habituel pour quitter la pénombre et venir au-devant du jeune homme. Il avançait d'un pas lourd, de ce pas d'automate que Djemmal-Eddin avait déjà noté l'année dernière. Il l'étreignit avec rapidité. Il semblait ailleurs et déconcerté. Il fit toutefois un effort et tenta de s'exprimer d'un ton paternel, avec sa chaleur coutumière :

— Je t'attendais. Je suis content de te voir, mon enfant. Très content, oui… Nous avons tant de choses à nous dire ! Assieds-toi. Je t'ai fait venir pour que nous parlions ensemble, de vive voix, de ton avenir. Je me suis laissé dire que tu voulais rentrer chez toi ? En es-tu bien certain ?

Le Tsar disait ce qu'il fallait dire, et son ton restait affectueux. Mais aucune lueur n'éclairait son regard, aucune chaleur ne donnait de sens à ses paroles. Sans doute côtoyait-il la tragédie de trop près, et depuis trop longtemps, pour que cet entretien avec Djemmal-Eddin puisse se distinguer, à ses yeux, des autres séparations. Même les grands sentiments dont il était friand, même les larmes, les étreintes et les effusions n'étaient plus de saison.

— … Je n'ai pas répondu aux princes Orbeliani et Tchavtchavadzé. J'attendais que tu m'aies, toi-même, confirmé tes intentions… Tu peux encore reculer.

Pourquoi cette comédie ? Le consentement du Tsar était donné depuis longtemps ! Djemmal-Eddin avait reçu des lettres des deux familles le remerciant de son accord et le priant de se hâter… Même Shamil savait qu'il rentrait !

La mauvaise foi impériale, que le jeune homme sentait confusément, acheva de le décontenancer.

Il se raidit.

— … Ton père demande l'autorisation de t'envoyer des émissaires qui s'entretiendront avec toi, de sa part… Veux-tu les entendre et ne prendre ta décision qu'après les avoir écoutés ?

— Je n'ai aucun besoin de rencontrer les émissaires de mon père pour être convaincu, Votre Majesté Impériale.

— Tu ne désires pas les voir ?

— Non, Votre Majesté Impériale.

— Ta décision est prise : tu rentres ? C'est irrévocable ?

— Oui, Votre Majesté Impériale.

— As-tu prévenu de ton départ les parents de ta fiancée ?

— Oui, Votre Majesté.

— Et elle, l'as-tu informée ?

— Oui, Votre Majesté.

— Donc elle connaît ton choix ? Elle l'a compris ? Elle l'accepte ?

— Il ne s'agit, pour nous deux, ni de choix ni d'acceptation.

— Mais de devoir. Tu as raison. Je n'en attendais pas moins de toi, mon enfant : tu es bien mon fils ! Nous nous ressemblons, sais-tu ?… Tu crois sans doute que je suis l'homme le plus puissant de la terre ? En apparence tout m'est possible, je le reconnais. Néanmoins, la vérité est exactement à l'opposé : jamais, je n'ai fait ce que j'ai voulu. Si tu me demandais la raison de cette étrangeté, il n'y aurait qu'une seule réponse possible : le devoir. Je ne voulais pas monter sur le trône, par exemple. J'étais heureux avec ma femme et mes enfants, et ne souhaitais pas d'autre vie. Et pourtant, durant trente ans, je me suis obligé à régner.

Combien de fois Djemmal-Eddin avait-il entendu ce discours ? Dans l'intimité des réunions de famille, dans la pompe des bals, dans les moments d'émotion, dans les heures d'éloquence, aux soldats, aux ministres, aux enfants, à sa femme : *Le Tsar régnait malgré lui ; le Tsar obéissait à la volonté de Dieu ; le Tsar montrait l'exemple.* Autrefois il adaptait son discours aux circonstances. Aujourd'hui il n'avait plus même la force de trouver des variantes. Les mots revenaient, mécaniques, sincères et sentimentaux, comme une ritournelle... Ne restaient que cela : les mots... Et la mélancolie.

— Le devoir... Pour toi et moi, le devoir a un sens sacré devant lequel tous nos instincts, tous nos goûts personnels cèdent. Chacun d'entre nous doit s'effacer devant son devoir, jusqu'à la mort... C'est ce que j'ai fait toute ma vie. C'est ce que tu fais maintenant. Je tiens à te dire, mon enfant, que je suis fier du parti que tu as pris... Et comme je connais ton courage, je vais te demander un ultime sacrifice... Je veux que tu me donnes ta parole d'honneur que tu ne chercheras pas à revoir Elizaveta Petrovna Olenina avant ton départ pour le Caucase.

Djemmal-Eddin resta impassible. Il se contenta de répondre avec fermeté :

— Je ne vous donnerai pas ma parole sur ce point, Votre Majesté.

— Je te la demande néanmoins.

— J'ai engagé ma foi envers Lisa Petrovna. Je ne la quitterai pas ainsi. Sans lui avoir parlé... Sur une lettre de congé !

Il ne tentait ni de convaincre ni d'obtenir une permission. Il ne plaidait pas sa cause : il refusait d'obéir.

L'Empereur dit avec douceur :

— Il le faut pourtant.

— Ses parents m'ont accueilli comme un fils, Votre Majesté. Je dois en personne faire mes adieux à la famille qui allait devenir ma famille…

— Je me charge de transmettre, en ton nom, tes salutations à Piotr Alexeïevitch.

— Votre Majesté, j'aime Lisa Petrovna. Elle m'a octroyé sa confiance, sa tendresse. Je lui dois une explication ! Ne me refusez pas ce moment avec elle.

— Je ne te refuse rien. Je te protège de toi-même. Te souviens-tu de ce dont nous étions convenus, dans le salon de verdure à Peterhof ? Cette nuit-là, sur le banc de pierre, tu m'avais promis que tu rentrerais chez toi, et que tu convaincrais ton père de faire la paix avec moi. Ensuite, tu as changé d'avis et voulu rester en Russie. Maintenant tu changes encore et décides de rentrer… Qui me dit qu'en revoyant ta fiancée, tu ne changeras pas une quatrième fois d'avis ? Je veux seulement vous épargner à tous deux des souffrances inutiles… J'imagine combien renoncer à cette jeune fille t'est douloureux ! Mais Dieu ne permettra pas que ton sacrifice soit vain. Quand tu seras au Caucase, tu rempliras la mission pour laquelle le Tout-Puissant t'a créé. Tu feras cesser cette guerre fratricide entre nos deux peuples. Tu épargneras des milliers de vies humaines, en imposant la paix… Ne désespère pas. Ne désespère jamais… Les voies du Seigneur sont impénétrables. Qui te dit que tu n'épouseras pas ta Lisa, au bout du compte ? Viens ici, mon enfant, viens que je te bénisse. Viens que je t'embrasse. Moi, je ne te dis pas adieu. Seulement « à bientôt »… Fais entrer le général Miliou-

tine. Vous irez ensuite tous deux chez l'Impératrice…
Elle a été très malade, tu sais. Elle reste très choquée par
tous ces événements. Ne reste pas trop longtemps :
épargne-la… Mais elle veut te voir ! Et n'oublie pas de
passer à l'hôtel Potemkine, en sortant du palais : *Notre
brave religieuse* est dans tous ses états à l'idée de ton
départ ! Maintenant va attendre quelques instants
dehors, mon fils… Et que Dieu te protège !

L'accolade de sortie fut aussi rapide que l'avait été
leur étreinte, à son entrée.

Il trouva le général assis, son bicorne sur les
genoux, parmi les secrétaires en quête d'audience.

Milioutine occupait la même petite chaise dorée, sur
laquelle l'*amanat Shamil* s'était juché jadis. Djemmal-
Eddin se rappelait être resté assis là, presque heureux,
dans cette antichambre, quinze ans plus tôt. Le doux
visage de Fatima, sa mère ressuscitée par le Grand
Tsar Blanc, flottait devant lui avec une expression
pleine d'amour et d'abandon… Il était alors sous le
charme, éperdu de reconnaissance envers l'homme qui
venait de lui rendre son kinjal. Cette confiance avait
été le prélude de toute son aventure en Russie… Maintenant, dans cette même antichambre, il voyait se
dresser le spectre menaçant de l'imam Shamil, avec sa
longue barbe teinte au henné et son regard dur.

Il voyait surtout les yeux fixes et mornes du tsar
Nicolas, il entendait sa voix pompeuse répétant éternel-
lement les mêmes phrases… Un pantin qui tirait les
ficelles des autres pantins, et tentait encore de manipuler
la marionnette Djemmal-Eddin, comme il jouait avec
toutes les autres marionnettes de sa cour. L'Empereur
avait-il jamais compris le sens de ses paroles ?

Même leurs adieux d'aujourd'hui étaient truqués. Pourquoi le Tsar ne lui disait-il pas la vérité ?

Pourquoi ne lui disait-il pas qu'il devait rentrer au Caucase, car il n'existait aucune autre solution pour sauver les princesses ? Pourquoi cette simulation de choix, cette apparence de liberté, pourquoi ces faux-semblants et ces fausses questions ? Sinon pour le plier à sa volonté et l'enchaîner davantage à sa décision… *Je me suis laissé dire que tu comptais rentrer chez toi ? En es-tu bien certain, mon petit ?*

Le Tsar se moquait-il de lui ?

La colère, la révolte montaient en Djemmal-Eddin.

S'il ne doutait pas, même un instant, de la nécessité de retourner rapidement chez son père et d'épargner Varenka, il doutait de tout le reste. Il doutait du Tsar, de son amour, de ses mobiles et des moments qu'ils avaient partagés durant quinze ans. Il doutait de ses propres impressions et de ses propres souvenirs…

L'Empereur s'était-il jamais montré honnête envers lui ?

L'Empereur avait-il fait autre chose que de le tromper ?

Djemmal-Eddin avait remplacé Milioutine sur sa chaise.

Milioutine le remplaçait dans le bureau. Ce dernier y recevait un ordre auquel il était loin de s'attendre :

— Mettez-le aux arrêts !

Milioutine préféra ne pas comprendre.

Trop de responsabilités pesaient sur les épaules du Tsar, trop d'humiliation, trop de tension en cette sinistre veille de fête… La vision du monde, en laquelle il avait cru toute sa vie, était sur le point de s'effondrer. Lui-même jugeait qu'il avait échoué dans sa mission sur terre. Lui-même craignait de ne laisser bientôt que des ruines à son propre fils : un Empire en miettes dont il allait devoir rendre compte devant son créateur.

— … Vous m'avez entendu, général ?… Emmenez-le chez l'Impératrice, puis mettez-le aux arrêts !

Si Sa Majesté gardait toute sa tête, Elle ne contrôlait pas ses émotions et ne savait plus ce qu'Elle disait ! Milioutine joua les imbéciles :

— Qui dois-je faire arrêter, Votre Majesté Impériale ?

— Le fils du rebelle. Il va désobéir. Il ira voir la petite Olénine à Torjok, malgré mon interdiction. Il a refusé de me donner sa parole. Je ne peux prendre un tel risque. S'il revoie sa passion, il va faiblir.

— Si le lieutenant Shamil a dit qu'il retournait chez son père, il y retournera, Votre Majesté Impériale, rétorqua Dimitri avec chaleur. Tout ce que je connais de lui, tout ce que j'ai vu depuis quinze ans m'autorise à n'en pas douter !

— Ce garçon est malade d'amour… Qui sait ce que sa fiancée lui dira, qui sait ce qu'elle fera pour le convaincre de ne pas l'abandonner ? S'il devait ne pas rentrer, ou seulement retarder, c'en est fini des otages. Je vous le répète : nous ne pouvons prendre un tel risque pour la vie des princesses.

Milioutine dévisagea son maître. Se pouvait-il qu'il ne sente rien ?

Ou bien la nécessité de renvoyer Djemmal-Eddin le blessait-elle trop profondément dans ses affections, dans son orgueil pour qu'il puisse supporter d'y faire face ? Cette affaire l'avait obligé à céder à une volonté

qui n'était pas la sienne : la loi de Shamil. Elle participait de ce sentiment d'impuissance qui ne le quittait
plus et le désespérait.

— ... Je n'entends évidemment pas que vous mal-
traitiez Djemmal-Eddin, reprit le Tsar avec lassitude.
Au contraire, je désire que vous veilliez personnellement sur son bien-être. Qu'il acquière des livres, des
cartes, des instruments de physique, des boîtes de
peinture, des partitions de musique. Je lui ouvre un
crédit illimité sur ma cassette personnelle... En outre,
faites-lui remettre par le ministre de la Guerre trois
cents roubles pour l'équiper : uniformes, armes, chevaux, je veux qu'il fasse belle figure au Caucase...
Chez son père, il va manquer de tout... Qu'il y
retourne en prince, chargé de cadeaux, avec une suite
de jeunes gens de son âge... Si je n'avais autant besoin
de vous ici, je vous demanderais de le raccompagner
vous-même... Choisissez, parmi ses camarades de
régiment, les plus fiables pour l'escorter.

— Votre Majesté veut-Elle dire *pour le surveiller* ?

— Je ne veux rien dire d'autre que ce que je dis,
général Milioutine !

— Va-t-il être renvoyé en prisonnier ? s'insurgea
Dimitri avec amertume. Comme il est venu ?

Il se souvenait de ce voyage terrible à travers la
Russie, de ces tempêtes de neige en compagnie de
l'enfant muré dans son silence, cet enfant que lui-
même avait arraché à son peuple.

— Je souhaite, au contraire, que le retour de
Djemmal-Eddin se déroule de la façon la plus agréable
possible... J'entends : de la façon qui soit la moins
pénible pour lui... Je vous charge donc de l'entourer
de ses amis... De votre jeune frère par exemple : j'ai
cru comprendre qu'ils étaient très liés. Et d'un ou deux

autres lanciers Vladimirski, à sa convenance... Mais j'interdis qu'il revoie Elizaveta Petrovna Olenina ! Prévenez-en la jeune fille et prévenez-en ses parents. Cela est un ordre. Je l'interdis. Me suis-je fait bien comprendre ? Pour plus de sécurité embarquez-le immédiatement jusqu'à Stavropol, où le général Mouraviev, que je viens de nommer commandant en chef des armées du Caucase et gouverneur de toute la région, le rejoindra avec ses amis, les quelques Uhlans de Pologne que vous aurez jugé bon de choisir.

Djemmal-Eddin ne s'interrogeait pas sur la conversation des deux hommes derrière la porte close, il n'imaginait même pas que son sort pût les occuper si longtemps.

Il savait désormais que celui qu'il appelait « son bienfaiteur » n'était pas l'homme qu'il croyait... Pas complètement, pas tout à fait.

Il ne pouvait toutefois se défendre du lien qui l'attachait au Tsar, ni d'une forme de tendresse envers le vieillard d'aujourd'hui, cet Empereur vaincu, devenu l'ombre de lui-même, quand pour lui les apparences du pouvoir comptaient tant.

Peu importaient ses manipulations et sa duplicité. Peu importait que ce père, qui se prévalait de détenir la Vérité, qui affectait d'être moralement irréprochable et prétendait se conduire en homme d'honneur, ne fût peut-être qu'une brute et un tricheur... Il l'aimait malgré tout.

Mais leur dernier échange, loin de le rassurer, avait réveillé en lui un désarroi sans fond. Il avait le sentiment qu'un mur venait de s'élever entre le Tsar et lui, un mur qu'il ne pourrait jamais plus franchir.

Il sentait qu'ils ne se reverraient pas. Et qu'ils avaient, tous deux, manqué leur ultime rencontre.

« … Comment renier une seconde fois le monde que j'avais appris à aimer ? Comment redevenir l'héritier spirituel de l'imam Shamil ?… Comment accomplir ce long cheminement qui me ramène vers l'enfance ? » écrivit Djemmal-Eddin à Lisa le 15 janvier 1855, alors que sa kibitka, gardée par deux autres traîneaux, l'emportait sur la « Route du Souverain », vers le sud, en direction de Moscou.

S'ils échangeaient mille lettres, s'il réussissait encore à correspondre avec elle et dépensait, en pots-de-vin et en messagers, les trois cents roubles que lui avait remis le ministre, il n'avait pu retourner chez les Olénine.

Le Tsar avait pris toutes les mesures pour empêcher sa visite.

Les gerbes de neige jaillissaient sous les sabots des chevaux. Les attelages glissaient en silence. Seuls les grelots, le chuintement des patins et le cri des cochers troublaient la paix des forêts : « Allez, mes amis, chantaient-ils en fouettant leurs bêtes, courage, mes mignons, nous sommes pressés, marchez vite ! »

« Au contraire, songeait Djemmal-Eddin, avancez toujours, et n'arrivez jamais ! »

Il différait sur ce point de tous les autres voyageurs parcourant l'Empire. Il eût souhaité, lui, que la Russie fût sans limites, à l'image de ses espaces infinis… Il eût souhaité d'avoir besoin de l'éternité pour la traverser !

Mais, entre les arbres, de loin en loin, de petites bornes noir et blanc coiffées des aigles impériales l'informaient des verstes qu'il venait de parcourir, et de la distance qui l'éloignait du bonheur.

Toutes lanternes éteintes, escorté et gardé par les deux autres voitures, son traîneau volait. Il avait dépassé le petit bois de Machouk. Il s'enfonçait déjà dans les forêts de Tver : les cochers ne s'étaient pas arrêtés pour changer de chevaux au relais de Torjok.

« ... Sans toi, Lisa, je vais mourir au Caucase. »

Livre troisième

LE RETOUR :
« AVANCEZ TOUJOURS,
ET N'ARRIVEZ JAMAIS ! »

Le Caucase
1855-1858

CHAPITRE X

L'ÉCHANGE N'AURA PAS LIEU
1855

(29)

FORT DE KHASSAV-YOURT
POSTE FRONTIÈRE
ENTRE LES TERRITOIRES RUSSE
ET TCHÉTCHÈNE

FÉVRIER 1855

Les montagnes, noires, gigantesques. La masse des chaînes qui barre le ciel et ferme l'horizon avec, pour seule tache de lumière, les neiges éternelles. Les pics qui changent de forme avec la course du soleil, les coulées de glace qui passent du blanc au rose, du pourpre au violet... Le grondement des torrents, sourd, continu comme les battements d'un cœur, comme la rumeur du sang. L'odeur des feux, l'odeur du cuir, l'odeur du salpêtre, l'odeur des chèvres, l'odeur du pilaf et du lait caillé. Et puis, plus aigre que toutes les autres, l'odeur du suint qui monte des papakhas et des bourkas… Djemmal-Eddin croyait avoir tout oublié des impressions du passé : il les retrouvait intactes. Les bruits, les couleurs, les odeurs : intacts ! Seule variante : le Caucase lui semblait infiniment plus puissant et plus monumental, infiniment plus vaste, contre toute attente, que dans sa petite enfance.

Sur le plateau caillouteux : le camp russe.

Un carré. Quatre miradors. Un remblai de terre. Une haie d'arbustes que double une haute palissade de bois, scandée de trous dont surgissent les bouches de canons. De part et d'autre du portail d'entrée : une tour de guet, tenue par les tireurs d'élite. Tout le long de l'enceinte, à l'intérieur : les bâtiments de l'artillerie. Au centre, ceux de la cavalerie.

Maisonnettes de pierre pour les officiers, isbas pour les familles cosaques, baraques de bois pour les soldats, greniers, étables, écuries. Quelques rues qui se coupent à angle droit. Et puis, au centre de ce maigre damier, une place centrale où se dressent la résidence du commandant et le tronc d'un sapin à peine équarri. Là, flotte la pourpre et l'or du drapeau impérial… Le tout pompeusement baptisé : Fort de Khassav-Yourt.

Pas même un village.

Derrière les murs de ce poste frontière à quelques verstes des forêts tchétchènes, Djemmal-Eddin allait passer plus de trois semaines. Il partagerait la table, les quartiers et même la chambre du prince David Tchavtchavadzé, époux de la princesse Anna, ancien maître de Tsinandali et principal interlocuteur de Shamil dans les négociations.

Les soldats qui les voyaient taper le carton, fumer, boire, plaisanter en russe et en français ne doutaient pas que le prince David et son otage – ainsi appelaient-ils Djemmal-Eddin, redevenu pour eux « le fils du rebelle » – s'étaient toujours connus. Les deux hommes s'échangeaient les livres rapportés par caisses de Saint-Pétersbourg, se prêtaient les objets, les instruments de musique, le matériel de peinture, tous les cadeaux du Tsar. Aucun doute : ils s'entendaient à merveille !

La réalité était légèrement moins rose : ils attendaient, dans la tension et l'angoisse, les instructions de l'Imam.

De taille moyenne, mince, le regard clair, le prince David Tchavtchavadzé avait aujourd'hui trente-huit ans, soit quatorze années de plus que le lieutenant Shamil. Il commençait à perdre ses cheveux et coiffait ses boucles en les ramenant vers l'avant, comme l'empereur Nicolas. Il portait, comme lui, une moustache bien fournie, mais courte et taillée au cordeau.

Issu de l'une des plus anciennes lignées de Géorgie, aristocrate dans l'âme, militaire de carrière, Tchavtchavadzé était, lui aussi, un homme de devoir. Si son propre père avait été exilé en Russie pour avoir résisté à l'annexion de son pays et comploté contre l'occupant, son clan avait fini par se rallier. Le prince servait désormais le Tsar avec fidélité.

Son supérieur, le général Mouraviev qui arrivait de Pologne avec les camarades de Djemmal-Eddin, lui avait remis le lieutenant en main propre. Laissant Milioutine et Buxhöwden les suivre, Tchavtchavadzé avait gardé sa proie dans sa propre voiture. Le prince prendrait bien soin de ne pas laisser échapper sa monnaie d'échange.

Depuis neuf mois, il vivait un cauchemar où l'incertitude sur le sort de sa famille entrait pour beaucoup :

son épouse, quatre de ses enfants, sa belle-sœur, sa nièce, les nounous qui élevaient les Tchavtchavadzé de génération en génération, toute sa maison se trouvait aux mains de Shamil. Il était donc monté chercher le fameux, le précieux « fils du rebelle » à plusieurs centaines de verstes de Khassav-Yourt, jusqu'à la ville de Vladikavkaz, dernière bourgade avant les forts de la ligne.

Durant ce voyage à travers le Caucase, le prince David et le lieutenant Shamil s'étaient liés d'une étrange amitié. Au fond du traîneau qui ramenait le premier vers l'espoir, le second vers le passé, ils avaient parlé de leurs souvenirs d'enfance au palais d'Hiver, de la magie des illuminations dans le bois de Peterhof, de leurs goûts communs pour la poésie et la musique... Deux hommes du monde, bavardant parmi les plantes vertes au fond d'un salon.

Tchavtchavadzé raconterait plus tard sa surprise devant ce compagnon de route, qu'il décrirait comme un officier plein de vitalité, d'une culture, d'une intelligence et d'une énergie peu communes. Il dirait qu'à ces traits de caractère s'ajoutait chez lui une autre vertu : la bonté. Le prince dirait aussi que, s'ils avaient abordé toutes sortes de sujets durant leurs heures d'intimité, ils n'avaient jamais évoqué celui qui les intéressait tous deux : « L'échange »... Où ? Quand ? Comment se passerait l'échange du lieutenant avec les princesses ? Chacun affectait de ne pas songer que le sort de l'un participait du sort de l'autre. Et que, du malheur de Djemmal-Eddin, dépendait le bonheur de David.

Le prince dirait enfin avoir été frappé par sa pudeur, par sa dignité et sa maîtrise de soi. Il insisterait sur le fait que Djemmal-Eddin ne jouait ni les héros ni les victimes. Au cours de leur équipée, le jeune homme n'avait exprimé sa peine qu'une seule fois.

Encore n'avait-il trahi ce qui lui pesait sur le cœur que sous forme d'autodérision, par une plaisanterie.

En arrivant à Khassav-Yourt, devant les sentinelles qui leur présentaient les armes, il s'était demandé comment il parviendrait de nouveau à tuer des soldats russes. Il avait tout de suite gommé la tristesse de cette réflexion, précisant, non sans ironie, que – par chance ! – l'*honneur,* que lui imposait son devoir de fils, l'*honneur* lui permettrait de surmonter ce scrupule… Il pourrait bientôt égorger ceux qui avaient été ses amis.

Au soir de son arrivée au fort, Djemmal-Eddin avait écrit à son père. Il le priait de lui pardonner son retard, lui disait que les tempêtes et les avalanches de février avaient ralenti son retour, mais qu'il se trouvait désormais à proximité, et qu'il attendait ses ordres.

Il ne doutait pas que cette lettre-là, parmi les dizaines d'autres confiées à l'administration du Tsar durant seize ans, parviendrait à son destinataire.

Shamil savait de longue date que son fils était en route, il le savait depuis son départ de Varsovie en novembre dernier.

Les négociateurs de Tchavtchavadzé avaient même été reçus à Noël dans l'aoul de Dargo-Veden, le nid d'aigle où l'Imam retenait les princesses prisonnières, par ces mots qui se prétendaient prophétiques : « J'ai eu un rêve : je voyais les messagers des princes qui m'apportaient de bonnes nouvelles de mon enfant. Mes yeux le suivent sur son chemin… Mais me revient-il vraiment ? »

Le mot signé *Djemmal-Eddin*, qui confirmait l'exactitude du rapport de ses espions et la présence du jeune homme à moins de deux jours de marche, lui causa une telle joie que tout l'aoul, même ses femmes, même les princesses enfermées dans son sérail en furent les témoins.

Shamil avait néanmoins de bonnes raisons de se méfier. Comment ne pas se souvenir de la duplicité des Russes ? Comment ne pas craindre que le Grand Tsar Blanc ait gardé chez lui le vrai Djemmal-Eddin ? Comment ne pas penser que, peut-être, le Grand Tsar Blanc lui rendait un imposteur ?

Il choisit, parmi ses naïbs, quatre hommes qui avaient bien connu son fils autrefois, et les envoya identifier l'otage.

Porteurs d'un drapeau de paix, les quatre cavaliers se présentèrent de front, en plein jour, devant la palissade du fort.

C'était le 20 février 1855, en début d'après-midi.

(30)

LE *NO MAN'S LAND* ENTRE DEUX MONDES

LUNDI 20 FÉVRIER-MERCREDI 9 MARS 1855

Obéissant aux ordres du commandant, les sentinelles ne cherchèrent pas, cette fois, à les désarmer.

Le prince Tchavtchavadzé et le « fils du rebelle » espéraient cette visite depuis plusieurs jours. On courut les avertir tous les deux.

À cette heure, ils déjeunaient dans le modeste logement du prince, en compagnie du cornette Milioutine et du junker Buxhöwden, leurs commensaux habituels.

Conformément au code de l'honneur qui exigeait qu'aucun officier russe n'interrompe une conversation pour un sifflement de balle, les quatre causeurs affectaient de se désintéresser des coups de feu dont les Tchétchènes les régalaient par salves, chaque jour et chaque nuit… Une vieille tradition au Caucase. Les Montagnards rampaient comme des chats jusqu'aux abords des camps, tiraient sur les sentinelles, et s'évanouissaient dans la montagne.

Mais, cette fois, ce fut le branle-bas de combat.

Les soldats firent en toute hâte disparaître les reliefs du repas, débarrassèrent les cadavres de bouteilles, les

coupes de champagne, les verres de vodka, les cen-
driers où fumait encore la cendre des cigares…

Dehors, on gagnait du temps. On avait prié les
quatre Murides de descendre de cheval et de laisser
leurs montures à la porte du camp. On les avait
conduits, étroitement surveillés, jusqu'au milieu du
fort, à pied. On leur avait ordonné d'attendre là, sous
la garde d'une cinquantaine de soldats, tandis que
l'interprète et les officiers se ruaient dans la maison.

Le rez-de-chaussée ne comportait qu'une pièce
divisée en deux par un pilier central. À l'avant, sous la
lumière de l'unique fenêtre, s'étirait la longue table de
salle à manger. Au fond, dans la partie plus sombre, se
dressait un guéridon, pour lire à la lueur des lampes.

Quand on eut disposé quatre chaises supplémen-
taires entre la cheminée et le poêle de la première salle
– les hivers à Khassav-Yourt étaient glacials et deux
feux suffisaient à peine –, Tchavtchavadzé donna ses
instructions :

— Sortez tous, à l'exception de l'interprète, des
Uhlans et de deux ordonnances… Vous, ordonna-t-il en
s'adressant aux lanciers Vladimirski, postez-vous chacun
contre un mur et restez debout même si j'invite les
Tchétchènes à s'asseoir… Vous aussi, lieutenant
Shamil. Restez debout, quoi qu'il arrive. Dégainez si les
Montagnards cherchent à faire usage de leurs armes…

David se campa, majestueux, le coude nonchalam-
ment appuyé au manteau de la cheminée.

Se tournant à demi, il s'inspecta dans le miroir. Il
lissa sa moustache, ajusta sa veste, remit en place ses
décorations et sa casquette d'officier. Il savait d'expérience combien l'élégance, la dignité, le calme avaient
de poids lors des rencontres avec les Montagnards.

Il était pâle. Son cœur battait à se rompre… Il aperçut dans la glace le reflet du fils de Shamil… Blême, lui aussi.

Djemmal-Eddin se tenait en face de lui, le bras appuyé sur le manteau du poêle. Tête nue, le visage clos, le regard fixe, il portait l'uniforme indigo des lanciers Vladimirski, le sabre au côté, la taille étroitement prise dans la ceinture d'argent. Il présentait beau. Mais il avait le souffle court et, cette fois, il ne parvenait pas à surmonter son émotion.

Ils échangèrent un regard. Djemmal-Eddin lui adressa un léger signe de tête. Il était prêt.

David ordonna :

— Faites entrer les émissaires.

Les quatre Murides pénétrèrent à la file dans la pièce, maigres et secs dans leurs tcherkeskas sombres. Quelques disques d'argent – les médailles que Shamil décernait à ses naïbs, en récompense de leurs actes de bravoure les plus meurtriers – brillaient sous la rangée de leurs cartouchières.

Tous avaient le nez busqué, les pommettes saillantes, les yeux en amande. Tous portaient le même bonnet d'agneau noir ceint d'un turban blanc, légèrement rejeté en arrière à la tchétchène. Mousquets et sabres en bandoulière, deux pistolets à la ceinture, deux kinjals croisés sur le ventre. Bien qu'ils fussent de vingt ans plus âgés que le plus vieux des soldats présents dans la pièce, pas un poil blanc ne venait éclaircir leurs longues barbes.

Djemmal-Eddin n'en reconnut aucun.

Ils n'adressèrent pas un regard alentour, ne cherchèrent pas à savoir qui, parmi les Russes, était le fils de leur Imam.

Lui tournant le dos, ils s'inclinèrent devant Tchavt-chavadzé. Le prince leur répondit par un salut plus cérémonieux encore. Ses hôtes, tour à tour, se présentèrent. Son interprète traduisit.

D'abord venait Khadji, le trésorier de Shamil. Celui-là était naïb de Dargo et frère de la première épouse de l'Imam, aujourd'hui décédée... L'oncle maternel de Djemmal-Eddin.

Suivait le beau-frère de Shamil, le naïb Akhbirdil, l'époux de feu la tante Patimat.

Puis l'interprète Shah-Abbas qui avait négocié avec le général Grabbe le don des amanats à Akhoulgo.

Et enfin le naïb de Chirquata, Yunus, l'*attalik* du fils de l'Imam, son ancien tuteur : l'homme qui avait accompagné Djemmal-Eddin dans le camp russe.

Yunus. À ce nom, qu'il n'avait pas entendu prononcer depuis seize ans, Djemmal-Eddin ne put se défendre d'une réaction. Il se pencha pour le voir. Il n'aperçut que son profil découpé à la serpe, le nez en bec d'aigle, la barbe en pointe...

Quand l'interprète eut terminé, que Tchavtchavadzé eut invité ses hôtes à prendre place et que ceux-ci eurent refusé, le groupe se déplaça au centre de la pièce.

Yunus sortit alors de sa musette une grappe de raisin. Il se retourna vers les trois jeunes gens, les trois lanciers Vladimirski en faction... Sacha, petit et roux. Bux, colossal et blond... Il n'hésita pas une seconde, et tendit la grappe à Djemmal-Eddin... L'avait-il reconnu depuis le début ? Comment ? Djemmal-Eddin ne cacha pas sa surprise.

Le raisin était sale et fripé. Il le reçut poliment, mais – premier faux pas – il ne comprit pas un mot du long discours qui accompagnait le présent.

S'il avait bien essayé de ne pas oublier le kumik dans sa jeunesse, il ne le pratiquait plus depuis longtemps. Aucun des Tcherkesses du Corps des Cadets ne parlait la langue avar. Et l'accent de Yunus ne ressemblait pas à celui de Tchibtchiev… Il se tourna vers l'interprète.

Yunus avait expliqué qu'il s'agissait d'un cadeau de sa belle-mère Zaïdet, la fille de cheik Jamaluddin, l'ancien maître de Shamil. Zaïdet était devenue la première épouse de l'Imam et lui souhaitait la bienvenue.

Djemmal-Eddin remercia Yunus en russe, le priant de rendre grâce à la femme de son père pour sa délicate attention. Il semblait toutefois plus encombré qu'impressionné par la grappe : seconde erreur… Son embarras déçut les émissaires. Leur offrande était subtile et réfléchie : une concession généreuse aux mœurs russes de Djemmal-Eddin… L'Imam n'avait-il pas condamné le vin et fait arracher toutes les vignes ?

Enfin, dernière faute : au lieu de partager la grappe avec ses hôtes et de la déguster sur-le-champ, il la donna à l'un des soldats d'ordonnance pour qu'il la fasse laver. Ce geste ne fut pas compris comme une absence d'usage, un réflexe d'hygiène, mais comme une insulte grossière : le fils de leur Imam se méfiait de ses naïbs et craignait d'être empoisonné par son peuple.

Yunus prit bonne note de ces manquements.

Mais il n'exprima pas sa réprobation… Pas même un regard de reproche.

Se tournant de nouveau vers le prince, il dit avec dignité :

— Le but de ma visite est de m'assurer que ce jeune homme est le fils de notre grand Imam… Ma mission ne va pas au-delà.

David acquiesça.

Il se retira au fond de la pièce, non sans avoir fait signe à Buxhöwden, à Milioutine, à tous les Russes de le suivre autour du guéridon.

Djemmal-Eddin resta seul parmi les Montagnards. Toujours appuyé au poêle, il n'avait pas bougé et se laissait inspecter du regard.

Ses oncles, son tuteur, ses pairs – les hommes de sa famille – le dévisageaient en se concertant. Il n'éprouvait aucun élan, aucune sympathie pour ces étrangers qui se permettaient ce qu'il n'eût toléré de personne. Sous leur œil méfiant et plein d'attente, il se sentait mis nu…

Il devinait certains mots. Il saisissait maintenant que les émissaires commentaient sa ressemblance avec son frère cadet, qu'ils parlaient de sa haute taille… Même stature que Mohamed Ghazi, même puissance, et même expression.

Yunus, s'adressant à lui directement, lui posa une question.

À nouveau, il ne la comprit pas. À nouveau, l'interprète dut la lui traduire.

Yunus demandait s'il se souvenait de son enfance… S'il se rappelait les noms des défenseurs d'Akhoulgo… Les noms des naïbs de son père…

Djemmal-Eddin hésita. Oui, il se rappelait un nom.

— Lequel ?

— Bahou-Messadou.

— C'est tout ?

— Ma grand-mère… C'est beaucoup, répondit-il avec une brusque amertume. La khanum Bahou-Messadou, que l'Imam a châtiée.

— Rien d'autre ? insista Yunus.

Il fit un effort. Il chercha… Remontaient de vagues impressions… Les sabres engloutis, les kinjals d'argent et

488

les plats d'or qui resurgissaient des profondeurs et tour-
noyaient dans les remous d'un torrent… Il n'avait plus
fait ce rêve, il n'avait plus pensé à ces images depuis…
depuis sa rencontre avec Varenka. De ce temps, du temps
des bals avec Anna et Varenka, datait l'oubli.

Il raconta avec difficulté les quelques détails inscrits
dans sa mémoire… La position de l'aoul d'Akhoulgo, au
sommet d'un pic… La grotte, creusée dans la falaise…
L'eau, qu'on devait aller tirer loin au fond d'un ravin.

— Te souviens-tu de la couleur du cheval que montait ton père le jour de ton départ ?

Cette fois la réponse fusa :

— D'ordinaire mon père montait une jument grise.
Mais ce jour-là, il se dressait devant les remparts sur
un étalon à la robe blanche.

Les émissaires semblèrent satisfaits.

Yunus voulut encore des preuves.

— Serais-tu assez aimable, traduisit l'interprète,
pour nous montrer ton bras droit ?

Avec lenteur, Djemmal-Eddin défit les boutons de sa
manche, la monta aussi haut que possible, et tendit son
bras à Yunus. Une estafilade, légèrement en relief, courait de l'épaule jusqu'au coude… La trace d'une
blessure ancienne. Yunus palpa la cicatrice et lui
demanda s'il se souvenait comment il se l'était faite :

— En tombant d'une roue à eau.

Pour la première fois les regards des deux hommes
se croisèrent et restèrent longtemps accrochés l'un à
l'autre. L'émotion les submergeait. Mais leurs trou-
bles, aussi intenses, n'étaient pas du même genre.

Yunus se tourna vers les Russes. Il souriait.

— De même que vous nous avez réchauffé le cœur
en nous procurant le retour du fils de notre grand
Imam, lança-t-il joyeusement, de même nous réchauf-

ferons le vôtre en vous assurant que votre famille vous sera rendue !

Les Russes et les Tchétchènes se saluèrent :

— Nous reviendrons dans trois jours avec les instructions pour l'échange.

Sur cette promesse, les quatre messagers de Shamil se retirèrent et disparurent dans la montagne.

Ils rentraient chez eux, absolument convaincus que l'officier brun, de haute taille, était Djemmal-Eddin. Mais ils rentraient épouvantés. Ils avaient senti, émanant de son bel uniforme indigo, l'odeur du cigare, l'odeur de l'alcool... Le fils de leur Imam fumait, buvait... Le fils de leur Imam contrevenait à la Loi... Un Giaour ! En tout.

Leur visite les plongea dans une consternation qui n'eut d'égal que l'accablement de Djemmal-Eddin. Ce premier contact lui avait glacé le sang. La rencontre de Yunus confirmait toutes ses craintes... Que lui restait-il de commun avec ces quatre hommes ?

Pour sa part, le prince David attendait leur retour avec autant d'impatience que d'espoir.

Jeudi 23 février

Les quatre cavaliers se présentèrent à la date promise, trois jours plus tard. Cette fois, ils furent introduits sans délai. Ils étaient porteurs d'une lettre, de la main de Shamil, que le prince David lut à haute voix :

« Je vous remercie d'avoir tenu votre parole en rendant possible le retour de mon fils. Mais ne pensez pas que ce retour termine les négociations. Souvenez-vous qu'outre mon fils, je vous ai demandé un million de roubles et cent cinquante prisonniers. Ces conditions doivent être remplies, avant que je puisse permettre le retour de votre famille. »

Ce billet, totalement inattendu, foudroya d'un même coup Tchavtchavadzé et Djemmal-Eddin. Ils échangèrent un regard ulcéré.

Jugeant toutefois inutile de discuter avec des intermédiaires, le prince dit qu'il allait à son tour leur remettre un message à l'intention de leur Imam. Il se retira avec Djemmal-Eddin au fond de la salle.

Très agités l'un et l'autre, ils s'assirent autour du guéridon et se concertèrent. S'ils faisaient maintenant la plus petite concession, ils ne parviendraient qu'à s'abaisser aux yeux des Montagnards et à encourager de nouvelles demandes. Ils écrivirent :

« Ayant considéré l'affaire comme terminée, nous sommes stupéfaits par vos nouvelles demandes. Nous ne pensions pas que vous fussiez capable de retirer votre parole après l'avoir donnée. Quant à nous, nous avons pour habitude de tenir nos promesses ! Et moi, prince David Alexandrovitch Tchavtchavadzé, je vais les tenir aujourd'hui. Je vous ai informés – dès le début de nos négociations – de la rançon que je pouvais rassembler : quarante mille roubles. Quand je me suis procuré ce prêt d'un montant énorme – en dépit du fait que je ne dispose plus, grâce à vos soins, ni de ma maison ni d'aucunes ressources personnelles –, quand j'ai décidé d'emprunter, je ne l'ai fait que parce que je ne pouvais me permettre de compter sur la gracieuse permission de l'Empereur, autorisant votre fils à rentrer dans son pays. Si j'avais su que cette permission lui serait accordée, je ne vous aurais même pas offert le quart de la moitié de cette somme. J'attends votre réponse. »

À la lecture de cette missive, la réaction de Shamil fut à la mesure de la violence de son contenu. Fou de rage, l'Imam annonça à son peuple que les négociations étaient rompues. Et qu'avant la fin de la semaine, il aurait envoyé les princesses en esclavage chez les naïbs. Libre à eux d'en user comme leurs concubines, de les vendre, ou de les mettre à mort.

Mardi 1ᵉʳ mars

Ses émissaires revinrent une troisième fois, porteurs des messages terrifiés d'Anna et de Varenka qui confirmaient la colère de Shamil et l'imminence du sort dont il les menaçait.

Joint à leurs cris de détresse arrivait un dernier mot de l'Imam :

« Vous êtes très loin de satisfaire mon attente. J'ai donc résolu de distribuer votre famille à mes naïbs, dans les aouls. Ce serait déjà fait sans l'intervention de mon fils Mohamed Ghazi qui m'a persuadé de vous envoyer une dernière fois des émissaires, afin de vous convaincre de rajouter le nécessaire à la somme que vous nous avez offerte. »

En entendant ces marchandages, Djemmal-Eddin rougit de honte.

Le mépris, la rage, l'indignation le submergeaient : il était revenu vivre auprès d'un père sans parole, aussi âpre au gain que menteur et félon.

Il avait sacrifié Lisa, son bonheur, son avenir pour *cela* ?

Le prince David se tourna vers Yunus :

— Je n'écrirai plus à votre Imam, articula-t-il, glacial. Mais vous pouvez lui dire ceci de ma part… Si samedi, vous ne m'apportez pas l'acceptation de mon offre, je jure devant mon Créateur que ce jour-là, je quitterai Khassav-Yourt et que j'emmènerai Djemmal-Eddin avec moi. Vous pourrez bien alors nous suivre pendant vingt verstes, cent verstes, mille verstes, et me supplier de revenir avec lui… Je ne vous accorderai pas un regard. Vous pourrez alors faire ce que vous voudrez de ma famille !… Dites à votre Imam que je lui ai toujours été reconnaissant du soin qu'il a pris de mes proches. Mais dites-lui aussi que, s'il ose exécuter ses menaces en envoyant mon épouse et mes enfants dans les aouls, je renonce à eux ! J'y renoncerai à la seconde où ils passeront le seuil de son sérail ! Je veux qu'ils reviennent ici, maintenant, parce que je sais que nul chez vous n'a attenté à leur honneur. Mais s'ils devenaient les esclaves de vos naïbs, sachez que je ne reconnaîtrai plus ma femme pour ma femme, ma sœur pour ma sœur, ni mes enfants pour mes enfants !… Je vous le répète : je vous donne jusqu'à samedi… Dimanche, vous ne me trouverez plus ici, ni moi, ni Djemmal-Eddin. Cela est aussi vrai que je me tiens devant vous à cette heure. Après ce délai, Shamil pourra bien offrir de me rendre mon épouse pour rien, il pourra bien me la donner avec tous ses trésors, je jure devant Dieu que je ne la recevrai plus… Et que lui, il ne reverra plus son fils !

Sur ce, le prince voulut quitter la pièce.

Au moment où il passait la porte, il fut retenu par une dernière phrase de Yunus :

— Il existe une autre raison pour retarder la conclusion de l'affaire.

— Laquelle ? rugit le prince.

— L'Imam propose que la princesse Tchavtchavadzé et sa famille soient libérées contre les quarante mille roubles et le retour de son fils... Et que la princesse Orbeliani reste en captivité avec son enfant jusqu'à ce que sa rançon soit payée par le prince Grigol Orbeliani.

Le prince s'avança, menaçant. Il aurait commis quelque geste irréparable si Djemmal-Eddin ne s'était interposé. Il bondit à ses côtés, lui barrant l'accès à Yunus.

Le prince avait perdu tout sang-froid :

— Non seulement je ne laisserai pas la sœur de ma femme en captivité, criait-il, mais je n'y abandonnerai pas un seul de mes serviteurs !

Yunus ne fit même pas mine de l'entendre. Il s'adressa à Djemmal-Eddin :

— Ne t'inquiète pas... Ce sont nos façons à nous, les Montagnards... Mais ne crains absolument rien : tout se terminera comme nous le désirons.

Ces mots se voulaient conciliants. Djemmal-Eddin y répondit avec aigreur :

— M'inquiéter ? Mais je n'ai rien à craindre. Sa voix vibrait... Si j'avais quelque chose à redouter, ce serait l'issue que vous désirez, *vous*... De quoi d'autre devrais-je m'inquiéter ?

— Taisez-vous, murmura le prince, atterré.

Cette fois, ce fut David qui cherchait à l'arrêter.

Peine perdue.

Indigné, submergé par l'antipathie et la répugnance que ces ergotages avaient suscitées dans son âme, Djemmal-Eddin ne se contenait plus.

Sa colère, sa révolte, son mépris, sa déception, tout explosait.

— ... Je vous ai oubliés, j'ai oublié chacun d'entre vous. Vous êtes bien placés pour savoir à quel âge j'ai été pris, poursuivit-il violemment : C'est vous-même qui m'avez donné ! J'ai oublié cette terre… Je reviens vers elle sans joie… Et si je devais retourner en Russie, croyez-le : j'y retournerais demain, tout de suite, sans regret !

— Taisez-vous !

Le prince tenta de l'entraîner. Il se dégagea :

— … Pourquoi devrais-je me montrer poli avec eux ? Pourquoi ne dirais-je pas la vérité à ces menteurs ?

— Taisez-vous !

— Que ces traîtres et ces hypocrites aillent au diable !

— Vos propos pourraient avoir un effet terrible sur le sort de ma femme et de ma belle-sœur.

L'argument porta. Djemmal-Eddin se calma dans l'instant.

Il resta muet jusqu'à la fin de l'entretien.

Mercredi 2 • Jeudi 3 • Vendredi 4 mars

Aucune nouvelle de Shamil… Ni des princesses.

La tension de Djemmal-Eddin et du prince Tchavt-chavadzé était à son comble.

Anna et Varenka avaient-elles été vendues ?

Samedi 5 mars, 11 heures

Une sentinelle courut les informer que les quatre émissaires approchaient.

Le prince David sauta sur ses pieds. Il était si nerveux qu'il alla par trois fois jusqu'au seuil de la maison, et par trois fois ne le franchit pas. Djemmal-Eddin, assis, le regardait s'agiter.

Il savait que leur précipitation ferait mauvais effet, que Yunus ne respectait que le calme et la sérénité.

Le prince se posta de nouveau contre le manteau de la cheminée et attendit. À côté de lui se tenaient Milioutine et Buxhöwden. Plus loin dans la pénombre, Djemmal-Eddin.

Les messagers entrèrent. Ils furent sèchement reçus. On les invita néanmoins à s'asseoir. Ils s'inclinèrent et, cette fois, acceptèrent un siège. Les quatre Russes s'assirent en face d'eux. Nul ne prononça un mot.

Le silence dura plusieurs minutes.

Yunus prit enfin la parole :

— Si le prince me le permet, je vais parler.

— Si vous êtes venus me dire que Shamil accepte toutes mes conditions et qu'il a choisi l'heure et le lieu de l'échange, alors oui, vous pouvez parler. Sinon, je vous prierais de vous lever et de quitter ma maison sur-le-champ.

Ensemble, Yunus et les trois autres se levèrent.

Tout était fini ! Sous le coup, le prince chancela. Les princesses avaient été distribuées… L'horreur submergea Djemmal-Eddin. Les princesses avaient été vendues et déshonorées… La haine, le dégoût le secouèrent jusqu'à la nausée… Mais à cette épouvante se mêlaient, venant du plus profond, malgré lui, d'instinct, une joie atroce, un soulagement indicible. Il mesurait soudain qu'il n'avait jamais cessé d'espérer que l'échange ne se ferait pas, jamais cessé de se contraindre en le favorisant, jamais cessé de souhaiter partir, quitter cette terre, fuir ces montagnes.

Yunus, debout, s'inclina devant le prince. David ne pouvait même pas parler, réagir, le jeter dehors.

— Aux yeux de notre Grand Imam, l'argent n'est que de l'herbe. L'argent pousse, l'argent sèche, l'argent disparaît.

Ni Djemmal-Eddin ni Tchavtchavadzé ne comprirent le sens de ces phrases, que l'interprète Shah Abbas leur traduisait en mauvais russe.

Yunus poursuivit :

— Shamil ne sert pas l'argent. Shamil sert Dieu… Il me charge de vous féliciter : l'affaire se conclut selon vos propres termes.

Silence. Aucune réaction.

Yunus reprit :

— Vous savez que notre Grand Imam défend son peuple et veut son bien. Son peuple est pauvre. Son peuple l'a servi, son peuple est mort pour lui, en s'emparant des princesses : son peuple exige de l'argent contre leur libération… Sans l'assentiment de son peuple et de ses naïbs, Shamil ne peut ni ne veut rien accomplir… Quand nous lui avons communiqué votre message, il a rassemblé tous les Anciens et les a informés de vos paroles. « Si vous n'acceptez pas les dernières conditions du prince Tchavtchavadzé, leur a-t-il dit, alors vous devez prendre sa famille et la garder en captivité vous-mêmes. Je ne veux plus voir ces femmes et ces enfants chez moi. » D'une seule voix, les naïbs et les Anciens lui ont répondu : « Serait-il possible que nous laissions ton fils aux mains des Infidèles ? Nous acquiesçons à tout, pourvu que ton fils te revienne… Renvoie les captives, prends les quarante mille roubles, et retrouve ton fils. »

Le prince Tchavtchavadzé entendit ce discours avec ivresse. Djemmal-Eddin avec épouvante : l'échange aurait lieu. Tous deux conservèrent une apparence de calme. David demanda l'endroit et la date du rendez-vous.

— Sur ce point, Shamil a dit qu'il communiquera avec vous directement, répondirent les agents.

Ils saluèrent et se retirèrent.

Ils ne quittèrent toutefois pas le camp.

Samedi 5 • Dimanche 6 • Lundi 7 • Mardi 8 mars

Ils consacrèrent cette nuit et les jours et les nuits suivants à compter la rançon. Khadji, le trésorier, reconnaîtrait bientôt qu'il n'aurait jamais pu compter un million de roubles en pièces d'argent.

Djemmal-Eddin l'évitait, comme il évitait Yunus et les autres… Les Tchétchènes, les Russes, il les laissait faire et se débrouiller entre eux : il ne participerait plus à aucun de leurs préparatifs.

Pour eux tous, il n'était qu'un pion. Un jouet. Un jeton… Une bille qu'on se renvoyait… Il n'avait jamais cessé d'être cela… Une pièce sur un échiquier. Il refusait désormais de disputer la partie. Il était allé jusqu'au bout de ce chemin-là.

Il se tenait même à l'écart de David, même à l'écart de ses amis d'enfance. Buxhöwden et Milioutine le voyaient se couper d'eux, s'éloigner, silencieux, solitaire. Ils ne savaient que dire, que faire pour le rejoindre.

Les opérations de calcul se terminèrent le mardi soir.

Les émissaires quittèrent Khassav-Yourt emmenant avec eux l'interprète du prince qui conduisait les négociations depuis l'enlèvement. Il devait recevoir, de la bouche même de Shamil, les instructions pour les modalités de l'échange.

Nuit du mardi 8 au mercredi 9 mars

L'interprète retrouva l'Imam, peu avant l'aube du mercredi. Shamil campait, avec toute son armée, à une journée de marche du fleuve Mitchik, lieu qu'il avait choisi pour le rendez-vous. Il le reçut sous son dais, sans attendre les premières lueurs…

Depuis neuf mois qu'ils se pratiquaient, l'interprète et Shamil se connaissaient bien.

L'Imam l'accueillit à demi couché sur le tapis de sa tente, parmi les coussins, devant son feu. Plusieurs vieillards dormaient autour de lui. Il arborait sa barbe rousse de toujours, impeccablement taillée, et teinte au henné. La même haute papakha noire, ornée du turban blanc, aux plis immuables, dont un pan lui tombait dans le dos. La même robe verte. Les mêmes kinjals à la ceinture…

En dépit des fatigues, des deuils, des chevauchées, des combats, le temps était passé sur lui sans l'atteindre, sans même l'effleurer. Dans la guerre, dans la paix, dans la prière, dans la solitude, dans l'attente : il restait semblable à lui-même. Sobre, puissant, colossal, il paraissait bien plus jeune que ses cinquante-huit ans.

Il comptait les perles d'ambre de son chapelet et songeait.

Après les compliments d'usage, l'Imam entra dans le vif du sujet et parla à mi-voix :

— … Je voulais te voir, d'abord, pour te remercier de tes bons offices… Ensuite pour te dire que demain sera un grand jour. Demain aucune haine n'existera entre nos deux peuples. Demain, les Montagnards et les Russes se rencontreront en paix… Je veux aussi te dire que selon nos lois, un père ne doit pas aller à la rencontre de son fils. C'est le fils qui doit aller vers le père. Mais demain, je vais changer cette règle, afin d'empêcher que survienne le moindre incident durant l'échange… Demain, j'appellerai tous mes naïbs et leur dirai que nul ne doit franchir la limite que je vais t'indiquer… Peux-tu me jurer, sur l'honneur, que demain vous ferez la même chose… Et que, de votre côté, il n'y aura aucune trahison ?

— Vous pouvez être certain, Imam, que tout se déroulera selon vos désirs et dans le respect de la parole donnée.

Un court silence suivit.

— … Et mon fils ? Parle-moi de mon fils. Est-ce qu'il va bien ?

— Grâce à Dieu, il va très bien.

— On m'a dit qu'il ne connaissait plus notre langue ?

— Cela est exact. Mais cela est aussi naturel… Il a passé si longtemps en Russie. Vous ne devez pas lui reprocher d'avoir oublié l'avar.

— Je le laisserai vivre à sa guise dans nos montagnes.

— Après quelques mois auprès de vous, il aura repris toutes vos habitudes. Il trouvera certainement plus intéressant de commander ici des dizaines de milliers de cavaliers que quelques centaines de soldats en Russie.

Shamil, les yeux mi-clos, regarda le feu et se perdit dans ses pensées.

— Fais en sorte que cette affaire se termine sans traîtrise, demain.

— Le prince Tchavtchavadzé n'a aucun intérêt à vous tromper. Ses souhaits sont les mêmes que les vôtres. Il éprouve la même joie de retrouver sa famille, la même impatience que vous en retrouvant Djemmal-Eddin sain et sauf.

— J'avoue que je suis très impatient, en effet… Tellement impatient que, comme tu le vois cette nuit, je ne peux pas dormir à force de penser à lui.

— Sur ce point, je voudrais vous communiquer un message du prince Tchavtchavadzé. Vos habitudes commandent d'exprimer votre allégresse en poussant des cris et en tirant des coups de feu. Le prince vous supplie de donner des ordres afin que rien de ce genre ne se passe demain. Cela est nécessaire pour éviter tout malentendu avec nos soldats et toute possibilité de désordre parmi nos hommes.

— Il en sera fait comme il le désire. Maintenant écoute mes instructions…

Même jour

En ce mercredi 9 mars, à la veille de la date choisie par Shamil, alors que la rançon était dans les sacs, les voitures chargées, tous les détails réglés, et que le convoi s'apprêtait à sortir du fort, une sentinelle annonça l'arrivée d'un cavalier qui galopait vers Khassav-Yourt.

Tous les hommes se précipitèrent à la porte du camp. Djemmal-Eddin et David se hâtèrent avec les autres.

— Est-il possible qu'ils demandent encore de nouveaux changements ? demanda David, la voix blanche.

— Pourquoi pas ?

Djemmal-Eddin sourit et commenta, sarcastique :

— … Hier soir, ils nous ont donné leur parole en jurant sur la Charia, mais ce matin, c'est le code des adats qu'ils respectent. Ils obéissent selon leur intérêt à la Loi de Dieu ou à celle des hommes : ainsi peuvent-ils manquer à l'honneur et briser leurs promesses sans états d'âme.

Le nuage de poussière se dissipa. Du mirador, la sentinelle cria qu'il ne s'agissait pas d'un Tchétchène, mais d'un courrier de Saint-Pétersbourg.

Le cœur de Djemmal-Eddin bondit dans sa poitrine. Un courrier de l'Empereur ?

Le Tsar l'épargnait. Le Tsar le sauvait… Le Tsar avait trouvé une autre solution ! Une autre monnaie d'échange ! Rien n'était impossible à l'empereur de Russie…

Signe que le messager apportait un ordre de Péters-bourg, il remit la missive, non pas au prince Tchavtchavadzé, mais à son supérieur : le commandant du fort.

Saisi d'un espoir fou, incontrôlable, Djemmal-Eddin le regarda briser le sceau impérial, déplier, lire… Le Tsar lui rendait Lisa, il lui rendait le bonheur.

Le commandant replia le papier, dit :

— Messieurs, j'ai une nouvelle… (Il dut s'y reprendre à deux fois.) Sa Majesté Impériale le tsar Nicolas n'est plus. Le Seigneur Dieu l'a rappelé dans sa paix… Que tous les régiments se réunissent sur la grand-place et viennent immédiatement prêter serment à son fils et successeur, l'empereur Alexandre.

Pâle, les yeux rougis par le chagrin, Djemmal-Eddin écouta le récit de la disparition de celui qu'il avait tant aimé et qu'il ne pouvait s'empêcher de pleurer. On disait que le tsar Nicolas était sorti – sans manteau – par 20° C en dessous de zéro… Qu'il avait passé ses troupes en revue, tête nue… Et qu'il avait pris froid. Le mal avait dégénéré en congestion pulmonaire. Au terme d'une nuit d'agonie, il avait fait signe à son fils d'approcher. Le tsarévitch Alexandre se tenait debout, bouleversé, au pied du fameux lit de camp, dans le modeste cabinet de travail, où gisait Sa Majesté : « Tiens…, lui avait-il murmuré dans un souffle. Tiens tout… »

Rassemblant ses dernières forces, Nicolas avait fermé le poing comme s'il serrait l'Empire dans sa main, et répété : « … Tiens *tout* ! »

Il avait expiré sur ce message.

Ses dernières pensées, ses ultimes paroles avaient été pour la grandeur de la Russie.

Il était mort « en saint » : priant Dieu, et demandant à ceux qu'il avait offensés de lui pardonner.

Après les récits officiels, Djemmal-Eddin entendit les rumeurs. Il n'ignorait plus combien, loin du cercle enchanté de la cour, loin des éblouissements de la princesse Potemkina et des intérêts de la haute aristocratie, Nicolas était impopulaire… Surtout ici, parmi les soldats du Caucase : résistants polonais, arrachés à leurs terres et déportés dans les montagnes ; officiers russes trop progressistes, trop éclairés, trop libéraux, que Nicolas avait déchus de leurs droits, brisés, exilés, pour finalement les faire massacrer par les Tchétchènes… *Nicolas le Knout, Nicolas le Bastonneur*, impitoyable envers ceux qui ne l'encensaient pas, cruel envers ceux qui le critiquaient et lui résistaient… *Le Tsar de fer*.

Il avait régné par la terreur durant trente ans, isolant la Russie du reste de l'Europe, et s'isolant lui-même de la réalité de son peuple.

Pour avoir voulu *tout* étreindre, *tout* diriger, *tout* manipuler, il avait finalement *tout* corrompu… Et *tout* perdu.

On murmurait que, comble de lâcheté, il avait attenté à ses jours afin de n'être pas témoin de ses échecs et de la défaite de son armée en Crimée. On parlait même d'empoisonnement avec l'aide de son médecin.

Djemmal-Eddin connaissait assez l'Empereur pour savoir qu'il ne s'était pas suicidé. Il devinait toutefois qu'il n'avait pu supporter le jugement de l'Histoire... Qu'il avait désiré, qu'il avait hâté sa fin.

Les cloches de la petite église de Khassav-Yourt sonnaient le glas. Les fanfares militaires jouaient des airs lugubres et lents. Les drapeaux en berne flottaient à mi-hampe... La centaine de cavaliers, les deux chariots remplis de sacs d'argent, les deux chariots pleins de prisonniers, qui sortirent au pas de Khassav-Yourt, évoquaient un cortège funèbre.

Djemmal-Eddin marchait en tête, avec Tchavtcha-vadzé et les autres officiers. Nul n'avait songé à le convier à la cérémonie d'allégeance qui s'était déroulée quelques instants plus tôt sur la place du fort : il s'y était rendu spontanément.

Il avait écouté la proclamation, levé la main droite et juré, d'une voix ferme, fidélité à Sa Majesté Impériale le tsar Alexandre II.

Ce serment serait son dernier acte d'officier russe.

L'ultime geste d'amour du « lieutenant Shamil, de la septième division du régiment des lanciers Vladimirski » envers son Empereur...

Maintenant, il allait tenter de redevenir ce qu'il n'aurait jamais dû cesser d'être : un djighit, le meilleur cavalier parmi les hommes de la montagne, le digne fils du « Lion du Daghestan » qui décimait les rangs des Infidèles depuis près de trente ans.

Maintenant, il allait lutter pour que le sacrifice de sa vie fût utile.

Convaincre les deux mondes d'accepter la paix…

CHAPITRE XI

LA CÉRÉMONIE DU SACRIFICE

(31)

DE PART ET D'AUTRE DU FLEUVE MITCHIK

LE JEUDI 10 MARS 1855

À l'heure où le cercueil du tsar Nicolas s'enfonce dans le caveau des Romanov à Saint-Pétersbourg, cinq mille cavaliers murides se massent sur l'une des berges du fleuve Mitchik, en Grande Tchétchénie.

Pas un bruit.

Juste le crissement des sabots dans les galets.

Derrière les guerriers alignés, on entend toutefois sur le contrefort de la montagne comme un léger bruit d'éboulis, le vague cliquetis des armes, le piétinement d'autres chevaux… Une armée se dissimule au cœur de la forêt.

Impossible d'en mesurer l'importance.

Plus haut encore, plus loin, par-delà la cime des sapins, on aperçoit, montant du chaos des rochers, la fumée des aouls.

Un immense soleil rouge a surgi des abîmes. Il est monté lentement au-dessus des cavaliers, il est passé entre les coulées de glace et les pics enneigés.

Le souffle d'un vent tiède, une bouffée de printemps, a balayé le ciel : il le laisse pur, bleu, sans un nuage.

La première aube du monde s'est levée sur le Caucase, que Croyants et Infidèles disent les montagnes les plus proches de Dieu, et qu'ils s'accordent à juger comme la plus belle de toutes Ses créations.

Perdus parmi les cavaliers, quatre chariots stationnent de front au bord de l'eau : quatre lourds véhicules bâchés.

Ici aussi, pas un bruit. Pas un souffle. Même les six hongres qui tirent les chariots semblent pétrifiés.

Aucun signe de vie ne monte de ces voitures immobiles.

Au pied des attelages, quelques esclaves accroupis achèvent la construction d'un chemin qui devrait faciliter leur descente dans le lit du fleuve. Le Mitchik est presque à sec. Le remblai va permettre de le franchir, en passant de flaque en flaque à travers les bancs de sable gris, et les îlots de cailloux.

Seule tache lumineuse, seul désordre sur ce rivage couleur de cendres : un splendide étalon blanc qui piaffe et piétine.

Harnaché d'argent, recouvert d'un tapis de selle écarlate, l'animal attend le djighit qui saura le monter. Son maître...

L'un des naïbs le retient fermement par la bride.

Jeudi 10 mars 1855. Shamil n'a pas élu cette date au hasard. Le jeudi, d'abord, car le jeudi lui porte bonheur.

Allégories, symboles, stratégies : il a réfléchi à chaque détail de ce matin glorieux. Tout, aujourd'hui, doit avoir un sens.

L'Imam a pris, pour le succès du jour qui commence, de bien plus amples précautions encore.

De l'autre côté du Mitchik : le territoire russe… Une plaine sans ombre, sans bosquet, sans aucune possibilité de se mettre à couvert. Circonscrite entre une petite colline et le fleuve, cette vaste prairie ruisselle de soleil et descend jusqu'à la berge en pente douce.

La rive est déserte à cette heure, comme la plaine…

Mais au sommet du mamelon qui les surplombe, les Giaours ont terminé de hisser leurs canons. Ils disposent l'artillerie afin qu'elle puisse bombarder l'ennemi au moindre incident.

Le prince David se méfie d'une trahison. Il tient ses troupes prêtes à la charge… L'infanterie, la cavalerie sont disposées pour dévaler la pente, fondre dans la vallée, traverser le Mitchik.

Interdiction absolue de bouger, néanmoins, jusqu'à nouvel ordre, quoi qu'il arrive. Aucun coup de feu ne doit être tiré sans le commandement du prince Tchavtchavadzé.

Sur la colline, tous les officiers ont sorti leurs jumelles.

Immobile avec eux, à cheval et de front, Djemmal-Eddin observe la vallée. L'émotion ne lui fait pas battre le cœur… Pas encore. Il a trop pensé à cette scène, il a trop craint ce moment, pour se laisser surprendre. Il doit s'approprier les lieux et comprendre – très vite – ce qui l'attend.

Il examine, sur la rive russe, à cinq cents pas du fleuve, une tache noire… Un arbre mort dont le tronc se tord entre les hautes herbes. C'est ce sapin, solitaire et foudroyé, que Shamil a désigné comme point de rendez-vous. Ses branches, cinq doigts crochus qui surgissent dans la plaine, se tendent vers le ciel comme une main ouverte.

Bien… Il a repéré le lieu de l'échange.

Il dirige maintenant ses jumelles de l'autre côté.

En face de lui, au-dessus de l'autre berge, un sentier de montagne conduit à une plate-forme… Ce promontoire fait écho à la colline où il se tient.

Là, plantés en rond et battus par les vents, flottent de grands drapeaux sombres, brodés de fil d'argent : demi-lunes et versets du Coran… Les fanions de Shamil… Son campement.

Djemmal-Eddin suit à la lorgnette le mouvement des hommes sur le sentier… Arrivés à la plate-forme, tous mettent pied à terre devant un large parasol… Un dais noir, comme le reste… Noir comme les oriflammes, noir comme les tcherkeskas des cavaliers… Un Montagnard maintient le dais au-dessus d'un personnage assis.

Djemmal-Eddin discerne le vaste rectangle rouge du tapis sur le plateau de pierre… Le dignitaire demeure immobile.

À cette distance, le jeune homme ne peut distinguer son visage, ni même son costume. Juste son turban blanc… Une ombre. L'ombre de l'Imam.

Djemmal-Eddin ne le lâche pas du regard. Il le voit qui esquisse un geste… Shamil s'est appuyé sur le coude. Il colle l'œil à une longue-vue, qu'on a montée sur un trépied devant lui. Il pointe la lentille vers la colline russe.

Le disque de la longue-vue balaie la rangée d'officiers. Elle se fixe un instant sur Djemmal-Eddin. Mais comment l'Imam reconnaîtrait-il son fils parmi les lanciers en uniformes ?

Cette fois, le cœur du jeune homme bat la chamade. Il braque sur son père la même lentille incandescente.

Ils ne distinguent rien, ni l'un ni l'autre, rien de plus que ces ombres.

Ils se cherchent.

L'interprète russe, qui observe le spectacle aux côtés de Djemmal-Eddin, commente la scène à son oreille : leurs armes, là-bas, sont magnifiques, remarque-t-il… Les pommeaux des kinjals, les manches des sabres, les crosses des pistolets paraissent ciselés dans de l'or, souligne-t-il. Et même… Et même incrustés de pierreries. Beaucoup plus riches qu'à l'ordinaire ! Et les tissus, les tapis, le dais… Infiniment plus somptueux ! Aucun doute : en l'honneur du retour de son fils aîné, Shamil a tué le veau gras. Il déroge à sa sobriété légendaire, à ses principes d'austérité, à toutes les lois murides qui visent au renoncement et à l'abstinence…

L'interprète désigne du doigt le plus grand parmi les naïbs, le seul qui virevolte à cheval autour du parasol, le plus beau, le plus noble : l'unique cavalier vêtu de blanc, au cœur de la masse des cavaliers noirs. Mohamed Ghazi, le cadet, l'héritier… Il monte un étalon bai.

Près du cavalier blanc, sur un cheval d'une beauté presque aussi spectaculaire, caracole un adolescent. Celui-là est vêtu d'une tcherkeska d'un bleu indigo qui claque au soleil : Mohamed Sheffi, le benjamin des trois frères. Né quelques jours après l'enlèvement de Djemmal-Eddin dans les bois d'Akhoulgo, durant la fuite de ses parents, le garçon a près de seize ans aujourd'hui… On le dit aussi léger, aussi étourdi et généreux que Mohamed Ghazi est farouche, religieux et discipliné.

À droite de Shamil, on peut repérer Yunus, et derrière eux, dans un ordre parfait, la seconde partie de la cavalerie : cinq mille autres hommes… Sans parler de ceux que l'on ne voit pas.

Sur l'ordre de Tchavtchavadzé, et conformément aux accords pris avec l'Imam, l'interprète a quitté Djemmal-Eddin.

Porteur d'un drapeau blanc, il dévale la pente, dépasse l'arbre mort, traverse la rivière, contourne les chariots, remonte sur la colline et met pied à terre à quelques pas de Shamil.

Les Russes le regardent et devinent ses paroles.

Tout, dans cet étrange ballet, a été réglé durant la nuit. Tout a été dit et répété.

Mais la cérémonie doit suivre son cours selon le rite établi.

— Imam, quels ordres dois-je recevoir de vous ? demande l'interprète.

— Prends avec toi mes deux fils Mohamed Ghazi et Mohamed Sheffi, trente-cinq hommes de mon armée et les chariots : conduis-les à travers le fleuve jusqu'à l'arbre mort… Quand vous l'aurez atteint, faites le signal… Que trente-cinq soldats russes descendent alors de la colline de ton côté, qu'ils viennent de même avec leurs chariots, avec l'argent, avec vos seize prisonniers, avec mon fils. Que les deux groupes se rencontrent à l'arbre et que chacun emporte le chargement de l'autre.

— Vous n'avez pas d'autres volontés ?

— Quand l'échange aura eu lieu, reviens auprès de moi… Avec mon fils.

Djemmal-Eddin voit l'interprète redescendre au bord du fleuve.

Les quatre véhicules se mettent en branle. Trente-cinq cavaliers les encadrent. Le cavalier blanc marche en tête.

Djemmal-Eddin ne lâche pas du regard le convoi qui s'est s'engagé dans le lit du fleuve. Les voitures s'enfoncent. Elles semblent prêtes à s'enliser, prêtes à verser. Mais elles traversent, et parviennent en brin-quebalant sur l'autre rive.

Elles parcourent encore une petite distance dans la plaine russe, avant de s'immobiliser… Le premier des chariots a rejoint l'arbre mort.

L'un des Murides – le trésorier Khadji – agite un fanion : le signal pour l'échange…

L'interprète se détache de leur groupe et galope vers Djemmal-Eddin.

Comme convenu, le lieutenant Shamil va prendre avec lui trente-cinq lanciers – dont Sacha Milioutine et le comte Buxhöwden –, les quatre charrettes qui contiennent les nombreux cadeaux du Tsar et ses propres livres, les quarante mille roubles, et les prison-niers tchétchènes que rendent les Russes.

Le convoi se met en branle. Il descend péniblement la colline. Djemmal-Eddin marche en tête, ainsi que vient de le faire Mohamed Ghazi.

Le soleil brille, éclatant, comme en plein été. Shamil avait bien imaginé que, si le temps le permettait, les Giaours en seraient aveuglés… Que l'eau, qui croupit de leur côté du fleuve, attirerait sur eux les insectes. Que les taons exciteraient leurs chevaux.

Les montures des Russes donnent en effet de furieux coups de queue. Et les officiers transpirent sous leur casquette.

Djemmal-Eddin, lui, ne sent rien. Ni la chaleur. Ni sa propre tristesse, ni sa peur.

Rien… Sinon une tension du corps prêt à combattre, une concentration de l'esprit sur chaque mouvement du parti adverse… Et la plus totale méfiance envers la nature qui l'entoure et les hommes qu'il va rencontrer.

Il avance à découvert dans la plaine aux côtés du prince Tchavtchavadzé.

Tous deux sont flanqués par deux autres capitaines de l'armée russe : le baron Nicolaï – second beau-frère de David et représentant de l'Empire –, et le prince Bagration – aide de camp du prince Orbeliani et représentant de la famille royale de Géorgie à laquelle appartiennent Anna et Varenka… Pour sa part le prince Grigol Orbeliani, qui négociait la libération de Varenka, n'est pas présent : il tient le fort de Temir-Khan-Choura, avec l'arrière-garde de l'armée, au cas où Shamil aurait attiré les soldats du Tsar dans un vaste guet-apens.

Les quatre officiers marchent au même pas.

Ils semblent habités, soudés par les mêmes pensées : ces quatre voitures contiennent-elles vraiment les captives ?

Rien ne bouge dans les chariots. Seules les mouches qui bourdonnent et tournent autour des bâches, qui se posent, qui s'envolent, se posent à nouveau…

Un essaim de grosses mouches bleues.

Alors que les quatre hommes parviennent à l'arbre mort, les cavaliers de Mohamed Ghazi serrent plus étroitement les rangs. De leurs corps, de leurs chevaux, de leurs fanions, de leurs hautes papakhas noires, ils cachent les chariots aux Russes.

David et Djemmal-Eddin échangent un regard… Qu'est-ce que cela signifie ?

Tous deux ralentissent.

Ils ont vu que l'un des Tchétchènes tenait un tout petit garçon sur sa selle. Le Muride le garde devant lui, comme un bouclier. David a reconnu Alexandre, son fils qui n'a pas deux ans...

Quel est ce nouveau chantage ?

Le Muride se détache du groupe. Que compte-t-il faire avec l'enfant ?

Djemmal-Eddin et David, le cœur battant, se sont arrêtés. Ils le laissent venir.

Contre toute attente, le cavalier tend spontanément le petit garçon à son père et se retire.

David serre son fils dans ses bras.

Au même instant, trois minuscules fillettes s'échappent des voitures. Elles se précipitent entre les jambes des animaux et courent vers leur père. Le prince saute de cheval. Il étreint ses enfants.

Djemmal-Eddin n'accorde pas un regard à cette scène de famille.

Il continue d'avancer vers les chariots.

Il prend par les bas-côtés, évitant de croiser le cavalier blanc.

Les rangs des Murides s'ouvrent sur son passage. Il s'approche du premier véhicule.

Il chasse d'un geste les mouches agglutinées... Il repousse les bâches. L'angoisse le tenaille... Que va-t-il découvrir ? Pour la première fois, il formule ce qu'il redoute : les princesses sont-elles vivantes ?

Il écarte l'un des pans...

Quelques silhouettes de femmes, en haillons et voilées, se tiennent assises sur deux bancs dans l'obscurité. Elles semblent pétrifiées. Sont-elles sauvées ? Libres ? Elles n'osent y croire et prient à mi-voix.

Il ne peut reconnaître les princesses de Géorgie sous l'épaisseur des châles qui, toutes, les recouvrent. Il s'incline avec politesse, avec respect, et s'excuse de n'avoir pu arriver plus tôt.

Il tend au hasard une lettre qu'il dit avoir été écrite par leur mère, la princesse Anastasia, à laquelle il a rendu visite avant de quitter la Russie. L'un des fantômes ouvre la main et reçoit la lettre en silence… Anna ? Varenka ?… La forme reste muette. Sans doute aurait-elle voulu le remercier.

Mais la captivité, la tension, l'angoisse, l'effroi de la dernière nuit et la terreur des dernières heures ont ôté à cette femme toutes ses facultés.

Elle ne parvient à ne prononcer qu'une seule phrase :

— Ma sœur se trouve dans le second chariot.

Il la salue d'un hochement de tête et s'approche de l'autre voiture.

Une silhouette s'y tient debout.

Dressée parmi les autres fantômes, elle l'attend : la princesse Orbeliani. Il l'a devinée sous l'amas des tissus. Il n'a pas un doute… Varenka, son amour d'enfance.

Si lui-même ne peut lire son expression, elle, entre les mailles de son foulard, voit très bien son visage. Elle l'a reconnu dans la seconde… Et pour cause ! Depuis des mois et des mois et des mois de réclusion à Dargo-Veden, elle n'entend parler que de lui, son danseur d'autrefois…

Djemmal-Eddin, le fils aîné, le fils enlevé, le fils très chéri de l'Imam.

Les trois épouses de Shamil, ses filles, leurs gouvernantes, toutes les femmes du sérail, informées par leurs servantes des rumeurs qui circulent dans le village, des ragots, comme du rapport des espions, n'ont pas cessé de suivre le long cheminement du jeune homme vers la forteresse de son père.

De Pologne à Saint-Pétersbourg, de Moscou à Vladikavkaz, de Khassav-Yourt au Mitchik…

Pour toutes ces femmes, ce retour symbolise une victoire personnelle : le triomphe de leur maître vénéré sur l'Infidèle… Le triomphe de l'Élu de Dieu sur la traîtrise des Giaours… Sur la volonté, sur la richesse, sur la puissance du Grand Tsar Blanc.

Les princesses, avec les autres, plus encore que les autres, ont pensé au fils de l'Imam chaque jour de leur captivité.

Elles ont espéré Djemmal-Eddin. Elles l'ont attendu… Elles ont prié pour sa prompte arrivée.

Aujourd'hui, elles lui doivent la vie : Varvara Ilyinichna, princesse Orbeliani sait cela.

Elle sait bien d'autres choses encore.

Elle sait que, lors des tours de valse au Cottage d'Alexandria-Peterhof, le cœur lui battait entre ses bras.

… Qu'elle a aimé Djemmal-Eddin quand elle était adolescente, qu'elle l'a aimé en secret, à la folie, malgré sa propre retenue, malgré sa timidité et son calme… Malgré toutes les apparences de sa chasteté.

Elle sait aussi que, s'il avait été plus grossier ou plus fat, il aurait pu la déshonorer.

Elle sait encore que Shamil a caressé l'idée de garder l'une des prisonnières et de la donner en épouse à son fils.

L'Imam avait choisi la princesse Nina Baratachvili, nièce désargentée des Orbeliani et des Tchavtchavadzé : la seule, parmi les otages, qui n'ait pas eu d'enfants et qui n'ait jamais été mariée. Une vierge de dix-huit ans… Quand la princesse Nina – affolée à la perspective d'être abandonnée dans les montagnes sans ses tantes, et livrée à un Tchétchène – avait insulté l'Imam lors d'une crise de nerfs, Varenka avait évité le drame de justesse, en s'offrant à sa place. L'une ou l'autre des prisonnières : aux yeux de Shamil, peu importait ! Il voulait seulement conserver pour son fils une princesse russe, dont ses propres épouses lui avaient assuré qu'elle était jeune et jolie… La violence de la réaction de David Tchavtchavadzé, en entendant parler d'une libération ultérieure de la princesse Orbeliani, lui avait fait abandonner ce projet.

… Mais Varenka sait qu'elle est veuve, qu'elle est libre aujourd'hui. Que tout restait possible, peut-être.

Et que tout est fini.

L'émotion de retrouver Djemmal-Eddin en pareilles circonstances, mille autres sentiments encore l'empêchent de parler.

Ils se regardent, incapables tous deux de prononcer une parole.

Entre eux surgit soudain le cavalier blanc… Il est à pied. Il rabat la bâche d'un coup sec, sans un mot. Le pan retombe sur Varenka.

Le temps n'est pas encore venu pour les deux frères de procéder à l'échange, ni même de se reconnaître. Les usages exigent que le prince Tchavtchavadzé et l'héritier de l'Imam se saluent, d'abord.

Mohamed Ghazi, très pâle, très tendu lui-même, ne s'adresse qu'à David. Il se lance dans un discours solennel, dont l'interprète ne traduit que des bribes :

— … Mon père m'a donné l'ordre de vous dire que, si vos femmes ont souffert durant leur séjour chez nous, leurs douleurs n'ont pas été infligées avec l'intention de leur nuire, mais du fait de notre manque de moyens et de notre ignorance quant à la façon de les traiter. Mon père désire que vous sachiez qu'elles vous sont rendues aujourd'hui dignes de tous les respects, aussi pures que les lys et protégées de tous les regards, comme les gazelles du désert.

Le prince s'incline et répond avec autant de cérémonie :

— Des égards de l'Imam envers ma famille, j'ai depuis longtemps été informé par les lettres de ma femme et de ma belle-sœur. Moi-même, en écrivant à votre père, j'ai eu plus d'une fois l'occasion de lui exprimer ma gratitude à ce sujet… Je vous prie maintenant de lui présenter de ma part mes plus sincères remerciements.

Les formes ont été préservées dans tous les détails. Mohamed Ghazi peut enfin se tourner vers Djemmal-Eddin.

Ils se tiennent face à face, poliment.

Même taille, même jeunesse, même élégance, même noblesse…

L'un porte l'uniforme bleu, pourpre et doré des lanciers, l'autre la tcherkeska… Les deux revers de la même médaille.

Ils s'observent avec sérieux. Chacun retrouve dans le visage de l'autre ses propres traits. Rien toutefois dans leurs yeux ne trahit leurs sentiments, rien dans leur expression ne témoigne des émotions contradictoires qui les agite… Une tempête.

Ils se saluent d'un hochement de tête, un salut identique… Puis ils s'étreignent.

Les Murides baissent leurs fusils et crient *La ilaha illa Allah*, « Il n'y a pas d'autre dieu que Dieu ».

Aux yeux des Russes, l'embrassade des frères paraît glaciale.

L'heure de prendre congé a maintenant sonné.

Djemmal-Eddin se tourne vers le baron Nicolaï, vers le prince Bagration, vers les officiers.

Tous se découvrent et le saluent.

Il se tourne vers le prince Tchavtchavadzé.

David se tient entouré de ses enfants. Il n'a pas encore rencontré son épouse. Mais, à l'attitude de Djemmal-Eddin lors de son coup d'œil dans les chariots, il a deviné qu'elle s'y trouve et qu'elle est vivante.

Le prince lui sert la main avec chaleur, l'assurant que s'il devait, un jour, avoir besoin de quoi que ce soit dans ses montagnes, d'un livre ou d'autre chose…

Tchavtchavadzé se tait un instant. Que pourrait-il ajouter, sinon le mot qu'il prononce ?

— Merci.

Les deux hommes s'étreignent.

L'adieu de ces deux frères-là ne ressemble pas à l'embrassade de tout à l'heure.

Djemmal-Eddin saute en selle.

Milioutine et Buxhöwden, qui ont mission – conformément aux ordres du Tsar défunt – de raccompagner leur ami jusque chez son père, poussent leurs chevaux et se rapprochent des rangs murides. De son côté, le naïb Khadji, qui avait donné le signal de l'échange, se rapproche des rangs russes.

Il tient à bout de bras un paquet, qu'il tend à Djemmal-Eddin. Ce dernier se tourne vers l'interprète qui lui explique :

— L'Imam ne veut revoir son fils que dans le costume de son pays.

Djemmal-Eddin esquisse un geste de recul :

— Comment pourrais-je me déshabiller ici, devant tout ce monde ?

— Les désirs de l'Imam sont des lois… Vous apprendrez que personne ne désobéit à votre père, personne.

— On peut nous voir de partout, objecte le jeune homme. Même de l'autre rive.

— Cela ne pose aucun problème, assure l'interprète. Allons derrière l'arbre mort.

Djemmal-Eddin a pâli.

Il ressent cette ultime exigence – un changement de costume, ici, en public, devant ses pairs, devant les officiers russes, devant les princesses – comme une humiliation.

L'interprète insiste et répète :

— Allons derrière l'arbre mort.

Son ton est à l'inquiétude. L'interprète redoute « l'incident », le petit dérapage que tous, Russes et Murides, n'ont pas cessé de craindre depuis le début de l'échange…

Djemmal-Eddin lit l'anxiété dans les regards de ceux qui l'entourent et l'observent.

Qu'arrivera-t-il ici, maintenant, au cœur de cette plaine, s'il refuse d'aller jusqu'au bout du sacrifice ?

Il n'a d'autre choix que de contenir sa révolte et d'obtempérer.

Il avance jusqu'aux branches.

Il met à nouveau pied à terre. Khadji, Buxhöwden, Milioutine et les trente-cinq Murides l'ont suivi. Ils ont mis pied à terre, eux aussi. Ils forment un cercle autour de lui. Ils l'isolent et le cachent.

Djemmal-Eddin déboutonne sa tunique.

Durant sa courte vie, il n'aura donc fait que cela, songe-t-il avec amertume : se changer !… Passer d'un costume à l'autre… De la tcherkeska à l'uniforme… De l'uniforme à la tcherkeska… Combien de fois ?

Combien de fois durant son enfance, combien de fois durant son adolescence, durant sa jeunesse a-t-il dû renoncer au symbole de son appartenance ?

La gorge serrée, il renonce une dernière fois.

Il renonce à ses galons d'officier, à ses épaulettes, à ses aiguillettes… À sa casquette russe, à sa tunique russe, à ses armes russes.

Il se dépouille de son passé, de son avenir, de Lisa, de tout ce qui lui tenait à cœur…

Il émerge du cercle.

En d'autres circonstances, Sacha aurait poussé un sifflement… Splendide, mon vieux ! Bux, non sans raillerie, aurait admiré le spectacle.

Ainsi vêtu de noir, et coiffé de la haute papakha que drape le turban immaculé de son père, le poignet ceint du fouet, la taille étranglée dans les lanières qui retiennent ses poignards, Djemmal-Eddin incarne le djighit de la littérature russe, des récits, de la poésie russe… Un héros de Pouchkine.

Splendide, vraiment !

Mais Buxhöwden devine trop bien le drame que recouvre la perfection des apparences pour s'esclaffer.

Détachant son baudrier, il tend à son ami son propre sabre.

— Prends-le, en souvenir… (Il essaie encore de plaisanter, de se moquer.) Mais je t'en conjure, mon cher… (Il tente d'ironiser une dernière fois :) … Ne tue aucun des nôtres avec ça !

Djemmal-Eddin accepte le présent.

— Ni les nôtres, lui répond-il… (Il a les larmes aux yeux.) Ni les leurs.

Il ceint rapidement le baudrier sur sa tcherkeska. Le sabre de Buxhöwden se mélange aux kinjals de Shamil.

À cet instant, un adolescent fend la foule des Murides et se rue dans ses bras : son petit frère, Mohamed Sheffi.

Surpris, ému, Djemmal-Eddin l'étreint.

Leur embrassade n'évoque pas le baiser de Mohamed Ghazi.

Djemmal-Eddin saute sur le cheval blanc, le splendide étalon caparaçonné du tapis rouge, que quelqu'un a amené jusqu'ici. Le cheval attendait son nouveau maître à quelques pas.

Le cavalier noir passe à côté des chariots.

Les femmes n'ont pas osé se dévoiler devant les Murides. Mais elles ont repousssé les bâches. Elles se tiennent debout en pleine lumière, toutes.

Il les salue d'un ultime hochement de tête et s'éloigne.

Elles le regardent s'en aller. L'une pleure sous son châle. Elle pleure de gratitude. Elle pleure de regret, elle pleure de pitié. Elle pleure sur lui. Elle pleure sur elle.

Varenka n'ignore pas le destin qui attend Djemmal-Eddin, toutes les difficultés qu'il va rencontrer pour s'adapter à ce monde si nouveau, si différent, qu'elle-même vient de découvrir et qu'elle-même vient de quitter.

Les trois fils de l'Imam traversent le fleuve côte à côte.

Suivis de l'interprète, des deux lanciers Vladimirski, des trente-cinq Murides, des chariots, et des bagages de Djemmal-Eddin, ils parviennent sans encombre sur l'autre rive.

Mais à peine ont-ils atteint la grève, qu'ils sont entourés par une horde de Montagnards en délire. Tous veulent voir, toucher, palper, baiser la main du fils aîné de leur guide, baiser sa jambe, baiser ses bottes.

Djemmal-Eddin, le bien-aimé…

Buxhöwden et Milioutine, bousculés, presque balayés par cette foule en liesse, se trouvent brutalement séparés du cavalier noir et du reste de la troupe.

Envers eux, les deux Russes, les Infidèles, les Giaours, la populace se montre beaucoup moins amène. Elle les insulte et les menace.

Djemmal-Eddin tente de poursuivre sa difficile progression vers son père. Lui aussi est isolé. La foule l'a séparé de Mohamed Ghazi et de Mohamed Sheffi.

Autour de lui, les hommes à pied, d'humbles villageois aux tcherkeskas misérables, aux papakhas hirsutes – les gens des aouls –, poussent des cris gutturaux : ils hurlent de joie à sa vue.

Mais aux oreilles de Djemmal-Eddin, leur allégresse sonne comme une menace.

Sur l'étroit chemin de montagne qui mène au parasol noir, la foule devient à chaque seconde plus nombreuse, plus agitée, plus dense.

Impossible d'avancer.

Djemmal-Eddin s'arrête. Il se retourne.

Il voit les Montagnards qui s'en sont pris aux chevaux de Milioutine et de Bux et qui tentent, en bousculant leur monture, de les faire tomber hors du sentier. Livrés sans défense aux hommes qui les insultent, les deux lanciers perdent du terrain. Ils vont être renversés.

Djemmal-Eddin crie quelque chose. Il exige que Milioutine et Buxhöwden remontent à ses côtés et qu'ils y restent… La vérité est qu'il craint pour eux le lynchage. Nul ne comprend ses ordres.

Son étalon se cabre.

L'interprète, emporté loin de lui, ne parvient pas à traduire ses paroles.

Djemmal-Eddin fait comprendre par gestes qu'il ne fera pas un pas de plus si la foule ne s'ouvre pas pour laisser passer son escorte. Dans la bousculade qui suit, Bux et Milioutine finissent par le rejoindre. Il les attrape chacun par une manche et les tient pour qu'ils ne soient pas à nouveau balayés. Il pousse son cheval sur le sentier sans les lâcher. Les trois hommes avancent de front.

À quelques pas du dais où Shamil trône et l'attend, un Muride descend dans sa direction. Il est à pied et fend la populace à coups de fouet... Yunus.

Il s'avance vers Djemmal-Eddin.

Mais Djemmal-Eddin, que le peuple continue d'attraper par la jambe en hurlant, d'embrasser, de pousser, de presser, ne le salue pas.

Il exige à nouveau, il ordonne que le peuple recule.

Il le crie en russe à ceux qui l'entourent. Sa voix domine le tumulte.

Il a commencé de perdre son sang-froid.

La foule, sans comprendre la raison de sa colère, bat en retraite et se masse à quelques pas.

Yunus la maintient à distance.

Djemmal-Eddin s'avance vers l'Imam. Il est à nouveau encadré par ses deux frères. Bux et Milioutine les suivent de près.

Quand ils se trouvent à dix pas de Shamil, Djemmal-Eddin et les autres descendent de cheval.

Djemmal-Eddin tremble de tous ses membres. Dans son émotion, il ne parvient même pas à regarder son père.

Après toutes ces années d'attente, il ne réussit plus à le voir.

Il s'approche à pas lents, il s'incline.

Il est happé par Shamil, qui l'attire dans ses bras ouverts et le reçoit contre lui. Les larmes de l'Imam ruissellent sans discontinuer sur son visage, sur sa barbe. L'Imam ne peut plus s'arrêter de pleurer.

Dans les bras l'un de l'autre, père et fils restent enlacés. Chacun sent le cœur de l'autre battre contre sa poitrine.

Ils se taisent...

Tous respectent leur silence.

Après ces premiers instants, l'Imam lève le regard vers ceux qui l'entourent et dit avec ferveur :

— Je remercie Dieu d'avoir préservé mon fils... Je remercie le Tsar d'avoir permis qu'il revienne... Et je remercie les princes d'avoir contribué à son retour.

Il remarque alors Milioutine et Buxhöwden qui se tiennent aux côtés de Mohamed Ghazi et de Mohamed Sheffi.

Il s'adresse à l'interprète :

— Qui sont-ils ?

— Les camarades d'enfance de votre fils, qui voulaient vous présenter leurs respects, répond l'interprète.

— Je les en remercie, acquiesce Shamil.

Djemmal-Eddin s'est dégagé de l'étreinte de son père. Il se relève.

Ses amis demandent s'ils peuvent lui dire adieu à la façon russe.

— Pourquoi pas ? répond Djemmal-Eddin.

Avec fougue, il les étreint et les embrasse chacun, trois fois.

Shamil, qui craint que le spectacle de Djemmal-Eddin dans les bras des Giaours fasse très mauvaise impression à son peuple, justifie son comportement en expliquant d'une voix forte à tous ceux qui les entourent :

— Ces trois garçons ont grandi ensemble !

L'Imam se lève à son tour.

Il salue poliment Milioutine et Bux. Il ordonne à Mohamed Ghazi de les reconduire et d'assurer leur protection jusqu'à l'autre rive, avec une garde de cent Murides.

Cette fois, les adieux entre les trois anciens cadets sont définitifs.

Djemmal-Eddin embrasse à nouveau ses compagnons et leur demande de se souvenir de lui. Il leur dit aussi d'exprimer ses regrets au prince Orbeliani de n'avoir pu faire sa connaissance.

Grand seigneur et courtois, jusqu'au bout.

L'interprète et les officiers retraversent le fleuve. Ils rejoignent le convoi russe sur la colline.

Les Russes disparus, les coups de feu qui saluent le retour du fils de l'Imam éclatent sans retenue.

Bux et Milioutine garderont longtemps dans les oreilles l'explosion de la fusillade et la clameur des hommes derrière eux.

Ils se retournent.

Tous deux cherchent du regard un cavalier noir, plus élégant, plus noble que les autres… Ils l'aperçoivent de dos.

À cheval aux côtés de Shamil, Djemmal-Eddin grimpe le rocher en direction du bois. Il zigzague entre les hampes des fanions que l'on arrache, des étendards que l'on emporte, des tapis, des tentes que l'on roule… L'armée plie bagage.

Père et fils s'éloignent vers la forêt.

Ils sont aujourd'hui de la même force, de la même taille. Le plus âgé monte une jument grise, le plus jeune un grand étalon blanc. Le pan de leur turban descend en droite ligne, jusqu'aux reins.

Djemmal-Eddin semble flotter un instant au-dessus du parasol abandonné, au-dessus du peuple qui grouille autour de lui.

Puis soudain, comme dévoré par la montagne, il disparaît.

Ni Sacha Milioutine, ni le comte Buxhöwden, ni le prince Tchavtchavadzé, ni aucun des officiers présents lors de la cérémonie de l'échange ne reverront jamais le « fils du rebelle ».

Mais ils témoigneront bientôt qu'en le regardant s'enfoncer sur les sentiers du Caucase, ils avaient eu le sentiment que Djemmal-Eddin Shamil portait en lui tout ce qui restait de l'honneur des hommes.

Épilogue

TOUT CE QUI RESTAIT
DE L'HONNEUR DES HOMMES

LE DAGHESTAN ET LA TCHÉTCHÉNIE

1855-1858

« Les premiers temps, nous reçûmes des lettres de lui, écrira en 1919 Elizaveta Petrovna Olenina, alors âgée de quatre-vingt-sept ans. J'appris ainsi qu'il avait tenté de s'évader trois fois, et qu'il avait été repris trois fois par son frère Mohamed Ghazi, dont il était devenu le prisonnier.

« Ce fut mon propre frère Aliocha, alors en garnison à Stavropol, qui nous transmit les messages que Djemmal-Eddin avait réussi à faire passer à travers les lignes de son père.

« Au début, Aliocha put nous donner assez réguliè-rement de ses nouvelles et nous répéter ce que l'on disait dans les forts du Caucase du sort de mon fiancé. »

On racontait qu'au lendemain de son retour, Djemmal-Eddin s'était attelé à la tâche. Il avait exploré les montagnes du Daghestan et les forêts de Tchétchénie, visité tous les nids d'aigle de son père, étudié l'état de ses fortifications, passé ses troupes en revue, examiné méthodiquement son équipement.

Les conclusions de son enquête le confortèrent dans ce qu'il avait craint et supposé : les Montagnards étaient trop peu nombreux, leur armement défectueux et vétuste, la population divisée par des luttes claniques, les villages prêts à la trahison au moindre signe de faiblesse.

La résistance muride était, à terme, vouée à l'échec.

Il s'entretint sérieusement avec son père. Il tenta de lui décrire la richesse du nouveau tsar, la puissance de son armée, et l'ampleur de son empire.

Les défaites, que la Russie essuyait à cette heure en Crimée, ne le servirent pas.

Sa plaidoirie décupla la conviction de Shamil que la victoire était proche, qu'il devait, plus que jamais, harceler les Infidèles et poursuivre contre eux la Guerre Sainte.

Le jeune homme revint à la charge, insistant non plus sur la puissance des Russes, mais sur le malheur des Montagnards. Il n'y aurait bientôt plus un seul combattant valide au Caucase. Plus de vieux, plus de jeunes... Plus d'hommes.

Les bains de sang avaient décimé les populations, chaque nouveau massacre les affaiblissait encore. Les rangs des cavaliers étaient désormais trop minces, leurs mousquets trop faibles... Si Shamil voulait assurer la survie de son peuple, il devait pactiser.

L'Imam n'avait rien entendu d'autre, jadis, à Akhoulgo : « Si nous ne négocions pas avec eux, maintenant, quand ils le désirent, ils tueront tous nos hommes, ils souilleront nos épouses, ils asserviront nos enfants ! Livre ton fils aux Russes, puisque c'est ce qu'ils veulent... Et gagne du temps. »

Négocier maintenant, répétait en écho Djemmal-Eddin, négocier tout de suite, au moment où les envahisseurs étaient occupés ailleurs et se trouvaient eux-mêmes en difficulté… Négocier avec eux quand ils étaient encore demandeurs.

Ensuite, l'heure serait passée.

Le siège de Sébastopol venait de s'achever. Les Russes, oui, avaient perdu la guerre contre l'Europe. Mais leurs troupes, au contact des puissances plus modernes, avaient beaucoup appris. Elles seraient désormais libres de se déplacer sur un autre front.

Le nouveau commandant en chef des armées du Caucase, le prince Bariatinski, était un ami personnel d'Alexandre II. Il disposerait de tous les moyens pour mener le conflit à bonne fin. Il était en outre d'une autre trempe que Grabbe et la plupart de ses prédécesseurs…

Djemmal-Eddin insistait sur l'urgence de conclure.

Il jugeait que son père pouvait encore obtenir l'essentiel – la liberté de culte, la possession des terres –, et qu'il devait lâcher sur le reste.

Ces propos, dit-on, brisèrent le cœur de Shamil.

Ils le rendirent en tout cas fou de douleur… Et fou de rage.

Un agent à la solde des Infidèles !

Un sbire des Giaours !

Son fils était donc devenu *cela* ? Un Hypocrite, un Traître !

Les Russes n'avaient probablement accepté de le renvoyer au Caucase que pour *cela* ! Qu'il espionne, qu'il trompe, qu'il corrompe son peuple !

N'était-ce pas le but de toute la manœuvre, de l'enlèvement, de l'éducation par le Grand Tsar Blanc ?

Ce dernier avait réussi à monter le fils contre le père, réussi à pervertir l'enfant et à le souiller !

Blessé au plus profond, déçu dans son attente, trahi dans son amour, Shamil souffrit à nouveau par Djemmal-Eddin.

Il se mit à fuir sa présence.

Il redouta bientôt son influence.

Quand le jeune Mohamed Sheffi, fasciné par son frère aîné, commença, lui aussi, à parler de la nécessité de conclure la paix, le courroux du père ne connut plus de bornes.

Craignant la contagion, l'Imam ôta à Djemmal-Eddin tous les objets impurs qu'il avait rapportés de chez les Infidèles : tous les vestiges de son passé russe. Il avait cru possible de le laisser vivre à sa guise dans leurs montagnes… Il s'était trompé.

Il brûla ses livres, ses romans, sa poésie, ses grammaires, ses atlas, il brûla ses instruments de physique… Et, bien sûr, les partitions de musique et le matériel de peinture.

L'Imam invitait son fils à se concentrer désormais sur la lecture du Coran, sur la connaissance du Livre des Hadits de cheik al-Buhari, et sur l'apprentissage de l'arabe. Il le priait de suivre l'enseignement des mollahs qu'il avait choisis pour son instruction et de ne sortir de la madrasa que lorsque ses maîtres l'en auraient jugé digne et capable. Il l'autorisait à puiser librement dans sa propre bibliothèque, parmi les écrits très savants de ses propres maîtres, et les précieux manuscrits que lui-même avait rassemblés.

À Tiflis, le bruit courut bientôt que Shamil voulait marier Djemmal-Eddin. Il avait choisi pour lui la fille du naïb Talguike, qu'on disait jeune, jolie et soumise.

Sans doute cherchait-il à l'inscrire dans la vie de son peuple, et dans l'avenir du Daghestan.

Mais Djemmal-Eddin répétait qu'il n'aimait pas sa promise et qu'en conséquence, il ne vivrait pas avec elle.

Il refusa donc publiquement de loger sous le même toit, et même de toucher sa femme.

Rendu furieux par ce refus qui non seulement insultait la famille de la jeune fille, mais l'humiliait, lui, par une résistance à ses ordres, Shamil devint cruel.

Son cœur était déjà brisé : il se remplit de haine.

Il fit arrêter Djemmal-Eddin et l'exila dans le fief de Mohamed Ghazi, à Karata.

Ainsi l'aîné devint-il le captif du cadet.

Mohamed Ghazi n'avait rien d'un tortionnaire : il ne jeta pas son prisonnier au fond d'un puits et ne le maltraita pas.

Mais il professait le plus total mépris envers ce que Djemmal-Eddin était devenu… *un Russe*.

Mohamed Ghazi, le cavalier blanc, était sincère et pur.

Les goûts de Djemmal-Eddin, les instincts de Djemmal-Eddin, les habitudes de Djemmal-Eddin, tout en lui l'ulcérait.

Djemmal-Eddin ne disait rien d'autre que ce que répétaient les vendus de Ghimri, d'Ountsoukoul, d'Arakhanee, tous ceux qui, par lâcheté ou par intérêt, *pour de l'argent*, se laissaient corrompre par les Infidèles et faisaient massacrer leurs propres frères !

Il le haïssait.

Comment eût-il pu s'en empêcher ?

D'autres sentiments concouraient à l'insurmontable antipathie de Mohamed Ghazi.

Djemmal-Eddin n'avait-il pas déserté leur camp durant seize ans ? Et cependant…

Cependant, du fait de son droit d'aînesse, Djemmal-Eddin restait le véritable successeur de l'Imam. Le seul héritier qui fût légitime.

C'était du moins ce que les Hypocrites et les partisans de la paix commençaient à penser. Et à dire.

Quand Djemmal-Eddin eut tenté de s'enfuir trois fois de Karata, Shamil l'exila plus haut encore…

Plus loin des aouls habités.

Plus loin surtout des lignes russes.

Dépouillé de ses livres, totalement isolé, impuissant, inutile, Djemmal-Eddin tomba malade. Ce fut du moins le bruit qui courut à Tiflis.

Dans les forts de la ligne, on disait qu'il avait pris froid au cœur de sa solitude glacée, et que le rhume avait dégénéré en pneumonie.

Nul toutefois ne connaissait les causes ni même les symptômes de son mal.

Les Murides, pour leur part, racontaient que les Giaours l'avaient empoisonné avant de le rendre.

Le silence sur le sort de Djemmal-Eddin dura plusieurs mois.

Aucun espion à la solde des Russes n'informait plus l'état-major du baron Nicolaï, du prince Orbeliani ou du prince Tchavtchavadzé de l'existence du fils de l'Imam.

Trois ans après la cérémonie de l'échange, le 15 février 1858, un Montagnard porteur d'un drapeau blanc descendit de Dargo-Veden, l'aoul où résidait Shamil, et se présenta devant le fort de Khassav-Yourt.

Il venait de la part de l'Imam réclamer des médicaments pour son fils Djemmal-Eddin.

Le commandant mesura l'importance d'un tel geste.

Que Shamil ait accepté de s'abaisser, jusqu'à demander l'aide des Infidèles, était un extraordinaire témoignage d'amour envers Djemmal-Eddin.

Cette requête humiliante répondait évidemment à un désir du jeune homme.

Elle disait l'inquiétude de l'Imam. Elle clamait devant tous, devant son peuple et devant les Russes, qu'il n'avait jamais cessé d'aimer son enfant.

Elle lui prouvait, à lui, Djemmal-Eddin, l'immensité de sa tendresse.

Le commandant se garda bien de ne pas saisir cette main tendue. Il accepta dans la seconde de rendre le service qu'on requérait de lui.

Il appela son propre chirurgien qui se fit, tant bien que mal, décrire les symptômes dont souffrait le patient, et donna quelques fioles, au hasard…

Le commandant fit dire à l'Imam que, si son fils avait besoin d'une consultation, il était prêt à lui envoyer un médecin.

Quatre mois plus tard, soit le 10 juin 1858, le même messager revint à Khassav-Yourt. L'Imam demandait la visite du médecin qu'on lui avait proposée en février.

Le commandant accepta de lui prêter le docteur Piotrovski, en échange d'un amanat.

Shamil avait prévu cette exigence. Son messager était accompagné de cinq de ses naïbs, cinq Murides qui l'attendaient dans le bois. Shamil les offrait comme otages.

Le commandant en garda trois.

Le docteur Piotrovski quitta Khassav-Yourt le lendemain.

Djemmal-Eddin habitait un village extrêmement reculé, un aoul du nom de Soul-Kadi, qu'on disait situé vers la source de l'Andi Koysou. Ce lieu passait pour inaccessible, même aux Montagnards.

Le voyage du docteur dura plus de quatre jours, une aventure qu'il décrirait lui-même comme effroyable… Outre les descentes dans des abîmes aux pierres friables qui roulaient sous les pieds, le vertige durant près de six heures sur les pentes à pic de précipices sans chemin, les conditions de son périple lui parurent d'autant plus terribles que le propre messager de Shamil et leur guide devaient se cacher des populations. Les habitants des aouls les auraient abattus s'ils avaient su la présence d'un Russe dans leurs montagnes… Massacrés tous les trois.

Le médecin arriva à Soul-Kadi tard dans la nuit du 14 juin. L'aoul lui parut particulièrement misérable.

La maison, où résidait Djemmal-Eddin, était gardée par une sentinelle : le malade vivait donc en captivité.

Des sacs de céréales traînaient partout, des fruits séchaient parmi les vêtements amoncelés sur le seuil.

La chambre de Djemmal-Eddin était à peine meublée. Un fusil et un sabre pendaient au mur.

Le jeune homme était couché sur un lit de fer.

Il se réveilla à l'entrée de son visiteur. Blême, les yeux caves, il ne cessait de tousser.

Le médecin tenta de lui poser quelques questions.

Mais Djemmal-Eddin le sentit tellement épuisé qu'il l'engagea à se coucher. Un autre matelas avait été préparé sur le sol. Le Russe, brisé, s'y effondra.

Au matin, le médecin nota que Djemmal-Eddin avait réussi à imposer d'étranges usages à ses geôliers.

Alors que lui-même manquait de tout et vivait dans la misère, il exigeait qu'on lui serve ses maigres repas avec les couverts d'argent qui avaient été volés aux princesses, et de souper dans les vestiges du service de porcelaine, les fines assiettes blanches liserées d'or, pillées naguère à Tsinandali.

Couteaux armoriés, vaisselle : ultimes symboles d'un passé perdu.

Le luxe, tous les signes de richesse ayant été proscrits par Shamil, cet attachement aux biens de ce monde apparaissait aux naïbs, et aux partisans de son frère, comme une nouvelle preuve de sa corruption.

Un tel caprice achevait de le rendre méprisable à leurs yeux.

Entouré d'espions, surveillé par des hommes que le médecin russe qualifierait de « fanatiques », le malade semblait toutefois très aimé des femmes qui le soignaient, ainsi que des habitants de Soul-Kadi et de tous ceux qui l'approchaient.

Mais il était déjà si souffrant et tellement affaibli qu'il ne pouvait plus marcher.

Le médecin expliqua son mal par le désespoir : une dépression aiguë et sans remède.

Il diagnostiqua la tuberculose.

Il trouva Djemmal-Eddin « digne, calme, raisonnable ». Et le jugea parfaitement conscient de la gravité de son état.

Le jeune homme se laissait mourir. Que pouvait-il faire d'autre ?

Le docteur Piotrovski resta deux jours à son chevet.

Le fait que Djemmal-Eddin semblait adoré et même adulé par le petit peuple – mais haï, absolument haï des naïbs – le frappa plus clairement. Les dignitaires ne cessaient de le calomnier, le présentant partout, notamment à ceux qui ne le connaissaient pas, comme un dégénéré.

C'étaient eux, les naïbs de Shamil, qui avaient contraint le père à lui interdire la lecture des journaux russes – cette presse de Pétersbourg que Shamil lui-même se faisait traduire –, une ultime privation qui était venue s'ajouter à toutes les autres.

Djemmal-Eddin expliquait que l'Imam n'avait pas eu le choix : il avait dû le briser et le faire taire pour conserver l'amour et la confiance de ses capitaines.

Aux yeux du médecin, ce pardon n'avait aucun sens : les circonstances, l'opinion publique, la nécessité avaient bien pu contraindre Shamil… Les résultats étaient là. Il avait tué son fils.

Et les méthodes de la médecine locale l'achevaient.

On soignait Djemmal-Eddin avec du salpêtre recueilli sous les grands cailloux de l'aoul, salpêtre mélangé avec des plantes pourries et des minéraux. On lui faisait avaler ces concoctions de pierre moulue avec du lait d'ânesse, un mélange qui produisait sur le pauvre malade un effet désastreux.

« Je n'ai pas pu guérir Djemmal-Eddin, écrira le médecin dans son rapport au commandant du fort de Khassav-Yourt… Ni même tenir sa maladie en respect. J'ai seulement essayé de soulager ses souffrances.

« Je suis malheureusement certain qu'il ne vivra pas plus de deux ou trois mois… Au maximum.

« Ajouterai-je qu'au lieu de se préparer à ce grand et dernier événement qu'est la mort, ce jeune homme, si conscient et si digne, passe son temps à contempler les bijoux volés aux princesses, en juillet 1854 ?

« Il considère notamment leurs pendants d'oreilles comme sa propriété personnelle. Il les cache sous son matelas et les dissimule avec soin.

« Mais quand la nuit tombe, il sort délicatement de leur écrin deux petites boucles d'oreilles… Deux minuscules gouttes de diamant.

« Il les garde dans sa main. Il les contemple au fond de sa paume ouverte. Il ne se lasse pas d'admirer ces minuscules larmes de pierre.

« Sans doute cette occupation lui masque-t-elle la Mort qui se tient au pied de son grabat ?

« Ah ! Seigneur, que la condition humaine est curieuse et pleine de contradictions ! Qui eût pu imaginer que cet être, en apparence civilisé, ne s'intéresserait au bout du compte qu'à des diamants volés ? Et qu'au seuil de la mort, il ne se laisserait fasciner que par ce qui brille, comme tous les sauvages ? »

Le médecin manquait singulièrement d'imagination.

Une femme aurait peut-être pu comprendre le secret de cette contemplation.

Lisa.

Lors de leur rencontre… Au relais de Torjok… Entre les mèches qui cascadaient sur ses tempes, ne portait-elle pas, ce jour-là, deux larmes de diamant qui accrochaient le soleil ?

La première vision d'une jeune fille blonde parmi les chevaux, le coup de foudre qui l'avait ébloui.

La première promesse de bonheur.

… La prochaine fois que je te tiendrai ainsi, avait-il murmuré.

C'était le matin du départ pour la Pologne.

Il avait pris le visage de sa fiancée entre ses mains :

La prochaine fois...

La prochaine fois que les petites gouttes de lumière qui dansaient aux oreilles de Lisa trembleraient ainsi entre ses doigts, ce serait pour toute leur vie !

Il ne l'avait jamais revue.

« Mon frère Aliocha reçut sa dernière lettre en date du 25 juin 1858.

Djemmal-Eddin lui écrivait ceci : *Je meurs dans beaucoup de souffrances, et lentement. Je t'en supplie, essaie de venir me voir et tâche d'amener avec toi un autre docteur russe. Je refuse de me laisser soigner davantage par les médecins locaux. Je t'en supplie, apporte surtout un petit mot de la main de Lisa, afin que je puisse voir son écriture une dernière fois. Dépêche-toi, sinon tu risques d'arriver trop tard. Embrasse Lisa pour moi... Qu'elle sache que je ne l'oublie pas. Qu'elle sache que je l'aime.*

« Mon frère se mit aussitôt en route.

« Mais, alors qu'il se trouvait dans la montagne, à moins de trois verstes de Soul-Kadi, un kounak de Djemmal-Eddin se précipita à sa rencontre, lui barra le sentier et lui donna de la part de mon fiancé le message suivant : *Retourne vite dans ton régiment, Aliocha. J'ai appris qu'ils ne te laissaient monter jusqu'à moi que pour te capturer. Va-t'en, fuis, je ne peux pas, je ne veux pas te voir. De toute manière, je suis perdu.*

« Comme d'habitude, Djemmal-Eddin disait vrai...

« Il mourut quelques jours plus tard, le 12 juillet 1858.

« Il avait vingt-sept ans.

« Il repose, dit-on, sur l'une des terrasses du village, devant l'immensité du Caucase.

« Pour ma part, plus de soixante ans après sa disparition, je continue de porter en moi, vivant, le souvenir
de son amour : la tendresse de Djemmal-Eddin était
sans limites, comme toutes ses passions.

« Il m'avait écrit : "Lisa, je vais mourir sans toi au
Caucase."

« Notre histoire s'est terminée sur ces mots.

« J'ose affirmer, à la veille de ma propre disparition,
que j'aurais été heureuse en épousant un homme d'une
telle trempe.

« Pour mon malheur, le destin tout-puissant en a
décidé autrement... »

ANNEXES

CE QU'ILS SONT DEVENUS

ELIZAVETA PETROVNA OLENINA

Lisa se mariera deux fois. La première avec Hippolyte Alexandrovitch Dimitriev-Mamonov. La seconde
avec le fils du baron Alexandre Engelhardt. Les deux
alliances sont flatteuses : ses époux appartiennent à
l'aristocratie et fréquentent les cercles les plus étroits
de la cour. En 1919, sur les instances de ses proches,
elle écrit ses souvenirs. Elle y évoque les person-
nalités du monde littéraire qu'elle rencontrait chez son
grand-père Olénine, les émotions de son premier bal,
et sa passion pour Djemmal-Eddin qu'elle dépeint
comme l'amour de sa vie. Plus de soixante ans après
la disparition du jeune homme, il continue d'apparaître à ses yeux comme un idéal de bonheur et un
rêve d'absolu. Il incarne la dignité humaine, l'honneur
et la beauté : « ... Il était grand, brun, très bien pro-
portionné, répète-t-elle à plusieurs reprises, d'allure
royale. » Elle connaîtra les tourmentes de la révolution et mourra en 1922 à l'âge de quatre-vingt-
dix ans.

LA PRINCESSE ORBELIANI ET LA PRINCESSE TCHAVTCHAVADZÉ

Au terme de huit mois de captivité, leur faiblesse physique et leur délabrement moral les obligeront à un très lent voyage de retour à travers le Caucase. De tous les otages, la princesse Anna, qui se croit coupable de la mort de sa fille – le bébé, qu'elle avait lâché durant la cavalcade lors de l'enlèvement –, est la plus douloureusement touchée. Malade pendant sa détention, elle perdra sa somptueuse chevelure et ne se remettra qu'avec difficulté de ses épreuves. Les deux sœurs repartiront pour Moscou et Saint-Pétersbourg remercier les Romanov d'avoir permis leur libération, en consentant au retour de Djemmal-Eddin. Elles seront retenues près d'une semaine au Cottage d'Alexandria-Peterhof, où la tsarine Alexandra Feodorovna, devenue l'impératrice mère, donnera pour elles « un bal champêtre », appartenant à un autre temps. Le paiement de la rançon a si gravement compromis la fortune des Tchavtchavadzé, que le tsar Alexandre II décidera de relever Tsinandali à ses frais et de reconstruire la maison sur sa propre cassette. La famille gardera l'usufruit du domaine qui reviendra à la Russie après la mort du prince David. Le manoir se dresse toujours dans son jardin tropical, au-dessus de la rivière. La princesse Varvara ne se remariera que tardivement et mourra en 1884, sans autre postérité que son fils Georges. La princesse Anna mourra vingt ans plus tard, entourée de ses très nombreux enfants et petits-enfants. Elles brosseront de l'imam Shamil le portrait d'un grand chef d'État. Leurs récits et celui de la gouvernante française enlevée avec elles, premiers témoignages directs sur les mœurs et le caractère de l'Imam, changeront la perception du personnage. Elles le décrivent comme un homme pieux, intègre, loyal, noble, luttant pour l'indépendance de son peuple. L'admiration et le respect des princesses contribueront à la connaissance de l'imam Shamil et à son immense popularité en Russie et dans l'Europe entière.

En France, le *Journal de Toulouse* publiera même une étrange notice nécrologique, un entrefilet placé juste avant le bulletin agricole, en date du 19 octobre 1858. Le journal a le regret d'annoncer à ses lecteurs le décès de « Djemmal-Eddin, fils de Shamil », décès survenu à Soul-Kadi au Caucase, suite à une maladie que son médecin attribue à des souffrances morales.

L'IMAM SHAMIL

En août 1859, à peine plus d'un an après la disparition de Djemmal-Eddin, les prédictions du jeune homme se réalisent.

Trahi par ses naïbs, abandonné par le petit peuple, pillé par les habitants des aouls, assailli sur tous les fronts par les Russes, Shamil doit déposer les armes : il est vaincu. Il mène toutefois son ultime combat avec Yunus, avec Mohamed Ghazi, avec quatre cents autres braves, qui luttent avec lui pour l'honneur et pour la plus grande gloire de Dieu. Tous savent la guerre perdue contre l'envahisseur : Shamil espère seulement mourir les armes à la main, dans le village de Gounib qu'il défend une dernière fois. Néanmoins, pour épargner sa famille, les femmes, et les enfants, il va accepter l'humiliation de se rendre vivant. Le général

Dimitri Alexeïevitch Milioutine, alors aide de camp du prince Bariatinski, assiste à la scène de sa reddition. Ni Shamil, ni Yunus, ni aucun des cinquante Murides survivants ne doutent que les Infidèles vont envoyer ses fils en esclavage et l'exécuter. Ils se trompent.

Exilé en Russie aux côtés de Mohamed Ghazi, Shamil est traité avec les honneurs dus à un guerrier. Le voyage vers le nord, que père et fils croient être une longue marche vers l'échafaud, se transforme même en une tournée triomphale. Dans toutes les villes qui jalonnent son parcours, Shamil est reçu comme un héros. Des foules immenses se déplacent pour l'accueillir, se pressent pour le couvrir de guirlandes, le rencontrer, le saluer, des fêtes sont données en son honneur. Il est reçu par l'empereur Alexandre II – l'homme qu'on appellera un jour le « Tsar libérateur » – qui l'embrasse, l'appelle son ami, et passe son armée en revue avec lui. D'abord méfiant, puis surpris par cet accueil, enfin totalement bouleversé, Shamil observe le monde qui l'entoure. Il se rappelle les récits de Djemmal-Eddin, tout ce que son fils lui avait raconté, tout ce qu'il n'avait pas voulu croire. Le souvenir de son enfant, sacrifié par deux fois, ne le quitte plus. Il retourne sur les pas du jeune homme, rencontre ceux qui l'ont aimé, visite les lieux qu'il avait fréquentés. Son second fils Mohamed Sheffi, ses épouses, son trésorier, sa suite le rejoignent à Kalouga, petite ville au sud de Moscou. Shamil et les siens y vivront sous surveillance, mais honorés et respectés, pendant près de dix ans. En 1866, Shamil et ses fils font allégeance au Tsar et prêtent serment de fidélité à la Russie. Le climat de Moscou s'étant révélé fatal à plusieurs membres de sa maison, il obtient d'être transféré avec les siens plus au sud, à Kiev. Devenu citoyen russe à la suite de son serment, Shamil est enfin autorisé à quitter la Russie pour accomplir son pèlerinage à La Mecque.

Il meurt à Médine le 4 février 1871, où il repose selon ses vœux.

Quelques années après sa reddition, le martyre de son peuple avait toutefois recommencé au Caucase.

Populations massacrées, dépouillées, déportées. Une suite de crimes, plus effroyables et plus barbares que jamais, suivront.

L'épopée de l'imam Shamil sera bientôt récupérée par les deux camps, tant par les Russes que par les Tchétchènes et les Daghestanais.

Au Musée national d'Histoire à Moscou, une salle entière lui est consacrée. On y voit son portrait, celui de ses enfants, tout un parcours d'images racontant ses exploits.

Au Daghestan et en Tchétchénie, l'imam Shamil reste à jamais l'incarnation de l'union des Musulmans du Caucase, de la lutte armée pour le triomphe de Dieu, pour l'honneur des hommes, et la liberté des peuples.

Ses deux fils se partageront cet héritage à la fois religieux, politique et moral.

L'un, Mohamed Ghazi, n'acceptera jamais le joug de la Russie et continuera de lutter pour l'indépendance. Il s'installera à Constantinople et combattra du côté turc, lors des guerres à venir.

Le second, Mohamed Sheffi, servira l'armée du Tsar.

Un troisième fils, né en captivité à Kalouga, tentera de concilier ses deux appartenances, russe et daghestanaise. Celui-là donnera à son propre fils le nom du frère mythique qu'il n'a jamais connu : Djemmal-Eddin.

Ce second « Djemmal-Eddin Shamil » deviendra, lui aussi, lieutenant dans l'armée russe. En 1911, Djemmal-Eddin n° 2, alors en garnison au sud de Tiflis, s'éprendra à son tour d'une princesse géorgienne, qu'il enlèvera et qu'il épousera. Il installera sa femme chrétienne avec leur petit garçon dans le village natal de sa famille – Ghimri – avant de disparaître dans la tempête de la Première Guerre mondiale…

Mais cela est une autre histoire…

GLOSSAIRE

Abrek : bandit d'honneur, hors-la-loi au Caucase.

Adat : loi des Anciens qui régit le code de la vie quotidienne au Caucase.

Amanat : otage donné en garant de bonne foi durant les négociations de paix au Caucase.

Aoul : village de montagne du Caucase.

Atalik : sorte de tuteur qui seconde les parents et veille sur l'éducation de l'enfant mâle au Caucase.

Avar : peuple du Caucase auquel Djemmal-Eddin appartient.

Beck : titre nobiliaire.

Bourka : cape noire, imperméable, en poil de chèvre.

Cadi : autorité religieuse veillant au respect de la Charia, avec pouvoir judiciaire.

Chachka : sabre à peine incurvé qui, au Caucase, se porte en bandoulière.

Charia : la Loi de Dieu.

Cornette : premier grade d'officier dans la cavalerie russe, équivalant à sous-lieutenant.

Djighit : guerrier à cheval au Caucase.

Djighitovka : fantasia de djighits.

Ghizir : étui à cartouches barrant la tcherkeska.

Giaour : terme péjoratif désignant les Infidèles.

Hakika : la Vérité.

Junker : élève officier russe, grade en dessous de cornette.

Kanly : code complexe de la loi du sang et de la vengeance au Caucase.

Khan : titre de l'aristocratie du Caucase, prince.

Kibitka : petit attelage russe à deux places, sur roues l'été, sur patins l'hiver.

Kinjal : long poignard droit.

Kokochnik : tiare traditionnelle russe, rendue obligatoire par Nicolas Ier pour les dames de la cour aux bals officiels.

Kopek : centième partie du rouble, qui équivaut, vers 1850, à environ 15 centimes d'euro.

Kounak : ami à la vie et à la mort au Caucase.

Kumik : langue vernaculaire des peuples du Caucase de l'Est.

Lesghien : peuple du Caucase, proche des Avars et des Tchétchènes.

Madrasa : institution d'enseignement islamique, lieu de l'étude.

Montagnard : dénomination générale s'appliquant à tous les Musulmans du Caucase aux yeux des Russes. Les Montagnards comprennent les Circassiens, les Kabardins, les Ossètes, les Tchétchènes, les Ingouches, les Lesghiens, et les Avars.

Murchide : guide spirituel au Caucase.

Muride : disciple d'un cheik soufi. Guerrier de Shamil.

Murtaghazet : combattant issu d'un aoul.

Naïb : chef de guerre de Shamil, avec des pouvoirs sur une région.

Naqshbandi : confrérie soufie à laquelle appartient Shamil.

Oukase : édit promulgué par le Tsar.

Ouzden : homme libre au Caucase.

Padisha : titre du sultan de Constantinople. Empereur.

Papakha : haut bonnet d'agneau.

Rouble : monnaie russe qui, vers 1850, vaut approximativement 15 euros.

Saklia : maison dans un village de Montagnards.

Sérail : mot utilisé ici dans le sens de harem, partie de la maison réservée aux femmes.

Sourate : chapitre du Coran.

Tariqua : la Voie vers Dieu.

Tcherkesse : Circassien. Principale nation de la partie occidentale du Caucase. Quelquefois utilisé à tort comme terme générique désignant un natif du Caucase.

Tcherkeska : vêtement d'homme, boutonné et cintré.

Verste : distance correspondant à 1,07 kilomètre.

Zikr : méthode de prière conduisant à l'extase mystique et permettant l'union directe avec Dieu.

LISTE DES PRINCIPAUX PERSONNAGES
ET DES LIEUX

Abdul Aziz : chirurgien d'Ountsoukoul, village du Daghestan. Et grand-père maternel de Djemmal-Eddin.

Akhbirdil : naïb de Shamil, qui insulte le général Klüge von Klugenau lors de la rencontre de Chirquata en septembre 1837.

Akhoulgo : village du Daghestan, qui sert de forteresse et de quartier général à Shamil entre 1837 et 1839. Les Russes en font le siège durant l'été 1839. Le tsar Nicolas Ier considère la chute de ce village comme un triomphe qui signe la fin des guerres du Caucase. Le 5 septembre 1839, il fait donc frapper une médaille pour tous les officiers, sous-officiers et soldats ayant combattu à Akhoulgo.

Alexandra Feodorovna (tsarine, épouse de Nicolas Ier) (juillet 1798-octobre 1860) : mariée en juillet 1817. Naissance de son premier fils, le futur Alexandre II, le 17 avril 1818. Suivront trois filles et trois autres garçons.

Alexandra Nicolaïevna (Adini) : troisième fille du tsar Nicolas Ier et de la tsarine Alexandra Feodorovna, née en 1825, mariée en 1843, morte en 1844.

Alexandre Ier (Pavlovitch) : tsar de 1801 à 1825, frère aîné de Nicolas Ier. Vainqueur de Napoléon.

Alexandre II : premier fils de Nicolas Ier, né au Kremlin le 17 avril 1818, mort en 1881. Épouse le 28 avril 1841 Marie de Hesse-Darmstadt (Maria Alexandrovna). Règne à la mort de son père à partir de février 1855. Se fera couronner après la fin de la guerre de Crimée en 1856.

Ali Bek al-Kunzahki : naïb qui défend la tour de Surkhaïaï à Akhoulgo.

Andi Koysou : rivière au pied d'Akhoulgo, dont un des affluents est une autre rivière nommée Ashilta, comme le village.

Ashilta : fief maternel de Shamil, où il fut consacré Imam en 1834 et qui sera détruit par Fézé le 13 mai 1837.

Avar : peuple du Caucase, auquel appartient Djemmal-Eddin.

Bahou-Messadou : grand-mère paternelle de Djemmal-Eddin.

Baratachvili, Nina (= princesse Nina Baratov) : née en 1837, nièce de Grigol et d'Elico Orbeliani. Elle a dix-sept ans en 1854, quand elle est prise en otage avec la maisonnée de Tsinandali lors du raid des hommes de Shamil.

Bariatinski (prince Alexandre Ivanovitch) : vice-roi du Caucase qui recevra la reddition de Shamil à Gounib en 1859.

Barti Khan : oncle maternel de Shamil, qui l'assiste à Akhoulgo.

Bashlik-Atslikar : bataille près d'Ogüzlu en Turquie, où périt Elico Orbeliani, mari de Varvara, en 1854.

Buxhöwden, comte Sergueï Petrovitch (1828-1899) : ami de cœur de Djemmal-Eddin, rencontré au Premier Corps des Cadets. Il l'accompagnera dans le Caucase le 15 janvier 1855.

Burnaia : l'Impétueuse, fort russe.

Chirquata : village du Daghestan dépendant de Shamil.

Chouanète : quatrième épouse de Shamil, née en 1825 et morte en 1876, sa préférée après la mort de Fatima.

Constantin Nicolaïevitch (1827-1892) : grand-duc, second fils de Nicolas Ier et frère cadet d'Alexandre II.

Constantin Pavlovitch : grand-duc, l'un des deux frères aînés de Nicolas Ier, vice-roi de Pologne qui meurt du choléra lors du soulèvement polonais de 1831. Il aurait dû succéder au tsar Alexandre Ier en 1825, mais avait renoncé au trône au profit de Nicolas Ier, une vacation de pouvoir qui provoqua le soulèvement des Décembristes.

Cooper, James Fenimore (1789-1851) : avec Walter Scott, le romancier préféré de Djemmal-Eddin.

Corps des Cadets Alexandrovski de Tsarskoïe Selo (Noël 1839-août 1841) : école pour enfants du « premier âge » (six à neuf ans), fils d'officiers pauvres ou décédés. Sous l'égide d'un directeur, l'enseignement est confié à des femmes. Djemmal-Eddin y est transféré après son passage au Premier Corps des Cadets de Moscou, où il était resté de septembre à décembre 1839.

Corps des Cadets de Moscou (septembre à décembre 1839) : après son enlèvement, Djemmal-Eddin est placé dans la section des élèves en bas âge des Cadets de Moscou. Il n'y séjourne que trois mois, du fait de l'absence d'un mollah qui puisse l'instruire dans sa religion.

Cottage, Peterhof-Alexandria : demeure de la famille impériale dans le golfe de Finlande, où la tsarine

Alexandra rassemble ses proches. Djemmal-Eddin y passe ses étés entre 1846 et 1850.

Daghestan : région du Caucase, mitoyenne de la Tchétchénie.

Daniyal Bek : sultan d'Elisou, l'un des piliers de l'alliance avec les Russes, qui rallie Shamil en 1844. Sa fille épouse Mohamed Ghazi, frère cadet de Djemmal-Eddin, en 1851.

Dargo-Veden : quartier général de Shamil en Tchétchénie où il retient les princesses captives en 1854-1855.

Dengan : père de Shamil, ouzden « homme libre » de Ghimri au Daghestan.

Dimitriev-Mamonov (Hippolyte Alexandrovitch) : veuf de Praskovia Nevedomskaya en 1860, il épouse en secondes noces l'ancienne fiancée de Djemmal-Eddin, Elizaveta Petrovna Olenina.

Djawarat : deuxième épouse de Shamil, née à Ghimri en 1821, morte à Akhoulgo en 1839.

Djemmal-Eddin : premier fils de Shamil, né le 15 juin 1831 à Ghimri, mort le 12 juillet 1858 à Soul-Kadi.

Engelhardt (baron R. Antonovitch) : épouse la veuve de Dimitriev-Mamonov, Elizaveta Petrovna Olenina, l'ancienne fiancée de Djemmal-Eddin.

Fézé (général Karl Karlovitch) : bourreau d'Ashilta, d'Akhoulgo et de Tiliq en 1837.

Fatima : mère de Djemmal-Eddin, première femme de Shamil, née à Ountsoukoul en 1810, morte à Alousind en 1845.

Garashkiti : village de grande Tchétchénie où Shamil et sa famille trouvent refuge après leur fuite d'Akhoulgo en 1839.

Ghimri : ville natale de Shamil et de Djemmal-Eddin, assaillie et rasée une première fois en octobre 1832, rasée une deuxième fois après l'élection de Shamil à l'imamat en 1834, et rasée une troisième fois, cette fois par Shamil, en représailles de la complicité des habitants lors du siège d'Akhoulgo en 1839.

Glinka, Mikhaïl Ivanovitch (1804-1857) : compositeur dont les opéras chantent la gloire de Nicolas Ier, notamment *La Vie pour le tsar*, créé en 1836, et *Rousslan et Ludmilla, les héros de Pouchkine,* en 1842.

Gostilitsy : maison de famille d'Alexandre Mikhaïlovitch Potemkine, maréchal de la noblesse de Saint-Pétersbourg, et de son épouse Tatiana Borissovna Potemkina (1797-1869), située près de Peterhof. À Gostilitsy, Tatiana Borissovna Potemkina se flatte de convertir des milliers de juifs et de musulmans.

Gounib : dernier bastion de la résistance de Shamil, théâtre de sa reddition finale au prince Bariatinsky en 1859.

Grabbe, comte Pavel Khristoforovitch (1789-1875) : commandant en chef des troupes du Caucase en 1838, responsable de l'enlèvement de Djemmal-Eddin à Akhoulgo, fin août 1839. Il est rappelé du Caucase en 1843 et restera sans emploi pendant six ans. Mais lors de la révolte hongroise de 1849, il reprend du service. Pour ses actions, il reçoit un sabre décoré de diamants. Il finira membre du Conseil d'État.

Gramov, Isaac : Isaï Bey, Arménien, membre de l'état-major du prince géorgien Grigol Orbeliani. C'est lui qui sert d'interprète durant les négociations pour l'échange de 1855. Il sera encore l'interprète de Shamil à Kalouga.

Griboïedov (Alexandre Sergueïevitch) (Moscou 1795-Téhéran 1829) : il écrit en 1824 sa pièce *Le Malheur* *d'avoir de l'esprit*, jouée en 1831. Ambassadeur de Russie à Téhéran, il y est assassiné, après avoir épousé, le 22 août 1828 en Géorgie, Nino Tchavtchavadzé, la plus jeune des sœurs du prince David (1812-1857).

Grosny : la Redoutable, fort russe construit par le général Yermolov en 1819, en même temps que la fameuse route militaire de Géorgie.

Grouzinskaïa, Anna Ilyinitchna (= Anna Tchavtchavadzé) (1828-1905) : fille aînée d'Ilya Grigorïevitch Grouzinski et d'Anastasia Grigorïevna, née princesse Obolenski. En 1848, elle épouse à Moscou le prince David Tchavtchavadzé, de onze ans son aîné. Le 4 juillet 1854, elle est enlevée chez elle, dans sa propriété de Tsinandali, par Shamil.

Grouzinskaïa, Varvara Ilyinitchna (= Varvara Orbeliani) (1831-1884) : seconde fille d'Ilya Grigorïevitch Grouzinski et d'Anastasia Grigorïevna. Elle épouse le prince Elico Orbeliani en mai 1852. Il a trente-six ans, elle vingt et un. Elle donnera naissance en 1853 à des jumeaux, dont un seul survivra, Georges. Son mari sera tué à Ogüzlu le 8 décembre 1853. Shamil l'enlève avec Georges le 4 juillet 1854. Il ne la rendra que le 10 mars 1855. Elle mourra le 30 mars 1884, sans autre postérité que Georges.

Grouzinski (= de Géorgie) : famille qui descend en droite ligne du dernier roi de Géorgie, Georges XII (né en 1746, mort en 1800), qui avait voulu protéger son pays des invasions perses et turques en le mettant sous l'aile de la Russie. Au mépris de leurs accords, celle-ci l'annexa. Sa veuve, sa seconde femme, Mariam Tsitsishvili (1768-1850), assassinera le général Lazarev venu l'arrêter en 1802. Elle sera déportée en Russie, puis graciée. Elle meurt en 1850, à quatre-vingts ans, et sera enterrée à Tiflis avec tous les honneurs dus à son rang.

Grouzinski, colonel-prince Elizbar (Ilya) (1790-1854) : fils cadet de Georges XII, dernier roi de Géorgie, et de la reine Mariam. Il se marie en 1827, à l'âge de trente-sept ans, à la fille du prince Gregori Petrovitch Obolenski, la princesse Anastasia Grigorïevna Obolenskaïa, née à Moscou le 25 septembre 1805. Le couple aura cinq fils et huit filles, dont Anna Tchavtchavadzé et Varvara Orbeliani.

Hadj Tasho al-Indiri : Tchétchène prétendant à l'imamat de Shamil en 1834, il se rallie néanmoins et participe à la bataille d'Akhoulgo.

Hadji Mourat : frère de lait d'Omar, le fils de Pakkou-Bekkhé, reine de Khounzakh, assassinée par le parti de Shamil. Il passe au service des Russes, puis le quitte pour y revenir en 1851. Héros immortalisé par Tolstoï.

Hamza Beg : deuxième Imam que sert Shamil lors de la prise de Khounzakh. Il est assassiné en 1834 par Hadji Mourat.

Hamzat : neveu de Shamil donné en otage lors du siège de Tiliq en 1837.

Ibrahim al-Husayn : cousin de Shamil, muezzin à Akhoulgo lors du siège de 1839.

Jamaluddin al-Ghumuqi al-Husayni : maître de Shamil qui commence par refuser la Guerre Sainte, mais se rallie et soutient de tout son poids l'élection de Shamil à l'imamat en 1834.

Kalouga : ville située à 160 kilomètres au sud de Moscou, où Shamil et sa famille seront exilés entre 1859 et 1869.

Karata : district donné en 1851 au fils de Shamil, Mohamed Ghazi, où Djemmal-Eddin sera gardé sous surveillance en 1858.

Karimat : femme de Mohamed Ghazi et fille de Daniyal Bek.

Khadji : trésorier de la maison de Shamil.

Khassav-Yourt : fort où séjourne Djemmal-Eddin entre janvier et mars 1855, au moment de l'échange. En 1858, un homme de Shamil viendra y réclamer un médecin pour le soigner.

Khazi Mollah : ami de cœur et compagnon d'armes de Shamil. Premier imam du Daghestan, né à Ghimri en 1793, mort à Ghimri en 1832.

Khounzakh : capitale des khans de l'Avarie et de la reine Pakkou-Bekkhé. Shamil s'empare du trésor de la ville en 1834.

Kiseliev (Pavel Dimitrievitch) (Moscou, 8 juillet 1788-Paris, 14 novembre 1872) : ami du tsar Nicolas Ier, il est l'un des seuls libéraux de sa cour et l'un des plus brillants artisans de l'émancipation des serfs. Sans postérité, il s'occupe de l'éducation de ses neveux Milioutine.

Klüge von Klugenau (général Franz Karlovitch) : assaillant de Ghimri en 1832 et négociateur de la paix en 1837. Participe à toutes les guerres du Caucase.

Krasnoïe Selo : village situé près de Saint-Pétersbourg, où se déroulent les grandes manœuvres militaires de l'été. Djemmal-Eddin y participe entre 1849 et 1853.

Krestovaïa : défilé de la croix dominé par un grand crucifix planté par Yermolov sur la route militaire de Géorgie.

Lermontov (Mikhaïl Iourievitch) (Moscou 1814-Piatigorsk, Caucase, 1841) : écrivain russe dont le poème sur la mort de Pouchkine (*La Mort du poète*,

1837) lui vaut d'être exilé au Caucase. Il fréquente la maison d'Alexandre Tchavtchavadzé, à Tsinandali. Il est tué en duel le 15 juillet 1841.

Machouk : maison de Piotr Alexeïevitch Olénine (né en 1793, second fils d'Alexeï Nicolaïevitch) et de sa femme, Maria (Macha Lvova), née en 1810, près de Torjok dans la province de Tver. C'est là que grandit Elizaveta Petrovna Olenina, l'aînée des enfants, née le 26 février 1832 à Torjok. Après Elizaveta (dite Lizok ou Lisa), naîtront Alexis en 1833, Sergueï en 1834, Tatiana en 1836 et Nicolas en 1838. Djemmal-Eddin fréquente assidûment cette maison entre 1852 et 1854.

Maria Nicolaïevna (1819-1879) : grande-duchesse, première fille de Nicolas Ier. Mariée en premières noces à Maximilien, duc de Leuchtenberg en 1839. Veuve en 1853. Elle se fiance en cachette de son père dans l'église de Gostilitsy, avec la complicité de Tatiana Borissovna Potemkina. Elle n'épousera le comte Grégory Alexandrovitch Stroganov qu'en 1856, après la mort de Nicolas Ier.

Mikhaïl Nicolaïevitch (13 octobre 1832-1909) : quatrième fils et septième enfant de Nicolas Ier, élevé au Premier Corps des Cadets de Saint-Pétersbourg avec Djemmal-Eddin. En septembre 1849, quand son oncle et homonyme, Mikhaïl Pavlovitch, meurt d'une crise cardiaque à Varsovie, il reprend le commandement de tous ses régiments, et notamment celui des lanciers Vladimirski, auquel appartient Djemmal-Eddin. Il deviendra vice-roi du Caucase en 1862.

Mikhaïl Pavlovitch : grand-duc, frère cadet de Nicolas Ier. Né en 1798, mort d'une attaque en septembre 1849 lors de manœuvres à Varsovie. Marié en février 1824 à Elena Pavlovna. Il est en charge de l'administration de toutes les écoles militaires de Moscou et de Saint-Pétersbourg, ainsi que de l'inspection générale du Premier Corps des Cadets et du Corps des Pages. Djemmal-Eddin choisira d'appartenir au régiment du grand-duc Mikhaïl Pavlovitch, son tuteur depuis son arrivée en Russie. C'est ainsi qu'il entre en 1849 aux lanciers Vladimirski.

Milioutine, Dimitri Alexeïevitch (1816-1912) : en 1839, après différents emplois dans l'armée, à vingt-trois ans, il demande sa mutation au Caucase. Il sert sous le commandement du général Grabbe. Il participe au siège d'Akhoulgo et sera blessé plusieurs fois durant la campagne. Il prend des notes sur tout ce qu'il voit. C'est à lui qu'on doit les dessins de la montagne, des deux plateaux, des positions russes : son journal raconte le siège au jour le jour. Il ne cache rien des atrocités perpétrées par son propre camp. Il rentre en 1840. Après un séjour de trois ans à Saint-Pétersbourg, il repart en 1843 au Caucase. Séjour encore plus frustrant que le premier : aucune de ses suggestions pour la pacification n'est prise en compte par ses supérieurs. Il songe à quitter l'armée, mais trouve un poste à l'Académie militaire. En 1848, il s'y fait remarquer et devient proche du ministre de la Guerre. En novembre 1854, il soumet à Nicolas Ier un mémoire sur les guerres du Caucase. En 1856, Alexandre II reprend ses informations et ses idées, avant de le renvoyer une troisième fois combattre Shamil. Il suit le prince Bariatinski, le nouveau vice-roi, en mars 1856. Il sera présent à Gounib lors de la reddition de Shamil en 1859. Il rentre à Saint-Pétersbourg en juillet 1860. Quelques années plus tard, il deviendra ministre de la Guerre.

Mohamed al-Yaragli (cheik) : maître spirituel des deux premiers imams du Daghestan : Khazi Mollah et Shamil. Partisan de la Guerre Sainte.

Mohamed Ghazi : deuxième fils de Shamil, né en avril 1833 à Ghimri, proclamé héritier de l'Imam, naïb de Karata et marié à Kherimat, fille de Daniyal Bek en 1851. Mort à Médine en 1902.

Mohamed Sheffi : troisième fils de Shamil né en 1839 à Baïan, mort en 1904 à Piatigorsk.

Mouraviev, général-comte Nicolaï Mikhaïlovitch (dit *Mouraviev-Karskii*, pour le différencier de son fils « le pendeur de Varsovie », et de ses nombreux homonymes – *Karskii*, celui qui a pris la ville de « Kars », 1794-1866) : général en chef des troupes russes à Varsovie en 1854. C'est lui qui recevra en Pologne la lettre du tsarévitch Alexandre, fils de Nicolas Ier, lui racontant l'enlèvement des princesses de Géorgie par Shamil et la nécessité d'en avertir le lieutenant Djemmal-Eddin. Dans ses Mémoires, il raconte la surprise du jeune homme, et ses réactions. Lui-même devient général en chef de l'armée du Caucase, et fait une partie du voyage vers les montagnes au début de l'année 1855, avec Djemmal-Eddin. Il rendra régulièrement compte au ministre de la Guerre de la situation du fils de Shamil, rentré chez son père.

Muhammed Mirza Khan : héritier de la reine Pakkou-Bekkhé à Khounzakh, prorusse.

Naqshbandi : confrérie soufie à laquelle appartient Shamil.

Neidhardt : général, remplaçant de Grabbe et Golovine en 1843, dont la grossièreté pousse Daniyal Bek, sultan d'Élisou, à passer du côté de Shamil.

Nicolaï, baron Léontin Pavlovitch : époux de Sophie Tchavtchavadzé, il est le beau-frère de David et, par alliance, le beau-frère d'Anna Tchavtchavadzé. Commandant en 1855-1856 du fort de Khassav-Yourt, à deux jours de Dargo-Veden, quartier général de Shamil où sont enfermées les princesses. Djemmal-Eddin s'entend si bien avec lui qu'il continuera à lui réclamer des livres quand il est retenu chez son père.

Nicolas Ier (Gatchina, 25 juin 1796 – Saint-Pétersbourg, 18 février 1855) : troisième fils de Paul Petrovitch Romanov et de Maria Feodorovna. Épouse en 1817 Charlotte de Prusse, tsarine sous le nom d'Alexandra Feodorovna. Règne à partir du 14 décembre 1825.

Nicolas Nicolaïevitch (Tsarskoïe Selo, 27 juillet 1831) : troisième fils de Nicolas Ier. Éduqué au Premier Corps des Cadets avec Djemmal-Eddin, son exact contemporain. Il épouse, malgré lui, le 6 février 1856 la princesse Alexandra Petrovna de Oldenburg.

Olénine, Alexeï Nicolaïevitch (1764-1843) : illustre grand-père d'Elizaveta Petrovna Olenina, fiancée de Djemmal-Eddin. Membre du Conseil d'État, président de l'Académie des beaux-arts, directeur de la Bibliothèque publique de Saint-Pétersbourg, archéologue, historien. Il incarne la vie intellectuelle de Saint-Pétersbourg. Dans sa maison de campagne de Prioutino, il reçoit la fine fleur du monde artistique et littéraire.

Olénine, Piotr Alexeïevitch (1793-1868) : peintre, deuxième fils d'Alexeï Nicolaïevitch Olénine. Il est avec son frère aîné Nicolaï Alexeïevitch à la bataille de Borodino en 1812. Père de la fiancée de Djemmal-Eddin.

Olenina, Anna Alexeïvna (1808-1888) : fille cadette d'Alexeï Olénine et d'Elizaveta Marcovna. Sœur de Piotr et tante d'Elizaveta, la fiancée de Djemmal-

Eddin. Pouchkine l'avait demandée en mariage à Prioutino en 1829.

Olenina, Elizaveta Petrovna : naît le 26 février 1832 à Torjok et meurt en 1922 à l'âge de 90 ans. Fiancée de Djemmal-Eddin. Elle se mariera plusieurs années après sa mort. Sur les instances de sa famille, elle écrira en 1919 ses souvenirs, et racontera notamment sa tragique histoire d'amour avec Djemmal-Eddin, dont elle continue de révérer la mémoire.

Olga Nicolaïevna (1822-1892) : seconde fille de Nicolas Ier. Mariée en 1846 à Charles Ier de Wurtenberg.

Orbeliani, Elico (prince Elizbar = Ilya Dimitrïe-vitch Orbeliani = Elico) (1817-1853) : marié le 1er mai 1852 à la princesse Varvara de Géorgie. Dix ans plus tôt en 1842, il avait été le prisonnier de Shamil à Dargo pendant huit mois. Frère cadet du célèbre poète Grigol Orbeliani, il fait comme lui toute sa carrière dans l'armée russe. Quand il meurt à Ogüzlu le 8 décembre 1853, tué par les Turcs, il a le grade de colonel. Elico Orbeliani ne laisse qu'un fils, Georges, né peu avant sa mort.

Orbeliani, Grigol (prince) (1804-1883) : grand poète géorgien et frère aîné d'Elico Orbeliani, mari de la princesse Varvara de Géorgie. Il commande le fort de Temir-Khan-Choura lors de l'échange le 10 mars 1855, auquel il ne peut assister.

Ountsoukoul : village dont est originaire Fatima, épouse de Shamil et mère de Djemmal-Eddin. Le village sera rasé par l'Imam pour trahison.

Pakkou-Bekkhé : reine (khanum) de Khounzakh en Avarie, assassinée avec tous ses enfants par le deuxième imam Hamza Beg et par Shamil en août 1834.

Paskievitch (prince Ivan Fedorovitch) (Varsovie, 1782-1856) : vainqueur de la guerre russo-turque, en 1826 il remplace Yermolov comme vice-roi du Caucase. Il en sera rappelé en octobre 1831 pour aller combattre la Pologne, qu'il soumet avec férocité. À partir de ce moment, il ne galope qu'escorté de sa garde de Cosaques et de Musulmans. En 1849, il commande la répression du soulèvement de Hongrie. Il est très aimé de Nicolas Ier, qui l'appelle son « père colonel ».

Patimat : sœur aînée de Shamil, née vers 1795, morte en 1839 à Akhoulgo.

Piotrovski : médecin russe qui va soigner Djemmal-Eddin à Soul-Kadi en 1858.

Potemkina (Tatiana Borissovna) (1797-1869) : elle est la fille de Boris Andreïevitch Golitzine. Elle épouse à dix-huit ans Alexandre Mikhaïlovitch Potemkine, maréchal de la noblesse de Saint-Pétersbourg. Elle possède plusieurs maisons, dont une située près de Peterhof, Gostilitsy. À Saint-Pétersbourg, elle habite la très fameuse rue du Million. Mystique et prosélyte, elle se flatte de visiter les prisons et de convertir des milliers de juifs et de musulmans. C'est chez elle, à Gostilitsy, à Pétersbourg, et sur ses terres non loin de Torjok, que sa petite-nièce, Elizaveta Petrovna Olenina, a fréquenté Djemmal-Eddin entre 1850 et 1854.

Pouchkine (Alexandre Sergueïevitch) (Moscou, 1799-Saint-Pétersbourg, 1837) : considéré comme le plus grand poète russe, il est l'auteur de textes splendides sur le Caucase. Il est notamment à l'origine du mythe du *Prisonnier du Caucase*, une œuvre qu'il publie dès 1821.

Poullo (colonel-général Nicolaï) : officier connu pour sa cruauté, rencontre Shamil à Akhoulgo pour tenter une négociation le 16 août 1839.

Premier Corps des Cadets de Saint-Pétersbourg : l'école militaire où Djemmal-Eddin passera huit ans, du 25 août 1841 au 9 juin 1849. L'école se trouve à Saint-Pétersbourg, sur l'île Vassilievski, à deux pas de l'Académie des beaux-arts, fief d'Alexeï Olénine.

Preobrajenski (régiment) : avec les Chevaliers-Gardes et les Gardes-à-Cheval, le régiment le plus prestigieux de l'armée du Tsar.

Priutino : maison de famille, près de Saint-Pétersbourg, d'Alexis Nicolaïevitch Olénine, vendue en 1838.

Saïd : troisième fils de Shamil, tué par les Russes avec sa mère Djawarat lors de leur fuite d'Akhoulgo en 1839.

Saïd al-Harakan : partisan des Russes et maître du premier Imam du Daghestan, Khazi Mohamed. Ce dernier rasera sa maison et brûlera tous ses livres.

Shamil : père de Djemmal-Eddin, troisième Imam du Daghestan. Né à Ghimri en 1797, mort à Médine en 1871.

Soul-Kadi : le village où meurt Djemmal-Eddin le 12 juillet 1858.

Tchavtchavadzé David Alexandrovitch (Tiflis, 26 août 1817-15 novembre 1884) : seul fils du prince-poète géorgien Alexandre Garsevanovitch Tchavtcha-vadzé et de la princesse Salomé Ivanovna Orbeliani. Frère de la fameuse Ekaterina Tchavtchavadzé, qui épousera le prince Dadiani et deviendra souveraine de Mingrélie ; frère de Nino, qui épousera Griboïedov ; et de Sonia, qui épousera le baron Nicolaï. David héritera du domaine de Tsinandali, où sa femme Anna et toute leur famille seront enlevées par Shamil le 4 juillet 1854. Durant les quelques semaines que Djemmal-Eddin passera à ses côtés dans le camp russe lors des négociations pour l'échange, ils se lieront d'amitié.

Tchernychev (Alexandre) : le tsar Alexandre Ier serait mort dans ses bras. Il devient le ministre de la Guerre de Nicolas Ier. C'est à lui que sont adressées toutes les questions administratives concernant le sort de Djemmal-Eddin.

Tchétchénie : région mitoyenne du Daghestan.

Tchibtchiev : domestique de Djemmal-Eddin entre 1849 et 1853.

Temir-Khan-Choura : fort russe proche de Ghimri et d'Akhoulgo. C'est de là que Djemmal-Eddin est expédié à Moscou en 1839.

Térek : fleuve du Caucase chanté par Pouchkine, Lermontov et Tolstoï.

Tiliq : ville assiégée par Fézé en juillet 1837, où Shamil est contraint d'envoyer son neveu Hamzat en otage.

Tolstoï (Léon Nicolaïevitch) (1828-1910) : l'un des plus grands romanciers russes de tous les temps. Chantre et grand connaisseur du Caucase, où il combat entre 1851 et 1854, il sera hanté toute sa vie par les souvenirs de ce séjour. Auteur des *Cosaques* en 1863 et de *Hadji Mourat,* 1904.

Torjok : ville de garnison dans le gouvernement de Tver, où se trouve cantonné le régiment Vladimirski de Djemmal-Eddin entre 1851 et 1854.

Tsinandali : propriété des Tchavtchavadzé en Géorgie, où sont enlevées les princesses en 1854.

Tsarskoïe Selo (= le village du Tsar) : bourg aux alentours de Saint-Pétersbourg, où Djemmal-Eddin fait ses premières études. Résidence d'été de la famille impériale, où il sera reçu entre 1847 et 1853. L'un des parcs impériaux abrite les « Invalides » : la maison de retraite et le cimetière des chevaux.

Ulluh Bey : abrek que le général Grabbe charge d'empoisonner Shamil en 1840.

Varenka : *voir* Grouzinskaïa, Varvara Ilyinitchna.

Vladikavkaz : fort russe.

Vladimirski (lanciers, ou Uhlans) : régiment du frère de l'Empereur, Mikhaïl Pavlovitch, auquel est affecté Djemmal-Eddin comme cornette le 9 juin 1849. À la mort du grand-duc Mikhaïl Pavlovitch le 19 septembre 1849, le régiment passe au grand-duc Mikhaïl Nicolaïevitch (âgé de dix-sept ans et fils de Nicolas Ier), ancien camarade de classe de Djemmal-Eddin. Le régiment Vladimirski deviendra le 38e régiment de Vladikavkaz en 1862, quand le grand-duc Mikhaïl Nicolaïevitch prendra ses fonctions de vice-roi du Caucase et s'installera à Tiflis.

Vorontsov (Mikhaïl) : nommé vice-roi du Caucase en 1844. L'un des dignitaires russes qui a laissé un souvenir flatteur en Géorgie.

Yermolov (général Alexeï Petrovitch) : vice-roi particulièrement brutal du Caucase, rappelé à la suite de la révolte des Décembristes. Shamil le rencontrera à Saint-Pétersbourg en 1859.

Youssouf : condisciple de Djemmal-Eddin au Premier Corps des Cadets de Saint-Pétersbourg.

Yunus : le plus fidèle des capitaines de Shamil. Tuteur de Djemmal-Eddin, chargé de son éducation. Il le conduit dans le fort russe auprès du général Grabbe en 1839 et ira l'identifier seize ans plus tard à Khassav-Yourt. Il se chargera des négociations entre Shamil et le prince Bariatinski et figure sur tous les tableaux représentant la reddition des Murides à Gounib en août 1859.

Zaïdet : troisième femme de Shamil, née à Ghazikumuk en 1823, morte à Médine en 1870, fille du cheik Jamaluddin al-Ghumuqi al-Husayni. Shamil l'épouse après la mort de Fatima en 1845.

BIBLIOGRAPHIE

Durant ma longue enquête sur les traces de Djemmal-Eddin, six livres ne m'ont jamais quittée. S'ils alourdissaient mes bagages, ils soulevaient en moi, à chaque lecture, le même enthousiasme, ils excitaient la même curiosité et me redonnaient courage dans les moments de doute. Au fil du temps et des voyages, leurs auteurs sont devenus mes mentors, mes complices, et mes compagnons de route. Je voudrais ici leur rendre un hommage sentimental.

Tout d'abord à une voyageuse française du XIXe siècle, la première qui ait rencontré certains acteurs du drame de Djemmal-Eddin et raconté ses propres aventures au Caucase. Je veux parler d'Anne Drancey qui avait ouvert une librairie dans la capitale de la Géorgie en 1853, avant de faire faillite et de s'engager comme gouvernante chez les princes Tchavtchavadzé. Lors de l'attaque que la presse de Tiflis devait appeler « la prise d'otages du siècle », elle fut enlevée par l'imam Shamil, avec toutes les femmes de la maison qui l'employait. Le récit de sa captivité, magnifiquement édité par Claudine Herrmann au Mercure de France, reparut en 2006, sous le titre *Captive des Tchétchènes*.

Certaines des anecdotes de « Mme Drancey » nourriront l'un des chefs-d'œuvre de Léon Tolstoï, *Hadji Mourat*, et plusieurs chapitres du *Voyage au Caucase* d'Alexandre Dumas, deux des autres ouvrages qui m'ont accompagnée dans mes recherches. Dumas consacra une dizaine de pages au sacrifice de Djemmal-Eddin… Pour raconter son histoire, il interrogea les princesses géorgiennes qui lui devaient la vie.

À la suite de Dumas, l'Anglais John F. Baddeley rassembla, entre 1879 et 1902, une mine d'informations sur le Daghestan. Avec humilité, il observa les mœurs du Caucase. Avec intelligence, il questionna les Montagnards, il dessina et photographia les paysages. Il publiera deux ouvrages exhaustifs : *The Russian Conquest of the Caucasus* et *The Rugged Flanks of the Caucasus*. Sa documentation, une somme d'anecdotes et de témoignages, sera reprise par tous les biographes de l'Imam.

Enfin, le fascinant travail de Lesley Blanch : *Les Sabres du Paradis*.

Publié pour la première fois, il y a quarante-huit ans, par l'éditeur John Murray en Angleterre, publié en France trois ans plus tard dans une magnifique traduction de Jean Lambert aux éditions Lattès, republié en 1990, puis en 2004, par les éditions Denoël, *Les Sabres du Paradis* reste, à mes yeux, le plus beau livre qui ait jamais été écrit sur cette région du monde.

Aux lecteurs qui souhaiteraient en savoir davantage, je livre ici une courte bibliographie des ouvrages qui ont étayé mon récit, me limitant dans ces quelques pages aux textes qui touchent à l'Histoire au temps de Djemmal-Eddin.

Oserais-je ajouter que je me suis longtemps méfiée de la rumeur qui voulait que le fils de Shamil fût sur le point d'épouser une jeune aristocrate russe ? Jugeant l'histoire trop belle pour être vraie, je n'ai suivi cette piste qu'avec la plus grande circonspection. J'ai eu tort.

La chance a voulu que je découvre les Mémoires de sa fiancée, dont je commencerai ici par citer les références.

SOURCES MANUSCRITES

Les archives de la ville de Riazan en Russie conservent la plus grosse partie du fonds Olénine, notamment les correspondances et plusieurs portraits. Le manuscrit des Mémoires d'Elizaveta Petrovna Olenina se trouve aux Archives d'État de la littérature et de l'art à Moscou, sous son nom d'épouse :

ENGELGARDT, Elizaveta Petrovna, *Vospominania,* Rossiyskiy Gosudarstvennyi Arkhiv Literatury i Iskusstva. Fonds 1124 (Olenin), opis' 1, delo 10.

SOURCES PUBLIÉES

ABD EL-KADER, Émir, *Écrits spirituels,* Le Seuil, Paris, 1982.

Akty sobrannye Kavkazskoyu Arkheografitcheskoyu komisseiyu, t. X, XI, Tiflis, 1888.

ALEXE, Dan, « Les guerres des Soufis », in *Hérodote,* n° 81.

ALI KHAN, Masood, *Encyclopaedia of Sufism*, vol. 12, *Sufism and Naqshbandi Order*, Anmol Publications, New Delhi, 2003.

ALI-SHAH, Omar, *Un apprentissage du soufisme,* G. Trédaniel, Paris, 2001.

ANDERSON, Tony, *Bread and Ashes, a Walk through the Mountains of Georgia*, Vintage, Londres, 2004.

ASSATIANI, Nodar, BENDIANACHVILI, Alexandre, *Histoire de la Géorgie*, L'Harmattan, Paris, 1997.

AUCOUTURIER, Michel, *Tolstoï*, Le Seuil, Paris, 1996.

— « Le Caucase dans la culture russe », *Cahiers Léon Tolstoï*, n° 11, Institut d'études slaves, Paris, 1997.

— *Tolstoï et l'art*, Institut d'études slaves, Paris, 2003.

AUCOUTURIER, Michel, et JURGENSON, Luba, *Tolstoï et ses adversaires*, Institut d'études slaves, Paris, 2008.

AUCOUTURIER, Michel, et SÉMON, Marie, *Tolstoï vu par les écrivains et les penseurs russes*, Institut d'études slaves, Paris, 1998.

BADDELEY, John F., *The Russian Conquest of the Caucasus*, Longmans, Green and Co, Londres, 1908.

— *The Rugged Flanks of the Caucasus*, 2 vol., Oxford University Press, Londres, 1940.

BAGBY, Lewis, *Alexander Bestuzhev-Marlinsky and Russian Byronism*, Penn State University Press, 1995.

BARRETT, Thomas, « The remaking of the Lion of the Daghestan : Shamil in captivity », *The Russian Review*, vol. LIII, pp. 353-366, juillet 1994.

— *At the edge of the Empire, the Terek Cossacks and the North Caucasus Frontier*, Westview Press, Oxford, 1999.

BELL, James Stanislaus, *Journal of a Residence in Circassia During the Years 1837, 1838 and 1839*, Edward Moxon, Londres, 1840.

BENCKENDORFF, Constantine, *Souvenirs intimes d'une Campagne au Caucase pendant l'été de 1845*, éd. Grigorii Gagarin, Paris, 1858.

BENNIGSEN, Alexandre, « Un témoignage français sur Chamil et les guerres du Caucase », *Cahiers du monde russe et soviétique*, vol. VII, n° 4, pp. 311-322, Paris, octobre-décembre 1965.

— « Muslim Guerrila Warfare in the Caucasus (1918-1928) », *Central Asian Survey*, vol. 2, n° 1, p. 45, Oxford, juillet 1983.

BENNIGSEN, Alexandre, et LEMERCIER QUELQUEJAY, Chantal, *La Presse et le mouvement national chez les musulmans de Russie avant 1920*, École des Hautes Études en Sciences Sociales, Paris, 1964.

— *Central Asia*, Weidenfeld & Nicolson, Londres, 1969.

— *Les Musulmans oubliés : l'Islam en URSS aujourd'hui*, F. Maspero, Paris, 1981.

— *Le Soufi et le Commissaire, les confréries musulmanes en URSS,* Le Seuil, Paris, 1986.

BENNIGSEN, Alexandre, et WIMBUSH, S., Enders, *Muslims of the Soviet empire : a guide*, Indiana University Press, Bloomington, 1986.

BENNIGSEN, Marie, AVTORKHANOV, Abdourakhman, *The North Caucasus Barrier : the Russian Advance Towards the Muslim World*, Hurst, Londres, 1992.

BERELOWITCH, Wladimir, *Le Grand Siècle russe d'Alexandre Ier à Nicolas II,* Découvertes Gallimard, Paris, 2005.

BÉRÉZINE, Ilya Nikolaevitch, *Voyage au Daghestan et en Transcaucasie,* Geuthner, Paris, 2006.

BERRY, Dr Thomas E., *Memoirs of the Pages to the Tsars,* Gilbert's Royal Books, Calgary, 2001.

BITOV, Andrei, *A Captive of the Caucasus,* Harvill, Londres, 1993.

BLANCH, Lesley, *Les Sabres du paradis,* Denoël, Paris, 2004.

— *The Sabres of Paradise,* Tauris Parke Paperbacks, Londres, 2004.

— *Voyage au cœur de l'esprit,* Denoël, Paris, 2003.

BLIEV, Mark, *Rossiïa i gortsy Bolchogo Kavkaza na pouti k tsivilizatsii*, Mysl, Moscou, 2004.

BLIEV, Mark, et DEGOEV, Vladimir, *Kavkazskaïa voïna*, Roset, Moscou, 1994.

BLOOMFIELD, Georgiana L., *Reminiscences of Court and Diplomatic Life,* vol. 1, Elibron Classics, Londres, 2006.

BORATAV, Pertev, « La Russie dans les archives ottomanes, un dossier ottoman sur l'imam Chamil », *Cahiers du monde russe et soviétique,* vol. X, n°s 3 et 4, pp. 524-535, Paris, juillet-décembre 1969.

BRAYLEY HODGETTS, E. A., *The Court of Russia in the Nineteenth Century,* Elibron Classics, Londres, 2005.

BÜNTIG, *Ein Besuch bei Schamyl : Brief eines Preussen*, F. Schneider und Comp., Berlin, 1855.

BUXHOEVEDEN, baronne Sophie, *Before the Storm,* Macmillan and Co, Londres, 1938.

BZAROV, G ., *Russia and the Highlanders of the Greater Caucasus : on the Way to Civilization,* Mysl Publishers, Moscou, 2004.

CANARD, Marius, *Chamil et Abdelkader,* Annales de l'Institut d'études orientales, t. 14, pp. 231-256, 1956.

— *Les Reines de Géorgie dans l'histoire et la légende musulmanes,* Geuthner, Paris, 1969.

CARRÈRE D'ENCAUSSE, Hélène, *Réforme et Révolution chez les musulmans de l'Empire russe,* Presses FNSP, Paris, 1966.

— *La Politique soviétique au Moyen-Orient*, Presses FNSP, Paris, 1976.

— *L'Empire éclaté,* Flammarion, Paris, 1978.

— *L'Empire d'Eurasie, une histoire de l'Empire russe de 1552 à nos jours,* Fayard, Paris, 2005.

— *Alexandre II*, Fayard, Paris, 2008.

CAZACU, Mateï, *Au Caucase : Russes et Tchéchènes, récits d'une guerre sans fin,* Georg Éditeur, Genève, 1998.

CRANKSHAW, Edward, *The Shadow of the Winter Palace,* Da Capo Press, New York, 1976.

CREWS, Robert D., *For Prophet and Tsar,* Harvard University Press, Boston, 2006.

CUSTINE, marquis de, *Lettres de Russie,* éd. Pierre Nora, Gallimard, Paris, 1975.

— *La Russie en 1839,* préface de Hélène Carrère d'Encausse, Actes Sud, Arles, 2005.

DEGOEV, Vladimir, *Bolchaïa igra na Kavkaze*, Rousskaïa panorama, Moscou, 2001.

— *Imam Shamil : prorok, vlastilel, voin*, Rousskaïa panorama, Moscou, 2001.

— *Kavkazskiï vopros v mejdounarodnykh otnocheniïakh 30-60-kg gg. XIX veka*, Vladikavkaz, 1992.

— « Voïna i politika v epokhou prissoedineniïa Kavkaza k Rossii », *Kavkazskiï sbornik*, tome XXXIV, Moscou, 2005.

DELAVEAU, H., « Captivité de deux princesses russes dans le sérail de Shamil au Caucase en 1855, d'après le récit russe de Monsieur Verderevskii », *Revue des deux mondes,* pp. 5-48, 1er mai 1856.

DEPPING, Guillaume, *Schamyl, le prophète du Caucase,* Librairie Nouvelle, Paris, 1854.

DERNOVOÏ, Vladimir, « Soudba amanatov », in *Krasnaya zvezda*, 18 novembre 2000.

DES CARS, Jean, *La Saga des Romanov,* Plon, Paris, 2008.

DOUROVA, Nadejda, *Cavalière du Tsar,* Viviane Hamy, Paris, 1995.

DRANCEY, Anne, *Captive des Tchétchènes,* Mercure de France, Paris, 2006.

DUCAMP, Emmanuel, et WALTER, Marc, *Palais d'été des Tsars,* Chêne-Hachette Livre, Paris, 2007.

DULAURIER, Édouard, « La Russie dans le Caucase », *Revue des deux mondes*, 1er novembre 1853, pp. 409-448 ; 15 avril et 15 juin 1860, pp. 947-981 ; 15 mai 1861, pp. 297-335 ; 15 décembre 1865, pp. 947-982 ; 1er janvier 1866, pp. 41-62.

DUMAS, Alexandre, *Ammalat-Beg,* A. Cadot, Paris, 1859.

— *La Boule de neige,* Michel Lévy Frères, Paris, 1862.

— *Chamil et la résistance tchétchène contre les Russes,* Nautilus, Paris, 2001.

— *Romans caucasiens*, préface de Dominique Fernandez, éd. des Syrtes, Paris, 2001.

— *Voyage au Caucase,* Hermann, Paris, 2002.

— *Voyage en Russie,* Hermann, Paris, 2002.

— *En Russie, I. De Moscou à Tiflis,* Encrage, Amiens, 2006.

DUNLOP, John B., *Russia Confronts Chechnya : Roots of a Separatist Conflict*, vol. 1, Cambridge University Press, Cambridge, 1998.

FERNANDEZ, Dominique, *Saint-Pétersbourg ; le rêve de Pierre*, Omnibus, Paris, 1995.

— *La Magie blanche de Saint-Pétersbourg*, Découvertes Gallimard, Paris, 1997.

— *Dictionnaire amoureux de la Russie*, Plon, Paris, 2004.

FRANCO FOCHERINI, Isabella E., *Il mistero del profeta Al-Mansùr*, Datanews, Rome, 2001.

GAGARINE, Grigori Grigorievitch, *Le Caucase pittoresque dessiné d'après nature par le Prince G.G. Gagarine, texte par le comte Ernest Stackelberg*, s.é., Paris, 1847.

Gagarine Grigori, Catalogue d'exposition, Saint-Pétersbourg, 1996.

GAMMER, Moshe, « Vorontsov's 1845 campaign against Shamil : a British report », *Central Asian Survey*, vol. IV, n° 4, pp. 13-33, Oxford, 1985.

— « Shamil's most successful offensive – Daghestan 1843 », *Journal*, The Institute of Muslim Minority Affairs, vol. XII, n° 1, pp. 41-54, King Abdul Aziz University, Jeddah, janvier 1991.

— « The siege of Akhulgoh – A reconstruction and reinterpretation », *Asian and African Studies*, vol. XXV, n° 2, pp. 103-118, Haifa, juillet 1991.

— « Imam Shamil and Shah Mohammed : two unpublished letters », *Central Asian Survey*, vol. X, n°s 1-2, pp. 171-179, Oxford, 1991.

— « The Klugenau-Shamil negotiations of 1837 – A second look », *Annual of the Society for the Study of Caucasia*, vol. III, pp. 3-12, 1991.

— « The Nicolaÿ-Shamil negotiations, 1855-1856. A forgotten page of Caucasian History », *Central Asian Survey*, vol. XI, n° 2, pp. 43-70, Oxford, 1992.

— « Was General Klüge von Klugenau Shamil's Desmichels ? », *Cahiers du monde russe et soviétique*, vol.

XXXIII, n°s 2-3, pp. 207-221, Paris, avril-septembre 1992.

— « Shamil in Soviet Historiography », *Middle Eastern Studies*, vol. XXVIII, n° 4, pp. 729-777, octobre 1992.

— « The Imam and the Lord : an unpublished letter from Shamil to Lord Redcliff », *Israel Oriental Studies*, vol. XIII, pp. 101-111, 1993.

— « The Conqueror of Napoleon' in the Caucasus », *Central Asian Survey*, vol. XII, n° 3, pp. 253-265, Oxford, 1992.

— « A forgotten hero of the Caucasian war – General Freytag », *Annual of the Society for the Study of Caucasia*, vol. IV-V, pp. 33-43, juillet 1994.

— « A Switzer in the Caucasus : Faesy's campaigns in Chechnia and Daghestan », *Middle Eastern Studies*, vol. XXX, fio. 3, pp. 668-682, juillet 1994.

— « Prince Bariatinskii – Conqueror of the Eastern Caucasus », *Central Asian Survey*, vol. XIII, n° 2, pp. 237-247, Oxford, 1994.

— « The beginnings of the Naqshbandiyya in Daghestan and the Russian conquest of the Caucasus », *Die Welt des Islams*, vol. XXXIV, pp. 204-217, 1994.

— « A preliminary to decolonizing the historiography of Shaykh Mansur », *Middle Eastern Studies*, vol. XXXII, n° 1, pp. 191-202, janvier 1996.

— « The Imam and the Pasha : a note on Shamil and Muhammad Ali », *Middle Eastern Studies*, vol. XXXII, n° 4, pp. 36-342, octobre 1996.

— *Muslim Resistance to the Tsar : Shamil and the conquest of Chechnia and Daghestan,* Frank Cass & Co LTD., Abingdon, 2004.

— *The Lone Wolf and the Bear,* Hurtst & Company, Londres, 2006.

GANITCHEV I. A., DAVYDOV B. B., *« Prosto iz gortsev » (Prebyvanie v Rossii Djemal ad-Dina, syna imama Shamilya. Po materialam Rossiyskogo Voenno-istoritcheskogo arkhiva)*, Ekho Kavkaza, vol. 1, 1994.

GAUTIER, Théophile, *Voyage en Russie,* Dentu, Paris, 1867.

GOBINEAU, Joseph Arthur de, *Les Religions et les philosophies dans l'Asie centrale,* Paris, 1865.

— *Souvenirs de voyage,* Paris, 1872.

GOGOL, Nicolas, *Les Soirées du hameau,* préface de Michel Aucouturier, Gallimard, Paris, 1989.

— *Nouvelles de Pétersbourg,* Gallimard, Paris, 1998.

— *Taras Boulba,* préface de Michel Aucouturier, Gallimard, Paris, 2000.

GOURAUD, Jean-Louis, *Russie des chevaux, des hommes et des saints,* Belin, Paris, 2001.

GRÈVE, Claude de, *Le Voyage en Russie,* Robert Laffont, Paris, 1990.

GRIBOÏEDOV, *Œuvres,* Bibliothèque de la Pléiade, Gallimard, Paris, 1973.

GRIFFIN, Nicholas, *Caucasus, a Journey to the Land Between Christianity and Islam,* The University of Chicago Press, Chicago, 2001.

GRIGORIANTZ, Alexandre, *Étrange Caucase,* Fayard, Paris, 1978.

— *La Montagne du sang,* Georg Éditeur, Genève, 1998.

— *Les Damnés de la Russie,* Georg Éditeur, Genève, 2002.

— *Les Caucasiens,* Infolio, Gollion, 2006.

GRUNDWALD, Constantin de, *Tsar Nicholas I,* Douglas Saunders, Londres, 1954.

HENZE, Paul, « Fire and sword in the Caucasus : the 19th Century resistance of the North Caucasian Mountaineers », *Central Asian Survey*, vol. II, n° 1, pp. 5-44, Oxford, juillet 1983.

— « The demography of the Caucasus according to 1989 Soviet Census Data », *Central Asian Survey*, vol. X, n°s 1-2, p. 147, Oxford, 1991.

— « Daghestan in October 1997, Imam Shamil Lives ! », CA&CC Press AB, Suède, 1997.

HERTZIG, Victor, « Dzemal-Eddin, starchii syn Shamilia », in *Rousskii Arkhiv*, n° 9, pp. 111-112, 1890.

HERZEN, Alexandre, *Passé et méditations,* 4 vol., L'Âge d'Homme, Lausanne, 1974-1981.

HOESLI, Éric, *À la conquête du Caucase,* Éditions des Syrtes, Paris, 2006.

HOMMAIRE DE HELL, Adèle, *Voyage dans les steppes de la mer Caspienne,* Hachette, Paris, 1860.

IBRAHIMOFF, « Shamyl, le héros du Caucase, jugé par les siens », *Revue du monde musulman,* n° 10, pp. 533-541, Paris, 1910.

— « Hadji-Mourad, le Naïb de Shamyl », *Revue du monde musulman,* n° 11, pp. 100-104, Paris, 1910.

IDRIES SHAH, *Cercatore di Verità, Il sufismo e la scienza dell'uomo,* Ubaldini Editore, Rome, 1995.

IORDANIDOU, Maria, *Vacances dans le Caucase,* Actes Sud, Arles, 1997.

ISIK, Hüseyin Hilmi, *Islam and How To Be True Moslem,* Isik Kitabevi, Istanbul, 1980.

JACKMAN, S.W., *Romanov Relations,* Macmillan, Londres, 1969.

JURGENSON, Luba, *Tolstoï et ses adversaires,* Institut d'études slaves, Paris, 2008.

KAZIEV, Chali, *Imam Shamil,* Molodaïa gvardia, Moscou, 2001.

KAZIEV, Chali, et KARPEEV, Igor, *Povsednevnaïa jizn gortsev Severnogo Kavkaza v XIX veke,* Molodaïa gvardia, Moscou, 2003.

KAZIEV, Chali, et OMAROV, Gadjimourad, *Shamil, illustrirovannaïa entsiklopedia,* Ekho Kavkaza, Makhatchkala/ Moscou, 1997.

KELLY, Catriona, *The Uses of Refinement, Etiquette and Uncertainty in the Autobiographical Writings of Anna Tyutcheva »,* New College, Oxford, 1996.

KELLY, Laurence, *St Petersburg, a Traveller's Companion,* Atheneum, New York, 1983.

— *Lermontov, Tragedy in the Caucasus,* Tauris Parke Paperbacks, Londres, 2003.

— *Diplomacy and Murder in Teheran,* Tauris Parke Paperbacks, Londres, 2006.

KEMPER, Michael, « The Daghestani legal discourse on the Imamate », *Central Asian Survey,* vol. XXI, n° 3, pp. 265-278, Oxford, septembre 2002.

KING, Greg, WILSON, Penny, *Gilded Prism,* Eurohistory.Com, East Richmond Heights, 2006.

KRYLOV N. A. « Kadety sorokovykh godov (Litchnye vospominaniya) », *Istoritcheskiy Vestnik,* n° 9, 1901.

LANG, David Marshal, *The Last Years of the Georgian Monarchy, 1658-1832,* Columbia University Press, New York, 1957.

LAYTON, Susan, « The Creation of an Imagined Caucasian Geography », *Slavic Review,* vol. XLV, n° 3, pp. 470-485, 1986.

— « Imagining a Chechen military aristocracy : the story of the Georgian princesses held hostage by Shamil », *Central Asian Survey,* vol. XXIII, n° 2, Oxford, juin 2004.

— *Russian Literature and Empire, Conquest of the Caucasus from Pushkin to Tolstoy,* Cambridge University Press, Cambridge, 2005.

LERMONTOV, Michel, *Œuvres,* Bibliothèque de la Pléiade, Gallimard, Paris, 1973.

— *Un héros de notre temps,* préface de Dominique Fernandez, Gallimard, Paris, 1976.

— *Œuvres poétiques,* L'Âge d'Homme, Lausanne, 1985.

LEROY-BEAULIEU, Anatole, *Un homme d'État russe (Nicolas Milutine),* Academic International, Hattiesburg, 1969.

LESURE, Michel, « La France et le Caucase à l'époque de Chamil à la lumière des dépêches des consuls français », *Cahiers du monde russe et soviétique,* vol. XIX, n°s 1 et 2, pp. 5-65, Paris, janvier-juin 1978.

LIEVEN, Anatol, *Chechnya, Tomstone of Russian Power,* Yale University Press, New Haven, 1998.

LINCOLN, W. Bruce, *Romanovs, Autocrats of All the Russias,* Anchor Books, New York, 1981.

— *Nicholas I, Emperor and Autocrat of All the Russias,* NIU Press Edition, DeKalb, 1989.

LONDONDERRY, Lady, *Russian Journal of Lady Londonderry, 1836-1837,* Murray, Londres, 1973.

MACKIE, J. Milton, *Life of Schamyl ; a Narrative of the Circassian War of Independance against Russia,* John P. Jewett and Company, Cleveland, 1856.

MAEDA, H., « On the Ethno-Social Background of Four Gholâm Families from Georgia in Safavid Iran », *Studia Iranica,* vol. 32, n° 2, pp. 243-278, 2003.

MAHOMEDOV, Dibir, « Shamil's testament », *Central Asian Survey,* vol. XXI, n° 2, pp. 241-242, Oxford, septembre 2002.

— « On the Social Aims and Spiritual Ideals of the Mountaineers during the Caucasian War », *Central Asian Survey,* vol. XXI, n° 2, pp. 245-248, Oxford, septembre 2002.

MAISTRE, Xavier de, *Voyages autour de ma chambre : les prisonniers du Caucase,* Flammarion, Paris, 1906.

MAKANINE, Vladimir, *Le Prisonnier du Caucase et autres nouvelles,* Gallimard, Paris, 2005.

MCCARTHY, Justin, *Death and Exile, The Ethnic Cleansing of Ottoman Muslims 1821-1822,* The Darwin Press Inc., Princeton, s.d.

MEAUX, Lorraine de, *Saint-Pétersbourg,* Robert Laffont, Paris, 2003.

— *Récits d'officiers russes sur la région caucasienne et les États voisins dans la première moitié du XIXe siècle,* Institut Pierre Renouvin, avril 2004.

MERLIEUX, Edouard, *Les Princesses russes prisonnières au Caucase. Souvenirs d'une Française captive de Schamyl,* F. Sartorius, Paris, 1857.

MESKHIDZE, Julietta, « Imam Shaykh Mansur : a Few Stanzas to a Familiar Portrait », *Central Asian Survey,* vol. XXI, n° 3, pp. 301-324, Oxford, septembre 2002.

MEURICE, Paul, *Schamyl,* théâtre de la Porte-Saint-Martin, Paris, 26 juin 1854.

MILIOUTINE, Dimitri, « Opisanie Voennykh Deistvii 1839 Goda v Severnom Dagestane », *Voennyi Zhurnal*, n° 1, pp. 1-144, 1850.

— « Gounib. Plenenie Shamilia », *Rodina*, n° 1, Moscou, janvier 2000.

MORISON, David, « From Soviet Archives », *Central Asian Survey*, vol. IX, n° 4, pp. 35-38, Oxford, 1985.

MOSER, Louis, *The Caucasus and its People*, D. Nutt, Londres, 1856.

MOSSOLOV, A. A., *At the Court of the Last Tsar*, Methuen and Co, Londres, 1935.

MOYNET, Jean-Pierre, *La Volga et le Caucase avec Alexandre Dumas*, Encrage, Amiens, 2006.

MULLER, Eugène, *Les Hôtes de Schamyl*, T. Lefèvre, Paris, s.d.

MURPHY, Paul J., *The Wolves of Islam*, Brassey's, Washington D.C., 2004.

NAJJAR, Alexandre, *Les Exilés du Caucase*, Grasset, Paris, 1995.

NART, « The Life of Mansur, Great Independence Fighter of the Caucasian Mountain People », *Central Asian Survey*, vol. X, n°s 1-2, pp. 81-92, Oxford, 1991.

NASR, Seyyed Hossein, *Il sufismo*, Rusconi, Milan, 1975.

NIVAT, Georges, *Les Sites de la mémoire russe*, t. I : *Géographie de la mémoire russe*, Fayard, Paris, 2007.

ÖHRNBERG, Kaj, « Reactions in Cairo to Shamil's victories : a Finn's testimony », *Central Asian Survey*, vol. XXI, n° 3, pp. 279-282, Oxford, septembre 2002.

OSIPOV, Georgy, « Imam Shamil in Russia », *New Times*, 1er octobre 1999.

PARTCHIEVA, Para, GUÉRIN, Françoise, *Parlons Tchétchène-Ingouche*, L'Harmattan, Paris, 1997.

PEARCE, Brian, « The rehabilitation of Russia's Rebels », *Central Asian Survey*, vol. IV, n° 4, pp. 39-46, Oxford, 1985.

PETIN S., *Sobstvennyi Ego Imperatorskogo velitchestva konvoy. 1811-1911*, s.é., Saint-Pétersbourg, 1911.

PIENKOS, Angela T., *The Imperfect Autocrat Grand Duke Constantine Pavlovich and the Polish Congress Kingdom,* Columbia University Press, New York, 1987.

PIOTROVSKIY S., « Poezdka v gory », in *Kavkaz,* n° 70 (7 septembre 1858), n° 71 (11 septembre 1858).

POPE-HENNESSY, Una, *A Czarina's Story,* Nicholson & Watson, Londres, 1948.

POPOVIC, Alexandre, « The Cherkess on Yugoslav territory (a supplement to the article « Cherkess » in the *Encyclopaedia of Islam*) », *Central Asian Survey*, vol. X, n°s 1-2, pp. 65-80, Oxford, 1991.

POUCHKINE, Alexandre, *La Dame de pique et autres nouvelles,* Garnier, Paris, 1970.

— *Œuvres,* Bibliothèque de la Pléiade, Gallimard, Paris, 1973.

— *Œuvres en prose,* L'Âge d'Homme, Lausanne, 1973.

— *Œuvres poétiques,* 2 vol., L'Âge d'Homme, Lausanne, 1981.

— *Lettres en français,* éditions Climats, Castelnau-le-Lez, 2004.

— *La Fille du capitaine,* préface de Michel Aucouturier, Gallimard, Paris, 2005.

PRONIN, Alexandre, « Djamalouddin syn Chamilia », in *Argoumenty i Fakty*, n° 14, 18 juillet 2003.

PRZHETZLAVSKI, P. G., *Shamil ii ego semya v Kalougye 1863-1865*, Rousskaia Starina, Saint-Pétersbourg, 1877.

RADZINSKY, Edvard, *Alexander II, the Last Great Tsar,* Free Press, New York, 2005.

RAM, Harsha, *Prisoners of the Caucasus : Literary Myths and Media Representations of the Chechen Conflict,* University of California, Berkeley, 1999.

REICH, Rebecca, « Holding Court », *The Moscow Times,* 12 novembre 2004.

RIASANOVSKY, Nicholas V., *Histoire de la Russie, des origines à 1996,* Robert Laffont, Paris, 1994.

Rousskiy Invalid, n° 77 (9 avril 1855), « Vnutrennie izvestiya ».

— n° 85 (19 avril 1855), « Podrobnoe opisanie razmena plennykh semeystv Fligel-adjutanta Polkovnika Knyazya Thavtchadze General-Myora Knyazya Orbelyani ».

RUNOVSKY, Apolon, « Kanly v Nemirnom Krae », *Voennyi Sbornik,* n° 7, Non-official Part, pp. 199-216, 1860.

— *Zapicki Shamila,* Tipografiia Karla Vol'fa, Saint-Pétersbourg, 1860.

SANDERS, Thomas, TUCKER, Ernest, *Russian-Muslim Confrontation in the Caucasus,* RoutledgeCurzon, Londres, 2004.

SAVA, George, *Valley of Forgotten People,* Faber and Faber, Londres, s.d.

SEYYED, Hossein Nasr, *Il sufismo,* Rusconi, Milan, 1975.

SHAH, Idries, *Cercatore di Verità,* Ubaldini Editore, Rome, 1995.

Shamil, an illustrated encyclopedia, « Codroudjestvo », Moscou, 2005.

SIDDIQUI, Mateen, *Sufism in the Caucasus,* Islamic Supreme Council of America, 1997-2005.

SIDORKO, Clemens, « Nineteenth Century German Travelogues as Sources on the History of Daghestan and Chechnya », *Central Asian Survey*, vol. XXI, n° 3, pp. 283-300, Oxford, septembre 2002.

SILOGAVA, Valéry, SGENGELIA, Kakha, *History of Georgia,* Caucasus University Publishing House, Tbilissi, 2007.

SMITH, Sebastian, *Allah's Mountains, Politics and War in the Russian Caucasus,* J. B. Tauris Publisher, Londres, 1998.

SOBOLEV, Boris, *Chtourm boudet stoit dorogo... Kavkazskaya voïna XIX veka v litsakh,* Vinogradova, Moscou, 2001.

STYAZHKIN, Nikolai, « Flowers to be Laid at the Tomb of Son of Imam Shamil », *Itar-Tass Weekly News,* 16 novembre 1997.

SUTHERLAND, Christine, *La Princesse de Sibérie,* Perrin, Paris, 1997.

SUTHERLAND EDWARDS, H., *Captivity of Two Russian Princesses in the Caucasus,* Smith, Elder and Co, Londres, 1857.

TAHIROVA, Natalya, « Imam Shamil's Manuscripts in the Collections of Princeton University (from the history of Daghestan's book culture in the 19th century) », *Central Asian Survey*, vol. XXI, n° 3, pp. 325-332, Oxford, septembre 2002.

TARRAN, Michel, « The Orthodox Mission in the North Caucasus – End of the 18th, beginning of the 19th century », *Central Asian Survey*, vol. X, n°s 1-2, pp. 103-118, Oxford, 1991.

TATLOCK, T., « The Centenial of the capture of Shamil : a Shamil bibliography », *Caucasian Review*, n° 8, pp. 83-91, 101-102, 1959.

TAYLOR, Brian, « Politics and the Russian Army », in *GB-Russia Society Reviews and Articles,* Cambridge University Press, 2003.

TCHITCHAGOVA, M., *Shamil na Kavkaze i v Rossii, biografitcheskii otcherk,* s.é., Saint-Pétersbourg, 1889.

TILLET, Lowell, « Shamil and Muridism in recent Soviet historiography », *American Slavic and East European Review*, vol. XX, pp. 253-269, 1961.

TIMOFEEV, Lev, « Pushkin i P.A. Olenin », in *Vremennik Pushkinskoi komissii, 1977,* s.é., Moscou-Leningrad, 1980.

— *V krugu druzei i muz : Dom Oleninykh,* s.é., Leningrad, 1983.

TIOUTCHEVA, Anna, *Vospominania,* Zakarov, Moscou, 2000.

TOLSTOÏ, Léon, *Les Cosaques,* Gallimard, Paris, 1965.

— *Enfance, adolescence, jeunesse,* préface de Michel Aucouturier, Gallimard, Paris, 1975.

— *Journaux et carnets,* éd. Gustave Aucouturier, 3 vol., Gallimard, Paris, 1979-1985.

— *Lettres I, 1828-1879,* Gallimard, Paris, 1986.

— *Hadji Mourat,* éd. Michel Aucouturier, Gallimard, Paris, 2004.

— *Lettres aux Tsars,* Alban Éditions, Paris, 2005.

— *Les Récits de Sébastopol,* Payot et Rivages, Paris, 2005.

TRAHO, Ramazan, « Circassians », *Central Asian Survey*, vol. X, n°s 1-2, pp. 1-64, Oxford, 1991.

TROYAT, Henri, *Alexandre II,* Flammarion, Paris, 1990.

— *Pouchkine,* Perrin, Paris, 1999.

— *Nicolas Ier,* Perrin, Paris, 2000.

— *La Vie quotidienne en Russie au temps du dernier Tsar,* Hachette, Paris, 1959.

TYNIANOV, Iouri, *La Mort du Vazir-Moukhtar,* Gallimard, Paris, 1978.

VAMBERY, Armin, *Voyage d'un faux derviche en Asie centrale,* Phébus, Paris, 1994.

VENTURI, Franco, « The legend of Boetti Sheikh Mansur », *Central Asian Survey*, vol. X, n°s 1-2, pp. 93-102, Oxford, 1991.

VERDEREVSKIY E. A., *Kavkazskie plennitsy ili plen u Shamila,* s.é., Moscou, 1857.

VILLARI, Luigi, *Fire and Sword in the Caucasus,* T. F. Unwin, Londres, 1906.

VITALE, Serena, *Le Bouton de Pouchkine,* Plon, Paris, 1998.

— *L'Imbroglio del turbante,* Montadori, Milan, 2006.

WAGNER, Friedrich, *Schamyl als Feldherr, Sultan and Prophet und der Kaukasus,* G. Remmelmann, Leipzig, 1854.

WARE, Robert Bruce, KISRIEV, Enver, « Ethnic Parity and Democratic Pluralism in Dagestan : a Consociational Approach », *Europe and Asia Studies,* 53, 1, janvier 2001.

WARNES, David, *Chronicle of the Russian Tsars,* Thames and Hudson, Londres, 2004.

WORTMAN, Richard S., *Scenarios of Power, Myth and Ceremony in Russian Monarchy,* Princeton University Press, Princeton, 2006.

YAMA'UCHI, Masayuki, « From Ottoman Archives », *Central Asian Survey*, vol. IV, n° 4, pp. 7-12, Oxford, 1985.

YERMOLOV, Alexey, *The Czar's General : The Memoirs of a Russian General in the Napoleonic Wars,* Ravenhall Books, Welwyn Garden City, 2005.

ZEEPVAT, Charlotte, *Romanov Autumn,* Sutton Publishing, Thrupp, 2006.

ZELKINA, Anna, *In Quest for God and Freedom,* Hurst & Company, Londres, s.d.

— « Jihad in the name of God : Shaykh Shamil as the religious leader of the Caucasus », *Central Asian Survey*, vol. XXI, n° 3, pp. 249-264, Oxford, septembre 2002.

REMERCIEMENTS

Seule la confiance et l'amitié ont rendu possible l'écriture de ce livre. Que mes amis daghestanais, français, géorgiens, italiens, russes et tchétchènes qui m'ont ouvert leur porte durant mon enquête, logée, nourrie, conduite sur les traces de Djemmal-Eddin et soutenue de leurs encouragements au fil de cette longue aventure, soient chaleureusement remerciés pour leur immense générosité et leur constant enthousiasme.

Je tiens en tout premier lieu à rendre grâce à mon ami le peintre-voyageur Andrea Fortina, grand connaisseur de l'Islam et grand amoureux du Caucase, pour sa patience en répondant à mes questions, pour ses suggestions, et pour son talent quand il ressuscitait, en trois coups de ses pinceaux magiques, les paysages et les *djighit*s de ses montagnes.

Que Marina Tchernykh-Lecomte, qui m'a inlassablement pilotée dans les archives russes, soit remerciée de son aide constante et de sa formidable efficacité.

Que Danielle Guigonis sache ma reconnaissance pour sa collaboration exceptionnelle, pour sa chaleur et sa fidélité depuis vingt-cinq ans !

Que Vincent Jolivet, qui m'a plusieurs fois remise en selle, soit remercié de son humour et de sa vigilance.

Je tiens aussi à exprimer toute ma gratitude à Son Excellence Monsieur Pierre Morel, ancien ambassadeur de France en Russie, aujourd'hui représentant spécial de l'Union européenne pour l'Asie centrale, et à son épouse Olga, tous deux grands connaisseurs du monde russe, qui m'ont soutenue dans toutes les phases de l'enquête et de l'écriture. Merci.

Que le professeur Michel Aucouturier qui a pris le temps, sur ses propres travaux, de relire le manuscrit soit chaleureusement remercié. Ainsi que le professeur Wladimir Berelowitch qui a répondu à mes questions avec la plus grande générosité.

Au prince Nicolas Tchavtchavadzé et à son épouse Nellie, mes initiateurs, mes mentors dans le monde géorgien, qui m'ont introduite à la littérature de leur fabuleux pays, traduisant pour moi les textes qu'ils jugeaient fondamentaux, va mon immense reconnaissance. Qu'ils sachent combien je leur suis redevable de m'avoir fait découvrir et aimer la Géorgie.

Que Cyril et Irène Havard, qui connaissent, qui aiment la Géorgie avec passion et m'ont conduite jusqu'au mont Kazbek et sur toutes les routes de Kakhétie, sachent aussi ma reconnaissance et mon admiration.

Je tiens à rendre grâce aux descendants de mes héros, aux arrière-arrière-petits-enfants des princesses Anna Tchavtchavadzé et Varvara Orbeliani, aux membres des grandes familles géorgiennes qui ont accepté de partager avec moi leur savoir et leurs souvenirs, me confiant les photos, les portraits, les lettres, les journaux intimes de leurs ancêtres. Un grand merci tout d'abord à Tamara Shamil, arrière-arrière-petite-fille de l'Imam ; à la princesse Ketevan Bagration-Orsini ; à la princesse

596

Ketino Abachidzé, à la princesse Manana Baratashvili, au prince Nicolas Dadeshkeliani, aux princesses Tatuli et Mia Dadiani, au prince Merab Mikeladzé, au prince Georges Tarkhan-Mouravi. Ainsi qu'aux conservateurs des archives, des bibliothèques et des musées de Tbilissi pour leur générosité en me montrant une multitude de documents inédits, à Ira Arsenishvili, Guivi Gabounia, Nino Khundadzé, Mérab et à Maïa Kokotchachvili, Ninel Melkagzcé, Salomé Mkheidzé, Misha Tsereteli, Tamar Zourashvili.

En Russie, mes recherches ont été grandement facilitées par la gentillesse et le soutien de Son Excellence Monsieur Stanislas de Laboulaye, ambassadeur de France à Moscou, et de son épouse Pauline, qui ont rendu possible ma visite de la maison où l'imam Shamil avait été exilé à Kalouga. Que Vitali Biessonov, Armelle Groppo, Alexandre Kruglov, Hélène Perroud, Michel Rochtchine, Galina Royanova, Igor Sokologorsky, Ludmilla Slastnikova, le prince Andreï Petrovitch Gagarine et sa femme Tania sachent ma reconnaissance pour leur accueil si chaleureux.

Comment exprimer à mes premiers censeurs, à mes premiers lecteurs, qui ont reçu les feuillets du manuscrit par gros paquets postaux ou par fichiers électroniques, ma reconnaissance infinie pour leur patience, leur fidélité et leurs si précieuses réactions ? Que mes amis qui ont passé de longues heures à commenter, à discuter, à corriger, à suggérer des améliorations, en particulier Delphine Borione, Odile Bréaud, Frédérique Brizzi, Emmanuel Ducamp, Nicolas Dujin, Alessandra Ginobbi, Laure de Gramont, Carole Hardoüin, Michel et Frédérique Hochmann, Serge Lafitte, Véronique et Mathieu Meyer, Marilyn Nicoud, Catherine et Serge Sobczynski sachent mon bonheur et ma chance de les avoir pour complices. Que Martine Zaugg soit vivement remerciée de son soutien constant et de sa générosité.

Je voudrais dire à tous ceux qui m'ont entourée durant ces moments d'écriture, à Aliette Lapierre, à Dominique et Dominique Lapierre, ainsi qu'à Robert et Hélène Laffont, Marie-Josèphe Conchon, et Rosie Yangson, combien leur affection m'a touchée.

Que ma fille Garance et Frank Auboyneau, qui ont partagé tous les instants de cette aventure, sachent à quel point j'ai apprécié leur disponibilité et leur gentillesse.

Enfin comment oublier la confiance enthousiaste de mes éditeurs, Olivier Orban, Grégory Berthier-Gabrièle et toute leur équipe, sans lesquels *Le fils du rebelle* n'existerait pas ?

Postface

RESSUSCITER LES DESTINS
DES OUBLIÉS DE L'HISTOIRE

En ce matin d'avril 2008 à Paris, je me bats comme jamais avec chaque paragraphe, chaque phrase, chaque mot du *Fils du Rebelle* que j'écris depuis plusieurs années.

Au terme d'une longue recherche qui m'a conduite partout sur les traces de mon héros, trois ans à éplucher tous les ouvrages sur l'invasion du Caucase, trois ans dans les bibliothèques et les archives russes bien sûr, mais aussi sur tous les lieux où avait vécu Djemmal-Eddin, soudain, là, maintenant, alors que j'ai déjà écrit les quatre cinquièmes du livre, soudain, je le perds… Trois années passées avec lui, en quête des couleurs, des odeurs, des sons, en quête de tous les univers qu'il a traversés, trois ans d'obsession à tenter de penser comme lui, de sentir comme lui, d'évoluer comme lui, d'*être* lui, ce jeune musulman arraché à son passé, à ses racines…

Voir le monde par ses yeux. Et, plus rien.

Je ne vois plus rien. Le vide.

J'ai pourtant construit mon enquête pas à pas, je suis parvenue à le suivre, palier par palier. Jusqu'ici…

Jusqu'à l'aube de son retour dans le Caucase, au moment où il doit renoncer à sa carrière d'officier et à l'amour de sa vie, à Liza. Il avait alors vingt-quatre ans.

Qu'a-t-il ressenti en revenant chez lui ?... En chevauchant à nouveau dans l'immensité de ses montagnes ? Qu'a-t-il éprouvé en retrouvant son père qui lui avait tant manqué ?

Cette époque de sa vie, les émotions du retour parmi les guerriers de l'imam Shamil, je ne l'ai pas assez travaillée... Je n'y ai pas assez rêvé. Je redoute la façon dont Djemmal-Eddin a traversé cette période. J'ai probablement peur, moi, de ce que je vais devoir écrire.

Résultat : j'ai escamoté ces moments dans mon imaginaire. Et dans mes recherches.

Je connais l'issue de son incroyable épopée, bien sûr. Je sais précisément où je veux en venir... Mais pour l'accompagner, lui, dans son cheminement, plusieurs maillons de son aventure me manquent encore !

Va-t-il tenter de garder des liens avec l'univers russe ? Revoir les princesses géorgiennes pour lesquelles il a sacrifié son bonheur ?

Ou bien couper définitivement ?

Je dois éteindre mon ordinateur, et reprendre mon sac de voyage.

Chercher à nouveau.

Retrouver les papiers des princesses qu'il a sauvées.

Peut-être existent-ils des lettres entre eux, relatant ce qui a suivi l'échange d'otages entre les Géorgiens et les cavaliers de Shamil ? Des portraits ? Des journaux intimes ?

Après ce que ces grandes dames ont vécu dans le sérail de Dargo-Veden, elles ont dû écrire à l'homme auquel elles devaient la vie. En tout cas, essayer de rester en contact avec lui. Elles ne peuvent pas, elles, l'avoir oublié… Elles ne peuvent pas, elles, être restées indifférentes à son sort… D'autant que l'une des princesses l'avait aimé dans son adolescence.

Des traces de leur affection, des témoignages doivent subsister quelque part en Géorgie.

Quelqu'un, parmi les descendants d'Anna et de Varenka, aurait-il, par miracle, conservé la mémoire du passé ?

TBILISSI, CAPITALE DE LA GÉORGIE, MAI 2008.

Je débarque de Paris dans un pays tendu par l'angoisse. Si les troupes géorgiennes ne se retirent pas immédiatement des régions que se disputent Russes et Géorgiens, les chars de Poutine menacent de franchir les frontières.

À l'aéroport, pas un taxi, pas un car. Je monte dans la jeep bringuebalante d'amis venus me tirer de ce mauvais pas. Je serre contre moi mon seul bagage : il contient les quatre cents premières pages du manuscrit.

Je dispose d'un nom et d'une adresse qui devraient me permettre de retrouver les descendants des princesses. Mais le siècle de Staline, plusieurs décennies de purges, a éradiqué la mémoire de l'aristocratie.

Et dans cette Géorgie au bord de la guerre, que vais-je pouvoir découvrir ?

Je monte l'escalier de bois, dans la cour intérieure d'une vieille maison où piaillent les radios. De la splendeur d'antan ne restent que le balcon ouvragé et la rampe sculptée. Je pénètre dans une cuisine où m'accueillent deux femmes, la mère et la fille. Nous nous attablons à la lueur des néons, au cœur du palais en ruines. À l'aide de mes quelques mots de russe, je leur explique l'objet de ma visite. Leurs visages s'illuminent. La mère disparaît au fond d'un couloir et revient chargée de plusieurs boîtes en carton où s'entassent des centaines de vieilles photographies, des dessins, des planches d'aquarelles, des lettres, des boucles de cheveux… Je suis bouleversée. Toute l'époque engloutie des héros de mon livre vient de resurgir : le visage des princesses que Djemmal-Eddin a libérées, de leurs enfants, des cavaliers de leur escorte… Je n'en crois pas mes yeux. D'où peut provenir un tel trésor ? La plus âgée de mes hôtes me le révèle.

Entre 1920 et 1930, les communistes ont fusillé tous les hommes de sa famille, tandis qu'ils envoyaient les femmes dans des camps en Sibérie. Celles-ci n'avaient le droit d'emporter qu'un seul objet : leur matelas roulé sous le bras.

Avant de partir pour son atroce exil, l'aïeule de mes interlocutrices avait soigneusement dissimulé tous les souvenirs de sa lignée au fond de son matelas.

Durant plus d'un quart de siècle, elle avait ainsi dormi sur la mémoire des siens. Personne n'avait jamais rien soupçonné.

Si les gardiens du goulag avaient découvert ces reliques, ils auraient exécuté la prisonnière sur-le-champ.

« … Même à son retour ici, trente ans plus tard, elle ne nous a rien raconté. Si nous avions su quelque chose, nous nous serions peut-être trahies et nous aurions été fusillées… Quand la Perestroïka l'a enfin libérée de la peur, elle m'a armée d'un couteau et m'a fait éventrer son matelas. Ces centaines de visages se sont répandus sur le sol… Mais qui étaient-ils ? Elle-même était déjà une très vieille dame. Pour n'avoir jamais parlé du passé, elle avait *tout* oublié. Les noms, les alliances, les filiations… Ne nous reste que cela : ces fantômes vides de sens… Ici, sur cette photo, qui est le fils de qui ? Et ce cavalier tchétchène, d'où sort-il ? »

Sur ce point et sur quelques autres, je peux leur répondre ! Pour avoir traqué dans les bibliothèques, et partout dans le monde, les souvenirs du fils de l'imam et des princesses otages, je suis en mesure de leur raconter le destin de certains membres de leur famille…

Qui dira l'émotion de ce moment de partage et d'échange ?

Mes nouvelles amies m'ont offert les visages de tous mes héros.

Et je leur ai rendu un fragment de leur mémoire perdue.

Au lendemain de ce jour, je tiens mes réponses.

Plus que jamais je veux témoigner du choix de Djemmal-Eddin, ce grand oublié de l'Histoire, un homme d'exception qui aurait pu instaurer la paix. Raconter son sacrifice pour que le destin, si mal connu, de grands peuples aux portes de l'Europe parvienne jusqu'à nous.

Je ne peux m'interdire d'espérer que la compréhension des drames d'hier dans cette lointaine partie du monde éclairera les conflits d'aujourd'hui.

Et que la connaissance du passé empêchera, peut-être, que les tragédies ne continuent de se répéter à l'identique !

Alexandra LAPIERRE

TABLE DES MATIÈRES

Composé par Nord Compo
à Villeneuve-d'Ascq (Nord)

Imprimé en Espagne par
Litografia Rosés
à Gava
en mai 2010

POCKET – 12, avenue d'Italie – 75627 Paris cedex 13

Dépôt légal : juin 2010
S19727/01